Tanja Langer
David Majed

Der Himmel ist ein Taschenspieler

Tanja Langer
David Majed

Der Himmel ist ein Taschenspieler

ROMAN

LangenMüller

Den Roman widme ich meinem Vater Ghulam Sakhi Majed,
meiner Mutter Rahima Majed und meiner Frau Naomi.

DAVID MAJED

Zum Andenken an Leila Majed (1962–1984)

FSC
www.fsc.org
MIX
Papier aus verantwortungsvollen Quellen
FSC® C014496

Umschlaggestaltung: Wolfgang Heinzel
Schutzumschlagmotiv: Mohammad Arif, Kabul
Satz: Buch-Werkstatt GmbH, Bad Aibling
Gesetzt aus: 11/14 pt. Adobe Garamond
Druck und Binden: GGP Media GmbH, Pößneck
Printed in Germany
ISBN 978-3-7844-3342-4
Auch als ebook

www.langen-mueller-verlag.de

Der Mond küsst jede Nacht
den, der die Sterne zählt.

Rumi, aus dem *Diwan*, um 1250

Same old song
Just a drop of water in an endless sea
All we do
Crumbles to the ground, though we refuse to see

(Aa aa aa)
Dust in the wind
All we are is dust in the wind
(Oh, ho, ho)

Now don't hang on
Nothin' lasts forever but the earth and sky
It slips away
And all your money won't another minute buy

Song von *Kansas,*
Dust in The Wind, 1977

١

Ein Augenblick der Hoffnung

لحظهٔ امیدواری

Écoute la flute du roseau et sa plainte,
comme elle chante la séparation …

Hör die Rosenflöte, hör ihre Klage,
wie sie von der Trennung singt …

aus einem afghanischen Volkslied,
gefunden in: Olivier Germain-Thomas,
La Tentation des Indes

I.
Ankunft in Afghanistan, 2002

1

Er nannte seinen Namen.
Er sprach ihn so aus, wie seine Mutter ihn aussprach, nur zögerlicher. Der Grenzer starrte auf den Pass, murmelte vor sich hin, sah Martin in die Augen, runzelte die Stirn über den ersten Vornamen, der da stand, der nicht seinem Land entsprach wie der zweite. Was spielte er sich auf? Martin deutete auf den Namen und wiederholte ihn, die Hitze machte ihm zu schaffen, und die Buchstaben fingen an zu flattern wie Lider im Schlaf oder in einem aufgeregten Wachtraum, in dem er sich sitzen sah, in seinem Zimmer in Frankfurt, als er fünfzehn oder sechzehn war und seinen Namen suchte, seinen deutschen Vornamen, er notierte viele Namen, sprengte sie wieder, baute Silben um, versuchte Vokale, fügte die Buchstaben neu zusammen, während seine Mutter nebenan in der Küche mit den Töpfen klapperte und es nach Kardamom, Safran und Kumin roch. Der Duft des Essens zog durch den Spalt unter der Tür seines Zimmers herein, er flutete die Wohnung, Tag für Tag, Abend für Abend. Sie lüfteten, er kam wieder, wenn sie in schnellen Schlägen mit dem Messer auf dem Brett Zwiebeln hackte wie er die Buchstaben auf das Papier: Wann würde der Name erscheinen, der sein eigener, selbstgewählter sein sollte? Fern von dem Land, in dem er auf die Welt gekommen war?
»So«, sagte der Grenzer mit kehliger Stimme und kratzte sich die verschwitzte Stirn unter dem nachlässig gewickelten Turban, »Martin Mahboob Malik, ist das dein Name, ja?«
»Bale«. Ja. In dieser Sekunde war er Mahboob Malik, nicht Martin.

Er riss dem Mann seinen Pass aus den Händen und sah ihn mit einem kurzen Nicken des Kopfes nach hinten an: Genug!

Martin, der in diesem Augenblick wieder Mahboob wurde, überquerte die Grenze von Pakistan nach Afghanistan im September 2002 mit dem weinroten Reisepass der Europäischen Union. Das Land fing gerade erst an, sich wieder zu öffnen; es war leichter, einen Flug von Frankfurt am Main nach Islamabad zu bekommen als nach Kabul. Von Islamabad aus konnte er über Peschawar den Landweg zur afghanischen Hauptstadt antreten, ein Weg, den viele Flüchtlinge in umgekehrter Richtung genommen hatten, vor zehn Jahren, vor zwanzig Jahren. Eine Tagesreise, über den Khyber-Pass, über zerstörte Brücken, kaputte Straßen, von blühenden Wiesen hinauf in ungewohnte Höhen, durch das gigantische Gebirge, den Hindukusch, aufgeworfene Felswände, schroff, abweisend, atemberaubend, in einem bunt bemalten, schaukelnden, ruckelnden und völlig überfüllten Bus, vollgestopft noch dazu mit Taschen und Körben, Ziegen und Hühnern.
Und dann lag sie vor ihnen, hellgrün schimmernd, hellgrau schimmernd, die offene, weite Landschaft, endlos und phantastisch. Und mittendrin, im Nirgendwo: die Grenze. Auf der staubigen, steinigen Straße das einfache, schief aufgestellte Schild, staubig über dem Weiß, leuchtend blau umrandet, in der Mitte ebenso leuchtend blau der arabische Schriftzug, darunter in schwarzen Lettern auf Dari und schließlich, in lateinischen Buchstaben, dreimal dieselbe Begrüßung: *Welcom in Afghanistan*. Das *e* in der englischen Version fehlte. Mahboob las es dreimal, sein Herz schlug ihm dreimal bis in die Schläfen hinauf, es hämmerte dort vor Freude und Rührung, und er musste sich kurz über die Augen wischen.

Das Leben hatte ihn nach rechts gewürfelt und nach links, so nannte er es für sich, und es war immer weiter gegangen, und nun hatte er eine Entscheidung getroffen und war hierher gekommen, nach über zwanzig Jahren. Er wollte sehen, ob es mit dem Würfeln ein Ende nähme, denn oft kam er sich so hilflos vor, so dumm, in seinem eigenen Leben. Er wollte sehen, wo er herkam, er wollte vor allem seinen Vater wiedersehen, er hatte Angst, nach so langer Zeit, ob er ihn wiedererkennen würde, ob er überhaupt das Gefühl »Vater« finden würde, von dem er im Grunde nicht viel verstand, seit er mit neun Jahren von ihm getrennt worden war wie von dem Land, in dem er auf die Welt gewürfelt worden war, und das nun in seiner spröden Schönheit vor ihm lag, unbekannt und überraschend, durch das der Bus ihn trug zu der Stadt, in der er seine ersten Schritte gemacht und seine ersten Buchstaben zu schreiben gelernt hatte, ganz andere als die, mit denen er später las und schrieb und seinen neuen Namen kritzelte. Er wollte die Sträucher sehen, in dem Garten, in dem er als Junge gespielt hatte, die große Tanne hinter dem Haus, in deren Ästen er sich versteckt hatte, an die er sich erinnerte, er wollte die Gerüche wiederfinden, die er vergessen hatte und die doch irgendwo in ihm verborgen waren. Es war über ihn gekommen, er hatte gar nicht erst versucht zu verstehen, warum und wieso, ein paar Wochen, nachdem der Brief seines Vaters ihn erreicht hatte. War es nicht selbstverständlich, Würfel links, Würfel rechts? Ich muss hin, ich muss ihn sehen, vielleicht – wird dann alles gut. Dies alles überkam ihn jetzt, beim Übertreten dieser Grenze, die so aussah, als wäre sie gar nicht echt.

Das Leben hat wirklich etwas für mich übrig, dachte er, von einem leisen Lachkrampf geschüttelt, kaum dass er die Tränen fortgewischt hatte, mit seinem Timing. Auf dem Flughafen in Frankfurt, als ich am wenigsten damit rechne, renne ich in diese junge Frau hinein, remple sie an, dichte Wimpern, ihre Augen irgendwas Grünes oder Blaues, sehr helle Haut zu unerwartet dunklen Haaren, zarte Sommersprossen, schräge Brauen, ein verrutschtes Lächeln, und ich bleibe stehen, fange ein Gespräch an, verbringe drei Stunden mit ihr, weil das verdammte Flugzeug Verspätung hat.
Worum ging es denn im Leben? Atmosphären? In der Oper sitzen? Die Schönheit mathematischer Formeln begreifen? Oder Staub

atmen, Kindergerüche finden, in Kabul, Kabul, schöne Laute, hässliche Bilder, jeden Abend in den Nachrichten? Oder plötzlich Noor – so hieß sie – ein afghanischer Name, ausgerechnet, eine Tangolehrerin, Tango, das war doch diese herzzerreißende Musik, in der alte Männer mit hohen Stimmen von der vergessenen Liebe sangen oder *Buenos Aires, mi amor*? Warum dachte er, seit er sie getroffen hatte, vor zwanzig Stunden genau, ununterbrochen ans Glücklichsein? Morgens im Bett, bei langen, langsamen Gesprächen? Warum hatte er sie nicht früher kennengelernt, und warum stand er hier im Staub auf der Straße, an der Grenze zu seinem Geburtsland? Das Wort Heimatland brannte ihm auf der Zunge wie die Sonne auf seine Stirn, aber er konnte und wollte es nicht herauskommen lassen.
Ach, Afghanistan?, hatte sie gefragt, wie schrecklich, die zerstörten Buddhastatuen von Bamyan. – Ja, wie schrecklich. – Aber, hatte sie nachdenklich hinzugefügt, Materie bleibt erhalten, Materie verwandelt sich, Leben vergeht, Leben beginnt, Atmen.
Er hatte sie verwundert angesehen. Buddhismus, lächelte sie, meine Mutter war ein Hippie, ich habe es von ihr gelernt, obwohl ich lieber tanze als zu meditieren. Sie lachte. Ein sprödes, tief aus der Kehle hochgurrendes Lachen, das ihn erwärmte wie Tee mit Ingwer und etwas Scharfem, Alkoholischem. Dieses Lachen stieg ihm zu Kopf, so schnell, dass er Mosaiksteine tanzen sah.
Der Buddhismus ist vergessen in Afghanistan, sagte er, dabei war er da, in den zertrümmerten Statuen von Bamyan, der Buddhismus hat eine Blüte erlebt und dem Land eine paradiesische Zeit beschert, vor zweitausend Jahren. Über den Handelsweg von Indien kamen sie, über Baktrien und das Tarimbecken nach China, und Noor nickte und strahlte: Du kennst dich aus, wie schön! – Und du, wieso trägst du diesen Namen, Noor? – Weil meine Mutter ihn liebte, weil sie als junge Frau durch Afghanistan bis nach Indien gereist ist, so habe ich ihn bekommen, er bedeutet – Licht bedeutet er, ich weiß es, hatte er lachend ihren Satz beendet. Du schönes Licht, hatte er dabei gedacht, wie kann das sein? Ich bin Martin, sagte er dann, aber meine Eltern nannten mich Mahboob. Und Noor hatte wieder

genickt, so, als verstünde sie ihn ganz genau, mein zweiter Name ist, bitte lach nicht, Simone.
Sie waren zur Cafeteria gegangen, hatten sich gesetzt, an einen der grauen Tische mit der kalten, glatten Oberfläche, und plötzlich hatte über den Tassen mit dem dampfenden Tee etwas zu schweben angefangen, etwas kam da in Gang, nahm seinen Anfang, verwandelte sich, und als Mahboob jetzt daran dachte, fuhr es ihm ins Herz, zusammen mit all den anderen wilden Empfindungen, die ihn angesichts der großen, freien Landschaft befielen und dieser mickrigen Grenze, deren Übertreten doch niemals »nach Zuhause« bedeuten konnte oder »ankommen«, und es dennoch tat.

Nachdem der Grenzer jeden einzeln umständlich kontrolliert und eine unsichtbare Linie im Staub hatte passieren lassen, stiegen alle entnervt wieder in den Bus ein, der ohne sie ein Stück vorgerollt war. Zwanzig Meter weiter hielt der Fahrer erneut an, ohne Ankündigung, vor einer lieblos zusammengehauenen Bretterbude mit Wellblechdach, und alle stiegen widerstandslos aus. Ein überraschend angenehmer Geruch lag in der Luft, nach gegrilltem Fleisch und etwas Süßem, das Martin Mahboob nicht kannte. Er betrat mit den anderen zusammen einen dunklen Raum, seine Augen mussten sich nach der Helligkeit draußen umgewöhnen, dann sah er niedrige Sitzgelegenheiten, eigentlich nur zusammengelegte, blassrote Teppiche, in denen der Staub sich festgefressen hatte, um eine ehemals wohl blaue Plastikfolie auf der Erde herum. Die Männer redeten alle durcheinander, der Busfahrer hatte längst die Bestellung aufgegeben, und schon hockten sie um die Folie herum, die als Tischdecke diente, und tunkten das frisch gebackene Brot, das Naan, in die Schüsseln mit dem pürierten Auberginenmus und den mit Knoblauch gewürzten Joghurt oder luden die Fleischstückchen vom Grill darauf. Martin Mahboob langte hungrig zu, ihm schien es das Köstlichste, was er je zu sich genommen hatte, er lachte vor Freude, und schon hier, in diesem billigen Kebabhaus, fing das sonderbare Gefühl an dazuzugehören, sich vertraut zu fühlen, und dabei völlig irritiert zu sein.

Die Männer mit den Vollbärten und den blauen und braunen Augen nahmen ihn für einen von ihnen, obwohl er Jeans trug, ein Sporthemd und eine blaue Windjacke, sie sprachen ihn an, reichten ihm das Brot, ohne dass er darum bat, warfen ihm Scherze zu und teilten mit ihm die Schüsseln mit Tomaten und Auberginen auf der Mitte der Plastikfolie. Nur weil ich so aussehe wie sie, dachte Martin Mahboob, nur deshalb, aus demselben Grund also, warum ich in Frankfurt ständig gefragt werde: Und woher kommen Sie eigentlich?

Den Namen hatte er geändert, bevor er sich an der Universität einschrieb, um Mathematik zu studieren, kurz vor seinem zwanzigsten Geburtstag. Sechs Jahre lang hatte er seinen neuen, deutschen Namen geübt, für sich allein, hatte ihn genannt, in seinen Selbstgesprächen, vor dem Spiegel, wenn er so tat, als würde er sich jemandem vorstellen. Er wollte ganz sicher sein, dass es der richtige Name war, er wollte sich nicht erst, wenn es soweit war, an ihn gewöhnen. In seinen Träumen war er Martin, lange bevor es in seinen Pass geschrieben wurde: Martin Mahboob Malik.
Als er bei einem Besuch in der Stadtbibliothek, in der er sich gern aufhielt, herausfand, dass Malik ein Literaturverlag in den zwanziger Jahren gewesen war, freute er sich unbändig. Malik war sein afghanischer Familienname, aber jetzt war es, als hätte er einen deutschen Großvater entdeckt, den er selbst zwar nicht mehr kennengelernt, von dem man ihm jedoch oft Geschichten erzählt hatte. Damals, er war sechzehn, hatte er sich das Buch über den Verlag ausgeliehen und sich die Schwarz-Weiß-Fotografien so angesehen, wie andere in Familienalben blättern, mit dem Unterschied, dass die anderen, die keine Probleme mit ihrer Geschichte hatten, sie in seinem Alter eher gelangweilt durchsahen, ohne sich dafür zu interessieren. Etwas unangenehm war ihm allerdings, dass der adoptierte Großvater neben dadaistischer Literatur und Romanen namhafter Autoren auch kommunistische Werke verlegt hatte. Kommunisten hatten seine Familie gezwungen, Kabul zu verlassen, Kommunisten hatten ihn von seinem Vater getrennt. Schnell übersprang Martin Mahboob diese

Seiten, es ist doch Literatur, sagte er sich, aber trotzdem, schnell verdrängte er sie in einer dunklen Kammer seines Bewusstseins, gleich benachbart der des Vergessens, und konzentrierte sich auf die schönen, künstlerisch gestalteten Umschläge, deren Verfasser er auf einem Zettel notierte, um sie sich nach und nach auszuleihen. Ein Vorhaben, das er nicht ganz konsequent ausführte, weil andere Dinge wie Tischfußball und Radrennen ihn davon ablenkten und weil er sich in Viola verliebte. Doch den inneren Großvater Malik behielt er; und schließlich: welcher vernünftige Junge in diesem Alter beschäftigte sich viel mit seinem Großvater? Es genügte doch, ihn zu haben.

2

In der einen Hand das Foto, das mein Vater mir geschickt hat, auf dem er Pluderhosen und ein langes Hemd trägt, und keinen Anzug wie früher, in der anderen meinen Koffer, sehe ich mich um. Ich stehe auf dem Kabuler Busbahnhof, Jade Maiwand, benannt nach dem Ort der siegreichsten Schlacht der Afghanen gegen die Briten,1880. Busse hupen, Taxifahrer schreien, Staub, wohin man sieht, Menschen überall, Sprachengewirr. Fast alle Männer tragen Pluderhosen und ein lockeres Hemd, das bis über die Knie reicht. Einige haben dichte Bärte, andere sind glattrasiert. Dazwischen gibt es ein paar westlich gekleidete Männer, die von Familienmitgliedern und Freunden abgeholt werden, Journalisten, die man an ihren schweren Foto- und Laptoptaschen sofort erkennt, und afghanische Geschäftsleute in grauen Anzügen, die ihr Gepäck einem Bediensteten überlassen. Keiner hier sieht dem Mann auf dem Bild ähnlich. Noch nicht einmal jemand, der in seinem Alter wäre. Was, wenn ich ihn nicht erkenne? Was, wenn ich an ihm vorbeirenne? Die Vorstellung treibt mir den Schweiß auf die Stirn.

Alle, die aus meinem Bus ausgestiegen sind, sind verschwunden. Ich bleibe allein, mit meinem Koffer, bestellt und nicht abgeholt. Das Flugzeug hatte Verspätung, aber der Bus hat auf uns gewartet,

ich bin also pünktlich hier. Wie lange soll ich warten? Was ist hier üblich? Soll ich mich allein auf den Weg machen? Seine Adresse habe ich, es war einmal meine eigene. Der Platz leert sich, Busse fahren ab, Taxis rasen los. Weit und breit ist niemand, der noch auf jemanden zu warten scheint.
Was, wenn ihm etwas passiert ist? Habe ich etwas missverstanden? Ich krame den Brief meines Vaters heraus. Ich habe höllischen Durst, ich will aber nicht los, um eine Cola zu kaufen, nachher verpasse ich ihn. Auch wenn er mich ausdrücklich eingeladen hat, in seinem Haus zu wohnen, vielleicht ist es ihm in Wirklichkeit gar nicht recht. Vielleicht sind seine Leute bei ihm, seine Leute aus Kunduz. *Solche Dinge würde ein Afghane niemals direkt aussprechen*, höre ich die Stimme meiner Mutter. Was für ein absurder Gedanke, korrigiere ich mich selbst, dass sich zwischen den Zeilen einer Einladung eine Ablehnung verstecken könnte. Sicher sind es meine eigenen Gefühle, die mir diese Verdächtigungen eingeben. Schließlich gab es eine Zeit, da habe ich ihn gehasst und jeden Tag verflucht. Nein, Padar djan, mein lieber Vater, muss verschlafen haben. Oder er steckt im Stau. Er wird sicherlich gleich auftauchen.
Ich beobachte gelb-weiß lackierte Taxis, die auf dem Platz anhalten. Sie scheinen aus den Sechziger Jahren übriggeblieben zu sein, genauso wie die klapprigen bunten Busse mit den abgerundeten Dächern, wie in einem alten englischen Krimi. Sie hupen ununterbrochen, willkommen in Kabul!
Hinter der Busstation erhebt sich ein Hügel, aus blassem Lehm sind die Hütten daran geklebt, eine zarte Farbe im Sonnenlicht, das durch den Dunst dringt, ein sanftes Grau, Schwalbennester mit schmalen Eingängen. Unterhalb von ihnen, zum Platz hin, drängen sich fliegende Händler, mit blauen, grünen und roten Zeltplanen über ihren Karren. Ich höre Geschrei, Hupen, Rufen, Lachen, Motoren, und dann kommt etwas aus verschiedenen Richtungen, eine Klangfolge, die ich seit einundzwanzig Jahren nicht gehört habe, ein durchdringender Klagelaut, er fährt mir in Mark und Bein. Er hebt an, wird zu Gesang, ein weiterer kommt dazu, anschwellend, laut, sie werden

unterbrochen, um wieder anzusetzen, fern, nah, überwältigend und klar: *Allah Akbar.* Eine Melodie, die meine Kindheit durchzog, selbstverständlich, nichts, um überhaupt darüber nachzudenken, ein Refrain, der unsere Tage bestimmte, der sie rhythmisierte wie der Auf- und Niedergang der Sonne, wie ein Wiegenlied, wie eine Uhr, wie ein Wegweiser durch die Stunden, die Wochen, die Welt: Der Gesang der Muezzins.
Bis zu dieser Sekunde wusste ich gar nicht, dass er mir gefehlt hat. Mir wird schwindelig. Meine Kehle wird trocken. Ich greife nach meinem Koffer wie nach einer Hand, ich greife nach meinem Verstand wie nach einer Hand. Ich stehe und lausche, bis es aufhört, der Gesang, der Taumel, alles.
Ich stehe und warte auf meinen Vater, der nicht kommt.
Meinen Vater, den ich seit einundzwanzig Jahren nicht gesehen habe, von dem ich all die Jahre nichts gehört und von dem ich keine Zeile zu lesen bekommen habe. Von dem ich glaubte, er sei tot. Hierher hat er mich bestellt, in dieses verrückte Land, aus dem ich komme und das ich nicht kenne. In dem sich der Staub durch die Kleidung in die Haut frisst, und in dem man den Himmel vor lauter Staubwolken kaum sehen kann. In dem man wahrscheinlich eher am Dreck verreckt als an einer Bombe.
Und was, wenn mein Vater den Groll verdient hätte, den ich jahrelang gegen ihn hegte, bis ich ihn vor lauter Leben einfach vergaß? Vielleicht hätte er dann allen Grund, sich meine Ankunft im letzten Augenblick nicht mehr zu wünschen? Vielleicht hatte er nur einen schwachen Moment gehabt, als er mir schrieb? Halt!, rufe ich mich zur Ordnung. Kehr um!, sagt schon die nächste Stimme, nein, hör auf, sage ich, es hat keinen Sinn, sich mit solchen Hirngespinsten verrückt zu machen. Aber das ist es, weshalb ich hier bin, rechts, links, immerzu diese Grübeleien, bei jeder Kleinigkeit, und immer das beschissene Gefühl, man würde es nicht gut mit mir meinen, auf gar keinen Fall. Diese Art Gedankenzickzack gehört zu mir wie mein Hochstaplersyndrom, immer nur aus Versehen und niemals zu Recht irgendwohin geraten zu sein.

Energisch falte ich den Brief auseinander und entziffere noch einmal die zittrige Handschrift: *Mein lieber Sohn, ich bin überglücklich, dich bald wieder in meine Arme zu schließen zu können …*
Falls in diesen Zeilen eine Ablehnung verborgen sein sollte, wäre sie ziemlich gut versteckt. Auch beim zweiten Lesen entdecke ich darin nichts als aufrichtige Freude auf unser baldiges Wiedersehen. Dass ich bei ihm wohnen soll, darauf besteht mein Vater ausdrücklich. Sicher will er mir alles erklären, all die Jahre, das Schweigen, den Grund für die Trennung.
Wo bleibt er? Ich werfe einen Blick auf die Uhr und erschrecke – eine gute Stunde stehe ich jetzt hier schon herum. Kurz entschlossen nehme ich meinen Koffer und gehe zu den wartenden Taxis hinüber. Ich fasse mir ein Herz und spreche den Fahrer auf Dari an; er verzieht kurz das Gesicht, dann grinst er und verlangt sechshundert Afghani, ich handle ihn auf fünfhundert herunter, er grinst.
»Bale«, sagt er, ja, spuckt etwas aus und klettert umständlich aus dem Wagen, um mir den Kofferraum zu öffnen. Kaum sitze ich, rast er los und dreht die Musik auf, Bollywood, Herzschmerz und wiegende Takte.
»War verboten«, schreit er vergnügt nach hinten, »jetzt ist alles erlaubt! Musik war verboten, Glück war verboten, jetzt wird alles gut! Wir sind wieder freie Männer!« Er dreht den Ton noch lauter auf, zeigt lachend seinen Goldzahn und widmet sich dem wüsten Verkehr.

Ich kurble das Taxifenster herunter und versuche zu erraten, wo wir uns befinden. Schon wieder habe ich das Gefühl, mich in einem Film zu bewegen, einem von denen, die ich im Geschichtsunterricht in der Schule gesehen habe, Berlin nach dem Krieg, 1945, schwarzweiß, die Straßen von Ruinen gesäumt. Nur, dass dieser Film hier in Farbe ist. Zertrümmerte Häuser, zerfetzte Gebäude, zerborstene Bretter, auf Haufen zusammengeworfen, Müll. Und dazu, überall, Menschen in knallbunten Gewändern, Autos, Motorroller, Esel und Karren.

Wie soll ich mich in einer Stadt zurechtfinden, die ich als kleiner Junge verlassen habe? Die noch dazu in Schutt und Asche gelegt ist? Ich habe nur einen alten Stadtplan im Kopf, den ich mir in Frankfurt angesehen habe, und das, was ich im Internet gefunden habe, nicht gerade viel. Dort muss der alte Stadtgarten sein, Pol-e-Baghe Umomi, da ist ein Schild, Doghabad, das ist ein Stadtviertel, dort auf dem Berg, das müssen die Reste der alten Stadtmauer sein. Ich habe nichts in Erinnerung, ich war zu jung. Alles, was mir einfällt, könnte in einem Reiseführer namens *Unsichtbare Sehenswürdigkeiten einer kaputten Stadt* oder *Ich sage dir, was du nicht siehst* stehen. Das muss der Zoo gewesen sein, und dieser Kreisel könnte der Dehmazang Circle sein. Straßenschilder werden hier offenbar für überflüssig gehalten.

»Darul-Aman-Road!«, schreit mein Taxifahrer, ohne sich umzudrehen.

Er rast jetzt, es macht ihm Spaß, die Straße wird immer breiter, plötzlich ist sie vierspurig; sie ist nach dem Regierungssitz König Amanullahs benannt, einem riesigen Palast, erbaut von deutschen Architekten, der zu den bedeutendsten Sehenswürdigkeiten der Stadt gehört.

»Alles kaputt innen«, schreit der Taxifahrer.

Der Palast ragt riesig vor uns auf. Die Fenster starren hohl, oder grinsen sie wie die Zahnreihen eines Totenkopfs? Einer der Türme ist halb abgerissen, die Dächer sind völlig zerstört, ein Wunder, dass der Rest noch steht.

»Da spielen Kinder drin«, schreit der Fahrer weiter. »Die schlafen da auch! Und sehen sie, gegenüber, der berühmte Grüne Palast? Er ist auch nur noch eine Ruine.«

Der Fahrer macht einen U-Turn, ich fliege auf der Sitzbank nach links und knalle gegen die Tür.

»Entschuldigen Sie, Sahib«, ruft er, »ich wollte Ihnen nur den Palast zeigen, nur ein klitzekleiner Umweg!«

Es ist mir recht, ich bin froh, dass er mir das alles zeigt.

»Wir nehmen jetzt die Pol-e-Sorkh Street«, ruft er mir zu, die Straße

der Roten Brücke. Ich bitte ihn, mir weiter zu erklären, durch welche Viertel wir fahren.
»Karta-Se«, schreit er.
Das Viertel meiner Kindheit! Ich klammere mich an der Fensterkurbel fest, und als er in die Wazir-Kabir-Street einbiegt, kriege ich Herzrasen, und dann, dann erkenne ich unser Haus, die weiße Fassade mit den grün gestrichenen Läden. Ich schreie und fuchtle mit den Armen, »anhalten, hier!«, und ohne dass ich es irgendwie im Griff hätte, fange ich an zu lächeln, so extrem zu lächeln, dass mir der Kiefer davon schmerzt, und ich will lachen, da steht es, es ist nicht zerstört, unser altes Haus. Im Heranfahren sehe ich einen kahlköpfigen Mann in hochgekrempelten Hosen und schmuddeligem Hemd, er fegt mit einem riesigen Besen den Vorplatz. Wir halten an, ich werde hektisch, reiche dem Fahrer die Scheine und springe aus dem Wagen. Der Fahrer geht zum Kofferraum und holt meinen Koffer. Der Mann mit dem Besen hört zu fegen auf und kommt auf mich zu.
»Sind Sie der Sohn von Hadji Sahib?«
Ich lächle zustimmend, er strahlt mich an.
»Kosh amaded«, begrüßt er mich, herzlich willkommen, und einen Moment lang kommt es mir vor, als wollte er mich umarmen. Er ist einen Kopf kleiner als ich, vielleicht genauso alt wie ich, vielleicht auch zehn Jahre älter, seine Augen sind dunkelbraun und lebhaft.
»Sagen Sie, bitte«, fragt er, während das Taxi in einer Staubwolke davonrast, »waren das wirklich fünfhundert Afghani, die Sie diesem Halsabschneider gegeben haben?«
»Wollen Sie mir nicht erst einmal verraten, wer Sie sind und was Sie im Haus meines Vaters machen?«, frage ich zurück. »Wo ist mein Vater? Was ist mit meinem Vater? Er wollte mich vom Busbahnhof abholen, aber er war nicht dort. Ist er krank?«
Der kleine Mann wirft sich in die Brust: »Ich bin Abdul. Ich arbeite für Ihren Vater.«
Immerhin gibt es meinen Vater hier. Es klingt, als wäre der kleine Mann der persönliche Assistent eines Konzernleiters. Vertraulich beugt er sich zu mir vor.

»Sie haben dem Gauner viel zu viel Geld gegeben«, raunt er mit Verschwörermiene. »Zweihundert Afghani, allerhöchstens zweihundertfünfzig, mehr hätten Sie ihm nicht geben dürfen! Hadji Sahib hat gewusst, dass Sie noch viel lernen müssen. Er hat mir Anweisung gegeben, Ihnen dabei zu helfen.«
Er will weiterreden, ich schneide ihm das Wort ab: »Was ist jetzt mit meinem Vater? Ist er drinnen?«
Ich nicke mit dem Kopf zum Haus hinüber und Abduls Gesicht nimmt einen schwer zu deutenden Ausdruck an. »Ja, er ist oben im Aufenthaltszimmer. Sie sollten da jetzt lieber nicht hineingehen. Wissen Sie, was?« Er schnappt sich meinen Koffer und trägt ihn in den Hof.
»Jetzt gehen Sie erst einmal ins Gästezimmer, und ich bringe Tschai«, sagt er über die Schulter hinweg. »Danach erkläre ich alles.«
Ich gehe hinter ihm her, in das Haus hinein, in den Flur. Ich sehe nicht gut, es ist zu dunkel, es riecht muffig, langsam sehe ich mehr, die Türen hängen schief in den Angeln, Lack blättert ab, die Wände haben Flecken. Wir betreten einen großen Raum, mitten drin ein ramponierter Sessel. Er steht in so knappem Abstand vor einem alten Fernseher, dass mein Vater entweder Probleme mit den Augen hat oder bald welche kriegt. Am Boden ein paar Kissen, vor den Fenstern verblichene rote Vorhänge, ein billiger Kalender und eine simple Wanduhr an der nackten Wand. Abdul verlässt den Raum.
Ich bin wie gelähmt. War dies mein Zuhause? Unser freundliches, helles Haus?
Ich weiß es aus meinem Gedächtnis und von den wenigen Fotos, die meine Mutter mitgenommen hat: Das hier muss das Zimmer zum Empfang von Gästen gewesen sein, unser »Deutschlandzimmer«, wie meine Schwester es immer etwas spöttisch nannte, weil mein Vater, der so oft auf Geschäftsreisen nach Deutschland fuhr, es mit importierten Möbeln eingerichtet hatte. Wie ein typisch deutsches Wohnzimmer sollte es aussehen, mit der breiten, mit weinrotem Samt bezogenen Polstercouch, den drei dazu passenden großen Sesseln, dazu in der Mitte ein Couchtisch und an der linken Seite

ein mächtiger Mahagoni-Esstisch mit sechs Stühlen. Diese Möbel waren der Stolz meiner Eltern, sie hatten ein Heidengeld gekostet, drei ganze Monate Lohn hat dein Vater dafür bezahlt, hat meine Mutter immer gesagt, wenn sie mir verbot, mich allein in diesem Zimmer aufzuhalten. Ich hätte ja etwas schmutzig oder kaputt machen können. Umso mehr hatte ich mich immer gefreut, wenn Gäste zu uns kamen. Ich konnte es kaum erwarten, allen die Hand zur Begrüßung zu küssen, um mich dann auf die Couch zu setzen, die schöne, feine Couch mit dem weichen Samtbezug. Auch wenn sie mich immer, wenn die Gespräche besonders spannend wurden, vor die Tür schickten, und ich in den Garten rannte und mich unter der großen Tanne versteckte, um von dort aus zu lauschen, was die Erwachsenen so Geheimnisvolles zu bereden hatten. Alles, was von der alten Pracht übrig ist, soll dieses ramponierte, abgeschabte Ungetüm von einem Sessel sein? Ich muss schlucken.

Erinnerungsfetzen stürmen auf mich ein, mein Vater, wie er aus einer neuen Porzellankanne Kaffee eingießt, meine Mutter, die sich freut, und dabei wird mir klar: Jetzt bin ich der Gast. Ich bin zu Gast in meinem alten Zuhause. Die Höflichkeit verlangt es, Gäste im besten Zimmer zu begrüßen. Das hier ist das beste Zimmer. Ich muss noch mehr schlucken, etwas Kratziges brennt in meinem Hals. Die fahlgrünen Wände sind kahl, bis auf die Muster, die schwarzer Schimmel und zahlreiche Risse im Mauerwerk bilden. Ich drücke das Kratzen im Hals hinunter. Die Teppiche am Boden, auf denen die Sitzkissen liegen, sind zerschlissen. Und der Geruch, feucht, abgestanden, übel. Ich will meinen Vater sehen, sofort, sonst zerfalle ich auf der Stelle zu Staub.

»Hatten Sie eine gute Reise?«, erkundigt sich Abdul, der mit einem Tablett hereinkommt. Ich stehe noch immer auf derselben Stelle, ich habe keine Ahnung, wie viel Zeit vergangen ist, als ob es einen Riss im Zeitraumkontinuum gegeben hätte. Der Geruch des Tees rettet mich; noch nie habe ich einen so angenehm würzigen Tee gerochen. Unweigerlich mache ich einen Schritt auf Abdul zu. Es ist grüner Tee, mit Kardamomschoten, und auf dem Tablett stehen zwei kleine

Schalen mit getrockneten Rosinen und Kichererbsen, so wie bei meiner Mutter.
»Anstrengend!«, fasse ich alles zusammen. »Auf dem Flug nach Islamabad saß zwei Reihen hinter mir eine Familie mit Kleinkind, das hat die ganze Nacht geschrien. Ich konnte kaum ein Auge zumachen. Und die Fahrt mit dem Bus, naja, danke.«
Dass mich die Begegnung mit Noor zusätzlich in Aufruhr versetzt hat, behalte ich für mich. Sie kommt mir inzwischen ohnehin vollkommen unwirklich vor. Als müsste ich meine Erschöpfung beweisen, überfällt mich ein heftiger Gähnanfall. Abdul stellt das Tablett auf das niedrige Tischchen. »Wollen Sie sich vielleicht erst einmal hinlegen?«, schlägt er besorgt vor und reicht mir ein Glas Tee.
»Nein! Ich möchte meinen Vater sehen!«
Ich verliere langsam die Geduld; ich will endlich wissen, warum ich meinen Vater nach Meinung seines Dieners nicht aufsuchen soll. In diesem Augenblick höre ich ein Rascheln, das Geräusch von Schritten, und dann ruft jemand mit krächzender Altmännerstimme: »Abdul!« Es klingt verärgert und weinerlich nörgelnd.
»Warten Sie einen Moment!«, zischt Abdul mir zu und huscht aus dem Raum, bevor ich eine Antwort geben kann.
Kann das mein Vater gewesen sein, der da gerufen hat, der brüllende Löwe meiner Kindheit? Gierig trinke ich den Tee, sein bittersüßer Geschmack beruhigt mich. Was soll ich tun? Hinausgehen und den Inhaber der Stimme begrüßen? Dass ich im Gästezimmer sitzen bleibe, ist kaum mit der afghanischen Vorstellung von Respekt zu vereinbaren, den ein Sohn seinem Vater schuldig ist. Zögernd wende ich mich der Tür zu, als die Stimme draußen erneut loskrächzt: »Du hast Diebe ins Haus geschleppt, Abdul! Ich habe es genau gehört!«
Der Vorhang an der Tür bewegt sich, wird mit einem überraschend energischen Ruck zur Seite geschoben.
Ich erstarre.
Ich hätte keine Fotografie gebraucht. Ob Turban oder Anzug: diese Körperhaltung und diesen Gesichtsausdruck würde ich unter Tausenden wiedererkennen. Das in der Schulterpartie leicht gebeugte,

dabei aufrechte Rückrat, als wollte er den Kopf immer ein wenig vor dem Rest in den Raum schieben, die vom Körper abgespreizten Arme mit den auffallend langen Händen, immer bereit, nach etwas zu greifen, der schmale Kopf, die großen, leuchtend türkisen Augen, immer bereit, etwas zu taxieren, die buschigen Brauen unter der hohen Stirn. Etwas schwer zu Fassendes, herrisch und leicht zugleich, selbst das Zucken am linken Auge hatte er damals schon. Langsam und mühevoll bewegt er sich. Er streckt die Hand aus und zeigt mit dem Finger auf mich. »Schaff diesen Dieb aus dem Haus, Abdul!«, kreischt er mit überkippender Stimme. Er hat kaum noch Zähne im Mund.

Abdul nimmt ohne ein Anzeichen von Verwunderung oder Verstimmung meinen Vater am Arm und führt ihn zu mir herüber. Ich sehe sofort, dass an seiner linken, krumm gehaltenen Hand der kleine Finger fehlt.

»Aber Hadji Sahib«, tadelt Abdul ihn freundlich. »Warum sind Sie so unhöflich zu Ihrem Sohn, der Sie besuchen gekommen ist? Erkennen Sie ihn denn wirklich nicht?«

Mein Vater, den ich zu vergessen versucht habe, mein Vater, der immer präsent war, sieht mich erstaunt an. Und auch ich kann es nicht glauben, dass er vor mir steht. Wie deutlich die vergangenen Jahre ihm anzusehen sind! Ratlos stehe ich da, während der alte Mann mich misstrauisch und zweifelnd inspiziert. Die billige Uhr tickt, doch die Zeit steht still. Die letzten einundzwanzig Jahre des Wartens, der Sehnsucht, nach diesem Vater, der sich so lange nicht bei uns gemeldet hat, ja, mein ganzes bisheriges Leben, alles surrt zusammen, auf diesen Augenblick hin, dieses Ticken, das immer lauter und unerträglicher wird. Da plötzlich verzieht sich sein Mund zu einem breiten Lächeln.

»Mahboob djan!«, ruft er, breitet die Arme aus, und schon bin ich von ihnen umklammert. Ich lasse mich von ihm an sich ziehen. Ich zittere am ganzen Leib. Ein Gefühl der Vertrautheit überschwemmt mich, sein Geruch. Ich kann es nicht fassen, mein Körper pulsiert in seinen hinein, ich nehme mich völlig verändert wahr, was ist das? Bin ich das? Ich erwidere seine Umarmung, ich drücke ihn an mich, drängend, suchend und vorsichtig zugleich, ungläubig, wie zerbrechlich er sich anfühlt! Ich habe Angst ihm wehzutun. Ich rieche diesen vertrauten Duft, den ich seit meiner Kindheit nicht mehr gerochen habe, den meine Sinne wiedererkennen, sofort und ohne jeden Zweifel, während mein Kopf sich im Kreis zu drehen scheint. Er benutzt noch immer dasselbe Rasierwasser, versucht mein armer Verstand es zu erklären, doch da bin ich schon überwältigt, kämpfe vergebens mit den Tränen: »Ich habe Sie vermisst, Padar djan, ich habe Sie so sehr vermisst!«

Wir setzen uns zusammen auf den Boden, auf die staubigen Kissen. Abdul gießt meinem Vater Tee ein und füllt mein Glas noch einmal; in hohem Bogen lässt er den Tee aus einer Nickelkanne in das Glas fließen, der Tee bildet einen kleinen Schaum, ganz so, wie es sein soll, wie meine Mutter es mich gelehrt hat, bitter das erste Glas, süß das zweite, und dieses hier ist süß wie die Freude des Wiedersehens.

»Wie war deine Reise?«, erkundigt sich mein Vater mit spröder Stimme. Er hört sich jetzt einigermaßen gefasst an, und ich gebe ihm eine ähnliche Antwort wie vorhin Abdul.

»Dann musst du dich hinlegen! Du musst dich ausruhen«, stellt mein Vater kategorisch fest. »Ich gehe selbst auch ein bisschen schlafen.«

Schlafen? *Mekhohi estrahat koni?*, nimmt man diese Begrüßungsfloskel hier etwa beim Wort? Ich bin doch nicht auf einem Kamel hergeritten! Und er? Wie kann er sich jetzt hinlegen? Ich will ihm widersprechen, doch ich sehe Abduls bittendes Gesicht. Was, wenn er noch einmal einen Anfall bekäme? Als wäre es das Normalste von der Welt und als hätte er sie erst letzte Woche gesehen, fragt er: »Wie geht es deiner Mutter? Wann kommt sie nach Kabul zurück?«

Gar nicht, Padar djan, *sie hasst Sie.* Das behalte ich für mich, aber meiner Miene hat er wohl eine ähnliche Antwort entnommen, denn er seufzt schwer und schließt die Augen. »Sie hat ja recht«, murmelt er. »In Alman ist es besser als hier, Resagol hat es dort sicher gut. Warum sollte sie also zurückkommen wollen?« Abrupt erhebt er sich und ruft nach seinem Diener. »Hilf mir die Treppe hinauf, Abdul!«

Ohne mich weiter zu beachten, lässt er sich von ihm aus dem Raum führen.
»Ist er immer so – verwirrt?«, frage ich Abdul, als er wieder herunterkommt. Er schüttelt den Kopf. »Nein, das kommt nur vom Schlafmangel. Hadji Sahib hat die letzte Woche kein Auge mehr zugemacht. Die Aufregung über Ihre Heimkehr, Sie verstehen? Wenn er ausgeschlafen hat, ist es viel besser mit ihm, Sie werden sehen.«
Die tröstlich gemeinten Worte machen mich hellhörig. »Besser?«, frage ich. »Das ist nicht dasselbe wie gut oder normal!«
»Doch, doch«, versichert Abdul und sieht mich aus seinen runden braunen Augen eindringlich an. »Sie dürfen ihn nur nicht aufregen.«
Das höre ich ungern. Ich habe viele Fragen an ihn. Und diese Fragen werden ihn aufregen. »Es geht ihm also nicht besonders gut, oder?«
Abdul zuckt die Achseln. »Hadji Sahib hat in den Kriegsjahren einiges durchgemacht. Niemand ist danach mehr richtig gesund.«
Mein Sitznachbar aus dem Flugzeug fällt mir ein. Er war ungefähr so alt wie mein Vater, doch im Vergleich zu ihm wirkt mein Vater wie ein Greis.
»Und was ist mit seinem kleinen Finger geschehen?«
Abdul schaut mich schweigend an.
»Nun?«
»Er hat es nie erwähnt. Meinen Fragen ist er immer ausgewichen«, gibt er mir zur Antwort. Aus seinem Gesichtsausdruck lese ich ab, dass er mir nicht die ganze Wahrheit sagt. Will er meinen Vater schützen? Wovor? Er nennt ihn voller Respekt Hadji Sahib: Hadji wird einer genannt, der eine Pilgerreise nach Mekka unternommen hat, eine Art Ehrentitel, eine Ehrenbezeugung, einer Verneigung gleich. War er denn in Mekka? Er war doch früher nicht religiös.
Ich trinke den Tschai aus, und plötzlich merke ich, dass ich riesigen Hunger habe, ich habe seit der Mahlzeit im Kebab-Haus, die ungefähr sieben Stunden zurückliegt, nichts gegessen. »Abdul, wird es heute noch eine gemeinsame Mahlzeit mit meinem Vater geben?«
Etwas beschämt senkt er den Blick: »Ich fürchte, nein, Mahboob Sahib.«

Wie das klingt, Mahboob Sahib.

»Ich denke, ihr Vater wird bis morgen durchschlafen. Nehmen Sie es nicht als Unhöflichkeit, es fällt ihm sicher schwer genug, jetzt, wo Sie endlich hier sind. Ich kann Ihnen etwas holen.«

»Das wäre schön«, seufze ich, nun doch enttäuscht.

»Gleich, Sahib«, sagt Abdul, nimmt meinen Koffer und führt mich ins obere Geschoss. *Der Anblick des Raums betrübt mich*, würde meine Mutter höflich sagen. Die Wände sind kahl, die Möblierung besteht aus einem klapprigen Bett, einem Schrank und einem wackligen Stuhl. An der Decke baumelt eine nackte Glühbirne, auf dem Boden liegt über den alten, zerschrammten Fliesen ein löchriger Teppich. Jemand hat leidlich saubergemacht. Die zugezogenen blassen Vorhänge sehen aus, als hätten Mäuse sie zerfressen. Nichts, aber auch gar nichts erinnert an das gemütliche Zimmer, das ich damals mit meiner Schwester teilte, unser altes Kinderzimmer! Abdul ist verschwunden. Ich lasse mich auf die Bettkante sinken, die Matratze gibt nach. Ich schließe die Augen und versuche mich daran zu erinnern, wie es früher hier ausgesehen hat. Oder genauer gesagt, so, wie ich es mir jahrelang in Erinnerung gerufen habe. War denn alles eine Täuschung?

Aber nein, hier haben wir zu zweit geschlafen, meine große Schwester Aziza und ich, mein Bett hier und ihr Bett dort. Verrückt, in diesem Zimmer zu sein. Noch verrückter, es allein bewohnen zu sollen. In meinem Kopf geschieht etwas, es fühlt sich so an wie es aussieht, wenn die Farbflächen einer visualisierten Funktion auf dem Computerbildschirm ab- und ineinanderstürzen. Und dann fügen sich neue Bilder zusammen, verwehte Bilder, sie flattern auf wie die Tauben in Mazar-i-Sharif, bei unserer letzten gemeinsamen Reise. Ich sehe meine Mutter, in ihrem geblümten Kleid, als ich ein Kind war, den Garten im Sommer, meine Tante Farida mit ihren klirrenden Armreifen, meine große Schwester Aziza, fünfzehn oder sechzehn, mit ihrem langen, dunklen Haar. Gleich wird sie mir zurufen, bring meine Sachen nicht durcheinander, kleiner Prinz, und mir mit energischem Griff die breiten bunten Bänder aus der Hand nehmen, die sie sich ins Haar bindet anstelle eines Tschadors. Gleich wird sie mich an der Nase stupsen, mit ihrem schmalen weißen Zeigefinger, geh spielen, Mahboob, lass mich ein bisschen allein!

3

Alman – das Wort begleitete mich durch meine Kindheit.
Mein Vater reiste oft dorthin. So oft, dass ich manchmal glaubte, dort wäre sein wahres Zuhause und zu uns käme er nur zu Besuch. Einmal sagte ich das zu meiner Mutter. Es war als Scherz gemeint. Ich machte gern naseweise Scherze, und normalerweise lachte meine Mutter mit mir. Doch diesmal gab sie mir eine feste Backpfeife und verschwand die Tür hinter sich zuknallend in ihrem Schlafzimmer. Ich war damals vielleicht vier oder fünf, und Aziza vierzehn oder fünfzehn.
»Am besten, du sprichst mit Mutter einfach nicht über Alman«, flüsterte mir Aziza an jenem Abend ins Ohr, als sie mich zu Bett brachte. Meine Mutter, die es sich sonst nicht nehmen ließ, mir noch einen Gute-Nacht-Kuss zu geben, war den ganzen Abend nicht mehr aus dem Schlafzimmer herausgekommen.
»Warum denn?«, fragte ich, noch immer gekränkt.
»Das ist zu kompliziert für dich, kleiner Prinz. Es ist eine Sache zwischen unseren Eltern!«
Ich hätte meine Mutter zu gern danach gefragt, doch eine zweite Backpfeife wollte ich auf keinen Fall riskieren.

Mein Vater hatte in Alman studiert, und er war sehr stolz darauf. Zuvor hatte er in Kabul die höhere Schule besucht, die Amani-Oberrealschule, die König Amanullah 1922 hatte gründen und 1924 von deutschen Architekten erbauen lassen. Sie galt als beste Schule Kabuls, deutsche und afghanische Kinder besuchten sie gemeinsam, und als einer der Besten hatte mein Vater ein Stipendium erhalten, um in Stuttgart Ingenieurswissenschaften zu studieren.
»Dort kommst du später auch hin«, hatte er oft zu mir gesagt und

mir von Alman die tollsten Sachen erzählt. Wie schön und neu und glänzend alles dort war, wie hoch die Häuser, wie klug die Menschen. Und manchmal, wenn er besonders gut gelaunt war, lud er uns in das deutsche Restaurant im Hotel Intercontinental ein und wir aßen Kalbsschnitzel mit Pommes Frites und Ketchup. »Alman schmeckt ausgezeichnet«, sagte ich dann immer, und alle lachten.
Nicht nur bei uns zuhause, sondern in ganz Kabul hatte Alman einen besonderen Klang; deutsche Architekten, Ingenieure und Handwerker hatten wichtige Gebäude wie den Regierungssitz, das Museum, aber auch Staudämme und eine Eisenbahnlinie errichtet. Auch mein Großvater hatte viele Geschäfte mit ihnen abgeschlossen, als Zulieferer von Baustoffen. Die Almani achteten die Afghanen und umgekehrt, während die Briten als ehemalige Kolonialherren nicht sonderlich beliebt waren.
»Weil er die Sprache so gut spricht, muss unser Vater so häufig dort hinfahren«, erklärte Aziza mir an jenem Abend, als meine Mutter so wütend geworden war. »Wenn ihn der Wazir Sahib nach Alman schickt, braucht sich der Herr Minister keine Sorgen zu machen, dass die Deutschen vielleicht etwas falsch verstehen und dann alles verkehrt gemacht wird. Das wäre schlimm, weil es um sehr wichtige Geschäfte geht und um sehr viel Geld.«
»Ist unsere Mutter denn nicht stolz auf ihn?«
»Doch«, lachte Aziza und schüttelte ihre braune Mähne, »aber weißt du, manchmal bleibt er ihr einfach zu lange weg, und dann hat sie Sehnsucht nach ihm.«

Wenn mein Vater nach Alman fuhr, nahm er oft Geld mit, um dort gebrauchte Autos zu kaufen und sie nach Kabul zu überführen. Damit verdiente er viel, mehr sogar, als ihm das Ministerium für Landwirtschaft für seine Arbeit bezahlte. »Ich würde auch gern einen solchen Wagen besitzen,« sagte er oft, und eines Tages kam er mit einem großen, knallblau lackierten Mercedes-Benz zurück. Laut hupend fuhr er bei uns vor, wir rannten hinaus und konnten es kaum fassen. »Was für ein großes, schönes Auto! Phantastisch,

unglaublich! Ein Wunder!«, schrien wir, und meine Mutter strahlte und umarmte meinen Vater.
»Den habe ich selbst kutschiert, sagte er zufrieden, »stell dir vor, Mahboob, durch wie viele Länder ich gefahren bin, einen sooo langen Weg«, und er breitete die Arme weit aus und zählte all die Ländernamen auf, die für mich wie die geheimnisvollen Welten in einem Märchen klangen: »Österreich, Jugoslawien, Bulgarien, Türkei und Iran.«
Es gab nur wenige Familien, die ein eigenes Auto besaßen, und einen so teuren Wagen wie einen Mercedes-Benz schon gar nicht. Mein Vater machte mit uns allen eine Spazierfahrt durch unser Viertel. Er fuhr ganz langsam, das Auto rollte gemächlich durch die hellen Straßen, denn jeder sollte erkennen, wer am Steuer dieses Wagens saß. »Habt ihr das gesehen? Sher Ahmad besitzt einen Benz!«
Einen blau lackierten Benz, blau wie der Himmel über dem Hindukusch, blau wie die Mosaiken der Moscheen, blau wie das Paradies. Das Paradies mit Namen Alman.

Der Mercedes sollte eines der letzten Autos sein, die mein Vater nach Kabul überführte. Die Zölle auf Autos und Lastwagen aus den westlichen Staaten wurden so drastisch erhöht und er musste bei seiner Einreise so viel Zoll bezahlen, dass es sich nicht mehr lohnte. »Mein ganzes Geschäft wird mir verdorben!«, wetterte er. »Die einzige Ausnahme gilt für Autos aus der Sowjetunion. Stellt euch das mal vor, für diese Pappschüsseln! Wer will denn so was?«
Mein Vater schimpfte oft über die Russen, und auch meine Mutter konnte sie nicht leiden, aber sie hatten verschiedene Gründe. »Sie sind gottlose Banditen«, sagte meine Mutter, »mit solchen Menschen will ich nichts zu tun haben.«
»Das ist mir egal«, sagte mein Vater, »wenn man ihnen nur über den Weg trauen könnte! Leute, die sich in fremde Ländern einschleichen und behaupten, dass diese Unterstützung bräuchten und alles in ihrem Sinne umkrempeln – pah! Von den Russen kommt nichts Gutes, Resagol! Und damit meine ich nicht nur die Autos.«
Resagol bedeutet »kleine Blume«, und es war der Rufname, den

mein Vater meiner Mutter gegeben hatte. Ihr eigentlicher Name lautete Nafisa, aber bei uns war und ist es üblich, dass der Mann seiner Frau nach der Hochzeit einen neuen Kosenamen gibt, mit dem auch Freunde und Verwandte sie künftig ansprechen. Ich fand den Rufnamen meiner Mutter lustig, denn der Vorname meines Vaters, *Sher Ahmad*, bedeutet Löwe Ahmad: Ein Löwe, der mit einer kleinen Blume verheiratet ist! Auch wenn meine Mutter mir, wenn ich an ihr hochsah, eher wie eine große Blume vorkam: neben meinem muskulösen, kräftigen Vater, der im Zorn tatsächlich wie ein Löwe brüllen konnte, wirkte sie zierlich wie die Blumenelfe aus einem meiner Kinderbücher – und genauso schön.

Der blaue Benz bekam seinen Platz in unserem Hof neben dem Steinplattenweg zum Hauseingang. Wenn der Wagen auf seinem Platz geparkt war, wusste ich, dass mein Vater zu Hause war. War er nicht da, befand sich mein Vater im Büro im Ministerium oder er besorgte etwas oder er fuhr nach Alman. Das heißt, ich glaubte das, obwohl er den Benz nicht jedes Mal mitnahm, wenn er nach Alman reiste. Manchmal ließ er ihn aber auch bei uns im Hof stehen. Damals nahm ich das hin, ohne eine Erklärung dafür zu suchen. Erst viel später begriff ich, dass mein Vater nur dann, wenn er im Taxi zum Flughafen fuhr, nach Deutschland unterwegs war. Nahm er den Benz, hatte er andere Ziele.

Am Tag meiner Geburt aber war mein Vater wohl wirklich in Alman. Sonst hätte meine Mutter mir sicher nicht so oft davon erzählt. »Deine Geburt war früher, als wir dachten, deshalb war dein Vater nicht hier.« Dabei zog sie die Brauen zusammen, sodass ein kleines Dreieck über ihrer Nase entstand. »Er wollte unbedingt, dass ich in einem Krankenhaus entbinde, aber ich hatte zu große Angst davor. Es war Nacht, und die Straßen waren dunkel und nicht sicher. Also bist du hier im Haus auf die Welt gekommen, in unserem Schlafzimmer.«

Aziza erzählte die Geschichte ein bisschen anders. »Vater und Mutter haben sich gestritten und sich sogar laut angeschrien!«, behauptete sie, und weil man es von unserem Zimmer aus gut hören konnte, wenn im Schlafzimmer der Eltern laut geredet wurde, glaubte ich ihr, obwohl ich es gar nicht fassen konnte, dass meine Mutter, die meinem Vater nur selten widersprach, ihn sogar angeschrien haben soll. »Woher in Allahs Namen sollten ausgerechnet Männer etwas davon verstehen, wie Kinder zur Welt gebracht werden? Das Leben meines so lang erwarteten Kindes werde ich nur einer erfahrenen Hebamme anvertrauen, und die kommt, Allah sei Dank, zu mir ins Haus, so wie es seine Ordnung hat.«

»So, wie es seine Ordnung hat« – das war der Schlüssel zu diesem Streit, nicht etwa die Religion, obwohl meine Mutter immer gläubig gewesen ist. Für afghanische Verhältnisse hatte meine Mutter in vieler Hinsicht eine recht moderne Einstellung. Sie trug westliche Hosen und Röcke mit geblümten Blusen, sie ging leidenschaftlich gern ins Kino oder mit ihren Freundinnen auf der Shar-e-Nau-Road flanieren, aber alles musste »seine Ordnung« haben. Dazu gehörte, dass Frauen ihr Haar bedeckten; sich von männlichen Ärzten untersuchen zu lassen, gehörte eindeutig nicht dazu. Es war wohl eine der Widersprüchlichkeiten im Charakter meines Vaters, wie er die Dinge sah. Einerseits war er moderner als meine Mutter – wenn es nach ihm gegangen wäre, hätte man in Kabul genauso leben müssen, wie er es von Alman kannte. »Alles ist so frei dort!«, sagte er oft, aber ich war zu klein, um mir darunter etwas vorzustellen. Andererseits zögerte er nie, Gebrauch von der Autorität zu machen, die ihm als Ehemann traditionell zustand. Er hatte das Recht, von meiner Mutter zu verlangen, ins Krankenhaus zu gehen, sogar gegen ihren Willen. Und sicher hätte er davon auch Gebrauch gemacht, wäre er zum Zeitpunkt meiner Geburt zu Hause gewesen. Da er es nicht war, tat meine Mutter, was sie selbst für richtig hielt, und rechtfertigte sich hinterher damit, es sei eben Allahs Wille gewesen. Mein Vater, der telegrafisch über das freudige Ereignis – »ein Sohn, ein Sohn!« – verständigt wurde, ließ in Alman alles stehen und liegen und eilte sofort zurück. Er war viel zu glücklich, endlich einen Sohn zu haben, als dass er seiner Frau wegen ihrer Eigenmächtigkeit Vorwürfe gemacht hätte. Er war es auch, der meinen Namen bestimmte, Mahboob. Er bedeutet: der Geliebte.

Sie hatten tatsächlich sehr lange auf mich warten müssen, zehn Jahre lang.
Meine Schwester Aziza war ein knappes Jahr, nachdem der Mullah die Ehe für heilig gesprochen hatte, auf die Welt gekommen. So wurde es von einer jungen afghanischen Ehe erwartet, und so sollte es eigentlich auch weitergehen. Doch es kam kein zweites Kind, kein Junge, kein Mädchen. Das war ungewöhnlich. Befreundete Familien und Familien in der Nachbarschaft hatten bald sechs oder sieben, manche sogar zehn Kinder. Für meinen Vater war es eine Schmach, und für seine Resagol war es eine Katastrophe. Viele Männer nahmen sich in einer solchen Lage einfach eine zweite Frau, und alle hätten es normal gefunden, wenn mein Vater es ebenso gehalten hätte. Er aber tat es nicht. Er tröstete meine Mutter.
Fünf oder sechs Jahre vergingen, sie gab die Hoffnung auf.
»Ich habe ja Aziza«, sagte sie und lächelte. Sie liebte ihr kleines Mädchen, ein etwas wildes, schönes Kind, das oft lachte und laut sang. »Sie ist mein Augenstern«, sagte meine Mutter, »ich danke Allah für dieses Geschenk.« Doch heimlich weinte sie bittere Tränen.
»Ich bin eine Schande für dich, Sher Ahmad«, sagte sie manchmal zu meinem Vater. Er aber konnte ihren Kummer nicht mit ansehen. Wie könnte man sie nur ablenken davon? Er war viel auf Reisen, er wollte nicht, dass sie ihn zu sehr vermisste, er wollte nicht, dass sie unglücklich war. Er sah, wie geduldig sie mit Aziza war, wie viel Freude es ihr bereitete, ihr das Schreiben und Lesen beizubringen und vieles mehr.
»Warum sollen andere Kinder nicht auch etwas von deinen Talenten haben?«, fragte er sie. »Aziza kommt nun selbst in die Schule, du wirst Zeit haben, warum wirst du nicht Lehrerin?«
Meine Mutter zögerte, wenige Frauen in der Nachbarschaft gingen einer solchen Arbeit nach, doch mein Vater drängte sie, ein Studium

zu beginnen, an der Ausbildungsstätte für Lehrerinnen und Lehrer, die erst vor kurzem eingerichtet worden war.
»Ich weiß nicht«, sagte sie. Doch ihre jüngere Schwester, Farida, die selbst eine Krankenschwester geworden war, war von dieser Idee begeistert, und ihr gelang es, sie zu überzeugen. Resagol lernte und lernte, ein schönes Leben für sie begann. Und kaum hatte sie das Studium abgeschlossen, wölbte sich ihr Bauch und die kleine Blume stellte fest: Sie erwartete ein Kind. Nach zehn langen Jahren! Meine Eltern waren außer sich vor Freude und Resagols Arbeit im Schuldienst vergessen, bevor sie überhaupt begann. Der kleine Geliebte kam, Mahboob, vom Vater auf Händen getragen, das Nesthäkchen, verwöhnt von Mutter, Tante, großer Schwester.

4

Es klopft.
»Bitte, Mahboob Sahib, ich habe das Essen für Sie vorbereitet.«
Abdul steht in der Tür. Ich folge ihm nach unten, ins Deutschlandzimmer. Er hat mir Reis mit Ashak von irgendeiner Imbissküche geholt, Nudeltaschen mit Hackfleisch und Kräutern. Ausgehungert falle ich über sie her. Ich löffle kühlen Joghurt dazu und kippe mehrere Becher Wasser in mich hinein. Was gäbe ich für ein frisches, kühles Bier!
Nach dem Essen ziehe ich mich sofort wieder zurück, in »mein« Zimmer, was soll ich unten allein herumsitzen? Abdul klopft an, er serviert mir Tschai und wünscht mir Shab-e-khosh, gute Nacht; dann höre ich ihn unten rumoren. Irgendwann hört auch das auf. Mein Vater schläft nebenan. Er schnarcht. Draußen ist es still und dunkel. Mein Koffer liegt aufgeklappt am Boden. Ich sollte meine Sachen auspacken. Oder mich hinlegen. Ich bekäme kein Auge zu. Eine ganze Kiste Bier bräuchte ich, so aufgedreht bin ich.
Ich war neun, als wir Kabul verließen, unfreiwillig und als Familie halbiert, und auch wenn ich keine besondere Vorstellung davon hatte,

was mich hier erwarten würde, konnte ich es, seit ich die Grenze passiert habe, kaum erwarten, mein altes Zuhause wieder zu sehen. Doch nichts hier hat mit dem Haus zu tun, das ich als Kind geliebt und all die Jahre mit mir herumgetragen habe, in Gedanken, ohne zu denken, als tiefste Erinnerung und Sehnsucht. Alles ist heruntergekommen, und mein Vater ist ein gebrochener alter Mann. Nichts ist mehr übrig von dem gutaussehenden, gepflegten Herrn, der elegante Anzüge trug und teures Rasierwasser liebte. Nichts von unserem feinen Wohnzimmer mit den seidigen Tapeten, auf denen Kraniche flogen, und den in Gold gerahmten Bildern von Pflanzen und Landschaften, die mein Vater von seinen Reisen mitgebracht hatte. Die Marmorböden, damals immer auf Hochglanz poliert, sind stumpf, und von den einst strahlend blauen und weißen Wänden bröckelt der Putz. Ich begreife nicht, wie mein Vater alles so sehr hat verwahrlosen lassen.

Ich schließe die Augen, sie brennen von meinem endlos langen Tag. Ich denke an Noor, ihre schönen Augen, ihr Lächeln, ihren Blick. Doch andere Bilder drängen hoch, von Aziza, meiner geliebten großen Schwester, mit der ich dieses Zimmer teilte. Die mich abends noch einmal küsste, bevor ich einschlief. Mit der ich erwacht bin, jeden Morgen, von ihrem Summen, wenn sie auf dem Bett saß und ihr langes braunes Haar bürstete. Meine Schwester, die nicht mitkam nach Alman, und von der ich hier nicht glauben kann, dass sie nicht mehr leben soll, schon so viele Jahre lang. Hier in diesem Haus wird ihre Abwesenheit zu einem scharfen Ton in meinem Ohr.

Mein Blick wandert umher, die nackte Glühbirne wirft ein fahles Licht. Mir fällt die lose Bodenfliese ein, unter der Aziza früher immer Dinge aufbewahrte, die niemand sehen durfte. Nicht einmal ich wusste, was sich in diesem Versteck befand. Neugierig war ich, doch Aziza hob ihren Zeigefinger, »für Schnüffler habe ich eine Falle eingebaut!«, und natürlich hatte ich ihr geglaubt. Ich lauerte oft darauf, dass sie ihr Geheimfach öffnete, damit ich sehen konnte, was sie darin verbarg, was für ungeheure, bedeutende Schätze.

Ich gehe zu der Stelle, wo ihr Bett gestanden hat, und drücke pro-

beweise mit der Fußspitze gegen einige der Fliesen; hockend taste ich den Boden ab. Nach ein paar Versuchen bemerke ich, wie unter dem Druck meiner Hände eine der Fliesen nachgibt. Beim ersten Versuch, sie anzuheben, breche ich mir einen Fingernagel ab. Ich überlege kurz, dann hole ich aus meinem Koffer das erstbeste Ding, das ich als Hebel nutzen kann, einen Kugelschreiber. Unter der angehobenen Fliese befindet sich nichts als eine hölzerne Diele. Enttäuscht sinke ich zurück. Habe ich an der falschen Stelle gesucht? Da sehe ich, dass ich meinen Hebel nur ein wenig anders ansetzen muss. Die Diele wurde herausgesägt und anschließend wieder eingepasst und so befestigt, dass man sie hochklappen kann. Nie und nimmer hat Aziza das selbst gemacht. Dabei muss Zaki ihr geholfen haben. Zaki, mein Cousin, etwas älter als Aziza, vielleicht siebzehn oder achtzehn damals, vielleicht sogar zwanzig, mir kamen die beiden schon so erwachsen vor. Er war oft bei uns im Haus, wenn etwas repariert werden musste oder eine andere Männerarbeit anlag, und mein Vater nicht da war. Manchmal kam er in Begleitung von Tante Farida, seiner Mutter, aber oft schickte sie ihn auch allein. Ein Vorwand dafür fand sich immer. Eigentlich ging es den Schwestern darum, den beiden eine Möglichkeit zu geben, sich unter dem wachsamen Auge meiner Mutter zu treffen. Sie waren längst dahintergekommen, dass die beiden ineinander verliebt waren, und sie hatten nichts dagegen. In unserer Verwandtschaft waren viele Cousins und Cousinen miteinander verbunden, warum also sollten Zaki und Aziza kein Ehepaar werden? Doch bis dahin, auch darin waren die Mütter sich einig, war es besser, sie im Auge zu behalten. Da Azizas Repertoire an Schlichen und Ausreden unerschöpflich war, gelang das nur schwer. Einmal erwischte ich die beiden, hier, in unserem Zimmer, in enger Umarmung. Sie fuhren auseinander wie von der Tarantel gestochen, und ich musste ihnen einen Eid schwören. »Allah soll dich in der Hölle schmoren lassen, wenn du jemals irgendwem davon erzählst!«
Mit Hilfe meines Kugelschreibers hebe ich das abgesägte Dielenstück an: der Hohlraum darunter ist leer. Ich sacke zusammen und

starre in das Loch. Es wäre zu schön gewesen, etwas von Aziza in den Händen zu halten, irgendeine kleine, dumme Sache, die sie geliebt hat. Sie hatte damals viele Sachen in ihrem Versteck, ich erinnere mich genau, in der Zeit, bevor wir fort gingen, sie war neunzehn, irgendwelche Papiere – Liebesbriefe, Zettelchen. Oder vielleicht doch kommunistische Propagandaschriften, wie meine Mutter immer behauptete?
Gerade will ich aus der Hocke hoch, da glänzt etwas auf. Ich schiebe Schmutz und staubiges Geröll fort, mit den Fingerkuppen, schließlich bekomme ich ihn zu fassen und angle ihn heraus: Es ist ein silberner Ring mit einem Lapislazuli. Nachdenklich drehe ich das Schmuckstück in der Hand. Wie klein der Ring ist. Ich reibe ein wenig den Schmutz ab. Ich drücke den Ring fest in meiner Hand. Ich küsse ihn, zutiefst bewegt.
War er ein Geschenk? Von Zaki? Das sie nicht tragen durfte? Ich drehe den Ring in meiner Hand. Er ist ein bisschen angelaufen. Wieso hat sie ihn hier vergessen? Wo waren die anderen Dinge? Hatte sie das Versteck ausgeräumt? Sicher nicht, sie hätte doch niemals diesen Ring übersehen!
Aziza, denke ich, meine liebe, kleine, große Aziza.

5

Als Mahboob den Brief seines Vaters vor vier Monaten erhalten hatte, war er gerade dabei, ein Stipendium für seine Doktorarbeit in angewandter Mathematik zu beantragen. Er untersuchte die Modellierung von Räuber-Beute-Systemen mittels Differentialgleichungen und träumte davon, bis zu seinem vierzigsten Lebensjahr die Fields-Medaille zu gewinnen, das Äquivalent des Nobelpreises für Mathematik.
Sein Vater hatte sich seit ihrer Flucht vor einundzwanzig Jahren, bei der die Familie getrennt worden war, nie wieder bei ihnen gemeldet. Einundzwanzig Jahre lang hatte Mahboob nicht begriffen, weshalb.

Auch nicht, warum es diese Trennung gegeben hatte, und schon gar nicht, was mit Aziza geschehen war. Nur, dass sie getötet worden war. Diese Nachricht hatten seine Mutter und er noch im Asylantenheim erhalten, im Dezember 1979, doch Mahboob konnte sich nicht genau daran erinnern, weder an die Umstände noch was diese Nachricht damals in ihm ausgelöst hatte. Nur die Trauer seiner Mutter, die all die Jahre gegenwärtig blieb, kannte er, nur das Foto der jungen Aziza, zwanzigjährig, mit ihrem offenen dunklen Haar, dem blauen Minirock und den schicken weißen Lacklederstiefeln, das auf der Kommode seiner Mutter stand, und ein paar vage Bilder aus seiner eigenen Erinnerung.
Einundzwanzig Jahre lang hatte seine Mutter ihm erklärt, der Vater sei wegen »seiner Leute in Kunduz« in Afghanistan geblieben, und Mahboob hatte ihr geglaubt. Sie waren ja nicht einmal sicher, ob der Vater tot war oder nicht, und Mahboob hatte sich damit abgefunden, dass es keinen Vater gab.
Umso größer der Schock, als er den Brief erhielt und wieder und wieder die Zeilen las, in denen der Vater ihn bat zu kommen. Er sei alt und krank und wünsche sich nichts so sehr, als noch einmal seinen geliebten Sohn zu sehen.
Zunächst hatte Mahboob den Brief beiseite gelegt und so getan, als hätte er ihn nie erhalten, als wäre er nie angekommen. Er hatte sich in die Frage vergraben, ob er sich in seiner Doktorarbeit auf Bereiche der Graphentheorie konzentrieren sollte oder doch lieber auf ein Problem der theoretischen Physik, wie etwa das chaotische Verhalten eines Doppelpendels. Doch die Ausschläge seiner eigenen Empfindungen wurden immer heftiger und wollten sich nicht beruhigen. Immer absurder schien es ihm, einen Lebenslauf anzufertigen und ein viele Seiten umfassendes Forschungsvorhaben zu verfassen; seine Gedanken wanderten ziellos umher, seine Konzentration verließ ihn. Der Brief war noch dazu in eine Lücke in seinem Kopf geraten, in der er in letzter Zeit oft umhergeirrt war, weil sein Rechts-links-gewürfelt-Gefühl seit seinem glänzend bestandenen Diplom über die Anwendung statistischer Modelle in der Bio-

logie täglich größer geworden war, wie die Frage, was er aus seinem Leben machen sollte, welchen Schwerpunkt er in der Mathematik wählen sollte.
Er war sich nicht sicher, ob er den Brief seiner Mutter zeigen sollte; da er jedoch niemanden kannte, dem er sich in dieser Sache hätte anvertrauen können, tat er es schließlich doch. Entsetzt starrte sie auf die Zeilen, als ob ein Toter wieder lebendig geworden wäre. Sie schlug die Hände vors Gesicht und brauchte eine Weile, sich zu fassen. »Fahr«, sagte sie, »aber lass mich damit in Frieden.«
Dann hatte sie sich umgedreht, war in ihrem Schlafzimmer verschwunden und hatte die Tür hinter sich zugeknallt. Als Mahboob nach einer Weile leise anklopfte, kam keine Reaktion, auch nach einer Stunde nicht. Schließlich verließ er ihre Wohnung. Zurück in seiner eigenen, rief er seinen Doktorvater an und bat um einen Termin.
Professor Odenbacher staunte nicht schlecht, als Mahboob ihm seine Geschichte erzählte und ihn um einen Aufschub für seine Arbeit bat.
»Selbstverständlich«, sagte er, »selbstverständlich.«
Einige Tage später erhielt Mahboob einen Anruf von Dr. Jalal, einem Bekannten seiner Mutter aus der afghanischen Gemeinde in Frankfurt, den er kannte, seit er ungefähr zwölf Jahre alt war. Er hatte Dr. Jalal zuletzt bei einer großen Afghanistankonferenz getroffen, zu der dieser ihn eingeladen und an der er etwas lustlos teilgenommen hatte. Dr. Jalal war erst kürzlich von der Regierung Karzais zum Transportminister ernannt worden und deshalb auch hin und wieder als Experte im deutschen Fernsehen zu sehen.
Dr. Jalal fragte den von diesem Anruf völlig überraschten Mahboob, ob er nicht Lust habe, beim Wiederaufbau in Afghanistan behilflich zu sein; er könne gute Kräfte gebrauchen, und Mahboob könne seine Erfahrungen ja in seine Promotion mit einbeziehen, etwas Ähnliches habe er selbst seinerzeit auch getan.
»Aber wie kann ich denn helfen?«, fragte Mahboob.
»Sie könnten in Ihrer alten Schule helfen. Sie ist durch einige Bomben stark beschädigt worden. Wir brauchen jede Hand hier. Darü-

ber hinaus könnten Sie bei Kalkulationen behilflich sein, die wir im Bereich der Bildung brauchen, um entsprechende Mittel für den Wiederaufbau zu organisieren. Sie sind doch auf solche Berechnungen spezialisiert, oder? Es wäre zunächst ein Vertrag für drei Monate, obwohl wir Sie lieber gleich länger da behalten würden. Sie könnten sich doch solange freinehmen, oder nicht?«

Mahboob wusste nicht, was er sagen sollte. Seine Mutter! Was hatte sie sich nur gedacht, gleich Dr. Jalal anzurufen? Er hatte keinerlei Ahnung von der Praxis; er war ausgesprochen menschenscheu; alles, worin er sich auskannte, waren Beweise der reinen Mathematik und Berechnungen mit modernen Computermathematikprogrammen.

»Sie können gar nichts falsch machen«, hörte er Dr. Jalals freundliche Stimme. »Hier hat niemand einen Plan, also gibt es nur Versuche. Bitte, kommen Sie. Ich würde mich freuen.«

Mahboob bat um zwei Tage Bedenkzeit. Er war ja noch gar nicht zu dem Entschluss gekommen, wirklich nach Kabul zu reisen. Doch die Aussicht, nicht nur einfach der Gast seines Vaters zu sein und sich ihm damit auszuliefern, eine Vorstellung, die ihn bis in schwere Albträume hinein in den letzten Wochen verfolgt hatte, sondern unabhängig von ihm einen Aufenthalt zu bestreiten, eröffnete ihm eine völlig neue Perspektive. Es verwirrte ihn zudem, dass sowohl sein Doktorvater als auch Dr. Jalal ihn unterstützten. Soviel väterliches Wohlwollen war ihm unheimlich; zugleich zog es stärker als jedes andere Argument. Er buchte den Flug, den das Ministerium für Transport übernahm, und den Bus von Peschawar nach Kabul und er schrieb seinem Vater Tag und Uhrzeit seiner Ankunft.

6

Am nächsten Morgen schläft mein Vater noch tief und fest, als Abdul mir Tee, Brot und Marmelade im Aufenthaltsraum neben der Küche serviert. Ich bin etwas enttäuscht, aber es ist auch erst sieben Uhr.

Ich muss um halb neun in der Schule sein, um meinen Antrittsbesuch zu machen. Abdul schlägt vor, mich zu begleiten.
»Das ist nicht nötig«, sage ich.
Abdul lacht. »Sie werden es nicht finden, Sahib!«
Die Rumi-Schule, auf die ich als Kind selbst gegangen bin, ist nicht weit entfernt von unserem Haus. Aber Abdul lässt sich nicht von meiner ungehaltenen Art abbringen, sondern pocht darauf, mir den Weg zu zeigen. Die Schule heißt noch immer nach Rumi, einem der bedeutendsten persischsprachigen Dichter, um dessen Besitz Iraner, Türken und Afghanen sich streiten, denn er wurde in Balch geboren, im Norden Afghanistans, das damals zum großpersischen Reich gehörte, doch in Konya in der Türkei war es, dass er bei den tanzenden Derwischen seine große Erleuchtung fand. In jedem Fall war und ist die Rumi-Schule die bekannteste Grundschule Kabuls.
Unterwegs wird mir klar, wie naiv es von mir war zu denken, ich fände mich zurecht. Ohne Abdul hätte ich keine Orientierung. Die Straßen ähneln sich, überall beschädigte, vollkommen oder halb zerstörte Gebäude, überall kleine Lädchen, Bäckereien, Handwerker, überall Männer in Pluderhosen und langen Hemden mit Karren, die sie ziehen, oder Eseln, auf denen sie Melonen und Gemüse transportieren. An was sollte ich mich auch erinnern? Nichts sieht so aus wie in meiner Zeit, und abgesehen davon, dass es sowieso ein Irrsinn ist zu glauben, man könne sich an etwas erinnern, was man zuletzt mit neun Jahren gesehen hat und dann zwanzig Jahre lang nicht mehr, ist es ein noch größerer Wahn, man würde all diese Dinge unverändert vorfinden. Wie kommt man darauf, so etwas zu denken?! Kurz vor der Schule bekomme ich kalte Füße: Ich will das alles gar nicht wissen. Selbst wenn ich zufällig bis zum Schulgebäude gelangt wäre, das sich hinter einer hohen, halb eingefallenen Mauer verbirgt: Ich wäre daran vorbeigelaufen.
Vor der Schule verabschiedet sich Abdul. Ein Mann mit einem Stock in der Hand begrüßt mich und lässt mich anstandslos in den Hof. Ein Junge zeigt mir den Weg zum Zimmer des Direktors, aus dem ein riesiger Lärm dringt. Die Tür ist offen, ungefähr zwei Dutzend

Männer stehen darin und diskutieren. Sie tragen einfache westliche Hosen und Jacketts mit hellen Hemden, und alle reden auf einmal, einer brüllt lauter als der andere. Dazu läuft ein klobiger Schwarzweiß-Fernseher in voller Lautstärke.
Mit einem Mal bin ich so schüchtern wie damals, als ich an der Hand meines Cousins Zaki dieses Haus zum ersten Mal betrat, nur damals hatte die Schule keinen Direktor, sondern eine Schuldirektorin, eine echte Sensation. Alle redeten von ihr. Sie war von der kommunistisch orientierten Regierung eingesetzt worden und wurde misstrauisch beäugt, man nannte sie eine rote Hexe, und in meiner Vorstellung hatte sie feuerrotes, wild abstehendes Haar und lange, spitze Fingernägel, die sie mir bestimmt in den Rücken hauen würde, wenn ich etwas Dummes sagte. Am liebsten würde ich rückwärts den Raum verlassen, doch dann wende ich mich an den Mann, der am nächsten von mir steht. Er fuchtelt mit weit ausholenden Handbewegungen herum und erzählt seinem Kollegen etwas über einen Hahnenkampf, wie ich mir aus den Wortfetzen zusammenreime. Er beachtet mich nicht, ich muss ihn am Ärmel anfassen.
»Ich suche den Direktor«, schreie ich. »Qiam Sahib.«
»Wen?«
»Den Direktor der Schule, Herrn Qiam!«
»Ah«, macht er und zeigt auf einen kleinen und dicken Mann, der am anderen Ende des Zimmers sitzt und in ein lebhaftes Gespräch mit einem der Lehrer vertieft ist. Er reagiert sofort.
»Besjar khosh amaded, Mahboob Sahib, willkommen bei uns!«, springt er überraschend behände auf und begrüßt mich enthusiastisch, mit einer festen Umarmung und etlichen dicken Küssen auf die Wangen. »Besjar khosh amaded«, wiederholt er noch einmal. »Kommen Sie, setzen Sie sich hin. Das hier ist Siyaar Sahib, unser Verwaltungsleiter!«
Eine freie Sitzgelegenheit kann ich allerdings nirgends sehen. Das Büro besteht aus einem angeschrammten alten Schreibtisch und einer zerlöcherten Couch. Die Stühle sind alle besetzt. Er bedeutet seinem Gegenüber mit einer Handbewegung, mir seinen Stuhl

freizumachen. Herr Siyaar ist schon aufgestanden. Vorsichtig lasse ich mich auf dem wackligen Schemel nieder. Es ist wirklich irrsinnig laut.
»Schön, dass Sie da sind. Geht es Ihrer Familie gut?« Der Direktor lässt sich auf seinen Stuhl plumpsen. Er zieht ein riesiges Taschentuch aus der Hose und wischt sich über die Stirn. Er trägt eine kleine runde Brille. Er stößt den Atem hörbar ein und aus. Das Hemd quillt ihm aus der Hose und spannt über seinen grotesk großen Bauch, grotesk, weil der ganze Mann anderthalb Köpfe kleiner ist als ich. Noch grotesker aber ist, dass ich mir neben ihm plötzlich plump vorkomme; das widerspricht jeder fassbaren Logik, aber genauso ist es.
»Wann sind Sie angekommen?«, fragt er und schnauft. »Wie geht es Ihrer Familie?«
Theoretisch bin ich gut auf die Art und Weise vorbereitet, wie man hierzulande Gespräche führt: langsam, mit vielen Umwegen und ohne mit der Tür ins Haus zu fallen, meine Mutter hat es mir oft genug erklärt, wenn wir in Deutschland Bekannte besuchten. Aber zum einen sprechen hier alle ein bisschen anders als die Expatriates in Frankfurt, und zum anderen kommt mein Wissen gegen meine Gewohnheiten nur mit Mühe an. Es ist wie mit meinem Deutsch: Obwohl ich es perfekt beherrsche, benutze ich oft Satzkonstruktionen meiner Muttersprache, wie die Erwähnung des Wahrnehmungsverbs, ich sehe, ich höre, ich rieche, was die eingeborenen Deutschen eher weglassen.
»Taschakor«, bedanke ich mich, mich leicht verneigend. »Es geht allen gut. Ich bin gestern eingetroffen und komme sozusagen direkt zu Ihnen.«
Mein Gegenüber zieht die Augenbrauen hoch. »Dann müssen Sie sehr müde sein«, entgegnet er. »Wäre es nicht besser, sich an diesem Tag von der Anstrengung zu erholen?«
»Ja, das stimmt, müde bin ich wirklich«, gebe ich zu. Schlafen scheint hier ja die wichtigste Sache von der Welt zu sein. »Aber ich wollte heute schon vorbeikommen und meinen vorläufigen Arbeitsplan mit Ihnen durchgehen.«

»Sie sollten sich wirklich erst einmal entspannen«, sagt der Hausherr mit deutlichem Vorwurf in der Stimme. Er weist den Verwaltungsleiter an, uns Tschai bringen zu lassen. Wir trinken den Tee, wie es der Brauch verlangt, das erste Glas bitter, in diesem Fall sehr bitter, das zweite süß, ich sehe allerdings keinen Zucker auf dem Tablett, und Doppelbitter schlägt mir schon auf den Magen. Ich bändige mich und wechsle mit dem Direktor nichts als unverbindliche Höflichkeitsfloskeln, bis er zu seufzen beginnt, »neue Zeiten, schwierige Zeiten!«

Ich kann die Augen nicht von seiner kleinen wulstigen Hand nehmen, deren Finger sich elegant spreizen, wenn er das Teegläschen anhebt und zu seinen aufgeworfenen Lippen führt. Der Geräuschpegel im Raum ist kaum auszuhalten. Im Fernseher, den niemand zu beachten scheint, läuft ein alter indischer Film. Die schwarz-weißen Bilder ziehen meinen Blick immer wieder an, gerade tanzt ein bildschönes Paar mit riesigen Augen in unübersichtlichen Schlangenbewegungen miteinander, und die Umstehenden feuern sie mit wilden Wah-wah-Rufen an.

»Darf ich mir die Schulräume jetzt einmal anschauen?«, bitte ich schließlich höflich, als ich mein drittes Glas geleert habe und der Meinung bin, nun hätten wir lange genug geplaudert. In diesem Moment verlassen sämtliche Lehrer bis auf einen den Raum und nehmen zu meiner Verwunderung die Stühle mit, auf denen sie gerade noch gesessen haben.

»Gut, gut, ich sehe, Sie sind von europäischer Hast getrieben«, sagt der Direktor und tätschelt mir mit seiner verschwitzten Hand den Arm. »Herr Dauran wird Sie herumführen und Ihnen alles erklären!«

Dass er mich nicht persönlich herumführt, könnte ich als Tadel verstehen, doch ich bin erleichtert, ihn los zu sein. Herr Dauran kommt und verneigt sich, ein kleiner, zierlicher Mann, sein Anzug ist so kurz und knapp, dass man in bei uns in Frankfurt sagen würde, den hat er noch von seiner Konfirmation. Sein Gesicht ist blass und glatt rasiert.

Etwas schüchtern führt er mich durch die Flure. Er öffnet die erste Tür. Dreißig Jungen sitzen im Schneidersitz auf dem blanken, staubigen Boden. Es gibt keinen Stuhl, keinen Tisch, und es gibt auch keinen Lehrer. Die Fenster sind zugige Öffnungen. Die Jungen sehen mich erwartungsvoll an.
»Das ist Mahboob Sahib«, sagt Herr Dauran.
»Salam, Mahboob Sahib!«, antworten die Kinder im Chor.
Wir gehen zum nächsten Raum und zum übernächsten. Überall das gleiche Bild.
»Sieht das hier überall so aus?«, erkundige ich mich überflüssigerweise, und als er mich verwundert ansieht, ergänze ich, überdeutlich artikulierend: »Ich meine: Gibt es denn nirgends Möbel? Tische und Stühle, ein Pult für den Lehrer, eine Wandtafel?«
Er schüttelt betreten den Kopf.
»Was ist aus den alten Möbeln geworden?«
»Ich weiß es nicht«, sagt er.
Nun ja, denke ich, er hat erst vor zwei Monaten hier angefangen, was sollte er darüber wissen? Denkbar wäre, dass die Tische und Stühle auf dem Markt verhökert wurden. Irgendjemand muss sie ja beiseite geschafft haben. Er sieht mich bedauernd an. Dabei ist er es, der zu bedauern ist. Nicht nur, dass es keine Möbel gibt, das ganze Gebäude ist in einem unsäglichen Zustand. In den meisten Fensterrahmen sind keine Glasscheiben eingesetzt, sondern nachlässig angebrachte Plastikplanen. Das Dach und die Außenmauern sind an zahlreichen Stellen bröckelig, und wie es um die sanitären Anlagen bestellt sein mag, wage ich mir gar nicht vorzustellen. Es gibt so gut wie keine Schulbücher, die Kinder müssen mit einem Bleistift und einem Heft auskommen.
»Der Andrang auf die Rumi-Schule ist groß« erklärt Herr Dauran. »In drei Schichten kommen die Jungen zum Unterricht. Vielen Eltern ist es sehr wichtig, dass ihre Kinder jetzt etwas lernen können. Außerdem bezahlen die Vereinten Nationen ärmeren Familien pro Tag zwanzig Afghani, wenn sie ihre Söhne zur Schule schicken.«

»Ach«, entfährt es mir, »das wusste ich gar nicht. Was heißt denn bitte: Söhne?«
»Jede Schicht umfasst drei Schulstunden, das ist nicht viel, doch solange es zu wenig Schulhäuser gibt, um alle Kinder unterzubringen, muss es eben ausreichen.«
»Was machen denn die Mädchen?«, frage ich noch einmal.
»Nach und nach«, berichtet der junge Lehrer, dem es ganz offensichtlich peinlich ist, mich darüber aufzuklären zu müssen, »entstehen jetzt an einigen Schulen wieder Mädchenklassen, und auch reine Mädchenschulen werden eröffnet. Gemischte Schulklassen sind verboten. Das ist im Schulgesetz so verankert.«
»Mh«, mache ich. »Immer noch?« Ich verkneife mir zu fragen, warum das so ist. Die Armut ist noch größer als ich es mir vorstellen konnte; es ist ein Wunder, dass hier überhaupt Kinder sitzen und nicht draußen auf der Straße betteln. Wo soll man hier anfangen? Wie soll ich das Ungeordnete, Ungreifbare der ganzen Situation auch nur einigermaßen erfassen? Mich befällt ein leichter Fluchtreflex, Richtung Busbahnhof, zurück zur Grenze, ins Flugzeug nach Deutschland. Ich denke an meinen Schreibtisch zu Hause in Frankfurt, mit dem Blick auf die alte Platane im Hof. Mein Kiefer fühlt sich an wie Beton.

Nach dem Rundgang, auf dem ich immer stiller werde, würde ich gern mit dem Direktor sprechen, doch die Tür zu seinem Büro ist verschlossen. *Allah Akbar*, tönt es so laut in mein Ohr, als stünde der Muezzin neben mir, dessen Gesang gerade anhebt, offenbar ist die nächste Moschee gleich nebenan. Die Schüler sind noch im Unterricht, wo ist der Direktor? Der nächste Muezzin, von etwas weiter weg, fängt zu singen an, und wieder fährt mir der Gesang in die Knochen, und ich bleibe stehen und höre zu.
Ich verlasse das Gebäude und gehe in den verwahrlosten Schulhof. Ich sehe mich um. Ich suche nach irgendetwas, das ich aus meiner Kindheit kenne, nach einer winzig kleinen Spur, vor mir der staubige, unebene Boden, ein einzelner dürrer Baum, die abgebröckelte

Mauer. Zu meiner Zeit war sie außen wie innen gleichmäßig gemauert und mit bunten Bildern bemalt, mit den Bergen und Tälern des Hindukusch. Mit Mühe erkenne ich Reste der abgeplatzten Farbe. Vier Jahre lang habe ich hier mit den anderen Kindern in der Pause Fangen gespielt oder Wettspringen gemacht. Alles kommt mir vor wie eine Behauptung. Nicht einmal die Kinder hier sehen wie Kinder aus. Eher wie geschrumpfte, traurige Erwachsene. Eine Seifenblase nach der anderen platzt; fast kann ich das Platzen auf meiner Haut spüren, oder in meinen Augen, so brennen sie.

7

Mein Vater schnarcht.
Ich höre es sofort, als ich von der Schule nach Hause komme. Ich muss grinsen. Genau wie früher – ein Sägewerk ist nichts dagegen. Aber dass er immer noch schläft? Oder schon wieder?
Alles ist fremd und vertraut zugleich, als ich den Flur betrete und die Geräusche höre. In der Küche klappert es, nur ist es nicht meine Mutter, sondern Abdul. Er kann offenbar gut kochen, es duftet verlockend, mein armer, vom bitteren Tee gebeutelter Magen reagiert sofort. Ich gehe zu ihm hinein, wie ich als Junge zu meiner Mutter ging, wenn ich aus der Schule kam, um herauszufinden, was es zum Mittagessen gibt. Ich begrüße Abdul und stopfe mir ein Stück Brot in den Mund. Mit seinen schwieligen Händen streut er gerade unerwartet feinfühlig Pfeffer in eine Schüssel. »Es gibt Mantoo«, sagt er, kleine, mit Hackfleisch und Zwiebeln gefüllte Teigtaschen, die in heißem Wasserdampf gegart werden – ein köstliches Gericht, das meine Mutter auch oft zubereitet, wenn sie mich, was selten genug vorkommt, seit wir getrennt leben, zum Essen erwartet.
Heute sträube ich mich nicht mehr gegen ihre Küche wie früher. Früher wollte ich das essen, was meine Mitschüler zuhause bekamen, Braten mit Soße und Kartoffeln, Wirsingeintopf oder Eierkuchen. Oder Hamburger mit Pommes. Wenn meine Mutter in der

Küche mit den Zutaten hantierte, ging ich hinaus, ich wollte gar nicht wissen, was sie tat oder wie. Dabei kochte und kocht sie so gern, dass sie sogar Kurse darin gibt. Früher hat sie es nur für den afghanischen Kulturverein getan; man hatte sie darum gebeten; das Kochen gehörte zuerst nur zum pädagogischen Angebot des Vereins für junge Mädchen, und für sie war es eine Möglichkeit, Geld zu verdienen. Inzwischen aber hält sie dort verschiedene Kurse, nicht nur für junge afghanische Frauen, sondern für alle Leute, die sich dafür interessieren. Meine Mutter konnte anfangs kaum glauben, dass deutsche Frauen und sogar deutsche Männer lernen wollen, wie Bolani (gefüllte Teigtaschen), Dolma-e Badendschan (gefüllte Auberginen), dreierlei Sorten Reis mit Hähnchen und Gemüse oder verschiedene Arten Tee mit Gewürzen zubereitet werden. Ihre Kurse sind immer ausgebucht; sie ist stolz darauf. Ich würde es Abdul gern erzählen, aber ich bin mir nicht so sicher, wie er es aufnehmen würde. Ich weiß überhaupt nicht, ob und wie in diesem Haus von meiner Mutter gesprochen werden darf.

Fachkundig rollt Abdul die Hackfleisch-Kräutermischung zu länglichen Gebilden, legt sie in vorbereitete Rechtecke aus Teig, wickelt sie ein und gibt sie in das Dampfsieb. Es macht ihm Spaß, denke ich mit einem Anflug von Neid. Ich könnte in den Garten gehen, ich bin überhaupt noch nicht um das ganze Haus herumgegangen, um meine alte Tanne zu besichtigen, unter der ich mich als Junge oft versteckt habe.

»Was würde mein Vater wohl dazu sagen, wenn ich das Haus renovieren lasse?«, frage ich stattdessen Abdul. »Ich würde gerne die Wände tünchen und neue Fensterscheiben einsetzen lassen.«

Er sieht mich entsetzt an.

»Die kaputten Scheiben zu ersetzen, kann wirklich nicht schaden«, finde ich. »Es zieht im ganzen Haus. Ob mein Vater damit einverstanden wäre?«

Abdul schüttelt den Kopf. Er versenkt sich tief in das Wenden der Mantoo im Dampfsieb. Die Höflichkeit verbietet ihm, mehr zu sagen, aber ich kann es seinem Gesicht ansehen, dass er es für keine gute Idee hält. Mir kommt der Gedanke, mein Vater könnte vielleicht nicht genug Geld haben, um solche Arbeiten erledigen zu lassen. An Geldsorgen habe ich bislang gar nicht gedacht. In meiner Kindheit hatte er ein gutes Einkommen. Vielleicht hat er weder eine Rente noch Ersparnisse.

»Ich könnte es auch bezahlen«, sage ich. Keine Reaktion. Nur das leise Geräusch des siedenden Wassers im Kochtopf.

»Wovon lebt mein Vater überhaupt?«, erkundige ich mich.

Abdul zögert, versteckt es hinter einem angestrengt lauten Hacken von Kräutern. Dann murmelt er etwas von einem Mietshaus, das zwar beschädigt sei, aber ein bescheidenes regelmäßiges Einkommen abwerfe. Ein Teil des Hauses sei noch bewohnbar, und das Erdgeschoss werde von mehreren kleinen Ladengeschäften genutzt. »Es ist nicht viel, aber zum Leben reicht es«, sagt er. »Reis, Weizen und ein wenig Geld bekommt er von seinen Ländereien in Kunduz.«

Kunduz! Das Wort fährt mir wie eine Faust in die Magengrube. Plötzlich frage ich mich, warum mein Vater eigentlich hier in Kabul ist anstatt in Kunduz – bei seiner anderen Familie, von der ich nur weiß, was meine Mutter mir erzählt hat. Hier im Haus hält sich offensichtlich keine Frau auf, es gibt auch keine Spuren von Kindern, wobei es dann schon Enkel sein müssten. Hat er sie meinetwegen fortgeschickt, damit ich ihnen bei meinem Besuch nicht begegne? Daran habe ich gar nicht gedacht. Einen Moment lang überlege ich, Abdul danach zu fragen, dann lasse ich es lieber sein.

»Ich rede später mit meinem Vater über die Renovierung«, entscheide ich. »Aber ich brauche ein paar Sachen, um mein Zimmer neu einzurichten. Schaffen wir das heute Nachmittag?«

Abdul knurrt, dann lacht er. »Ihr Deutschen seid wirklich sehr ungeduldig«, sagt er. »Kaum hier, wird alles umgeändert. Ich glaube nicht, dass es Ihrem Vater gefallen wird. Sie sollten sich erst einmal in Ruhe eingewöhnen. Außerdem ist heute Donnerstag, das heißt, es ist fast Freitag, mit anderen Worten, die meisten Geschäfte

machen kurz nach dem Mittagessen zu, wenn sie nicht schon geschlossen sind.«
»Ach so«, mache ich. Ich habe vergessen, dass das Wochenende hier am Freitag ist. Und ja, er hat Recht, ich habe es eilig, mich hier einzurichten. Abgesehen davon, dass ich es unerträglich finde, kaputte Dinge um mich herum zu haben, befürchte ich, dass der Fluchttrieb in mir die Oberhand gewinnt, der mich hier angesichts der vielen Zerstörung immer wieder befällt.
»Aber vielleicht könnten wir einen Spaziergang zusammen machen, damit Sie sich besser zurechtfinden.«
Ich spüre, wie ich wütend auf ihn werde. Immerzu muss er mich belehren. Außerdem scheint er meine Gedanken lesen zu können. Natürlich ist ihm nicht entgangen, wie spät ich von der Schule zurückgekommen bin, weil ich mich verlaufen habe.
»Das Essen ist fertig«, sagt er, »ich wecke jetzt Ihren Vater.«

Ich warte im Aufenthaltsraum neben der Küche, während Abdul meinen Vater weckt. Es dauert eine Weile. Ich betrachte die grün gestrichenen Wände, die schwarzen Flecken, ganz eindeutig Schimmel, in jedem Fall Feuchtigkeit, und lange Risse, genau wie im Deutschlandzimmer. An den Fensterrahmen ist der Lack aufgesprungen. Es riecht muffig und staubig. Ich höre es oben rumoren, dann mühsam langsame Schritte auf der Treppe und Abduls beruhigende Stimme. Als mein Vater hereinkommt, begrüßt er mich, als hätte unsere erste Begegnung gar nicht stattgefunden. Mit ausgebreiteten Armen kommt er auf mich zu.
»Mahboob djan!«, ruft er, »mein lieber, lieber Sohn, Mahboob!« Seine Stimme schwankt, und ich sehe Tränen in seinen Augen. »So viele Jahre …«, wiederholt er mehrmals. »Wie geht es dir, mein Sohn?« Sooft er kann, küsst er meine Stirn und meine Augen.
Zu zweit setzen mein Vater und ich uns auf die Teppiche am Boden, um die helle Plastiktischdecke mit den aufgedruckten roten Blumen herum, die Abdul auf dem Boden ausgebreitet und noch einmal sauber gewischt hat, während wir uns begrüßten. Ich schaue

ihm verwundert nach, doch es ist klar: Wie alle Bediensteten hier isst er allein in der Küche, und dies erst, nachdem seine Arbeit erledigt ist: abräumen, Geschirr spülen und nach dem Essen Tschai servieren.

Endlich bin ich am Ziel meiner sonderbaren Reise. Ich bin mit meinem Vater zusammen. Ich genieße die ausgedehnte Mahlzeit, nicht nur, weil mir vor Hunger schon schlecht war, und weil mein Vater entspannt und freundlich ist. Alles schmeckt unglaublich gut. Zu dem Mantoo gibt es Schalen mit frischem Tomatensalat, Humus und kaltes Püree aus Auberginen und Kräutern, das wir mit dem Brot aufnehmen. Wir benutzen kein Besteck. Wir sitzen mit untergeschlagenen Beinen und reichen uns gegenseitig die Schüsseln. So zu essen gehörte bis vor kurzem zu meiner Kindheit. In Deutschland hatte meine Mutter sich bald angewöhnt, die Mahlzeiten auf einem Esstisch zu servieren.

Ich weiß nicht recht, wie ich mit meinem Vater umgehen soll. Er isst ruhig und ermuntert mich, ordentlich zuzugreifen. Ich bleibe misstrauisch, ich rechne damit, dass er wieder anfängt, sich seltsam zu benehmen. Erst, als nichts dergleichen geschieht, fange ich an, locker zu lassen. Immer wieder muss ich zu meinem Vater hinüberschauen, das ungewöhnliche Türkis seiner Augen bestaunen, seine großen Ohren, sein ganz ins Essen versunkene Gesicht, es kommt mir wie ein Wunder vor, dass wir uns gegenübersitzen. Dass ich ihn wiedergefunden habe! Er isst mit gutem Appetit, dabei ist er dünn wie ein altes Pferd, und die Haut in seinem Gesicht wirft viele Falten.

Über unsere erste Begegnung am Tag zuvor verliert mein Vater kein Wort.

Nachdem wir den ersten Hunger gestillt haben, essen wir etwas langsamer und er erkundigt sich nach dem Leben in Deutschland, nach meiner Arbeit, nach alltäglichen Dingen: wie meine Wohnung beschaffen ist und wie Frankfurt jetzt aussieht, die Stadt, an die er sich von seinen früheren Aufenthalten – von Stuttgart abgesehen, wo er studiert hat – am besten erinnert. Ich berichte ihm von der Universität, an der ich eine Assistentenstelle habe, um an meiner Doktorarbeit zu schreiben, und er klopft mir anerkennend und überraschend kräftig auf die Schulter. Ich beschreibe ihm meine Zweizimmerwohnung im Frankfurter Stadtteil Bornheim.

»Was für ein Auto fährst du?«, fragt er zwischen zwei Bissen.

»Gar kein Auto. Ich habe ein tolles Rennrad.«

»Verdienst du etwa nicht genug für ein Auto?«, fragt er entsetzt.

»Doch, doch«, sage ich, »aber in der Stadt ist es viel praktischer, mit dem Rad zu fahren.«

»Unsinn. Hast du eine Verlobte? Verheiratet scheinst du ja nicht zu sein.«

»Nein«, sage ich.

»Nicht zu fassen!«, sagt mein Vater.

Ich zucke zusammen. Er geht darüber hinweg und fragt weiter. Ich erzähle von allem nur sehr knapp, weil er immer gleich die nächste Frage stellt. Ich bin etwas verunsichert, ob er es vielleicht gar nicht so genau wissen will, aber dann schiebe ich das Gefühl beiseite. Ich richte ihm die Grüße aus, die Onkel Omar und seine Familie mir für ihn aufgetragen haben. Er brummt etwas Unverständliches, deshalb zögere ich, ob ich auch Grüße von meiner Mutter sagen soll – sie hat mir keine aufgetragen. Ich lasse es lieber. Von allein kommt mein Vater nicht wieder auf sie zu sprechen. Als ich meinen Antrittsbesuch in der Rumi-Schule erwähne, will mein Vater neugierig wissen, wie es war. Er zeigt keinerlei Ermüdung; im Gegenteil, seine Fragen und Bemerkungen sind glasklar wie seine Augen, deren tiefes Türkis mich jedes Mal umhaut, wenn er den Kopf hebt und mich ansieht oder lächelt.

Ich zucke die Achseln. »Der Schulleiter wollte sich heute lediglich mit mir unterhalten. Also habe ich nur die Räume besichtigt und fange erst am Samstag mit der eigentlichen Arbeit an. Ich hätte lieber sofort damit begonnen, aber ich habe eingesehen, dass es keinen Sinn hat, den Direktor zu drängen.«

»Du hast eine deutsche Mentalität angenommen, mein Sohn«, schmunzelt er. »Deutsche wollen immer, dass alles schnell geht.

Aber hier ist Afghanistan, und hier brauchen die Dinge ihre Zeit. Manchmal so viel, dass einem der Geduldsfaden reißt. Wie heißt es so schön: Erst trinken wir den Tee, dann ziehen wir in den Krieg.«

Ich staune. War es nicht immer mein Vater, der sich deutscher gebärdete als die Deutschen und sich stundenlang darüber ereifern konnte, dass die Behörden so langsam arbeiteten?

»Vielleicht liegt es am Alter«, räumt er ein, als ich ihn frage. »Oder daran, dass ich schon so lange nichts anderes mehr kenne als Afghanistan. Ich weiß, in Alman ist es anders. Aber glaub mir: Wenn du Erfolg haben willst, musst du nachsichtig sein, ohne dabei in deiner Zielstrebigkeit nachzulassen. Wenn du die Sache übers Knie brichst, wirst du nichts erreichen. Gar nichts.«

»Schon damit meine Arbeit gelingt, werde ich mich anstrengen, dafür auch wieder afghanisch genug zu werden«, versichere ich, und mein Vater kichert.

»Das ist auch wieder so ein Satz, der eigentlich nur von einem Almani kommen kann!«, ruft er aus und klatscht vergnügt in die Hände.

»Vater, wir sollten das Haus so schön machen, wie es früher war«, wechsle ich das Thema und hoffe, meine Meinung über den aktuellen Zustand damit taktvoll genug umschrieben zu haben. »Ich habe neben meiner Arbeit genug Zeit, um mit Abdul in die Stadt zu gehen und ein paar Handwerker für die Instandsetzung des Hauses zu suchen, wenn Sie es mir erlauben.«

Mein Vater wirkt erstaunt, ein Anflug von Ärger zeigt sich. Ich bedaure sofort, es angesprochen zu haben. Er schlägt mit der flachen Hand auf den Boden neben sich.

»Wozu denn das? Es ist doch alles in Ordnung!«

»Padar djan, nichts ist in Ordnung. Sie haben in kaum einem Fenster mehr heile Scheiben. Wie Sie auf diese Weise die eiskalten Winter überstanden haben, ist mir ein Rätsel.« Ich erkläre ihm, dass ich ohnehin in die Stadt fahren will, um einen Schreibtisch und ein bisschen Ausstattung für mein Zimmer zu kaufen. »Es ist also kein Problem, mich gleich auch um die Renovierung zu kümmern.«

Sonderlich begeistert blickt mein Vater nicht drein. Er schaut mürrisch zur Seite und malmt mit den Kiefern. »Wir trinken jetzt erst einmal unseren Tee«, brummt er und wischt das Thema sprichwörtlich mit einer großen Geste seiner Hand fort. Der fehlende kleine Finger fällt mir wieder auf, und auch, dass er seine langen, schmalen Hände stets etwas gekrümmt hält. Ich bereue es, so vorschnell gewesen zu sein. Trotzdem, am liebsten würde ich sofort damit anfangen oder wenigstens alles putzen. Plötzlich muss ich lachen, ich komme mir vor wie meine Mutter mit ihrem Aufräumfimmel! Aber jetzt verstehe ich: Es hilft, sich gegen den Fluchtreflex zu wehren. So wie ich ständig alles reparieren muss, was kaputt ist. Es ist einfach so trostlos hier, es ist die trostloseste Behausung, die ich je erlebt habe, selbst unser Zimmer im Asylantenheim war gemütlicher als dieses Haus, das ich doch so wunderschön in Erinnerung habe. Wenn meine Mutter das hier sehen würde, nicht auszudenken!

Am Abend liege ich völlig erschöpft auf meinem knarrenden Bett mit der schlechten Matratze und kann nicht schlafen. Die rissigen Wände in dem Zimmer, in dem ich früher mit Aziza gewohnt habe, scheinen schief geworden zu sein; es kommt mir vor, als würden sie mich erdrücken. Zwischen den Holzbalken an der Decke bröckelt eine undefinierbare Masse; einer zeigt Spuren von Holzwürmern.

8

Dass irgendetwas an unserem Leben anders sein könnte als bei anderen Leuten, darüber machte ich mir als Kind keine Gedanken. Unser Leben war schließlich das einzige, das ich kannte. Obwohl es in der Nachbarschaft von Kindern nur so wimmelte, war ich daran gewöhnt, nur von Erwachsenen umgeben zu sein. Bis zu meiner Einschulung spielten neben meinen Eltern und meiner Schwester vor allem Tante Farida und Zaki, ihr gewitzter Sohn, eine wichtige Rolle in meinem Leben. Sie wohnten im selben Stadtviertel, in Karta-Se, wie wir, und sie gingen ständig bei uns ein und aus.

Kein Wunder, dass meine Mutter von ihren vier Schwestern ausgerechnet Tante Farida besonders nahe stand. Die drei anderen, älteren, lebten auch viel weiter weg; Tante Morsal in Herat, Tante Naheed in Faizabad und Tante Breshna in Kandahar. Sie waren alle an die drei Söhne eines Kaufmanns verheiratet worden, mit dem mein Großvater, also der Vater meiner Mutter, Geschäfte machte. Dieser Geschäftsfreund war in Großvaters Haus gekommen und hatte festgestellt, dass es da mehrere entzückende junge Mädchen gab, und er hatte meinem Großvater von seinen wiederum überaus tüchtigen Söhnen erzählt. Und so wurde eine nach der anderen entzückend und überaus tüchtig verheiratet. Meine Mutter und Tante Farida, die in Kabul blieben, erzählten manchmal von ihnen und zeigten mir ihre Fotos. Meine Mutter hatte Glück, dass ausgerechnet Tante Farida geblieben war, sie war ihr nicht nur die liebste Schwester – sie waren nur knapp ein Jahr auseinander –, sondern wir sahen sie fast jeden Tag, und wir alle liebten sie.
Tante Farida war sehr »modern«. Meinem Vater verschlug es die Sprache, wenn sie sich in seinem Beisein ungeniert eine Zigarette anzündete. Wenn sie den eigenwilligen Kopf in den Nacken legte und den Rauch an die Decke blies. Sie hatte große dunkelbraune Augen und sehr kräftiges, dichtes Haar, das ihr auf die Schultern fiel; zur Arbeit bändigte sie es mit einer Haarspange, die sie oft bei uns abnahm, so dass ich zusehen konnte, wie ihre Mähne auseinandersprang. Diesen Augenblick liebte ich ganz besonders. Sie duftete anders als meine Mutter, wie die Tanne in unserem Garten, oder wie der Jasmin an unserem Zaun, ich weiß nicht, sie roch frisch und grün, fand ich, und nach dem Desinfektionsmittel, mit dem sie im Krankenhaus ihre Hände waschen musste. Ihr Mann, Jan Agha, war ein Jahr nach der Hochzeit bei einem Autounfall ums Leben gekommen. Zaki war ihr einziges Kind, sie zog ihn allein groß. Er war ihr ein und alles.
Später, in Frankfurt, hatte Tante Faridas Foto auf der Kommode im Wohnzimmer gestanden. Meine Mutter wurde zwar jedes Mal etwas wehmütig, wenn sie von ihr erzählte, doch der Wunsch, hin und wieder mit mir über sie zu sprechen, war stärker.

Vielleicht erinnere ich mich auch deshalb so gut an Tante Farida, die ich als Kind manchmal nur halb verstand, wenn sie Dinge sagte wie »Leute werden immer krank, egal ob Rote regieren oder andere« oder »Als die Trauerzeit vorbei war, da wollte ich eben nicht wieder heiraten« oder »Eine Blume macht noch keinen Frühling«.
Ich fand ihre Sätze oft seltsam, aber ich mochte ihre Art, sich zu bewegen, mir zuzuzwinkern und meine Mutter zum Lachen zu bringen. Die Ketten an ihren Handgelenken klirrten heftig, wenn sie redete. Tante Farida verdiente ihr eigenes Geld. Sie arbeitete als Krankenschwester im Kabuler Klinikum, wechselte Betten, wusch kranke Leute, verteilte Essen und Medizin, gab Spritzen, jeden Tag. »Ich habe mich daran gewöhnt, dass mir als Witwe niemand Vorschriften macht, was ich zu tun habe, wohin ich gehe und wie ich mein Geld ausgebe«, verkündete sie lachend, wenn sie den missbilligenden Blick meines Vaters sah. Aziza hatte viel von Tante Farida, den lustigen breiten Mund, den verschmitzten Blick, die schrägen, dichten Augenbrauen, auch wenn sie die hellen Augen von unserem Vater hatte, sie waren zwar nicht türkis, sondern blau, mit umso dichteren, geschwungenen Wimpern. Aber die Neugier und das Unbedingte in ihren Ansichten hatte sie von Tante Farida, die sie auch von ganzem Herzen liebte.
Wenn Tante Farida unangemeldet hereinschneite – fast jeden Tag, oft auch ohne Zaki –, manchmal auch nur vorsichtshalber, um auf mögliche andere Besucher vorbereitet zu sein, wurde ich zu dem kleinen Laden in unserer Straße geschickt. Meine Mutter war eine aufmerksame Gastgeberin, die ihren Gästen etwas anbieten wollte, es war auch so üblich, Rosinen, getrocknete Maulbeeren oder Kichererbsen zum Tee zu reichen, oder salziges und süßes Gebäck. Sie drückte mir dann immer einige Afghani in die Hand, die ich in meine Hosentasche steckte, und sagte: »Geh zu Malem, hol etwas Süßes und etwas Salziges! Du weißt schon.«
Meine Welt endete bei Malem. Jedenfalls bis ich eingeschult wurde. Als kleiner Junge wusste ich nicht, wie unser Stadtviertel sich von anderen unterschied. Unser Viertel war recht jung; deshalb hieß es

vielleicht auch einfach »drittes Viertel«, Karta-Se; es war in den Sechziger Jahren von Familien der Mittelschicht gebaut worden, Bungalows mit zwei Stockwerken, mit Marmorboden, hell, modern, nach westlichem Vorbild. Wer dort hinzog, genoss großes Ansehen. Mein Großvater väterlicherseits hatte mit seinem Vermögen ein Haus in Shahr-e-Nau erworben, einem älteren Viertel, das als eines der vornehmsten galt, doch mein Vater war stolz darauf, dass er hier mit uns leben konnte, in Karta-Se. »Hier ist alles schick und neu!«, sagte er oft zu uns. Nicht weit entfernt von uns lag der große Park des Darul-Aman-Palastes; dort fuhren wir mit der ganzen Familie hin, wenn wir freitags Lust hatten, ein Picknick zu machen.

Malems Laden lag am Ende der übernächsten kleinen Straße. Ein einziges Mal ließ ich mich treiben, durch mehrere Gässchen, und verlief mich. Heulend saß ich am Straßenrand, vor einer kleinen Brücke, bis eine Frau sich meiner erbarmte und mich nach Hause brachte. Man lachte mich ein bisschen aus, denn es war ja nur »zweimal um die Ecke, Kleiner«, wie Aziza neckend sagte.

Bei Malem gab es frisch gebackene Kekse und andere Leckereien. Sie standen auf der Theke, hinter der Malem thronte, vor den Regalen, die bis oben hin gefüllt waren, mit weißen Zuckertüten, gelben Ölflaschen, violetten Streichholzpäckchen, grünen Kerosinflaschen, den braun-schwarzen Flaschen mit Cola und den orangefarbenen mit Fanta, kurz, den Dingen des täglichen Gebrauchs. Sie waren ordentlich gestapelt, und Malem hatte sie nach Farben sortiert. Die Rollen mit Toilettenpapier und andere Waren, die man nicht sofort sehen sollte, hatte er in die unteren Regale gepackt, während die Zigaretten auf Augenhöhe der erwachsenen Männer zu finden waren. Im Regal vor der Theke, ungefähr in der Mitte, so dass ich ganz knapp darauf schauen konnte, lagen Schreibblöcke, Bleistifte, Schulhefte, Radiergummis, alles, was die Kinder am Nachmittag bei ihm holten. Auf der anderen Seite standen die Säcke mit getrockneten Rosinen, Maulbeeren, Walnüssen, schwarzem und grünem Tee. Sie waren oben geöffnet, man konnte alles sehen, appetitlich und bunt. Alles duftete sehr gut, vor allem, wenn sich die Gerüche ver-

mischten, und immer etwas anders, je nachdem, an welcher Stelle im Laden ich mich gerade befand.
Auf der Theke gab es Glasgefäße mit bunten Bonbons, fruchtigen Kaugummis und Lutschern. Aber in der Mitte der Theke war das Wichtigste: Dort thronte die Königin des Ladens, die große weiße Waage mit den Schalen und den Eisengewichten. Ich mochte es, Malem zuzusehen, wenn er die Waren auswog, die er lose verkaufte. Wenn er den Tee, den Zucker oder die Maulbeeren in einer Papiertüte auf die eine Schale legte und dann eines der Gewichte aussuchte und auf die andere Schale stellte. Er tat oft so, als müsste er überlegen, und bat mich um Hilfe, und nichts machte mir mehr Freude, nichts spornte meinen Ehrgeiz mehr an, als ganz genau zu überlegen und abzuschätzen, welches das richtige Gewicht war, das Gewicht, das die Schalen der Waage auf die gleiche Höhe brachte. Jedes Mal, wenn wir auf Anhieb die passende ausgewählt hatten, lachten wir beide, als wäre uns ein Streich gelungen.
Das Gleichgewicht der Waage wurde für mich der Inbegriff der Ordnung der Welt, und Malem ihr Hüter. Malem war es, und nicht mein Vater, der brüllende Löwe, der mal da war und mal verschwand, der in Alman Autos holte oder in Kunduz Leute besuchte, der meine Mutter wütend machte und dann wieder glücklich, mein Vater, der mal freundlich war und mal von Zornesausbrüchen geschüttelt. Malem war immer gleich, geduldig, gelassen, mit immer neuen Ideen, mich anzusprechen, mich zu beschäftigen, mir Freude zu machen. Malem war wie die Sonne, die jeden Tag scheint.
Er war nicht dick, aber ein bisschen rundlich. So, als wäre der Kinderspeck nie ganz von ihm abgefallen, so wie in seinem Gemüt. Er hatte einen sauber gestutzten dunklen Vollbart und lockiges schwarzes Haar, seine Augen waren tiefbraun und saßen ruhig und lebhaft zugleich unter den fast geraden Augenbrauen. Er trug eine Pluderhose in bunten Farben mit einem lockeren hellen Hemd dazu, und auf seinem Kopf saß ein rundes rotes Käppchen.
Oft, wenn ich kam, um etwas für meine Mutter zu holen, überreichte er mir ein Krimroll, ein knuspriges Gebäck aus Blätterteig

mit einer hellen, süßen Cremefüllung, das er in ein dünnes Papierchen legte.
»Geschenk«, sagte er dann immer und lächelte.
»Danke«, sagte ich und lächelte zurück.
Manchmal fragte er mich, ob ich nicht auf ein Glas Limonade bleiben wolle. Er war immer sehr höflich, ich glaube, er ist der einzige Mann, von dem ich gelernt habe, was Höflichkeit ist; es war eine andere als die, die mir die Frauen in unserem Haus beigebracht haben. Eine Art Ritterlichkeit, die auch einem kleinen Jungen Respekt zollt.
»Meine Mutter wartet«, sagte ich und schüttelte den Kopf. Aber irgendwann, als ich an einem Nachmittag durch die Gegend strolchte, kam ich auf die Idee, ich könnte bei ihm vorbeischauen, einfach so, und Malem freute sich.

Er verneigt sich und bittet mich, auf einer Fanta-Kiste Platz zu nehmen, auf der ein Kissen liegt. Er schenkt mir die zitronengelbe Limonade aus dem großen Glaskrug ein, die ich so oft schon betrachtet habe, wobei mir das Wasser im Mund jedes Mal zusammenlief. Sie riecht gut, ich trinke sie, sie schmeckt süß und sauer zugleich, ich sitze mit den Beinen überkreuz auf einem dicken Kissen neben der Theke, wir reden ein bisschen, über die Limonade und das Wetter.
Am nächsten Tag komme ich wieder und am übernächsten auch, und bald betrachte ich Malem als meinen besten Freund. Wenn keine Kunden im Laden sind, setzt er sich zu mir und erzählt mir Fabeln und Märchen oder von seiner Familie oder Geschichten von Mullah Nasruddin. »Das ist ein weiser Mann«, sagt er, »aber viele halten ihn für einen Narren.«
»Was ist ein Narr?«, frage ich. »Was ist ein weiser Mann?«
Ich freue mich schon, gleich wird er eine wichtige Miene aufsetzen und die verschiedenen Personen spielen, die in den Geschichten vorkommen.
»Jemand«, fängt er an, »beobachtete Nasruddin, wie dieser etwas auf

dem Boden suchte. ›Was hast du verloren, Nasruddin?‹, fragte er den ehrwürdigen Mullah.« Malem senkt die Stimme: »›Meinen Schlüssel‹, sagte der Mullah.« Er hebt die Stimme wieder an. »Beide lagen nun auf den Knien und suchten. Nach einer Weile fragte der andere: ›Wo hast du ihn denn eigentlich verloren?‹, und der Mullah antwortete: ‚In meinem Haus.‹ – ›Aber warum suchst du ihn dann hier draußen?‹ – ›Weil es hier heller ist.‹«

Eine andere Geschichte, die Malem mir gern erzählt, geht so: Nasruddin trägt eines Tages ein Stück Leber und das Rezept für eine Leberpastete nach Hause. Plötzlich stürzt ein Raubvogel herab und reißt ihm das Fleisch aus der Hand. Nasruddin ruft dem davonfliegenden Vogel nach: »Dummer Vogel! Gut, die Leber hast du, aber was machst du ohne das Rezept?«

9

Kabul – ockerfarben, lichte Häuser, rosige Perle von einst,
zu Füßen des Berges Kohe Asmaie, seiner im Winter weiß
glänzenden Kuppe unter dem azurblauen Himmel – der Berg,
der an manchen Tagen kaum zu sehen ist, wegen des Smogs,
wegen der dicken gelben Staubwolke –

Kabul – die Stadt, die, weil wir von ihr getrennt, immer schöner
wurde, lebendiger und leuchtender, in den Erinnerungen
meiner Mutter am Abend, wenn sie sich hinreißen ließ, wider
ihren Willen fast, aus Angst vor der Trauer, die dann aufstieg,
ungewollt und ungehemmt –

Kabul – in den lustigen Anekdoten der anderen afghanischen
Familien in Frankfurt, mit denen wir am Sonntag ein
Picknick im Park machten, mit unseren Plastikdecken auf der
Erde, wie zu Hause, sagten die Frauen, und es fällt noch nicht
einmal auf, hier im Freien machen alle es so –

Kabul – mit seinen Eseln und Karren voller saftiger, riesiger
Honigmelonen und seiner wirbeligen und zugleich

verblüffend ruhigen Langsamkeit, durchdrungen von Lachen
und Rufen und freundlichen Worten –
Kabul – das Wort, für das fast alle Afghanen, die wir kannten,
ein anderes benutzten, Sehnsucht –
und noch eines, ein deutsches Wort, das alle liebten:
Heimweh.

Ich bin früh aufgewacht, vom Gesang der Muezzins, es war ein glückliches Erwachen.

Ich habe mich aus dem Haus geschlichen, und jetzt mache ich einen Spaziergang in der Umgebung, nicht zu weit, es gibt keinen Stadtplan, und ich habe keine Lust, mich zu verirren.

Das Kabul in den Anekdoten der Ausgewanderten unterschied sich krass von dem Kabul, das wir im deutschen Fernsehen sahen, die Bilder der Erinnerung trafen auf die Bilder sowjetischer Panzer, von Bombeneinschlägen und Verletzten. Sie gehen mir durch den Kopf, während ich mich schüchtern durch die Gassen bewege, vorbei am Bäcker, der eine offene Backstube hat, es riecht nach frischem Naan, Kinder stehen Schlange und tragen dünne Stangen, in helle Tücher eingewickelt, nach Hause. Auch im Hamam scheint Betrieb zu sein, vor dem Eingang sitzt ein Schuhputzer mit langem Bart und putzt die abgelegten Schuhe der Besucher, ein anderer bietet auf seinem Holzkarren kleine Shampooflaschen, Zahnbürsten, Handschuhe zum Abschrubbeln der Haut und Kosmetika an. Überall sind Leute unterwegs, Familien, Männer, Frauen, fliegende Händler mit Melonen, Bolanis oder anderen Kleinigkeiten, die appetitlich duften, Esel, Fahrräder.

Es ist Freitag, viele Läden haben geschlossen, aber nicht alle. Vor dem Telefon-Shop steht eine lange Schlange, offenbar Leute, die ihre Verwandten im Ausland anrufen wollen, über Lautsprecher werden die Preise in die verschiedenen Länder ausgerufen. Vielleicht könnte ich Noor von hier aus einmal anrufen, ich habe ihre Nummer in Berlin, aber sie ist erst in vier Wochen wieder zurück, und wer weiß. Dann hat sie mich bestimmt vergessen. Ich denke daran, was Noor

mir über ihre Mutter erzählt hat, die Afghanistan so liebte, wie der Mann, der im Flugzeug nach Peschawar neben mir saß; ein Elektroingenieur aus Stuttgart, der hier Anfang der siebziger Jahre an den Sorobi-Wasserwerken mitgearbeitet hat und nun zurückkommt, um an einem neuen Wasserprojekt im Norden mitzuwirken. Er ist bewundernswert, ich meine, er ist kein Afghane, und der Jüngste ist er auch nicht mehr. Seine Hände hatten Altersflecken, und sein Gesicht war schön in Falten gelegt. Aber er hat einen Narren an diesem Land hier gefressen, und Energie hat er offensichtlich für drei.
»Sie sehen mir aus wie ein Afghane«, hatte er gleich beim Anschnallen freundlich gefragt.
»Ich habe einen deutschen Pass«, hatte ich zuerst knapp geantwortet, wieder einmal entnervt von dieser Frage. »Aber Sie haben Recht, ich bin in Kabul geboren. Meine Familie hat das Land 1979 verlassen.«
»Die Siebziger Jahre«, hatte er ausgerufen, »waren phantastisch! Sechs Jahre habe ich dort verbracht! Mein Sohn ist in Mazar-i-Sharif auf die Welt gekommen. Sie waren ja noch ein Kind, Sie haben das alles gar nicht mitbekommen. Aber ich bin herumgefahren, ich habe mir alles angesehen. Die unberührte, großartige Landschaft, die prächtigen Moscheen in Herat oder Mazar-i-Sharif, die riesigen Buddhastatuen in Bamyan, und überall die gleiche herzliche Gastfreundschaft. Kein Wunder, dass so viele Hippies und Rucksackträger kamen – und hängen blieben, auf dem Weg nach Indien. Ich sage Ihnen was: ich glaube, es war Afghanistans beste Zeit, die Zeit vor den Russen.«
Ich ließ ihn erzählen, es war schön, jemanden so begeistert reden zu hören. Eigentlich meinte er vor der Invasion, 1979, denn »die Russen« waren ja längst im Land, genauer gesagt, die Sowjets. »Es gab doch aber unter der Regierung Dauds auch Repressionen«, wagte ich einzuwerfen.
»Schon«, antwortete er, »aber davon hat man ja fast nichts mitgekriegt.«
Als Fremder vielleicht nicht, dachte ich, aber meine Familie? War wirklich die beste Zeit Afghanistans die meiner Kindheit? Was heißt das überhaupt?

10

Immer wenn jemand in Malems Laden kam, um etwas zu kaufen, kletterte ich auf einen Hocker und hielt die Gewichte für die Waage bereit. Ich half Malem, Tee, Rosinen, Mehl und Salz auszuwiegen; ich sah zu, wie er alles vorsichtig in die Gefäße umfüllte, die die Leute mitgebracht hatten, oder in Papiertüten. Ich beobachtete, wie Malem die Zahlen auf seinem Block notierte und zusammenrechnete. Wenn die Kunden fort waren, zeigte er es mir noch einmal, dabei nahm er die Finger seiner Hand zu Hilfe, oder er legte Rosinen auf die Theke, die ich abzählte und zu Haufen zusammenlegte, um leichte Rechenaufgaben zu lösen. Zur Belohnung durfte ich sie am Ende des Nachmittags aufessen und mir ein Bonbon aussuchen oder einen Kaugummi.

Eines Tages überreicht Malem mir feierlich ein liniertes grasgrünes Heft. »Es ist deins«, sagt er, »aber wir wollen es hier bei mir im Laden lassen.«
Zuerst lerne ich einzelne Buchstaben kennen. Das Aleph mit seinem »Hut«, wie Malem die kleine Welle über dem Strich nennt: آ
»Er bekommt das Hütchen aber nur, wenn das A ganz lang gesprochen wird, ein bisschen wie ein O, oder am Ende eines Wortes!«, sagt er und zeichnet es in das Heft. »Jetzt bist du dran!«
»Aha«, sage ich, »das ist aber ein anspruchsvoller Buchstabe!«
»Anspruchsvoll ist ein gutes Wort«, lacht Malem.
Bei den Buchstaben gibt es Familien wie bei den Menschen. Ich lerne die vier Mitglieder der Familie der Buchstaben, die ein eckiges Becken bilden, als erste kennen; unter das Becken oder darüber werden kleine Punkte gesetzt: Be hat einen Punkt darunter (wie unter einer Brücke), Pe bekommt drei (etwas fester als die Brücke), Te hat einen Punkt im Becken, und Se bekommt drei. Das muss ich mir einprägen. Dann die kurzen schrägen Striche, die über und unter den Buchstaben stehen und einen Vokal bedeuten: o, u, e.
Das erste Wort, das ich schreibe, ist: Baba. Papa. Es bekommt zu den

beiden Bes zwei Alephs. Ich kenne und liebe dieses Wort, und nun kann ich es auch schreiben! Ganze Reihen fülle ich damit. Ich beuge mich über das Heft, ich beiße mir auf die Lippe, so konzentriere ich mich, die Wörter zu zeichnen. Dann kommen die Buchstaben *Sin* und *Shin, Mim*, *Shir,* die Milch, und auch der Löwe, *sard* für gelb und *ssard* für kalt (»Dieses ss muss zischen!«). Immer mehr Wörter bilden wir, und ich schreibe sie von links nach rechts in mein Heft. Mein erster Satz heißt: *Baba ab dad*: Papa gab Wasser:
»Wasser ist ein sehr wichtiges Wort«, sagt Malem, »und eine sehr wichtige Sache. Ohne Wasser wären wir nichts.« بابه آب داد

Malem wurde immer anspruchsvoller. *Ketab,* das Buch, *Batcha*, der Junge, *Enqelab*, die Revolution, *Dosti*, die Freundschaft, *Ros*, der Tag, und *Shab,* die Nacht. Er sah sich meine Buchstaben an und sagte mir, wie ich die Wörter besser schreiben könnte. Ich schrieb sie wieder und wieder. Danach legte er das Heft wieder unter die Theke. Er hatte einen Drehspitzer, mit dem ich meinen Bleistift anspitzen durfte. Er wurde so spitz wie eine Nadel. Ich wollte sofort wieder schreiben, nur um ihn wieder anspitzen zu dürfen.

Malem bedeutet auf Dari »Lehrer«, und tatsächlich war er neben seinem Geschäft vor allem ein Lehrer, nicht nur für mich. Am Vormittag unterrichtete er, in westlichen Hosen und weißem Hemd, in der Habibia-Oberrealschule an der Darul-Aman-Allee; dann ging er nach Hause, zog seine Pluderhosen an und schloss seinen Laden auf. Mit dem Unterricht verdiente er zu wenig Geld, um davon leben zu können, ganz zu schweigen davon, um zu heiraten. Zu heiraten war sein innigster Wunsch, »mein allerinnigster Wunsch, wenn Allah es erlaubt.« Seine Eltern, so erzählte er es mir oft, waren schon auf der Suche nach einer geeigneten Braut, und seine Mutter hatte ihm die Tochter ihrer Schwester vorgeschlagen. Doch die wollte er nicht. »Sie ist so dunkelhäutig, als hätte man sie zu oft in Schlamm gebadet.«
Ich kicherte bei der Vorstellung einer Frau, die im Schlamm ein Bad nimmt.

»Ich möchte lieber eine Frau mit hellem Gesicht«, sagte Malem verträumt, »weiß wie der Schnee auf den Spitzen des Hindukusch, und mit grünen Augen, wie die saftigsten Wiesen. Ein Mädchen aus dem Panjshirtal wäre genau richtig für mich. Weißt du, warum die Frauen dort so hübsch sind?«

Ich schüttelte den Kopf.

»Wegen Alexander dem Großen.«

»Aha.«

»Das war ein berühmter König, und er kam von Westen und besiegte ein Reich nach dem anderen. Aber als er über den Hindukusch nach Indien marschierte, um auch dieses Land zu erobern, sind viele von seinen Soldaten davongelaufen, weil das Gebirge, das sie überqueren mussten, so hoch und eisig und beschwerlich war. Sie haben sich im Panjshirtal niedergelassen, das ihnen gut gefallen hat, sie haben sich in die Mädchen verliebt und Familien gegründet und fleißig Nachkommen in die Welt gesetzt, und darum haben die Menschen dort eine so helle Hautfarbe, wie die ersten Soldaten.«

Er redete sich in Schwung und zermalmte dabei eine Hand voll getrockneter Rosinen, eine nach der anderen verschwand in seinem großen Mund mit den blitzend weißen Zähnen. »Ich möchte am liebsten ein Mädchen heiraten, das von einem Soldaten Alexanders des Großen abstammt. Wenn ich das meiner Mutter gestehe, wird sie nur böse auf mich und behauptet, das viele Lernen habe mich krank im Kopf gemacht. Sie meint es gar nicht böse«, nahm er sie sofort in Schutz, »Sie versteht es eben nicht besser. Sie selbst ist nie in der Schule gewesen. In ihren Augen hat es keinen Sinn, Dinge zu wissen, die nicht im Koran stehen.«

Malems Eltern waren arme Bauern. Er war der Erste in der Familie, der Lesen und Schreiben gelernt hatte; das machte die Sache für beide Seiten schwierig. Ein unverheirateter junger Mann musste seinen Eltern Respekt erweisen, und natürlich waren die Eltern stolz auf ihn, aber zugleich fanden sie es ungehörig, wenn er behauptete, mehr zu wissen als sie selbst. Die Stimmung in Malems Elternhaus war deshalb – aber auch wegen der Heiratsfrage – häufig gereizt, und er beklagte sich bei mir, seinem Freund. »Hier habe ich wenigstens meine Ruhe. Und mit Allahs Hilfe werde ich eines Tages genug Unterricht geben, um endlich heiraten und mit meiner Braut in ein eigenes Haus ziehen zu können. Mein Cousin will mir so viel Geld geben, wie die Waren in meinem Laden wert sind, und dann führt er den Laden weiter.«

Das gefiel mir allerdings gar nicht, denn diesen Cousin kannte ich. Immer, wenn Malem aus irgendeinem Grund keine Zeit hatte, übernahm er den Laden. Er stank aus dem Mund und spuckte auf den Boden. Er konnte Kinder nicht leiden, obwohl so viele bei ihm kauften. Er kläffte wie ein Straßenköter, wenn er fragte, was ich wollte, und wenn ich ihm meine Afghani-Scheine überreichte, grinste er fies und ließ seinen einzigen Goldzahn blitzen.

»Und wenn dein Cousin sagt, er will den Laden nicht haben? Kriege ich ihn dann?«, fragte ich Malem manchmal, aber Malem lachte nur und machte ein Gesicht, als sei das unvorstellbar. Heimlich betete ich darum, dass es noch sehr lange dauern möge, bis mein Freund eine bessere Lehrerstelle bekäme.

11

Samstagmorgen um acht Uhr stehe ich vor dem Büro des Schulleiters, vor dem sich eine große Menschenmenge drängt, Eltern mit ihren Kindern, die lebhaft diskutieren. Die meisten, so höre ich heraus, brauchen wohl eine Unterschrift für irgendeine Bescheinigung von ihm. Der Raum ist abgeschlossen und ich stehe mit den anderen herum, bis um neun Uhr endlich der Mann, auf den alle warten, eintrifft: Direktor Qiam. Alle machen ihm Platz und reden gleichzeitig auf ihn ein, er tut so, als nähme er nichts und niemanden wahr. Plötzlich sieht er mich und rudert mit seinen abstehenden dicken Armen: »Oh, Doktor Mahboob, Sie sind schon da?« Er überbetont das *Doktor*, hakt sich energisch bei mir unter und zieht mich in das aufgeschlossene Zimmer hinein, während die Leute murren.

»Kommen Sie herein, nehmen Sie Platz!«
Er schließt die Tür hinter sich und deutet auf die freie Couch neben seinem Schreibtisch. »Bitte, nehmen Sie Platz«, wiederholt er. Er zieht sein Taschentuch aus der Hosentasche und wischt sich über die Stirn. Er schwingt die Klingel, die auf seinem Tisch steht, und der Diener in Pluderhose und Turban, den ich vom letzten Mal schon kenne, kommt durch eine seitliche Tür herein.
»Bring Tschai, Hamidullah, und lass niemanden herein! Verstanden?«
Die Leute draußen tun mir leid, und mit seiner Teebestellung ist klar, dass er sie warten lassen will. Ich aber nicht. Ich will auch nicht palavern, sondern zur Sache kommen.
»Verehrter Herr Direktor Qiam«, fange ich an und erläutere ihm meine Aufgaben, die Dr. Jalal mir vor der Abreise geschickt hat. »Ich soll den Bedarf ermitteln, den die Schule hat, welche Unterstützungsgelder sie braucht und wie sie sich zusammensetzen; ich soll dann die Fördermittel bei der Deutschen Botschaft beantragen und nach Bewilligung dafür sorgen, dass die nötigen Anschaffungen ordnungsgemäß getätigt werden.«

»Sie sind dafür verantwortlich«, hatte Dr. Jalal am Telefon zusammengefasst, »dass alles dabei seine Richtigkeit hat.« Eine leichte und überschaubare Sache, hatte ich zuhause gedacht, wie sollte sie mich drei Monate lang beschäftigen? Doch da kannte ich Direktor Qiam noch nicht, und ich wusste nicht, wie es in der Schule aussieht. Mein offizieller Arbeitgeber ist das afghanische Bildungsministerium, die Deutsche Botschaft finanziert die Stelle. Als ich Dr. Jalal fragte, warum dies so verteilt sei, sagt er: »Weil Sie für die afghanische Verwaltung zu teuer sind. Machen Sie sich keine Gedanken, alles ist in Ordnung. Ihr Arbeitsplatz ist direkt in der Rumi-Schule, und dort werden Sie dem Direktor unterstellt sein.«

Direktor Qiam scheint sich für meine Erläuterungen nicht besonders zu interessieren. Er brummt unverständlich vor sich hin. Vielleicht liegt es an meinem Dari, vielleicht benutze ich unpassende Wörter.

Er konzentriert sich auf seinen Tee und rührt in der Tasse.
»Modir Sahib – Herr Direktor«, setze ich noch einmal an, doch er schneidet mir das Wort ab.
»Langsam, langsam, lieber Herr Doktor Mahboob! Erzählen Sie mir erst einmal, wie war das Wetter in Deutschland?«
Ich verstehe nicht. Ich starre ihn an. Er hat sich über seinen umfangreichen Leib ein wenig vorgebeugt und sieht mich erwartungsvoll an. Ich denke an die Worte meines Vaters, *nenne es eine orientalische Gesprächsschnecke, lass sie einfach kriechen,* und gebe schicksalsergeben die gewünschte Auskunft. »Das Wetter ist sonnig und schön. Der Spätsommer ist die schönste Jahreszeit dort.«
»Und wie geht es Ihrer Familie, *Doktor Sahib*? Sie sind doch verheiratet?«, fragt der Direktor weiter und sieht mich voller Misstrauen an. Neue Schweißperlen treten auf seine blasse Stirn.
»Ja«, behaupte ich ohne nachzudenken, denn ich habe nicht die Absicht, diesem Mann zu erklären, warum ich mit einunddreißig Jahren weder verheiratet bin noch einen Haufen Nachkommen in die Welt gesetzt habe, was er ohnehin nicht verstehen würde.
»Meiner Familie geht es gut und meiner Frau auch. Sie ist natürlich sehr traurig, dass sie nicht hier sein kann.«
Hamidullah balanciert ein Metalltablett mit zwei Gläsern herein und serviert uns den Tschai, dazu ein Schälchen Bonbons. Ich nehme ein Bonbon, es schmeckt widerlich, hastig trinke ich einen Schluck Tee. Die Bittsteller draußen sind nicht zu überhören.
»Sagen Sie, Herr Direktor, was braucht die Schule Ihrer Einschätzung nach denn am dringendsten? Haben Sie vielleicht schon eine Liste, oder soll ich selbst über die notwendigen Anschaffungen entscheiden?«
Am unwilligen Stirnrunzeln meines Gegenübers merke ich, dass er lieber weiter gepflegten Smalltalk halten möchte. Vielleicht war die Formulierung »selber entscheiden« auch nicht geschickt. Doch bevor er reagieren oder sich eine neue Frage ausdenken kann, um mich wieder auf den Pfad der Konversation zurückzuführen, kommt Hamidullah aufgeregt herein.
»Modir Sahib, draußen beschwert sich eine Frau, die Sie dringend

konsultieren will. Sie sagt, der stellvertretende Minister habe sie geschickt.«

Das Wort »stellvertretender Minister« lässt mein Gegenüber zusammenzucken.

»Herr Direktor Qiam, ich will Sie keinesfalls aufhalten, wenn Sie an anderer Stelle gebraucht werden«, versichere ich. »Sagen Sie mir bitte nur, wo ich mein Arbeitszimmer finde. Ich könnte erst einmal ein paar Dokumente durchgehen.«

Er erhebt sich überraschend schnell, er zeigt wie nebenbei vage in den Raum.

»Bitte?«, entfährt es mir. »Dr. Jalal hatte mir gesagt –«, er unterbricht mich.

»Ich werde einen Schreibtisch für Sie holen lassen«, bestimmt er und sieht mich mit einem Blick an, der direkt durch mich hindurch geht, als wäre ich nicht da.

»Ich fühle mich geehrt«, lüge ich. »Hoffentlich macht es Ihnen keine Umstände, Ihr Dienstzimmer mit mir zu teilen.«

So eine Frechheit! Aber dieses Mal habe ich den Ton wohl einigermaßen getroffen. Der Schulleiter lächelt huldvoll und verzieht seine Augen zu schmalen Schlitzen.

»Aber lieber Herr Doktor Mahboob, Ihre Anwesenheit stört mich ganz und gar nicht, sondern im Gegenteil, sie ist für mich eine vollkommene Bereicherung!«

So, Rede beendet, will er jetzt etwa hinaus, zu der Frau, die der stellvertretende Minister geschickt hat? Ich bin wirklich empört: Mich hat auch das Ministerium geschickt! Jetzt bellt er den Schuldiener an. »Hol Tisch und Stuhl für Doktor Mahboob!«

»Modir Sahib, wo soll ich den Tisch denn herholen?«, erkundigt sich Hamidullah.

»Egal woher, hol einen. Sofort!«, ordnet der Direktor grimmig an. »Im Lehrerzimmer gibt es genügend Tische. Beeil dich! Du hörst ja: Doktor Mahboob hat viel zu tun! Und schick die Frau herein, die nach mir gefragt hat.«

Während der arme Hamidullah verschwindet, nutze ich den

Moment, schnell noch eine Frage zu stellen, bevor ich völlig nutzlos den Vormittag hier verbringe.
»Gibt es im Haus vielleicht einen Internetanschluss?«
Direktor Qiam dreht sich mit seinem ganzen schweren, prallen Leib zu mir hin. Seine Augen mustern mich, langsam und erstaunt, als hätte ich etwas Dummes gesagt, etwas sehr Dummes. Dann wiegt er den Kopf und antwortet, sichtlich genießerisch: »Internet? Hier? Da müssen Sie schon in ein Internetcafé gehen. Wir haben ja hier nicht einmal regelmäßig Strom.«

12

Eigentlich hätte ich vom Alter her noch ein Jahr auf meine Einschulung warten müssen, aber seit mein Vater mitbekommen hatte, dass Malem mir mit Hilfe seiner Waage das Rechnen beibrachte, redete er immer wieder davon, mich vorzeitig einschulen zu lassen. Dummerweise hatten wir jedoch die Anmeldefrist verpasst, weil mein Vater wieder einmal verreist war, nach Alman, oder was weiß ich wohin, und dann gründete der Ministerpräsident eine eigene Partei und wollte allen Besitz umverteilen und Leute wurden eingesperrt und alles war in großer Aufregung und überhaupt kein erwachsener Mensch ansprechbar, außer Malem, aber selbst er war ganz zerstreut und voller Sorgen, denn jetzt regierten die *Sowjettreuen*. Die Sowjettreuen – so wie die Erwachsenen das Wort aussprachen, war ich mir sicher, dass es sich um eine besonders gefährliche Räuberbande handelte, die gar nicht wollte, dass Kinder in die Schule gingen, was dem widersprach, was Tante Farida von den Kommunisten sagte. Es war für ein Kind ganz und gar nicht zu durchschauen, wer hier was für wen und weshalb wollte oder nicht. Doch zum erstenmal in meinem Leben ließ ich mich nicht beschwichtigen. Ich wollte in die Schule. Unbedingt. Ich wollte schöne blaue und grüne Schulhefte besitzen und sie mit spitzen Bleistiften füllen, Seite um Seite. Ich wollte rechnen und schreiben und mit den anderen Kindern zusammen sein.

Ich verteile die Kekse auf zwei Teller, die süßen auf den einen, das salzige Gebäck auf den anderen. Ich balanciere den ersten vorsichtig in den Aufenthaltsraum neben der Küche. Dort sitzen die beiden manchmal lieber als im feinen Deutschlandzimmer, vor allem im Frühjahr, wenn es noch zu frisch ist, um draußen zu sitzen, aber so mild, dass sie die Tür zur Terrasse öffnen können.

»Was für Umstände du dir machst!«, ruft Tante Farida und schlägt in gespieltem Entsetzen die Hände über dem Kopf zusammen, als ich hereinkomme. »Der Tee hätte mir doch gereicht.« Dabei weiß sie genau, dass meine Mutter jedes Mal etwas anbietet, wenn sie kommt.

»Du hast doch bestimmt Hunger, nach deinem langen Tag im Krankenhaus! Bitte, nimm nur, greif zu! Sonst bin ich beleidigt!«

Ich setze den Teller auf dem flachen Tisch vor den Kissen ab, auf dem die Teetassen stehen, ein besonderes Geschirr, mit Blüten darauf, das meiner Mutter besser gefällt als die einfachen Gläschen. Gerade habe ich das Wort *Einschulung* gehört und will unbedingt mithören. Ich trödele im Zimmer herum. Tante Farida zwinkert mir zu, sie durchschaut mich.

»Mahboob, träum nicht«, sagt meine Mutter und weist nach draußen. Ich gehe zurück in die Küche, um den zweiten Teller zu holen. Die Tür lasse ich offen, damit mir kein Wort entgeht.

»So viele Leute sind in der letzten Zeit einfach verschwunden!«, sagt meine Mutter. Ihr Ton ist bekümmert, und ich ahne, dass sie nicht weitersprechen wird, sobald ich das Zimmer betrete. Darum bleibe ich an der Küchentür stehen und mache lange Ohren.

»Den früheren Direktor der Rumi-Schule habe ich gut gekannt. Er hat mit mir zusammen studiert. Hoffentlich sind er und seine Familie wohlbehalten in Pakistan angelangt. Wer weiß, was sie mit denen anstellen, die sie vorher schnappen.«

Auch Tante Faridas Stimme ist ernst geworden. »Bei uns im Klinikum geht es drunter und drüber. Jeden Tag bin ich gespannt, wie viele Ärzte noch übrig sind. In einem Krankenhaus ist es nicht so leicht wie in einer Schule, wo man einfach einen verdienten Parteigenossen hinstellen kann, egal ob er eine Ahnung von der Arbeit hat oder nicht.« Ich höre ihre Teetasse klappern. Ich müsste jetzt langsam hinein. »Operieren lernt man nun einmal nicht auf Parteischulungen«, sagt sie.

Ich will auf keinen Fall, dass sie das Gespräch unterbrechen und schleiche so leise wie ich kann ins Zimmer. Lass mich unsichtbar sein, Khoda djan, lieber Gott, bete ich. Umständlich und als wäre ich in Gedanken, setze ich den Teller auf dem Tisch ab, ganz am Rand, und schiebe in der Mitte die Zuckerdose hin und her und schließlich zur Seite, um ihn dort hinzustellen.

»Du meinst die Direktorin von der Rumi-Schule?«, redet meine Mutter weiter und vergisst tatsächlich, dass ich da bin. »Ist das nicht die ältere Schwester von Sosan? Die, die vor ein paar Monaten wieder bei ihrer Mutter eingezogen ist, weil ihr Mann sie verstoßen hat? Ich hatte keine Ahnung, dass sie auch zu den Kommunisten gehört.«

Tante Farida brummt zustimmend. »Soviel ich weiß, heißt sie Marzia. Eines muss man ihr lassen, mit den Kommunisten hat sie aufs richtige Pferd gesetzt. Das ist vielleicht das Schlauste von den Kommunisten: Sie setzen auf die Frauen und die Bildung. Na, wenigstens ist sie nicht ganz ahnungslos in ihrem Fach, anscheinend war sie vorher Grundschullehrerin.«

Beide Frauen schweigen lange und ich überlege, ob ich mich irgendwo hinsetzen soll, als meine Mutter mich bemerkt. »Geh spielen, Mahboob, lass uns allein!«

Ich ziehe beleidigt ab, bleibe aber hinter der Tür stehen; sie ist so aufgeregt, dass sie sofort weiter spricht. »Warum hat ihr Mann sie eigentlich fortgejagt? Ist es, weil sie keine Kinder bekommen kann?«

Tante Farida lacht leise, aber es klingt etwas boshaft, ich kenne dieses Lachen, mein Vater wird jedes Mal wütend, wenn er es hört. »Als ob Männer für ein solches Problem keine anderen Lösungen kennen«, poltert sie. »Wusstest du nicht, dass ihr Mann sich eine zweite Frau genommen hat? Eine ganz junge und hübsche, sie heißt Mardjan. Da war Marzia natürlich abgemeldet, fett, launisch und streitsüchtig, wie sie ist. Mardjan und Marzia – man sollte meinen, ein Mann

müsste zufrieden sein, wenn er eine Frau hat, die Geld verdient, und dazu noch eine zweite, die nett anzusehen ist und ihm seine Kinder zur Welt bringt. Warum er Marzia auf einmal in den Wind schickte, weiß ich nicht.« Wieder klappert die Tasse. »So etwas gibt es nur in Kabul, wenn du mich fragst. Was auch immer man von dörflichen Traditionen halten mag, aber in einem Dorf würde ein Mann, dem seine Ehre lieb ist, es niemals wagen, seine Frau grundlos wegzuschicken. Wer sich dort einbildet, zwei Frauen haben zu müssen, der muss wenigstens bis ans Ende seines Lebens mit dem Schlamassel leben, den er sich eingebrockt hat. Aber hier in Kabul kennt nun einmal nicht jeder jeden, und die Leute interessieren sich oft gar nicht für ihre Nachbarn.«
»Eigentlich könnte sie einem fast leidtun«, bemerkt meine Mutter nachdenklich. »Über ein Jahr lang, habe ich gehört, soll er damals bei ihrer Familie gebettelt haben, um ihr Einverständnis zu der Heirat zu erreichen. Ist es nicht schlimm, wenn ein Mann erst so verliebt ist, und dann wird die Ehe doch nicht glücklich?«
Zum ersten Mal kommt mir der Gedanke, dass mein Papa uns vielleicht ja auch für immer verlassen hat, denn so lange ist er noch nie fort gewesen. Meine Mutter sagt, er bleibt wegen der Kommunisten lieber in Kunduz, aber ich habe auch gehört, dass sie zu Aziza sagte, dass er wegen seiner Leute dort bliebe. Vielleicht will er ja einfach nicht mehr mit Mama und mir zusammenleben. Mein Blick fällt auf den Teller mit Baghlawa, der eigentlich für das Abendessen gedacht ist, und trage ihn ungefragt hinein. Meine Mutter und Tante Farida sprechen ohnehin nicht mehr über meine Einschulung, sondern führen eines dieser Frauengespräche, die ich sowieso nicht verstehe.
»Ich bin wirklich die Letzte, die über eine Frau lachen würde, wenn ihr Mann sich eine zweite Frau nimmt«, sagt Tante Farida gerade. »Und wenn ich sonst auch mit den Kommunisten nichts zu tun haben will: Sollten sie diesen alten Zopf endlich abschaffen, würde sogar ich ihnen öffentlich Beifall klatschen. Frauen sind doch keine Gebärmaschinen. Wenn du mich fragst, hätte ein Mann, der so etwas tut, es verdient, dass ihm sein Glied abfault.« Kämp-

ferisch reckt sie ihr Kinn und funkelt über die Teetasse hinweg meine Mutter an. Meine Mutter schlägt verschämt die Hand vor den Mund.
In diesem Augenblick betritt Aziza so leise das Zimmer, dass ich darauf wetten könnte, sie hat draußen gelauscht wie ich zuvor. Aziza findet den Kommunismus gut. Das weiß ich, manchmal hält sie mir vor dem Schlafengehen einen Vortrag darüber. Jedenfalls denke ich, dass sie es mir erzählt, aber ich bin mir nicht so sicher, denn sie sieht dabei in den Spiegel und bürstet ihr Haar.
Meine Mutter, die für das lose Mundwerk ihrer Schwester sonst durchaus eine Schwäche hat, runzelt die Stirn. »Was führst du denn für Reden vor den Kindern?«, murmelt sie missbilligend und schickt mich, wie zu erwarten, endgültig aus dem Zimmer. Im Hinausgehen bekomme ich noch mit, wie Aziza sagt: »Ich weiß, warum Marzias Mann sie verstoßen hat. Sie hat versucht, ihn umzubringen. Sie wollte ihn ermorden, stellt euch das mal vor! Darum hat er sie verjagt.«
»Was?« ruft meine Mutter entsetzt. »Was redest du denn da?!«
Umgebracht? Ermordet? Elektrisiert renne ich in den Garten und verstecke mich unter meiner Tanne. Dort höre ich jedes Wort, das drinnen gesprochen wird, denn das Fenster steht im Sommer immer offen. Ich soll in eine Schule kommen, die von einer Mörderin geleitet wird? Meine Ohren werden groß wie die eines Elefanten, ich halte die Luft an. Meine Schwester erzählt die Geschichte hochdramatisch, wie es ihre Art ist.
»Mardjan, die zweite Frau von Marzias Mann, wurde sofort nach der Hochzeit schwanger. Das ist ihr wohl zu Kopf gestiegen. Sie forderte ihren Mann auf, jede Nacht bei ihr zu bleiben, und nicht, wie es Brauch ist, im Wechsel, eine Nacht bei ihr und eine Nacht bei seiner anderen Frau. Sie schikanierte Marzia, sie scheuchte sie herum und machte sie schlecht. Wie fett du bist, kein Wunder, dass Ali dich nicht mehr will, wie faul du bist, du könntest mir doch helfen, wo du selber keine Kinder bekommen hast, und so fort. Sie war höhnisch, sogar vor anderen Leuten. Marzia ist eigentlich eine geduldige

Person, was man so sagt. Aber Mardjan demütigte Marzia so sehr, dass es ihr zu viel wurde. Irgendetwas brachte das Fass zum Überlaufen, und Marzia schlich nachts mit einem Messer in den Garten, wo das jungverliebte Pärchen zusammen schlief. Doch ihr Mann, Ali, schreckte rechtzeitig aus dem Schlaf hoch, und es gelang ihm, ihr das Messer zu entwinden, ohne dass jemandem die Haut geritzt wurde. Warum er sie nicht vor Gericht gebracht hat? Die Ehre! Wo hätte er sich blicken lassen können, wenn jemand erfahren hätte, dass seine Frau mit dem Messer auf ihn losgegangen war? So kam Marzia zwar mit heiler Haut aus der Sache heraus, wurde dann aber von ihrem Mann verstoßen.«

Unter meiner Tanne höre ich mit offenem Mund zu.

»Nicht zu fassen!«, ruft drinnen meine Mutter.

»Das ist ja unglaublich!«, ruft Tante Farida.

Ja, wirklich, denke ich: unglaublich. Aziza tischt meiner Mutter und Tante Farida ein schönes Märchen auf! Eine Geschichte wie in den Büchern, die sie abends im Bett immer liest und von denen sie sagt, die sind noch nichts für dich, mein kleiner Prinz, da musst du noch sooo viel größer werden. Und die beiden glauben ihr auch noch! Es ist ja nicht zu fassen! Sie fragen noch nicht einmal, woher Aziza das alles weiß! Wenn das mein Vater zu hören bekommt, na warte!

13

Kabul, zerborstene, fremde, vergangene Schönheit, meine Mutter hat Recht, wenn sie sagt, sie will nicht hierher, sie will das nicht sehen, ihre Stadt, in diesem Zustand. Das ganze Ausmaß der Verwüstung wird mir klar, als ich am Nachmittag mit Abdul im Taxi in die Innenstadt fahre. So gut wie jede Straße ist von zerstörten und beschädigten Gebäuden beherrscht. Privathäuser, Schulen, Krankenhäuser und Behördenbauten, in denen Raketen deutliche Spuren hinterlassen haben. Ruinen, an denen nichts mehr zu retten ist, traurige Gerippe, deren ursprüngliche Bestimmung ich nicht einmal mehr erahnen kann. Und dann der Verkehr! Der absolute Wahnsinn. Die Luft steht vor Abgasen und Hitze. Die Straßen sind löchrig, und der Taxifahrer fährt einen Zickzackkurs, bei dem er die ganze Breite der Straße einschließlich der Gegenfahrbahn nutzt, um die schadhaften Stellen zu umfahren. Die entgegenkommenden Autos machen es genauso, und es erscheint mir wie ein Wunder, dass wir ohne Zusammenprall aneinander vorbeikommen. Ein Wahrscheinlichkeitstheoretiker hätte seine helle Freude, ich kralle mich an der Fensterkurbel fest. Die meisten Fahrzeuge sehen so aus, als wären sie vor vierzig Jahren aus Europa importiert worden. Nicht mal die alten Aufschriften wurden entfernt: *Müller Busreisen – Mit Genuss reisen* lese ich lachend auf einem Bus, und *Kieler Förde* auf einem anderen, und die Postleitzahlen sind auch noch von früher. In Deutschland wären sie sicher nicht mehr zugelassen. Die Fahrer gestikulieren alle und lachen, und irgendwie hat der ganze Irrsinn einen schnellen Puls, etwas Überschäumendes, Vergnügtes, wie sie hupen und stoppen und rasen, und alle Fußgänger rennen.

Immer wieder kreuzt ein Jeep mit fünf oder sechs Blauhelmen, den Soldaten der ISAF-Truppen, unseren Weg. Einige Leute senken die Köpfe und beschleunigen ihren Schritt, andere winken ihnen freundlich zu, überwiegend Männer, die sich ihre Vollbärte demonstrativ abrasiert haben und damit ohne Worte ihre Meinung über die verjagten Taliban kundtun. Abdul sieht meinen Blick.

»Die Taliban haben die Männer gezwungen, Bärte zu tragen, und die Frauen die Burka«, sagt er. »Die Burka hat mit dem Islam nichts zu tun, Mahboob Sahib. Es ist die Macht der Männer über die Frauen, nichts anderes.«

Ich staune, ich hätte ihn für konservativer gehalten.

»Immerhin sind viele Frauen zu sehen«, sage ich, wenn sich auch die meisten tatsächlich in einer blauen oder weißen Burka verstecken.

»Zur Zeit der Taliban durften sie ohne männliche Begleitung nicht aus dem Haus«, sagt Abdul. »Die Kabulis weinen dem verjagten Regime keine Träne nach.«

Abdul, mein Fremdenführer, erklärt mir alles. Die Stadt platzt aus den Nähten, stöhnt unter der Armut und Zerstörung, ächzt unter dem nicht nachlassenden Strom von Zuwanderern, von Rückkehrern und Flüchtlingen, aus Iran und Pakistan, aus Städten wie Kandahar und Herat und Dörfern, zu denen sie in den letzten zehn, zwanzig Jahren Zuflucht genommen hatten. Sie kehren zurück aus den Flüchtlingslagern, in denen sie hängen geblieben waren, jeden Tag in der Hoffnung, der Zustand sei nur ein vorübergehender. Sie alle waren heimlich aufgebrochen in der Nacht, oft versteckt von Schleppern. Sie waren mit wenigen Habseligkeiten geflohen, zuerst vor den sowjetischen Besatzern, so wie meine Mutter und ich, und dann vor den brutalen Anführern der Taliban, die nach und nach das Land unterworfen, willkürlich gemordet und sinnlose Gebote erlassen hatten. Seltsam, ich denke nicht »so wie wir«, denn alle, die ich hier sehe, haben es nicht so gut getroffen wie wir. Sie haben kein Haus, keine Wohnung, nicht einmal ein Zimmer, keine Verwandten, nichts. Sie haben einige Ballen mit Sachen, sie haben keinen Beruf, der ihnen nützt, sie sind fremd in dieser riesigen, stinkenden Stadt und kennen sich nicht aus. Denn obwohl die Taliban durch die Amerikaner verjagt worden sind, gehen viele nicht in ihre Dörfer zurück, in die ausgebluteten ländlichen Gebiete, in denen sie nichts als ihre zerstörten Häuser und traumatisierte Menschen erwarten. Auch sie kommen nach Kabul, in die Hauptstadt, sie hoffen auf Arbeit, Essen, eine Behausung. Abdul macht mich auf einige aufmerksam, ihre Kleider sind schmutzig und alt.

»Sie wohnen in Zelten, ihre Kinder, kleine Jungen, putzen Schuhe oder verkaufen Kaugummis, andere betteln. Sie merken es vor allem an ihrem Verhalten«, sagt Abdul, und ja, ich glaube zu sehen, wie unsicher sie sich bewegen. Meine Kehle wird trocken, ich habe Mitleid, unendliches Mitgefühl, wie ich es an mir gar nicht kenne, und seltsam, dieses Mitgefühl ist es, das meinen Wunsch zurückdrängt, mich in meine schöne heile Wohnung zu setzen und am Computer verschiedene Fehlerquellen bei Hochrechnungen zu analysieren.

Das Wort Scham, das mich als Jugendlicher oft begleitet hat, erhält eine völlig neue Bedeutung.

Als Abdul und ich von der Einkaufstour zurückkommen, verschwindet die Sonne gerade hinter dem Kohe Asmaie. Der hoch aufragende Berg hat Kabul einmal im Westen begrenzt. Jetzt wird er von neu erbauten Stadtvierteln in die Zange genommen, es sieht so aus, als würden die Siedlungen aus flachen braunen Häusern den Berg wegschieben wollen. Der Himmel leuchtet rötlich auf, plötzlich ist er zu sehen, der Smog hat sich verzogen, er ist weit und klar, sein Anblick versetzt mich nach diesem anstrengenden Tag in eine erschöpfte, friedliche Abendstimmung, fast so etwas wie ein leises Gefühl von Glück.
Wir sitzen nicht wieder in einem Taxi, sondern in einem schmutzig weißen Lieferwagen mit offener Ladefläche, den wir günstig gemietet haben. Nach einer etwas mühsamen Suche in ungefähr elf Geschäften haben wir Eimer mit weißer, blauer und gelber Wandfarbe, große Rollen zum Streichen und kleinere Pinsel für die Ecken und Ränder aufgetrieben; außerdem eine neue Matratze und einen einfachen Stuhl für mein Zimmer. Wir lagern die Sachen für die Malerarbeiten im Hof und schleppen die Matratze hoch in den ersten Stock in mein Zimmer. Wir haben einiges geschafft, Abdul und ich. Ich nicke ihm anerkennend zu, er freut sich.
»Ich mache das Abendessen, Sahib«, sagt er und schultert die alte Matratze. Als ich ihm zur Hand gehen will, wehrt er es ab. »Nein, nein, ruhen Sie sich etwas aus!«, befiehlt er mir und schleift das unhandliche Ding, aus dem Staub und Rosshaar quillen, die Treppe hinunter. Kurz darauf höre ich ihn in der Küche hantieren. Ich überlege kurz, ob ich die neue Matratze auspacken und das Bett beziehen soll, aber ich sehe lieber nach meinem Vater.

Mein Vater sitzt zusammengesunken im Aufenthaltszimmer auf seinem Sitz aus Kissen und Teppichen und sieht aus dem Fenster. Vor ihm liegt, achtlos fallengelassen, ein abgegriffenes Buch. Fast könnte man meinen, er hätte seit Stunden so dagesessen. Wie ein verwitterter Stein. Was macht er überhaupt den ganzen Tag? Abdul hat erwähnt, dass er längere Zeit in Pul-e-Charki eingesperrt gewesen war, im berüchtigten Geheimdienstgefängnis der Sowjets, kurz vor den Toren Kabuls, dass er aber nicht darüber spricht. Ich weiß nicht viel darüber, nur dass seit der Machtergreifung der radikalen Khalq Partei im Frühjahr 1978, vor allem aber seit dem Herbst 1979, in dem wir das Land verließen, immer wieder regelrechte Verhaftungswellen durch das Land gerollt sind. Irgendwo habe ich gelesen, dass an die hunderttausend Menschen in Pul-e-Charki getötet wurden. »Dort hat er auch seinen kleinen Finger verloren, aber das ist nur die geringste Verletzung«, hat Abdul angedeutet. »Sie haben ihn gefoltert, er hat gehungert, und alles wegen –«

An dieser Stelle hat er sich unterbrochen, und ich habe verstanden, dass es keinen Sinn hat nachzuhaken. Ich muss die nächste Gelegenheit abwarten. Ich bin nicht sicher, ob und wie ich meinen Vater darauf hin ansprechen kann. Ich muss wohl erst einmal sein Vertrauen gewinnen.

Wie lange habe ich gebraucht, einem anderen Menschen zu vertrauen? Wie viele Wochen lag ich verbockt auf Dr. Pappelbaums Couch und habe nur Belangloses geredet, um überhaupt etwas zu sagen? Bis er auf die Idee kam, »setzen wir uns doch einfach mal einander gegenüber!«, und mich mit seinen freundlichen Augen direkt ansah. In diesem Moment brachen bei mir alle Dämme. Sein Mitgefühl: Ich hatte es vorher hören, aber nicht sehen können. Ich brauchte diesen Blick von ihm. Wie soll jemand wie mein Vater, der viel Schlimmeres erlebt hat als ich, sich mir anvertrauen, mir, den er über zwanzig Jahre nicht gesehen hat? Wie soll das alles gehen? Mein ganzer Elan sackt in sich zusammen. In Deutschland käme mein Vater sicherlich in psychologische Behandlung, aber hier? Woher sollte man tausend Therapeuten nehmen, die ihn und all die anderen vom jahrelangen Krieg zermürbten, wenn nicht zerstörten Menschen überhaupt verstehen würden?

In Deutschland erzählen die alten Leute, die den letzten Weltkrieg

erlebt haben, erst im Rentenalter von ihren Erlebnissen, aber hier ist der Krieg gerade mal ein halbes Jahr vorbei, und überall sieht er mich an. Es gibt hier nicht einmal genug Hilfe für diejenigen, die schwere körperliche Schäden davongetragen haben. Wie lächerlich kommt mir nun meine eigene Depression vor, die mich mit fünfundzwanzig in die Knie gezwungen und zu einem Arzt getrieben hat! Schon wieder kommt mir dieses Wort Scham so fremd vor, so anders, so, als würde ich es erst langsam mit einem Sinn erfüllen. Wie nichtig war ihr Anlass im Vergleich zu den Dramen, die sich hier abgespielt haben, auch wenn Dr. Pappelbaum das anders sehen würde, denn: »Sie können Leiden nicht vergleichen!«
Ewa, meine Freundin, die erste, mit der ich eine länger andauernde Beziehung hätte eingehen wollen, hatte mich verlassen, bevor es richtig losgegangen war, und mit einemmal hatte ich mich von allem und jedem verlassen gefühlt, und ohne jede Orientierung. Ich dachte, sie hätte mich wegen meiner Herkunft verlassen, und plötzlich wusste ich nicht mehr, was das heißen sollte, meine Herkunft, ich war aus allen Sätzen und Gedanken gerutscht, ein bisschen sehr allerdings, genug jedenfalls, um völlig zusammenzubrechen und tagelang in meiner Wohnung in der Ecke zu liegen und nichts mehr zu essen und nicht aufzustehen.

Abdul bringt ein Tablett mit Tee und reißt mich aus meinen Gedanken; ich sitze ja schon genauso wie mein Vater da und starre aus dem Fenster. Abdul verblüfft mich, wie gut er organisiert ist, wie schnell er sich um alles kümmert. Ich gieße meinem Vater und mir den Tee ein, der wieder so würzig duftet, und versuche, meinen Vater aufzumuntern. »Morgen früh kann es losgehen mit der Renovierung«, sage ich gut gelaunt. »Abdul meint, einen Handwerker in der Stadt zu beauftragen, sei Unsinn, weil morgens immer genügend Tagelöhner praktisch vor unserer Haustür stehen, die wir anheuern können.«
Ich sehe meinen Vater fragend an. Langsam wendet er mir den Kopf zu und lächelt vage.

»Lass Abdul den Preis aushandeln, und hör ihm gut dabei zu. Du musst lernen, wie man beim Handeln vorgeht.« Dann dreht er den Kopf wieder zur Seite und fällt in tiefes Schweigen.

Wir verbringen den Abend gemeinsam vor dem Schwarz-Weiß-Fernseher im oberen Stockwerk, in einem weiteren Aufenthaltsraum. Das Gerät ist noch älter als das im Deutschlandzimmer. Ein alter Bollywood-Film läuft. Leidenschaft, Widerstand, Tränen. Lieber würde ich mich mit meinem Vater unterhalten. Auch wenn ich sicher nicht den Mut aufbrächte, ihm die Fragen zu stellen, die mir seit Jahren schwer auf der Seele liegen. Aber er könnte mir ein bisschen von seinem Leben hier erzählen oder mich umgekehrt nach meinem fragen. Da mir klar ist, dass er den Fernseher gerade zu dem Zweck angestellt hat, um solche Gespräche zu vermeiden, schweige ich.
Ich bin sein Sohn, er ist mein Vater. Immer wieder geht mir diese einfache Feststellung durch den Kopf, die alles andere als einfach ist. Wir müssen uns erst kennenlernen. Einundzwanzig Jahre sind eine lange Zeit. Er hat seine Gewohnheiten. Wir sind uns fremd. Und doch nicht. Das macht es schlimmer. Das Ungesagte geht mir im Kopf herum. Ich sitze direkt neben meinem Vater und führe fiktive Gespräche mit ihm. Ich muss eine Meise haben. Wunschgespräche in Anwesenheit meines Herrn Vater. Mit meinem Vater, den ich einundzwanzig Jahre nicht gesehen habe, der auf unsere Briefe nicht geantwortet hat, und dann plötzlich schrieb: *Lieber Sohn, es geht mir schlecht, komm her.*

Ich liege auf meiner neuen Matratze und kann nicht einschlafen. Ich drehe mich zur Wand wie als Junge. Die Wand schweigt. Ich drehe mich wieder zurück und sehe im Dämmerlicht ins Zimmer. Der dicke Direktor fällt mir ein, mit dem ich ab morgen das Zimmer teilen soll.
Was fühlen Sie jetzt, Herr Malik?
Starke Unlustgefühle, Doktor Pappelbaum. Was hat Direktor Qiam

mit seiner Vorgängerin gemacht? Der dicken Marzia, der roten Hexe? Hat er sie aufgefressen? Ist er deshalb so dick?

Am Morgen hatte ich noch eine Weile auf dem Sofa in seinem Büro zugebracht und beobachtet, wie er die Leute empfing. Er hockte hinter seinem klapprigen Schreibtisch wie ein Großwesir. Hätte nicht viel gefehlt, und die Leute wären auf Knien zu ihm gerutscht. Dazwischen starrte er auf seine Fingernägel, als wäre dort der Weisheit letzter Schluss zu lesen, oder von mir aus auch die Wettervorhersage. Was für ein Mogul! Die Leute mussten stehen; ich belegte ja die einzige Sitzgelegenheit außer dem Thron des Moguls, ein klappriger Stuhl, viel zu klein, um so einen dicken Mann zu tragen. Die Stühle, auf denen am Tag zuvor die Männer gesessen hatten, hatten die Männer mitgenommen. Vermutlich hat an dieser Schule jeder einen einzigen Stuhl und trägt ihn mit sich herum. Der Mogul ließ sich die Anliegen der Leute schildern, als wären es ausgefallene Wünsche, dabei wollten die meisten nur ihre Kinder bei der Schule anmelden oder ein Zeugnis abholen, um das Kind auf einer anderen Schule anmelden zu können. Der Mogul tat so, als läge es in seiner Gnade und stellte sonderbare überflüssige Fragen, wie mir zuvor, nur nicht nach dem Wetter.

Was bildet er sich eigentlich ein? Was qualifiziert ihn überhaupt zum Schuldirektor? Kann er überhaupt lesen oder rechnen?

Ich liege in meinem alten Kinderzimmer und wundere mich. Ich bin von meinem alten Leben in Frankfurt in eine andere Welt katapultiert wie im Märchen vom Kalif Storch, ich darf nicht fragen, warum, und ich habe das Zauberwort vergessen, mit dem ich mich zurückverwandeln könnte. *Ein Märchen erzählten sie und fielen in Schlaf …* woher kenne ich nur diese Zeile?

Die Kinder, die ich heute morgen gesehen haben, besitzen nicht einmal Schuhe, und, wenn es hochkommt, ein einziges Heft. Meine Mutter würde sofort etwas organisieren, um ihnen Bücher zu besorgen, ihre Sachen zu flicken, den Raum zu putzen, und wahrscheinlich würde sie ihnen auch noch etwas zu essen kochen. Warum ist sie nicht hier? Warum hat sie mir nichts von ihrer praktischen

Begabung vererbt? Ich habe zwei linke Hände; ich werde Dr. Jalal enttäuschen, ich habe keine Vorstellung, wie ich irgendetwas Hilfreiches ausrichten soll.
Ich würde Noor gern sehen, mit ihr sprechen. Ich könnte ihr einen Brief schreiben, irgendwo in der Jacke müsste ihre Adresse stecken. Sie hat kein Internet. Ich brauche keins, hat sie gesagt. Na gut. Vielleicht ändert sie bald ihre Meinung. Ich müsste auch in einen Shop dafür gehen hier. Was hat sie erzählt? Wie sieht so ein Leben aus, als Tangolehrerin?

Mahboob stand auf, schaltete das Licht an, die nackte Glühbirne, und setzte sich an den wackligen Schreibtisch. Er hatte einen Notizblock mit winzigen Karos aus Deutschland mitgebracht, um weiter über seine Doktorarbeit nachzudenken. Er saß eine Weile da und grübelte, mit dem Kuli in der Hand. Schließlich fing er an, eine der Listen anzulegen, mit denen er versuchte, das Leben zu begreifen, Tabellen mit Punkten für Freundlichkeit und Unfreundlichkeit, Möglichkeiten und Unmöglichkeiten, die er dann in ein Verhältnis zueinander setzte, so wie er manchmal, wenn er ein Sandwich kaufte, den Belag auseinandernahm und neu anordnete. Doch plötzlich riss er das Blatt ab und begann eine neue Seite.

Liebe Noor,
du bist so weit weg und wir kennen uns erst seit so kurzer Zeit, ich weiß noch nicht einmal, ob du es ernst gemeint hast, als du gesagt hast, wir sehen uns wieder. Aber ich wüsste niemanden auf der Welt, mit dem ich jetzt so gern sprechen würde wie mit dir.
Wie viele Wochen würde dieser Brief brauchen, bis er Noor erreichte? Vier Wochen wollte sie in Argentinien verbringen, in vier Wochen wäre der Brief vielleicht auch in Berlin. Sie würde ihn bei ihrer Rückkehr vorfinden, immerhin!
Mein Vater, unser altes Haus, die Schule, die zerstörte Stadt, die Erinnerungen, die nicht mit dem übereinstimmen, was ich sehe und höre, und doch, das alles ist zu viel für mich. Ich gehöre nicht zu den Men-

schen, die viel über ihre Gefühle und Eindrücke nachdenken. Ich bin vollkommen ungeübt darin, ~~auch wenn ich schon ein paar Stunden und Wochen mit einem Psychologen~~.

Mahboob strich den letzten Halbsatz wieder, das war für einen ersten Brief vielleicht doch zu intim.

Am liebsten löse ich mathematische Probleme, lese Fachbücher und fahre Rennrad. Und abends sehe ich gern Krimis im Fernsehen, offenbar etwas, das mein Vater auch sehr liebt, nicht so sehr die Krimis, aber das Fernsehen, generell. Jedenfalls haben wir den Rest des Abends vor dem Apparat verbracht, in dem in schrillen Shows schaurige Popgesänge im Wechsel mit traditionellen Tänzen zu Tablamusik gezeigt wurden, alles in extrem grellen Farben. Anschließend gab es einen Bollywoodfilm, bei dem ich eingenickt bin. An ein Gespräch war nicht zu denken, und um ehrlich zu sein, ich wäre zu müde gewesen, eines zu führen. Aber morgen ist auch noch ein Tag.

Mahboob lehnte sich zurück.

Wie es wohl Malem ging? Was machte er? Hatte sein Laden nicht an der Stelle gelegen, wo jetzt der Telefon-Shop war? Ihm kam es fast so vor. Hatte Malem eine Frau gefunden? Hatte er Kinder bekommen? Lebte er überhaupt? Allein das war hier vollkommen ungewiss. Wie selbstverständlich man doch in Deutschland annehmen konnte, dass einer noch lebte, den man zehn, zwanzig Jahre nicht gesehen hat.

Auf der Straße ebbt der Lärm ab. Ich höre vereinzelt Autos vorbeifahren, mit laut aufgedrehtem Radio, Stimmen, die rufen, Hunde, die bellen. Ich liege im Dunkeln. Ich denke an dich. Ich denke an die feinen Härchen auf deinen Unterarmen.

Ihre weichen Lippen, wie vorsichtig sie sie an die heiße Teetasse setzte. Ihre zarten Sommersprossen. Die winzige Lücke zwischen ihren vorderen weißen Zähnen in der Mitte, dort wo die Lippe eine so entzückende Wölbung nach oben machte. Ihr Lachen. Ihre ganze anmutige Figur. Wie sie ihn angesehen hatte, wie sie seine Hand genommen und ihn geküsst hatte, einfach so, zum Abschied, ein langer Kuss, völlig irreal, jetzt, in diesem Zimmer.

Eine große Müdigkeit überkam ihn, er legte sich auf sein knarrendes, viel zu weiches Bett und dachte: Ich muss nur den Aufgaben folgen, die mir gestellt werden. Ohne groß nachzudenken. Ich muss keine tiefgreifende Entscheidung treffen, rechts oder links. Ich muss nur losgehen und sehen, was ich machen kann. Eine große Erleichterung überkam ihn und er schlief ein.

14

Vorsichtig und leise, um meinen Vater nicht zu wecken, gehe ich bei Sonnenaufgang die Treppe hinunter, um nachzusehen, ob Abdul schon in der Küche ist. Noch auf der Treppe fällt mir ein eigenartiger süßlicher Geruch auf, der immer stärker wird, je mehr ich mich der Küche nähere. Es ist Rauchgeruch, aber nicht von einer Zigarette. Was mag das sein? Einen Moment lang kann ich ihn nicht einordnen, dann fällt bei mir der Groschen. Ich kehre um. Ich verzichte darauf, Abdul in Verlegenheit zu bringen und ihn beim Tschars-Rauchen zu ertappen. So ein Ärger!

Zwei Stunden später, um sieben Uhr, sitze ich mit meinem Vater beim Frühstück; der Tisch ist gedeckt, Tee und Naan mit hausgemachter Kirschmarmelade und Butter stehen bereit, von Abdul keine Spur. Mein Vater wirkt weit weniger mitgenommen als gestern, und sein Verstand scheint klar zu sein. Ich fasse mir ein Herz und spreche ihn auf Abdul an.

»Wir haben ein Problem mit Abdul, Padar djan«, sage ich. »Er nimmt Drogen. Vielleicht sollte ich Ihnen einen anderen Diener suchen.«

Mein Vater blickt erschrocken auf und hebt die Augenbrauen. »Einen anderen Diener? Drogen?«, fragt er zurück. »Wie kommst du darauf?

»Vorhin habe ich es gerochen«, erkläre ich. »Er raucht Tschars.«

Die besorgte Miene meines Vaters breitet sich zu einem Grinsen, und dann fängt er laut zu lachen an. Also doch übergeschnappt, denke ich.

»Wie kannst du mir nur einen solchen Schrecken einjagen, mein Sohn?«, stößt er wiehernd hervor. »Einen Moment lang habe ich befürchtet, der Verrückte hätte sich dazu verleiten lassen, Heroin auszuprobieren. Ich habe ihm zwar eingeschärft, die Finger davon zu lassen, aber man weiß ja nie. Viele Abhängige unterschätzen dieses Teufelszeug. Sie denken, weil es aus Opium gemacht wird, wirkt es ebenso.«

Jetzt verstehe ich überhaupt nichts mehr. »Sie finden Tschars nicht schlimm und Opium auch nicht?«, vergewissere ich mich und schüttle den Kopf. »Ist das Ihr Ernst?«

»Das schockiert dich, was?« Er amüsiert sich offenbar prächtig. »Ich weiß schon, warum. In Deutschland haben sie große Angst vor dem, was sie *Rauschgift* nennen.«

Das Wort *Rauschgift* sagt er auf Deutsch.

»Aber Tschars oder Haschisch, wie ihr sagt, und Opium gehören zu unserer Kultur, so wie Bier und Schnaps Bestandteile der deutschen Kultur sind. Ist Alkohol etwa kein Rauschgift? Kann man davon nicht krank werden? Trotzdem kann man es in Alman überall kaufen. Und weißt du auch, warum?« Sein Grinsen wird noch breiter. »Weil die deutsche Regierung ganz genau weiß, dass sie es gar nicht verbieten kann. Sie würde damit einen Bürgerkrieg auslösen. Ihr Bier würden sich die Almani bestimmt nicht kampflos wegnehmen lassen.«

Das muss ich erst einmal verdauen. »Und genauso ist es hier mit Tschars?«, erkundige ich mich zweifelnd.

Mein Vater deutet ein Nicken an. »Abdul darf von mir aus ruhig Tschars rauchen. Er würde nicht besser, sondern schlechter arbeiten, wenn ich es ihm verbieten würde. Warum soll ich ihm sein Vergnügen nicht gönnen?«

»Weil es gesetzlich verboten ist?«, beharre ich etwas rechthaberisch.

Er wirkt wenig beeindruckt. Er winkt ab und lächelt. »Mein Sohn, das Verbot interessiert hier keinen. Dieses Gesetz widerspricht der Tradition, also hält sich niemand daran.«

Ich will gerade fragen, ob das beim Opium ebenso ist, als mich ein

erschreckender Gedanke durchzuckt. »Hast du auf deinen Ländereien etwa auch Opiumfelder?«, platzt es aus mir heraus.
»Opium wird meistens dort angebaut, wo es wenig Wasser gibt. In manchen Gegenden ist es das Einzige, was gut wächst«, erklärt er gelassen, ohne eine wirkliche Antwort zu geben. »Du musst jetzt langsam los«, sagt er mit einem Blick zur Uhr und grinst. »Die Schule fängt an!«

Papaver somniferum, die Opiumpflanze, auch Mohn genannt. Opiumesser, Opiumträumer. Wie selbstverständlich mein Vater das alles findet! Die Religion ist das Opium des Volkes – den ganzen Weg zur Schule, den ich immerhin auf Anhieb finde, rattern diese Worte durch meinen Kopf. Irgendwie regt mich das Gespräch mit meinem Vater auf; und richtig wütend werde ich an diesem Morgen im Büro des Direktors.

Ich bekomme keinen Tisch, und ich bekomme keinen Stuhl. Ich versinke in dem alten, staubigen Sofa, das mein Arbeitsplatz sein soll. Ich sehe dem Direktor zu, wie er Leute empfängt. Ich hocke auf dem Sofa wie auf Kohlen, ich warte darauf, etwas Sinnvolles zu tun. Stattdessen muss ich Zeuge eines Zeremoniells sein, das mir zuwider ist. In welchem Jahrhundert leben wir hier eigentlich? In Deutschland, denke ich erbittert, in Deutschland würde es das aber nicht geben!
Nach einer unnützen Weile auf dem Sofa, auf dem sich eine Feder unangenehm in meinen Allerwertesten bohrt, schalte ich meinen Laptop an. Sofort horcht der Mogul auf. Alles Technische scheint ihn in Verzückung zu versetzen. Und seine Gier anzufachen. Ich versuche, ihn und seine Machenschaften zu ignorieren und mich auf die Formulare der Bedarfsanalysen zu konzentrieren, die ich für die Anträge bei der Deutschen Botschaft auszufüllen habe. Doch immer wieder muss ich aus dem Augenwinkel den Mogul und die Bittstellenden beobachten; es treibt mich zur Weißglut.
Jede Schule, lese ich, *kann maximal zwanzigtausend Euro beantra-*

gen. Das Geld muss bis zum Ende des Jahres ausgegeben sein. Der Kauf der nötigsten Schulbücher, Schreibmaterialien, Stühle, Tische und Tafeln wird vermutlich den gesamten Zuschuss verschlingen.
Tatsächlich steht da »verschlingen«. Komisches Amtsdeutsch. Eigentlich eher Dari. *Khordan*, das Allerweltsverb, verschlingen, sich einverleiben, immer benutzt in Verbindung mit einem Substantiv, das man dann auch gern wieder weglassen kann. Essen verschlingen, sagt man, sich den Boden einverleiben, wenn man hinfällt, die Kälte verschlingen, wenn man sich erkältet. Vielleicht hat jemand es übersetzt?
Ich denke nach. Ich schiele zum Mogul. Wovon sollen eigentlich die nötigen Gebäudereparaturen bezahlt werden? Ich würde mich gern mit einem vernünftigen Menschen darüber austauschen. Die zehn Unterrichtsräume, durch die mich zwei Tage zuvor Herr Dauran geführt hat, sind *alle* renovierungsbedürftig. Mehr als das. In einem der Klassenzimmer gibt es ein Einschlagsloch von einem Durchmesser, der annähernd meiner Körpergröße entspricht. Der nächste Winter kommt bestimmt, und der vorige war bitterkalt.
Ich muss mich noch einmal umsehen, beschließe ich, und springe auf. Wie gerufen kommt in diesem Moment Herr Dauran in das Büro. Zum Glück ist der Direktor mit einem wichtig aussehenden Herrn zugange; die beiden diskutieren und lachen; ich schnappe mir Herrn Dauran und ziehe ihn auf den Gang.
»Wie sieht es hier eigentlich mit Toiletten aus?«, frage ich ihn.
Er sieht betreten zu Boden.
»Nun?«, frage ich.
»Es gibt nur eine, die funktioniert.«
»Aha. Und wo bitte ist sie?«
»Sie ist am Ende des Flurs im ersten Stock.«
»Na, dann sehen wir uns die mal an«, sage ich und will los.
»Sie ist abgeschlossen«, sagt Herr Dauran und rührt sich nicht von der Stelle.
»Und wer verfügt über den Schlüssel?« Blöde Frage. Natürlich. Der Mogul. Herr Dauran macht nur eine kleine Kopfbewegung. Ich seufze. »Gut. Und die andere?«

Herr Dauran führt mich in den Hof. Etwa zwei Meter vor einer Art Verhau bleibt er stehen und zeigt mit dem Kopf. Ahnungslos mache ich die Tür auf, und ein Gestank massiv wie eine Wand schlägt mir entgegen. Einen Moment lang glaube ich, mich übergeben zu müssen. Schleunigst werfe ich die Tür wieder zu.
»Ich muss wieder in die Klasse zurück«, sagt er.
»Gut«, sage ich zu dem armen Lehrer, der betreten zu Boden sieht. »Gehen Sie, danke, ich komme schon zurecht.«
Ich sehe ihm hinterher, dann fange ich einen Rundgang an, bei dem ich mir – anders als am Tag zuvor – ausführliche Notizen mache. Es ist erschütternd, aber mit dem Stift in der Hand fühle ich mich nicht ganz so ohnmächtig. Als ich ins Büro zurückkomme, nutze ich die Pause zwischen zwei Bittstellenden, um den Mogul zu fragen, wie er die Sache mit der Hygiene sieht.
»Die Leitung auf der zweiten Toilette führt seit der Bürgerkriegszeit kein Wasser mehr«, antwortet er leichthin und nimmt ein Schlückchen Tee mit gespreiztem Finger. »Nach einem Bombentreffer wurde das Rohr nie repariert. Lassen Sie die Baumaßnahmen weg«, rät er überraschend, »dafür können wir auch Geld vom Ministerium bekommen.«
Aha, denke ich und lasse mich auf das Sofa fallen. Die Luft ist inzwischen zum Schneiden dick. Schweißgeruch von angstgeplagten Eltern und ungewaschenen Kindern füllt den Raum. Ich würde am liebsten gehen, doch während ich meine handschriftlichen Notizen in den Computer hacke und überlege, welche Parameter ich anwenden könnte, geschieht etwas. Etwas in mir wird zum Leben erweckt, von dem ich bis zu diesem Tag nicht wusste, das es vorhanden ist. Instanz ist vielleicht das falsche Wort, aber genau das schießt mir durch den Kopf, während ich eine Hitzewelle in mir wahrnehme, eine schöne, klare Hitze des Zorns. Ich fühle deutlich eine Instanz, die in mir aus einem tiefen moralischen Impuls hochgeschleudert wird und wächst und wächst und jetzt schon über den Mogul hinausschießt. Ich spüre genau, dass diese Instanz mit einer Fähigkeit zu tun hat, die ich bis heute meiner Mutter zugeordnet

habe, und die ich deshalb auch verweigert habe, wie so vieles, das von meiner Mutter kommt. Und jetzt weiß ich, wie sie heißt. Es ist nichts anderes als eine nüchterne, und doch Gerechtigkeit suchende und doch rettende: *Pragmatik.*

Sie überfällt mich in diesem Augenblick und ich überschlage, vier bis fünf Klassen à 20 Jungen, in drei Schichten, das ist ja lächerlich, und notiere mit dem flüchtigen Genuss, ein Held zu sein: *200 Stühle, 50 Tische, 50 Kartons Papier, 400 Stifte, 10 Tafeln, 2000 Stück Tafelkreide, einen großen Wassertank, 1000 Schulbücher. Drei WCs, drei Waschbecken.*

Plötzlich bemerke ich, dass es still geworden ist. Mein Laptop blinkt; der Akku wird jeden Moment leer sein. Egal, ich bin fast fertig, und ich bin *glücklich.* Glücklich mit meinem soeben erwachten Pragmatismus.

»Was haben Sie da gerade notiert?« fragt Direktor Qiam und sieht mich misstrauisch an.

Ich lese ihm kommentar- und tonlos meine Liste vor. Er hört zu und fügt der Liste ebenso kommentar- und tonlos hinzu: »Einen Computer für mein Büro, am besten einen Laptop, wie Sie einen haben, einen Laserfarbdrucker, einen großen Kühlschrank, einen Ventilator, ein automatisches Kopiergerät und einen neuen Farbfernseher. Wenn mir später noch etwas einfällt, sage ich es Ihnen noch.«

Mir verschlägt es die Sprache. Seine Miene ist vollkommen ernst. Ob er überhaupt mit einem Computer umgehen kann? Gut, bitte sehr, soll er sich doch lächerlich machen, mir ist das egal. Im Gegenteil, vielleicht fliegt er auf diese Weise auf. Ich füge dem Antrag Laptop, Laserdrucker und Kopiergerät hinzu und schreibe mit einem boshaften Vergnügen die Worte *Kühlschrank* und *Fernseher* darunter. In diesem Augenblick geht der Laptop aus. Ich klappe ihn zu und verabschiede mich, und als ich die Tür hinter mir zuschlage, sehe ich gerade noch, wie der Mund des Moguls ungläubig offensteht.

15

Liebe Noor,

es ist seltsam, in die Welt der eigenen Kindheit zurückgeworfen worden zu sein, wenn man sie zwanzig Jahre lang nicht gesehen hat. Ich meine, jeder wächst aus ihr heraus, und jeder zieht irgendwann aus dem Haus der Eltern aus, doch meistens kommt man hin und wieder auf Besuch, und die Veränderungen vollziehen sich allmählich. Meine Mutter hatte immer wieder von Kabul gesprochen, aber oft vermied sie es auch, weil der Schmerz jedes Mal in ihr aufstieg, vor allem, wenn es Aziza oder meinen Vater betraf. Doch manchmal fiel ihr etwas ein, einfach so, weil der Zusammenhang sich für sie herstellte, es platzte aus ihr heraus, und sie musste lachen oder weinen, je nachdem. Und mit der Zeit begriff ich: Weder denkt man ununterbrochen an das, was einem Menschen Kummer bereitet, noch zwingt man sich, es vollständig zu vergessen. Es ist eher so, als würden die Anlässe für bestimmte Assoziationen seltener. Zugleich, und vielleicht gerade deshalb, setzen sich bestimmte Bilder umso deutlicher in uns fest. Meine Mutter hielt auf ihre Weise den Faden, in der Sprache, in den Rezepten, die sie kochte und weitergab, in ihren Freundschaften, die sie in der afghanischen Gemeinde pflegte.

Das Foto von Tante Farida, ihrer geliebten und vermissten Schwester, stand auf der Kommode einfach so wie die Blumen in der Vase daneben und wie der Spiegel darüber an der Wand hing. Und wie die meisten Mütter – das nehme ich jedenfalls an, ich habe ja nicht wirklich den Vergleich – erzählte sie mir ab und zu Anekdoten aus meiner Kindheit. Diese Anekdoten verbanden sich mit meinen eigenen Erinnerungsfetzen, und mit der Zeit entstanden in mir zusammengeschmolzene kleine Filme, an denen ich mich, ohne es zu wissen, festhielt. Die große Tanne im Garten, Tee und Kekse am Nachmittag, Malems Laden, das Zimmer, das ich mit Aziza teilte.

Jetzt aber ist alles anders als bisher. Das Verrückte, das mir hier geschieht, ist, dass das, was ich als eine solche Erinnerung, als einen solchen Film oder ein solches Bild in mir trage, auf einen Eindruck hier stößt und zugleich ein wahrer Sturm von Erinnerungen ausgelöst wird und über mich hereinbricht. Nicht unbedingt immer präzise, eher wie ein Gefühl, oder eine Farbe, oder ein Klima. Nicht unbedingt ein bestimmtes Ereignis; es ist eher so, dass mich auf Schritt und Tritt Gerüche überfallen und, schwieriger noch, weil kaum zu fassen, eigentümliche Empfindungen, die mir vertraut sind, doch ich kann sie nicht zuordnen. Ich fühle mich schon ganz seekrank davon. Ich kann mich nicht dagegen wehren; immer, wenn ich es versuche, wird mir so schlecht, dass es wohl besser ist, die Gedanken wie Wolken laufen zu lassen.~~ Dr. Pappelbaum hat mir diesen Tipp immer wieder gegeben, wenn es mir nicht gut ging. »Lassen Sie die Gedanken einfach ziehen, wie Wolken am Himmel, und betrachten Sie sie. Dann werden Sie nicht so von ihnen gequält.« Leicht gesagt, lieber Doktor Pappelbaum.~~

Mahboob legte den Stift aus der Hand, streckte die Arme aus und gähnte. Er dachte an Zaki, mit seinen schlottrigen Hosen und dem strahlend weißen Hemd, den hübschen braunen Locken und dem freundlich verschmitzten Lächeln, das immer nur dann verträumt wurde, wenn Aziza in seine Nähe kam. Er dachte daran, wie er sich an Zakis kräftiger Hand festgekrallt hatte, wie energisch Zaki an die Tür des Direktorenbüros geklopft hatte, als er mit ihm zur Schule gegangen war, um ihn anzumelden.
Mahboob zog sich aus und seinen Schlafanzug an. Er putzte sich im Bad am Ende des Flurs, das er mit seinem Vater teilte, die Zähne und legte sich hin. Er schlief schon halb, als er die tiefe, hallende Stimme der Direktorin zu hören glaubte, als er sah, wie ein unübersichtlicher Haufen Männer sich um eine einzige, ganz in Schwarz gekleidete Frau scharte: Die kommunistische Mörderin, von der Aziza erzählt hatte! Wie eine gestauchte Riesin stand sie da und funkelte Zaki und ihn angriffslustig an. »Was wollt ihr?«, polterte sie mit der dunklen Stimme eines Mannes, und er wagte es kaum sie anzublicken. Ob sie wohl einen Dolch trug, unter ihrem Kleid?

18

»*Betrachte jeden Baum und merke*«, lernte ich mit Malems Hilfe die Verse des Dichters Sadi auswendig.

Auf jedem Baum ist jedes Blatt
Ein Blatt von einem Buch,
darin der Herr der Stärke
Die Schöpfung aufgezeichnet hat.

Dieses große Buch der Welt wollte ich kennenlernen, ganz schnell, und sehr gründlich. »Diese Blätter sind kostbar«, sagte Malem jedes Mal, wenn er mir ein Blatt zum Rechnen gab, »denke immer daran!« Ich quengelte und drängelte morgens und abends, ich hing meiner Mutter am Rock, mit verpassten Fristen und politischem Krimskrams brauchte man mir nicht zu kommen: Mein Vater hatte mir ein Versprechen gegeben, und das musste eingehalten werden. »Versprochen ist versprochen«, schrie ich. Ich nervte meine Mutter ein dutzend Mal am Tag, sie schlug die Hände über dem Kopf zusammen und jagte mich zu Malem.
»Malem soll dich beschäftigen«, rief sie, »ich halte das nicht länger aus!«
Dass mein Wunsch erfüllt wurde, hatte ich Tante Farida zu verdanken. Tante Farida, die Bildung für das wichtigste hielt und außerdem fand, dass das Leben weitergehen müsste, Sowjettreue hin oder her, klirrte heftig mit ihren vielen Armreifen und redete so lange auf meine Mutter ein, bis diese schließlich übertrieben seufzte und rief: »Na gut, na schön, hör auf! So soll es sein, aber ich gehe da nicht hin! Auf gar keinen Fall!«
»Aber das ist doch unvernünftig!«, schimpfte Tante Farida. Neben Mutter wirkte Tante Farida immer wie ein Bollwerk, unerschütterlich und uneinnehmbar.
»Die Kommunisten werden dich schon nicht beißen«, rief sie lachend. »Du bist doch immerhin eine Frau! Ein unterdrücktes

Wesen, dem jeder anständige Kommunist unbedingt helfen muss! Wenn du als eine Frau von den Kommunisten etwas haben willst, dann geben sie es dir auf jeden Fall, wenn es sie nicht gerade einen Haufen Geld kostet. Und wenn sie das Geld einem reichen Mann wegnehmen können, helfen sie dir besonders gern!«
Nun lachten sie beide.
Nach weiteren heftigen Reden und viel Zigarettenrauch von Tante Farida erklärte meine Mutter sich einverstanden, dass Zaki sich um meine Anmeldung kümmerte. Zaki war schließlich alt genug. Ich glaube, er war neunzehn, oder zwanzig, mir kam er jedenfalls ziemlich alt vor, obwohl er mit seinem Lockenkopf auch wieder wie ein lustiger Junge aussah. Er liebte wie Tante Farida alles, was modern war und war sehr stolz auf seine Blue Jeans mit dem weiten Schlag und seine kurzen, engen Hemdchen, die er *Tieschörts* nannte. Und so stand ich zusammen mit meinem Cousin vor der unheimlichen Schuldirektorin und hatte weiche Knie.

»Das ist mein Cousin Mahboob«, sagt Zaki. »Seine Eltern wollen ihn einschulen.«
Frau Qudus, die berüchtigte Marzia, sieht Zaki über die Ränder einer großen Brille an. Ihr Haar ist nicht rot, sondern schwarz und fest nach hinten gebunden, ihr Gesicht ist blass und ihre Nase zackig. Kein Wunder, dass ihr Mann Angst vor ihr hat!
»Das Schuljahr hat vor vier Monaten begonnen«, sagt sie ohne jedes Interesse. »Warum haben seine Eltern ihn nicht früher angemeldet?«
»Mein Cousin ist erst fünf Jahre alt«, erklärt Zaki. »Aber er ist sehr intelligent, so dass er keine Schwierigkeiten beim Lernen hätte. Er würde gern –«
»Warum hat heutzutage eigentlich jeder irgendwelche Sonderwünsche? Fünfjährige Kinder nehmen wir nicht auf.«
Sie fängt an, in irgendwelchen Papieren zu blättern und tut so, als wären wir Luft. Zwei Minuten vergehen, ich ziehe an Zakis Hand und will wieder hinaus. Zaki, ganz Sohn seiner Mutter, lässt sich nicht so leicht abschütteln. Er tritt dicht an den Schreibtisch heran

und wiederholt: »Mahboob ist außergewöhnlich begabt. Er ist reif für die Schule. Sie werden doch ein so kostbares Material nicht vergeuden wollen?«
Die Direktorin sieht kurz auf; ihr Gesicht ist seltsam verzogen, ihre buschigen Augenbrauen wuchern düster in die niedrige Stirn hinein, als würden sie mit ihrem Haar zusammenwachsen. »Raus!«, befiehlt sie und wendet sich wieder ihren Papieren zu.

Zaki musste aufgeben. Mir war es recht. Mir war alle Lust, in diese Schule zu gehen, vergangen. Ich wollte nur eins: nach Hause. Auf dem Schulhof fing Zaki an zu fluchen, als hinter uns eine Stimme rief: »Halt! Wartet einen Moment!«
Diesmal gehörte die männlich klingende Stimme wirklich einem Mann, einem, der noch recht jung war, hochgewachsen, glattrasiert und mit schulterlangen Haaren. Seine Anzugjacke war ihm zu groß, er sah lustig aus. »Ich unterrichte hier Mathematik«, sagte er und schüttelte Zaki die Hand. »Du sagst, der Junge ist gut im Rechnen?«
Zaki wiegte bejahend den Kopf und setzte noch einmal zu einer Erklärung an. Der Lehrer winkte lächelnd ab. »Ich habe keine Zeit jetzt, aber hör zu, bring ihn morgen zur dritten Unterrichtsstunde in das Klassenzimmer oben links vom Eingang, dann hat die Klasse 1A bei mir Mathematikunterricht. Wenn der Kleine wirklich so gut im Rechnen ist, spreche ich selbst noch einmal mit der Direktorin.«

20

Lieber Mahboob, lieber Martin,
ich schreibe dir diesen Brief im Flugzeug, ich gebe ihn nachher einer der Stewardessen mit, sie ist sehr nett, ich habe sie gefragt. Von Buenos Aires nach Kabul dauert die Post sicher ewig. Ich will dir unbedingt sagen, wie sehr ich mich gefreut habe, dich kennenzulernen. Ich möchte unbedingt, dass wir uns wiedersehen. Ich lerne in meinem Beruf jeden Tag Männer kennen, und ich erfahre viel über sie, wenn

ich sie in den Arm nehme oder sie mich, wenn ich ihnen verklickern muss, dass es beim Tango darauf ankommt, beherzt zu führen, was aber nichts anderes heißt, als die Partnerin genau zu fühlen und sie fühlen zu lassen, was man möchte. Ich erkenne ihr Wesen an ihrem Geruch, an der Art, wie sie sich bewegen, sie teilen sich mir über ihren Körper mit. Man erlebt einige Überraschungen dabei, kaum jemand fühlt sich so an, wie man es vorher denkt.

Mir hat es gut gefallen, dass du gesagt hast, die Mathematiker nehmen alles immer so genau, denn von Genauigkeit verstehe ich etwas, auf jeden Fall der zwischen Körpern. Ich habe noch nie einen Mann kennengelernt, bei dem ich so ein Gefühl hatte wie bei dir, wie soll ich es erklären, von so einer leichten und einfachen und genauen Übereinstimmung. Viele sagen, dass Paare nicht gut zusammen tanzen können, ich kriege das im Unterricht oft mit, sie streiten sich, weil jeder immer irgendwelche Erwartungen an den anderen hat, und dann denkt eine Frau, sie hat einen starken Kerl, und dann will der aber gar nicht führen, und statt dass sie ihn einfach führt, was beide glücklich machen könnte, machen sie sich gegenseitig die Hölle heiß. Vom Rhythmus mal ganz zu schweigen. Aber das meine ich jetzt gar nicht. Ich weiß auch gar nicht, ob wir gut zusammen tanzen könnten, aber eines weiß ich: Ich habe mich noch nie so gut mit einem Mann unterhalten können, und zwar drei Stunden lang, wie mit dir. Die meisten langweilen mich nach zehn Minuten. Das ist überhaupt nicht arrogant. Aber der Gesprächsablauf ist immer so vorhersehbar. Also konzentriere ich mich in der Regel lieber auf Saccadas, Pivots, Boleos und Ochos (Achten!), das sind alles Figuren beim Tango. Lustig, bei den Achten muss ich jetzt immer an Mathematik denken, hab ich vorher noch nie. Ich war noch nie so vergnügt nach einem Gespräch wie jetzt nach den Stunden mit dir.

Außerdem finde ich es sympathisch, dass du nicht so wahnsinnig überzeugt von dir selber bist, eitle Männer treffe ich beim Tango zur Genüge. Es gibt natürlich Ausnahmen, und ich liebe diesen Tanz und meine Arbeit, versteh das bitte nicht falsch, aber du bist jedenfalls ein Mann, der nicht gleich denkt, dass man vor ihm auf die Knie gehen

muss und – lieber Martin, wir kennen uns ja kaum – genau deshalb bin ich vor dir ein bisschen in die Knie gegangen. Ich finde dich auch so schön. Deine melancholischen Augen, und wie sich dein Gesicht aufhellt, wenn du plötzlich lächelst. Es ist, als wäre das eine Entsprechung für das, was ich an der Tangomusik so mag, egal, ob Vals oder Milonga, ob jiddisch oder russisch: Eine tiefe Erinnerung an etwas, das man gar nicht gekannt haben kann. Ein Glück aus tiefer Traurigkeit heraus.
Klingt das ungeschickt. Wenn ich jetzt nicht vier Wochen weg vom Fenster wäre, würde ich mich nie trauen, so etwas zu sagen, aber ich will, dass du das weißt. Ich habe keine Ahnung, was dir in Afghanistan widerfährt, vielleicht rücken Europa und Frankfurt und der Flughafen in eine elend weite Ferne. Ich schreibe übrigens nie Briefe, und ich fürchte, so einen langen wie diesen hier kriege ich nie wieder zustande. Aber du, rufst du mich an? Kannst du mir schreiben? Vergiss mich nicht, Deine Noor-Simone-Noor.

Noors Brief kreuzte sich mit dem dritten Brief, den Mahboob an sie schrieb.

Liebste Noor,
irgendwo habe ich einmal gelesen, dass man die Orte der Erinnerung aufsuchen muss, um sie zu finden. Aber wie kann das sein? Sie sind doch nicht in der Luft gespeichert oder im Staub! Die Luft verweht, der Staub wird fortgetragen, alles verändert sich immerzu. Und was ist mit den Zufällen? So bin ich eingeschult worden, weil sich ein junger Lehrer für mich stark gemacht hat. Nur deshalb war ich später in Deutschland schon viel weiter als andere Kinder in meinem Alter, und deshalb … ich weiß nicht mehr, wie er hieß, aber ich sehe ihn vor mir, wie er sich manchmal über mich beugte, »gut, Mahboob, wirklich gut gelöst.« Ich liebte die Zahlen, ich liebte sie noch mehr als die Buchstaben. Kann man so etwas erklären? Ich hatte auch immer eine solche Freude daran, wenn wir in Malems Laden das richtige Gewicht auf die Waage stellten, oder wenn es mir gelang, die Posten eines kleinen

Einkaufs auf Malems Block zusammenzurechnen. Malem, der dann jedes Mal in die Hände klatschte und rief: »Bravo, Mahboob, bravo!« Habe ich dir überhaupt von Malem erzählt?

Der Zufall, liebe Noor, der dich und mich zusammengebracht hat, der Zufall, dass unser beider Flugzeuge Verspätung hatten, ist er nicht sonderbar?

Schade, dass du kein Fan des Internets bist, wir könnten uns viel leichter schreiben.

Die Vorstellung, dass wir vielleicht auf verschiedenen Zeitebenen zugleich existieren könnten … weißt du, liebe Noor, manche Erinnerungen ploppen hier in mir hoch, die Zeitschichten fallen einfach zusammen, Gegenwart, Vergangenheit, ich hoffe, du verstehst mich … aber die Straßen sehen nicht mehr so aus wie die, in denen sich die erinnerte Begebenheit abspielte … sie sind verschwunden … ich denke über solche Fragen sonst nur in einem theoretischen Zusammenhang nach, aber hier … Bitte schreib mir doch auch etwas über dich, ich habe sonst Angst, ich spreche in die Luft.

Mahboob legte den Stift beiseite. Er hatte noch nie so viel auf einmal geschrieben. Er wandte sich auf eine Weise an Noor, als würde sie alles miterleben. Wenn sie nicht alles verstand, war es nicht so schlimm, er könnte es ja im nächsten Brief erläutern. Er brauchte es einfach, sich an sie zu wenden. Er nahm den Stift wieder auf und erzählte von der Schuldirektorin und endete:

Die Geschichte der roten Hexe Marzia ist ganz schön traurig, wenn ich heute darüber nachdenke. Ganz sicher hatte Mardjans Mutter ihrer Tochter Tipps gegeben, wie sie aus ihrer Rolle als Zweitfrau das Beste machen konnte, und dann musste Marzia auch noch mit ansehen, wie er die hübsche Mardjan im Garten vernaschte … obwohl das vielleicht auch keine Liebesheirat war.

Kann es sein, dass ein Fünfjähriger sich Gespräche zwischen erwachsenen Frauen merken kann? Die ganze Situation mit Aziza, die es meiner Mutter und Tante Farida erzählt, steht mir plastisch vor Augen. Liegt es an der Erfindungsgabe meines Gehirns oder der mei-

nes Gedächtnisses? Oder doch an der Sache mit der Zeit? An dem, was meine Mutter mir später erzählt hat? Vielleicht werden wir die Verknüpfung von Zeit und Raum nie richtig verstehen. Was beschäftigen mich überhaupt diese Frauen? Andererseits, ich liege hier und kann nicht schlafen, da ist es wohl egal, woran ich denke. Ich bin völlig überdreht. Entschuldige. Was wohl aus Marzia geworden ist, nach dem Ende der Kommunistenzeit?
Und was wird aus dir und mir, liebste Noor?

Mahboob dachte so intensiv an Noor, die auch Simone hieß, als hätte er sie schon hundert Mal gesehen, und nicht nur ein einziges. Er dachte an ihre freche kleine Zahnlücke, ihre zarten Sommersprossen, ihre lebendigen grünen Augen, und eine Woge der Wärme durchlief ihn und Sehnsucht. Er vergegenwärtigte sich ihre Gesten und ihr Gespräch, die drei Stunden auf dem Flughafen, die so schnell verflogen waren und ihm doch vorkamen wie eine endlose Reise, so lang. Wie sie ihm von ihrer Mutter erzählte, die als junge Frau den Weg Richtung Osten genommen hatte, bis nach Afghanistan über Land, sechstausend Kilometer in einem bunten VW-Bus, mit einer Gruppe von Freunden, die Musik liebten und Haschisch. Wie einige von ihnen dann im gelobten Land Afghanistan dem Heroin verfielen, das dort spottbillig war, und nun auf den berühmten Drogenfriedhöfen im ganzen Land im Staube lagen, gestorben an einer Überdosis mit zwanzig, einundzwanzig Jahren, so jung also wie seine Schwester Aziza es war, als Mahboob sie zum letzten Mal gesehen hatte, und so jung wie Noors Mutter Ruth damals, die das alles sah und einen jungen Mann und die Musik glücklicherweise mehr liebte als den Drogenrausch. Eine Liebe, aus der dann die kleine Noor hervorgegangen war, was ihre Mutter Ruth bei ihrer Reise noch nicht wissen konnte, die dabei allerdings entdeckte, was für hübsche Stoffe und ausgefallene Kleider und glänzend bestickte Käppchen es auf den Bazaren gab, in Kabul, Herat und Mazar-i-Sharif. Die davon so viel einkaufte, wie sie nur konnte mit ihrem Geld, und die alles zurückbrachte nach

Darmstadt, wo sie einen kleinen Laden eröffnete, in dem sie mit diesen schönen Dingen handelte und mit Duftölen und Räucherstäbchen auch, und die später immer sagte: Das Paradies, meine liebe kleine Noor, heißt Afghanistan, dort ist der Himmel so blau wie nirgends sonst auf der Welt, und die Menschen sind so lebensfroh wie an keinem anderen Ort, und wenn die Kriege dort vorbei sind, dann fahren wir gemeinsam hin und ich zeige dir, wo ich so glücklich war.

Und was für ein Zufall, schrieb Mahboob, *dass deine Mutter es ausgerechnet hier in Afghanistan so schön gefunden hat, wohin mich jetzt der Brief meines Vaters gelockt hat, und leider nicht dich gleich dazu.*

21

Direktor Qiam nimmt mir die Ausdrucke aus der Hand und blättert sie durch. Ich bin einigermaßen stolz darauf. Erstens habe ich nach mehreren Anläufen ein Internetcafé gefunden, in dem der Besitzer nicht gerade beim Teetrinken oder in der Moschee verschwunden ist, um auch nach einer halben oder ganzen Stunde Warten nicht wiederzukommen, oder in dem ein unterwürfig lächelnder Assistent nur bedauernd die Achseln zuckt »keine Farbe, keine Farbe«. Das sind auch gar nicht die echten Internet-Cafés. Die richtigen werden von cleveren jungen Leuten betrieben, zwischen sechzehn und höchsten fünfundzwanzig, und genauso alt sind auch die Benutzer, die hierherkommen und bei einer Coke statt Tschai surfen und chatten, von morgens um zehn bis abends um zehn, ohne Pause. Zweitens habe ich die Ausdrucke auf eigene Kosten angefertigt, für ziemlich viel Geld.

Den Mogul interessiert das alles nicht, ihn interessiert nur eines: »Steht der Fernseher darauf? Und was ist mit dem *Refrigerator*?«

Ich seufze und wende mich meinem Arbeitsplatz zu. Mein Arbeitsplatz hat sich nicht entwickelt. Mein Platz wird wohl für immer auf dem staubigen durchgesessenen schlammfarbenen Sofa neben

dem Mogul sein, der hinter seinem Schreibtisch thront und sich die Fingernägel feilt. Am besten setze ich meinen neuen Tisch auch noch auf die Liste, die er jetzt wütend anstarrt.
»Das kann ich nicht lesen!«
Natürlich nicht – der Antrag ist ja auf Deutsch. Ich muss mir ein Grinsen verkneifen.
»Haben Sie auch alles beantragt? Sie wissen schon – die Sachen für mein Büro! Zeigen Sie mir, wo die Worte stehen!«
Ich habe schnell gelernt, finde ich. Ich habe mir eine innere Skala zugelegt, mit der ich mich selbst bewerte. Auch wenn Dr. Pappelbaum das nicht förderlich findet, ich tue es. Auf einer Skala von 1 bis 10 gebe ich mir die Note 8, das ist außergewöhnlich. Mit dieser Frage habe ich nämlich gerechnet und mir auf dem Weg zur Schule, den ich inzwischen mühelos bewältige, schon eine hübsche Lüge zurechtgelegt. »Ich habe sicherheitshalber noch einmal bei der Botschaft angerufen und bin mit einem ihrer Mitarbeiter die Liste durchgegangen«, behaupte ich. »Einiges musste ich leider wieder herausnehmen, sonst wäre der ganze Antrag abgelehnt worden«, füge ich aus taktischen Gründen mit besorgtem Gesicht hinzu. »Aber drei Ihrer Wünsche konnten berücksichtigt werden: der Laptop, der Drucker und das Kopiergerät.«
Ich bin gespannt. Ich sehe, wie es in ihm arbeitet. Diese Neuigkeit schmeckt ihm nicht. Er will den Antrag nicht unterschreiben. Ohne seine Unterschrift kann ich den Antrag nicht einreichen. Wir drehen uns eine Weile im Kreis, dann bestellt er Tee. Mit Gebäck. Wir sitzen schweigend da, ich höre ihn das Gebäck zerkleinern. Süßes, nichts Salziges. Er macht leicht schnalzende Geräusche mit den Lippen. Dann Stille. Nur sein Gehirn arbeitet fast hörbar. Nach dem dritten Glas sagt er: »Das muss aber noch in Dari übersetzt werden. Wir brauchen das für die Akten. Wenn jemand von der Schulaufsicht kommt, muss ich Rede und Antwort stehen, und Deutsch kann hier niemand lesen.«
Raffinierter Hund, denke ich. Ich lasse mir nichts anmerken. Er sieht mich in aller Unschuld an.

»Ich kann das erledigen«, sage ich vollkommen neutral.
Er nickt zufrieden, nimmt den Schlüssel für sein privates WC und verschwindet aus dem Raum. Ich wippe ein bisschen auf meinem Sofa.
Ich Idiot! Dari zu sprechen, kein Problem, zu lesen, schaffe ich, aber es selbst zu schreiben, fällt mir schwer, wie den meisten Halbafghanen, die ich kenne. Ich überlege kurz, ob ich seine Unterschrift einfach fälschen soll. Bis ich die Liste übersetzt habe, vergehen wieder kostbare Tage. Ich sehe mir die ersten Worte auf der Liste an und übersetze sie, 200 Stühle, 20 Tische, na gut, das geht ja noch, ich könnte meinen Vater bitten, andererseits mag ich vor ihm nicht eingestehen, dass ich mit der Sprache nicht zurechtkomme. So schwer ist es nun auch wieder nicht, ein paar Stühle und Stifte und Bücher! Wütend klappe ich den Laptop zu: ich will gar nicht, dass der Mogul die Liste lesen kann. Ich habe keine Lust auf eine überflüssige Diskussion. Ich bin ein diplomierter Mathematiker, was muss ich mir eigentlich von diesem Nichtsnutz gefallen lassen?
Als er wieder hereinkommt, sage ich, mein Akku sei alle. »Ich sehe mich noch ein wenig um und übersetze die Liste dann zuhause, wenn es Ihnen recht ist.«
Dem Mogul ist es vollkommen egal, was ich tue, Hauptsache am Ende springt ein Kühlschrank für ihn heraus. »Bis morgen aber, nicht wahr«, sagt er etwas streng. »Wir müssen den Antrag so schnell wie möglich einreichen. Sie wissen ja, die Bürokratie ist langsam.«

Mein Vater ist nicht zuhause.
»Der Lärm und der Gestank nach frischer Farbe sind nichts für ihn«, begründet Abdul seine Abwesenheit. Dabei ist noch gar nichts passiert. Ich bin so überrumpelt, dass ich nicht einmal frage, wohin er gegangen ist. Besonders sicher ist er ja nicht gerade auf den Beinen. Er bräuchte einen Gehstock. Was, wenn er hinfällt und sich verletzt?
»Er kommt schon allein zurecht«, sagt Abdul, der Gedankenleser, der seinen Rausch offenbar wieder ausgeschlafen hat. »Was halten Sie davon, wenn wir uns ein paar Arbeiter suchen.«

»Ach«, sage ich, »Meinung geändert?« Bis jetzt hat Abdul die Renovierungsarbeiten nicht gerade unterstützt; nur wegen meines Drängens hatten wir die erste Tour gemacht.
Er grinst. Warum nicht, denke ich, ein bisschen Ablenkung kann mir nicht schaden.
Während Abdul und ich zum Kreisverkehr bummeln, wo schon viele Tagelöhner darauf warten, dass jemand sie anheuert, erkundige ich mich bei ihm, ob er eine Ahnung hat, wohin mein Vater gegangen sein mag. Er schüttelt den Kopf.
»Hadji Sahib wird wohl bei einem Nachbarn sein, den er seit Ewigkeiten kennt«, mutmaßt er. Er scheint sich keine Sorgen zu machen. »Ihr Vater geht selten aus dem Haus. Besuch aus der Nachbarschaft bekommt er auch nicht oft. Es ist sicher gut, wenn er jemanden besucht.«
Am Sammelplatz herrscht großer Andrang.
»Ist nicht viel los«, sagt Abdul, der Freude daran hat, mir die Welt zu erklären. »Donnerstags und freitags sieht es hier ganz anders aus; da kommen besonders viele hierher, denn private Arbeiten wie Streichen, Renovieren und Umzüge werden meistens am Ruhetag erledigt.«
Wie erkennt man, wer was kann? Bevor ich ihn das fragen kann, wendet Abdul sich an einen kleinwüchsigen Mann mit rundem Gesicht und leicht geschlitzten Augen, vermutlich ein Hazara, die in Kabul oft Handwerker und Diener sind. Abdul schildert ihm, was bei uns zu tun ist, und der kleine Mann verlangt dafür fünfhundert Afghani sowie ein Frühstück und ein Mittagessen. Abdul lacht ihn aus. »Ich gebe dir zweihundert. Ohne Essen!« Er streckt ihm die Hand entgegen, doch der Tagelöhner stößt sie mit angewidertem Gesicht zurück.
»Allah strafe dich für deinen Geiz!«, ruft er aus. »Ich bin Malermeister, kein dahergelaufener Pfuscher! Du kannst jeden fragen, für den ich schon gearbeitet habe: Alle werden dir bestätigen, dass ich meine Arbeit gut mache. Für zweihundert halte ich dir höchstens die Leiter, streichen musst du selber!«

Er zieht ein bitterböses Gesicht, kommt mir aber gar nicht zornig vor.
»Wo sind denn die Scharen von Kunden, die deine gute Arbeit gerade haben wollen?«, spöttelt Abdul und blickt mit abgeschirmten Augen umher, als halte er angestrengt nach ihnen Ausschau. »Ich kann dir sagen, warum du dir hier die Beine in den Bauch stehen musst, Herr Malermeister: Solche Preise kann sich kein normaler Mensch leisten, und für die Reichen bist du eben nicht gut genug. Mach mir ein Angebot, das ich ernst nehmen kann, und du kannst heute gutes Geld verdienen.«
So geht es eine ganze Weile hin und her. Wir haben ja Zeit. Wie schon Einstein wusste, vergeht die Zeit auf einer Höhe von 1807 Metern über dem Meeresspiegel – hier – eindeutig langsamer als bei 112 Metern in Frankfurt am Main. Die Sonne brennt durch die Wolken hindurch auf unsere Köpfe, die Minuten dehnen sich proportional zu meinem Schweiß. Einmal packt Abdul mich am Ärmel und tut so, als wollte er mich fortziehen. Aber am Ende werden sie sich einig. Die ganze Sache hat etwas Spielerisches.
»Mein letztes Wort lautet: dreihundertfünfzig ohne Frühstück, dafür ein ordentliches Mittagessen«, verkündet Abdul abschließend.
Der Malermeister, der Nawid heißt, ist einverstanden. Abdul grinst zufrieden.
»Dann bring uns noch fünf einfache Arbeiter für zweihundert Afghani mit«, sagt er, »damit heute alles fertig wird. Du bist dafür verantwortlich, dass die Arbeit von allen gut gemacht wird.«
Schlau von ihm! Auf diese Weise kann das Streichen vielleicht in ein paar Tagen erledigt werden, und Abdul braucht sich nicht mit weiteren Tagelöhnern herumzustreiten. Dem Malermeister scheint es zu gefallen, den Chef zu markieren.

Drei Stunden später steht er vor der Tür, mit fünf kräftigen Männern, Pinseln, Farbeimern und Werkzeug. Abdul zeigt ihm, was wir eingekauft haben. Nawid macht als erstes einen Rundgang durch das Haus und organisiert die Arbeiten dann so, dass nie jemand untätig

herumsteht. Er hat genau im Kopf, wo noch ein Zimmer ausgeräumt werden muss und wo man wieder einräumen kann. Geschickt verlegt er auf dem Boden altes Papier, das er ebenso geschickt wieder zusammenpackt, als wollte er es ein weiteres Mal benutzen. Leider darf ich nichts tun. Ich halte mich nicht für praktisch veranlagt, aber ich mag es, Sachen in Ordnung zu bringen. Ich bastle gern an elektrischen Geräten herum. Bei meiner Mutter repariere ich immer alles, was anfällt. Es verschafft mir eine tiefe Befriedigung. Aber hier bin ich der Sahib und muss zusehen. Nawid zeigt den Männern, wie sie die Farbe gleichmäßig auftragen und mischt sie selbst an. Das Gästezimmer wird hellgrün, mein Zimmer erhält ein leicht verwaschenes, lichtes Blau, das Schlafzimmer meines Vaters wird ocker, und der Aufenthaltsraum hellgelb. Ich habe keinerlei Anweisung dafür gegeben; Abdul hat die Farben offenbar mit ihm abgesprochen. Ich bin verblüfft, wie effizient Nawid ist, und wie schön die Farben an der Wand wirken; ich bin fast bereit, ihm neun Punkte zu geben. Zehn bekommt bei mir ohnehin nie jemand.
Das Obergeschoss wird zuerst fertig. Abdul lässt es sich nicht nehmen, auch für die Handwerker exzellent zu kochen, es gibt Reis mit Dal aus roten Linsen und Kartoffeln in einer gewürzten Tomatensoße, dazu Naan, das köstliche flache Brot, das hier mehrmals am Tag frisch gebacken wird und an jeder Ecke erhältlich ist.
»Seit dem Krieg ist das Essen hier das Wichtigste«, sagt Abdul, »deshalb ist es ein Teil der Bezahlung. Das Essen ist bei uns überhaupt das Wichtigste, aber durch den Krieg …«
»Ich habe schon verstanden, Abdul.«
Er bedient mich im Deutschlandzimmer. Ich würde viel lieber mit den Männern auf dem Küchenboden hocken und hören, was sie reden. »Das ist unmöglich«, sagt Abdul.
Nach dem Essen machen die Arbeiter unten weiter. Ich will Bett, Tisch und Stuhl wieder in mein Zimmer tragen, doch wieder schüttelt Abdul den Kopf und nimmt mir alles aus der Hand. Der Boden müsste geschrubbt werden, und die abgesplitterten Fensterrahmen wirken jetzt noch trostloser als zuvor. Ich überlege, ob ich mir Eimer

und Lappen besorgen soll, aber Abdul bremst mich, ich dürfe absolut nichts anrühren, die Arbeiter verlören sonst ihren Respekt.
Am späten Nachmittag sind alle Zimmer gestrichen. Meine in Direktor Qiams Schule gewonnenen Vor-Urteile über Langsamkeit bei der Arbeit muss ich wohl korrigieren. Nawid und seine fünf Männer bekommen ihren Lohn und verabschieden sich. Abdul klopft im Garten Teppiche und Kissen aus. Er ist vergnügt. Ich schaue mich um. In welcher Geschwindigkeit haben sie das Haus verwandelt, ich hatte mit einer Woche gerechnet. Fast hat es etwas von seiner alten Schönheit wiedererlangt, dagegen springt einem jetzt alles, was noch zu reparieren ist, noch mehr ins Auge als vorher. Immerhin, ein erster Schritt ist getan. Endlich sind wir allein, ich hole mir Eimer, Putzzeug und einen Schrubber und bearbeite den Fliesenboden in meinem Zimmer. Jeder Zentimeter Hellblau, der zum Leuchten kommt, macht mich glücklich. Ich lüfte und rücke den neuen Stuhl an den alten Tisch, den ich vor das Fenster schiebe. Ich bin völlig verschwitzt. Ich gehe unter die Dusche und seife mich von oben bis unten ein und schrubbe die Hände mit einer Bürste. Danach gehe ich noch einmal durch alle Räume und notiere, was fehlt. Wir müssen Lampen besorgen, neue Scheiben in die Fenster einsetzen, ihre Rahmen lackieren und die Böden ausbessern. Ich verdiene genug, um meinem Vater diese Freude zu machen, und ich freue mich selbst darüber.

Als mein Vater am Abend zurückkehrt, ist von Freude allerdings nicht viel zu merken. Er ignoriert die Veränderung vollständig. Er zeigt sich auch beim Essen nicht sonderlich gesprächig. Er schnüffelt nur einmal verächtlich, weil es im Aufenthaltszimmer nach Farbe riecht. Abdul, der das herrlich duftende Quabuli aufträgt, das er gestern schon vorgekocht hat, wirft meinem Vater und mir im Wechsel besorgte Blicke zu. Es ist eins meiner Lieblingsgerichte, süßlicher Reis mit Rosinen und Karottenstückchen, dazu geschmortes Lammfleisch. Doch ich stochere immer lustloser darin herum. Nach dem Essen wartet mein Vater nicht einmal den Tee ab, sondern steht auf, nickt kurz und zieht sich zurück in das obere Aufenthaltszimmer. Kurz danach höre ich den Fernseher laufen.

»Sie haben ihn beleidigt«, erklärt mir Abdul zwei Tage später, als ich ihn in der Küche besuche und ihm zusehe, wie er den Teig für die Bolani knetet. Er hockt dazu auf dem Boden; vor sich hat er eine große Plastikdecke ausgebreitet. Er macht es sehr geschickt, nimmt aus der Mitte immer mehr Mehl in den bereits gekneteten Teig auf, drückt, klopft, und rollt ihn, dann nimmt er einzelne Teile davon und rollt sie von seinem Handballen den halben Arm hinauf und wieder hinunter, bis sich ein Ball bildet, dann noch einer und noch einer. Auf dem Herd blubbert ein Topf Wasser mit Kartoffeln.

»Er denkt, nichts ist Ihnen hier gut genug«, sagt Abdul und streut frisches Mehl auf die Plastikdecke. Er schlägt die runden Teigbälle gegen den Boden, bis sie längliche Flächen bilden. Er legt sie nebeneinander auf die Decke. »Es demütigt ihn«, sagt er. »Und das Schlimmste ist, er fühlt sich getroffen, denn er weiß, wie sehr er das Haus vernachlässigt hat.«

»Aber er ist alt, er hat nicht mehr die Kraft, ich verstehe das doch, ich wollte ihm eine Freude –«

»Sie wollten sich selbst eine Freude machen, Sahib, wenn Ihr verzeiht. Ich habe doch gesehen, wie unglücklich Ihr wart, das Haus Eurer Kindheit nicht so vorzufinden, wie Ihr es damals verlassen habt.«

»Aber … ist er mir nun böse, weil er denkt, das Haus ist vernachlässigt und er hätte etwas tun müssen und ich habe ihn ertappt, oder ist er mir böse, weil es mir hier nicht gefällt?«

Abdul hat die Kartoffeln abgegossen und schält sie mit den bloßen Händen. Dass es ihm nichts ausmacht, die heißen Kartoffeln zu halten. Er gibt die geschälten Kartoffeln in eine Plastikschüssel und streut Paprika darüber.

»Beides und weder noch.«

»Aha.«

Abdul quetscht die Kartoffeln mit dem Paprikagewürz, Salz und

Pfeffer zu einer Masse und streicht die rötliche Paste auf die ausgerollten Teigteile.
»Ja, Sahib, er ist in seiner Ehre gekränkt.«
»Aber«, sage ich, »dann kann man ja gar nichts verändern.«
Abdul setzt Öl auf und bringt es zum Sieden.
»Vielleicht, Sahib, vielleicht.«
Er faltet die bestrichenen Teigteile zu asymmetrischen Rauten zusammen und gibt sie, eines nach dem anderen, in das siedende Fett.

22

Ich habe einen Brief von Noor erhalten. Ich habe einen Brief von Noor erhalten!

23

Ich weiß jetzt, dass der Direktor schreiben kann. Als ich ihm die Liste auf Dari präsentiere, setzt er sich sofort an seinen Schreibtisch und beginnt, das Ganze mit dem Kugelschreiber zu korrigieren. Oh nein, denke ich, jetzt kann ich das alles noch einmal abschreiben und ausdrucken. Er korrigiert mit dem Kugelschreiber Zahlen, kommentiert einige der Gegenstände und fügt *Kühlschrank* und *Fernseher Flachbildschirm* hinzu. Dann unterzeichnet er den Antrag mit großem Schwung und drückte ihn mir in die Hand.
»Sie können ihn jetzt zum Postamt bringen«, sagt er, »oder Sie tragen ihn direkt zur Deutschen Botschaft, das geht schneller. Und ist sicherer.«
Ich fasse es nicht. »Nein«, sage ich, »ich muss die Liste zuerst noch einmal abschreiben, ich kann sie so unmöglich an die Deutsche Botschaft senden.«
»Wieso?«, fragt er und sieht mich herausfordernd an.

»Ich kann doch keinen mit der Hand korrigierten Antrag schicken!«
»Ich verstehe nicht.«
»Na, wie sieht das denn aus?«, entfährt es mir. Ich bin die ganze Schleimerei sowieso leid.
»Lieber Herr *Dr.* Mahboob, Sahib«, setzt er mit zuckersüßem Lächeln an, »in Afghanistan ist eine Liste oder ein Brief, in dem nichts von Hand Geschriebenes die Originalität des Schreibens verbürgt, nicht einen Afghani wert!«
»Ach?«
»Ach. Das können Sie als Deutscher natürlich nicht wissen. Sie hätten sich allerdings darüber informieren können. Ihre Kollegen, die schon länger hier sind, kennen diese Vorschrift. Schicken Sie jetzt also bitte den Antrag los, wir haben genug Zeit verloren!«
Er verlangt, dass ich das Kuvert vor seinen Augen verschließe. Es ist mir unendlich peinlich. Also gehe ich knurrend zum Internetcafé in der Tsharai Ansari, in dem mich der junge Assistent in Jeans und Turnschuhen, Naim, schon kennt. Als er mein Gesicht sieht, stellt er mir ungefragt eine Coke hin. »Was ist los? Was ist passiert?«
Ich öffne vorsichtig den Brief und zeige Naim die Liste. Er grinst. »Afghanische Autorität«, sagt er. »Überkommen, aber effektiv.«
Ich könnte heulen. Ich füge der Liste auf Dari meine deutsche Liste bei und tippe ein neues Anschreiben, in dem ich die Sache erläutere. Denn ich habe keine Unterschrift des Direktors auf dem Antrag in deutscher Sprache. Ich erläutere ebenfalls, dass ich von drei Punkten der Anschaffung abgeraten habe. Ich bin entnervt und deprimiert; aber man wird die hiesigen Gepflogenheiten vermutlich kennen. Ich beneide die Korrespondenten, die um mich herum sitzen und ihre Berichte über mein Land in ihre Laptops hauen, unbelastet von solchen komplizierten Regeln.
Ich stürze auf die Straße, ein riesiger schwarzer Landcruiser rast an mir vorbei, gefolgt von einem Konvoi amerikanischer ISAF-Soldaten, und wirbelt den Staub von der ungeteerten, holprigen Straße auf. Ich huste minutenlang. Dieser Staub! Ich hasse ihn. Ganz Kabul ist voll davon, ich habe das Gefühl, meine Lunge ist es eben-

falls. Dazu noch der Gestank des Mülls. Die Müllabfuhr oder besser, das, was man hier so nennt, ist die reinste Katastrophe, überall in den Seitenstraßen der Stadt türmen sich Haufen von Abfallbeuteln, Mörtel, Schmutz und Unrat. Das reinste Wunder, dass nicht regelmäßig Seuchen ausbrechen, zumal es nicht einmal eine Kanalisation gibt, sondern nur Abwasserrinnen. Mein Vater hat völlig Recht, ich bin ein Deutscher, der meckert, weil es dreckig ist. Ich bin ein Deutscher, der ungeduldig wird, weil alle unpünktlich sind. Doch inzwischen verfluche ich auch die Langlebigkeit der *deutschen Wertarbeit*, denn hier fahren zu viele nicht tot zu kriegende deutsche Autos aus der Zeit vor dem Katalysator herum und verpesten die Luft, und immer, wenn ich irgendeine asphaltierte Hauptstraße erreiche, wird die Luft noch rauchiger. In meiner Kindheit fuhren in Kabul nur vereinzelt Fahrzeuge, und holperte unser Benz oder einmal ein anderes Auto durch unsere Straße, liefen die Kinder aus der Gegend zusammen, um es zu bestaunen. Jetzt drängeln sich eine halbe Million Klapperkisten und Fahrräder und Mopeds und Esel und verstopfen die Straßen zu einem Dauerstau. Ohne einen Grund löst sich der Stau auf geheimnisvolle Weise wieder auf und alles rollt vergnügt weiter. Ich habe keine Ahnung, wie das funktioniert. Die Graphentheorie, die sich mit solchen Phänomenen befasst, ist vielleicht doch nicht das Richtige für mich. Diskrete Mathematik stellt eben doch eine besondere Herausforderung dar. Und mit meinem Vater komme ich auch nicht weiter. Er ist so stur wie der uralte Bus, der jetzt an mir vorbeirast und mir eine dicke blaugraue Abgaswolke aus seinem Auspuff ins Gesicht bläst.

In dieser Nacht träumte Mahboob von der dicken Marzia, der roten Hexe. Sie hatte sehr lange Wimpern und verführerische dunkle Augen, überdimensionale Brüste und ganz kurze Arme, und unter ihrem Rock sahen die Hände des Moguls hervor, mit abgespreizten Fingern, und spielten mit ihren Schnürsenkeln.

24

Wenn ein Afghane beleidigt ist, dann ist er es sehr lange. Mein Vater ist beleidigt. Er spricht nicht mit mir, und meine Versuche, ihn anzusprechen, übergeht er. Die Renovierung der Fenster habe ich erstmal auf unbestimmte Zeit verschoben, ich will ihn nicht noch mehr verärgern. In meinem Zimmer und in der Küche habe ich die Fenster mit Klarsichtfolie und Klebeband verstärkt. In diese Räume geht er sowieso nicht. In der Schule passiert auch nichts. Ich könnte ebenso gut nach Frankfurt fliegen und nach Berlin zu Noor fahren, niemand würde mich hier vermissen. Heute habe ich endlich mit ihr gesprochen! Ich war im Telefon-Shop, und ich bin mir inzwischen ganz sicher, dass hier früher Malems Laden untergebracht war. Das Telefonat hat ein Heidengeld gekostet. Egal! Sie hat schon etliche meiner Briefe erhalten, »der ganze Boden lag voll davon, ich habe einen Briefkastenschlitz in der Tür, weißt du«, hat sie gerufen, was natürlich übertrieben ist, mit dem ganzen Boden. »Ich habe mich so gefreut, Mahboob!« Sie hatte noch keine Zeit, sie zu lesen, aber sie klang wirklich glücklich, mich zu hören. Ihre Stimme überschlug sich fast, so schnell erzählte sie mir von Buenos Aires, ihren Kursen, den Leuten, der wilden Stadt, aber immer wieder sagte sie dazwischen: »Lieber Mahboob, wie wunderbar ist es, deine Stimme zu hören!«

Danach rannte ich erst einmal eine Stunde lang durch die Straßen.

Ich könnte in ihrer Küche sitzen, in der sie jetzt ein Afghanistanfoto aus einer Zeitschrift aufgehängt hat, und mit ihr reden, über ihr Leben, meines und unseres.

Stattdessen sitze ich auf dem schlammfarbenen Sofa in der Schule und bin nutzlos. Ich bin seit viereinhalb Wochen hier, und ich habe nichts zu tun und kann nichts tun, außer in Kabul spazieren zu gehen, wozu ich überhaupt keine Lust habe, obwohl ich weder in den Baburgärten war noch bei sonst irgendeiner kaputten Sehenswürdigkeit.

»Ihr Antrag ist noch in Bearbeitung«, höre ich jedes Mal, wenn ich

in der Botschaft anrufe, alle zwei bis drei Tage. Ich dränge Direktor Qiam, im Bildungsministerium die nötigen Baumaßnahmen zu beantragen. Er verweist mich an den Verwaltungsleiter Siyaar, doch der ist auf einer Fortbildung. Als ich ihn nach zwei Wochen zu fassen kriege, winkt er ab. »Das können wir uns sparen. Die Regierung hat kein Geld. Wir müssen ja schon froh sein, wenn wir regelmäßig Gehalt bekommen.«
Sechs Wochen sind um. Ich ärgere mich, nicht wenigstens die allernötigsten Reparaturen bei der Botschaft mitbeantragt zu haben.

Liebe Noor,
jeden Morgen sitze ich auf dem Schlammsofa und warte auf den Mogul. Jeden Morgen kommt der Mogul zu spät. Er kommt irgendwann. Ich hasse Unpünktlichkeit. Ich liebe Deutschland. Zuverlässigkeit, Verbindlichkeit, Offenheit. Weihnachten nicht zu vergessen. Ich mag Weihnachten. Und du?
Der Mogul und ich wechseln ein paar Floskeln. Nach einer Weile bestellt der Mogul den unvermeidbaren Tee und ich trinke die unvermeidbaren drei Gläschen mit ihm. Dann erhebe ich mich unter irgendeinem Vorwand und wandere durch die Gänge und lausche an den Türen. Manchmal verlasse ich das Schulgelände und gehe zum Internetcafé. Ich rede mit Naim, trinke eine Coke, lese die neusten Nachrichten aus Deutschland und der Welt und grüble über Emails, die ich schreiben möchte. Die erste, in der ich Dr. Jalal um meine vorzeitige Entlassung bitte, die zweite, in der ich Professor Odenbacher ein Dissertationsthema vorschlage. ~~Manchmal eine dritte an Dr. Pappelbaum, in dem ich mich über alles beklage. Drei~~ Ersatzväter, weil mein eigener schweigt. Ich wünsche mir so sehr ein deutsches Bier. Verzeih mir diese Zeilen, Noor, ich tauge nicht zu romantischen Briefen.

Wieder ist eine Woche vergangen. Mein Vater ist höflich, aber nicht mehr; beim Essen sprechen wir über Dinge, die sich in der Stadt ereignen; er fragt nach meinem Tag in der Schule. Seit der Renovierung tut er so, als wäre es nichts besonderes, dass ich bei ihm wohne. Das ist fast noch schlimmer zu ertragen als seine zwanzigjährige Abwesenheit. Am Abend sehen wir zusammen fern, die aktuelle Soap-Opera aus Indien, sie heißt *Als meine Schwiegermutter noch eine Braut war*. Jeden Abend sieht er sich das an. Und immer, wenn ich ein Gespräch anfangen möchte, dreht er den Ton lauter. Ich habe keine Ahnung, wie er seine Tage verbringt. Ich habe keine Ahnung, was er denkt oder fühlt. Ich habe noch weniger Ahnung, wie ich nach Tante Farida, Zaki oder dem Schicksal Azizas oder den Gründen unserer Trennung fragen könnte. Ich habe Angst davor, und er öffnet mir auch keine Tür.

Lieber Martin-Mahboob,
es ist ebenso verwunderlich, wie Menschen einander finden, wie sie eines Tages auseinander gehen. Beim Tanzen kannst du das manchmal beobachten, es ist überhaupt wie ein Konzentrat des Lebens, nur eben viel freundlicher, noch dazu begleitet von so wunderbaren Rhythmen und Liedern, in denen Wörter wie coraçon, amor und dolor aufblitzen. Ich beobachte auch zu gern die unterschiedlichen Paare, zum Beispiel sehe ich dienstags immer ein älteres, bestimmt über siebzig, beide schlank, aber an der Haut siehst du ihr Alter. Beide färben ihr Haar, sie blond, er schwarz, er hat einen grässlichen Schnäuzer und wirkt etwas steif, sie schlurft immer auf die Tanzfläche, mit leicht krummem Rücken, aber wenns dann losgeht, wird sie ganz beweglich und macht die tollsten Verzierungen (so heißen gewisse Extrabewegungen) mit ihren dünnen Beinen, die in getigerten Strümpfen stecken … Sie klammern sich aneinander wie Todgeweihte, und zugleich lachen sie und legen die Wangen dicht an dicht. Oder der dicke türkische Mann, er kommt ganz in Schwarz, mit Hosenträgern, er hat winzige Füße und tanzt sehr elegant, und zwar mit allen Frauen, die allein da sitzen und sonst ungetanzt um Mitternacht nach Hause gehen würden, wäre er nicht da. Aber was erzähle ich dir. Ich habe mir ein paar CDs bei meiner Mutter stibitzt, mit afghanischer Musik, ganz schön gewöhnungsbedürftig für mein Ohr, aber ich denke dann an dich.
Deine Noor.

25

Ich fühle mich immer mieser dabei, so wenig zu tun zu haben, auch wenn es den Schulleiter nicht weiter stört. Die anderen Lehrer meiden mich. Ich habe nichts mit den Kindern zu tun; in den Pausen beobachte ich sie, sie ignorieren mich. Nur am Anfang haben sie verstohlen zu mir hinübergesehen, eine unbestimmte Erwartung in den Augen. Viele Kinder besitzen nicht einmal Schuhe, und, wenn es hoch kommt, kein einziges Heft. Meine Mutter würde vermutlich allerlei Pflanzen anschleppen und im Schulhof einen Kräutergarten anlegen. Sie würde eine Schulspeisung organisieren und den Kindern ihre verschlissenen Sachen zusammenflicken. Manchmal nehme ich mir morgens vor, mit dem Mogul zu sprechen. Eine Frau zu finden, die kochen könnte, dürfte doch nicht unmöglich sein. Ihr etwas Geld für das Essen zu geben, auch nicht. Doch wenn ich anfange, dem Mogul meine Ideen vorzustellen, holt er die Nagelfeile heraus und jammert in einem unerträglichen Ton: »Der Krieg, ach der Krieg! Kein Geld, ach, kein Geld!« Ich überlege, ob ich ihn nicht anzeigen soll, weil er sich nicht kümmert. Diese Gleichgültigkeit! Was soll ich tun? Ich bin nicht gleichgültig: ich bin machtlos. In meinem ganzen Leben habe ich mich nicht so unfähig gefühlt.

Ich spiele immer wieder mit den Gedanken, bei Dr. Jalal anzurufen. Ich habe, seit ich hier bin, nur einmal mit ihm gesprochen; er war im Land unterwegs und hatte keine Zeit für ein Treffen. Schade. Sicherlich ist es auch nicht in seinem Sinn, wenn ich auf Kosten der deutschen Regierung herumsitze und Däumchen drehe.

Als einziges tröstet mich der Gedanke an Noor. Obwohl. Wieso sollte ihre Begeisterung anhalten? Ich bin überhaupt kein Typ für diese Sachen. Kaum zu glauben, dass sie gesagt hat, ruf an, wenn du wieder da bist. Jedes Mal, wenn ich am Telefon-Shop vorbeilaufe, taste ich nach ihrer Nummer in meiner Jacke. Ich zähle die Tage, bis ich sie wiedersehen kann. Abends auf meiner einsamen, neuen Matratze rufe ich mir ihr Bild vor Augen. Ich habe Angst zu vergessen, wie sie aussieht, wie sie sich bewegt. Ich rufe mir jeden Satz in Erinnerung, den wir gesprochen haben. Ich denke mir Gespräche aus, die ich mit ihr führen könnte, Fragen, die ich ihr stellen möchte. Und dann … sehe ich sie tanzen, eng an eng, mit fremden, attraktiven Männern … und die Hitze schießt mir in den Körper.

Mein afghanischer Vater schweigt immer noch, wenn man von den alltäglichen Belanglosigkeiten einmal absieht. Als ich ihn einmal nach Malem frage, was aus ihm geworden ist, knurrt er nur und zuckt mit den Achseln.
»Als ich zurückkam, war er fort«, sagt er, als ich ihn zum dritten Mal frage. Zurück aus dem Gefängnis, meint er vermutlich.
»Vielleicht ist Malem umgezogen«, versuche ich es weiter, »und hat sein Geschäft in einer anderen Straße wieder aufgemacht?«
Mein Vater winkt unwirsch ab.
Was brauch ich dich, du verstockter alter Mann, denke ich, und fange an, in unserem Viertel nach Malem zu suchen; ich frage die Leute, ob sie sich nicht an den jungen Mann mit dem Schreibwarengeschäft erinnern. Die Leute schütteln traurig den Kopf. Doch ich suche weiter, Straße um Straße. Jeden Nachmittag gehe ich los und möchte Malem finden. Allmählich erweitert sich mein Radius. Doch meine Gedanken sind ins Stocken geraten; die Bilderflut ist vertrocknet wie ein Fluss im Sommer.
Abends sitze ich an meinem wackligen Tisch und versuche, ein Thema für meine Doktorarbeit zu skizzieren. Die Verkehrsentwicklung in Kabul wäre vielleicht doch etwas, als Spezialfall von Lösungen durch Nährungsverfahren. Aber ich kann mich nicht konzentrieren. Statt dessen rechne ich mir die bedingte Wahrscheinlichkeit aus, in einer Stadt von geschätzten zwei bis zweieinhalb Millionen Einwohnern einen bestimmten Menschen, nämlich Malem, anzutreffen. Wenn ich von zwei Millionen Menschen ausgehe, dann ergeben sich allein schon zwei Millionen über zwei Kombinationen an Treffen, also ist die Wahrscheinlichkeit ihm zu begegnen, geringer als 1:1 Billion.
Es ist sinnlos, das Leben mit der Mathematik begreifen zu wollen. Die ganze Haltung ist falsch. Wir setzen immerzu Erwartungen an,

wir rechnen mit ihnen, und dann? Was helfen statistische Aussagen im Umgang mit einem verbitterten alten Vater? Auf der Suche nach einem Menschen, den der Krieg gefressen hat?

Das Spazierengehen ist das einzige, was mich beruhigt oder belebt. Zuhause gehe ich nie spazieren; aufs Rennrad steige ich nur wegen der Kondition. Ich sitze immer nur im Zimmer oder in der Bibliothek, wie alle in der Mathematik, lauter Nerds, wir arbeiten ständig. Höchstens mal am Sonntag auf ein Eis an den Main. Naja, spazieren gehen. Ich trabe eher herum wie ein müdes, altes Pferd, das seinen Besitzer verloren hat. Ich sehe alles und ich sehe nichts.

Meine Füße nehmen von allein ihren Weg, liebe Noor. Zuerst durch die Straßen in unserem Viertel und dann immer weiter, immer weiter, bis ich früher oder später am Paschtunistanplatz lande, auf dem es von Händlern nur so wimmelt und wuselt, und schließlich auf dem Mandaie, dem Großmarkt von Kabul, dem Bazar. Er zieht mich magisch an. Geschäft reiht sich an Geschäft, Dukane ist das Wort für sie, mit Gewürzen, die umwerfend duften und nach Farben angeordnet sind, zu spitz zulaufenden Haufen aufgeschüttet auf einfachen Schalen, Gemüse, ebenfalls prächtig sortiert. Alles ist Ornament, auch das Obst, oder die Tees, schwarze, grüne, verschiedene Pflückungen, lose in großen Säcken, und überall alte Waagen mit Gewichten, dann Stoffe, Vogelkäfige, Plastikgeschirr, Schuhe. Daneben öffnen sich riesige große Lager, die Serais, mit einer unüberschaubaren Fülle von Waren, und überall diskutieren Händler Preise, betasten Teppiche, Elektrogeräte, Kleider, Plastikgegenstände, Kühlschränke und ich weiß nicht was. Sie lachen und reden und ihre Augen funkeln; es ist ein unglaublicher Lärm, dazu tönt aus CD-Playern das übliche Popgejohle aus Bollywoodfilmen, rhythmisch und eiernd zugleich. Alles vibriert. Die Handwerker haben eigene kleine Buden, manchmal nur einen winzigen Verhau, manchmal einen länglichen Laden, der nach hinten immer dunkler, schmaler und geheimnisvoller wird, mit Teppichen, alten Gewehren, Geschirren für Pferde und Esel. Ein Schmied hämmert Hufeisen, ein anderer bearbeitet Silberteller, ein Schneider bestickt ein Gewand; ein Instrumentenbauer feilt an einem Instrument, er sitzt im Schneidersitz, er trägt keine Schuhe, aber eine Brille, er beugt sich liebevoll konzentriert über das halb fertige Instrument. Sie tragen einfache Shalwar Kamiz, die bequemen langen Hemden, in den verschiedensten Farben, zu weiten Pluderhosen, und kleine bunte Mützen. Ihre Bärte sind lang, ihre Gesichter dünn vom Hunger, aber wenn sie lächeln, mit tausend Falten, strahlen ihre Augen. Woher nehmen sie nur diese Lebensfreude? Inmitten all der Zerstörung?

Ohne es zu merken, verwandelte sich für Mahboob die Stadt. Sie wurde seine Stadt, sein Kabul. Und dann wurde Kabul: viele Städte. Sie wurde der Ort seiner ins Stocken geratenen Erinnerungen, der Ort seiner nächtlichen, wirren, schweißtreibenden Träume, der Ort des Gestanks, des Lärms, der Desillusionen, und plötzlich, unerwartet, ein Ort des Lachens, der Hoffnung, der Bewegung und einmal, am Straßenrand, er sah gerade einen Karren, vollgeladen mit riesigen grünen Wassermelonen, kamen alle Bilder in ihm, *verboten ist es, ein Bild dir zu machen*, zur Übereinstimmung. Und er weinte vor Glück wie ein kindlicher Idiot.

II.
Ein Freund

Was soll ich weiter sagen:
Auch das Nichts
verwandelt sich in Leben,
wenn wir seinen Namen nennen.

Dschalaluddin Rumi (1207–1273)
aus dem *Diwan des Schams Du-Din Tabrisi*

26

Ein großer magerer Mann, der die Hose fest mit einem Gürtel umbunden hat, so dass er noch dünner wirkt, macht jeden Tag die Pausenaufsicht im Hof. Er trägt drinnen wie draußen eine riesige Sonnenbrille. Er hinkt. Seine Hemden sehen immer frisch und gebügelt aus, auch sein abgetragener Anzug; seine Schuhe sind die einzigen in Kabul, die keine dicke Staubschicht bedeckt, und ich frage mich, wie er das hinkriegt. Die ganze Zeit habe ich das Gefühl, ihn irgendwoher zu kennen, aber in meinem überreizten Zustand sehe ich ohnehin Gespenster. Eines Tages erlöst er mich von diesem Gedanken.

»Sind Sie nicht früher hier an der Schule gewesen?«, spricht er mich in der Pause an, als ich mir im Hofe die Beine in den Bauch stehe und den Jungen beim Spielen zusehe.

»Ja«, sage ich überrascht. »Deshalb bin ich hier, weil Dr. Jalal dachte, es könnte mir gefallen, in meiner ehemaligen Schule etwas Sinnvolles zu tun. Aber ich tue nichts Sinnvolles.«

»Ich bin Faruq, ich war dein Klassenlehrer, in der vierten Klasse; und

vorher hatte ich dich auch schon in Mathematik. Kannst du dich nicht erinnern?«, fragt er, unvermittelt zum Du wechselnd. Ich sehe ihn verwundert an. Ich habe einen kräftigen, lustigen Mann mit schulterlangen Haaren im Gedächtnis.
»Nein«, sage ich und muss mich daran hindern, ihn anzustarren. »Ich weiß nicht. Es ist so lange her«, setze ich verlegen wieder an. »Ich war ja gar nicht das ganze letzte Schuljahr hier.«
»Ich weiß«, sagt Faruq, »deine Familie ist nach Alman gezogen.«
»Wie können Sie sich daran erinnern?«
Er lächelt. Ich sehe es zwar nur an seinem Mund, doch ich spüre es hinter der Brille.
»Wie könnte ich unser Wunderkind denn vergessen, das jedes Jahr den Kabuler Mathematikwettbewerb gewonnen hat?«, sagt er lächelnd. »Ich war damals sehr traurig, als du kurz vor dem Wettbewerb im vierten Schuljahr verschwunden bist. Du warst schon in die zweite Runde gekommen, du solltest gegen die Besten aus der gesamten Provinz antreten. Ich war sicher, du würdest ihn gewinnen. Andererseits – für dich war es bestimmt viel besser in Alman, als es für uns hier war.«
»Der Wettbewerb!«, rufe ich aus. »Die Wettbewerbe! Die habe ich ja völlig vergessen.«
»Und nun bist du hier. Na so etwas.«
Faruq wiegt den Kopf hin und her. Dann erkundigt er sich nach meinem Studium und meiner Arbeit in Berlin, und ich rede mich vor lauter Begeisterung, einen Menschen für ein Gespräch gefunden zu haben, so in Eifer, dass er am Ende offen zugibt: »Ich habe kein Wort von dem verstanden, was du gesagt hast. Was du machst, übersteigt das Wissen eines einfachen Grundschul-Mathematiklehrers bei Weitem. Aber ich freue mich riesig, dass du deine Begabung so gut entwickeln konntest. Nur eines verstehe ich nicht: Was macht ein Mann mit deinen Fähigkeiten, der in Deutschland doch das angenehmste Leben führen könnte, ausgerechnet hier in dieser Schule? Gefiel dir deine Arbeit dort denn nicht mehr?«
Diese Frage bringt mich in Verlegenheit. Ich weiß es ja inzwischen

selbst nicht mehr, ich muss verrückt gewesen sein, meinen bequemen Platz im Institut für diese Nichtstuerei aufgegeben zu haben, bei der ich mich noch dazu ununterbrochen in den Fallstricken der afghanischen Mentalität verfange. »Ich habe es als meine Pflicht empfunden, meinem Heimatland zu helfen«, sage ich.

Er sieht mich fragend an. Ich senke den Kopf. Dann denke ich, was solls: »Ich hatte die Möglichkeit, meinen Vater nach zwanzig Jahren wiederzusehen. Deshalb bin ich hier.«

»Ah«, nickt Faruq, »ich verstehe.«

Wir schweigen.

»Zwanzig Jahre sind sehr lang«, beendet er das Schweigen. »ich hoffe, es ist ein glückliches Wiedersehen.«

Ich nicke und sage »ja, sehr glücklich«, und sehe ihn an. Ich kann mich nicht verstellen, mein Gesicht spricht sicher Bände. Wir müssen beide lachen.

»Ich verstehe«, sagt Faruq schließlich. »Ich muss jetzt nach Hause. Besuch mich doch einmal!«

»Gern«, sage ich überrascht, »sehr gern!«

Von diesem Tag an sprechen wir in den Pausen miteinander, während Faruq die Kinder im Schulhof im Auge behält. Wie heruntergekommen ihre Kleidung auch sein mag – so lebenslustig ist ihr Spiel. Nur hin und wieder haben ihre Augen diesen tödlichen Ernst, der mich jedes Mal ins Mark trifft. Jeden Tag erfahre ich etwas mehr. Faruq berichtet mir von früher, von meiner eigenen Schulzeit. Es waren immerhin vier Jahre, doch es ist, als hätte jemand mit dem Schwamm über meine Gedächtnistafel gewischt. Es gibt nur ein paar Reste, und ich muss sie entziffern. Faruq erzählt mir, dass ich tatsächlich jedes Jahr den Wettbewerb mitgemacht hatte. »Du warst der einzige Erstklässler in der ganzen Provinz Kabul, der keinen einzigen Fehler gemacht hat! Zur Belohnung gab es eine rote Fahne oder eine mit Hammer und Sichel. Die Direktorin gab dann noch einen Radiergummi, ein Lineal oder ein Mathebuch dazu. Die Kommunisten legten großen Wert auf diese Art von Anerkennung«, erklärt er. »Für uns Lehrer wurden die

Bedingungen einerseits besser, andererseits mussten wir uns ständig mit ihrer Propaganda herumschlagen.«

»Ich kann mich an nichts erinnern«, sage ich. Nur, als Faruq von den langen, kalten Wintermonaten erzählt, in denen die Schulen geschlossen blieben, tauchen undeutliche Bilder auf, wie wir bei Verwandten auf dem Land in einer warmen Küche sitzen und spielen. Allein Malem ist mir gegenwärtig, wie er mit mir Lesen und Schreiben geübt, wie er mir immer kompliziertere Aufgaben gestellt hat.

Ich habe Malem gesucht und Faruq gefunden, schreibe ich an Noor. *Ich freue mich auf die Pausen. Wir sprechen über einzelne Schüler und die Frage, wie man ihnen mathematische Probleme besser vermitteln kann. Ich glaube fast, ich gewinne einen Freund.*

Faruq macht mir deutlich, warum es um mein Ansehen an der Schule besser bestellt sein könnte. Er erzählt, dass der Mogul, der zu mir mal katzenfreundlich und mal herrschsüchtig ist, hinter meinem Rücken schlecht von mir spricht.

»Hab ich mir schon gedacht«, sage ich. Härter trifft es mich, dass der größte Teil der Lehrer mich nicht mag, obwohl ich immer freundlich bin. Faruq schüttelt den Kopf.

»Sie denken: Nun kommt der deutsche Grünschnabel hierher zurück und versucht uns zu belehren, die wir uns in unerträglichen Zeiten durchschlagen mussten.«

»Ich bin doch gar kein Deutscher, sondern Afghane!«, protestiere ich. Bis vor kurzem habe ich das Gegenteil behauptet.

»Aber du benimmst dich nun einmal nicht afghanisch, Mahboob djan«, lautet seine Antwort. »Noch dazu verdienst du für afghanische Verhältnisse sündhaft viel Geld; alle wissen das, auch wenn sie keine genauen Zahlen kennen. Dein Monatsgehalt ist vermutlich höher als das Jahreseinkommen eines Lehrers. Lehrer werden in Afghanistan ziemlich schlecht bezahlt. Die meisten von ihnen haben einen zweiten Job: als Obstverkäufer, Gärtner, Privatlehrer oder Schreibwarenhändler. Sie sind neidisch, vor allem aber begreifen sie nicht, was du hier willst.«

»Aber sie kennen mich doch gar nicht. Sie fragen mich auch nicht. Sie gehen mir aus dem Weg.«
»Fragst du sie?«
»Ich –«, ich fange einen Satz an, reflexhafte Verteidigung, ich breche von selbst ab.
»Lass ihnen Zeit«, sagt Faruq. »Du tust viel für uns, aber noch sieht man nichts davon. Wenn erst einmal spürbar wird, wie vieles dank deiner Hilfe besser wird, werden die Lehrer schon noch über ihren Schatten springen.«
»Na, das kann ja dann noch dauern!«
»Trink einen Tee«, lacht Faruq. »Es wird schon!«
Wir reden, über Wichtiges und Unwichtiges, Ereignisse, die den Kabuler Alltag bestimmen, Nachrichtenmeldungen. Er fragt mich, was ich im Internet suche und finde, und ich erzähle, wie sich in den westlichen Medien das Klima gegenüber islamischen Mitbürgern und Ländern seit dem 11. September 2001 verändert hat. Ich frage ihn nach seiner Einschätzung, wie sich das politische Leben in Kabul weiter entwickeln wird, und er erklärt mir die Lage, spricht von der großen Hoffnung, die die Menschen mit der neuen Regierung verbinden. »Sieh nur, Mahboob«, sagt er immer wieder, »wir haben erst seit einem knappen Jahr die neue Regierung, und die Menschen sind glücklich damit. Sie genießen ihre wiedererlangten Freiheiten. Jeder kann jetzt machen, was er will, und die Regierung mischt sich nicht ein. Wir haben Demokratie, ja, endlich Demokratie! Es wird alles gut!«
Ich frage ihn nach den Rechten der Frauen, und dann befallen Faruq Sorgen, Zweifel und Ängste, er ist ein pessimistischer Optimist oder umgekehrt, und wir diskutieren über die Bedeutung der Bildung, wir reden über alles, und endlich komme ich mir nicht mehr so verlassen vor.
»Ich muss los«, sagt Faruq jedes Mal, wenn die Pausenglocke ertönt.
»Bis morgen.«
»Bis morgen.«
Er sieht mich an, und obwohl seine Augen hinter den dunkeln Son-

nengläsern verborgen bleiben, spüre ich, wie sie mich ansehen. Ich weiß von Herrn Dauran, dem einzigen, der sich hin und wieder an mich wendet, dass Faruq die Brille trägt, um eine Narbe zu verbergen. Damit die Kinder sich nicht erschrecken.

27

Ein Splitter hat sein rechtes Auge zerstört.
Er erzählt es mir, nachdem wir gegessen haben.
Faruq wohnt nicht weit entfernt von uns, ein paar Straßen weiter. Er hat das einfache Haus von seinem Vater geerbt und Glück gehabt: es blieb unversehrt. Im nahe gelegenen Park geht er morgens manchmal spazieren, er ist gern in der Natur, und stolz zeigt er mir den Garten, den er angebaut hat und in dem er sein eigenes Gemüse und Kräuter zieht, Spinat, Gandana, eine Lauchart, Kartoffeln, scharfen grünen Pfeffer, Koriander. Ich sehe so etwas zum erstenmal in Kabul, es ist ein kleines Paradies. Im Hof gibt es genug Platz für die Kinder zum Spielen. Faruq teilt sich das einstöckige Haus mit seinem Bruder und dessen Familie, jede Familie hat ein Zimmer, das Gästezimmer benutzen sie zusammen, in der Ecke stehen Harmonium und Tabla.
»Wir beide lieben die Musik«, sagt Faruq. »Wir spielen mehr schlecht als recht, aber so oft wir es uns leisten können, laden wir ein paar richtige Musiker ein.«
Seine drei Kinder kommen und begrüßen mich, zwei Jungen und ein dreijähriges, bildhübsches Mädchen, sie verschwinden wieder, und ein Diener trägt das Essen auf, frisches, leicht gedünstetes Gemüse, Joghurt, Brot. Nach dem Tschai sprechen wir von diesem und jenem, dann fasse ich mir ein Herz und frage ihn nach seiner Brille.
»Die Kriegsparteien hatten gerade einen Waffenstillstand ausgerufen«, sagt er. »Alle atmeten auf, denn in den Wochen zuvor konnte man sich kaum auf die Straße wagen, und der Unterricht war zeit-

weise eingestellt. An diesem sonnigen Tag hatten wir den ersten Schultag seit langem. Es war Pause, und viele Kinder spielten im Hof. Irgendeiner der Warlords hatte die Waffenruhe gebrochen, und plötzlich brach die Hölle aus. Plötzlich waren alle wieder mit dabei. Niemand hat gewusst, wer jetzt gegen wen vorging; es war wie ein besinnungsloses Wüten. Wieso unsere Schule? Wir hörten und sahen nur noch Kugeln, die flogen, und Granaten, die einschlugen, innerhalb von Sekunden. Ein Lehrer fiel als erster um, dann sanken die Kinder eines nach dem anderen einfach nieder, manche schrien, manche wurden ohnmächtig und lagen da wie tot. Einige waren es auch, sofort. Wir Lehrer versuchten verzweifelt, die Kinder zu retten, sie in den kurzen Feuerpausen in die Klassenzimmer zu schleppen. Manche von ihnen waren regelrecht zerfetzt.« Faruq hält inne, es fällt ihm schwer, weiterzusprechen. Ich nicke ihm zu. »Einige lebten noch, obwohl es ihnen Arme oder Beine abgerissen hatte. Ich habe immer noch Albträume, in denen ich diese Kinder schreien höre. Manche schrien auch gar nicht. Sie standen unter Schock und sahen mich nur an.« Wieder stockt er. »Das war das Schlimmste, dieser Blick. Jedenfalls«, er macht eine Pause, »als ich zum letzten Mal hinaus rannte, um einen kleinen Jungen hereinzutragen, hat es mich selbst getroffen.« Er zieht kurz seine Brille hinab, so dass ich die große Narbe sehe, die er anstelle des linken Auges hat.
»Wieso die Schule?«, frage ich.
»Wieso die Schule? Frag Allah!«, sagt er.

In dieser Nacht kann ich nicht schlafen. Wieder und wieder sehe ich die Bilder. Ich frage mich, wie ein Mensch es verkraftet, danach weiterzuleben. Ich begreife, welches Glück ich hatte, von hier fortgegangen zu sein. Wie behütet bin ich groß geworden, und wie habe ich mich bejammert! Und jetzt? Was mache ich mit meinem Wissen? Spielt es eine Rolle, ob ich ein Afghane bin oder ein Deutscher? Wie kann ich weiterleben, jetzt, wo ich all das weiß?

28

In den Tagen nach diesem Besuch geschah etwas Seltsames: Trotz oder wegen seiner Erschütterung träumte Mahboob Dinge, die er, wenn er aufwachte, zwar vergessen hatte, die ihn jedoch als ein tiefes Gefühl, wie eine leuchtende Farbe, in den Tag begleiteten. An den Nachmittagen ging er nun oft in den Garten und betrachtete die hohe Tanne, die in den zwanzig Jahren enorm gewachsen war und ihm deshalb genauso groß vorkam wie als kleinem Jungen. Sein Blick auf die Kinder im Pausenhof veränderte sich; in seinem Inneren wurde eine Brücke geschlagen zwischen dem Kind, das er einmal war, und den Jungen, die er täglich sah. Er begann, sich für sie zu interessieren. Zaghaft zunächst, indem er mit Faruq über sie sprach oder ihm Ausdrucke über Lehrmethoden aus dem Internet gab, doch dann für ihre einzelnen Geschichten.

Einmal träumte Mahboob, dass er mit Malem zusammen eine Zeitung las. Malem zeigte auf einzelne Wörter, die er lesen sollte. Mahboob strengte sich an, doch er konnte sie beim besten Willen nicht entziffern. Immer größer wurden die Buchstaben, und dann hörte er das fiese Lachen von Malems Cousin und sah seinen Goldzahn blinken. Die Wörter tanzten vor seinen Augen, es war kein Dari, es waren fremde Buchstaben, vielleicht die Sprache der Sowjettreuen? Er wusste es nicht. Malem nahm ihn auf seinen Schoß, er sollte die Zeitung halten. »Glaube nicht, was darin steht!«, sagte Malem und hob den Zeigefinger. »Weißt du, die Zeitung darf nur das schreiben, was wir nach Meinung der Parteigenossen erfahren sollen. Man muss zwischen den Zeilen lesen, um das herauszufinden, was man wirklich wissen will.«

Mahboob wunderte sich im Schlaf über den Realismus dieser Sätze, doch als der kleine Mahboob im Traum verstand er sie nicht. »Was ist die Wahrheit?«, fragte er. Und Malem blätterte in der Zeitung, die immer größer und bedrohlicher wurde, bis er mit dem Finger auf eine Zeile zeigte und vorlas: »*Wir werden Mahboobs Vater das Land wegnehmen!*«

Mahboob erschrak. »Was soll das heißen?«, fragte er.

»*Wir wollen der verarmten Landbevölkerung durch eine Landreform helfen*«, las Malem weiter vor, »und das bedeutet«, erklärte er, »dass die Genossen armen Leuten, die vielleicht als Pächter oder Tagelöhner in der Landwirtschaft arbeiten, Boden schenken wollen.«

»Das ist doch schön«, sagte Mahboob.

»Eigentlich schon«, sagte Malem, »und sicherlich freuen sich die Beschenkten darüber. Aber wo nimmt die Regierung das Land her? Kannst du mir das sagen? Vom Himmel kann es ja nicht fallen. Wenn sie Land hergeben, müssen sie es erst einem anderen wegnehmen. Und deshalb …« –

Malem blätterte weiter, um ihm einen anderen Artikel zu zeigen – »… deshalb behaupten die Kommunisten hier …« – er deutete auf eine Stelle –, »… dass die reichen Grundbesitzer schlechte Menschen sind, die eine Strafe verdient haben. Das Volk soll denken, dass es richtig ist, wenn man den Grundbesitzern ihr Land wegnimmt.«

»Oh«, sagte Mahboob und sah Malem mit großen Augen an, »werden die Kommunisten uns verjagen?«

Mahboob wachte auf. Regen trommelte auf das Dach; irgendetwas kreischte oder schrie auf, ein Tier, Autoreifen, ein undefinierbares Geräusch; er lag im Dunkeln, er glaubte, das Blau und Grün und Gelb in Malems Laden zu sehen, die Säcke mit Gewürzen zu riechen. Er schaute auf seine Armbanduhr, deren Zifferblatt durch einen Knopfdruck aufleuchtete; es war ein Uhr in der Nacht. Und plötzlich wusste er, weshalb er sich nicht mehr an die Mathematikwettbewerbe hatte erinnern können.

29

An dem Tag, an dem ich erfuhr, dass ich als bester Viertklässler der Rumi-Schule am nationalen Mathematikwettbewerb teilnehmen würde, erlebte ich, als ich von der Schule nach Hause kam, eine

Überraschung: Der Benz stand im Hof. Mein Vater war wieder einmal eine Weile fort gewesen, niemand hatte etwas über seine Rückkehr gesagt.

Unschlüssig bleibe ich vor der Tür stehen, weil ich aus dem Wohnzimmer laute Stimmen höre. »Nicht so laut!«, sagt meine Mutter gerade. »Was, wenn irgendjemand mithört? Mahboob muss jeden Moment heimkommen.«
Die Stimme, die darauf Antwort gibt, ist eindeutig die meines Vaters, aber weil er nun gedämpft spricht, kann ich ihn nicht verstehen. Weil meine Eltern über etwas sprechen, das ich nicht erfahren soll, will ich es unbedingt wissen. Also schleiche ich mich vorsichtig zur Tanne und krieche unter die Zweige.
»Resagol, so nimm doch Vernunft an!«, höre ich meinen Vater jetzt laut und deutlich. Die Ermahnung meiner Mutter hat nicht lange vorgehalten. »Wenn es nur um mich ginge, wäre es vielleicht etwas anderes, aber du und die Kinder, ihr müsst euch unbedingt in Sicherheit bringen. Mit dem Khad ist nicht zu spaßen.«
»Warum sollte der Geheimdienst mir oder den Kindern etwas antun?«
Ihre Stimme klingt so ungläubig, dass mein Vater aufbraust. »Weil genau das ihre Methode ist, begreifst du das denn nicht?«
»Leise, Sher Ahmad, um Allahs Willen!«
»Wer verdächtig ist«, brüllt mein Vater noch lauter als vorher, »der wird verhaftet. Und wer untertaucht, bei dem verhaften sie alle Familienmitglieder, die sie erwischen können. Deshalb kann ich nicht ohne euch aus dem Land fliehen. Abgesehen davon, dass ich es nicht will!«
Er will was? Einige Momente lang ist es so still, dass ich mein eigenes Herz klopfen höre. Dann spricht wieder meine Mutter. »Und was ist mit deinen …« – sie zögert kurz, bevor sie säuerlich fortfährt: »… mit deinen Leuten in Kunduz?«
»Was soll mit ihnen sein?«, fragt mein Vater gereizt zurück. »Sie können nicht mitkommen, das ist ausgeschlossen. Und sie sind ohnehin

nicht in Gefahr. Bis in die Dörfer reicht der Arm des Geheimdienstes nicht. Aber hier in Kabul muss jeder, auf den sein Blick fällt, um sein Leben fürchten.«

Mit angehaltenem Atem verfolge ich das Gespräch meiner Eltern und verstehe vieles nicht. Warum fragt meine Mutter nach den Leuten in Kunduz? Über den Geheimdienst habe ich schon bei Malem etwas aufgeschnappt, ein Freund seines Cousins sei zum Verhör abgeholt und dann halb totgeschlagen worden. Ein Verhör, hat Malem mir erklärt, ist, wenn du ausgefragt und dabei verprügelt wirst.

»Was ich immer noch nicht begreife, das ist, was der Khad überhaupt von dir will«, höre ich jetzt die Stimme meiner Mutter.

»Sie verdächtigen mich, als Agent für die Bundesrepublik Deutschland tätig zu sein«, erwidert mein Vater. »Die Vorladung, die ich erhalten habe, kam von der vierten Abteilung, also geht es um Auslandsspionage.«

Meine Mutter stößt einen erschrockenen Laut aus.

»Verstehst du, was das heißt, wenn die Kommunisten dich für ihren Feind halten? Und das tun sie. Erst heute wurde mir klar, wie gefährlich es für uns geworden ist«, spricht mein Vater, nun etwas leiser, weiter. »Ich war kurz im Ministerium, um einige Unterlagen aus Kunduz abzugeben, und fand dort fast nur noch fremde Gesichter vor. Genossen natürlich! Sie haben die meisten Kollegen durch linientreue Parteimitglieder ersetzt.« Seine Stimme klingt niedergeschlagen. »Wäre ich nicht so lange in Kunduz gewesen, wer weiß, wie es mir in den letzten Wochen ergangen wäre. Resagol, ich könnte längst verhaftet sein. Kannst du dir vorstellen, wie es in den Gefängnissen gerade zugeht?«

Seine Stimme wird lauter, denn er steht jetzt am Fenster und blickt in den Garten hinaus. Ich ducke mich ängstlich. Dann fängt meine Mutter wieder an zu sprechen, und er dreht sich zu ihr um. »Was wollten sie überhaupt von dir wissen?«

»Was ich in Deutschland mache, wenn ich dort hinfahre: Wo ich wohne, mit wem ich mich dort treffe und ob ich Verbindungen zur deutschen Regierung unterhalte«, zählt mein Vater auf. »Kannst du dir das vorstellen – ich als Verbindungsmann des deutschen Geheimdienstes?« Ich höre ihn grimmig auflachen. »Wahrscheinlich kann ich von Glück sagen, dass ich wenigstens anständig behandelt worden bin. Aber, Resagol, die ganze Zeit ging mir durch den Kopf, ob jemand je erfahren würde, was aus mir geworden ist, falls sie mich jetzt einsperren. Mehr als genug Verdächtige sind zu Verhören einbestellt worden und danach nie wieder aufgetaucht.«

Meine Mutter fällt ihm ins Wort: »Und da hast du gedacht, dass weder in Kabul noch in Kunduz jemand nach dir fragen würde, weil du ja überall kommst und gehst, wie es dir gerade passt?!« Ihre Stimme klingt bitter.

»Du bist ungerecht«, wehrt sich mein Vater. »Ich habe mir diese Situation nicht ausgesucht. Das weißt du ganz genau. Allah ist mein Zeuge, dass ich mich immer bemüht habe, dich nicht mehr als nötig zu kränken. Und wenn wir das Land verlassen, dann hast du mich doch endlich ganz für dich allein, so wie du es immer haben wolltest. Warum in Allahs Namen wehrst du dich?«

Meine Mutter schluchzt laut auf: »Und was wird aus den anderen? Wer kümmert sich um sie? Und Farida und Zaki? Ich will nicht von hier weg!«

Ich höre ihre Schritte. Wenn ich nicht entdeckt werden will, dann muss ich mein Versteck jetzt unbedingt verlassen. Vorsichtig krieche ich unter dem Baum hervor und schaffe es, ungesehen bis an die Haustür zu gelangen. Obwohl mir gar nicht gut ist, tue ich so, als hätte ich nichts gehört und begrüße meinen Vater mit der freudigen Mitteilung, dass ich den Wettbewerb gewonnen habe.

Seine Freude ist kurz. Er ist mit seinen Gedanken woanders.

30

Es ist die Zeit ein Wahnbild, voll Düsternis und Leid;
Doch unser Sein und Wesen ist außerhalb der Zeit.
Es ist die Zeit ein Käfig, indessen jenseits liegt

Berg Kaaf, und Vogel Anka weit jenseits von ihm fliegt.
Ein großer Strom die Welt ist: doch wir sind nichts darin;
Und nur von uns ein Schatten fällt auf die Wogen hin.

Mein Vater sitzt geistesabwesend in seinem abgedunkelten Zimmer, er schaukelt mit dem Oberkörper hin und her und rezitiert halblaut diese Verse. Wie so oft, stundenlang, das zerfledderte Buch in seinen Händen, das er immer bei sich zu haben scheint.
»Wie lange verharrt er jetzt schon in dieser Stellung?«, frage ich Abdul. Er zuckt die Achseln. Er ist gerade dabei, den Flur zu wischen.
»Seit Ihr fort seid, Mahboob djan.«
»Was spricht er denn da?«
»Es sind Gedichte.«
»Bekommt er denn nie Besuch?«
Abdul schüttelt den Kopf. Seine Augen sind leicht gerötet, er riecht nach dem süßlichen Geruch seiner Pfeife; er hat schon wieder Tschars geraucht. Dann wischt sich so ein Boden natürlich leichter.
»Ihr Vater hat einen einzigen Bekannten in seinem Alter, mit dem er hin und wieder Tee trinkt.«
»Ich habe ihn noch nicht kennengelernt. Kommt er nur einmal im Jahr?«
Abdul lacht. Mit Abdul kann ich gut solche Scherze aus Verzweiflung machen; er versteht es gut. Seine Tschars geben ihm wohl einen gewissen Abstand zur Welt und ihren Sorgen. Vielleicht sollte ich auch mal ein Pfeifchen versuchen.
»Aus dem Haus«, sagt er und wringt den Lappen gründlich aus, »um Gegenbesuche zu machen, geht er so gut wie nie.«
»Mh.«
»Vielleicht liegt es daran, dass sein Sehvermögen stark nachgelassen hat. Er stößt sich häufig an, und auf der Straße braucht er jemanden, der ihn führt.«
»Ach«, sage ich, »dachte ich es mir doch. Deshalb sitzt er so nah am Fernseher.«
Abdul nickt und wendet sich wieder dem Boden zu.

»Aber lesen kann er doch?«
»Nein, Mahboob Sahib. Er sagt sich die Gedichte auswendig vor.«
»Ach?«
»Ja.« Er richtet sich auf. »Und manchmal trägt er sie mir vor.« Er verneigt sich und legt die Hand aufs Herz.
»Und das Buch?«
»Er hat es von einem Zellengenossen im Gefängnis bekommen, der hingerichtet wurde. Hadji Sahib sagt, es hätte ihm das Leben gerettet.«
»Was ist es für ein Buch?«
»Es sind die Gedichte des großen Meisters Rumi.«
»Es sind traurige Gedichte.«
»Es sind weise Gedichte, Mahboob Sahib, sie geben Hadji Sahib Trost.«

31

Der Mogul hat mich gerügt, weil das Geld immer noch nicht gekommen ist. Zur Strafe hat er mein Sofa fortschaffen lassen; jetzt gibt es nur noch einen wackligen Stuhl. Er hat mich angeschaut, als verdächtige er mich, das Geld beiseite geschafft zu haben. Genau das ist es vermutlich, was er an meiner Stelle täte. Meine Schuld ist es nicht. Ich würde gern anfangen, Tische und Bänke und Bücher zu kaufen und an die Kinder zu verteilen. Ich habe aus eigener Tasche Stifte für alle gekauft, ich könnte sicher auch einige Bücher bezahlen, aber es geht doch irgendwie ums Prinzip.
Es ist ganz klar ein mehrdimensionales Problem, ich sage mal, Hardware (Aufbau des Gebäudes) und Software (Ausstattung mit Lehrmaterial), wobei jedes Problem wiederum zu unterteilen ist: Hardware Bau (Materialien) und Software Bau (Arbeitskräfte), Hardware Lehre (Bücher) und Software Lehre (Lehrkräfte).
Ich stelle, da ich ja sonst nichts zu tun habe, eine Berechnung an, wie lange Nawid und seine Männer bräuchten, die Schule auf Vordermann zu bringen, folgende Parameter vorausgesetzt: wie schnell

arbeitet Nawids Truppe, also er plus seine fünf Männer (sagen wir bei 500 Afghani pro Tag für alle), wie viel Baumaterial steht zu welchem Zeitpunkt zur Verfügung (Preise muss Abdul eruieren), korrelierte Probleme wie Luftfeuchtigkeit, Hitze, Druckschwankungen, Fähigkeit von Nawids Männern, auch elektrische Leitungen zu legen und sanitäre Anlagen einzurichten, nicht zu vergessen die Fehlerbetrachtung, die meines Erachtens von einer sehr großen, um nicht zu sagen fetten Unbekannten abhängt, die nämlich Direktor Qiam heißt: schließt er die Tür der Schule auf (wir könnten heimlich einen zweiten Schlüssel herstellen lassen), widersetzt er sich den Arbeiten, kommt er überhaupt. Khub, denke ich, gut, einiges muss ich noch klären, aber was die Zeit anginge, würde Nawid es in den vier Wochen schaffen, die ich noch hier bin.

Gestärkt von dieser Erkenntnis, rufe ich in der Pause vom Büro des Direktors aus in der Botschaft an. Ein Krankheitsfall blockiert unsere Sache. Der zuständige Sachbearbeiter wurde nach Deutschland ausgeflogen; es wird also etwas Ernstes sein. Einen Nachfolger gibt es nicht. Es kann Wochen dauern, bis einer gefunden und überdies bereit ist, hierher nach Kabul zu kommen.

Ich rede kein Wort mehr mit dem Direktor. Ich warte nicht mehr ab, bis die Schule zu Ende ist; ich gehe nach Hause.

32

Noor sagt am Telefon, ich soll nicht zu hart gegen meinen Vater sein. »Sei froh, dass du einen hast, ich kenne meinen noch nicht einmal!« Seither beobachte ich meinen Vater mit Sorge. Ganz langsam und weil ich immer wieder auf ihn zugehe, wird er wieder gesprächiger. Einen erneuten Zustand der Verwirrung wie nach meiner Ankunft erlebe ich zwar nicht noch einmal, doch ich sehe, wie schwer er sich schleppt. Ich spreche ihn behutsam an und bitte ihn, mit mir zum Arzt zu gehen. »Es fehlt mir an nichts«, brüllt er, »was soll ich bei so einem Quacksalber? Der zieht uns nur das Geld aus der Tasche.«

»Sahib«, hilft Abdul nach. »Ihr Sohn meint es gut. Nehmen Sie doch Vernunft an. Sie fallen uns sonst allen zur Last.«
Oh nein, rolle ich innerlich mit den Augen, jetzt hat er alles vermasselt. So etwas! Doch von wegen, Mahboob Martin, falsch gedacht!
»Nun gut«, brummt mein Vater, »zur Last falle ich mir selber schon genug. Ich will nicht, dass Ihr mit mir noch mehr Arbeit habt.«
Es waren offenbar genau die Worte, die mein Vater brauchte. Das hätte ich mich mal trauen sollen! Ich staune über Abduls Geschicklichkeit. Wie dumm war es doch von mir, meinem Vater vorzuschlagen, sich einen anderen Diener zu suchen. Ich bin jeden Tag dankbarer, dass es Abdul gibt.
»Ich suche uns einen Arzt heraus«, sagt er.
Ein paar Tage später landen wir in einer engen Zweizimmerpraxis. Im vorderen Zimmer sitzt ein junger Arzthelfer, der Aufrufnummern, die handschriftlich auf winzige Zettel geschrieben sind, verteilt und die Arztgebühr im Voraus einsammelt. Alles ist karg eingerichtet und wirkt schmutzig. Dr. Ghani hat einen halbwegs weißen Kittel an und ein Stethoskop um den Hals. Hinter ihm in einem Schrank an der Wand gibt es ein paar Schachteln mit Medikamenten. Dr. Ghani hört meinen Vater ab, er sieht sich Augen, Rachen und Ohren an, fühlt seinen Puls und befragt ihn.
»Eine Herzinsuffizienz«, sagt er schließlich. »Sie sollten darauf achten, sich regelmäßig zu bewegen, frische Luft und genügend Schlaf helfen Ihnen. Unternehmen Sie etwas; Sie sind zu viel allein. Gehen Sie aus, auch wenn es Ihnen schwer fällt. Geselligkeit vertreibt die bösen Gedanken.« Er schlägt meinem Vater ermunternd auf die Schulter.
»Das Herz?«, murmelt mein Vater. Er ist tatsächlich etwas kleinlaut.
»Das ist nichts Schlimmes. In Ihrem Alter haben das viele Männer.«
Aha, denke ich, das sagt er sicher, um meinen Vater zu beruhigen. Bei uns hätte ein Arzt gesagt »Das ist nicht normal in Ihrem Alter.« Das ist der Unterschied. Ich zucke zusammen. Habe ich schon wieder gedacht »bei uns«? Natürlich. Warum auch nicht. Bei uns in Deutschland.

Während mein Vater sich wieder anzieht, nimmt mich Dr. Ghani zur Seite. »Hören Sie«, sagt er, »es handelt sich nicht um eine schwere Krankheit, nur die Nachwirkungen seiner langen Zeit im Gefängnis.«
Nur, sagt der Arzt.
»Normal,« fügt er hinzu, als er mein fragendes Gesicht sieht, und er zuckt die Achseln. *Normal.* Was soll er auch sagen, wenn das halbe Land in einem solchen Zustand ist?
»Unbehandelt kann dieses Leiden auch zu Verwirrungszuständen führen«, ergänzt er.
»Mein Vater hat etwas eingenommen, hier, ich habe es mitgebracht«, ich ziehe ein paar Röhrchen mit Tabletten, zwei Döschen mit Pulver und eine kleine Flasche mit einer grünen Tinktur aus der Jackentasche, die ich in Vaters Badezimmer und in seiner Nachttischschublade gefunden habe. Dr. Ghani sieht sich die Röhrchen mit Tabletten an und schüttelt den Kopf. »Sie dürfen sich auf keinen Fall Medikamente auf dem Schwarzmarkt andrehen lassen; Sie können ebenso gut Kiesel schlucken«, sagt er. Dann schreibt er ein Medikament auf, das wir aus der Apotheke holen sollen, und nennt uns einen Augenarzt.

Obwohl mein Vater sich auch dagegen sträubt, suchen wir zusammen den Augenarzt auf, der ihm eine Brille verschreibt. Fehlt nur noch ein neues Gebiss. Ich besorge ihm einen schönen geschnitzten Gehstock, wie es mir der Arzt empfohlen hat. Nach vier Tagen beleidigten Schweigens nimmt er ihn in die Hand und geht damit in den Garten.

Nach einer Woche ist mein Vater gewillt, am Freitag einen kleinen Ausflug zu unternehmen. Wir besuchen Paghman, einen Erholungsort in der Nähe Kabuls, und nach einer weiteren Woche schlägt er von sich aus vor, dass er mir etwas zeigen will. Wir besuchen den Baburgarten, eine riesige Parkanlage, in der man sich verlieren kann. Sie ist nur in einigen Bereichen zerstört. Sie wurde im sechzehnten

Jahrhundert als Grabstätte des Mogulenherrschers Babur eingerichtet und im neunzehnten Jahrhundert umgebaut, mit Blumengärten, Karawanserei, Pavillons, Springbrunnen und Kaskaden.
»Du weißt, dass bei uns der Garten das Paradies symbolisiert?« Mein Vater erzählt etwas über die göttliche Ordnung, die sich in der Geometrie der Anlage, aber auch in den Mosaiken widerspiegelt. Ich wundere mich; früher war er an religiösen Themen nicht besonders interessiert. Ich traue meinen Augen kaum, als ich dort ein großes, wenn auch ungefülltes Schwimmbecken entdecke, neben dem junge Männer auf dem Rasen sitzen, plaudern, lachen, Musik hören und Karten spielen. Auch die alte Kabuler Stadtmauer suchen wir gemeinsam auf, die einst die Stadt vor Angreifern schützen sollte. Wohin wir auch gehen, mein Vater fängt an, mir alles zu erklären.

Würde Faruq mich nicht gelegentlich zu seinen Musikabenden mit Harmonium und Tabla zu sich nach Hause einladen, wenn er Freunde zu Besuch hat, käme ich vermutlich überhaupt nicht unter die Leute. Wir sitzen alle auf dem Boden seines Besucherzimmers auf Matratzen und lehnen uns an dicke Kissen. Zwei, manchmal drei Musiker hat Faruq engagiert, die spielen. Beim ersten Mal wird mir von der eindringlichen Melodie und dem intensiven Rhythmus schwindelig; ich empfinde die langen Stücke als gleichförmig, fast penetrant. Doch allmählich beginne ich, die Musik genauer zu hören, zumal ich den Spielern zusehen kann, und sie beginnt mir zu gefallen. Wenn es einem von den Gästen zusagt, klatscht er den Rhythmus mit, oft tun es die anderen dann auch. Nur wenn Ghazal erklingt, die klassische indische Musik, zu der poetische Lieder gesungen werden, versinken alle nach innen oder summen leise mit. Die Musik gibt es immer nach dem Essen. Vorher werden Witze erzählt. Von Mullah Nasruddin bis zu Witzen über einzelne Regierungsmitglieder bis hin zu alten Witzen über die Hippies, die in den Siebziger Jahren durch das Land zogen, bösartige Witze. Mein Herz zieht sich zusammen, ich denke an Noors Mutter. Wenn ich das Noor erzähle! Noch entsetzlicher wird sie es sicher finden, dass es

sich um reine Männerabende handelt. »Wenn ich meine Frau dazuholen würde«, erläutert Faruq, »würden die anderen Männer denken, ich biete sie ihnen an.«
»Wie kann das sein?«, frage ich. Er zuckt nur die Achseln.

Alle anderen Abende verbringe ich nun wieder mit meinem Vater vor dem Fernseher. Die Auswahl der Sender ist kein Problem, es gibt nur einen, den afghanischen Staatsrundfunk *Afghan Radio and Television*. Bei den Nachrichtensendungen fühlt sich mein Vater berufen, mir Afghanistan zu erklären. Eigentlich könnte das sehr nützlich sein, doch ich werde unleidig, denn er weigert sich nach wie vor, über persönliche Dinge zu sprechen. Von sich aus sagt er ohnehin kein Wort über sein Leben in den letzten Jahren, und sobald ich auch nur andeute, dass ich gern etwas darüber erfahren würde, spricht er nicht mehr mit mir oder faucht mich unvermittelt an: »Außer Formeln anzuwenden hast du mit deiner Mathematik wohl kaum etwas Verwertbares gelernt!«

»Jetzt bin ich über zwei Monate in Kabul,« beklage ich mich bei Faruq »und bald fahre ich wieder zurück nach Deutschland. Er hatte mehr als genug Zeit, mich neu kennenzulernen. Aber er will mich eigentlich gar nicht kennenlernen. Es reicht ihm, dass ich dasitze und seine Belehrungen über die afghanische Kultur anhöre.«
Faruq lacht. Wir sitzen in seinem Garten und trinken Tee.
»Zuhören ist wohl nicht deine Stärke?«, fragt er.
»Wieso? Höre ich dir etwa nicht zu, wenn du etwas erzählst?«, frage ich leicht eingeschnappt zurück.
»Wenn es dich interessiert, schon«, antwortet er, immer noch amüsiert. »Aber sobald ich dir von meiner Lektüre erzähle, bekommst du Gähnkrämpfe. Auch wenn du dich bemühst, es mich nicht merken zu lassen.«
Ich sehe beschämt zu Boden. Die Poesie ist Faruqs Steckenpferd.
»Es tut mir leid«, sage ich. »Du hast Recht. Ich bin wirklich nur mit mir beschäftigt.«

»Ich kann dich verstehen«, sagt Faruq. »Dein Vater hat dir zwanzig Jahre lang gefehlt, und jetzt willst du das alles nachholen. Aber glaube mir, das braucht Zeit. Und du hast es ja gemerkt, hier gehen die Uhren anders als bei euch.«

»Bei euch«, entfährt es mir, »bei euch! Bin ich denn nicht auch einer von hier?«

Ich starre Faruq verzweifelt an. Plötzlich lösen sich die Wortsilben auf, bei euch, bei uns, Afghanistan, Deutschland, und wirbeln wie wild gewordene Derwische durch meinen Kopf, ohne Sinn und ohne Bedeutung.

»Ich habe Heimweh«, sage ich zu meiner eigenen Überraschung und senke den Kopf ganz tief. Ich fürchte, ich fange gleich an zu heulen.

Faruq sagt lange gar nichts. Er sitzt einfach da und wartet, bis ich mich wieder gefangen habe. »Wenn ich es richtig verstanden habe«, sagt er schließlich, »ist dein Aufenthalt hier bald beendet.«

»Ja«, sage ich. »Und dann nehme ich ein anderes blödes Heimweh mit, ich ahne es schon, das Heimweh nach Kabul und diesem Idioten von einem verstockten Vater.«

»Du hast ihm eine Menge geholfen«, sagt Faruq.

»Ach, ja?«

»Ja, du hast für ihn gesorgt. Du bist mit ihm zum Arzt gegangen. Es geht ihm im Ganzen besser, er geht wieder aus dem Haus. Er hat eine Brille und offenbar Freude daran, Zeitungen und Bücher zu lesen. Wenn du fort bist, wird er sicher wieder seinen alten Freund besuchen, wenn er sich einsam fühlt.«

Ich höre erstaunt zu.

»Vielleicht kannst du ja nächstes Jahr wiederkommen und ihn besuchen.«

Nächstes Jahr? Was für eine Vorstellung!

»Du bist so überaus praktisch, Faruq! Was würde ich ohne dich nur machen?«

Er winkt ab. Warum kann Faruq nicht mein Vater sein? Ich betrachte sein faltiges, hageres Gesicht mit dem zerstörten Auge. Zu Hause nimmt er die Brille oft ab, ich habe mich schon so daran gewöhnt,

mich auf sein gesundes Auge zu konzentrieren, dass ich es gar nicht mehr bemerke. Seine Lippen lächeln, dann wird er wieder ernst.
»Du solltest jedoch nicht abreisen, bevor du am Grab deiner Schwester gewesen bist« sagt er. »Auch wenn deine Mutter so tut, als interessiere es sie nicht, was du in Afghanistan machst, sie wird dich, wenn du sie wieder besuchst, danach fragen. Ich glaube, sie würde ein bisschen Frieden finden, wenn sie wüsste, wo ihre Tochter beerdigt ist. Mach ihr doch eine Fotografie vom Grab.«
Faruq, der Hellseher. Faruq, der Weise. Es ist richtig, was er sagt. Wie oft habe ich erlebt, dass meine Mutter aus heiterem Himmel laut zu schluchzen anfing, weil irgendetwas sie an meine Schwester erinnerte. Als Kind hat es mich erschreckt, und als Jugendlicher fühlte ich mich dadurch seltsam provoziert, als wollte sie mich damit zu etwas zwingen, das ich nicht erraten konnte. Später nahm ich es hin, wie das Wetter. Sicher hat Faruq Recht, vielleicht muss meine Mutter sehen, wo Aziza begraben liegt. Vielleicht kann sie ihren Tod erst dann begreifen. Würde ihr ein Foto von Azizas Grab tatsächlich helfen? Sie hat es mir übel genommen, dass ich nach Kabul gegangen bin, um dort meinen Vater wiederzusehen, vielleicht …
Faruq steht auf und geht hinaus, ich betrachte das Muster auf dem Teppich, auf dem ich im Schneidersitz hocke. Es sind Vögel und Blumen darauf. Ich zeichne ihre Umrisse mit dem Finger nach. Mathematik ist die Wissenschaft von Mustern … Plötzlich begreife ich: Nicht nur für meine Mutter muss ich herausfinden, wo Aziza der Erde übergeben wurde, ich brauche es genau wie sie, um mich ihrem Tod zu stellen. Noch etwas geht mir auf: Mein Mutter wird wissen wollen, was aus Tante Farida geworden ist, was das Schicksal ihrer Schwester und ihres Neffen war. Ich Idiot. Ich habe die ganze Zeit nur an mich gedacht, nicht an sie, nicht an Zaki oder Tante Farida. Dass sie sich nie bei uns gemeldet haben, hatten wir einfach so hingenommen, wir wussten, dass es ein schlechtes Zeichen war.

An diesem Abend verlasse ich Faruq noch nachdenklicher als sonst. Ich streune noch lange durch die Straßen. Am liebsten würde ich

Tante Faridas Haus aufsuchen oder besser gesagt, es suchen gehen, denn ich habe keinerlei Anhaltspunkte, ich war zu jung, um mir eine Straße zu merken, ich habe auch keine im Gedächtnis, und ich habe gar nicht daran gedacht, meine Mutter vor der Abreise danach zu fragen. Und meinen Vater?

33

Attar durchquerte die sieben Städte der Liebe, wir sind nur bis zur nächsten Straßenecke gekommen, dies schrieb der Dichter Rumi über seinen Kollegen Attar Farid al-Din, den er über alle Maßen bewunderte.
Ich finde diese Zeilen in einem dünnen Heft, das zwischen den wenigen Büchern meines Vaters im Regal klemmt. *Rumi will uns damit sagen, dass wir uns mit der Liebe wer weiß wie wunderbar vorkommen, dass wir aber nicht gewillt sind, Opfer für sie zu bringen, dass wir eigentlich keine Ahnung haben, dass wir bequem sind und es gerade mal zur nächsten Straßenecke schaffen, für unseren Geliebten. Sein großes Vorbild aber, Attar, der Dichter, scheute keine Mühen, er wanderte und wanderte durch die Höhen und Tiefen der Liebe, die sieben Städte, in denen du alle Stufen der Sehnsucht, der Hingabe, des Leids, der Entsagung und der vollkommenen Liebe erlernst.*
Es ist die Handschrift eines jungen Mädchens, die Punkte sind ein bisschen wie tanzende Flecken über die Buchstaben verteilt, es ist eine ganze Sammlung von abgeschriebenen Gedichten und Sätzen, die sie kommentieren, und über die ich vermutlich lange nachdenken müsste, um sie zu verstehen. Das Mädchen hieß Aziza, sie war schön und frech und jung. Fünfzehn, sechzehn. Sie las Gedichte über die Liebe und fand Gefallen am Kommunismus, ein Mädchen voller Geheimnisse und Rätsel. Was aber ist mir ihr geschehen?

Meine Schwester, meine Tante, meine Mutter. Ihr Lachen durchwehte meine Kindheit. Das Klappern der Teetassen, das Klirren von Tante Faridas Armreifen.

»Wir waren nicht unglücklich, als die Kommunisten unser Land beherrschten«, sagte meine Mutter später einmal, in Frankfurt. Ich sah sie erstaunt an. Ich war ungefähr dreiundzwanzig und seit zwei Jahren aus unserer gemeinsamen Wohnung ausgezogen. Ich besuchte meine Mutter einmal in der Woche.
»Ich meine, bevor sie an die Macht kamen. Bevor sie aussortierten, wer sich auf ihre Seite schlug und wer nicht. Die Russen brachten uns viele Freiheiten. Sie bauten neue moderne Wohnsiedlungen, wie das Mikroroyan. Sie brachten die westliche Mode zu uns; sie förderten die Bildung, vor allem von Mädchen und Frauen. Wir bewegten uns frei in den Straßen, wir trugen Röcke bis zum Knie, wir gingen ins Kino. Wie oft bin ich mit meinen Freundinnen Eis essen gegangen, wir schlenderten die Shahr-e-Nau-Road entlang und schauten uns nach jungen Männern um.«
»Du auch, Madar djan?«, fragte ich ungläubig.
»Ich liebte deinen Vater«, sagte sie, »verflucht sei er! Es war doch nur ein Spiel, wir waren lebenslustig und neugierig. Ich überlegte in dieser Zeit, ob ich nicht doch anfangen sollte, als Lehrerin zu arbeiten. Ich hatte schließlich meine Ausbildung abgeschlossen, bevor du auf die Welt kamst, und nun warst du alt genug und brauchtest mich nicht mehr den ganzen Tag.«

Der Gesang der Muezzins, fünfmal am Tag, die Musik meiner Kindheit.
Klänge, Töne, die man nicht einmal wahrzunehmen scheint, und die doch da sind.

Wenn ich etwas herausfinden will, muss ich meinen Vater zum Reden bringen.

34

Inzwischen kühlt es abends so stark ab, dass ich auf dem Heimweg die Knöpfe meiner Anzugjacke schließe, weil mir die Kälte bis in die Knochen kriecht. Der Winter steht vor der Tür. Die Bäume haben ihre Blätter verloren. Häufig regnet es wie aus Kübeln, und weil es keine Kanalisation gibt, sammelt sich das Regenwasser auf den Straßen. Ungeteerte Seitenstraßen formen sich zu riesigen Schlammtümpeln und werden für Fußgänger so gut wie unpassierbar. Jedes vorbeifahrende Auto bespritzt kostenlos meinen Anzug. Oben auf den Bergspitzen fällt bereits der erste Schnee. Die Kinder kommen in durchlöcherten Strickjacken oder in Jacketts, deren Ärmel zu kurz sind. Ich kann es kaum mit ansehen. Immer noch ist ungeklärt, auf welche Weise die Rumi-Schule an das Geld kommen soll. Niemandem fällt mehr etwas dazu ein. Siyaar, der Verwaltungsleiter, schlägt mir vor, im Ministerium den Leuten an den richtigen Stellen ein ordentliches Bakhschisch zu geben. »Sonst passiert nichts«, sagt er.

»Haben wir in Kabul eigentlich gar keine Verwandten mehr?«, erkundige ich mich eines Abends betont beiläufig. Mein Vater schüttelt den Kopf, ohne den Blick vom Bildschirm abzuwenden. Wie konfrontiert man jemanden mit Fragen, von denen man weiß, dass er sie nicht beantworten möchte?

»Was ist denn aus Tante Farida geworden?«, frage ich, so selbstverständlich wie es mir möglich ist, »und aus Zaki?«

Mein Vater starrt in den Apparat und beobachtet eine Gruppe von Derwischen, deren weiße Röcke sich weit um sie drehen. Er wird mich für den Rest des Abends wie Luft behandeln. Ich werde wütend. Ich springe auf und schalte den Fernseher aus. Bevor er reagieren kann, baue ich mich davor auf: »Könnten Sie mir bitte eine Antwort auf meine Frage geben, Padar djan?«

In der unerwartet eingetretenen Stille kommt mir meine Stimme dröhnend vor.

Stumm schauen wir uns an. Er hebt die Augenbrauen und senkt die Lider und legt den Kopf leicht zurück, eine Geste der Verachtung; ich nehme meine ganze Kraft zusammen, um meinen Blick nicht niederzuschlagen. Am Ende ist er es, der den Blick abwendet. »Warum kannst du mich nicht einfach in Frieden lassen?«, sagt er knurrend. »Ich denke nicht gern an das, was ich erlebt habe.«

»Und was ist mit meinem Frieden? Padar djan, haben Sie denn im Ernst erwartet, dass ich keine Fragen an Sie habe? Fragen, die mich jahrelang gequält haben? Über Sie, über Aziza, aber auch über andere? Ich habe sie nur deshalb nicht gestellt, weil ich Rücksicht auf Sie nehmen wollte.« Ich höre mich selbst reden, meine Stimme kommt mir erschreckend laut und hart vor. »Im Moment wäre ich schon zufrieden, wenn Sie mir einfach sagen würden, was aus meiner Tante und meinem Cousin, die ich beide als Kind sehr gern gehabt habe, geworden ist. Finden Sie nicht, dass Sie zu viel von mir verlangen, wenn ich mich damit abfinden soll, nicht einmal das zu erfahren, Padar djan?«

Draußen scheppert es laut, jemand scheint einen schweren Karren über das holprige Pflaster zu zerren.

»Faridas Haus ist während des Bürgerkriegs von einer Rakete getroffen worden«, sagt er plötzlich mit dünner Stimme, ohne mich anzuschauen. »Ein paar Monate, bevor die Taliban die Stadt übernommen haben. Es war ein Volltreffer.«

Eine längere Pause entsteht. Mein Vater sinkt in sich zusammen, die Schultern klappen nach vorn, sein Blick wendet sich dem Boden zu.

»Die Explosion hat die Häuser in der halben Nachbarschaft zusammenfallen lassen. Es gab unzählige Tote und Schwerverletzte mit zerfetzten Körperteilen.«

Er schweigt, ich weiß nicht, wohin mit meinem Blick.

»Es hätte noch viel schlimmer kommen können«, fügt er hinzu.

Ich will schon ansetzen zu fragen, doch etwas an ihm zwingt mich abzuwarten. Er hüstelt. »Unser eigenes Haus wurde damals von diesen Wahnsinnigen – ich weiß bis heute nicht einmal, von welcher Seite – als Waffenplatz und Munitionslager benutzt. Wäre das in die Luft gegangen, dann wäre wohl das ganze Stadtviertel ausradiert worden.«

Wie konnte er das zulassen? Ich beiße mir auf die Zunge, es fällt ihm schwer genug zu sprechen, ich will auf keinen Fall, dass er jetzt aufhört damit. Er ringt um Luft, sein Gesicht ist grau geworden, er spricht nur sehr langsam und stockend und starrt dabei weiter zu Boden. »Eines Tages sind Bewaffnete in mein Haus eingedrungen, haben sich darin breit gemacht und mir nur das Aufenthaltszimmer gelassen. In der Nacht, bevor die Taliban die Stadt übernahmen, schafften sie alles wieder fort.« Er hebt den Kopf und lächelt mich an, aber es ist ein böses Lächeln, seine Augen wirken wie erloschen, weit nach innen gewandt. »Wie du siehst, hätte ich einen guten Grund gehabt, die Taliban willkommen zu heißen. Viele Menschen hatten gute Gründe dafür. Aber um der Wahrheit die Ehre zu geben: Es war mir damals völlig egal, wer Kabul erobert. Es war mir egal, ob ich lebe oder sterbe. Ich fühlte mich, als wäre ich längst tot und Allahs Engel hätte mich nur übersehen, weil er sich jeden Tag um viel zu viele neue Tote kümmern musste.«

Ich stehe und warte. Er sagt nichts mehr. Nach einer Weile, in der ich das Gefühl habe, meinen eigenen Herzschlag in den Ohren zu hören, setze mich langsam auf den Boden und sehe ihn an. Schweigend sitzen wir uns gegenüber. Lange. Eine Last legt sich auf mich, auf jeden Zentimeter meines Körpers. Ich werde immer schwerer. Es ist, als ob ich in die dunkelste Zone eines Alptraums geraten wäre und nicht mehr aufwachen könnte. Wenn ich jetzt nichts sage, dann verdorren wir hier auf dem Boden, denke ich, und zerfallen irgendwann zu Staub.

»Padar djan, ich möchte gerne Zakis Grab besuchen, um dort ein Gebet zu sprechen«, die Worte kommen aus mir heraus, ich habe sie mir nicht überlegt. »Und auch an dem von Tante Farida. Aber vor allem an dem meiner Schwester.«

»Tante Farida ist nicht tot«, sagt er und sieht mich verwundert an. »Habe ich das gesagt?«

Ich sehe ihn überrascht an; sein Blick ist mit einemmal wieder ganz klar, das Türkis der Augen sieht wie reingewaschen aus.

»Sie ist bei dem Raketenangriff nicht umgekommen«, sagt mein Vater, und auch seine Stimme hat wieder etwas von ihrer gewohnten Festigkeit zurück gewonnen. »Hatte ich das nicht gesagt?«
Ich schüttle den Kopf. »Sie lebt also noch?«
»Das weiß ich nicht.«
»Wie bitte? Sie wissen es nicht?«
»Hol mir bitte etwas zu trinken. Dann erzähle ich es.«
Ich gehe in die Küche und hole einen Rest Tee, der in der Kanne auf dem Herd steht. Mein Vater hustet, er trinkt, wartet, trinkt erneut, der Husten beruhigt sich.
»Deine Tante hat Kabul 1996 im Konvoi von Ahmad Shah Massoud verlassen, dem Anführer der Nordallianz, die Kabul nach dem Abzug der Sowjets gegen die Taliban verteidigte. Du kannst es nicht wissen, du warst nicht hier. Ahmad Massoud, der »Löwe von Panjsh.« Er war religiös, aber ein überzeugter Gegner aller extremistischen Auslegungen des Islams. Er fand bestimmte Modernisierungen richtig, weil er gebildet war und sah, dass das Land Bildung brauchte. Ein Mann, der seinen Kriegern Gedichte vortrug.«
Mein Vater unterbricht sich, trinkt; jetzt weicht er mir wieder aus und hält Geschichtsvorträge, aber ich reiße mich zusammen und halte den Mund.
»1992 wurde er in der Regierung Burhanuddin Rabbanis zum Verteidigungsminister ernannt. Wir atmeten auf. Doch er hatte einen erbitterten Feind, den Milizenführer Gulbuddin Hekmatyar. Der gab vor, die Stadt mit Massoud gemeinsam zu befreien, doch es kam zu einem Hinterhalt, ein Durcheinander entstand, und die Bomben fielen gegen die eigene Bevölkerung, vor allem gegen eine ganze Gruppe von Hazara. Ihre Tode wurden Massoud angelastet. Vor der Übermacht der Taliban, die von Pakistan unterstützt wurden, musste Massoud sich mit seinen Leuten 1996 schließlich aus der Stadt zurückziehen; er verschanzte sich im Norden, von wo aus er weiter gegen sie kämpfte, bis zu seinem Tod im vergangenen Jahr. Er wurde ermordet, am 9. September 2001, nach eurer Zeitrechnung.«
Er überlegt. Ich überlege. Zwei Tage vor dem Anschlag auf das World

Trade Center in New York also. Ich erinnere mich daran, dass Massoud im Frühjahr 2001 vor den Vereinten Nationen aufgetreten war und die Welt davor gewarnt hatte, dass die Taliban für alle gefährlich werden würden. Es war nur ein halbes Jahr vor dem Anschlag auf die Twin Towers, niemand im Westen sprach mehr über diese Warnung, als es geschehen war. Jetzt, wo mein Vater über ihn redet, fällt es mir wieder ein. Die Nachricht von Massouds Tod war in den westlichen Medien untergegangen, nicht jedoch in der afghanischen Gemeinde.

»Bei uns ist der 9. September das, was der 11. für euch in Europa und Amerika ist«, sagt mein Vater. Er macht eine Pause.

»Dass Tante Farida sich Massoud anschloss«, fängt er wieder an, »ergibt durchaus einen Sinn: Einer Frau mit so viel nüchternem Realitätssinn muss klar gewesen sein, dass Frauen unter den Taliban nicht viel zu lachen haben würden. Immerhin eilte den Gotteskriegern ihr Ruf aus den Regionen voraus, die sie bereits beherrschten.«

»Ob Königreich, Republik oder Kommunismus: Krankenschwestern braucht man immer«, sage ich vor mich hin.

Mein Vater sieht mich fragend an.

»Das hat Mutter mir erzählt«, sage ich. »Tante Farida hat es wohl am Tag vor unserer Abreise gesagt. Mutter hatte Tante Farida bekniet, nach Alman mitzukommen, und das war es, was sie ihr zur Antwort gab. Mit den Taliban hatte Tante Farida dabei sicher nicht gerechnet.«

»Niemand hat damals damit gerechnet, dass eine orthodox-konservative Gruppe eines Tages Kabul herrschen würde, niemand.« Er klingt wütend. Wieder folgt eine lange Gesprächspause. Ich bezweifle, dass es klug war, meine Mutter zu erwähnen.

»Vielleicht lebt Farida ja wirklich noch, irgendwo im Norden. Im Panjshirtal. Aber du solltest dir keine allzu großen Hoffnungen machen, Mahboob djan«, fährt mein Vater unvermutet fort. Seine Stimme ist liebevoll, und das Kosewort *djan* bringt mich aus der Fassung. »So viele Menschen sind gestorben in diesem grausamen Krieg. Ich muss dir nicht sagen, dass Tante Farida immer genau in

den Gegenden gearbeitet hat, in denen es besonders gefährlich war.«
Ich nicke. Ich denke an das Klirren ihrer Armreifen. Ihr Lachen.
»Vermutlich hat sie auch mir das Leben gerettet.«
»Ach?«
»Als ich aus dem Gefängnis freigekommen war, hat sie mir geholfen, Mahboob djan. Ich war krank an Leib und Seele, voller Lustlosigkeit und Trauer. Morgens bin ich nur aufgestanden, weil Farida kam, um nach mir zu schauen. Wenn sie mich im Bett vorfand, hat sie mir gewaltig den Marsch geblasen. So ging es eine Zeit, doch dann sagte sie: Nun reicht es mir. In Wirklichkeit fehlt dir überhaupt nichts mehr, du Simulant. Sieh zu, dass du allein zurechtkommst. Am nächsten Tag ist sie nicht mehr gekommen und am Tag darauf auch nicht. Ich dachte erst, nun könnte ich endlich einfach liegen bleiben und sterben. Aber es war, als käme jeden Morgen ihr Geist an mein Bett, um mich daran zu hindern. Und so stand ich auf und lebte weiter.« Seine Lippen verziehen sich zu einem dünnen, fast sarkastischen Lächeln. »So vielen wurde das Leben genommen, aber mir hat Allah den Tod verweigert, als ich mich nach ihm sehnte. Ich habe mich oft gefragt: warum nur? Aber jetzt weiß ich den Grund: damit ich dich wieder in meine Arme schließen kann.«
Ich sehe Tränen in seinen Augen, ich muss schlucken.
»Mit Allahs Hilfe kann Tante Farida den Kampf gegen die Taliban genauso überstanden haben wie die Bürgerkriegsjahre in Kabul.« Ich sage es, als wäre es eine Beschwörungsformel.
»Aber hätte sie sich dann nicht schon längst bei mir gemeldet?«, wendet mein Vater ein. »Kabul ist seit über einem Jahr von der Talibanherrschaft befreit. Ganz sicher hätte ich in dieser Zeit etwas von ihr hören müssen.«
Mein Vater steht mit einer heftigen Bewegung auf, schwankt etwas. »Ich bin müde, es ist spät geworden«, sagt er. Sein Gesicht ist noch fahler geworden, und er steht gebeugter da denn je. Eine Frage muss ich noch stellen.
»Padar djan, ich will Azizas Grab besuchen. Wo ist sie begraben?«
Er geht zur Tür, ohne sich umzudrehen.

»Geh auf den Hauptfriedhof und frag nach dem Familiengrab der Maliks.«
»Ich möchte mit Ihnen hingehen, Padar djan. Bitte!«

35

Mittwoch ist der Tag, an dem man die Toten mit einem Besuch an ihren Gräbern ehrt. Man muss sich gründlich waschen, kurz vor Sonnenaufgang, wie vor einem Gebet. So wird es erwartet, ob man und wie sehr man an Allah glaubt oder nicht.
Ich höre meinen Vater im Bad. Seit unserem Gespräch hat er sich wieder in sich zurückgezogen. Er schämt sich. Ich schäme mich auch, aber aus einem anderen Grund. Was er erlitten hat, sein Schweigen – alles hat sich für mich verändert. Immerhin, er fährt mit mir zum Friedhof. Ich ziehe keine Jeans an und keine Anzughose, sondern den dunkelblauen Shalwar Kamiz, den mein Vater mir gestern mit den Worten überreicht hat:«Für die Toten legt man seine besten Kleider an, mein Sohn, für den Fall, dass du das vergessen hast.«
Blau war Azizas Lieblingsfarbe. Als ich zur Treppe gehe, öffnet sich die Schlafzimmertür meines Vaters. Er steht vor mir, in strahlendem Weiß. Auch er trägt einen neuen Shalwar Kamiz, Abdul hat ihn gestern vom Schneider geholt.
Er sieht besser aus als noch vor ein paar Wochen, doch seine Miene ist verschlossen. Im Taxi wechseln wir kein Wort.

Der Kabuler Hauptfriedhof, wenn man ihn so nennen darf, liegt auf einem Hügel. Keine Mauer umgibt ihn, die ein Gefühl von Abgeschlossenheit vermitteln könnte. Hier wachsen keine Bäume, kein Vogelzwitschern fügt der Stille ein freundliches Element hinzu. Ein trister, beklemmender Ort, kein Vergleich mit den geradezu idyllischen Begräbnisstätten, die ich in Deutschland kenne. Die Grabsteine sind unordentlich behauen, und sie stehen ohne ersichtliches System kreuz und quer verteilt, ein unübersichtlicher, roher Wirrwarr. Der Staub hat alles verweht, die Grabplätze, das, was vielleicht als Pfad zu erkennen gewesen wäre. Der Staub macht alles trostlos und gespenstisch. Trotz der frühen Stunde sind viele Menschen zu den Gräbern ihrer Toten unterwegs. Mein Vater läuft voran, einen gerade noch erkennbaren schmalen Weg entlang, schwer auf seinen Stock gestützt, mühsam, doch ohne stehen zu bleiben. Ich folge ihm schweigend. Kies und Erde knirschen unter den Füßen, der Untergrund ist rutschig. Der Krieg hat frische Spuren hinterlassen, der Friedhof ist überfüllt. Die meisten Gräber sind in Eile angelegt, jedes freie Stück Erde wurde genutzt.

»Mahboob, du läufst über ein Grab!«

Die Stimme meines Vaters lässt mich vor Schreck zusammenfahren. Zum ersten Mal auf diesem Weg spricht er mich an, und in der Stille hier dröhnen seine Worte. Zugleich trifft mich die vertraute Ansprache so, als wären wir nicht zwanzig Jahre getrennt gewesen, so, als hätte er mir all die Jahre gesagt, was richtig und was falsch ist, und prompt mache ich einen Sprung zur Seite. Ich verneige mich sogar ohne zu zögern zum Grab hin, das ich übersehen habe, und bitte den Toten, dessen Ruhe ich gestört habe, mit einem gemurmelten Gebet um Verzeihung. Das Gebet findet meine Lippen von selbst, dabei habe ich seit Jahren nicht gebetet.

Wir sind schon ein gutes Stück den Hügel hinaufgelangt, als mein Vater rechts abbiegt. Nach einigen Metern bleibt er vor einer flach eingemauerten Grabstelle stehen und holt keuchend Luft. Ich zähle die Gräber durch, eng beieinander, sie sind schwer zu erkennen. Es sind fünf.

»Hier ruhen dein ältester Onkel, der kurz nach der Geburt gestorben ist, meine Mutter und meine beiden älteren Schwestern. Und hier«, erklärt er mit heiserer Stimme, »liegt deine Schwester.«

Meine Handflächen werden feucht. In meinem Nacken spüre ich ein Gewicht. Auf dem Grabstein steht ihr Name geschrieben, einfach und schlicht: Aziza. Die Stolze, die Angesehen, auf Afghanisch, die Liebste auf Arabisch. Aziza. Ein dunkelblaues Lied. Ich stehe neben meinem Vater und blicke stumm auf den Staub, die

letzte Ruhestätte meiner Schwester. Aziza mit den vielen Gesichtern – dem zornigen, wenn ich ihr etwas stibitzt hatte; dem nachdenklichen, wenn sie still über den Büchern saß, die linke Hand im Nacken, am dunklen Haaransatz spielend; dem verschwiegenen, wenn sie am Abend leise ins Zimmer trat, mit einem merkwürdigen Schimmer in den Augen; dem verschmitzten, wenn sie unsere Eltern wieder einmal hinters Licht geführt hatte; dem lachenden, wenn sie mich neckte. Aziza, mit ihrem unbezähmbaren Haar, Aziza, mit der leicht gewölbten Oberlippe und den schönen blauen Augen.
»Khoda djan, möge sie für immer im Himmel sein.« Tränen laufen, ich kann nichts dagegen tun, mein Vater wendet sich ab.
Wir setzen uns auf eine Mauer, wir sind still. Mein Vater wirkt erschöpft, vielleicht spricht er ein stummes Gebet.

Aziza. Unsere Flucht.
Als wir am Flughafen von Kabul standen, am 14. Oktober 1979, waren wir eine Familie. Wir waren vier Menschen. Als wir die Grenze passierten und ins Flugzeug stiegen, waren wir zu zweit: Meine Mutter und ich. Mein Vater und Aziza blieben auf der anderen Seite; wir drehten uns um und winkten ihnen zu. »Bald werden wir uns wiedersehen«, hatte mein Vater mir übers Haar gestrichen. »Bald werden sie bei uns sein«, sagte meine Mutter und zog an meiner Hand.
»Aziza«, brüllte ich plötzlich. Aziza winkte, sie warf mir Küsschen zu.
Aziza, zum allerletzten Mal.
Wir vier, zum allerletzten Mal.

Meine Mutter und ich fliegen nach Alman, allein.
Meine Mutter und ich bleiben in Alman, allein.

Eine dunkle Erinnerung: Aziza und meine Mutter am Flughafen, sie streiten sich. Mein Vater bekommt es nicht mit, er ist irgendwo verschwunden. Keine Erinnerung an den ersten Flug meines Lebens. Keine Erinnerung an die Ankunft in Deutschland. Alman, dieses

schöne Land in den Worten meines Vaters. Alman, dieses verfluchte Land in den Worten meiner Mutter, wenn mein Vater für Wochen und Monate dorthin verschwand.
Mein Vater und Aziza, wir warteten auf sie. Voller Ungeduld meine Mutter, voller Sehnsucht ich. Und umgekehrt.
Ich wartete auf meine hinreißende, zärtliche große Schwester und meinen launischen, lustigen, großen Vater, den brüllenden Löwen.
Meine Schwester kam nicht.
Mein Vater kam nicht.

Meine Mutter und ich begannen ein neues Leben. Ein Leben, das wir lebten, in dem wir niemals aufhörten zu warten. Mein Vater würde kommen, und Alman würde ein wunderbares Land. Aziza würde kommen, und alles würde gut.

Wie gern würde ich all das mit meinem Vater teilen.
Wir gehen zum Ausgang des Friedhofs, ich halte ein Taxi an.
»Die Nachricht von Azizas Tod hat mein Leben damals noch mehr aus der Bahn geworfen als die Flucht aus Afghanistan«, sage ich nach einer Weile. Er sieht aus dem Fenster, sein Gesicht abgewandt. Ich weiß nicht, ob er mich gehört hat. Ich lasse mich in den Sitz zurückfallen. Im Radio singt eine Popsängerin von Liebe, auf der Straße wirbelt der Staub hoch, die Stadt fliegt an mir vorüber. Warum musste Aziza sterben? Ich kann es nicht fragen.
Das Taxi biegt in die Wazir-Kabir-Straße ein und hält vor unserem Haus. Abdul steht vor der Tür und wartet auf uns. Ich helfe meinem Vater aus dem Wagen und gehe mit ihm zusammen hinein. Abdul hat Halwa auf Naan vorbereitet, eine Süßspeise, die an Trauertagen an alle Nachbarn, Freunde und Fremde verteilt wird. Das ganze Haus duftet nach der Mischung aus gekochtem Grieß, Zucker und Kardamom.
»Ich bin zu müde, mein Sohn, verteile du es.«
Ich bitte Abdul, sich um meinen Vater zu kümmern. Ich gehe auf die Straße und verteile Halwa auf Naan an Ladenbesitzer, die ich inzwi-

schen kenne, Nachbarn, die mich grüßen, wenn sie mich sehen, und wildfremde Menschen auf der Straße. Sie nicken mir freundlich zu, manche sagen »möge die Gabe von Allah angenommen werden.«

36

Mein Vater schläft. Ich liege auf dem Bett. Ich spule in meinem Gedächtnis den Film meines Lebens zurück, bis zu den Tagen unserer Flucht. Ich sehe unsere Wohnung, es herrscht ein großes Durcheinander. Ich sehe uns am Kontrollpunkt auf dem Flughafen in Kabul. Ich setze die Teile zusammen. Ich strenge mich an, ich werde ganz müde davon. Ich sehe meinen Vater, doch sein altes Gesicht, das ich nun seit Wochen vor Augen habe, hat die Erinnerung an das junge, das ich bis dahin in mir trug, verdrängt. Nicht, dass das junge Gesicht so präzise gewesen wäre, es war mehr wie ein gefühlter heller Fleck.

»Ihr braucht euch nicht mit anzustellen«, höre ich ihn zu uns sagen, mit ernstem Gesicht und in jeder Hand einen Koffer. »Das wird noch ziemlich lange dauern, bis ich drankomme. Vertretet euch ein bisschen die Beine. Ihr werdet während des Flugs lange genug sitzen müssen.«
Meine Mutter nickt, wir gehen ein Stück beiseite, damit wir anderen Passagieren nicht im Weg stehen. Ständig kommen neue und stellen sich mit ihren Koffern und Taschen hinter meinem Vater an. Erst jetzt wird mir klar, dass ich heute zum ersten Mal in einem echten Flugzeug mitfliegen werde, und mir wird ganz kribbelig im Bauch. Meine Mutter und Aziza sprechen kein Wort. »Das ist alles meine Schuld, Madar djan!«, stößt Aziza plötzlich hervor. »Bitte verzeihen Sie mir!«
Ich verstehe nicht, was sie meint. Dann geht alles ganz schnell. Wir müssen zum Flugzeug. Meine Mutter drängt. »Es wird Zeit«, sagt sie.

Aziza bückt sich, umarmt mich fest und küsst mich. Ihre schönen Augen sind feucht. »Mein kleiner Prinz«, sagt sie nur, dann wendet sie sich ab.
Mein Vater nimmt mich in seine Arme, hebt mich hoch und drückt mich so fest, dass ich kaum noch atmen kann, während er mein Gesicht mit Küssen bedeckt.
»Mein Sohn, ich liebe dich so sehr«, flüstert er. »Bald sehen wir uns wieder. Ich verspreche es dir, Mahboob djan.« Er stellt mich wieder auf den Boden. Meine Mutter küsst meinen Vater nicht, es ist in der Öffentlichkeit nicht erlaubt, er berührt nur kurz ihre Hand. »Ihr müsst jetzt los, Resagol. Pass gut auf Mahboob auf. Und ruf mich im Ministerium an, sobald du angekommen bist. Ich werde Omar verständigen.«

Meine Mutter nimmt meine Hand, und wir gehen zum nächsten Kontrollpunkt, an dem eine Frau uns abtastet. Sie fordert uns mit einer wortlosen Kopfbewegung zum Weitergehen auf. Ein paar Schritte, und wir müssen in einen Gang abbiegen. Ich bleibe stehen und drehe mich um und sehe weit hinten meinen Vater in seinem grauen Anzug. Daneben Aziza, in ihrer Studentenkluft, einem dunklen Kostüm. Ich sehe, dass mein Vater traurig ist. Ich sehe Azizas Gesicht, leuchtend weiß. Ich hebe die Hand und will noch einmal winken, doch da zerrt meine Mutter mich schnell mit sich. Ich will zurück rennen, ich will die Hand aus der meiner Mutter herauszerren, doch sie umklammert sie noch fester.

Ich habe tief im Innern einundzwanzig Jahre meines Lebens auf die beiden gewartet. Und auch jetzt, wo ich an Azizas Grab gestanden habe, wo ich es glauben muss, gibt es jemanden in mir, der es nicht glaubt. Sie wird auftauchen, wie mein Vater wieder aufgetaucht ist. Ich muss sie nur suchen. Ich muss Tante Farida suchen und Aziza. Aziza, meine geliebte Schwester.
Ich weiß, dass es Unsinn ist, Aziza zu suchen. Nur, dieser Jemand in mir kann es einfach nicht annehmen, dass sie nicht mehr auf dieser

Erde ist, dass sie nicht mehr umherläuft und atmet und lacht. Wenn ich wenigstens Genaueres über ihren Tod wüsste, wenn ich ihn mir vorstellen könnte, vielleicht könnte ich ihn dann akzeptieren!
Ganz plötzlich begreife ich meine Mutter; mir wird ganz schlecht davon. Meine Mutter hat es nie akzeptieren können, dass Aziza tot ist. Obwohl sie sich äußerlich durchaus so verhielt. Jedes Jahr richtete sie einen Gedenktag für Aziza ein, wie es bei uns Zuhause in Kabul Sitte war, und wie es für Afghanen in Frankfurt am Main Sitte blieb, auch wenn sie vielleicht längst einen deutschen Pass hatten. Jedes Jahr kamen Freundinnen und Freunde aus der afghanischen Gemeinde dazu, und auch Onkel Omar mit seiner Familie, mein Onkel, bei dem wir in der ersten Zeit in Frankfurt gelebt hatten. Jedes Jahr kochte meine Mutter in den Tagen zuvor Unmengen an Essen, und jedes Jahr kamen drei Mullahs und lasen den Koran. Bis meine Mutter sie irgendwann durch Tonbandkassetten ersetzte. Dann hörten wir vor dem Gedenktag jeden Tag einen längeren Abschnitt aus dem Koran, und am eigentlichen Tag nur den allerletzten Teil, gefolgt von vielen arabischen Gebetssprüchen. *Ihr Toten im Himmel, ruhet in Frieden.*
Wenn alle uns wieder verlassen hatten, war alles wie zuvor. Azizas Foto stand in einem schönen Rahmen im Schlafzimmer meiner Mutter, wie das Foto einer Tochter, die sich auf einem anderen Kontinent verheiratet hat, und ich hörte oft, wie meine Mutter hinter der verschlossenen Tür mit ihr sprach. Ich sah, wie sie das Foto in die Hand nahm und es küsste und ihrer Tochter eine gute Nacht wünschte. Das Foto, auf dem Aziza zwanzig war und ihr dunkles, seidiges Haar offen trug, weit fiel es ihr über die Schultern. Sie strahlte über das ganze Gesicht, ihr umwerfendes, großes Lächeln. Sie saß auf unserem Sofa im Gästezimmer, das sie unser Deutschlandzimmer nannte. Sie trug einen knielangen schmalen Rock, eine bunte Bluse mit großen Blumen darauf und ihre hochhackigen weißen Knautschlacklederstiefel. »Die sind topmodern«, hatte sie zu mir gesagt und gegrinst. »Du hast eine topmoderne Schwester, kleiner Prinz!«.

Ich habe meine Mutter manchmal dafür gehasst, dass sie so viel an Aziza dachte. Dass die Trauer um Aziza sie oft so niederdrückte. Ich habe meine Trauer einfach irgendwann vergessen. Oder ich habe sie nie gehabt. Das fand jedenfalls Herr Pappelbaum. Ich wäre ihm beinahe ins Gesicht gesprungen, als er es einmal sagte.
Jetzt sitze ich hier, in meinem alten Zimmer, das ich mit Aziza teilte, ich drehe ihren kleinen Silberring in den Händen und weine: Er hatte Recht.

37

»Bleibe doch noch, mein lieber Sohn.«
»Ich muss wieder arbeiten, Vater«, sage ich, selbst den Tränen nahe.
»Dann musst du bald wiederkommen!«
»Ich verspreche es dir.«
»Er überreicht mir einen Umschlag. »Lies es im Flugzeug«, sagt er und berührt meine Wange.
Meine Zeit ist abgelaufen, dreieinhalb Monate. Der Vertrag ist beendet, doch er ist nicht erfüllt. Das Geld für die Schule ist nicht gekommen, ich habe keine Veränderung herbeigeführt. Ich habe keine Renovierung vorgenommen, keine Stühle, Schulbücher oder WCs angeschafft, nichts. Es ist der größte Misserfolg meines Lebens.
Ich verabschiede mich von Direktor Qiam, der echtes Entsetzen zeigt, weil er um seinen Refrigerator fürchtet. Oder tut er nur so, und in Wirklichkeit hofft er, dass das Geld bald kommt und er es ganz in seinem Sinne verteilen kann, weil ich ihm dann nicht mehr auf die Finger schauen kann? Überschwänglich bedankt er sich bei mir, und überfreundlich mache ich es ebenso. Ich habe gelernt.
Für die Kinder kommen jetzt die langen Winterferien, wegen der harten Fröste und den fehlenden Heizungen. Drei Monate müssen sie sehen, wo sie bleiben. Im Winter ist alles lahmgelegt. Ich verabschiede mich auch bei ihnen. Höflich sagen sie: »Khoda fez, Mahboob Sahib.« Gott sei mit dir, oder auch afghanisch für: Tschüss.

Ich verabschiede mich von Faruq, der mich fest umarmt und mir einen schmalen Band mit Gedichten in die Hand drückt. »Damit du mich nicht vergisst.«
In meiner Tasche habe ich den kleinen Silberring Azizas.
Ich drücke Abdul die Hand.
Mein Vater und Abdul begleiten mich zum Flughafen. Ich drehe mich noch einmal um. Mein Vater mit seinem Stock und seinen türkis leuchtenden Augen winkt. Mein Puls beschleunigt sich, Schweiß bricht aus, vor meinen Augen flimmert es.
Ich habe Angst, meinen Vater nie wieder zu sehen.

III.
Ankunft im Paradies

Du schließt deine Augen und sagst:
Wo ist der helle Tag?

Rumi, aus dem *Diwan*

38

Mahboob fiel es genauso schwer, über seine erste Zeit in Deutschland zu sprechen, wie es sein Vater vermied, über seine Erlebnisse im Krieg und im Gefängnis zu reden. Vielleicht hatte er auch deshalb keine Fragen an seinen Sohn gestellt, der sich zugleich nichts sehnlicher wünschte. Mahboob begriff allmählich, wie viele seiner Erinnerungen überschattet worden waren von Ereignissen, die rückwirkend ganze Zusammenhänge überlagerten, verwischten, ja, fast ausgelöscht hatten, und mit ihnen auch die Anerkennung seines Vaters, nach der er sich noch jetzt so kindlich sehnte. Ganz plastisch sah Mahboob immer wieder die Zeitung vor sich, die er mit Malem gelesen hatte. Immer wieder ging ihm eine Gedichtzeile durch den Kopf, von der er nicht wusste, woher er sie hatte: *Ein Märchen erzählten sie und fielen in Schlaf …*
Im Flugzeug dachte er an die Monate der Ankunft in Deutschland, auf denen ein besonders großer Schatten lag, und er ahnte, von welchem bestimmten Tag an dieser gewachsen war, und nicht etwa, weil er in Alman alles schrecklich gefunden hätte. Er war neun Jahre alt gewesen, die Zeit im Leben eines Kindes, in dem es seine Getrenntheit von der Welt erfährt, dafür aber eine umso größere Neugier für diese Welt entwickelt. Das hatte er bei Dr. Pappelbaum gelernt. Es

war die Zeit, so erkannte er jetzt, in der die Zeit selbst eine völlig neue, vielleicht überhaupt erst eine Dimension in seinem Bewusstsein erhalten hatte.

Onkel Omar, der jüngere Bruder von Mahboobs Vater, holte Mahboob und seine Mutter in Frankfurt vom Flughafen ab.
Onkel Omar, nach dem sein Vater jetzt nicht einmal gefragt hatte, hatte wie Sher Ahmad in Deutschland Ingenieurswissenschaften studiert und war gleich geblieben, in Frankfurt am Main. Mahboobs Vater hatte ihn dort oft besucht und dann zuhause von der großen Stadt mit den blitzenden Hochhäusern erzählt. Auch Mahboob hatte von sich aus nicht daran gedacht, dem Vater von Onkel Omar zu berichten; zu eng war dieser mit den Gedanken an Mahboobs Mutter verknüpft, zwischen Vater und Sohn ein unausgesprochenes Tabu.
Onkel Omar war seit über dreißig Jahren nicht mehr nach Afghanistan gekommen. Er hatte sich in Regina verliebt, eine Jurastudentin, und sie nach einem Jahr geheiratet. Mahboobs Großvater hatte getobt, als er davon erfuhr, denn natürlich hätte Onkel Omar nach seinem Willen eine Frau heiraten sollen, die seine Familie für ihn bestimmte. Doch Onkel Omar waren die afghanischen Bräuche egal, und die Wut seines Vaters auch. Er blieb mit Tante Regina zusammen. Mahboobs Großvater wurde noch wütender und verstieß ihn nach allen Regeln der Tradition aus der Familie. Bis zu ihrer Ankunft in Alman hatte Mahboob seinen Onkel, seine Tante und ihre drei Kinder nur von einer Fotografie her gekannt.
Die Familie wohnte im vierten Stock eines großen Hauses, in dem viele Familien wohnten. Alles war so eingerichtet wie bei ihnen in Kabul das Deutschlandzimmer; nirgends gab es Matratzen am Boden oder dicke Kissen. Die Bäume an den Straßenrändern trugen buntes Laub, aber es gab keinen Berg wie in Kabul und auch keinen so blauen Himmel. Der Himmel kam Mahboob überhaupt ziemlich mickrig und grau vor, nur manchmal sah man ein Stückchen Blau. Aber ihm gefiel der Spielplatz in der Nähe des Hauses,

zu dem er am Nachmittag gehen durfte. Zunächst in Begleitung von Torsten, Julia oder Michael, die um einiges älter waren als er; dann auch allein.

Mahboob ging mit seiner Mutter einkaufen, in allerlei Geschäfte und den großen Supermarkt. Er fand alles unerhört sauber und ordentlich; er bewunderte die vielen Waren, die er nicht kannte; viel mehr waren es, als es sie in Malems Laden gegeben hatte. Auf dem Hinweg gingen Mutter und Sohn zu Fuß, und auf dem Rückweg nahmen sie den Bus, weil die Einkaufstaschen zu schwer zum Tragen waren. Im Bus hörte Mahboob eine Stimme die Stationen ansagen, aber er wusste nie, wem sie gehörte.

Wenn es seiner Mutter langweilig wurde, gingen sie spazieren, zuerst in den Straßen der Umgebung, dann auch im nahegelegenen Wald. Der Wald schien Mahboob unendlich groß, fast hatte er Angst, den Nachhauseweg nicht mehr zu finden, doch er entdeckte phantastische Bäume, die er aus Kabul nicht kannte. Obwohl ihn alles Neue faszinierte, und er der Überzeugung war, im Paradies gelandet zu sein, von dem sein Vater immer geschwärmt hatte, vermisste er Kabul. Sein Zimmer, das er mit Aziza teilte, seine Tanne, seinen Malem. Er hatte kaum Sachen mitgenommen, nur seine Mathematikbücher und den Stofflöwen Rafiq, den sein Vater ihm bei ihrem letzten gemeinsamen Nauroz-Fest, in Mazar-i-Sharif, geschenkt hatte. Mahboob vermisste Aziza und seinen Vater.

»Wo bleiben sie denn, Mama?«, frage ich jeden Tag. Sie ist sehr blass. Sie wird noch blasser, wenn ich sie frage. Es vergehen Wochen, die für mich endlos sind. Die meiste Zeit sitze ich in unserem Zimmer. Niemand spielt mit mir, ich kann nicht immer auf den Spielplatz gehen, was soll ich tun? Irgendwann packe ich meine Mathematikbücher aus und blättere in ihnen herum. Dann fange ich an, Seite um Seite zu lesen und die Aufgaben zu lösen, die darin stehen.

»Wir ziehen um«, erklärt meine Mutter eines Tages. Beim Essen am Abend. Es gibt eine heftige Diskussion zwischen Onkel Omar und

meiner Mutter. »Ich verstehe dich nicht«, sagt er aufgebracht. »Du hast doch hier alles, was ihr braucht. Das Heim ist eine Katastrophe! Andere wären froh, wenn sie nicht dort wohnen müssten!«
»Ich habe es mir angesehen, wir ziehen dorthin«, sagt meine Mutter, ungewöhnlich entschlossen. Sie ist sowieso ganz anders als zuhause in Kabul. Ich erkenne sie kaum wieder.
»Das Asylantenheim ist auf der anderen Seite der Stadt!«, gibt Tante Regina zu bedenken.
»Ja«, sagt meine Mutter.
»Aber warum?«, fragt meine Tante, während sie das Essen auf den Tisch stellt. Sie hat extra Reis mit Rosinen und Lammfleisch gekocht; es riecht gut, aber ich habe gar keinen Appetit. Ich sehe meine Mutter an.
»Das ist richtig so«, lautet ihr Urteil. »Wer im Aufnahmelager wohnt, bekommt viele Hilfen, um sich besser zurechtzufinden. Ich habe mich erkundigt. Ich kann dort Deutsch lernen, und sie helfen einem auch, eine Arbeit und eine Wohnung zu finden.«
»Du hast doch hier eine Wohnung!«, sagt Onkel Omar. Er ist jetzt nicht mehr wütend, sondern traurig.
»Omar, ich bin dir für alles dankbar, das weißt du. Aber vergiss nicht: Wir wissen nicht, wie lange es noch dauert, bis Sher Ahmad und Aziza die Ausreise gelingt, und niemand von uns kann danach wieder zurück in unsere Heimat. Ich muss also lernen, mich in diesem fremden Land zu orientieren, und je schneller ich damit anfange, umso besser.«
Ich habe wohl nicht richtig gehört. Was soll das heißen: Wir können nicht zurück in unsere Heimat?
»Madar djan«, sage ich laut, »ich will aber zurück nach Kabul!«

Das Asylantenheim war groß, laut und voller Menschen, die fremde Sprachen sprachen und ganz anders aussahen als Mahboob und seine Mutter. Seine Mutter kannte sich bald aus; sie wusste, wo die Küche war, in der alle kochten, und wo die Wäsche gewaschen wurde; sie fand heraus, wo sie die Gutscheine bekam, mit denen sie einkaufen konnte und wo der Supermarkt war. Wenn sie mit Fremden sprach, hörte Mahboob sie Worte sagen, die seltsam klangen; es war kein Dari und auch kein Arabisch, auch kein Paschtu, das sein Vater zuhause hin und wieder gesprochen hatte.

Wir haben ein eigenes Zimmer. Es riecht nach frischem Holz und Farbe, da die Holzfenster neu giftgrün gestrichen sind. Es gibt einen Schrank, ein doppelstöckiges Bett, einen Tisch und eine Kommode. Die Wände sind weiß. Und obwohl es recht klein ist, und gar keine Dinge darin sind, die uns gehören oder die mir vertraut sind, gefällt es mir besser als unsere vorherige Bleibe. Auch wenn Onkel Omar und Tante Regina nett zu uns waren: Wir teilten uns zu siebt drei Zimmer. Nie konnte ich dort mit meiner Mutter allein sein. Jetzt genieße ich es so sehr, dass ich jede Nacht zu ihr ins Bett krieche.

»Wenn sieben Personen in drei Zimmern wohnen, ist das schlechter«, erkläre ich ihr, »dann sind es 2 ⅓ Personen pro Zimmer.«

»Wo hast du das denn her, Mahboob djan?«

Wir sitzen an unserem Tisch und essen eine Linsensuppe, die sie gekocht hat.

»So etwas steht in meinen Büchern.«

»Das ist ja interessant«, sagt sie. »Zeig mir die doch mal.«

Ich hole mein Mathematikbuch, das ich unter mein Kopfkissen geschoben habe.

Wir blättern darin und sie bittet mich, ihr einzelne Aufgaben vorzurechnen. Es sind Dreisatzaufgaben mit Bildern aus Äpfeln, Granatäpfeln und russischen Tanks. »Ich wusste gar nicht, dass du schon so schwierige Rechenaufgaben lösen kannst.«

»Aber Madar djan, ich habe doch jedes Jahr den Mathematikwettbewerb gewonnen!«

Abends ging Mahboob mit seiner Mutter zu einer Telefonzelle außerhalb des Heims. Sie hatte ein paar Münzen, die sie in den Apparat einwarf. Mahboob sah zu, wie sie auf der Drehscheibe Onkel Omars

Nummer wählte. Sie sprachen nicht lang, nicht mehr als drei, vier Minuten. Sie wollte immer nur eines hören, ob ihr Schwager mit Mahboobs Vater gesprochen und was dieser gesagt hatte.
Mahboob wurde es bald zu langweilig, er blieb im Zimmer und wartete dort auf sie. Wenn sie zurück kam, sagte sie jedes Mal: »Ich soll dich von deinem Papa grüßen.«
»Was hat er gesagt?«
»Dass er bald kommt. Sie warten noch auf Azizas Pass. Deine Schwester gibt dir auch einen Kuss.« Und dann drehte Mahboobs Mutter sich um und ging zum Fenster. Oder sie legte Wäschestücke zusammen oder fegte das Zimmer, in dem es nichts zu fegen gab.

Bald besuchte Mahboobs Mutter einen Deutschkurs und Mahboob langweilte sich noch mehr. Nach einer Weile nahm er sich seine Mathematikbücher vor, die er nach dem letzten Wettbewerb geschenkt bekommen hatte, und löste die Aufgaben. Er hatte sie eingepackt, zusammen mit einem Buch, das Malem ihm zum Abschied geschenkt hatte, ein Buch mit Geschichten von Mullah Nasruddin. Obwohl Mahboob es niemandem sagen durfte, hatte er es Malem ins Ohr geflüstert, dass sie fortgehen müssten. Er hatte nicht gewusst, wann sie fahren würden, und zu Anfang hatte er es so wenig geglaubt wie Malem. Nur wenige Tage vor der Abreise hatte Malem ihm mit traurigem Gesicht ein Päckchen überreicht. »Damit du mich nicht vergisst.«

Ich lese nur manchmal in den Geschichten, ich höre dann Malems Stimme, wie sie sich hebt und senkt, wie er sie verstellt. Ich denke dann an Malems Laden, an die gelbe Limonade, an mein Kissen auf der Holzkiste, und an den Kohe Asmaie, den ich jedes Mal sah, wenn ich aus dem Laden trat und mich auf den Heimweg machte. Dann werde ich so traurig, dass ich weinen möchte. Ich möchte aber nicht weinen. Also löse ich lieber Rechenaufgaben. Jeden Tag mache ich ein paar Aufgaben, und damit ich nicht zu schnell fertig bin mit meinen Büchern, denke ich mir zusätzliche

Aufgaben aus. Ich habe nur ein einziges Heft, auch ein Geschenk von Malem. Also rechne ich das meiste im Kopf, damit das Heft nicht so schnell voll ist.
Das Schöne am Rechnen ist, dass es immer funktioniert, wenn man alles richtig macht. Auf Zahlen kann man sich verlassen, denn sie verhalten sich immer gleich. Sie werden nicht traurig oder bekommen schlechte Laune oder werden krank oder verrückt, sodass auf einmal nicht mehr gälte, was gestern noch richtig gewesen ist. Eine Rechnung, die heute richtig ist, bleibt es auch morgen und nächste Woche und überhaupt immer, bis zum Ende der Welt.

Nach ungefähr zwei Wochen kam Mahboobs Mutter kreidebleich vom Telefonieren zurück.
»Was ist passiert, Madar djan?«
Sie wollte nicht mit der Sprache heraus, aber er drängelte weiter.
»Dein Vater hat sich heute nicht gemeldet«, sagte sie schließlich. »Dein Onkel sagt, es gab vielleicht keine Verbindung. Aber ich habe ein komisches Gefühl.«
Am nächsten Tag war es genauso, und am dritten Tag zitterte sie schon am ganzen Körper, bevor sie zur Telefonzelle ging. Als sie zurückkam, schüttelte sie nur den Kopf und biss sich auf die Lippe. Am vierten Tag nahm Mahboob ihre Hand und begleitete sie. Onkel Omar sprach so laut, dass er ihn verstehen konnte.
»Mach dir keine Sorgen, Resagol. Er wird sich schon wieder melden. Wer weiß, wie die Lage dort ist.«
Als Mahboobs Vater sich auch in den nächsten Tagen nicht meldete, wurde auch Onkel Omar nervös. »Ich rufe im Ministerium an, ich sage dir morgen Bescheid.«

Am nächsten Abend kann meine Mutter es nicht erwarten, zur Telefonzelle zu gehen; wie ein Tiger im Käfig läuft sie in unserem Zimmer auf und ab. Sie schiebt die Stühle zurecht, sie schiebt den Tisch zurecht, sie würde wahrscheinlich am liebsten den Schrank von einer Ecke in die andere tragen.

»Ich habe mit Sher Ahmads Sekretär gesprochen«, beginnt Onkel Omar auffallend langsam.
»Was sagt er?«, brüllt meine Mutter. »Lass dir doch nicht alles aus der Nase ziehen, ich bitte dich!«
»Er sagt, der Herr Direktor sei wohl nach Kunduz gefahren, wo auf seinen Ländereien irgendetwas nicht in Ordnung sei.«
Meine Mutter atmet plötzlich ganz hektisch; sie wird rot, dann sagt sie nur noch schnell »danke, Omar«, hängt den Hörer ein und rennt zu unserem Zimmer.

Mahboobs Mutter hörte auf, abends mit ihrem Schwager zu telefonieren. Nach drei oder vier Tagen kam er zu Besuch. Er fragte, was mit ihr los sei, doch sie schwieg. Wenn er nur den Namen seines Bruders erwähnte, wechselte sie das Thema. Onkel Omar verstand die Welt nicht mehr, und Mahboob auch nicht.
»Wollt ihr wieder zu uns zurück? Das könnt ihr, jederzeit.«
»Nein, alles hier ist gut.«
»Resagol, ich kann dich ja verstehen. Ich mache mir auch langsam ernsthafte Sorgen. Ich glaube nicht, dass er irgendwohin gefahren ist. Ich … ich vermute, er hat wegen der Passangelegenheit Probleme bekommen. Ich meine, es wird doch auffallen, dass er schon wieder ein Visum zur Ausreise beantragt. Vielleicht hat er deshalb Schwierigkeiten –«
»Ach, lass doch!«, unterbricht ihn meine Mutter grob.
Onkel Omar weiß nicht, dass meine Mutter das Wort Kunduz hasst. Dass sie schon in Kabul immer wütend wurde, wenn mein Vater es erwähnt hat oder dorthin fuhr. Meine Mutter sagt Onkel Omar davon nichts. Er sieht mich fragend an. Ich zucke die Achseln.
Er macht sich immer mehr Sorgen um meinen Vater, der sich auch nach weiteren vier Tagen nicht meldet. Er kommt zu uns, da meine Mutter sich weigert, ihn anzurufen. Er bringt uns Kuchen und Obst mit und für mich ein Schulbuch von seinen Kindern.
»Es ist zwar für die erste Klasse«, sagt er, »und du bist schon zu groß dafür. Aber da du ja erst einmal Deutsch lernen musst, wird es dir

vielleicht helfen.« Neugierig sehe ich das Buch an, ich möchte so gern die Buchstaben lernen.
»Ich habe noch einmal im Ministerium nachgefragt«, berichtet er. »Sie konnten oder wollten mir nichts Genaueres sagen.«

Wieder einmal musste Mahboob drängeln, in die Schule zu kommen. Ihm fiel bald die Decke auf den Kopf, und er verstand nicht, weshalb seine Mutter Deutsch lernen durfte und er nicht. Es war Spätherbst, es regnete fast jeden Tag, und Mahboob und seine Mutter froren leicht. »Du musst ein bisschen Geduld haben«, sagte sie immer wieder, bis es aus Mahboob herausplatzte: »Du bist so mit deinen Sorgen beschäftigt; du siehst gar nicht, dass ich auch Kummer habe. Ich vermisse meine Schwester, ich habe keinen einzigen Freund hier! Ich langweile mich zu Tode, ich vermisse meinen Vater!«
Erschrocken zog sie ihn an sich heran und fing an zu weinen. »Entschuldige, Mahboob, du hast vollkommen recht. Verzeih mir!«
Sie saßen eine Weile zusammen, die Glühbirne an der Decke über ihnen schaukelte hin und her.
Dieses Mal gab es keine Tante Farida, und auch keinen Zaki, ihr die Sache abzunehmen. Mahboobs Mutter setzte selbst alles in Bewegung, um Mahboobs Einschulung voranzutreiben. Sie redete mit allen möglichen Mitarbeitern im Asylantenheim, bis es ihr gelang, mit der Leiterin zu sprechen. Bald darauf kam eine Dame zu Mahboob und seiner Mutter, Frau Meier sprach Deutsch und fließend Dari. Frau Meier fragte Mahboob, in welche Klasse er gegangen sei, was ihm besondere Freude gemacht habe, und seine Mutter zeigte ihr die Mathematikbücher und redete auf sie ein. Schließlich verkündete Frau Meier: »Wenn du fleißig Deutsch lernst, kannst du zu Weihnachten eingeschult werden.«
»Ein paar Wörter kann ich ja schon«, sagte Mahboob, der weder wusste, wann, noch was Weihnachten sein würde. »Hallo und tschüss und bitte und danke und Scheiße und verdammt noch mal!«
Frau Meier grinste und Mahboobs Mutter wurde rot. »Halt, hör

auf«, rief sie, musste aber lachen. »Das sind unanständige Wörter! Die sollst du gar nicht sagen!«
»Ich soll nicht bitte und danke sagen?«
»Mit Allahs Hilfe wirst du schneller Deutsch sprechen können als ich, mein Sohn. Kinder lernen fremde Sprachen viel schneller als Erwachsene.«

Und so lernte Mahboob noch einmal zu schreiben. Von links nach rechts ging es nun, statt von rechts nach links, und alle Buchstaben sahen ganz anders aus als die, die Malem ihm beigebracht hatte. Doch er liebte es genauso wie bei ihm, den Bleistift anzuspitzen und die Buchstaben auf das Papier zu schreiben. Überall versuchte er, Schilder zu lesen, kein Wort war sicher vor ihm. Das Buch der Welt ist groß, dachte er, ich will jede Seite lesen!

Eines Abends, als er gerade über den Tisch gebeugt Buchstaben übte, klopfte es an ihre Zimmertür. Onkel Omar stand davor. Mahboob konnte ihm ansehen, dass etwas Fürchterliches passiert sein musste, und auch das Gesicht seiner Mutter wurde starr wie eine Maske. Ohne ein Wort zu sagen, schob sie Mahboob vom Stuhl und stellte ihn Onkel Omar hin. Ohne sich Mantel und Schal auszuziehen, setzte er sich. Das Schweigen machte sich im Zimmer breit.
»Resagol, du musst jetzt sehr tapfer sein.« Er suchte nach den richtigen Worten. Doch für den Überbringer schlechter Nachrichten gibt es kein richtig oder falsch. »Etwas Schreckliches ist passiert.«
»In Afghanistan?«, fragte Mahboobs Mutter. Er nickte.
»Sher Ahmad?«
Er schüttelte den Kopf.
»Meine Tochter!«, schrie sie los. »Was ist mit meinem Mädchen, Omar? Sag es mir!«
Sie sprang auf und packte ihn am Kragen.
»Setz dich, Resagol«, schob er sie weg. »Ich habe mehrmals an der Universität angerufen. Zuerst wollte niemand etwas wissen; ich wurde ständig weiterverbunden. Sie wollten mich abschütteln. Dann hat-

te ich eine Verwaltungsangestellte am anderen Ende, die mir nur völlig beiläufig sagte«, er unterbrach sich, »dass Aziza Malik nicht mehr eingeschrieben sei, weil sie – weil sie – nicht mehr am Leben sei.«

»Mein Kind!« Sie schrie es. Sie schlug die Hände vors Gesicht.

»Als ich darauf bestand, Näheres zu erfahren, wurde ich an jemand anderen weiterverbunden«, erklärte er. »Der wollte auch nicht recht mit der Sprache heraus, aber aus dem Hintergrund hörte ich jemanden laut rufen: ›Aziza Malik? Die ist doch erschossen worden!‹ Dann war auf einmal die Verbindung weg.« Er fing an zu weinen. »Resagol«, stammelte er, »es tut mir so leid, es ist so entsetzlich!«

Sie stand so hektisch von ihrem Stuhl auf, dass er nach hinten wegkippte. »Und wo war ihr Vater, als das geschehen ist?«, schrie sie.

»Das weiß ich nicht, Resagol«, beteuerte Onkel Omar, »aber glaub mir, ich werde Himmel und Hölle in Bewegung setzen, um herauszufinden, wo er ist und wie es ihm geht.«

Mahboobs Mutter, die sich immer noch nicht wieder umgedreht hatte, zitterte am ganzen Körper. Mahboob stand auf und ging zu ihr; er wollte sie umarmen; im ersten Moment stieß sie ihn weg, dann drehte sie sich um, ging in die Hocke, umarmte ihn, und dann schluchzten beide.

»Geh weg«, hörte Mahboob sie zwischen den Schluchzern, »lass uns bitte allein!«, doch dann brach sie in einen so markerschütternden Schrei aus, dass Mahboob zurückwich und Onkel Omar auf sie zustürzte und sie festhalten musste. Sie schlug um sich und schrie; es war das fürchterlichste Brüllen, das Mahboob jemals gehört hatte und jemals in seinem Leben hören würde, und er begriff es, und er begriff es nicht, dass es seine Mutter war, die da schrie.

In den Tagen danach kam Onkel Omar jeden Abend. Jeden Abend fragte Mahboobs Mutter: »Ist es auch sicher?«, und jeden Abend sagte Onkel Omar: »Ich fürchte, ja.« Er hatte auch keine Nachrichten von seinem Bruder.

Nach vielleicht zwei Wochen, vielleicht waren es auch vier, sagte Mahboobs Mutter plötzlich: »Lass es gut sein, Omar. Ich weiß

schon, unter welchen Rockzipfel er sich verkrochen hat. Er wird sich in Kunduz aufhalten und sich den Teufel um Aziza oder uns kümmern.«
Onkel Omar und Mahboob sahen sie entsetzt an.
»Nein, Resagol«, sagte Onkel Omar, »du täuschst dich.«
Aber ihr Gesicht wurde hart und unerbittlich. »Glaub mir eines, Omar, wenn es jemandem in Afghanistan im Moment gut geht, dann ist das ganz sicher mein Mann.«
Onkel Omar schüttelte den Kopf. Mahboob konnte nicht glauben, was sie da sagte. Sein Vater, ein Feigling, der sie im Stich ließ? Sie war verrückt geworden! Das konnte sie doch wohl nicht glauben! Wie böse sie war!
»Ich danke dir für alles, Omar«, fügte sie in etwas sanfterem Ton hinzu. »Aber wir müssen der Situation ins Auge sehen. Es hat keinen Sinn, dass wir uns etwas vormachen. Ich muss für den Jungen und mich sorgen; wir können nicht zurück, und wir können nicht ewig auf Sher Ahmad warten.«
Doch, dachte Mahboob, doch. Ich werde immer auf euch warten, meinen Baba und meine Aziza.

٢

Volver

بـــر گــشت

Volver, spanisch: zurückkehren.
Berühmtes Lied von Carlos Gardel, 1935

I.
Frankfurt am Main, Jahreswechsel 2002/2003

1

Mahboob rief noch vom Flughafen aus bei Noor an und sprach ihr auf den Anrufbeantworter. Dann fuhr er mit der U-Bahn nach Heddersheim, Richtung Universitätsgelände. Seine Mutter hatte die kleine, enge Wohnung in Schwanheim aufgegeben und war umgezogen – ohne ein Wort zu sagen. Mahboob stieg an der Haltestelle zwischen den Neubauten aus und sah sich um. Hinter den Wohnhäusern lagen schneebedeckte, freie Felder, und auf dem Weg war er an Schrebergärten vorbeigekommen. Eine grüne Gegend also, in die es seine Mutter gezogen hatte. Die Häuser waren keine drei Jahre alt; sie waren einfach, aber freundlich. Mahboob roch schon im Erdgeschoss die Küche seiner Mutter, er wettete mit sich selbst, was es geben würde: Mantoo auf jeden Fall, und dann Pflaumen-Qorma, ein Hammelfleischgericht, für das sie jedoch immer das feinere Lamm benutzte, oder Sabzi Tschalau, Reis mit Spinat und Lamm, auf das er heute mehr Appetit hätte.

Sie stand in der Tür und kam ihm viel kleiner vor als bei ihrem letzten Treffen.

»Madar djan!«

»Mahboob djan!«

Sie umarmten sich, er zog Schuhe und Mantel aus und sah neugierig in den Flur. Überrascht nahm er den niegelnagelneuen hellen Marmorboden zur Kenntnis, er glänzte wie der Boden in ihrem Haus früher in Kabul und lag in der gesamten Wohnung aus.

»Das hat mir sofort gefallen«, sagte seine Mutter, als sie seinen Blick sah.

Sie erzählte Mahboob, wie sie mit einigem Glück die günstige Wohnung gefunden hatte und dass in der Nähe auch afghanische Freundinnen wohnten. Im Wohnzimmer mit breiter Fensterfront stand ein schwarzes Ledersofa mit einem niedrigen Glastisch auf der einen Seite, auf der anderen ein großer Esstisch aus dunklem Holz mit acht passenden Stühlen. An der Wand entdeckte Mahboob die alte Kommode mit der Glasschiebtür, die früher in ihrem kleinen Schlafzimmer gestanden hatte. Der Koran, die Fotos von Aziza und ihm standen darin neben ein paar Nippessachen aus Porzellan. Das Zimmer wirkte hell und geräumig. Ein großer Teppich mit Blumenmuster bedeckte den Boden vor dem Sofa. Alles roch neu und angenehm, dazu kam der Duft aus den großen Töpfen.

»Hast du im Lotto gewonnen, Madar djan?«, fragte Mahboob belustigt.

»Ich habe zwei Kurse mehr übernommen und gebe auch Sprachunterricht, und seit mir mein lästiger Sohn nicht mehr auf der Tasche liegt, kann ich mir etwas Schönes leisten!«

Sie lachten.

»Und für wie viele hast du heute gekocht?«

Sie lachte wieder und zeigte ihm die Küchenzeile, die zum Esszimmer hin geöffnet war. Mahboob wollte neugierig den Deckel des Topfes öffnen, aber sie klopfte ihm auf die Finger.

»Für dich, mein Sohn, alles für dich. Ich dachte, du hättest in Kabul gehungert, aber wie ich sehe, hat man dich wohl eher gemästet!«

Mahboob grinste; tatsächlich hatte er dank Abduls guter und regelmäßiger Küche etwas zugelegt, was ihm aber kaum schadete, da er klapperdünn hingefahren war. Dankbar bemerkte er, dass seine Mutter ihm eine Brücke baute, von seiner Reise zu erzählen. Er war schon darauf eingerichtet gewesen, dass sie gar nichts davon würde hören wollen.

Sie bot ihm Tee mit Rosinen und Kichererbsen an, und er überreichte ihr einige Geschenke, die er mitgebracht hatte, darunter auch besonders gute Rosinen, Maulbeeren und Tee, außerdem einen schönen Wollschal in dem dunklen Grün, das sie mochte, mit Goldfäden an beiden Enden. Ein paar Tränen verdrückte sie, als sie die Sachen in die Hände nahm: »Ist doch was anderes als hier«, murmelte sie.

Da sie keine Fragen stellte, und Mahboob auch nicht gerade ein Künstler in dieser Art von Gesprächen war, legte er zu den Sachen die Fotografien von Azizas Grab.

Zögernd nahm die Mutter sie in die Hand. Sie sah sie sich sehr lange an, eines nach dem anderen. Die staubverwehten Gräber auf dem Friedhof. Der Berg und der weite Himmel im Hintergrund. Der einfach geschliffene Stein mit Azizas Namen. Mahboob hatte Zeit, seine Mutter ein wenig genauer zu betrachten. Er registrierte, dass sie ihre Haare und ihre Augenbrauen ein wenig getönt hatte, und er fand, dass sie trotz ihrer Falten und dem schmal gewordenen Mund immer noch eine hübsche Ausstrahlung hatte, vor allem, wenn sie mit ihren dunklen Augen lächelte. Jetzt hielt sie sie gesenkt, und von Lächeln konnte keine Rede sein. Er wartete. Das letzte Foto zeigte seinen Vater vor seinem Haus in Kabul.

»Bist du aber alt geworden, Sher Ahmad«, entfuhr es ihr, dann legte sie es auf den Tisch.

Ohne Überleitung fragte Mahboob, warum sie damals auf dem Flughafen mit Aziza gestritten hatte. Was die beiden gesprochen hätten; er wisse es nicht, aus eigener Erinnerung, auch wenn er die Bilder noch genau vor sich sehe.

»Warum willst du das alles auf einmal wissen?«

»Ich suche einen Anhaltspunkt für Azizas Verschwinden.«

»Warum hast du deinen Vater nicht gefragt?«

»Weil er –«, ich unterbreche mich. Ich werde wütend. Warum muss ich hier eigentlich zwischen zwei verstockten alten Leuten hin und her vermitteln, die sich jahrzehntelang über die Geschichte ihrer Familie ausschweigen?

»Weil es ihn schon entsetzlich angestrengt hat, mit mir zu Azizas Grab zu gehen, Madar djan.«

»Weil er sich schuldig fühlt«, sagt meine Mutter zufrieden. Ich könnte sie erwürgen.

»Nein«, sage ich stattdessen, »weil er ein gebrochener alter Mann ist und sein Herz schwach und alle Gedanken an die Vergangenheit dazu führen, dass dieses arme schwache Herz seinen Schlag verlangsamt.«
Meine Mutter weitet einen Augenblick die Augen und wird blass. »Das Essen ist fertig, Mahboob«, sagt sie und steht auf.
»Mama«, sage ich. »Bitte!«
»Gib mir einen Augenblick Zeit, ich bitte *dich*.«

Nach den butterzarten Teigtaschen mit Hackfleisch und frischen Kräutern, nach dem köstlichen Reis mit Gemüse, Rosinen und Lamm, als erneut schwarzer Tee mit Kardamom auf dem Tisch steht und fettglänzendes, selbstgemachtes Baglawah auf den Tellern vor uns liegt, fängt sie zu sprechen an.
»Am Tag vor unserer Ausreise aus Afghanistan besuchten wir ein letztes Mal Tante Farida. Als wir zurück nach Hause kamen, fanden wir im Gästezimmer ein unbeschreibliches Durcheinander vor. Alle Koffer waren ausgeräumt, sämtliche Schränke und Kommoden standen offen, und ihr Inhalt war über den ganzen Fußboden verteilt. Dein Vater stand mittendrin und sah völlig verzweifelt aus. Azizas Pass war spurlos verschwunden. Ohne Pass keine Ausreise. ›Ich kann doch erstmal hierbleiben. Tante Farida lässt mich ganz bestimmt bei sich wohnen‹, schlug Aziza mit treuherzigem Augenaufschlag vor. Vielleicht glaubte sie, ihr Vater werde darauf eingehen, weil er sich schon einmal auf so etwas eingelassen hatte. Doch es ist nun einmal nicht dasselbe, ob man nur für ein paar Tage wegfährt, um Verwandte zu besuchen, oder eine Flucht aus dem Land plant.
›Bist du verrückt geworden?‹, brauste er prompt auf. ›Die Kommunisten werden dich auf der Stelle einsperren.‹
Ich war auch nicht damit einverstanden, ganz und gar nicht, ich wusste ja, dass diese Ausreise eine für länger werden würde, und selbstverständlich würde ich ohne Aziza nicht fahren. ›Wenn wir nicht alle fliegen können, sollten wir lieber alle hierbleiben!‹, sagte ich.

›Soll ich denn umsonst das Risiko eingegangen sein, uns Visa zu besorgen?‹, fragte Sher Ahmad hitzig. ›Natürlich fliegst du, Resagol, und zwar zusammen mit Mahboob. Ich bleibe mit unserer Tochter hier, bis ich ihr ein neues Dokument beschafft habe. Das ist die einzige Möglichkeit, das musst du doch einsehen. Außerdem wird niemand Verdacht schöpfen, wenn nur ihr beide fliegt.‹
Wir zankten eine ganze Weile, während Aziza betreten auf dem Sofa hockte und sich die Ohren zuhielt. Am Ende musste ich mich ihm beugen, was blieb mir übrig? Er hatte ja Recht, denn das Dumme war, dass die Visa nur für dieses eine Datum gültig waren, und noch ein zweites Mal für vier Personen Visa zu beantragen, war lebensgefährlich.
Als wir schließlich am Flughafen standen, durchfuhr mich ein entsetzlicher Gedanke. Was, wenn Aziza kaltblütig geplant hatte, ihre Ausreise zu verhindern? Wegen Zaki? Wegen ihres Studiums, wegen ich weiß nicht, welchem verrückten Einfall? Wie dumm von Sher Ahmad, ihn ihr überhaupt auszuhändigen! Wie konnte er nur! Als er einen Moment von uns wegging, um sich um unsere Gepäckaufgabe zu kümmern, schnappte ich mir Aziza.
›Was hast du mit dem Pass gemacht?‹, frage ich sie und packe sie am Arm. ›Sag es mir jetzt!‹
Aziza schüttelt den Kopf. ›Nichts, Madar djan, nichts!‹
›Lüg mich nicht an, Aziza, wer weiß, wann wir uns wiedersehen!‹
Plötzlich veränderte sich ihr Gesichtsausdruck, sie sank in sich zusammen; ich kenne meine Tochter, sie kann flunkern und ein bisschen die Wahrheit verdrehen, aber lügen, lügen kann sie nicht, schon gar nicht mir ins Gesicht.
›Sieh mir in die Augen, Aziza. Was hast du mit deinem Pass gemacht?‹
›Ich habe ihn … ich habe ihn fortgeworfen‹, gesteht sie.
›Dann hol ihn wieder! Wohin hast du ihn geworfen?‹
›Ich wollte nicht, dass Sie mich zwingen, meine Heimat zu verlassen.‹ Sie sieht mich mit ihren großen hellen Augen an. ›Das ist die ganze Wahrheit!‹
›Allah steh uns bei‹, bete ich mit mühsam unterdrückter Wut. Ich

kann auf dem Flughafen schlecht meine Gefühle zeigen, außerdem kann Sher Ahmad jede Sekunde wieder bei uns sein. ›Ist dir überhaupt klar, was du da getan hast? Dein Vater ist ein großes Risiko eingegangen, um uns die Pässe zu verschaffen. Er hätte verhaftet werden können. Auch ich gehe nicht gern nach Alman, aber ich vertraue darauf, dass er weiß, was er tut.‹

›Ich vertraue mir selbst mehr als meinem Vater!‹, gibt Aziza trotzig zurück.

›Was erlaubst du dir?‹

›Und außerdem: Wir alle hätten verhaftet werden können, und das nur, weil er unbedingt unsere Heimat verlassen will. Was soll die Regierung anderes tun, als die vielen Gebildeten an der Ausreise zu hindern? Soll sie etwa abwarten, bis auch der letzte Arzt und der letzte Lehrer weg sind? Was wird aus den Kranken, und von wem sollen die Kinder etwas lernen? Madar djan, so begreifen Sie doch, dass es unser geliebtes Vaterland ins Unglück stürzen wird, wenn ausgerechnet Köpfe wie wir Fahnenflucht begehen.‹

Ich bin völlig verdutzt, sehe sie ungläubig an. Einige Sekunden lang hält Aziza diesem Blick stand, ja, ich sehe dieses herausfordernde Funkeln in ihrer Augen, genau wie bei Farida. In dieser Sekunde wusste mein Gefühl schneller als mein Verstand, dass es vergebens war, mit ihr zu reden. Wenn Farida diesen Blick bekam, war sie fest entschlossen, ihren Willen durchzusetzen, egal, worum es ging.

›Soll ich denn untätig zusehen, während andere eine gerechte Zukunft schaffen? Ich müsste mich ja schämen!‹

Ich würde ihr am liebsten ins Gesicht schlagen. ›Eine gerechte Zukunft! Durch diese gottlose Mörderbande etwa? Du bist verrückt! Weißt du überhaupt, wie viele Männer in letzter Zeit spurlos verschwunden sind? Farida sagt, jeden Tag kommen Frauen ins Krankenhaus und suchen dort nach ihren Männern. Sie haben Glück, wenn ihnen nichts Schlimmeres als ein Unfall geschehen ist. Verletzungen können geheilt werden, aber wenn diese Verbrecher von der Geheimpolizei jemanden mitgenommen haben, dann kann ihm wirklich nur noch Allah helfen. Was ist daran gerecht, Aziza? Antworte mir!‹

›Überhaupt nichts ist daran gerecht‹, sage ich zu Aziza und möchte schreien. ›Überhaupt nichts!‹

›Madar djan, mäßigen Sie sich, dort drüben‹, sagt sie leise und deutet mit dem Kopf auf eine uniformierte Gestalt. Zum Glück sieht er in eine andere Richtung. Nur von den Passagieren, die an uns vorbeilaufen, trifft uns der eine oder andere neugierige Blick.

›Da siehst du es! In Wirklichkeit hast du selbst Angst vor diesen Gottlosen. Warum, Aziza? Wenn du mit ihnen eine bessere Welt aufbauen willst, warum vertraust du ihnen dann nicht?‹

›Ihr seid es doch, die mich in euren Verrat an der Heimat mit hineinzieht! Und warum sollte der Staat nicht das Recht haben, sich vor Saboteuren und Verrätern zu schützen?‹

›Das wird ja immer besser!‹, ich weiß wirklich nicht, wie ich mich fassen soll, aber Aziza legt hastig den Finger an die Lippen. ›Du meinst also, wir hätten es verdient, verhaftet zu werden?‹

Aziza blieb so gefasst, ich erkannte sie kaum wieder! Sie schüttelte nur den Kopf. ›Verdreh mir doch nicht das Wort im Mund, Madar djan. Du weißt genau, was ich meine. Und ich weiß auch gut genug, dass im Namen der Revolution schon schändliche Taten geschehen sind. Aber nun verrate mir eines, Madar djan: Wer, wenn nicht wir, könnte den Verbrechen, die in unserem Namen geschehen, ein Ende bereiten?‹

›Aber doch nicht du! Du bist eine junge Frau, du bist ein Kind!‹

In diesem Augenblick sah ich Sher Ahmad auf uns zukommen. Ich musste irgendetwas sagen, was uns noch eine kleine Tür zur Hoffnung offen stehen ließ. Es war schrecklich, ich habe mich in meinem Leben niemals so ohnmächtig gefühlt. Da stand meine schöne, intelligente Tochter und wollte sich den Tigern zum Fraß vorwerfen. Sie wollte sich um des Landes willen, das ich ja auch liebte wie sie, von mir trennen! Ich, die ich ihr alles beigebracht hatte, als Kind, ich, die ich ihr beigebracht hatte, selbstbewusster als ich durchs Leben zu gehen! Das hatte ich nun davon! Aziza wollte nicht mit uns kommen. Ich fing an zu weinen. ›Es ist, wie es ist. Möge Allah dich beschützen. Bitte versprich mir, dass du es dir noch einmal überlegst nachzukommen, sobald dein Vater dir einen neuen

Pass beschafft hat. Ich hätte keinen ruhigen Tag mehr in meinem Leben, wenn er dich hier allein zurückließe.‹
Aziza nickte stumm, ich weiß schon, sie wollte mir die Hoffnung nicht nehmen, sie spürte, wie ich mich an diesen Strohhalm klammerte. Weshalb sollte sie in ein paar Tagen anders denken als jetzt? Das einzige, was in diesem Fall möglich wäre, wäre, dass ein Vater seine Tochter notfalls zwingen kann. ›Du darfst deinem Vater auf keinen Fall verraten, was du getan hast! Kein Wort, hast du mich verstanden! Was er tun würde, wenn er das wüsste, wage ich mir gar nicht auszumalen.‹«

Meine Mutter beendet ihre Erzählung und sieht mich an, Tränen in ihren Augen. Sie wendet sich ab, ich halte ihr ein Taschentuch hin. Ich sitze auf ihrer schönen neuen Couch und sehe die Sonne hinter den Feldern feuerrot und langsam untergehen. Ich warte, dass sie sich wieder beruhigt. *Laufen wie ein Schatten ohne Füße …*
Während meine Mutter sich die Situation am Flughafen in Erinnerung gerufen hat, ist sie fast darin verschwunden; nur manchmal hat sie mich plötzlich angesehen, doch so, als wäre ich gar nicht ich, sondern jemand, an den sie sich schon immer gewendet hat, ohne es selbst zu wissen. *Laufen wie ein Schatten ohne Füße …* es sind Worte von Rumi, mein Vater hat sie mir gesagt.
Meine Mutter schnaubt plötzlich laut ins Taschentuch und sieht mich an, und dieses Mal meint sie auch mich. »Wenn ich an diesen Tag denke, Mahboob, an diesen schrecklichen Tag vor so langer Zeit, wird mir hundeelend!«
Ich greife nach ihrer Hand, doch sie will es nicht. »Erinnerst du dich, Mahboob djan? Ist es das, woran du dich erinnert hast? Ich habe mich zu dir hinuntergebeugt, denn du hast ja die ganze Zeit neben uns gestanden, und habe zu dir gesagt: ›Es ist ein Geheimnis! Ein Geheimnis darf man anderen nicht verraten. Schaffst du das, kleiner Mann?‹«
»Ich erinnere mich, Madar djan.« Ich bekomme die Worte kaum heraus.

Jetzt ist sie es, die meine Hand nimmt. »Ich glaube, du hast nicht alles verstanden, aber dir war klar, wie böse dein Vater sein würde, wenn er von dem fortgeworfenen Ausweis erfahren würde.«
»Ich habe damals gedacht, er würde so wütend wie bei unserem letzten Nauroz-Fest, als ihr euch so fürchterlich gestritten habt. Das wollte ich auf keinen Fall.«
Meine Mutter schlägt die Hände vors Gesicht. »Mein armer Junge! Mein arme Tochter! Was für ein Unheil, was für ein Unheil.«
»Wie endete euer Gespräch?«
»Als dein Vater von der Gepäckaufgabe zurückkam, gingen wir alle zur Passkontrolle.
Er sagte dem Polizisten, dass nur du und ich fliegen würden, auf Besuch. Er gab ihm unsere Tickets und meinen Pass, in dem du damals auch gestanden hast. Der Uniformierte prüft alles sehr gründlich, blättert die Seiten mehrmals hin und zurück und schießt dabei misstrauische Blicke in unsere Richtung. Dein Vater wurde sichtlich nervös, versuchte aber, es nicht zu zeigen. Am Ende fand er an unserem Visum nichts auszusetzen und winkte uns durch. Als dein Vater und Aziza uns folgen wollten, verstellte er ihnen den Durchgang. ›Sie müssen hier draußen bleiben.‹ Wir mussten uns an Ort und Stelle verabschieden. Ach, Mahboob, wenn ich das gewusst hätte: Es war unser Abschied für immer.«
Sie schlägt die Hände vors Gesicht. Ich warte einen Moment, dann setze ich mich zu ihr und lege vorsichtig den Arm um sie.

2

Gestundet der Tod,
solange ihr Körper nicht gewaschen,
gestundet die Trauer,
solange sie nicht eingeschlagen ins Tuch,
gestundet mein Leben,
gepriesen sei Allah.

Faromusch kardan … faromusch kardan … vergessen – Mahboobs Mutter, Resagol, hatte gehofft, dass Mahboob all diese Dinge vergessen würde. Sie hatte selbst dafür gebetet, es vergessen zu können, und zugleich Allah gebeten, es niemals zu vergessen, denn würde all das in ihrer Erinnerung verblassen, dann wäre es ja so, als hätte sie keine Tochter mehr. Sie hatte Azizas Bild jeden Abend geherzt und an sich gedrückt und mit ihr gesprochen. Was, wenn sie nicht wirklich getötet worden war? Wer wusste es schon? Selbst, als sie die Fotos von ihrem Grab betrachtete, blieben ihr Zweifel. Menschen verschwanden, doch waren sie immer tot? Hatte man sie entführt, an einen anderen Ort gebracht, sie für tot erklärt, damit niemand nach ihr suchte, und sie zur Spionage gezwungen? Zu viele Geschichten dieser Art waren seinerzeit kursiert.

Eine Freundin Azizas, eine wunderschöne junge Frau namens Nasima, hatte als Stewardess gearbeitet. Sie hatte Aziza davon erzählt, wie die Russen sie mehrfach angesprochen hatten, ob sie bei ihren Auslandsflügen nicht ein paar Informationen für sie transportieren oder besorgen könnte. Nasima hatte lange Zeit Nein gesagt. Dann, bei einer Besprechung, hatte man ihren Pass einbehalten. Was das zu bedeuten habe, hatte sie gefragt. Es bedeute, hatte man ihr gesagt, dass sie nicht mehr ins Ausland fliegen könne. Sie könne es sich ja überlegen. Jederzeit. Nasima war entsetzt. Sie liebte nicht nur ihre Flüge nach Amerika und Europa, sie begriff in diesem Augenblick vor allem, dass sie eine Gefangene war. Sie wusste nicht, was sie tun sollte. Lange saßen Aziza und sie zusammen. Dann verschwand Nasima, von einem Tag auf den anderen, und alle waren zutiefst besorgt.

Wochen später erhielt Aziza einen Brief aus Amerika. Nasima schrieb ihr, sie habe der Spionage zugestimmt. Sie habe ihre regulären Flüge wieder aufgenommen. Beim ersten Flug nach Washington aber habe sie sich den amerikanischen Behörden überstellt und um politisches Asyl gebeten und es erhalten. *Komm, Aziza*, hatte sie geschrieben, *komm nach. Ich flehe dich an.* Eine andere Stewardess, so berichtete sie, habe es weiterhin abgelehnt, Agentin zu werden.

Sie sei eines Tages tot in der Kabine im Flugzeug aufgefunden worden, in denen die Getränke und das Essen aufbewahrt und zubereitet wurden. Vergiftet.
Danach waren keine Briefe mehr von Nasima gekommen, obwohl Aziza ihr postwendend geantwortet hatte.

Auch wenn Resagol die Trennung von Aziza nie verwunden hatte, und auch nicht die Trennung von Sher Ahmad, und auch die nicht von Kabul, und auch nicht den unaufgeklärten Tod mehrerer Verwandter, so hatte sie das Glück, ein Naturell zu besitzen, das ihr über vieles hinweghalf. Manchmal beklagte sie sich heimlich bei Allah, wieso er ihr all diesen Kummer der Trennungen aufbürden musste, doch dann entschuldigte sie sich sofort wieder bei ihm und dankte ihm, am Leben zu sein und für ihren geliebten Sohn und sich selbst sorgen zu können. Sie entwickelte die Theorie, dass ein Mensch ein unterschiedliches Maß an Ertragen-Können bei seiner Geburt von Allah zugeteilt bekam, ebenso wie eine Lebensenergie, die durch kein Leid gemindert werden konnte, was dazu führte, dass manche Menschen am Kummer zerbrachen, während andere großes Leid erfuhren, aber lebten und lebten und leben mussten, auch wenn sie es manchmal lieber nicht mehr täten. Sie akzeptierte seufzend und mit dem ihr eigenen Pragmatismus diese göttliche Regelung und sah zu, dass sie etwas aus ihrer Zeit auf Erden machte.
Sie war als neuntes Kind auf die Welt gekommen, als ihre Mutter dreißig Jahre alt war. Ihre Mutter Benazir war die achte Frau ihres Vaters, eines angesehenen Mannes, der als Staatssekretär im Außenministerium einen einträglichen Posten besaß. Benazir hatte afghanische und arabische Vorfahren und war eine hitzige dunkelhäutige Schönheit, die ihren sehr viel älteren Mann – der, um die Wahrheit zu sagen, ihr Großvater hätte sein können – ebenso um den Finger zu wickeln wusste wie ihre Kinder, Tanten und Cousinen. Mit zwölf Jahren war sie verheiratet worden, mit vierzehn hatte sie ihr erstes Kind bekommen und mit dreißig das letzte, die kleine Resagol, die zunächst ja Nafisa hieß, bevor Sher Ahmad ihr

den neuen Namen ins Ohr flüsterte. Dann war Ruhe eingekehrt, und als Resagol vier Jahre alt wurde, starb ihr Vater. Resagols Mutter war es gewohnt, mit den vielen anderen Frauen ihres Mannes zusammen zu leben, und mit deren Kindern. Sie waren eine riesige, lustig lärmende Gemeinschaft, in der es Zank und Zetern genauso gab wie Lachen und Singen. Der Vater ließ seine Familie gut versorgt zurück, und die Frauen waren nicht darauf angewiesen, weitere Männer zu heiraten und weitere Kinder in die Welt zu setzen, außer der Sinn stand ihnen danach, oder ihre Sinnlichkeit. Es kam zudem nun schon die nächste Generation zum Heiraten und Kinderkriegen an die Reihe, und als Resagol vierzehn Jahre alt war, machte sie der Schwager einer ihrer Schwestern mit seinem Bruder bekannt, der erfreulicherweise nur zwei Jahre älter war als Resagol und ein Hübscher noch dazu, wenn auch zu Anfang etwas schüchtern, ein Junge im Stimmbruch mit zartem Flaum im Gesicht. Er besuchte die Amani-Schule und brachte sehr gute Noten nach Hause, und sein Name war: Sher Ahmad. Der große Löwe.

Resagol sah Sher Ahmad und war hin und weg. Seine Augen leuchteten so tief türkis wie sie es noch nie gesehen hatte, und er hatte etwas um die Hüften herum, das sie erröten ließ, sobald sie nur daran dachte, und seine Handgelenke ebenfalls. Er wiederum lobte ihre tulpenhaften Wangen und ihre Engelslippen und sagte »Kleine Blume« zu ihr, und so wurde Aziza das erste Kind des verliebten jungen Paares. Es war eine glückliche Ehe. Nur mit der großen Kinderschar haperte es. Vielleicht lag es daran, dass Sher Ahmad zu häufig auf Reisen war, zunächst als Student, dann auf Geschäften, und die Blume der kleinen Blume sich seinem Regen nicht ganz so öffnen konnte, wie Resagol es sich eigentlich gewünscht hätte. Wer weiß. Vielleicht lag es auch daran, dass sich bei Sher Ahmad, dem Handlungsreisenden und cleveren Geschäftsmann, mit dem Erwachsenwerden eine gewisse Schroffheit, ja sogar Anfälle von Jähzorn zeigten. Wer weiß. Irgendwann kam erschwerend hinzu, dass Resagol den Verdacht schöpfte, dass es sich bei den zahlreichen Reisen Sher Ahmads Richtung Norden keineswegs nur um die von seinem Vater

geerbten Ländereien und einige entfernte Verwandte handelte, die ihn in die Nähe von Kunduz lockten. »Kunduz!«, schrie sie dann manchmal auf. »Geh mir fort mit Kunduz!«
Wie dem auch sei, Resagol vermisste Sher Ahmad gar nicht immer so, wie der kleine Mahboob es sich vielleicht dachte; sie hatte ja ihre Schwester Farida, sie trafen sich oft und picknickten an den Freitagen zusammen und hatte sich vieles zu berichten. Als Sher Ahmad vorschlug, Resagol solle doch Lehrerin werden, gewann sie neue Freundinnen und genoss es nicht nur, mit ihnen zu lernen, sondern auch nach der Schule oder am Abend ins Kino oder einfach nur auf der Shar-e-Nau flanieren zu gehen. Sie fühlte sich jung und sie war modern; wenn auch nicht ganz so modern wie Farida; immerhin gehorchte sie Sher Ahmad und beugte sich oft seiner Ansicht. Sie trug kniekurze Röcke oder Hosen, wie alle jungen Frauen in den sechziger und siebziger Jahren in Kabul, denn wie sie sagte: Ausgerechnet die Sowjets brachten den Westen nach Afghanistan.
Wegen ihrer großen Selbständigkeit fiel es ihr – allem Leid zum Trotz – dann auch nicht schwer, sich in Alman einzuleben. Der Tod ihrer Tochter war weitaus dramatischer für sie als die Auswanderung in ein fremdes Land; in ihrem Herzen blieben diese beiden Ereignisse jedoch auf immer miteinander verbunden und verschleierten oft ihren Blick. Auf der rein lebenspraktischen Ebene, für die Resagol also eine gewisse glückliche Begabung hatte, kam sie erstaunlich gut zurecht. Ein halbes Jahr, nachdem sie in Frankfurt angekommen waren, wurde ihr Antrag auf Asyl bewilligt und sie konnte mit Mahboob in eine einfache, aber doch eigene Sozialwohnung in Schwanheim ziehen, die ihr die Stadt zugewiesen hatte. Damals, zu Beginn der achtziger Jahre, gab es in Deutschland noch nicht so viele Flüchtlinge aus kriegsbelasteten Ländern und Zuzügler aus der östlichen Hemisphäre der Welt; sie wurden bei ihrer Ankunft in praktischer Hinsicht oft besser behandelt als heute, vielleicht, weil so viele Menschen im Krieg selbst geflohen waren und sich noch daran erinnern konnten. Vielleicht auch, weil die Zeiten andere waren. Was nicht heißt, dass man die Flüchtlinge, denen man Wohnun-

gen stellte, mit offenen Armen zu sich nach Hause einlud. Resagol jedenfalls hielt sich lieber in der afghanischen Gemeinde auf als Freundschaft mit Deutschen zu schließen; es lag sicher auch daran, dass sie alleinerziehend war und sich bei den Menschen, die wie sie aufgewachsen waren und dachten, besser aufgehoben fühlte und sicherer.
Heiraten jedoch, das wollte sie nie wieder, denn ihr größter Kummer, der Verlust Azizas, hatte eine bestimmte Region ihres Herzens unwiederbringlich und auf immer verschlossen.

3

Nach dem langen Gespräch mit seiner Mutter und nach zwei weiteren Besuchen bei ihr, bei denen er eine Lichtzeile im Badezimmer angebracht, eine Kaffeemaschine repariert und eine zersprungene Schüssel geklebt hatte, fühlte Mahboob sich müde und leer. Seine eigene Wohnung kam ihm unbehaust und fremd vor. Noor hatte seinen Anruf nicht beantwortet, und er fand keine Kraft, es noch einmal bei ihr zu versuchen. Nach den Anstrengungen der Familienfragen hatte er Angst, eine Desillusionierung zu erleiden. Sie hatten nichts Konkretes verabredet, und wie verbindlich konnte alles sein, das Hoffen und Sehnen und ein paar Briefe?
Doch dann klingelte am sonnigen Vormittag des dritten Tags sein Telefon in die Stille hinein, und als er abnahm, hörte er Noor.
»Noor!«, sagte er.
»Mahboob!«, antwortete sie.
»Endlich!«
»Das kann man sagen!«

Dann sagte Noor ein paar Dinge, die einem guten Afghanen die Schamesröte in die Wangen treiben würden, und Mahboob packte umgehend seine Tasche, meldete sich bei seiner Mutter telefonisch ab und rannte zum Hauptbahnhof, um den nächsten Zug nach Berlin zu nehmen. Als er drin saß, befielen ihn Herzrasen und Knieschwäche und er wäre fast wieder ausgestiegen, doch zugleich konnte er es nicht erwarten, ans Ziel seiner Reise und Wünsche zu kommen.

Mahboob und Noor, Simone und Martin.

»Doppelt hält besser«, sagte Noor, und so gingen sie Hand in Hand über den Weihnachtsmarkt auf dem Winterfeldplatz und den am Gendarmenplatz auch. Es nieselte. Es gab von allem zu viel. Zu viele Mandeln, zu viele Würste, zu viele Dinge.

»Ich liebe Tand und Glitter«, sagte Mahboob dennoch.

»Ich nicht so sehr«, sagte Noor, »aber mit dir macht es mir Spaß.«

Noor zeigte Mahboob die Sehenswürdigkeiten der Stadt Berlin, und in der Nacht, die allerdings schon am Nachmittag begann, die Schönheiten der Liebe.

Ihre Ungezwungenheit traf auf seine Schüchternheit, und seine Verliebtheit auf ihre.

Sie sprachen viel und manchmal gar nicht, und hin und wieder nannten sie sich Simone und Martin, doch meistens waren sie Mahboob und Noor.

Sie erzählte von ihrer Hippiemutter, und er von seiner Familie. Sie sprach von jenem Sehnsuchtswort Afghanistan, das ihre Mutter so oft beschwor, dass sie sich nach Buenos Aires begab. Das andere Ende der Welt sollte es sein.

»Und jetzt sitzt du hier«, sagte sie und sah ihn an.

»Du kannst deinem Schicksal nicht entrinnen«, gab er zurück und grinste.

Er flüsterte ihr *man tu ra dost daram* ins Ohr, was so viel hieß wie … ich mag dich und auch mehr. Sie sang ein Lied, das ihre Mutter ihr beigebracht hatte, behauptend, es sei Dari. Ihm fiel der Brief ein, den sein Vater ihm mitgegeben hatte; zusammen öffneten sie ihn nach dem Essen bei Kerzenschein.

»Sieh mal, es ist ja ein Gedicht.«

»Ein Gedicht?«

»Ich sagte dir: ich bin dein Meer,
du ein Fisch darin,
geh nicht ans Land,
dein friedliches Meer bin ich!
Ich sagte dir: geh nicht, dem Vogel gleich,
in die Schlinge,
komm, denn die Kraft deines Flugs
und deiner Schwingen bin ich!
Ich sagte dir: sie werden dich überlisten
und ums Leben bringen,
denn das Feuer, der Herzschlag bin ich!
Wenn in deinem Herzen eine Lampe brennt,
wisse, wo der Weg ist zu meinem Haus.«

Mahboob las es vor. »Es ist von Rumi, aus dem *Diwan*. Er sagt sich diese Gedichte ständig vor.«
»Mein Vater hat mir nichts hinterlassen«, sagte Noor und zerknüllte die Serviette.
»Was weißt du denn von ihm?
Sie zuckte die Achseln. »Ein Kind der Liebe«, murmelte sie.
»Ein Kind der was?«, fragte Mahboob.
Noor stand auf und verschwand. Nach wenigen Minuten, die Mahboob endlos vorkamen und in denen er nicht wusste, ob er ihr hinterher gehen sollte oder nicht, kam sie mit einer Schachtel zurück. Sie öffnete den Deckel und fing an, Fotos auf den Tisch zu legen. »Das war der Bus, mit dem meine Mutter und ihre Freunde in Afghanistan waren«, erklärte sie. »Die Leute waren verrückt nach Afghanistan, es war das Paradies für sie. Viele Rockmusiker haben sich von der Musik dort inspirieren lassen, und auch von der persisch-afghanischen Dichtung, ihrer Schönheit und ihrer Melancholie, auch von Rumi, das musst du deinem Vater mal erzählen. Sieh mal, und das ist meine Mutter. Und das …«
Er sah eine junge Frau, sehr dünn, mit kurzen weizenblonden Haaren. Noor zeigte ihm ein Bild nach dem anderen, zögerlich nahm

er sie in die Hand. Es war sein Land. Das alte Kabul, die Baburgärten, der Bazar, die Landschaften, groß und weit, die Moschee von Herat. Bilder von jungen Menschen in Jeans, kurzen Röcken, Fellmänteln zu Sandalen, Sonnenbrillen, langem Haar. Mit Gitarren in der Hand und Zigaretten.

»Und der hier«, sagte Noor, »ist mein Vater.«

Ein Mann Ende zwanzig, mit rötlichem Haar und wasserhellen Augen. »Ein Gitarrist, aus Irland. Und hier meine Mutter und mein Vater zusammen. Es gibt nur dieses Bild.«

»Sie sehen glücklich aus. Was ist passiert?«

»Ich weiß es nicht. Meine Mutter hat mich allein großgezogen. Ab und zu gab es irgendwelche Männer. Sie kamen und gingen, sie blieben nie. Weißt du«, sagte Noor und schälte eine Apfelsine, »als ich jung war, sechzehn oder siebzehn, und spät nach Hause kam, vom Tanzen, aus dem Kino, von meinen Freundinnen, saß meine Mutter oft in der Küche, trank Milch und hörte eine Kassette mit afghanischer Musik. Manchmal wusch sie ab, um ein Uhr nachts, und manchmal saß sie nur da und rauchte eine Zigarette. Ich sagte, Mama, lass das doch, du musst nicht auf mich warten. Weißt du, was sie gesagt hat?« Sie reichte Mahboob ein Stück Apfelsine.

»Nein.«

»Ich warte gar nicht!«

Mahboob lachte.

Er hätte Noor stundenlang zuhören mögen, mit keinem Menschen auf der Welt war es so leicht für ihn, sich zu unterhalten. Ihr fiel zu allem etwas ein, vielleicht lag es ja wirklich am Tanzen, »ein Schritt folgt dem anderen, und ein Ton dem nächsten«, sagte sie. Nur beim Tanzen, das sie ihm zeigte, langsam und voller Geduld, war sie ganz still. »Tanzen ist sprechen«, erklärte sie, »dafür muss man aber lange üben. Wir machen nur einen Anfang, damit kann man schon eine Menge Freude haben.« Es war ihm peinlich, es von ihr zu lernen, doch sie rief: »Soll denn eine andere es tun?« Es war ihm nicht geheuer.

»Ich bin ein afghanischer Mathematiker«, murmelte er. »Ein deutscher.« Doch Widerstand war zwecklos.

In der Stadt, in der man schlendern konnte, nicht immer rennen wie in Kabul, fühlte Mahboob sich kaum fremd, es gab so viele Menschen, die so aussahen, als kämen sie von irgendwo weit her, und keiner schien danach zu fragen, warum und wieso. Nur einmal traf ihn ein misstrauischer Blick, in der U-Bahn, ein Mann redete laut über Leute, die aussähen wie er, »diese Muslime«, hörte Mahboob, »das sind alles Terroristen.«
Noor zog ihn fort. »Mach dir nichts draus. Die Menschen sind bescheuert.«

An Silvester gingen sie in ihre Tanzschule, »wir feiern über den Dächern von Berlin!«
Noor stand vor ihm, wie verwandelt, in einem engen samtgrünen Kleid. Aufregend tief ausgeschnitten, betonte es ihre helle Haut, mit schwingenden Rüschen über den Knien und Absätzen an ihren zierlichen Füßen, von schwindelerregender Höhe. Das aschblonde Haar hatte sie locker gebunden, eine Strähne fiel heraus, die blaugrünen Augen und ihr Mund waren stark geschminkt, die kleinen Sommersprossen kaum zu sehen. Sie machte zwei Schritte, herausfordernd und geschmeidig.
»Ich bin geplättet«, sagte Mahboob, und Noor lachte über seinen Ausdruck. Wenn sie so mit fremden Männern tanzt, dachte er, nicht auszudenken.
Seine Nervosität wuchs, als er in der Fabriketage die vielen schönen Menschen sich wiegen sah und biegen, aufgetakelt und ein wenig eitel. Er konnte nicht umhin, er dachte an die Ruinen in Kabul.
»Sie kommen aus der ganzen Welt hierher«, sagte Noor vergnügt und zog ihn an den Seiten des Parketts entlang zur Bar. Ringsum standen vereinzelt Sessel, Musik lief, die modern klang, »Neotango«, sagte Noor, und dann kam ein altes, trauriges Lied. Mahboob versuchte, seine Gedanken abzuschütteln, sie tranken Sekt, das Licht

war gemütlich, und langsam füllte sich der Saal. Sein Puls beschleunigte sich, er wäre am liebsten geflohen, doch Noor hielt ihn fest an ihrer Hand. Sie grüßte viele, und: hallo, Simone, wurde von vielen gegrüßt; sie stellte ihn etliche Mal vor, und das ist Martin, das ist mein Freund. Er hatte die schwarzen Locken mit Gel zurückgekämmt, wie es die Frankfurter gern tun, er trug ein lockeres weißes Hemd zu seinen Jeans, und mit seinen verliebten dunklen Augen zog er viele Blicke auf sich.

»Sie denken, du bist ein Argentinier«, flüsterte Noor ihm ins Ohr.

»Aber nur, bis ich die Tanzfläche betrete«, sagte er. »Sollen wir ihnen die Illusion denn wirklich rauben?«

»Komm«, sagte Noor, »hab keine Angst, du musst dich mir nur überlassen«, und nach zwei, drei Gläsern Wein und vielen guten Worten führte sie ihn, als wäre sie der Mann, und Mahboob schwirrte der Kopf und seine Füße folgten den ihren nach, und es war wie ein Wunder, dass sie nicht stürzten.

»Wir machen nichts Kompliziertes, wir bewegen uns nur zur Musik« sagte Noor und zog ihn eng an sich heran, er spürte den Druck ihrer Hüften. Die Musik gefiel ihm, ihr starker Rhythmus, die melodiösen Geigen, die dünnen Stimmen alter Männer, die sangen von *Buenos Aires* und *Mi Amor*, und Frauen mit dunkel gebrochenem Herzen, die sangen von Sehnsucht und Wiederkehr. Nach Mitternacht küsste sie ihn vor allen Leuten und flüsterte, was er kaum glaubte. Raketen knallten, am Himmel leuchteten die Feuerkörper, und Wange an Wange tanzten sie zu einem Lied, es hieß *Volver.*

»Volver heißt zurückkehren«, sagte Noor, »es ist von Carlos Gardel, er war der größte, doch leider starb er jung.«

»Was sagt das Lied?«, fragte Mahboob, dem alles sich drehte, und Noor erzählte ihm von dem Mann, der davon träumte, durch die Straßen seiner Heimat zu laufen, auf der Suche nach einer vergangenen Zeit und einer Liebe, die verschwand, und Mahboob wurde sentimental und dachte an Kabul.

Aus einer Woche wurden zwei, er reparierte Noors Fahrrad, eine Lampe, den Staubsauger und die Klingel an ihrer Tür. Tango gingen sie nicht mehr tanzen, dafür gab es Gemurmel und Liebe bis tief in die Nacht.

4

Mahboob fiel mit einer solchen Wucht in sein altes Gefühl des Rechts-Links-Gewürfelt-Seins, dass er am dritten Tag seiner Rückkehr nach Frankfurt reglos auf seinem Bett liegen blieb. Er starrte auf den Hof, auf die winterlich blattlose Platane, und während sein Körper an Noors Körper dachte und in eine schmerzhafte Hitze geriet, zerrte sein Kopf ihn nach Afghanistan (sein Herz war hier *und* da). Zu seinem einsamen, alten Vater, zu Azizas Grab, das ihm vor Augen stand, zu Tante Farida, die er so sah, wie er sie als Kind gesehen hatte, mit ihrem aufgelösten dunklen Haar, und die ihm zuzuwinken schien: Komm, Mahboob, komm!

Und Mahboob fiel in einen traumschweren Schlaf, aus dem er nicht aufzuwachen wünschte, weil ihn das Wachsein zu sehr zerriss, und aus dem aufzuwachen er flehte, weil ihn quälte, was seine Träume ihm zeigten. Er rannte durch die Rumi-Schule, die leer und öde war, er kämpfte sich durch eine meterhohe Staubschicht auf der Schwelle zu seines Vaters Haus und kam nicht darüber hinweg, er lag unter dem fetten Leib des Moguls und rang um Atem.

Am Ende dieses fürchterlichen Tags – das Telefon hatte mehrmals geklingelt, er hatte es im Traum wie das Sirren einer kaputten elektrischen Leitung wahrgenommen – gelang es ihm, sich aus dem Bett fallen zu lassen und auf allen Vieren zu seiner Hose zu kriechen, in der das Handy steckte und unaufhörlich fiepte.

»Mahboob«, hörte er die raue, zärtliche Stimme Noors, »warum meldest du dich nicht?«

Er brachte kein Wort heraus, Noor lauschte, fragte, was los sei, und dann erzählte er ihr alles, was sein armes Hirn und Herz in den ver-

gangenen Stunden gequält hatte. Noor hörte zu, machte mh oder hm, und am Ende, als Mahboob sich ein wenig beruhigt hatte, sagte sie mit klarer, fester Stimme: »Mein liebster Mahboob, auch wenn es mir schwer fällt es zu sagen: Du musst zurückfahren, nach Kabul! Du musst die offenen Fragen klären, du findest sonst keine Ruhe.«
»Und du? Und wir? Und und?«
»Die Zeit wird es mit sich bringen. Wenn die Liebe bleibt, dann bleibt sie, wenn die Liebe weiterziehen will, lässt sie sich nicht daran hindern.«
Das Orakel von Delphi hätte Mahboob kaum mehr beruhigen können als diese Worte Noors, dennoch fühlte er sich von einer großen Last befreit, und dieser Logik, die er selbst nicht begriff, wollte er jetzt allzu gern folgen.
»Meinst du wirklich?«, fragte er zur Sicherheit noch einmal.
»Mein ich wirklich«, antwortete Noor. »Wenn du länger fortbleibst als wir es ertragen, kommst du mich eben zwischendurch einmal besuchen. *Man tu ra dost daram.*«
Die weise Nüchternheit dieser Frau beeindruckte ihn; er hörte das Wörtchen »wir«, als sähe er es in riesigen Lettern, auf Deutsch und auf Dari zugleich, in simultaner Übersetzung direkt in seinem Gehirn, wir und *ma*, *ma* und wir, und sein Rechts-Links-Gezerre wich einer kleinen, unbestimmten Hoffnung, die ihrer mit rührendem Akzent auf Dari ausgesprochenen Liebeserklärung entsprang.
Und noch einmal sank Mahboob in den Schlaf, einen erholsamen, tiefen Schlaf dieses Mal, und am nächsten Tag rief er Professor Odenbacher an, der zwar wenig begeistert war, doch die Unumgänglichkeit der erneuten Reise begriff – Mahboob hatte die Schwäche seines gebrechlichen Vaters ein wenig in den Vordergrund gestellt –, und ihm einen weiteren Aufschub gewährte. »Aber bitte formulieren Sie wenigstens Ihr Thema für die Doktorarbeit weiter aus, versprechen sie mir das! Und nur noch dieses Semester, länger auf keinen Fall!«
Mahboob versprach es. Danach überlegte er kurz und schrieb Dr. Jalal eine Email, ob er für weitere drei Monate am begonnen Schul-

projekt arbeiten könne. Nach drei Tagen kam die Antwort, und kaum hatte er sie gelesen, buchte Mahboob einen Flug für Anfang Februar, dieses Mal direkt nach Kabul, mit der für ihre alten und kaputten Flugzeuge berühmt-berüchtigten Fluggesellschaft Ariana Airlines.

II.
Liebe

5

Mahboob sah die Welt mit anderen Augen. Ein Mann von zweiunddreißig Jahren, den die Liebe erwischt hatte, und eine glückliche noch dazu, blickte er staunend auf die Welt, als sähe er sie zum ersten Mal. Alles würde ihm gelingen, und endlich hatte er einmal etwas beschlossen, auch wenn der Entschluss nicht seinem analytischen Vermögen, sondern einem Fiebertraumschlaf und Noors Zureden zu verdanken war.
Beim Anflug auf Kabul erlebte er eine Art Doppelglück, sein ganz persönliches, umwerfendes Noor-Kabul-Doppelglück, denn die ganze Stadt glitzerte unter ihnen schneeweiß, und schneeweiß blinkte die Kuppe des Kohe Asmaie unter einem unendlichen saphirblauen Himmel, und überall auf den Dächern lag das weiße Pulver, auf den Straßen und Wegen dazwischen, hell und leuchtend. Dann flogen sie ein paar Schneisen, das Flugzeug legte sich quer, die Stadt entwich seinem Blick, sein Magen drehte sich, sein Herz rutschte unter den Sitz, und es überfiel ihn so heftig wie zuvor sein Glück: die schreckliche Angst vor der Liebe.

Auf dem Weg zum Ausgang durchquere ich die heruntergekommene Eingangshalle. Anders als die Gepäckabholhalle, die mir unvertraut war, erkenne ich sie sofort wieder. Sogar der Gepäckaufgabeschalter scheint noch derselbe zu sein, an dem mein Vater damals so lange mit unseren Koffern warten musste. Ich spüre den Blick des Gepäckträgers und geniere mich, denn meine Augen sind feucht. Er wird es ja wohl des Öfteren erleben, dass die Rückkehrer bei der Ankunft

von ihren Gefühlen überwältigt werden. Ich bin doch sicher nicht der Erste, würde ich ihm am liebsten sagen, Tausende haben Kabul unter ähnlichen Umständen verlassen wie ich.
»Es ist lange her, dass ich in dieser Halle war«, erkläre ich ihm ungefragt.

Abdul wartet draußen und winkt wie ein Irrer, ich freue mich, ihn zu sehen. Er trägt einen dicken gemusterten Pullover unter dem grauen Winterjackett, an seinen Beinen weht eine weite grüne Hose aus etwas dickerem Stoff; offenbar hat mein Vater ihm Geld für Kleidung gegeben. Auch sein Turban sieht ganz neu aus, das grün-blau gemusterte Tuch ist ordentlich gewickelt, und sein Bart ist frisch gestutzt.
»Ich hätte doch ein Taxi nehmen können!«, rufe ich.
»Ich wollte nicht, dass Sie wieder so einem Halsabschneider zu viele Afghani in den Rachen werfen«, sagt Abdul und grinst. Er weiß, dass ich das längst nicht mehr tun würde; er freut sich über seinen kleinen Witz und wirft sich fast weg vor Vergnügen.
»Gut«, sage ich und verneige mich ein wenig, »ich muss ja noch viel lernen.«
Er schlägt sich aufs Bein, und jetzt lachen wir beide.
Die Kälte ist schneidend. Der Schnee blendet mich, phantastisch leuchtet der weiße Zauber, und phantastisch leuchtet alles in ihm, selbst der Lastwagenfriedhof, an dem wir vorbeikommen, die verlassenen Kampfstellungen, Flugzeugwracks und demolierten Helikopter, als würde man nach dem Ende der Welt über die Erde streifen und diese sonderbaren Vehikel und Geräte sehen, ohne zu wissen, wozu sie einmal gedient haben. Manchmal blitzt etwas Metallisches auf, ein baufälliger Hangar wirkt wie ein surreales Kunstwerk, halb vom Schnee verweht. Am ersten Kreisverkehr zeigt Abdul auf die Nachbildung eines Kampfflugzeugs in Originalgröße: »Ein Witz ohne Worte, nicht wahr, Mahboob Sahib?«
»Ein schlechter, wenn du so willst, Abdul.«
Eine afghanische Luftwaffe gibt es schon lange nicht mehr. Riesige

Transparente, in grellen Farben, unübersehbar an den Wänden zerstörter Häuser: Präsident Karzai, mit seinem unerschütterlichen Lächeln, erhebt sein Haupt mit dem Käppchen über dem vornehm über die Schulter geworfenen rotbraunen Schal; gleich daneben das alte, von Krieg und Leben gebeutelte Gesicht Massouds mit den tiefliegenden Augen, mit seinem ordentlich gestutzten silbermelierten Bart und dem einfachen Gewand, der Mann, den hier keiner vergessen will, nach dem sich viele sehnen. Gegensätzlicher könnten die Helden dieses Landes kaum sein.
Sie fahren am Darul-Aman-Palast vorbei, Abdul will schon protestieren, ein Umweg, ich hindere ihn daran, ich freue mich über diesen Schlenker, doch als ich die kaputten Fenster sehe, denke ich an die Kinder, die dort hausen, in der Kälte und allein und es geht mir durch Mark und Bein. Schönheit und Schrecken, euer Name ist Kabul.
Abdul erzählt mir, wie es meinem Vater geht, er muss gegen die laute Musik anbrüllen und mein halbes Ohr, so beschäftigt bin ich, die winterliche Stadt in mir aufzunehmen, diese kaputte Stadt, die mich gerade in eine völlig irrationale Verzückung versetzt. Drei Straßen weiter bauen Kinder Schneemänner und bewerfen sich mit dicken Schneebällen, sie schreien und lachen, der Himmel ist wolkenlos, kein Smog. Der Himmel ist überhaupt so blau, wie ich ihn niemals irgendwo gesehen habe, alles sieht gestochen scharf aus in diesem Licht. Plötzlich habe ich das Gefühl, als würde Noors Bein an meinem liegen, mir wird heiß, ich höre ihr klirrendes Lachen, ich fühle ihre Berührung an meinem Gesicht. Was würde sie sagen? Wie würde sie das alles hier sehen? Wir schlingern, ich rutsche auf der Bank nach links und knalle gegen die Tür.
»Was hast du gesagt, Abdul?«
»Ihr Vater hat versucht, etwas über Tante Farida herauszufinden!«
»Tatsächlich?«
»Er hat es Ihretwegen getan, Sahib djan.«
»Und?«
»Leider nichts, gar nichts.«

Mein Vater wiegt immerzu sein faltiges Haupt hin und her und klatscht in die Hände.
»Ich kann es nicht glauben, dass du schon wieder hier bist, Mahboob djan, ich kann es gar nicht glauben!«
»Abdul«, sage ich nach der ersten Welle der Begrüßung, »es zieht hier wie Hechtsuppe! Wir lassen jetzt sofort alle kaputten Fenster reparieren! Mein Vater holt sich sonst den Tod! Und ich habe auch keine Lust, mich zu erkälten! Oder hast du etwas dagegen, Padar djan?«
Nein, mein Vater hat nichts dagegen, er schlägt mir auf die Schulter und murmelt, »mach nur, mach nur, mein lieber Mahboob«, und Abdul nickt und schwirrt ab und klappert in der Küche. Es riecht so gut, dass mir das Mund im Wasser zusammenläuft. Mein Vater und ich setzen uns auf die dicken Kissen und trinken Tee und stopfen Rosinen und Kichererbsen in uns hinein und reden schnell und viel und durcheinander, und dann fährt Abdul eine Mahlzeit auf, für die er zwei Tage lang in der Küche gestanden hat.

Drei Tage später fängt mein Vater von sich aus an zu erzählen, wie in einem Gespräch, das wir gerade erst unterbrochen haben und nun wieder aufnehmen, einfach so.
»Von Azizas Tod habe ich zuerst von einem der Geheimpolizisten erfahren. Ich habe es nicht geglaubt, ich hielt es für einen Verhörtrick, um mich zu einem Geständnis zu verleiten. Wie solche Verhöre abgelaufen sind, brauche ich dir nicht zu beschreiben?« Ich schüttle den Kopf.
»Sie haben bei mir alle Mittel angewandt, um mich zum Reden zu bringen. Kälte, Hitze, Folter, Isolation. Den Kopf unter Wasser, Schlafentzug, Hunger. Musik, Totenstille. Grelles Licht, stockfinstere Dunkelheit. Alles.«
Unwillkürlich schaue ich auf die Hand mit dem fehlenden Finger.
»Ja, auch das. Ich kann froh sein, dass es nicht die ganze Hand war. Ich war in einer lichtlosen, überfüllten Gemeinschaftszelle, dann monatelang in einer kalten Einzelzelle. Ich habe Erschießungen gesehen.

Sie haben uns dazu geholt, wir mussten es uns anschauen. Es war das Entsetzlichste. Dass wir davon kamen. Einer hat es nicht überlebt, er hat sich einen Strick genommen. Sie dachten, ich würde mit dem westdeutschen Geheimdienst zusammenarbeiten. Weißt du, warum meine Zähne wie vergammelte Stümpfe ausgesehen haben? Nicht nur wegen der mangelhaften Ernährung und meines biblischen Alters,« – er lacht kurz auf, ein bitteres, sarkastisches Lachen, »nein! Die Russen haben uns rostige Nägel in den Kopf geschlagen, sie haben mit dem Hammer auf unsere Zähne geschlagen, ich wollte es dir ersparen, ich wollte es mir ersparen, daran zu denken.«

Ich zucke zurück, mir wird heiß vor Scham, ihn gefragt zu haben, ich will ihm sagen, hör auf, doch er winkt ab.

»Ich frage mich nur, wozu. Was hätten sie schon herausfinden können? Was hätte es denn bewirkt? Ach, lassen wir das. Was wollte ich dir eigentlich sagen? Ja. Azizas Tod wurde zur Gewissheit«, er will seufzen, aber was ihm entfährt, ist ein quäkender, unheimlicher Laut, »als ein junger Mann, der kurze Zeit nach mir ins Gefängnis kam, ein Student, mir erzählte, wie sie auf der Straße in eine Versammlung geschossen haben. Was heißt Versammlung. Es waren einfach ein paar junge Leute, die zusammenstanden. Er kannte sie alle. Er nannte mir jeden einzelnen Namen. Er wäre bei ihnen gewesen, hätte er nicht ein Buch in der Universität liegen gelassen. Anscheinend ist sie sofort, nachdem sie von meiner Verhaftung erfahren hatte, geradewegs in die Parteizentrale gegangen, um meine Freilassung zu verlangen.«

»Wie bitte?«, frage ich. »Aziza?«

Dass meine Schwester mutig war, weiß ich, aber verrückt oder tollkühn, das hätte ich nicht gedacht »Aber wie konnte sie glauben, dass sie dort irgendetwas bewirken könnte?«

»Na, mein Junge, weil sie eine von denen war!«

»Nein!«, sage ich erstaunt. »Dann hatte Mutter also doch Recht. Aber warum wurde sie denn dann erschossen? Was hatte die Versammlung mit ihrer Anfrage zu tun?«

»Hat es denn Sinn, diese Frage zu stellen?«, fragt mein Vater böse zurück. Er lässt sich aus dem Schneidersitz plötzlich nach hinten gegen die Wand fallen, sein ganzes Gesicht fällt, fällt in sich zusammen, alle Kraft schwindet daraus. Ich fürchte einen Herzinfarkt und mache Anstalten, nach seinen Tabletten zu springen. Er winkt ab, »lass sein«, und redet weiter. »Als ich aus der Haft kam, waren seit Azizas Ermordung Jahre vergangen. Ich wäre ein großes Risiko eingegangen, wenn ich Nachforschungen angestellt hätte. Ich habe es trotzdem versucht. Aber alle, die mit ihr zu tun gehabt hatten, waren wie vom Erdboden verschluckt.«

»Wie kam es überhaupt dazu, dass Sie ins Gefängnis gekommen sind?«

»Sie war nicht daran schuld!«

»Wer war denn daran schuld?«

»Ich selbst!«, stößt er hervor und atmet heftig. Ich hätte gar nicht nach einer Schuld gefragt, ich weiß gar nicht, wieso es ihm so dringlich ist, darüber zu sprechen. Die Sätze kommen hastig, die Stimme überschlägt sich. Er kommt mit dem Oberkörper nach vorn geschossen und schlägt mit der flachen Hand auf die Tischdecke, immer wieder.

»Wenn ich nicht so ungeduldig gewesen wäre, hätte alles noch einmal gut gehen können. Aber ich Idiot konnte nur daran denken, so schnell wie möglich nach Alman nachzukommen. Ich bin jeden Tag zum Passamt gelaufen, um mich nach Azizas Papieren zu erkundigen. Beim ersten Mal kannte ich dort jemanden, ich hatte einen Freund, der dort arbeitete. Er hatte mir versprochen, uns zu helfen. Ich gab ihm Geld, viel Geld, und eine halbe Stunde später hatte er Ausweispapiere für uns alle. Doch als ich dieses Mal in sein Büro kam, war er nicht mehr da. Keiner wusste, wo er war und ob er wiederkommen würde und was geschehen war. Vielleicht war er selbst geflohen oder verhaftet worden. Einer warnte mich direkt, ich sah zu, dass ich aus dem Amt kam. Aber es war zu spät; einem besonders harten Hund war aufgefallen, dass ich schon wieder dort aufkreuzte. Er gab der Staatssicherheit den Hinweis, Sher Ahmad Malik mal genauer unter die Lupe zu nehmen.«

»Die Geheimpolizei.«
»Der Khad, jawohl, die Geheimpolizei. Und die hatte mich schon einmal verhört. Genau wegen dieses Verhörs hatten wir uns ja zur Flucht entschlossen.«
»Meine Erinnerungen an die Zeit vor unserer Abreise sind mehr als dünn, doch irgendetwas hatte ich aufgeschnappt.«
»Du wusstest von unserem Plan? Dabei haben wir uns solche Mühe gegeben, es vor dir zu verheimlichen.« Er schüttelt den Kopf. »Wie konnte ich nur glauben, dass meine Pläne den Behörden verborgen bleiben würden, wenn sogar du es mitbekommen hast?«
Ich warte darauf, dass er weiter spricht, doch er scheint tief in Gedanken versunken zu sein. Ich erinnere mich dunkel an den Streit meiner Eltern, kurz vor unserer Abreise, und dass ich das Wort »Fortgehen« gehört hatte, ohne es zu begreifen und mit dem sicheren Erschrecken, es genau zu verstehen.
»Das Passamt hat Sie also gemeldet, und dann wurden Sie verhaftet?«, frage ich nach einer Weile.
»Ja. Ich hätte vorher fliehen können, der Mann, der mir offenbar wohl gesonnen war, hatte mich ja gewarnt. Ich überlegte fieberhaft, wie wir entkommen könnten und rannte nach Hause, um es mit Aziza zu besprechen. Doch von Aziza keine Spur. Am Nachmittag nicht, und nicht am Abend. Verzweifelt bin ich überall hingelaufen, zu deiner Tante, an die Universität, ganze Straßen hinauf und hinunter. Zuhause hatte ich ihr einen Zettel hingelegt, unbedingt da zu bleiben, ich hätte etwas Wichtiges mit ihr zu besprechen. Ich wollte nicht hinschreiben, was ich vorhatte, für den Fall, dass Fremde ins Haus kämen, ich war schon völlig paranoid, aber mein Plan war, mit ihr im Benz noch vor Tagesanbruch Richtung Pakistan aufzubrechen. Eine etwas gefährliche Route, doch die einzige, auf der wir Afghanistan über Land verlassen konnten. Ich ging noch einmal aus dem Haus, machte noch einige Besorgungen und tankte den Wagen voll. Ich hätte besser gar nichts hinschreiben sollen. Als ich abends nach Hause kam, war sie immer noch nicht da, doch ich hatte das dumme Gefühl, sie wäre da gewesen und hätte meine Worte gelesen.«

Mein Vater bekommt einen Weinkrampf. Ganz unmittelbar, er schüttelt sich und die Tränen laufen über seine Wangen, er kann kaum weiterreden. »Sie kam nicht, Mahboob djan. Sie kam nicht. Ich lauschte so lange, bis ich vor Erschöpfung einschlief. Ganz früh am Morgen, ich hatte den Wecker auf vier Uhr gestellt, ging ich in ihr Zimmer. Das Bett war unberührt, doch mitten darauf sah ich einen Zettel. Ich weiß nicht, wie lange er dort gelegen hatte, ob sie in der Nacht gekommen war und ich Idiot sie nicht gehört hatte, oder ob er schon am Tag zuvor dort gelegen und ich ihn übersehen hatte. Ich war ja wie ein Irrer durchs Haus gerannt, aber hatte nur flüchtig in ihr Zimmer geschaut. Ich trat näher. Ich las die Zeilen, wieder und wieder. *Suchen Sie mich nicht, ich bin bei Freunden. Es bricht mir das Herz, Ihnen das anzutun, aber ich kann nicht anders. Ich will Afghanistan nicht verlassen. Ich will hier bleiben und helfen, dass in meinem Land ein gutes Leben für alle Menschen möglich wird. Ich liebe euch alle. Aziza.*
Ich fiel aus allen Wolken. Ein gutes Leben für alle Menschen: Sie hatte sich den Kommunisten angeschlossen! Etwas anderes konnte das nicht heißen! Eine so junge Frau! Was sollte ich tun? Aziza in Afghanistan zurückzulassen, war undenkbar für mich. Ich entschied, meine Flucht zu verschieben. Nur um einen Tag, dachte ich. Von meinem Büro aus hoffte ich herauszufinden, wo sie sich aufhielt. Was für eine dumme, kopflose Idee von mir! Im Ministerium erwartete mich schon die Geheimpolizei.«

Lange sitzen wir schweigend nebeneinander. Plötzlich habe ich die anklagende Stimme meiner Mutter im Ohr, wie sie lauthals schluchzt: *Wo war ihr Vater, als sie erschossen wurde?*, und ich antworte ihr, *er war an keinem Ort, wo er ihr helfen konnte, Madar djan. Er hat sie nicht im Stich gelassen. Er hat alles getan, was ein Vater tun konnte, um sie zu schützen. Sie haben ihm Unrecht getan. Dass meine Schwester vor ihm Heimlichkeiten hatte, war nicht seine Schuld.*
Angesichts des Gestrüpps von Ursache und Wirkung erscheint es

mir sinnlos, in der einen oder dem anderen von beiden einen Schuldigen zu finden.
Wir hocken beide in Gedanken versunken da, mein armer Vater und ich, bis mir eine Frage in den Sinn kommt. So sehr brennt sie mir auf der Zunge, ich muss sie stellen:
»Wie war es möglich, Aziza in unserem Familiengrab zu beerdigen? Hat die Geheimpolizei sie etwa selbst dort begraben? Das passt überhaupt nicht in das Bild, das ich von dieser Organisation habe.«
Ich kenne nur Berichte von Massengräbern, in denen missliebige Personen verscharrt worden sein sollen; sollte das meiner Schwester erspart geblieben sein? Oder lag sie womöglich gar nicht in dem Grab?
Mein Vater wirft mir einen gequälten Blick zu, *kannst du nicht endlich damit aufhören, an all diese Dinge zu rühren, die ich viel lieber vergessen würde?*
»Verzeihen Sie, dass ich so viele Fragen stelle, Padar djan«, schiebe ich eilig nach. »Wenn es Sie zu sehr schmerzt, über diese Dinge zu sprechen, dann verzichte ich auf eine Antwort.«
Er blickt mich wortlos an, und sein Blick wirkt abwesend. Erst nach einer Weile bricht er sein Schweigen.
»Farida hat sich um alles gekümmert. Sie hat es verdient, dass du von ihrem Mut und ihrer Liebe zu deiner Schwester erfährst. Und niemand außer mir kann dir davon erzählen … was hilft es also? Farida war es, die nach Azizas Tod von den Behörden ein kurzes amtliches Schreiben erhielt, in dem ihr mitgeteilt wurde, das Mädchen wäre bei einem Schusswechsel auf der Straße ums Leben gekommen. Als Täter wurden ›konterrevolutionäre Elemente‹ genannt, ohne näher zu erklären, was darunter zu verstehen wäre. Tagelang musste sie um die Freigabe des Leichnams zur Beisetzung kämpfen; die Behörden verschanzten sich hinter dem formalen Einwand, man habe strikte Anweisung, die Leiche nur den Eltern herauszugeben. Vermutlich hoffte man, auf diese Weise herauszufinden, wo deine Mutter und ich uns aufhielten. Irgendwann gelangte der Khad wohl zu der Einsicht, dass es klüger war, die Beerdigung nicht länger hinauszuzö-

gern. Deine Schwester trat ihre letzte Reise in einem verschlossenen Holzsarg an, der nicht mehr geöffnet werden durfte und in größter Eile unter die Erde gebracht werden musste. So verlangte es die Geheimpolizei. Farida hat mir geschworen, mein kleines Mädchen habe trotz allem ein würdiges Begräbnis bekommen, so wie sie es ihr schuldig war«, sagt mein Vater mit schwankender Stimme. »Nach Azizas Beerdigung musste sie Zaki fast mit Gewalt davon abhalten, in die Berge zu gehen, um sich dem Widerstand gegen diejenigen anzuschließen, die seine Liebste ermordet hatten.«

»Was hat er also gemacht?«

»Zaki blieb in Kabul, er machte seinen Abschluss auf der Amani-Schule, was möglich war, wenn man sich politisch unauffällig verhielt, und begann ein Medizinstudium an der Kabuler Universität. Später arbeitete er als Arzt im selben Krankenhaus wie seine Mutter, doch irgendwann setzte er sich durch und ging nach Nimruz. Farida hat es mir erzählt, als ich aus dem Gefängnis kam. Ich habe seither nichts mehr von ihm gehört, so wenig wie von ihr.«

»Ans Ende der Welt.«

»Ans Ende der Welt, du sagst es.«

Nimruz, der südöstlichste Teil Afghanistans, der am dünnsten besiedelte. Die Wüste. Ausgerechnet Zaki! Der so gern Jeans trug und mit seinem Motorroller herumfuhr und die Shar-e-Nau Road herauf- und hinunterflanierte und ins Kino ging und das Leben in der großen Stadt über alles liebte?

Mein Vater schweigt, sein Schweigen dehnt sich aus und füllt den Raum. Ich kann sehen, wie es in ihm arbeitet. »Hätte ich nur geahnt, dass Aziza der kommunistischen Propaganda auf den Leim gegangen ist!«, bricht es aus ihm heraus. »Diesen Unsinn hätte ich ihr austreiben müssen, aber ich hatte ja keine blasse Ahnung, was in ihr vorging.«

Ich drücke sanft seine Hand. Dass seine Vorhaltungen meine eigensinnige Schwester bestimmt nicht beeindruckt hätten, ist mir nur allzu klar, aber welchen Sinn hätte es, ihn jetzt damit zu quälen? Wenn mein Vater oder meine Mutter mit irgendetwas, was sie vorhatte, nicht einverstanden waren, dann zögerte sie nie, es heimlich zu tun, wann immer sich das arrangieren ließ. Obwohl ich so viel jünger war als sie, habe ich einiges davon mitbekommen, wir schliefen ja im selben Zimmer. Und weil ich meine große Schwester sehr bewunderte, ließ ich mich von ihr in so manches kleine Komplott gegen unsere Eltern einspannen, mit dem sie sich die Freiräume verschaffte, auf die sie nicht verzichten wollte. Zum Beispiel wusste sie, wo unsere Mutter das Geld versteckte, nämlich unter dem guten Teppich im Deutschlandzimmer, und zwar genau in der Mitte. Gelegentlich hat sie ein paar Afghani geklaut und mir immer ein paar abgegeben. Aziza hat sich unseren Eltern nie über einen gewissen Punkt hinaus widersetzt, aber sie hatte ihren eigenen Kopf und wusste ihren Willen durchzuboxen.

»Ob es wohl möglich ist, Azizas Mörder zu finden?«, frage ich mich halblaut. »Padar djan, in Deutschland gibt es eine Behörde, in der jeder herausfinden kann, ob es von ihm eine Akte der Staatssicherheit gibt. Auf diese Weise kann man herausbekommen, ob man überwacht worden ist, und sicherlich auch, von wem. Gibt es so etwas über die Verbrechen der Kommunisten nicht auch in Afghanistan?«

Mein Vater lacht bitter auf, dann schüttelt er den Kopf. »Solche Bürokraten wie die Deutschen sind unsere Kommunisten nie gewesen. Vieles wurde angeordnet, ohne dass jemals auch nur der kleinste Papierfetzen darüber existiert hat, und andere Verbrechen geschahen nicht aus politischen Gründen, sondern weil jemand eine private Rechnung beglich. Selbst wenn der Geheimdienst irgendwelche Unterlagen aufbewahrt hätte, es ist so vieles zerstört worden, und die Taliban hatten an Papier sowieso kein Interesse.«

Das klingt entmutigend, aber so schnell will ich meinen Einfall nicht begraben. »Es muss doch möglich sein, die Namen derjenigen herauszufinden, die damals bei der Geheimpolizei gewesen sind«, überlege ich laut. »Oder ich könnte in der Universität herumfragen. Vielleicht findet sich dort jemand, der sich trotz der vielen Jahre an die Sache noch erinnert.«

Je länger ich darüber nachdenke, desto besser gefällt mir diese Idee. Am liebsten würde ich gleich zur Universität gehen. Doch mein Vater schüttelt ungeduldig den Kopf.
»Sieh doch ein, dass es keinen Sinn hat, wenn du jetzt anfängst, Detektiv zu spielen«, tadelt er mich. »Du solltest die Toten in Frieden ruhen lassen. Überleg doch mal: Angenommen, du findest heraus, wer der Mörder gewesen ist, was sehr unwahrscheinlich ist. Und angenommen, du bekommst heraus, wo er wohnt. Was in Allahs Namen wirst du tun? Vergeltung üben?«
Das ist eine gute Frage. Die Vorstellung, ich könnte dem Mörder meiner Schwester etwas antun, ist grotesk. In meinem ganzen Leben habe ich mich niemals mit einem Menschen geprügelt. Eine Gerichtsbarkeit gibt es hier nicht, vor der ich ihn anklagen könnte. Was also will ich überhaupt von diesem Mann?
»Ich möchte, dass er Azizas Grab besucht und sie um Verzeihung bittet. Und ich möchte, dass er auch meine Mutter um Verzeihung bittet. Die Vorstellung, dass dieser Mörder frei herumläuft und vielleicht nicht einmal ein schlechtes Gewissen hat, macht mich einfach rasend. Er soll begreifen, was er uns angetan hat.«
»Du bist ein guter Junge«, sagt mein Vater, »aber unfassbar naiv. In ganz Afghanistan gibt es kaum jemanden, der keine toten Freunde und Verwandten betrauert.«
»Das mag sein«, sage ich. »Aber um ehrlich zu sein, tröstet mich dieser Gedanke überhaupt nicht.«
»Mahboob, es gibt keinen Trost, begreif es doch!«
»Mh«, mache ich. Und nach einer Weile: »Ich danke Ihnen, dass Sie mir Azizas Grab gezeigt haben. Sie hat eine schöne und würdige letzte Ruhestätte. Ich werde bestimmt öfter hingehen.«

6

Der Mogul ist fett wie immer. Der Mogul ist nicht erfreut, mich zu sehen. Mir ist es egal. Dr. Jalal hat ihn darüber in Kenntnis setzen lassen, dass ich so lange bleiben werde, bis der Antrag erfüllt und die Maßnahmen, mit anderen Worten die Renovierung der Schule, ausgeführt sind. Der Mogul musste sich eigens in die Schule bequemen, um mich zu begrüßen, denn es ist Winter in Kabul, und die Kinder haben Ferien, es gibt keinen Unterricht. Ich wandere durch die leere Schule, bespreche alles mit ihm, obwohl er nicht zuhört. Dann gehe ich zu meinem Internet-Café und sage Naim Hallo.

»Alles in Ordnung?«, frage ich. Ich sehe, dass etwas ihn bedrückt.

»Ich habe Probleme mit dem einen Computer.« Es hat insgesamt nur drei. »Ich fürchte, er gibt seinen Geist auf.«

Naim hat Schulden gemacht, um seinen Laden zu eröffnen; ich weiß, was es für ihn bedeutet. Er ist sechsundzwanzig, hat nur noch zwei kleinere Geschwister und sich seine Eigenständigkeit hart erkämpft.

»Hol mir bitte einen Tee«, sage ich, »es ist zu kalt für eine Coke, dann schau ich ihn mir mal an.«

Der Fehler ist leicht gefunden, ich programmiere den Rechner neu, lade auf meine Kosten ein paar aktuellere Programme herunter und installiere einen Antivirenschutz.

»Wow«, sagt Naim. »Das ist ja toll.«

»Nächstes Mal sehe ich mir die anderen an«, sage ich. »Es macht mich überglücklich, etwas Nützliches für dich zu tun.«

Naim lacht: »Na, wenn das so ist.«

Dann setze ich mich an meinen Stammplatz und öffne meine E-Mails. Eine Überraschung: Grüße von der deutschen Botschaft und die Mitteilung, dass Bewegung in unsere Angelegenheit kommt, sie werden sich in den nächsten Tagen noch einmal melden. Offenbar hat Dr. Jalal auch dort seine Kontakte spielen lassen.

Ich wandere durch die verschneiten Straßen, ich laufe schnell, denn die Kälte geht mir durch und durch, ich laufe zu Faruqs Haus. Die Leute in den Straßen tragen mehrere Schichten Kleidung übereinan-

der, wegen des Schnees in den Straßen gibt es viel weniger Verkehr, der Himmel ist blau. Faruq ist überglücklich mich zu sehen, er küsst mich und herzt mich, lacht immer wieder. »Du musst mich gleich heute Abend wieder besuchen«, sagt er. »Ich habe jetzt noch zu tun.«
»Heute Abend werde ich meinem Vater Gesellschaft leisten«, sage ich, »aber in ein paar Tagen, wenn er sich wieder an mich gewöhnt hat, komme ich gern!«
»Wann immer du willst, Mahboob djan!«

Drei Tage später habe ich eine weitere E-Mail von der Botschaft: Die beantragten Gelder sind bewilligt. Doch es gibt eine Auflage, nämlich die Bestimmung, dass wir vor der Auszahlung für jeden der Artikel auf der Liste drei Angebote einholen und die gesamte Auswahl der Botschaft vorlegen müssen.
»Das kann nicht wahr sein«, sage ich zu Faruq, der den Kopf resigniert schüttelt.
»Das können wir vergessen. Das ist doch eine Hinhaltetaktik, die im Nichts verläuft.«
Beim Einholen der Angebote, darauf wird ausdrücklich hingewiesen, müssen drei Beamte zusammenwirken. Aber welche drei?
»Das entspricht dem afghanischen Verwaltungsrecht«, sagt der Mogul. »Aber es braucht viel zu viel Zeit. Siyaar Sahib, unser Verwaltungsleiter, wird sich allein darum kümmern.« Er lächelt seinen Ergebenen vielsagend an und bleckt dabei seine spitzen Eckzähne.
»Und wenn das herauskommt?«, frage ich. »Womöglich wird uns das zugesagte Geld dann wieder entzogen?«
Der Mogul zuckt die Achseln. Der Schweiß perlt auf seiner Stirn bei der leisesten Anstrengung, er keucht bei jeder Bewegung. Vielleicht trinkt er heimlich, vielleicht ist er auch infarktgefährdet. »Alle machen es hier so, Dr. Mahboob.«
Nachdem Siyaar im Alleingang angefangen hat, Angebote einzuholen, ist es mir zu peinlich, dagegen zu protestieren. Obwohl ich, als ich sie einige Tage später in meinem Computer erfasse, sehe, dass sie sich kaum voneinander unterscheiden.

»Das war ein Fehler«, sagt Faruq. »Du hättest auf dem Vorgang bestehen müssen!«
»Du bist witzig! Wie denn?«
»Da gab es natürlich Absprachen. Siyaar hat sich von allen Firmen ein schönes fettes Bakhschisch geben lassen.«
»Oh, nein!«
»Oh, doch!«

Ich spiele mit dem Gedanken, der Botschaft den Betrug aufzutischen. Aber was dann? Die Schüler wären die Leidtragenden, wenn das Geld gestrichen würde. Ich lasse diesen Gedanken wieder fallen, und nach einigem Überlegen verwerfe ich auch die Idee, die Angebote noch einmal neu einzuholen. Du lässt dich in ihre miesen Methoden hineinziehen, Mahboob Martin, sagt eine Stimme in meinem Kopf. Andere Länder, andere Sitten, gibt eine andere zurück. Fehlt also nur noch die Unterschrift des Moguls. Doch der fängt wieder von seinem Fernseher an. Jetzt will er sogar eines der Großbildfernsehgeräte, die neuerdings in den teuersten Elektronikfachgeschäften zu einem irrsinnig hohen Preis angeboten werden, und ist nicht davon abzubringen. Ungerührt fängt er an, seine Fingernägel zu feilen und schickt nach Tee.
»Sehr verehrter Qiam Sahib«, sage ich betont langsam und durchbohre ihn mit einem Blick, den er selbst mir beigebracht hat, »dass die Botschaft den Fernseher nicht genehmigen wird, kann ich Ihnen garantieren.«
»Pah«, macht er.
Alle Einwände prallen von ihm ab, und am Ende gebe ich nach, weil er sich strikt weigert, die Liste ohne den Fernseher zu unterschreiben. Siyaar hat natürlich längst seine Angebote parat, und der Mogul entscheidet sich für das teuerste Angebot.
»Der Reparaturservice der beiden anderen ist mehr als unzuverlässig!«, sagt er abwinkend.
Mir platzt bald der Kragen; allein die Vorstellung, die Kinder müssten bei ihrer Rückkehr nicht mehr auf dem nackten Boden sitzen,

hält mich davon ab zu rebellieren. Als ich schließlich mit dem dicken Umschlag mit allen Unterlagen in der Hand die Schule verlasse, laufe ich nur bis zur nächsten Straßenecke, reiße ihn auf, hole das Formular heraus, suche nach der Stelle, wo der Fernseher eingetragen ist, zücke meinen Kugelschreiber und streiche ihn mit solchem Nachdruck durch, dass das Papier an dieser Stelle reißt. Danach ist mir wohler.
Jetzt heißt es wieder warten.
Ich überwache den Einbau der neuen Fenster im Haus meines Vaters und erfreue ihn mit meiner Anwesenheit. Ich schreibe kurze Briefe an Noor, die ich sofort zur Post bringe. Und ich mache Notizen für meine Doktorarbeit, wie ich es Dr. Odenbacher versprochen habe, wobei mich die Nährungsverfahren für Differentialgleichungen irgendwie nicht mehr so anziehen. Vielleicht sollte ich mich doch an die chaotischen Bewegungen des Doppelpendels heranwagen.

7

»Bist du verliebt?«
Faruq fragt mich, ganz unvermittelt; wir haben gerade zusammen gegessen, sitzen zufrieden auf seinen dicken Kissen und ich erzähle ihm von meinem Besuch bei meiner Mutter und wie sonderbar es mir vorkam, in Frankfurt zu sein. Von Noor habe ich kein Wort gesagt.
»Komm, mein Lieber, ich sehe es dir an!«
Ich werde rot wie ein Schuljunge. Dann erzähle ich ihm zaghaft von Noor. Ich kann es ja selbst nicht glauben, dass es sie gibt.

8

Die deutsche Botschaft bestellte Mahboob ein, man freue sich, alles mit ihm persönlich zu besprechen.
Die Botschaft lag in einem der Diplomatenviertel, Wazir Akbar

Khan. Er lief zu Fuß hin, er lief gern durch die Stadt, auf diese Weise lernte er immer neue Seiten Kabuls kennen. Vor ihm waren drei Frauen mit schweren Einkaufstaschen unterwegs, wandelnde Plastiken in blauer, grüner und brauner Burka, oben schmal, zur Mitte breit, zu den Füßen hin wieder schmal. Die Schultern leicht nach vorn geneigt, wankten sie zu dritt nebeneinander her, nahmen den Gehweg ein, wiegten sich im Takt nach links und nach rechts. Mahboob fiel auf, dass ihre Gangart völlig anders war als die europäischer Frauen; er wusste es längst, aber in diesem Moment nahm er es, wie zum erstenmal, auf besondere Weise wahr, dieses rhythmische Schwanken zur Seite beim Gehen. Sie schoben die Hüften nicht vor und zurück, sondern seitwärts; ihre Gewänder machten die Bewegung mit, rechts, links, er musste fast lachen, sie redeten dabei laut und lebhaft, obwohl sie wie alle in Kabul ein erhöhtes Tempo vorlegten. Alle rannten in dieser Stadt, der rosigen Perle von einst; wegen der Taschendiebe, wegen der Attentate, die es immer wieder gab, aus Gewohnheit wie in den Zeiten des Kriegs, aber auch wegen der dicken Luft, die sich im dichten Verkehr bleischwer auf die Lungen legte, und der alle zu entkommen suchten, in ihre Häuser, ihre kleinen Gärten in den Atrien dahinter, wenn auch nicht jetzt, im Winter.

Mahboob überholte die Frauen nicht, er hing an ihrem schwankenden Bild, er versuchte zu verstehen, worüber sie so angeregt redeten und lachten; er dachte an seine Mutter, an seine Jugend in Frankfurt am Main …

»Du musst akzeptieren, dass meine Heimat mir etwas bedeutet. Es ist einfach nicht zu verstehen, wie ein Mensch es nicht begreifen kann!«

Mahboobs Mutter stellte die bunten Plastiktüten mit einem Ruck auf dem Küchentisch ab und sah ihn herausfordernd an. Sie trug einen blassgrauen Regenmantel, über dem ihr weißes Kopftuch leuchtete.

Mahboob ließ den Kanister mit Olivenöl auf den gesprenkelten

Küchenboden knallen. »In der Schule«, antwortete er, mit der auffahrenden Art des Fünfzehnjährigen, der sich seiner Urteile vollkommen sicher ist, bis er sie, ebenso entschlossen, in der nächsten Sekunde verwirft, »in der Schule ist das Wort ›Heimat‹ verpönt! Es ist ein Tabu! Und du redest immerzu davon!«
»Entschuldige bitte«, schnitt sie ihm das Wort ab, »die Deutschen haben das Wort Heimat sehr schlecht behandelt. Sie haben es unter Hitler benutzt, um anderen das Leben zu nehmen. Du kannst ihren Umgang nicht mit unserem vergleichen.«
Mahboob knurrte, verdutzt nahm er ihren Satz auf, ihm fiel kein Argument ein. Warum konnte er in Lebensdingen nicht einfach so logisch denken wie in Mathematik? Seine Mutter packte die langen Lauchstangen, das Paket mit Reis, die eingewickelten frischen Kräuter, die große Packung mit losem Tee und das in rosa Papier geschlagene Fleisch aus und verstaute alles in der Vorratskammer und im Kühlschrank. Sie war jedes Mal erleichtert, wenn sie vom Einkaufen zurückkamen und alles hatten besorgen können, nichts war ihr schrecklicher als die Erinnerung an die erste Zeit im Lager, als sie es sich nicht leisten konnten, oder die Zeit bei Onkel Omar, den sie um alles hatte bitten müssen.
»Außerdem bin ich mir sicher«, fügte seine Mutter etwas sanfter hinzu und schob sich den hauchdünnen Schal, der verrutscht war, zurück über die Stirn, »dass die Deutschen, die im Krieg ihre Heimat verloren haben, jeden Tag an sie denken, auch wenn sie das Wort nicht benutzen dürfen.« Sie ließ die Schulter fallen und sah ihren Sohn an.
»Ja«, sagte Mahboob, »das sind doch alle Revanchisten!«
»Ach Junge, sei doch nicht so hart. Ich habe über dreißig Jahre in einem Land gelebt, das mir so lieb war wie dir jetzt Deutschland, ich kann es doch nicht einfach vergessen, oder? Eines Tages wirst du –«
Ihre Augen füllten sich mit Tränen, sie schwieg; Mahboob sah schon, wie der See sich füllte, anstieg und gleich überschwappen würde. Er wurde wütend, dass sie weinte; wenn sie weinte, konnte er nichts machen; er musste sie in den Arm nehmen und zusehen, dass er nicht

selbst zu weinen begann. Sie wandte sich ab, ging in den Flur, um dort den Tschador abzunehmen, ihn zusammenzufalten und in die Schublade zu legen, wo er blieb, bis sie das nächste Mal das Haus verlassen würde. Mahboob holte sich ein Glas aus dem Hängeschrank über dem Waschbecken, ließ Leitungswasser hineinlaufen und trank es in einem Zug aus. *Wie dir jetzt Deutschland*, das hatte gesessen, denn ja, insgeheim verstand er die anderen in der Schule nicht, die sich so abfällig über ihr Land äußerten, während er nichts lieber gewollt hätte als in diesem Land geboren zu sein. Er wollte es einfach nicht in seinen Kopf kriegen, das ganze Thema machte ihn grässlich nervös.
»Schon gut, Mutter«, sagte er, »ich geh Rad fahren.«
Sie nickte. Ihre Streitereien endeten fast jedes Mal mit dem Wunsch, sie so schnell wie möglich beizulegen; sie waren zu sehr auf sich gestellt, sie beide, allein; doch manchmal wollte Mahboob wütend sein, richtig lange und ohne Versöhnung; deshalb rannte er nach draußen, sprang auf das Rad und fuhr los, um die Häuser, wie er sagte, wenn sie fragte, wohin, ich fahr mal um die Häuser, er meinte Richtung Stadtrand, wo es kleinere Wege zwischen Schrebergärten gab, leichte Hügel, hinauf und hinunter. Abends kehrte er zurück, hatte alles vergessen, erledigte seine Hausaufgaben und aß ohne zu murren mit seiner Mutter zusammen am Küchentisch Reis, Fleisch und Gemüse, mit Kardamom und Chili gewürzt, schlang es mit Appetit herunter, so dass sie sich freute; auch sie hatte sich wieder gefangen und sang beim Abwaschen vor sich hin.

Als Mahboob sich, hinter den drei Frauen herlaufend, an ihren Streit erinnerte, stieg ihm die Schamesröte ins Gesicht. Wie oft hatte er der Mutter vorgeworfen, ihren Tschador zu tragen, das leichte Tuch, über Kopf und Schultern gelegt. Wie oft hatte er sich auf der Straße von ihr entfernt gehalten, weil es ihm peinlich war, und sie bekniet, das Haar offen zu tragen, wie die anderen Frauen in Frankfurt, ihr gesagt, wie hübsch sie aussähe, mit dem dichten, glänzenden, blauschwarzen Haar; vergebens.
Er dachte, seit er wieder nach Kabul zurückgekehrt war, häufiger

an seine Mutter. Er fragte sich, wie es ihr hier gefallen würde, ob sie sagen würde: Ich bin in meiner Heimat, endlich. Er hatte sie in Frankfurt vor seiner Abreise gefragt, ob sie nicht auch hinfahren wollte. »Ich weiß es nicht«, hatte sie gesagt, »wenn doch alles so kaputt ist«, und sich weggedreht.

Seit er wieder hier war, erwischte er sich immer öfter bei der Frage, ob Kabul denn nun seine Heimat war. Oder doch Deutschland? Wo er tun und lassen konnte, was er wollte? Wo alle sich frei bewegten? Wo er mit Noor eng nebeneinander in einem Café sitzen konnte, wo sie sich sogar küssen konnten, was hier undenkbar war?

Er schob die Gedanken beiseite; er stand vor der deutschen Botschaft, einem bescheidenen Sechzigerjahre-Bau, wie er in jeder deutschen Stadt auch hätte stehen können, sah man einmal von der schweren Bewachung des Gebäudes ab.

»Shoma kodja marawid? Wo wollen Sie hin?«, fragt mich ein schwer bewaffneter Sicherheitsbeamter am Eingang.

»Ich habe einen Termin mit Herrn Schmid«, sage ich auf Deutsch und wedle mit meinem Reisepass vor seiner Nase herum, um mir den nötigen Respekt zu verschaffen. Er lässt mich passieren. Ein Soldat im schmuddeligen Grün-Grau der Tarnuniform führt mich in einen Warteraum, in dem ein paar Sessel stehen. Auf einem Tisch liegen *Spiegel*, *stern* und sogar die *BILD-Zeitung*, alle etwas älteren Datums. Ich nehme den *Spiegel*, mit dem Titel: *Migration – Fluch oder Chance?*

»Martin Malik?« Ein blonder, hochgewachsener Mann schaut herein.

»Ja.«

»Freut mich, Sie kennenzulernen. Entschuldigen Sie das Warten.«

Schmales Gesicht, kurz geschnittenes Haar, glattrasierte Haut, schwäbischer Akzent. Sein Büro ist von frappierender Schlichtheit. Ein großer Schreibtisch mit Arbeitsstuhl, davor ein schwarzer Ledersessel für Gäste, an der Wand ein abstraktes Gemälde, ein Sideboard mit Wasserflasche und Gläsern, ein Bücherregal mit Aktenordnern. Etwas repräsentativer habe ich mir das Innere einer Botschaft schon

vorgestellt. Wenigstens einen schönen großen Teppich könnten sie sich ja mal hinlegen. Mein Rechts-Links-Gefühl meldet sich, dem Afghanen in mir ist es zu deutsch, und dem Deutschen in mir – ja, was? Wer ist hier überhaupt ein Deutscher? Herr Schmid? Und was heißt das schon? Passe ich denn in keine der beiden Kulturen? Kulturen, wie wir sie im Biounterricht angelegt haben, in flachen Schälchen, mit lila oder grünschimmeligem Belag? Bis vor kurzem war ich noch sicher, zu der Kultur zu gehören, die dieses nüchterne, schmucklose Gebäude repräsentiert, doch plötzlich ist mein Unbehagen an Deutschland genauso groß wie sonst in Deutschland das am Hindukusch. Darf ich das überhaupt? Als wer überhaupt? Wenn jemand über seine Regierung und die Behörden und irgendwelche Missstände im Land schimpft, muss er dann nicht dazugehören? Oder nicht? Bin ich denn immer nur der Außenstehende? Was rattert da überhaupt durch meinen Kopf? Herr Schmid hat etwas gefragt.
»Tee oder Kaffee?«, wiederholt er.
»Kaffee wäre schön!«
Er geht zur Tür, ich habe noch eine Sekunde Zeit. Dr. Pappelbaum würde mich sicher dafür loben, dass ich nicht mehr alles, was deutsch ist, automatisch für gut und richtig halte, so wie früher. Dafür sitze ich jetzt schön wackelig auf gar keinem Stuhl mehr, sondern zwischen allen, und fühle mich in einer Weise heimatlos, wie ich es noch nie erlebt habe, seit ich wieder in Afghanistan bin.
Herr Schmid, in Unkenntnis des heftigen Schlingerns meiner Identität, das mein Besuch bei ihm auslöst, und sich seiner eigenen zweifellos völlig gewiss, serviert mir den Kaffee, etwas, was ein Afghane in seiner Position nie im Leben tun würde, denn für so etwas hat man hier seine Bediensteten. Der Kaffee riecht herrlich aromatisch, meine Grübeleien lösen sich auf in diesem Duft. »Köstlich!«, sage ich, und Herr Schmid lacht.
»Und wie läuft es mit dem Wiederaufbau der Schule?«, erkundigt er sich, so direkt, dass ich zusammenzucke. Ich bin das gar nicht mehr gewohnt.
»Recht gut«, erwidere ich, was alles andere als direkt und genau

genommen eine glatte Lüge ist. Wie soll es denn laufen, da ich nun seit Monaten auf das Geld warte? Er holt die Liste heraus, die ich geschrieben habe, und legt die mit unseren Angeboten daneben. Peinlich berührt sehe ich die mit blauem Kuli handgeschriebenen Notizen meines Großmoguls und die zerrissene Stelle im Papier. Herr Schmid quittiert sie mit keiner Bemerkung. Er streicht zu meiner Überraschung etliche Posten durch. »Vielleicht sollte die Rumi-Schule parallel einen Antrag beim afghanischen Ministerium für Bildung stellen, um die Arbeiten des Aufbaus zu finanzieren, die über unsere Möglichkeiten hinausgehen. Ich denke da an die Sanitäranlagen etwa, oder die neuen Fenster. Solche Dinge können nicht von uns übernommen werden, sie sind eigentlich sogar die Voraussetzung für unsere Zuwendung.«
»Voraussetzung? Wie stellen Sie sich das vor?«, platze ich heraus.
»Keine Sorge, Herr Malik, in Ihrem Fall werden wir eine Ausnahme machen.«
Er kümmert sich nicht weiter um die Frage. Über das durchgestrichene Fernsehgerät geht er hinweg. »Ja, ich denke, man kann das so machen«, sagt er abschließend.
Ich stehe unter Schock. Wo sollen wir das Geld für alles andere herzaubern?
»Mir fehlt jetzt nur noch die Kontonummer Ihrer Schule«, sagt er.
»Kontonummer?«
Erst schaue ich ihn verständnislos an, dann ärgere ich mich über mich selbst. Wieso weiß ich die Kontonummer der Schule nicht? Aufgeregt blättere ich alle Unterlagen, die ich bei mir habe, durch, aber nirgends finde ich Angaben zu einer Bankverbindung. Ein fürchterlicher Verdacht beschleicht mich. »Gibt es denn keine Möglichkeit, das Geld in bar zu erhalten?«
»Nein, Herr Malik, tut mir leid«, entgegnet er höflich, aber unmissverständlich. Ein perfekter Diplomat.

Die Schule hat kein Konto. Kaum jemand in Kabul hat ein Konto. Der Mogul tut wie ein Unschuldslamm. »Warum hat Ihnen der

Herr Botschafter das Geld nicht in bar ausgehändigt? Traut er einem deutschen Landsmann etwa nicht?«

Ich bin mit meiner Mission in einer Sackgasse gelandet. Ich sehe Herrn Schmids Kopfschütteln. Wenn man sich auf eines ganz sicher verlassen kann, dann darauf, dass ein deutscher Beamter seine Bestimmungen einhält.

»Alles Geld, das wir benötigen«, erklärt mir der Mogul, »bekommen wir in bar vom Stadtschulamt. Wir sind gar nicht befugt, ein eigenes Konto zu haben.«

»Aber wohin mit dem Zuschuss?«

Der Mogul nippt am Tee. »Unsere einzige Möglichkeit wäre wohl, das Ministerium direkt um die Eröffnung eines Kontos zu bitten.«

Wie viel Zeit das kosten wird, wage ich mir gar nicht vorzustellen.

»Modir Sahib, ist das Ministerium denn überhaupt von dem Zuschuss in Kenntnis gesetzt worden?«

Der Mogul zieht genüsslich die Augenbraue hoch. »Nein, natürlich nicht.«

»Aber wieso denn das nicht?«

Afghanische Ministerien reagieren ziemlich eingeschnappt, wenn man sie übergeht. Afghanen sind überhaupt ziemlich leicht eingeschnappt.

»Nun«, er lächelt maliziös, »Ich bin davon ausgegangen, dass Sie sich darum kümmern!«

Ich muss Dr. Jalal um Hilfe bitten, ich sehe keinen anderen Weg.

»Ich habe da noch eine andere Idee«, unterbricht er mein angestrengtes Nachdenken. »Ich könnte doch ein privates Konto eröffnen, und Sie lassen das Geld darauf überweisen. Was denken Sie? Dann würde niemand lästige Fragen stellen.«

Dass ich nicht lache! So geht das also hier!

In diesem Augenblick erwacht der Afghane in mir, und ohne mit der Wimper zu zucken, lüge ich in äußerst bedauerndem Ton: »Nein, Modir Sahib, leider, leider geht das nicht. Ich habe in der Botschaft schon gefragt, ob ich vielleicht mein eigenes Konto verwenden kann.«

Jetzt weiß er, dass ich weiß, wie er denkt. Er zieht die Augen zu Schlitzen und schreit nach Siyaar.
»Ich könnte mit einem Freund von mir sprechen«, setzt Siyaar an, »der im Ministerium arbeitet. Mit einem kleinen Bakhschisch …«
»Nicht mit mir!«, schreie ich. »Nicht mit mir!«

9

Liebste Noor,
alles entwickelt sich anders als geplant. Mein Vater, der mir zu Anfang so viel über sich und Aziza erzählt hat, ist davon so erschöpft, dass er jetzt wieder seinen alten Trott aufgenommen hat: Wir essen zwar zusammen und reden über dieses und jenes, aber dann ist wieder der Fernseher dran. Tagsüber liest er viel, seit er die Brille hat, scheint ihm das am meisten zu gefallen. Ich weiß nicht, wie ich es angehen soll, ihn weiter zu befragen. Ich weiß auch nicht recht, wonach; ich bin selbst zu durcheinander. Die ganze Sache mit der Schule ist ein solches Fiasko; es ist mir unendlich peinlich, aber ich muss es mir eingestehen. Soll ich jetzt das Handtuch werfen? Ich habe Sehnsucht nach dir, liebe Noor, ich weiß nicht, ob ein längerer Aufenthalt hier sinnvoll ist. Ich weiß auch gar nicht mehr, ob ich dir jetzt schreiben soll: dein Mahboob oder dein Martin, ich weiß nur, dass du mir fehlst!

Liebster Martin – Mahboob,
nimm dir einfach die Zeit, die du brauchst. Du hast immer so eine Hast am Leib. Meine Mutter sagt, das wäre typisch für Flüchtlinge. Immer vorwärts, immer am Rennen. Du solltest vielleicht ein bisschen Sport treiben, es gleicht das vegetative Nervensystem aus und dämmt den Fluchtreflex. Das Tanzen hilft.
Ich kann verstehen, dass dein alter Herr nicht dauernd über seine Vergangenheit reden will. Wer will das schon?
Kannst du Tante Farida nicht ohne ihn suchen? Vielleicht musst du auch erst einmal die Angelegenheit mit der Schule klären. Ich an

deiner Stelle würde Dr. Jalal um Rat fragen; er kennt die Gepflogenheiten und weiß sicher, wie man mit dem ganzen verfilzten System klarkommt. Diesen Großmogul müsste man eigentlich hochgehen lassen.
Meine Kurse laufen ganz normal, manche machen Spaß, andere weniger, aber im April gehe ich wieder zum Weiterbilden nach Buenos Aires, darauf freue ich mich.
Ich vermisse dich auch, ich küsse dich, deine Noor

10

Die Kinder kehren in die Schule zurück, der März ist gekommen. Lärmend strömen sie in den Schulhof, nach den langen Ferien freuen sie sich, die anderen Kinder zu sehen. Ich drücke mich im Schulhof herum. Sie begrüßen auch mich. Ich fühle mich mies vor ihnen: Kein neuer Stuhl, kein Tisch, keine Toilette, nichts wartet auf sie, nur kalte, zugige Räume. Doch bevor ich weiter darüber nachdenken kann, kommt Faruq angeschossen. »Khaled, unser zweiter Mathematiklehrer, hatte einen Unfall«, ruft er atemlos. »Er liegt schwer verletzt im Krankenhaus! Kannst du ihn nicht vertreten?«
»Ja!«, rutscht es aus mir heraus, so erleichtert bin ich, eine nützliche Arbeit machen zu können. »Nein«, schiebe ich gleich hinterher, »das kann ich nicht! Ich bin doch kein Lehrer!«
»Ja, nein, komm schon, Mahboob! Entweder du – oder die Kinder müssen auf die Mathematikstunden verzichten«, drängt er. »Ich wüsste wirklich nicht, wo ich sonst einen Lehrer herzaubern soll.«
Zwei Minuten später steige ich die kaputte Holztreppe zum Klassenzimmer der Klasse 3b hoch. Mein pädagogisches Rüstzeug liegt auf meiner Skala bei minus Zehn, und die afghanische Lehrmethode, die vorwiegend aus Drill und stumpfsinnigem Auswendiglernen besteht, beherrsche ich auch nicht. Während ich näher komme, wird das Geschrei der Kinder immer lauter, obwohl sie eigentlich gerade Unterricht haben müssten. Der Dari-Lehrer, der die Klasse vor mir

unterrichtet, hat wohl seine Stunde früher beendet. Der Wächter bemerkt mich auf meinem Weg zum Klassenraum und lässt die verrostete Glocke laut läuten. Das Kindergeschrei verebbt, und im Ansteuern meiner neuen Wirkungsstätte sehe ich alle Schüler brav und leise ins Klassenzimmer hineingehen.

Der Raum ist kaum mehr als ein besserer Verschlag. Die Kinder sitzen im Schneidersitz auf einem zerfetzen Teppichboden, der auf dem Beton ausgerollt ist, eng beieinander, die Hefte und einen Stift in der Hand. Der Keftan – der Klassenbeste, genannt: Kapitän – ruft alle zum Aufstehen auf, sie sprechen im Chor: »Salam, Malem Sahib!«

Malem, denke ich, wieso Malem? Dann fällt mir ein, dass der Name ja *Lehrer* bedeutet. Bei dieser Begrüßung komme ich mir wie ein Hochstapler vor. Aber in den letzten Monaten bin ich schon mit so vielen Titeln und Namen angesprochen worden – *Mahboob Sahib* und *Malik Sahib* und *Doktor Sahib, Modir Sahib* für Direktor, *Ingenieur Sahib* –, dass es darauf auch nicht mehr ankommt.

»Ich bin Mahboob, und ich werde in nächster Zeit euren kranken Lehrer vertreten«, stelle ich mich vor. »Ihr dürft mich Mahboob Sahib nennen!«

»Jawohl, Malem Sahib!«

»Sagt ihr mir bitte auch eure Namen.« Ich deute auf einen rundlichen kleinen Jungen mit geschorenem Kopf, in der ersten Reihe ganz rechts. »Fang du an«, fordere ich ihn auf. »Und nach dir dein Banknachbar, und dann einer nach dem anderen.«

Der Angesprochene blickt mich erschrocken an, und die anderen Kinder fangen an zu kichern. Sein Banknachbar, ein Bürschchen mit hellem, fast blondem Haar und Sommersprossen, gibt ihm einen Stoß. »Na los!«, zischt er ihm zu. »Steh auf!«

Mit rotem Kopf rappelt sich der andere auf. »Ich heiße Hamidullah, Sohn von Rafiq«, stottert er mehr als er spricht. Noch bevor er sich wieder hingesetzt hat, springt sein Nachbar schon auf. »Fateh, Sohn von Djabar. Zu Ihren Diensten, Malem Sahib«, stellt er sich vor und deutet eine Verbeugung an. Mit Mühe bewahre ich eine ernsthafte

Miene. Neben Fateh sitzt Schoaib, Sohn von Sultan. Einer nach dem anderen stehen die Kinder auf, bis alle mir ihre Namen gesagt haben. Abdul Khaleq, Sohn von Gardizi, letzte Reihe ganz links, schließt die Vorstellungsrunde ab. Es sind siebenunddreißig Schüler. Keine gute Idee, mir alle diese Namen auf einmal merken zu wollen.
»Wisst ihr auch, was ihr bei mir lernen sollt?«, frage ich.
Eifrig recken sie die Hände, und ich entscheide mich, den dicklichen kleinen Jungen ganz vorne aufzurufen, damit er die peinliche Situation von vorhin wieder vergisst. »Rafiq, Sohn des Hamidullah«, rufe ich ihn auf.
Die Klasse bricht in schallendes Gelächter aus.
»Nein, Malem Sahib!«, grinst sein Nachbar, der Blondschopf. »Genau andersherum! Er ist Hamidullah, Sohn des Rafiq.«
Ich lache mit den Kindern. »Also, Hamidullah, Sohn des Rafiq, sag mir, was ihr bei mir lernen werdet.«
Der Junge steht auf, diesmal mit sichtlich mehr Selbstvertrauen. »Wir wollen bei Ihnen Mathematik lernen, Malem Sahib«, antwortet er.
»Sehr gut, Hamidullah«, lobe ich ihn. »Freut ihr euch denn darauf?«
Ein paar der Schüler feixen zustimmend, wieder andere blicken mich nur verwirrt an, zwei oder drei rufen laut: »Bale – ja!«
Diese Frage hat ihnen sicherlich noch kein Lehrer gestellt.
»Ich jedenfalls freue mich darauf, euch Mathematik beizubringen. Wer Mathematik richtig gut kann, der weiß fast so viel wie jemand, der zaubern kann. Zahlen haben geradezu magische Kräfte. Aber bevor ich anfange, muss ich herausfinden, was ihr schon wisst. Was hat euer Lehrer denn in der letzten Stunde mit euch gemacht?«
Ich blicke auf einen ganzen Wald hochgereckter Hände.
»Djabar, Sohn des Gardizi«, wähle ich aus. Eine neue Lachsalve schlägt mir entgegen. »Wer soll sich denn so viele Namen auf einmal merken?«, rufe ich. »Vielleicht sollte ich mich einfach auf eure Vornamen beschränken, euren Vätern will ich ja nichts beibringen. Wie heißt du denn richtig, mein Junge?« Ich deute auf den blassen dünnen Jungen ganz hinten am Ende der letzten Reihe. Abdul

Khaleq, Sohn von Gardizi. Djabar war ganz falsch, das ist der Name des Vaters von Fateh, dem Blondschopf ganz vorne. Für den Rest der Stunde lade ich die Kinder ein, mir ihren Vornamen noch einmal zu sagen, wenn ich sie aufrufe. Auf diese Weise werde ich sie mir hoffentlich schneller merken. Was sollen uns auch die Namen der Väter, nichts als Scherereien hat man mit den Vätern.

11

Die Zeit fliegt dahin, seit ich unterrichte, liebe Noor. Der Kollege, für den ich eingesprungen bin, muss operiert werden und wird vor Mai nicht zurückerwartet. Herauszufinden, wie ich den Kindern die Dinge erklären muss, damit sie für sie möglichst leicht zu begreifen sind, macht mir viel mehr Spaß, als ich erwartet hätte. Ich versuche, mich an die Unterrichtsmethoden aus meiner eigenen Schulzeit zu erinnern, und stöbere im Internet. Im Lehrerkollegium schüttelt man über meine Unterrichtsmethoden den Kopf. Aber niemand sagt etwas. Das liegt vermutlich daran, dass ich Faruqs Rückendeckung habe.
Ich habe tatsächlich Dr. Jalal angerufen und ihm erzählt, dass wir jetzt auch noch beim Ministerium einen Antrag stellen sollen. Leider hat er keine Zeit für ein Treffen, aber wir haben einige Zeit gesprochen. Weißt du, im Grunde steht die Bürokratie hier noch auf völlig wackligen Füßen und behindert trotzdem alles. Die Korruption ist größer als in fast allen Ländern dieser Erde, aber die Afghanen reden ununterbrochen von Ehre. Dass nicht wenigstens die Fenster repariert werden, das Ministerium kann sich doch vor so dringenden Bauarbeiten nicht einfach drücken. Wie sollen wir hier Schulen aufbauen? Jedenfalls haben wir jetzt einen Antrag geschrieben.
Weißt du, als wir telefoniert haben, es war so seltsam, denn dieser Telefon-Shop war ja früher Malems Laden. Ich hatte das Gefühl, durch einen Riss im Zeitraumkontinuum zu sehen, wie wir Mathematiker sagen, und was ich sah, kam nicht zur Deckung mit dem, was ich erwartete, ich erwartete, dass Malem einfach zur Tür hereinkäme. Ich

dachte so intensiv an die saure Limonade, die ich bei ihm getrunken habe, als würde ich sie schmecken. Leider hat meine Suche nach ihm nichts ergeben.
Das Ereignis der Woche: mein Vater hat nach meiner Mutter gefragt. Fast beiläufig, ein bisschen verschämt. Ich dachte, ich hätte mich verhört. Wie soll ich ihm erklären, was sie all die Jahre über ihn gedacht hat? Zuerst hat er gefragt, ob sie mit ihrer Arbeit genug verdient. Dann, ob Onkel Omar, sein Bruder, ihr hilft. Mit ihm hat er auch keinen Kontakt mehr. Und dann wollte er wissen, ob sie jemals daran gedacht hat, sich noch einmal zu verheiraten. Ich glaube, jetzt muss ich mindestens vier Wochen warten, bis wir uns über diese Fragen weiter unterhalten können.
Ich bin eifersüchtig auf alle Männer, mit denen du tanzt, und auf die Frauen auch. Dein Martin.

12

Wie lange sprichst du von der Lampe der Moschee
und Rauch des Feuertempels?
Wie lange vom Verlust der Hölle und des Himmels Nutzen?
Geh, sieh auf der Tafel wie der Meister des Schicksals
niederschrieb, was kommen wird, eh Zeit begann.

»Das ist von Omar Chajjam«, sagt Faruq. Und er rezitiert ihn weiter:

Das Gute und Böse in der Natur des Menschen,
Freude und Trauer, die unser Los und Schicksal sind:
Leg sie nicht dem Himmelsrad zur Last,
denn, im Licht der Vernunft,
das Himmelsrad ist tausend Mal hilfloser als du.

Seine Stimme hebt und senkt sich, bei halb geschlossenen Augen. Gebannt höre ich zu. Wie sonderbar diese Verse sind.

»Er will uns sagen, dass wir die Dinge, die wir nicht ändern können, nehmen sollen, wie sie sind.«
»Ist das nicht arg pessimistisch?«
»Ich würde es eher Realismus nennen«, sagt Faruq, »oder auch Nüchternheit. Eine, die den Menschen nicht besser macht als er es ist, und den Himmel auch nicht. Ich finde, du bist viel zu ungeduldig. Vor allem mit dir selbst. Was hetzt dich denn eigentlich so?«

So oft er mich einlädt, besuche ich Faruq. Bei meinem Vater ist es mir zu langweilig; wir essen zwar am Nachmittag immer zusammen, was sehr angenehm ist, zumal Abdul kocht. Aber das ewige Fernsehen am Abend ermüdet mich.
Faruq lenkt mich von meiner Sehnsucht nach Noor ab, auch wenn ich immer wieder ein Thema anfange, das unweigerlich zu ihr hinführen muss, und obwohl ich bei allen Gedichten immer nur an eines denke: bei ihr zu sein, neben ihr zu sitzen, mit ihr zusammen diese Verse zu hören und an unser Leben zu denken und an die Liebe. Ob sie mich vergisst, in den Armen eines Argentiniers, der tausend Mal besser Tango tanzen kann als ich? Bei dieser Musik muss man ja dahin schmelzen. Es ist alles eine rein erotische Veranstaltung.
Faruqs liebster Dichter ist nicht Hafis, obwohl er ihn verehrt, sein liebster Dichter ist nicht Rumi, obwohl er ihn bewundert. Sein Herz schlägt für Chajjam, den »Zeltmacher«, wie man ihn nannte, was sich nicht allein dem Beruf seines Vaters verdankte, sondern was eine zusätzliche Bedeutung hat, die er mir nach und nach erklärt. Es handelt sich um ein Zahlenspiel der Sufi, es heißt *Abschad.* Dabei werden die Buchstaben eines Wortes in Zahlen übertragen, zusammengezählt oder auf bestimmte Weise angeordnet: Dann kommt man auf ihren geheimen Sinn. Im Falle von Chajjam ist das geheime Wort *Ghaqi,* was so viel bedeutet wie: Derjenige, der Hab und Gut verschwendet. Ein Mann, dem irdischer Besitz nichts bedeutet. Einer, der nur sein Zelt braucht, und nicht einmal das.
»Chajjam ist der melancholischste Dichter von allen«, sagt Faruq.

»Er wurde im elften Jahrhundert in Naischapur geboren, eine Zeit der Gedanken und Entdeckungen, eine Zeit der Kriege und der Gewalt. Er schreibt nüchtern vom Rausch, vom Rausch des Glaubens, des Weins und dem der Liebe. Der Wein ist im Islam verboten, doch er entdeckte seine gute Wirkung: Den Trost über die Vergänglichkeit, der den Trinker vergnügt stimmt, und den Genuss, in dem man Wahrheiten auf die Schliche kommt.«

»Ein Trinker?«

Faruq lacht. »Nein, sicher nicht. Es geht ihm mehr um die Erkenntnis, dass man das Leben lieben und genießen soll, solange man kann. Zwar zweifelt er an allem Sinn, doch gerade wegen dieser Sinnlosigkeit, die er erkennt, zeigt er Erbarmen mit den Fehlern aller Menschen.«

»Das verstehe ich nicht«, sage ich.

»Man könnte es so sagen: Eigentlich glaubt er nicht daran, dass in allem ein Sinn steckt, im Töten, im Hungern, in der Grausamkeit, er will sich nicht mit einem übergeordneten Schicksal trösten und sagen: Es wird schon richtig sein, der Himmel hat es so bestimmt. Er sagt sogar: Der Himmel weiß es selbst nicht. Er täuscht uns – und sich.«

»Er ist also ein Agnostiker? Ein Ungläubiger?«

»Die einen halten ihn für einen großen Mystiker, der den tiefsten Wahrheiten des Glaubens auf die Spur gekommen ist, und die anderen für einen ungläubigen Freidenker. Er wird dir gefallen, denn er war ein großer Mathematiker und Astronom, der Erfinder unseres zivilen Kalenders.«

Stundenlang kann Faruq von der Dichtung und besonders von Chajjam erzählen, endlose *Roba'ijat* von ihm rezitieren, Vierzeiler voller Lebensweisheit, Traurigkeit und Schönheit.

Das Himmelsrad gewann nichts durch mein Kommen,
noch wird mein Gehen seine Pracht vergrößern;
auch haben meine Ohren von keinem je vernommen,
warum ich in diese Welt geschickt und aus ihr fort.

Mein liebster Vers ist dieser, obwohl ich ihn nicht wirklich verstehe:

Als wir Kinder waren, gingen wir zum Meister eine Zeit lang,
eine Zeit lang waren wir betört von eigner Meisterschaft;
höre das Ende der Geschichte, die uns wiederfuhr:
Wie Wasser strömten wir und verschmolzen mit dem Wind.

Wie Wasser strömten wir … manchmal frage ich mich, ob ich nicht zu sehr an mich als einzelnen Menschen denke und zu wenig an den großen Fluss, den wir mit anderen bilden.
Faruq und ich diskutieren über Lehrmethoden und beraten uns über den Zustand der Schule. Er erzählt mir, dass Direktor Qiam sich jedem System in den letzten dreißig Jahren angepasst hat, erst den Sowjets, dann den Taliban, und jetzt keine Orientierung mehr hat. Dass er deshalb nichts unternimmt. Es könnte ja sein, dass die Taliban wieder an die Macht kommen, er will es sich nicht mit ihnen verderben, also will er keine Mädchen an der Schule. Es könnte auch sein, dass die Taliban nicht wiederkommen – und von den neuen Herrschern weiß er nichts, also lässt er alles offen, mit anderen Worten: er kümmert sich um nichts. Wohin soll sich die Weide biegen?
»So oder so«, sage ich, »er ist ein Fiesling.«
Dass es in den Klassenzimmern kalt ist, weiß Faruq so gut wie ich. Dass die meisten Jungen für die Jahreszeit zu dünn angezogen in die Schule kommen, auch.
»Faruq«, sage ich, »ich will mit dir über einen Jungen reden, der mir immer wieder auffällt. Er heißt Schoaib. Seine Kleidung ist nicht nur zu leicht, sondern schäbig, dreckig und voller Löcher, schlimmer noch als bei allen anderen. Sicher ist seine Familie sehr arm.«
»Was ist mit ihm?«
»Er ist mathematisch hochbegabt«, sage ich. »Nicht nur, dass er logisch denkt, er kann seine Gedanken auch gut in Worte fassen. Und das, obwohl Schoaib nie seine Hausaufgaben macht. Ich frage mich, was da los ist. Meinst du, ich sollte ihn mal ansprechen?«
Dieser Gedanke spukt mir schon die ganze Zeit im Kopf herum.

Faruq hebt die Brauen hoch, als hätte ich etwas extrem Dummes gefragt. »Natürlich sollst du das.«
»Direkt oder auf Umwegen?«, frage ich. Faruq lacht schon wieder über mich.
»Er ist noch ein Kind«, sagt er grinsend »er ist noch nicht verdorben!«

Am nächsten Tag winke ich Schoaib nach der Stunde zu mir, bevor er mit den anderen Kindern nach draußen stürmt. »Schoaib djan,« frage ich und nehme seine Hand: »Willst du mir nicht erzählen, warum du keine Hausaufgaben machst?«
Er sieht auf den Boden.
»Schoaib djan«, setze ich noch einmal an, »du brauchst keine Angst zu haben. Du bist gut in Mathematik, das ist mir schon lange aufgefallen. Aber du könntest noch viel besser sein, wenn du dir die nötige Zeit für die Hausaufgaben nehmen würdest.«
Wieder warte ich auf eine Antwort.
»Soll ich vielleicht einmal mit deinem Vater sprechen?«, frage ich und lasse seine Hand los. Ich weiß, dass es meistens die Väter sind, die von ihren Kindern im frühen Kindesalter verlangen, die Familie mitzuernähren. Schoaib schüttelt den Kopf. Er spricht so leise, dass ich ihn nicht verstehe.
»Kannst du bitte etwas lauter sprechen?«, bitte ich ihn.
»Er ist im Himmel.«
Jetzt bin ich es, der kein Wort herausbringt. Dass ich nicht gleich daran gedacht habe. Schoaib hat nur eine Mutter. Wahrscheinlich muss er seine ganze Familie versorgen.
Stück für Stück erfahre ich nun die ganze Geschichte: Schoaib ist neun. Er lebt mit seiner Mutter und vier jüngeren Geschwistern im Stadtteil Dedanah, einem der ärmsten Stadtviertel, im südlichsten Zipfel der Stadt. Die dortige Grundschule wurde im Bürgerkrieg restlos ausgebombt. Morgens vor der Schule und nachmittags nach dem Unterricht verdient er sein Geld als Schuhputzer. Sein Arbeitsgebiet liegt im Stadtteil Kart-e-Nau, zu weit entfernt, um zu Fuß hinzugehen, also muss er mehrmals täglich Geld für den Sammel-

bus ausgeben. Wenn er abends seine Münzen zählt und sieht, dass er nicht viel verdient hat, läuft er nach Hause, um das Fahrgeld zu sparen. Sonst müsste er zwei Brote weniger nach Hause bringen.

Die ganze Familie lebt mehr oder weniger vom Einkommen dieses Neunjährigen, sieht man einmal davon ab, dass die beiden ältesten seiner kleineren Geschwister auf der Straße Espand verkaufen. Espand ist ein dunkles Räucherkraut, das vor dem bösem Blick schützen soll. Es ist recht gefragt, viele glauben an solche Rituale; aber Reichtümer kann man damit nicht verdienen. Abends haben alle Kinder zusammen mit ihrer Schufterei ungefähr hundert Afghani eingenommen, an besonders guten Tagen auch das Doppelte.

»Eigentlich hat meine Mutter mir die Schule verboten«, sagt Schoaib wieder ganz leise. »Sie meint, ich bin nun das Familienoberhaupt und damit verpflichtet, meine kleinen Geschwister zu ernähren. Aber ich habe herausgefunden, wie wir für den Schulbesuch Geld bekommen. Und dann war meine Mutter einverstanden.«

»Ach?«, frage ich. »Wie kommt das denn?«

»Wir erhalten von einer Organisation monatlich 2400 Afghani. Ich muss jetzt gehen, Mahboob Sahib.«

Natürlich, er muss jetzt los. Ich lächle ihm zu: »Wir unterhalten uns morgen weiter«, verspreche ich. »Aber für heute habe ich eine Bitte an dich: Geh nicht Schuhe putzen, sondern mach deine Hausaufgaben.« Ich ziehe einen Schein aus der Hosentasche und will ihn ihm in die Hand drücken.

»Nein, Sahib!« Er schüttelt energisch den Kopf. Er hat Recht, ich dürfte es ihm gar nicht geben.

»Bitte«, sage ich, »nur damit ich sehen kann, ob du deine Hausaufgaben richtig machst.«

Er zögert. Das ist ein Argument.

»Nein«, sagt er trotzdem noch einmal.

»Bitt mach jetzt kein Theater!«, sage ich energisch. »Ich bin dein Lehrer und du musst tun, was ich dir sage!«

Er senkt die Augen. Ich sehe, wie er sehnsüchtig nach dem Schein schaut.

»Na gut«, sagt er schließlich. »Ich will nicht ungehorsam sein.« Ich drücke ihm fünfhundert Afghani in die Hand, mehr würde ihn kränken. »Gib das bitte deiner Mutter. Und frag sie, ob es ihr recht ist, wenn ich euch bald einmal besuchen komme. Ich möchte mit ihr über deine Zukunft sprechen.«

Er rennt davon. Ich sehe seinen schmalen Körper, an dem die Kleider schlackern, seinen dunklen Schopf. Er ist nicht der einzige in Kabul, der so lebt. Ich schätze, der Hälfte der Kinder in meiner Klasse geht es genauso. Es ist ein großer Schlamassel; daran denken die Kriegsherren natürlich nicht. Wer zahlt zum Beispiel die Miete? Was ist, wenn seine Geschwister krank werden? Sie brauchen doch auch Kleidung und Schuhe und andere Sachen. Was ist das für eine Organisation? Für all das reicht das bisschen Geld doch gar nicht.

13

Die Lehre und der Weg unseres Propheten ist die Liebe,
uns gebar die Liebe, und sie ist unsere Mutter;
diese Mutter verbirgt sich in uns, sie versteckt sich in uns,
sie versteckt sich vor dem, was wir wurden.

Ich klappe das Buch zu, mit den Versen Rumis, die mein Vater auswendig kann und die er sich im Gefängnis immer vorgesagt hat, die er jetzt mit seiner neuen Brille endlich wieder nachlesen kann, denn das Gedächtnis hat längst nicht für alle Verse ausgereicht, und die schlechten Augen hatten es ihm unmöglich gemacht, sie wieder aufzufrischen. Ich frage mich, weshalb er dieses hier markiert hat, mit einem Knick an der Seite. Ob er mehr an meine Mutter denkt als er zugibt? Oder an seine eigene? Was ist mit den geheimnisvollen Leuten in Kunduz, von denen meine Mutter immer geredet hat? Der zweiten Frau, von der ich hier keine Spur entdecke, kein Foto, nichts? Ist sie doch nur ein Hirngespinst meiner Mutter? Ich kann

meinen Vater nicht danach fragen; es ist schon so schwierig genug mit ihm.
Rumi tröstet mich nicht. Ich habe nach etwas gesucht, das mir hilft, mich fremd zu fühlen, oder etwas, das mir hilft, mich nicht so fremd zu fühlen. Ich weiß nicht, was besser wäre. Ich bin hier geboren und doch ein Gast, ein Gast im Haus meines Vaters, im Land meines Vaters, in der Sprache meines Vaters, und ich bin traurig darüber. »Ausländer« hat mich heute ein Taxifahrer angebrüllt, als ich nicht schnell genug über die Straße rannte, »blöder Ausländer!«.

In meiner Klasse gab es viele »Ausländerkinder« oder »Gastarbeiterkinder«.
So wurden wir genannt, egal, woher wir kamen, und egal, wie gut oder schlecht wir Deutsch sprachen. Nur die Kinder, die deutsche Eltern hatten, waren keine Ausländerkinder. Ich war neidisch auf sie, aber das konnte ich meiner Mutter nicht sagen, weil ich wusste, wie sehr es sie kränken würde. Trotzdem wurde es mir im Laufe der Zeit immer peinlicher, mit meiner Mutter einkaufen zu gehen oder sie sonst irgendwohin zu begleiten. Mit ihrem Tschador, den sie immer um Haar und Schultern legte, hätte sie in Kabul so ausgesehen wie alle anderen Frauen auch, aber in Frankfurt sah man ihr damit noch mehr an, dass sie eine Fremde war. Wenn wir zusammen unterwegs waren, fiel ich als Gastarbeiterkind noch mehr auf, und das wollte ich nicht. Am liebsten wäre es mir gewesen, hätten die anderen gedacht, ich wäre ein deutsches Kind.
In der Schule fiel ich genau deshalb auf: Weil ich nicht »ausländisch« sein wollte – und weil ich mir deshalb auch große Mühe mit meinen Hausaufgaben gab. Außer in Mathe, Mathe war für mich babyleicht, wie man damals sagte. Mein Fleiß gefiel meiner Klassenlehrerin, sie lobte mich vor der ganzen Klasse. Darauf war ich zwar stolz, aber dafür schimpften mich die anderen einen Streber. Streber, Streber, riefen sie mir in der Pause nach. Doch in diesem Fall war mir die Meinung der deutschen Kinder egal, denn ich himmelte meine Lehrerin an, Frau Reitmeier, mit ihrem kastanienbraunen

Haar und ihren sanften Augen. Sie half mir oft, und meine Mutter brauchte mir gar nicht erst zu sagen, ich müsse Respekt vor meiner Lehrerin haben. Um auszugleichen, dass ich ein Streber war, ahmte ich alles nach, was die deutschen Kinder so redeten und machten.
Zum Beispiel hätte ich rasend gern ein eigenes Zimmer gehabt, wie die meisten. Ich schlief mit meiner Mutter sogar in einem Bett. Das zweite Zimmer war unser Wohnzimmer, auch wenn meine Mutter es hartnäckig unser Gästezimmer nannte, wie in Kabul, wo wir unser Gästezimmer allerdings immer Deutschlandzimmer genannt hatten. Das nächste Problem war der Fernseher. Wir hatten keinen. Ewig bettelte ich meine Mutter an, bis sie endlich anfing, für einen zu sparen, und solange, bis sie genug zusammengespart hatte, für ein gebrauchtes Gerät. Der größte Teil unserer Wohnungseinrichtung war gebraucht, denn meine Mutter verdiente nicht viel Geld. Ich freute mich über den Fernseher wie närrisch. Mein Leben war gerettet! Endlich konnte ich in der Schule mitreden, über *Tom und Jerry*, die *Muppets-Show* und *Raumschiff Enterprise*.

Auch über Afghanistan erfuhren wir auf diese Weise Neuigkeiten. Wegen des Kriegs mit den Sowjets waren die Nachrichten voll von Berichten. Es ging immer und immer nur um Truppenbewegungen, Tote und Trümmer. Es ging immer nur um Grausamkeiten, wenn meine Heimat, die ich nicht so nennen wollte, im Fernsehen erwähnt wurde. Keine Rosen oder Zypressen gab es zu sehen, nicht die phantastischen Moscheen, nicht den blauen, blauen Himmel, keine knusprigen Krimrolls und keine gelbe Limonade. Nur Panzer, die das Land platt machten, nur Bomben, die auf Dörfer fielen, nur Frauen, die vergewaltigt wurden. Flüchtlinge waren zu Tausenden unterwegs, noch viel, viel mehr als zu der Zeit, als wir selbst geflohen waren.

Sobald meine Mutter in den Nachrichten oder Reportagen Afghanistan sah, schaltete sie den Fernseher aus. Manchmal sah ich aus dem Augenwinkel, dass sie weinte. Deshalb fragte ich auch nie nach meinem Vater. Ich dachte nur hin und wieder für mich allein an ihn.

14

Heute ist Freitag und ein schöner Frühlingstag dazu. Die Bäume haben sich grün gefärbt. Überall riecht man den Duft ihrer Blüten. Die Spatzen flattern ausgelassen von einem Ast zum andern. Mein Vater und ich wollen den Kabuler Zoo besuchen, der in den Kriegen gelitten hat, aber jetzt mit internationaler Hilfe wieder aufgebaut wird. Wir sind gespannt, wie es dort inzwischen aussieht, denn bei den Kabulis ist er wieder sehr beliebt. Manche Leute erzählen, die Besucher seien so grausam und abgestumpft, dass sie Bälle und Dosen nach den Tieren werfen, um sie zu provozieren. Manche sagen, es sei der traurigste Zoo der Welt. Ich kann das nicht glauben. Tatsächlich aber stehen Warnschilder am Eingang, dass man nichts nach den Tieren werfen soll. Dass man sie respektieren soll. *Habe Mitleid mit der Kreatur,* steht da.

»Viele Tiere wurden im Krieg erschossen und gegessen«, sagt mein Vater.

»Gegessen?«

Mein Vater redet wie ein Wasserfall.

»Die meisten Besucher wollen vor allem die beiden Löwen bewundern. Sie stammen aus China und sind erst seit ein paar Monaten im Zoo. Die Chinesen haben sie uns geschenkt, nachdem der berühmte einäugige Löwe Marjan gestorben ist. Marjan war ein Geschenk des Kölner Zoos, obwohl die Kommunisten natürlich behaupteten, es sei ein Geschenk der DDR gewesen. Hochbetagt war er, und berühmt ist er immer noch. Während des Bürgerkriegs ist ein Mann, der sich für unüberwindlich hielt, in das Gehege des Löwen gestiegen, um seine Kräfte mit ihm zu messen. Marjan machte kurzen Prozess mit ihm. Er verlor danach allerdings ein Auge, weil der Bruder des Getöteten mit einer Handgranate Rache nahm.«

»Seit wann ist er denn tot?«

»Ende der Neunziger gab es einen Moment«, sagt mein Vater, »da war er das einzige Tier in diesem Zoo. Er war abgemagert und seine Mähne zottelig und sein Gesicht verwittert, aber man liebte ihn. Ich habe ihn damals zum letzten Mal gesehen. Ich glaube, er ist im letzten Jahr gestorben oder im vorletzten, was macht das schon. Für die Kabulis ist Marjan ein Symbol für das eigene Schicksal«, erklärt mein Vater, der unverdrossenste aller Lehrer, der hartnäckigste aller Oberlehrer, »für Stolz und Kraft und Überlebenswillen.«

Mein Vater heißt Sher, mein Vater ist ein brüllender, fauler Löwe. Faul sind seine Zähne, faul ist er in seiner Weigerung, mit mir zu reden, über sich. Die Löwen findet er schön, doch dann zerrt er mich zu einem anderen Gehege, er will das Schwein sehen, das einzige Schwein in ganz Afghanistan, ebenfalls ein Geschenk aus dem Reich der Mitte. Eigentlich ist es ein Paar gewesen, doch die Gefährtin des Schweines Kunzhir starb kurze Zeit nach ihrer gemeinsamen Einwanderung.

»Die Chinesen sind großzügig, findest du nicht?«, fragt er sarkastisch und zwinkert mir zu. Er ist misstrauisch gegenüber den Chinesen, und solange sie Kommunisten sind, bleibe ich das, sagt er oft.

Während wir vor dem Gehege des weißen Borstentiers stehen, das mager und erschöpft wirkt, schwärmt er mir von all den guten Sachen vor, die man in Deutschland aus Schweinefleisch zu essen bekommt. »Kochschinken! Schweineschnitzel! Leberwurst!«

Ich fange an zu lachen. »Lauter Dinge, an die ein guter Muslim nicht einmal denkt, Padar djan!«

Er lacht ebenfalls aus vollem Hals. »Nein, ich habe, als ich in Alman war, natürlich kein Schweinefleisch gegessen. Manchmal hätte ich es, ehrlich gesagt, schon gern probiert. Das Einzige, dem ich nicht widerstehen konnte, war das deutsche Bier.«

»Ah, das deutsche Bier!«

»Prost, mein Sohn!«, sagt er und stößt mit einem unsichtbaren Glas in der Luft an.

»Warum sind Sie eigentlich nicht wieder nach Deutschland gekommen?«, frage ich ihn aus einem Impuls heraus. »Deutschland hat das beste Bier auf der ganzen Welt.«

Mein Vater tut so, als hätte er meine Frage nicht verstanden. Kurz zögere ich; aber ich will es endlich wissen. »Verzeihen Sie mir, dass ich das frage: War es wegen meiner Mutter?«

»Aber wie kommst du denn darauf?«, erwidert mein Vater, und er klingt zu meiner Erleichterung ruhig. Weder Zorn noch Kränkung liegen in seiner Stimme. »Erinnerst du dich denn nicht mehr? Azizas Visum ...«

»Nein, nein, ich meine nicht damals«, unterbreche ich ihn. »Ich meine später, als Sie aus dem Gefängnis entlassen wurden, 1986?«

Ich sehe ihn direkt an, seine türkis leuchtenden Augen, und als er den Blick abwendet, weiß ich, dass ich mich zu weit vorgewagt habe.

»Mein Sohn, nimm es doch einfach, wie es ist«, weist er mich nach einer kleinen Pause zurecht. »Ich bin eben hiergeblieben. Nun bist du aber wieder bei mir, und alles ist gut.«

»Nein, Padar djan, nichts ist gut«, bricht es aus mir heraus. »Wissen Sie eigentlich, wie oft ich mir darüber Gedanken gemacht habe? Ich kann auch nicht für immer hier bleiben, das müssen Sie begreifen, ich gehe zurück nach Deutschland!«

Ich weiß gar nicht, weshalb es mich gerade jetzt so überfällt, ich halte wohl das schöne Wetter nicht aus. »Seit unserer Flucht will ich all das wissen!«, schreie ich, »seit wir voneinander getrennt wurden!«

Mein Vater dreht sein Gesicht wieder zu mir zurück und schüttelt müde den Kopf. »Aber ich konnte doch nicht. Kannst du dir denn nicht vorstellen, in welcher Verfassung ich war, als ich aus dem Gefängnis entlassen wurde?«

»Doch, das kann ich.«

»Nein, das kannst du nicht. Hast du jemals nur einen Tag in einer lichtlosen Kammer verbracht, die kalt ist wie ein Kühlhaus?«

»Natürlich habe ich das nicht. Aber war das denn ein Grund, nicht wenigstens einen Brief zu schreiben?«

»Das habe ich doch getan! Aus dem Gefängnis schrieb ich viele Briefe, sehr viele sogar. An Omars Adresse. Aber nie kam eine Antwort.«

»Was?« Ich falle aus allen Wolken. »Das ist doch nicht wahr!«

»Doch. Natürlich ist das wahr.«

»Von diesen Briefen wusste ich nichts.«

»Kein Wunder. Wahrscheinlich wurden sie schon im Gefängnis abgefangen. Aber damals war ich überzeugt davon, dass deine Mutter einfach nicht antworten wollte. Und irgendwie hatte sie auch Recht. Sie hatte immerhin ihre Tochter verloren, weil ich nicht gut genug auf unser Kind aufgepasst habe.«

Ich mache den Mund auf, um etwas sagen, doch er schneidet mir mit einer Handbewegung das Wort ab. Ein Mann rempelt uns an, weil wir mitten auf dem Weg stehen geblieben sind; neben uns im Gehege recken Flamingos ihre roten Hälse.

»Jedenfalls habe ich damals im Kerker mit euch abgeschlossen«, fährt er überhastet fort. »Auch mit dir, Mahboob. Du hast ja auch keinen Versuch unternommen, mich zu suchen. Vor einem halben Jahr konnte ich nicht einmal gehen. Ich lag die ganze Zeit im Bett. Jeder Atemzug hat mir wehgetan. Als ich eines Nachts von Aziza träumte, die mich zu sich rief, dachte ich, jetzt ist es soweit. Darum habe ich geschrieben und den Brief Dr. Jalal mitgegeben, was mich einige Überwindung gekostet hat. Es war die einzige Chance, und ich ahnte, dass er Kontakt zu euch hat. Eigentlich rechnete ich mit deiner Antwort gar nicht. Bist du jetzt zufrieden?«

Er sieht mich durchdringend an. Dr. Jalal hatte dies nie erwähnt. Der Brief hatte einfach im Kasten gelegen. Warum nur? Als ich nicht antworte, räuspert sich mein Vater.

»Wir sollten jetzt nach Hause fahren«, beendet er mit brüchiger Stimme unser Gespräch. Wir gehen die gewundenen, kiesbestreuten Wege zurück, vorbei an vergnügten Familien, lachenden, neugierigen Kindern, es ist eine Tortur.

Schweigsam sitzen wir im Taxi. Den Kopf in die Hände gestützt, schaue ich aus dem Fenster. Dass es immerzu so anstrengend mit uns werden muss. *Auch haben meine Ohren von keinem je vernommen, warum ich in diese Welt geschickt und aus ihr fort,* heißt es bei Chajjam. Am liebsten würde ich die ganze Familiengeschichte begraben, sie verdirbt mir die besten Tage. Kann ich mich nicht ein-

fach freuen, hier zu sein? Mit meinem Vater zusammen, den ich so lange entbehren musste? Muss ich wie ein gottverdammter Racheengel alle Teppiche hochheben, als müsste ich zwanghaft aufräumen oder untergehen? Wir fahren durch die Straßen, Kabul leuchtet und flirrt an diesem Frühlingstag; die Bäume tragen so ein schönes zartes Grün; es gibt noch nicht einmal Smog; und ich möchte weinen, weinen, weinen bis ans Ende meiner Tage.
Die Sache mit den Briefen zieht mir den Boden unter den Füßen fort. Abgesehen davon, ob er sie überhaupt erhalten hätte: Damals hätte ich tatsächlich nicht im Traum daran gedacht, ihm zu schreiben. Ich war viel zu beschäftigt mit anderen Dingen. Ich war beschäftigt mit Viola, meiner ersten heimlichen Liebe. Und damit, ein perfekter Deutscher zu werden. Der Mahboob von damals träumte davon, Martin zu heißen, am besten Martin Meier oder Müller. Er hörte zusammen mit Viola Musik von Cat Stevens oder Tina Turner, und wenn er mit Semino aus seiner Klasse allein war, einigten sie sich darauf, dass Samantha Fox die heißeste Braut war. Der Mahboob-möchte-gern-Martin von damals hätte es für eine Zumutung gehalten, mit seinem Vater Briefe zu wechseln, womöglich auf Dari, obwohl der Vater ja Deutsch sprach und schreiben konnte. Zu der Zeit war der ferne Vater für den Sohn nur noch eine schattenhafte Gestalt aus der Vergangenheit, die in seinem Leben keinen Platz mehr hatte. Mahboob-Martin. Er war zu lange wütend auf ihn gewesen, weil er ihn und seine Mutter allein gelassen hatte. Irgendwann empfand er auch keine Wut mehr. Er radierte den Vater aus seinem Leben aus. Er hatte mit dem Leben, das Mahboob-Martin führte, einfach nichts mehr zu tun.
Erst Doktor Pappelbaum würde ihn fragen: »Und traurig? Waren Sie denn niemals traurig wegen ihm?« Und Mahboob würde nach einer langen Stille nur antworten: »Immer, wenn ich traurig werde, spreche ich mit mir selbst über mich in der dritten Person.«

So wie in der Zeit mit vierzehn, als ich anfing, mir selber die Welt zu erklären. Als ich mit Viola und Semino auf dem Schulhof hockte und

über den Untergang der Welt philosophierte, während wir Unmengen süßer Teilchen vom Bäcker verschlangen, Zigaretten pafften und Musik hörten. Damals dachte ich über Viola nach, und wie ich sie gewinnen könnte, und nicht an meinen Vater in Afghanistan.
Nur als ich etwa mit zehn oder elf darum gekämpft hatte, nicht mehr in einem Zimmer mit meiner Mutter zu schlafen, spürte ich, dass mir da etwas oder jemand fehlte. Vielleicht überhaupt immer dann, wenn ich versuchte, mich irgendwie von meiner Mutter abzugrenzen, und am stärksten wohl, als ich fünfzehn oder sechzehn war. Von einem Tag auf den anderen fand ich es komisch, dass meine Mutter das Fernsehprogramm immer dann wechselte, wenn die Nachrichten etwas über Afghanistan brachten. Und mit jedem Tag fand ich es seltsamer. Ich machte den Fernseher wieder an. Sie schaltete ihn wieder aus. Ich wieder an. Dann verließ sie das Zimmer und knallte mit den Töpfen in der Küche. Ich hinterher. Ich war ein pickliger Flegel und diskutierte mit ihr herum, warum sie den Fernseher ausmachte, warum sie nichts davon wissen wollte, und das alles, obwohl mich solche Sendungen in Wirklichkeit gar nicht interessierten. Wenn es nichts half und sie sich einfach ihrer Kocherei zuwandte, holte ich mit sicherem Instinkt kurz aus und kam ohne Umschweife auf das nächste Tabu-Thema zu sprechen. »Wieso hat uns Onkel Omar eigentlich noch nie besucht?«
An ihrem Gesichtsausdruck sehe ich, dass dieses Thema ihr unangenehm ist. Sie wäscht ein Bündel Kräuter und legt es auf ein Brett.
»Ich würde ihn nämlich gern einmal wiedersehen«, sage ich. »Wir könnten ihn doch mal besuchen gehen.«
Sie hackt die Kräuter und schweigt.
»Oder wir laden Onkel Omar einfach zu uns ein«, schlage ich vor.
»Dazu ist unsere Wohnung zu klein.«
In meinem Zimmer ist gerade genug Platz für mein Bett, meinen Schreibtisch, den Stuhl und einen Schrank, der eigentlich aus einem Regal mit einem bunten Vorhang davor besteht. In unserem Wohnzimmer schläft meine Mutter, seit ich ein eigenes Bett habe, auf dem Sofa. Das Zimmer ist mit Möbeln vollgestopft, einem niedrigen

Tisch, auf dem wir essen, wenn wir nicht an dem ebenfalls winzigen Tisch in der Küche sitzen, mit dem Fernseher auf einem Schränkchen unter der Dachschräge, einem schmalen Schrank für Kleider an der gegenüberliegenden Wand und mit der Kommode, auf der Azizas Foto steht. Es wäre schwierig, dort jemanden zum Essen zu empfangen, zumal zu einem großen Essen. Darunter würde meine Mutter es jedoch niemals akzeptieren.
Trotzdem reitet mich der Widerspruchsgeist: »Erinnern Sie sich noch an unseren Besuch in Mazar-i-Sharif? Onkel Asef hat uns auch nicht gesagt, sein Haus wäre für Gäste zu klein.«
Es ist eine der wenigen Geschichten aus meiner Kindheit, über die ich mit meiner Mutter hin und wieder reden kann. Das letzte Neujahrs- und Frühlingsfest, Nauroz, das wir als Familie gemeinsam erlebt hatten.
»Das war in Afghanistan«, wendet sie, inzwischen etwas unwillig, ein. »Das ist etwas ganz anderes.«
»Aha!«, sage ich. »Das nächste Mal sage ich das auch: Hier sind wir in Deutschland, und das ist etwas ganz anderes!«
Ich sehe sie wieder so herausfordernd an, dass sie die Augen verdreht. Sie murmelt einen leisen Fluch auf Dari. In letzter Zeit werde ich meiner Mutter zu westlich, und sie lässt bei jeder Gelegenheit durchblicken, dass ich mich afghanischer benehmen soll. Vielleicht ist das der Grund, warum sie dauernd afghanische Freundinnen samt deren Kindern anschleppt, die in meinem Alter sind. Ich soll, findet sie, lieber mehr afghanische und weniger deutsche Freunde haben. So geht das, seit sie in diesem afghanischen Kulturverein arbeitet. Obwohl sie sonst von der Heimat nichts hören will, diesen Verein besucht sie andauernd, und ich habe den Verdacht, sie ist auf die Idee gekommen, mir unter den Töchtern der Leute, die sie dort kennengelernt hat, eine Braut nach ihrem Geschmack auszusuchen. Meine deutschen Freunde bringe ich ohnehin nie mit zu mir nach Hause. Ich würde vor Scham tot umfallen, wenn jemand von ihnen herausbekäme, wie eng ich mit meiner Mutter zusammen lebe, noch dazu allein. Lieber treffe ich mich mit ihnen in einem Café, oder

wir gehen zusammen ins Kino. Genau genommen sind es gar nicht meine, sondern Violas Freunde; dabei wünsche ich mir nichts mehr als einmal mit ihr allein zu sein.

»Ich weiß, warum Sie nichts über Afghanistan sehen wollen, obwohl Sie hier nicht genug davon kriegen! Weil es Sie an meinen Vater erinnert! Weil Sie sich nach ihm sehnen und er nichts von sich hören lässt!« Um ihr zu zeigen, wie ernst es mir ist, sieze ich sie.

»So ist es aber nicht«, schreit sie unvermittelt. »Was weißt du schon, du Bengel? Was mischst du dich überhaupt in diese Angelegenheiten ein? Das gehört sich nicht!«

»Und wie ist die Sache denn dann?«, frage ich zurück.

»Er hat uns verraten und in ein fremdes Land abgeschoben. In Wirklichkeit hat er nie vorgehabt, mit uns nach Alman zu kommen, dieser Mistkerl.«

Meine Mutter hat wohl den Verstand verloren.

»Dein Vater ist sehr oft nach Deutschland gefahren, weißt du das noch?«

»Ja, natürlich.«

»Manchmal war er wirklich hier, aber meistens nicht.«

»Und wo war er bitte schön dann?«

»Bei seiner anderen Frau.«

Ich glaube, nicht richtig gehört zu haben. »Er hatte eine Geliebte?« Ich bin ja schließlich aufgeklärt und weiß, was das ist.

Sie schüttelt den Kopf. »Nein, ich meine seine zweite Ehefrau.«

»Seine was?«

Das haut mich, wie ich es Viola gegenüber ausdrücken würde, aus den Pantinen.

»Mutter, das kann gar nicht sein. Für Bigamie kommt man ins Gefängnis.«

Meine Mutter schaut mich mit verengten Augen an, die Pupillen sind ganz klein geworden. »Ich denke, du weißt alles so genau, du Schlauberger! Unsere Religion erlaubt einem Mann die Ehe mit bis zu vier Frauen. Mein Vater hatte neun!«

Natürlich habe ich das gewusst, ich will nur nichts davon wissen. Ich erinnere mich sogar verschwommen an ein oder zwei Familien aus unserer Nachbarschaft, bei denen das so war. Aber ich wäre nie und nimmer auf den Gedanken gekommen, dass das irgendetwas mit uns zu tun haben könnte.

»Und wo soll sie sich versteckt haben, diese zweite Frau? Wieso habe ich sie nie gesehen?«

»Ganz einfach, weil sie nicht in Kabul gelebt hat«, entgegnet meine Mutter. »Dein treusorgender Vater wollte nicht, dass wir uns begegnen, weil er genau wusste, ich würde ihr die Augen auskratzen.«

Sie schnauft laut in ein Taschentuch. »Ihr gegenüber ist er seinen Pflichten getreulich nachgekommen, oh ja, das ist er. Er war öfter bei ihr als in unserem Zuhause. Und jedes Jahr hat sie ihm einen Balg geworfen.«

Wie redet sie denn? Ist sie übergeschnappt? Gallebitter klingt ihre Stimme beim letzten Satz. Und was für Wörter benutzt sie da?

Sie schweigt, und mir geht ein Licht auf: Meine Mutter hat zu wenig Kinder bekommen! Also hat mein Vater sich eine zweite Frau genommen. Weil seine Würde es nicht zuließ, nur zwei Kinder zu haben. Das ist ja das Hinterletzte! Nie im Leben hätte ich ihm so etwas zugetraut. Eigentlich glaube ich das immer noch nicht.

»Und Sie haben sich das einfach so gefallen lassen?«, bohre ich nach.

»Nein, natürlich nicht!«, fährt sie hoch. »Mit allen Mitteln habe ich das zu verhindern versucht. Einmal habe ich sogar gedroht, meinem Leben ein Ende zu setzen, aber das konnte ich ja meiner kleinen Aziza nicht antun. Außerdem war es ja …« – sie macht wieder eine Pause, diesmal werden ihre Augen feucht – »… meine Schuld. Denn ich hatte meinem Mann keinen Sohn geboren.«

»Wie bitte? Was bin denn bitte ich?«

Mir wird schon ganz schwindelig von diesen Neuigkeiten.

»Du kamst erst danach«, sagt sie, »da hatte er schon –«

»Ich kam also zu spät zur Welt?!«, falle ich ihr ins Wort.

»Hätte ich das nur früher geahnt. Wir waren doch sogar zusammen im Krankenhaus, dein Vater und ich, schon viele Jahre vor deiner Geburt. Dort, dachte ich, würden sie mir helfen. Sie haben mich untersucht und gesagt, ich könnte nicht mehr schwanger werden. Nie mehr!«

Meine arme Mutter! So ein garstiger Vater! Ich bin empört. Meine Mutter weint. Und ich habe sie dazu getrieben. Ich sterbe vor schlechtem Gewissen.

Schweigend sitzen wir uns gegenüber. Meine Gefühle sind ein einziges Kuddelmuddel. Und dann dieses grässliche Schuldgefühl: dass ich so spät zur Welt gekommen bin. Wäre ich früher gekommen, säßen wir alle zusammen in Kabul und meine Mutter müsste nicht weinen. Falsch. Wäre ich früher zur Welt gekommen, wäre mein Vater bei uns und ein erfolgreicher Frankfurter Geschäftsmann, und meine Mutter müsste nicht andauernd kochen und Kochkurse geben und afghanische Freunde in unsere winzige Wohnung schleppen. Wenn a mit b, dann c. Wir hätten eine schöne, große Wohnung, in die ich Viola und Semino einladen könnte, ohne mich zu Tode zu schämen.

»Sie sind einfach nicht konsequent!«, werfe ich ihr an den Kopf.

»Wie meinst du das denn jetzt wieder?«

»Mutter«, sage ich – und ich spreche es absichtlich auf Deutsch aus –, »ich verstehe jetzt gut, warum Sie einen Strich unter Ihre Ehe gezogen haben. Aber tun Sie mir einen Gefallen: Seien Sie jetzt auch so konsequent und machen Sie einen Strich unter Ihre Steinzeit-Religion mit ihrer idiotischen Vielweiberei. Die ist es doch, die Ihnen das alles eingebrockt hat.«

»Aber Junge, das eine hat doch nichts mit dem anderen zu tun!«

Es war zwecklos.

Das Wort »konsequent« war damals eines meiner Lieblingswörter. Wer konsequent ist, der entscheidet mit dem Verstand, nicht mit dem Gefühl. Von nun an war ich es, der umschaltete, wenn Afghanistan im Fernsehen erwähnt wurde.

Das verstand ich unter konsequent, meine Mutter dagegen war es nicht. Sie schien immer religiöser und immer afghanischer zu werden – aber vielleicht bildete ich mir das auch nur ein, weil es mir jeden Tag mehr auf die Nerven ging. Immer öfter schleppte sie nun ein Mädchen bei uns zu Hause an, Amena. Die beiden köchelten zusammen und probierten neue Rezepte aus, angeblich für einen neuen Kochkurs. Natürlich durchschaute ich das Manöver. Meine Mutter war drauf und dran, eine Ehe einzufädeln. Mir gefiel Amena aber nicht. Sie war das genaue Gegenteil von der blonden, selbstbewussten Viola. Und je mehr meine Mutter sie mir schönzureden versuchte, desto langweiliger fand ich dieses verhuschte Mäuschen mit ihrem lächerlichen Kopftuch. Außerdem, dachte ich, was bildet Mutter sich eigentlich ein, mich zu verkuppeln? Aber so war sie und so blieb sie und, wer weiß, andere Mütter vielleicht auch. Sie wollen nichts anderes als brave Schwiegertöchter und viele Enkelkinder. Nur darauf richtet sich ihr Sinnen und Trachten. Und wenn man ihnen den Willen nicht tut, gucken sie einen vorwurfsvoll an. Aus jedem Knopfloch schaut einem nichts als Vorwurf entgegen. All das wäre mir erspart geblieben, wäre mein Vater nicht ein solcher Egoist gewesen. Meine Mutter hatte er ins Unglück gestürzt und an mir ließ sie es aus. Zwischen Mitleid und Selbstmitleid war ich hin und hergeworfen. Nein, damals hatte ich keinen Anlass, ihm irgendwelche Briefe zu schreiben.

»Mahboob, wach auf!«
Ich zucke zusammen. Mein Vater zerrt an meinem Ärmel.
»Wir sind zu Hause, steig aus!«
Benommen steige ich aus dem Taxi, dann helfe ich ihm. Abdul kommt uns entgegen, er nimmt meinen Vater am Arm. Ich sehe diesen alten gebrechlichen Mann, der Jahre im Gefängnis verbracht hat, und plötzlich ist es meine Mutter, die ich verabscheue, weil sie mir diese fürchterlichen Geschichten über ihn erzählt hat. Weil sie mir den Weg zu ihm versperrt hat. Ich rufe Abdul zu, dass ich später komme, und renne los, laufe blind im Zickzack durch die Straßen, durch unser Viertel, an der roten Brücke vorbei, immer weiter, bis ins nächste und nächste und nächste Viertel meiner Stadt.

15

»Salam, Malem Sahib«, begrüßen mich die Kinder im Chor.
Ich bitte sie, sich wieder auf den Boden zu setzen. Durch das zerbrochene Fenster pfeift kalter Wind. Meine Kopfhaut zieht sich zusammen, wie soll man da unterrichten? Die Nachmittagssonne scheint draußen so einladend; im Schulhof ist es garantiert wärmer als hier. Hier ist es wie in einem Kühlhaus. Die Kinder sitzen wie immer eng zusammengerückt auf dem blanken Boden. Sie tragen abgewetzte und löchrige Pullover oder dünne Jacken, aus denen sie herausgewachsen sind. Sie sehen mich erwartungsvoll an. Ich sehe aus dem Fenster. Ach, was solls, denke ich und sage: »Heute machen wir draußen im Hof Unterricht!«
Die Schüler gucken ungläubig. Es gibt nur ein Fach, das draußen unterrichtet wird, und das ist Sport, denn eine Sporthalle fehlt. Genau genommen gibt es gar keinen Sportunterricht, der diese Bezeichnung verdient: Die Kinder rennen und machen ein bisschen Gymnastik, das ist alles.
»Gehen wir raus«, wiederhole ich etwas lauter und deute mit Kopf und Arm zur Tür hin, und auf einmal geht alles ganz schnell: Plötzlich herrscht dasselbe Gewusel und Geschrei wie vorhin, als ich kam. Wie soll ich die Kinderschar jetzt im Zaum halten? Unnötig. Der Keftan, der Klassenvorsteher, organisiert ihren Umzug.
»Teilt euch mal auf und bildet vier Linien«, sage ich draußen im Hof und mache es ihnen vor, »stellt euch breitbeinig hin und so, dass jeder Fuß den des Nachbarn berührt! Ich will euch heute den Unterschied zwischen Rechteck, Quadrat und Dreieck beibringen.«
Die Jungen finden es zweifelsohne sonderbar, aber es ist ihnen egal, Hauptsache, sie sind im Freien. Lachend bilden sie vier krumme Linien.
»So, und jetzt stellt die Reihen so zueinander, dass sie an allen Ecken aufeinanderstoßen.«
Es dauert ein bisschen, bis die Kinder sich so aufbauen, wie ich es mir vorgestellt habe. So etwas haben sie noch nie gemacht, und ein

paar wissen nicht so recht, was sie tun sollen. Die Frecheren lachen, schwatzen und machen Grimassen. Ich bugsiere sie an die richtige Stelle. Am Ende steht aber jeder da, wo er hingehört.

»Was für ein mathematisches Gebilde haben wir hergestellt?«, frage ich.

Wieder geht das Schreien los. Ich verziehe das Gesicht und halte mir die Ohren zu. »Ruhe«, brülle ich, sie parieren sofort, nur einige kichern noch gedämpft.

»Wie soll ich denn bei diesem Geschrei verstehen, was ihr sagen wollt? Wer sich melden will, soll die Hand heben. Und ihr anderen seid bitte ruhig.«

Es klappt. Zu meiner Befriedigung wird es schnell still. Schoaib meldet sich.

»Schoaib, was für ein mathematisches Gebilde ist das?«

»Ein Quadrat.«

»Und woher weißt du das?«

»Es hat vier Linien, die aneinandergrenzen und auf diese Weise ein Viereck bilden. Weil alle Seiten gleich lang sind, ist es ein besonderes Viereck, nämlich ein Quadrat.«

Eine klare und logische Erklärung. Ich bin begeistert.

»Das ist vollkommen richtig. Nun wollen wir es aber auch nachprüfen. Denn in der Mathematik … –« ich blicke in die Runde, und die Kinder ergänzen den Satz, den sie von mir gehört haben, im Chor: »… kann alles nachgeprüft werden.«

Ich drücke Hamidullah einen Zollstock in die Hand, um nachzumessen. Die erste Linie ist drei Meter fünfzig lang. Bei der zweiten sind es ein paar Zentimeter weniger, doch das bringt mich nicht in Erklärungsnöte; ich sage Rafiq, der ganz außen rechts steht, er solle sein rechtes Bein so weit verschieben, bis die zweite Linie genauso lang ist wie die erste. Ebenso verfahren wir mit der dritten und vierten Linie.

»Jetzt sind die kleinen Abweichungen beseitigt, und wir können beweisen, dass alle Seiten gleich lang sind. Ich möchte, dass alle mir laut nachsprechen: Wir sprechen von einem Quadrat, wenn alle Seiten eines Viereckes gleich lang sind.«

Diese Schulstunde macht den Jungen Spaß. Den Lehrern, die währenddessen in den Klassenzimmern unterrichten, offenbar weniger. Als ich nach der Stunde das Büro aufsuche, wartet der Mogul schon mit knallrotem, grimmigem Gesicht auf mich. »Es haben sich einige der Kollegen bei mir beschwert, weil es so laut auf dem Hof war«, schreit er, noch bevor ich die Tür geschlossen habe. »Sie sollen die Klasse im Freien unterrichtet haben. Stimmt das? Sind Sie übergeschnappt?«

Ich atme tief durch und schaue ihm in die Augen. Er kocht.

»Ich wollte den Unterricht interessanter gestalten«, sage ich und lasse mich auf meinen Stuhl fallen. »Es war ein Experiment, und zwar ein gelungenes.« Ich strecke meine Beine aus und verschränke die Hände hinter dem Kopf.

Er platzt gleich. »Doktor Mahboob«, er betont jedes Wort und beugt sich mit seinem fetten Gesicht zu mir herunter, »Sie sollten sich wie ein Lehrer benehmen!«

»Ach ja?«

»Die Schüler verlieren die Achtung vor Ihnen. Und kommen Sie mir jetzt bloß nicht wieder mit irgendwelchen Geschichten aus Alman. Sie sind hier nicht in Deutschland, sondern in Afghanistan. Benehmen Sie sich also wie ein afghanischer Lehrer.«

»Sie meinen also, ich wäre ein besserer Lehrer, wenn ich mit einem Stock herumlaufe und frierenden Kindern auf die Hände schlage, während ihr Direktor sich einen Dreck darum kümmert, ob die Fenster repariert werden oder nicht?«

Ich bin aufgesprungen, ich habe die Faxen dicke.

»Was erlauben Sie sich?«, schreit der Mogul.

»Was erlauben *Sie* sich? Ich unterrichte hier freiwillig, weil es keinen anderen gibt, der Mathematik unterrichten kann. Ich bin nicht bei Ihnen angestellt, und wenn ich es wäre, würde ich es nicht anders machen. Sie interessieren sich doch gar nicht dafür, ob die Kinder etwas lernen oder nicht.« Ich steuere jetzt die Tür an und drehe mich noch einmal um. »Ich denke, es ist an der Zeit, dass die Schulbehörde von Ihren Methoden einmal erfährt, Herr Direktor Qiam.«

Ich knalle die Tür zu und verlasse im Eiltempo die Schule. Mein Zorn hat endlich einen Weg gefunden. Und da ich nun schon einmal so in Rage bin, und da sich in Sachen Konto und Geld noch immer nichts bewegt hat, rufe ich in der Botschaft an und lasse mir einen Termin geben, dann rufe ich im Ministerium an, und zwei Tage später sage ich Herrn Schmid noch vor der ersten Tasse Kaffee, dass sich die Frage einer Kontoeröffnung als ein unüberwindliches Hindernis erwiesen hat, und nicht nur die.

»Ihre Vorschriften und die des Ministeriums stehen zueinander im Widerspruch«, erkläre ich. »Ihre Forderung nach einem Konto ist unerfüllbar, wollte man nicht die Richtlinien des Ministeriums verletzen. Deshalb wird die Schule ganz auf das Geld verzichten müssen, falls es keinen anderen Weg gibt.«

Herr Schmid hört sich meine Schilderung mit verständnisvollem Nicken an und bittet mich um einen Augenblick Geduld; er werde dem Herrn Botschafter das Problem schildern.

»Ich bitte darum«, sage ich.

»Etwas Geduld, Herr Malik«, lächelt er dünn. »Nehmen Sie doch bitte im Wartezimmer Platz.«

Ich hasse diese Abhängigkeit.

Nach zwanzig Minuten bittet er mich wieder herein.

»In Anbetracht der von Ihnen geschilderten Umstände macht die Botschaft eine Ausnahme und will Ihnen das Geld in Form eines Schecks aushändigen, aber unter einer Bedingung: Einkäufe und Bestellungen erfolgen nur in Ihrem Beisein. Sie persönlich sind dafür verantwortlich, dass alles mit rechten Dingen zugeht. Können Sie mir das zusagen?«

»Ja«, sage ich perplex, »selbstverständlich.«

»Sie können den Scheck morgen früh gleich abholen.«

Faruq ist entsetzt, als ich ihm am Abend von meinem Streit mit dem Mogul und dem Scheck erzähle.

»Ich weiß wirklich nicht, was schwerwiegender ist«, sagt er. »Du hast alle Kompetenzen überschritten, er wird sich das nicht bieten lassen.«

»Vielleicht bin ich kein perfekter Lehrer, aber er kann mich doch nicht jedes Mal abkanzeln. Unfähig ist er selber. Das kann ich ihm angeblich nicht ins Gesicht sagen. Jetzt habe ich es aber doch getan. Er sagt mir ja auch dauernd, ich soll mich wie ein Afghane benehmen. Wenn das, was er ist, das Musterbeispiel eines echten Afghanen ist, dann kann ich gern darauf verzichten, auch einer zu sein. Wie hältst du es mit diesem Fiesling überhaupt aus?«
Faruq zuckt die Achseln. »Was ich nicht ändern kann, muss ich eben hinnehmen, oder?«
Wir unterbrechen unsere Diskussion, sein Sohn Rashid bringt uns ein Tablett mit Tee und Nüssen. Langsam beruhige ich mich wieder.
»Was soll ich denn deiner Meinung nach tun, Faruq? Soll ich die Kinder lieber weiter auf dem nackten Boden sitzen lassen?«
»Ich weiß es nicht. Ich muss nachdenken.«
Wir sitzen eine Weile stumm da und trinken Tee. Dann erörtern wir verschiedene Möglichkeiten, es dem Mogul schonend beizubringen, doch mein Widerwillen zu taktieren wächst.
»Matheunterricht auf dem Schulhof«, sagt Faruq, mit einem Mal grinsend. »So was hat es in dieser Schule seit ihrem Bestehen noch nicht gegeben. Erzähl mir mal, wie du auf diese Idee gekommen bist.«
»Aus dem Internet.«
»Aus dem Internet?«
»Ja, du weißt doch, es gibt da solche Seiten mit Schulfragen. Man kann sich das, was man lernen soll, besser merken, wenn man sich dabei bewegt. Das wollte ich mal ausprobieren. Das steht wohl auch in allen Lehrbüchern in Deutschland. Heute zumindest. Ich bin früher auch nicht beim Rechnen herumgesprungen.«

16

Als ich dem Mogul den Scheck am nächsten Tag zeige und ihm erkläre, dass ich mich um die Einkäufe kümmern soll und werde, wird er zuerst kalkweiß, dann schweigt er, und schließlich sagt er in kaltem, schneidendem Ton: »Das wird Folgen haben, verlassen Sie sich darauf.«

»Wie war es in der Schule?«, will mein Vater wissen.
»Es war ein anstrengender Tag«, fange ich an und berichte meinem Vater vom Scheck, von meiner Aufgabe und von meinem Streit mit dem Mogul.
»Hast du ihm das wirklich wortwörtlich gesagt?«, unterbricht er mich ungläubig. »Dass du jetzt die Verantwortung übernimmst? Bist du denn bei Sinnen?«
»Ja«, entgegne ich zornig. »Weil ich immer mehr das Gefühl habe, dass er meine Arbeit ganz bewusst sabotiert. So kann ich einfach nicht arbeiten. Ich brauche klare Verhältnisse.«
Mein Vater greift sich an den Kopf. »Bist du noch zu retten, Mahboob?«
»Padar djan«, poltere ich los, »ich habe gelernt, die Dinge direkt anzusprechen, anstatt andauernd um den heißen Brei herumzureden. Ich habe diese ständigen Heimlichtuereien satt, all diese Tricks und Schliche, um etwas zu erreichen. Das ist eines erwachsenen Menschen einfach nicht würdig.«
»Ich sehe, du hast in all der Zeit nichts über die hiesige Kultur gelernt, mein Sohn«, sagt er mit solchem Nachdruck, dass mein Blutdruck hochschnellt. »Hier ist nicht Deutschland. Du könntest sein Sohn sein, und zudem ist er dein Vorgesetzter. Eine Respektsperson, der du Achtung erweisen musst. Ist dir das nicht klar?«

Hier ist nicht Deutschland, hier ist nicht Deutschland, die ganze Zeit äffe ich ihn innerlich nach. Beim Abendessen wird meine Stimmung nicht besser. Wir essen Bolanis, wir haben Abdul geschickt,

uns bei einem Straßenhändler welche zu holen. Ich greife nach den Bolanis mit Spinat, aber mein Vater fängt auf einmal damit an, ich solle doch lieber die mit Kartoffeln essen, weil der Spinat nicht immer sorgfältig genug gewaschen werde.
»Das fällt Ihnen ja früh ein!«, sage ich. Wer hat denn Abdul gesagt, was er kaufen soll, er oder ich? Bockig nehme ich mir die nächste Teigtasche, mit Spinat. Nach dem Essen ziehe ich mich sofort in mein Zimmer zurück, und er schaltet den Fernseher an.

Wenn ich meinem Vater nicht beistimme, streiten wir oft über solche Dinge, und jedes Mal wirft er mir vor, ich sei nicht bereit, mich anzupassen. Warum sollte ich das eigentlich tun, wenn ich mich dabei der Dummheit, der Heuchelei und der Korruption anpassen müsste, anstatt wenigstens den Versuch zu machen, etwas zu ändern? Meistens enden solche Gespräche damit, dass wir mit zornigen Vorwürfen auseinandergehen. Was mich heute aber wirklich erbittert, ist, dass er überhaupt nicht anerkennt, dass die Schule jetzt immerhin Geld erhält, dass ich es durch mein Drängen erreicht habe. Findet er das Verhalten des Direktors etwa richtig? Es kann ja wohl nicht sein. Abgesehen davon, weiß er über die deutschen Verhältnisse gar nicht Bescheid; er ist seit einer halben Ewigkeit nicht mehr dort gewesen. Dass er dem Thema Familie inzwischen wieder so sorgfältig ausweicht, macht mich noch gereizter. Ich habe noch sehr viele Fragen, aber wenn ich Antworten darauf bekommen will, dann werde ich sie ihm abfordern müssen. Das aber wäre respektlos! Seiner Meinung nach bestehe ich ja geradezu aus lauter Respektlosigkeit. Im Moment brauche ich meine ganze Energie für die Schule. Ich kann mich nicht auch noch mit meinem Vater in eine kraftraubende Auseinandersetzung verwickeln. Nicht jetzt.

Am nächsten Tag ist Schulleiter Qiam nicht da. Der Großmogul hat sich krank gemeldet. Siyaar berichtet es allen, die es hören wollen, und sieht mich vorwurfsvoll an. Ich bin erleichtert, denn nun kann ich mit Abdul zusammen anfangen, die Einkäufe zu tätigen. Doch nach Schulschluss begleite ich erst einmal Schoaib in sein Stadtviertel.

Wir gehen von der Schule im Zickzack bis zum Darul-Aman-Palast; offenbar kennt Schoaib den kürzesten Weg. Wir folgen der alten Darul-Aman-Road, laufen die Chilsitun Road entlang und schließlich auf einer Straße ohne Namen. An ihren Rändern stehen Lehmhütten, Kinder holen das Wasser mit Eimern aus einfachen mechanischen Pumpen. Danach verliere ich die Orientierung.
»Ich dachte, wir gehen nach Dedanah?«
Schoaib geht über meine Frage hinweg. Immer häufiger sitzen bettelnde Frauen auf der Erde, im Arm einen Säugling, neben sich ein Kleinkind, mit struppigen Haaren, die Kleidung starrend vor Schmutz. Allmählich kapiere ich. Er wohnt also nicht in Dedanah. Wir sind fast eine Stunde unterwegs und kommen am Rand der Stadt an, vor uns: ein riesiger Platz mit Zelten. Zelte, wohin ich nur sehen kann.
Schoaib lebt in einem Flüchtlingslager.
Ich hatte mich darauf gefasst gemacht, bei diesem Besuch einen Einblick in ärmlichste Verhältnisse zu bekommen. Ich hatte mir irgendeine notdürftig bewohnbar gemachte Ruine vorgestellt, aber nicht dieses Lager mit Hunderten von improvisierten Behausungen aus schief stehenden Stangen und Stoffstücken. Ich überschlage, wie viele Menschen hier leben; unmöglich. Das, was man als Weg bezeichnen würde, ist rutschig vom Schlamm und mit Unrat bedeckt. Im Hintergrund: der Kohe Asmaie, an den sich die Stadt schmiegt wie an einen Schutzwall, die hohe Kuppe, von unerträglicher Schönheit vor dem blassblauen Himmel.
Einige Männer starren mich unverhohlen an, auch Kinder bleiben stehen und schauen, einige folgen uns. Hätte ich geahnt, wohin Schoaib mich führt, hätte ich meinen Lehreranzug gegen einen Shalwar Kamiz getauscht.
»Machen Sie sich keine Sorgen, Malem Sahib«, sagt Schoaib und nimmt mich bei der Hand. »Die Menschen hier hoffen nur, Sie

würden Khairat geben. Lassen Sie uns etwas schneller laufen. Ist besser so.«
Hält er die Leute für so verzweifelt, dass sie sich die milde Gabe, wenn ich sie nicht freiwillig gebe, mit Gewalt holen? Ich rutsche ein paar Mal auf den unbefestigten Wegen aus. »Wo ist euer« – ich weiß gar nicht, wie ich es nennen soll – »Zuhause?«
»Wir sind schon da.« Er zeigt auf ein schwarzes Zelt. Er verlangsamt seine Schritte und bleibt stehen. »Malem Sahib«, sagt er zögernd, »meine Mutter freut sich sehr auf Ihren Besuch. Das hat sie mir noch heute Morgen selbst gesagt. Sie wird sich aber vor Ihnen verhüllen.«
Etwas in seinen Augen erinnert mich daran, was ich selbst vor langer Zeit über meine Mutter und ihren Tschador gedacht habe. »Keine Sorge, Schoaib. Ich verstehe das.«
Überrascht sieht er mich an.

Das Zelt ist spärlich beleuchtet. Meine Augen brauchen etwas Zeit, um sich an die Dunkelheit zu gewöhnen. In der Mitte des Raumes steht ein Holzöfchen, auf dem ein Kessel dampft. Wegen der Kälte wird die Eingangsöffnung sofort wieder zugezurrt. Schoaibs Mutter müsste sich gar nicht hinter ihrer Parda verbergen, die sie sich vor das Gesicht zieht, in diesem schwachen Licht sind ihre Züge ohnehin kaum zu erkennen.
»Meine Mutter, Zahira«, stellt Schoaib vor. »Mein Lehrer, Malik Sahib.«
Schoaibs Mutter zeigt auf eine zusammengefaltete Decke, die sie als Ersatz für ein Kissen auf den Boden gelegt hat, und bittet mich mit einer stummen Geste, Platz zu nehmen. Sie winkt ihre Kinder herbei.
»Salam, Malem Sahib.«
Zwei Jungen und zwei kleine Mädchen kommen schüchtern auf mich zu und begrüßen mich. Sie machen einen freundlichen Eindruck, ihre Gesichter sind gewaschen, ihre Augen lebendig, ihre Kleidung ist geflickt, aber nicht schmutzig. Sie ziehen sich auf die

eine Seite des Zeltes zurück, hinter ihre Mutter, nur Schoaib bleibt neben ihr.
Sie nimmt eine Teekanne von der winzigen Ofenplatte und füllt schwarzen Tee in ein Gläschen für mich, dann für sich selbst. Das größere der beiden Mädchen erhebt sich und stellt eine Schale mit Nachod und Keschmesch vor mich hin. Ich nehme höflich ein paar von den Rosinen, ich habe das Gefühl, ihnen etwas wegzuessen. Meine Augen gewöhnen sich an die Dunkelheit. Auf dem Boden liegt ein Teppich aus grober Wolle, neben dem Holzöfchen steht eine Holzkiste, darauf ein kleineres Kästchen, vielleicht das einzige, was sie auf ihrer Flucht hatte mitnehmen können. Ich warte das zweite Glas Tee ab, dann fange ich vorsichtig an.
»Ihr Sohn Schoaib ist einer der besten Schüler in meiner Klasse. Sie können stolz auf ihn sein.«
Ich glaube, sie unter ihrem dünnen Schal über das ganze Gesicht lächeln zu sehen.
»Ja, mein Schoaib ist ein guter Junge«, antwortet sie. In ihrer Stimme schwingen Stolz und Lebhaftigkeit mit. Sie hat eine überraschend junge Stimme. »Wenn er nicht wäre, ich wüsste wirklich nicht, was nach dem Tod meines Mannes, Allah hab ihn selig, aus uns geworden wäre. Schoaibs Vater wurde kurz vor dem Ende der Talibanzeit schwer verwundet. Er ist gestorben, weil es keine Medikamente für ihn gab.« Sie macht eine Pause. »Wir hatten das Geld nicht«, sagt sie. Dann lobt sie Schoaib überschwänglich dafür, dass er sich so gut um seine Geschwister kümmert. Ich ahne schon, worauf sie hinaus will.
»Er hat es verdient, einmal ein reicher und geachteter Mann zu werden«, sage ich und betrachte ihre Hände, die faltig und ausgemergelt wirken, obwohl auch ihre Bewegungen an eine junge Frau denken lassen. »Er braucht nur eine Chance.«
»Das ist freundlich, Malem Sahib.«
In ihrer Stimme liegt Neugier, aber auch Skepsis. Ich erzähle von der Amani-Schule.
»Die angesehensten Männer Afghanistans haben sie besucht«, sage ich. »Und Schoaib ist klug genug, in dieser Schule mitzuhalten.«

Sie legt eine Hand auf ihre Herzgegend und wendet den Kopf ab.
»Aber daraus wird nichts«, sage ich, »wenn er jeden Tag viele Stunden Schuhe putzen geht.«
Sie schweigt. Im Ofen knackt ein Holzstück. Schoaib sieht beunruhigt zwischen ihr und mir hin und her. Seine Geschwister sind mucksmäuschenstill.
Es wird nicht ausreichen, der Familie mit einem kleinen monatlichen Geldbetrag unter die Arme zu greifen, wie ich mir das die ganze Zeit vorgestellt habe. Sie brauchen dringend eine andere Unterkunft. Wie soll ich es Schoaibs Mutter klar machen, ohne sie zu verletzen? Sie schämt sich ja jetzt schon in Grund und Boden. Ich darf sie noch nicht einmal direkt ansehen. Wo sie wohl herkommt?
Plötzlich höre ich sie ganz leise sagen: »In Pakistan ist es uns besser gegangen. Wir waren Fremde, aber mein Mann hatte Arbeit.«
»Was für eine Arbeit hatte er denn?«
»Er war ein Schreiner, Sahib.«
Sie verstummt. Es sind zu viele Probleme auf einmal. Ich bin nicht gut im Trösten.
»Allah wird ihn schützen«, sage ich. Mir fällt nichts Besseres ein.
»Ja«, sagt sie, »Allah wird ihn schützen.«
Ich überlege fieberhaft. Ich denke an Noor, an ihre Zahnlücke. Was würde sie sagen? *Beim Tanzen ist alles Improvisation.*
»Erlauben Sie mir, eine Möglichkeit zu finden, Zahira Khanum? Für Ihren Jungen? So, dass Ihr Mann stolz auf ihn sein kann?«
Zahira zieht den Schleier fester um ihr Gesicht, eine seltsame Bewegung geht durch ihren Körper. Sie steht auf und verneigt sich mehrmals dankend. Ich verlasse mit Schoaib das Zelt. Er begleitet mich an den Rand des Zeltlagers, dann schicke ich ihn zurück.
Es sind zu viele Probleme, isolieren Sie eines und versuchen Sie es zu lösen. Ich höre die Stimme meines Professors. Ich konzentriere mich auf Schoaib. Wie soll der Junge in einer Umgebung wie dieser die nötige Ruhe zum Lernen finden? Wie soll ich das isolieren? Oder ihn? Die Familie bräche zusammen. *Gehen Sie von einer anderen Seite an das Problem heran.* Also gut. Die Familie braucht eine andere

Unterkunft, Schoaib braucht mehr freie Zeit zum Lernen. *Wo ist der Knackpunkt?* Ich weiß gar nichts vom Leben dieser Frau, Zahira, aber ich weiß, dass es sie befremden würde, wenn ich sie danach fragen würde. Die Situation mit mir allein in ihrem Zelt war für sie wahrscheinlich schon das Äußerste, was sie nach ihren Vorstellungen zulassen durfte.

Als Mahboob an diesem Abend nach Hause kam, war es spät. Er wärmte sich etwas Reis mit Bohnen auf, er wollte Abdul nicht bitten, er und sein Vater schliefen um diese Zeit längst. Mahboob saß lange im Halbdunkel seines Zimmers mit den nackten Wänden und starrte vor sich hin. Er war zu erschöpft von allem, um aufzustehen und sich noch einen Tee mit Kardamom zu kochen. Er hätte gern ein Bier getrunken, ein Bier, das ihn ein wenig einlullen, ihm die Härte des Tages nehmen würde. Er stellte sich vor, wie der Schaum die Lippen benetzte, wie es die Kehle hinunterlief. Er sehnte sich nach Noor. Er zog die Beine hoch und rollte sich, noch in Kleidern, zum Schlafen ein.

17

Der Minister für Bildungs- und Erziehungswesen bittet mich zu einem Gespräch. Ein Sachbearbeiter hätte doch eigentlich genügt. Der Antrag, den wir gestellt haben, war doch so außergewöhnlich nicht. Ob der Mogul mich loswerden will und mich bei ihm angeschwärzt hat? Zuzutrauen wäre es ihm. Hat die Botschaft wegen der Sache mit den Schulkonten im Ministerium angefragt und damit eine Lawine losgetreten? Vielleicht wollen die den Scheck jetzt haben. Den Scheck habe ich aber nicht mehr. Er ist eingetauscht in Farben, Lacke, Fensterglas, und den Rest Barschaft rücke ich nicht heraus, denn wir haben Tische und Stühle bestellt. Abdul und ich haben eine eigene Kalkulation erstellt und beschlossen, dass das Geld, wenn wir auf den Refrigerator und ein paar andere Dinge verzichten, auch für ein paar Renovierungsarbeiten genügt. Wir haben eigenmächtig das Geld umverteilt und Nawid, den Malermeister, und seine Männer engagiert.

Die Warterei im Eingangsbereich dauert eine halbe Ewigkeit, wie es sich für einen so wichtigen Mann gehört. Zeitschriften gibt es hier keine.

»Der Herr Minister erwartet Sie«, schreckt mich eine weibliche Stimme auf.

Eine junge Frau gehört dazu. Sie trägt einen langen ockerfarbenen Rock, darunter braune Lederstiefel mit hohen Hacken. Der oberste Knopf ihrer gelb-weiß gemusterten Bluse ist offen, aber sie trägt brav einen gelben Tschador, nachlässig um Haar und Hals gelegt. Sie lächelt mich an und bittet mich in das Zimmer des Ministers. Ein riesiger runder Tisch aus edelstem Mahagoni mit passenden Stühlen, ein ebenfalls riesiger, teurer Teppich, an der Decke ein glitzernder Kronleuchter, der bei jedem Luftzug leise klirrt, und am anderen Ende des langgestreckten Raums, hinter einem wuchtigen Schreibtisch der Mann, der mich zu sprechen wünscht und sich gerade äußerst beschäftigt über irgendwelche Papiere beugt. Über ihm hängt ein großes gerahmtes Bild des Staatspräsidenten Karzai, mit seiner ewigen schrägen Karakulmütze auf dem Kopf und dem ewigen über die Schulter geworfenen Chappau-Umhang. Der Minister hingegen trägt einen westlichen Anzug mit Krawatte. Er erhebt sich, kommt auf mich zu und schüttelt mir die Hand. »Doktor Malik, wie schön, Sie kennenzulernen! Ich danke Ihnen für Ihr Kommen, und ich danke Ihnen vor allem dafür, dass Sie nach Afghanistan zurückgekehrt sind«, begrüßt er mich überschwänglich. »Haben Sie gut hierher gefunden? Sind Sie genügend ausgeruht? Wie geht es Ihnen? Ihrer Familie?«

»Gut, gut, vielen Dank«, sage ich, *und geschlafen habe ich auch ausreichend*, füge ich in Gedanken hinzu.

Er wendet sich an seine Mitarbeiterin.

»Hamida djan, bringen Sie bitte Tee für Doktor Malik und mich.«

Hamida djan schiebt sich anmutig eine dunkle Haarsträhne unter ihr Tuch und geht in kleinen Schritten unter dem schmalen Rock hinaus. Der Minister macht eine einladende Geste hin zu seinem riesigen Besprechungstisch. »Ich habe Ihren Lebenslauf gelesen und bin beeindruckt von Ihrem Werdegang. Da ich selbst in England studiert habe, kann ich ermessen, mit welchen Schwierigkeiten ein Auslandsstudium verbunden ist.«

Benommen von so viel unerwartetem Lob, bedanke ich mich. Was meint er denn nur mit Ausland? In Deutschland bin ich doch zur Schule und –

»Aber woher kennen Sie denn meinen Lebenslauf?«, frage ich.

»Doktor Jalal hat ihn mir gegeben.«

»Ach?«

»Wir sind eng miteinander befreundet. Er hat Sie mir sehr empfohlen.«

Wir sprechen eine Weile über Dr. Jalal, was dem Minister Gelegenheit gibt, in ein paar Jugenderinnerungen zu schwelgen. Fräulein Hamida, wie ich sie heimlich nenne, balanciert den Tee herein, obwohl es unter ihrer Würde zu sein scheint. Sie wirft einen fragenden Blick zum Minister: Wer wird den Tee einschenken? Sein Untergebener, also ich, oder womöglich als besondere Bezeugung der Gunst, er selbst? Oder sie?

Er nickt mit dem Kopf, sie lächelt gequält, setzt das reichverzierte Tablett ab, zückt die schwere silberne Kanne und gießt mit großem Schwung den Tee in die Gläser ein, deren Ränder mit Gold eingefasst sind. Zuerst dem Minister und dann mir. Sie verlässt den Raum so wie sie gekommen ist, in Tippelschritten.

»Also, wie läuft es denn in der Rumi-Schule?«, erkundigt sich der Minister nach dem dritten Glas Tee.

Ich bin drauf und dran, die Wahrheit zu sagen. Dass der Direktor der Schule faul und unfähig ist und sich bei jeder Gelegenheit selbst zu bereichern versucht. Dass ich unter diesen Umständen eigentlich lieber sofort als später nach Frankfurt zurückfliegen würde, aber nun die Renovierung in die Hand genommen habe. Dass es kein Wunder ist, wie langsam der Aufbau des Landes in Gang kommt, bei

solchen Direktoren. Aber ich bremse mich und erzähle stattdessen, dass das Geld der deutschen Botschaft endlich gekommen ist und wir nun dafür sorgen, es richtig und vernünftig für die wesentlichen Dinge auszugeben, wie Schulbücher und Hefte und ein paar wenige Tische und Stühle, da das Geld ja keineswegs ausreichen wird, um auch noch menschenwürdige Waschräume einzubauen. Nach dieser Nachricht schildere ich zögernd und mit bekümmertem Gesicht und vor allem so, als beträfe es den Minister auf gar keinen Fall, den Bauzustand des gesamten Gebäudes. Ich beschreibe die zerbrochenen Fenster, die trotz der Kälte immer noch nicht repariert wurden, die Einschusslöcher an der zerbrochenen Schulmauer und den Wänden, den trübseligen Schulhof und alles andere auch. Ich erwähne, unter Aufbringung aller Höflichkeitsformeln gegenüber den afghanischen Behörden, die mir einfallen, die bürokratischen Hürden, die mich bislang daran gehindert haben, etwas dagegen zu unternehmen.
»Es gibt also noch viel für Sie zu tun«, stellt der Minister fest. Wie meint er das denn?
»Darf ich offen sein, Herr Minister?«, setze ich an. »Es gibt erhebliche Probleme bei der Umsetzung des Projekts, und ich werde sicherlich erst wieder ruhig schlafen können, wenn es abgeschlossen ist. Meine Zeit hier ist jedoch begrenzt.«
Der Minister verengt seine Augen und bittet mich, es näher zu erklären.
»Herr Minister, ich bin hergekommen, um meiner Heimat zu helfen«, versuche ich mich durchzuwinden. »Dabei ist mir deutlich geworden, dass mir noch vieles über die afghanische Mentalität zu lernen übrig bleibt. Dies war ein Teil des Problems, aber das allein ist es nicht …«
Ich verstumme. Nun weiß ich endgültig nicht mehr weiter. Mein Gegenüber nickt aufmunternd. »Sie sind also in der Schule als störender Eindringling empfunden worden?«, fasst er all das, was ich nicht gesagt habe, treffend zusammen.
»Nein!«, behaupte ich erschrocken. »Der Schulleiter ist freundlich zu mir …« –

»… aber Sie haben nicht das Gefühl, dass Qiam Sahib Ihre Arbeit zu schätzen weiß?«, unterbricht mich der Minister und grinst kurz. Er hebt die Brauen und lässt einen gewissen Spott in seinen Augen aufblitzen.
»Ja, so könnte man es sagen. Mein Eindruck ist außerdem, dass der Wiederaufbau für ihn nicht unbedingt … nicht unbedingt … sagen wir … die höchste Priorität hat.«
Nun habe ich genau das preisgegeben, was ich eigentlich für mich behalten wollte, dass unser fetter, träger, selbstsüchtiger Großmogul als Schulleiter absolut nichts taugt. Das Gefühl, irgendwelche rettenden Brücken hinter mir abgebrochen zu haben, befällt mich.
»Aus diesem Grund glaube ich nicht, dass es Sinn hat, meine Beratungstätigkeit weiter fortzusetzen, nachdem dieses Projekt abgeschlossen ist. Ich gehe zurück nach Deutschland. Ich habe Verpflichtungen.«
Der Minister seufzt. Er dreht seinen Kugelschreiber in den Händen hin und her.
»Malik Sahib«, fängt er in vertraulichem Ton an und beugt sich ein paar Millimeter nach vorn, »ich kann mir denken, wie es Ihnen geht und welcher Art Ihre Probleme sind. Ich kämpfe in meinem eigenen Ministerium ständig gegen Schlamperei, Misswirtschaft und Korruption, ohne ihrer wirklich Herr zu werden. Wie könnte ich so naiv sein, von der Rumi-Schule etwas anderes zu erwarten?«
Nie im Leben hätte ich diese Sätze von einem Mitglied der Regierung erwartet. Wohin soll diese Gesprächstaktik führen?
»Aber Sie wissen doch selbst, was unser Volk alles durchgemacht hat, oder nicht? So viele Jahre Krieg haben die Menschen gleichgültig gegenüber dem Gemeinwohl werden lassen. Gier, Korruption und Egoismus, das waren Eigenschaften, die ihnen das Überleben sicherten. Von Natur aus sind wir aber nicht so, und wir werden uns wieder ändern, wenn die Zeiten besser werden.« Er hat tatsächlich *wir* gesagt. »Genau deshalb, weil wir jetzt eben so sind, wie die Notzeiten uns gemacht haben, wären wir gar nicht imstande, den Wiederaufbau ohne Hilfe von außen zu meistern.«

Aha. So läuft der Hase. Er will, dass ich mir vorkomme, als wollte ich Fahnenflucht begehen.
»Das muss ja nicht so bleiben«, setzt der Minister seine Betrachtungen fort und schaukelt mit seinem Stuhl. »Genau genommen ist das der Grund, warum ich Sie zu mir gebeten habe. Bei uns im Ministerium mangelt es an Fachpersonal, und ich brauche so schnell wie möglich einige Berater mit Auslandserfahrung für den Aufbau der naturwissenschaftlichen Abteilung, die Mathematik mit einschließt. Sie wären ideal für diese Aufgabe.«
»Bitte?«, frage ich. »Wazir Sahib …«, fange ich an und werde unterbrochen.
»Denken Sie darüber nach!«, sagt er und steht unvermittelt auf. Ich stehe ebenfalls auf, außerstande, einen klaren Gedanken zu fassen.
»Sobald Sie können, melden Sie sich bei mir«, fährt er so selbstverständlich fort, als sei er sich meiner Zustimmung längst gewiss. »Biologie, Chemie und Physik werden derzeit nur in Theorie unterrichtet. Es existieren keine Labore und keine Versuchsmaterialien. Es gibt auch viel zu wenig Lehrer, die die nötige fachliche Kompetenz mitbringen. Alle Lehrer mit einem Minimum an naturwissenschaftlichen Kenntnissen müssen so rasch wie möglich fortgebildet werden. Sie werden mich beraten, wie wir das am schnellsten bewältigen. Ach ja, und ehe ich es vergesse: Ich bitte außerdem noch um einen schriftlichen Bericht über die Schwierigkeiten, die sich in der Rumi-Schule ergeben haben.« Er sieht, wie ich das Gesicht verziehe. »Keine Sorge, ich erwarte nicht, dass Sie bestimmte Personen negativ erwähnen«, fügt er lächelnd hinzu. »Es geht mir vor allem um eine Verbesserung der Verwaltungsabläufe. Missstände, die man nicht einfach abschaffen kann, sollten wenigstens minimiert werden.«
Er gibt mir die Hand. Durchdringend schaut er mich an. »Doktor Malik, Sie wollen doch wohl nicht davonlaufen?«
Plötzlich merke ich, dass ich in die Rolle des guten Jungen gerutscht bin, dem der Vater sagt, was er zu tun hat und welche Frau er heiraten soll. Ich halte die Hand des Ministers fest umschlossen und las-

se sie nicht los, obwohl er versucht, sie wegzuziehen. Nun sieht er überrascht auf.
»Wazir Sahib, ich möchte keinen Posten im Ministerium. Ich möchte, dass in dieser Schule etwas passiert. Das Geld, das wir haben, reicht nicht für WC-Schüsseln, Öfen und vor allem nicht für ein paar neue Lehrer, die wir auf die Dauer bräuchten. Das Geld reicht nicht, um auch Mädchen den Schulbesuch zu ermöglichen. Und wenn Sie mich wirklich für so kompetent halten, dann würde ich Ihnen dringend raten, einen Schulleiter einzusetzen, dem die Bildung unserer Kinder und das Wohl unseres Landes mehr am Herzen liegen als sein persönlicher *Refrigerator*!«
Ich lasse seine Hand los. Ich sehe ihn herausfordernd an. Sein Gesicht ist mit einemmal in sich zusammengefallen. Jetzt weggehen, flüstert mir eine Stimme zu, jetzt unbedingt stehen lassen. »Ich danke Ihnen sehr für dieses Gespräch«, sage ich, verbeuge mich und verlasse so schnell den Raum, dass der Minister keine Zeit hat, mir irgendetwas hinterherzurufen.

Im Nachhinein frage ich mich, woher ich diese Frechheit besessen habe und was nun daraus werden wird. Es ist mir egal. Ich habe das ganze Getue hier satt und ich möchte von niemandem für seine undurchschaubaren Zwecke benutzt werden.

Am nächsten Morgen gehe ich in die Schule und unterrichte die Kinder und sehe nach den Renovierungsarbeiten. Wie nicht anders zu erwarten, kommen Nawid und seine Leute zügig voran. Die Kinder sind aus dem Häuschen, alles wird neu, für sie! Der Großmogul ist auch wieder da, er ignoriert mich. Was er tut, weiß ich nicht, auch das ist mir egal.

Ich gehe in meinen Telefon-Shop und rufe Noor an und berichte von meinem seltsamen Abenteuer mit dem Minister. Sie ist wieder wohlbehalten aus Buenos Aires zurückgekehrt und sie sagt noch immer: »Ich warte auf dich.«

Danach habe ich so gute Laune, dass ich zum Bazar laufe und für Noor ein Päckchen zusammenstelle. Ich suche schwarzen und grünen Tee aus, frischen Kardamom und ein Tütchen teuren Safran und eines mit Kumin, es sind die Gewürze, die Abdul am liebsten verwendet. Ich kaufe Rosinen, getrocknete Kichererbsen und einen Beutel feinstes Salz. *Ohne Salz schmeckt gar nichts, und dieses Salz kommt aus dem Hindukusch, es ist rein und besonders wertvoll. In Deutschland im Bioladen würdest du ein Vermögen dafür bezahlen, aber dort gibt es immer nur Salz aus dem Himalaya. Du bist das Salz meines Lebens, liebste Noor, ich wünschte so sehr, du wärst hier bei mir.*

18

Mahboob dachte immerzu an Noor, auch wenn die zahlreichen Schwierigkeiten es in den Hintergrund zu drängen schienen. Er wartete immerzu auf ihre Briefe – sie schrieb allerdings nicht so oft und gern wie er – und musste sich bezähmen, nicht ein Heidengeld für Telefonate auszugeben. Sie klang jedes Mal vergnügt, wenn sie sich sprachen, was ihn irritierte, weil er dann glaubte, die Trennung machte ihr gar nichts aus, während er vor Sehnsucht fast verging.
»Aber nein, Mahboob, so ist es gar nicht«, sagte sie. »Ich freue mich nur so, dich zu hören!«
Mahboob hatte Angst, ob die zarte Pflanze ihrer Zuneigung die lange Abwesenheit überstehen würde, und er war eifersüchtig, weil sie beim Tango ständig ihren Körper in die Nähe fremder Männer brachte. In seiner Eifersucht fühlte er sich – afghanisch. Man könnte auch sagen: hitzig. Bei fast allen Menschen, die er sah, fragte er sich, ob sie in jemanden verliebt waren, und in wen und warum.
In den Straßen von Kabul gab es keine Menschen, die sich an den Händen hielten, wie in Deutschland, oder die sich küssten. Es war nicht immer so gewesen. Ausgerechnet Noor hatte es ihm erzählt, und sie wusste es von ihrer Mutter, die es selbst erlebt hatte.

Als in den Siebziger Jahren die Hippies in das Land ihrer Träume einfielen, verblüfften sie die Kabulis nicht nur mit ihren winzigen Röcken, den abgeschnittenen Hosen, den ärmellosen Hemdchen, den tief ausgeschnittenen Blüschen, also allem, was bei den Frauen mehr betonte als es zu bedecken, sondern vor allem mit ihrem freizügigen Verhalten. Die jungen Afghanen, die trotz der Modernisierung durch die Russen nach wie vor die Frauen aus einem respektvollen Abstand betrachteten, konnten nun auf den Straßen mit großen Augen halbnackte, ineinander verschlungene Pärchen aus dem Westen sehen, die Arm in Arm über den Bazar schlenderten oder auf Parkbänken eher aufeinander als nebeneinander hockten und sich küssten. Für die Menschen, die vom Land in die Stadt kamen, war es ein noch härterer Schock; die jungen Männer kamen ungeniert näher, wie man es bei den Äffchen tat, die zur Unterhaltung durch die Straßen geführt wurden, und begutachteten neugierig Beine, Schultern und vor allem Brüste, das ganze schöne Schauspiel eben, und sie kicherten und lachten und versuchten, das offene helle und dunkle und rote Haar junger Mädchen zu berühren, was sie mit lauten Begeisterungsrufen begleiteten. Die jungen Amerikanerinnen und Europäerinnen wiederum, entspannt durch den Genuss von günstigem wie erstklassigem Haschisch und überzeugt von ihrer Philosophie der Freiheit, waren bereit und in der Laune, die ganze Welt mit Liebe und Anfassen zu beglücken, und ließen alles gern geschehen.

Diejenigen unter ihnen, die dem Heroin verfielen, zogen sich lieber in die Einsamkeit zurück, nur einzelne streiften mit Retterphantasien durch die Gassen und störten sich nicht besonders daran, angegafft zu werden wie eine außergewöhnliche Art von Tieren. Die jungen Hippies zogen durch und übers Land, sie kamen in entlegene Dörfer und brachten viele Überraschungen mit. So entdeckten die konservativsten Paschtunen, die man sich vorstellen kann, besessen von Moral und Anstand, dank ihnen die Pornografie. Sie erstanden auf Allah weiß welchen unerhörten Wegen von den Fremden jene *Zauberhefte* und konnten sich gar nicht genug daran erfreuen.

Bald verlangten sie von den Prostituierten, zu denen sie gingen, eine bestimmte Kostümierung, eine bestimmte Haltung, einen bestimmten Blick. Und nicht lange, dann wollten sie es auch von ihren Ehefrauen, die sich außerhalb des Hauses freilich weiterhin züchtig zu benehmen hatten.
Doch all das war lange vergessen, es war durch die harten Jahre unter den Taliban verdrängt. Die Taliban, die dem Volk Dinge verboten, die sie für ihre obersten Chefs in Anspruch nahmen, und die Finger abhackten, wenn der Nagel daran vielleicht zart lackiert war, wenn nicht gleich die ganze Hand.
Mahboob fragte sich, ob Noor eines Tages vielleicht mit ihm hierherkommen würde. Ob es ihr gefallen könnte, in dieser Stadt voll Staub und Ruinen und Lärm und Lebenslust.

19

Ich habe mit Naim gesprochen, er hat mir von einer Vereinigung erzählt, die verwitwete Frauen unterstützt, er wusste nur nicht, wie sie heißt. Ich habe mit Faruq gesprochen, er hat mit seiner Frau gesprochen, sie hat mit einer politischen Vereinigung von Frauen gesprochen, die ihr wiederum eine Adresse gegeben hat. Zahira könnte einen Nähkurs machen. Ein Verein von Auslandsafghanen bietet diese Ausbildung an und stellt auch die Nähmaschinen. Die Frauen werden in der Zeit ihrer Lehre finanziell unterstützt, bis sie in der Lage sind, von ihrer Arbeit zu leben.
»Wir haben noch mehr Kinder wie Schoaib in der Schule«, sagt Faruq.

Das Haus meines Vaters wirkt inzwischen viel freundlicher, nicht mehr so traurig und verlassen. Abdul hat angefangen, die alten Rosenstöcke vor dem Haus freizulegen und zu sehen, in welchen noch Leben steckt. Wenn er mit den Hausarbeiten fertig ist, beschäftigt er sich neuerdings gern im Garten. Mit einer Sichel hat er das Eckchen Rasen, das aus unerfindlichen Gründen nicht niedergetrampelt worden ist, gemäht. Er hat die vorhandenen Büsche beschnitten, Laub geharkt und überall Gestrüpp entfernt. Auf der Terrasse hat er die Fliesen blank gescheuert; es fehlen nur noch die schönen dicken Kissen und Matratzen, die wir in meiner Kindheit im Sommer hier hinausgelegt haben, um in besonders heißen Nächten darauf zu schlafen. Ich erzähle ihm, dass der Garten früher der Stolz meiner Mutter gewesen ist.

»Das fehlt ihr in Frankfurt«, behaupte ich, obwohl ich noch nie darüber nachgedacht habe, »sie hat keinen Garten. Nur einen Balkon. Dort züchtet sie Kräuter und ein paar Blumen, aber es ist nicht viel Platz.«

»Der Garten, Sahib,« sagt Abdul und setzt eine wichtige Miene auf, »der Garten ist das Abbild des Paradieses. Er erinnert uns daran. Auch in meiner Kindheit gab es einen Garten, er war nicht groß, aber mein Großvater liebte nichts mehr, als darin seine Rosen zu züchten.«

Beschämt, solange von sich selbst gesprochen zu haben, senkt er die Augen.

»Wo war dieser Garten, Abdul?«, frage ich. Ich habe ihn noch nie danach gefragt, wo er eigentlich herkommt.

»In der Nähe von Herat«, sagt er, dreht sich um und macht sich am Wasserhahn zu schaffen. Ende der Durchsage, heißt das, ich muss ihn ein anderes Mal fragen.

Seltsam, wie sehr ich mich daran gewöhnt habe, dass er da ist. Dass wir einen Diener haben. In Frankfurt käme mir das mehr als sonderbar vor, aber hier wäre es seltsam, hätten wir keinen.

Ich besorge Abdul Samen für neue Pflanzen bei einem Händler im Bazar und ein Buch über die Gartenkunst. Er kratzt sich am Hals, schnuppert an den Tütchen mit den Samen und sinniert über ihre Aufschrift; er blättert das Buch durch und betrachtet die Zeichnungen, dann legt er es beiseite.

»Taschakor, taschakor«, sagt er, »vielen, vielen Dank.«

Plötzlich habe ich einen Verdacht. »Abdul«, frage ich, »kannst du lesen?«
Abdul macht eine Kehre und verschwindet hinter dem Haus. Wie dumm von mir. Er wird sich zu Tode schämen. Soll ich es ihm nun beibringen? Gibt es eine Schule für Erwachsene in Kabul?
Ein paar Tage später sehe ich, wie er im Garten steht und überlegt, in welche Löcher, die er gegraben hat, er welche Samen einstreuen soll. Ich gehe zu ihm. Ich tue so, als würde ich einfach mit ihm überlegen und nenne beiläufig die Namen der jeweiligen Blumen. Tulpen, Rosen, Mimosen, Vergissmeinnicht. Zuerst geniert er sich etwas, doch über die Freude an den zu erwartenden Schönheiten vergisst er es schnell. Er sieht mich dankbar an.
Jeden Tag sieht er nach den ausgesäten Stellen, gießt hier, zupft da, recht und fegt. Mein Vater ruft ihn gerade dann oft zu sich, man könnte glauben, er wäre eifersüchtig auf die kommenden Blumen. Ich frage ihn, ob ich vielleicht – zusätzlich zu Abdul – eine Krankenpflegerin aus der Nachbarschaft einstellen soll.
»Ich komme gut genug allein zurecht«, behauptet er.
Daran habe ich meine Zweifel, auch wenn ich sie nicht laut ausspreche. Ich zögere sogar, ihm Ausflüge vorzuschlagen, aus Sorge, dass es ihm zu anstrengend werden könnte. Nur wenn er mit mir zankt oder mich belehrt, hat er Energie für drei.
Aber manchmal gibt es Frieden, dann setze ich mich bei schönem Wetter mit ihm in den Hof und lasse Abdul schwarzen Tschai und Krimrolls bringen. Manchmal ist mein Vater dann ganz zufrieden, und ich sehe an der Tanne hoch in den Himmel und träume, oder ich necke Abdul, ob er nicht heiraten will. Aber Abdul schüttelt immer den Kopf. Eigentlich ist er gar nicht so übel, er ist gut gebaut, er hat gesunde Zähne und ein freundliches Wesen. Da fällt mir Malem wieder ein. Ob er wohl seine hellhäutige Braut gefunden hat? Ob er vielleicht irgendwo in dieser Zweieinhalbmillionenstadt lebt und Kinder groß zieht? Ich würde es ihm so sehr wünschen.

Die Nachrichten des Tages werden von einer Frau verlesen. Mein Vater ist schon zu Bett gegangen, ich sehe die Spätnachrichten allein. Sie ist nach den islamischen Hidjab-Vorschriften gekleidet, man sieht ihre Haare nicht und keine Arme, keinen Hals, nur das Gesicht und ihre Hände. Allerdings trägt sie Lippenstift, und zwar einen knallroten. Ist das neu? Es würde einer Revolution gleichen.
Ich kann nicht darüber nachdenken, denn die wichtigste Nachricht des Tages, gleich zu Beginn der Sendung, trifft mich wie ein Schlag: Das Bild eines Ministers wird gezeigt, dann sein zu Schrott gefahrener Dienstwagen, ein dunkelblauer Landcruiser.
»Der Transportminister Dr. Jalal ist auf dem Weg zur Arbeit erschossen worden«, sagt die Sprecherin. Der Attentäter habe dem Fahrer mehrere Schüsse in den Kopf verpasst. »Das Auto raste mit voller Wucht gegen ein Haus. Daraufhin wurde das Fahrzeug von mehreren Seiten unter Feuer genommen. Das Ganze dauerte kaum eine Minute, und keiner der Insassen hat überlebt, auch nicht der Fahrer und die beiden Bodyguards. Wer die Täter waren, ist bislang nicht bekannt. Vielleicht die Taliban, vielleicht aber auch politische Feinde oder eine kriminelle Organisation.«
Dr. Jalal! Ohne ihn wäre ich jetzt nicht hier. Ohne ihn –
Ich starre auf den Fernseher, blitzartig laufen mir die Bilder unserer Begegnungen durch den Kopf, zuletzt die bei der Afghanistankonferenz im vergangenen Jahr, zu der er mich eingeladen hatte. Meine Mutter hatte mir irgendwann einmal erzählt, dass er wie mein Vater, den sie nur flüchtig dabei erwähnte, ein Schüler der Amani-Schule gewesen sei, und dass er wegen seines überragenden Abschlusses wie mein Vater in Deutschland hatte studieren können. Er war danach geblieben, als Politikwissenschaftler. Erst seit der Vertreibung der Taliban war er häufig nach Afghanistan gereist, bis er dort zum Minister der Regierung Karzai benannt worden war. Ich muss daran denken, wie er mich in Bonn wie einen Sohn in die Arme geschlossen und mich mit in sein Hotel genommen hatte, in dem viele hochrangige Politiker wie er untergebracht waren. Er hatte mich ihnen vorgestellt, er hatte sich meiner in jeder Hinsicht wie ein vorbild-

licher afghanischer Verwandter angenommen; sicher auch, weil er früher mit meinem Vater befreundet gewesen war und ihn mir vielleicht ein bisschen ersetzen wollte. Obwohl er meinen Vater sonderbarer Weise nie selbst besucht hat, seit er wieder aufgetaucht war.
Bei jener Konferenz hatte er mir viel erzählt, was ich nur mit halbem Interesse aufgenommen hatte, doch durch seine Berichte über das, was sich in Kabul in der Politik hinter den verschlossenen Türen abspielte, hatte ich für einen Augenblick das Gefühl, Einblicke zu gewinnen, die sich mir als Außenstehendem, der ich ja war, sonst niemals eröffnet hätten. »Wir brauchen jetzt unbedingt eine geistige Elite, um das Land aufzubauen. Jede Hilfe ist willkommen!«, hatte er gesagt und mir dann ungefragt den Job an der Schule vermittelt.
Nun ist Dr. Jalal tot, erschossen und zerfetzt, und ich habe ihn hier in Kabul nicht ein einziges Mal getroffen. Das Land, das er so sehr geliebt hat, hat ihm seine Hilfe schlecht zu danken gewusst.
Abdul kommt ins Zimmer, will wissen, ob ich etwas brauche, und findet mich ganz aufgelöst vor. »Was ist denn los?«, fragt er erschrocken.
Ich versuche es ihm zu erklären, doch ich merke, dass er nicht wirklich begreift, was mich ausgerechnet an diesem Attentat so in Verzweiflung stürzt. In Kabul werden schließlich täglich Morde begangen. Aber er setzt sich zu mir und schaut mit mir die Nachrichten zu Ende an.
»Geh nur, Abdul«, sage ich irgendwann. »Geh nur, leg dich hin.«

Längst hat ein anderes Programm begonnen, doch immer noch sehe ich das demolierte Fahrzeug vor mir, umringt von Polizisten, die Schaulustige auf Abstand halten, und höre die Sirenen heulen. Außerstande, das Gerät auszuschalten, bleibe ich bis Mitternacht vor dem laufenden Fernseher sitzen. Ich möchte ins Bett gehen, schlafen und vergessen. Ich schaffe es nicht. Ich muss unbedingt mit jemandem sprechen. Wie soll ich jetzt alle Probleme in der Schule ohne Dr. Jalal bewältigen? Das Programm ist zu Ende, ich schalte den Fernseher aus. Ich habe das Gefühl zu ersticken. Ich weiß nicht, was ich machen soll. Ich gehe in den Garten und laufe hin und her, über mir ein fetter Kabuler Mond. Ich gehe wieder ins Haus. Noor, denke ich, ihre Stimme. Aber der Telefon-Shop ist längst geschlossen. Faruq? Er schläft längst.

Ich gehe nach oben. Als ich an der Tür meines Vaters vorbeikomme, bleibe ich stehen. Ich lausche. Vorsichtig öffne ich seine Tür. Noch bevor ich ganz im Raum bin, höre ich ein Geräusch, dann bellt es aus dem Dunkel: »Wer ist da?«

»Ich bin es, Mahboob, Padar djan«

»Was gibt es denn?«, knurrt er.

»Ich muss Ihnen etwas mitteilen.«

»Um diese Zeit?«

»Bitte.«

Im Dunkeln höre ich ihn herumnesteln, dann sehe ich ein Streichholz, er zündet die Öllampe neben seinem Bett an. Langsam tauchen seine Umrisse in der Dunkelheit auf, er hantiert mit seiner Decke und bringt die Beine in den Schneidersitz, dann sehe ich sein zerfurchtes Gesicht. Er hat sich seine grobe Wolldecke über die Schultern gelegt.

»Mach die Tür zu«, sagt er barsch. »Es kommt kalte Luft rein. Du weißt doch, dass ich Kälte nicht vertrage.«

Ich schließe die Tür und setzte mich ihm gegenüber auf den Boden, vor seine Matratze.

»Was gibt es denn?«, wiederholt er.

»Padar djan, es ist etwas Schreckliches passiert. Dr. Jalal ist ermordet worden, Dr. Jalal«, sprudelt es aus mir heraus.

»Und deswegen reißt du mich aus dem Schlaf?«, unterbricht er mich. »Tausende von Politikern sind in den letzten Jahrzehnten ermordet worden. In den Kriegsjahren sind Millionen Menschen gestorben. Auch deine Schwester ist gestorben. Jetzt ist eben auch mal ein Minister gestorben. Na und?«

Seine Gleichgültigkeit erschüttert mich bis ins Mark.

»Na und, na und!«, äffe ich ihn nach. »Dass Dr. Jalal ein sicheres und bequemes Leben in Deutschland aufgegeben hat, um hierherzukommen und diesem verfluchten Land zu helfen, interessiert dich also einen Scheißdreck. Das ist doch mal wieder typisch! Warum rackere ich mich hier eigentlich für euch egoistische Idioten ab? Ich bin auch freiwillig gekommen, genau wie Dr. Jalal, und jeder behandelt mich wie einen Schuhabstreifer. Ich sage dir eines: Genau wegen Menschen wie dir wird Afghanistan bis zum jüngsten Tag ein verdammtes Dreckloch bleiben!«

Ich zittere am ganzen Leib vor Zorn. All die Verbitterung, die sich in den letzten Monaten in mir angestaut hat, entlädt sich. Sogar geduzt habe ich meinen Vater, eine Herabwürdigung, die nur durch eine Handgreiflichkeit noch zu überbieten wäre. Doch ich habe schon viel zu lange viel zu vielen Leuten einen Respekt erwiesen, den sie nicht verdienen. Mir ist, als müsste ich um mich schlagen, wenn ich nicht auf der Stelle dieses Zimmer verlasse, doch als ich aufstehen will, packt mich mein Vater am Arm und zwingt mich in die Hocke zurück.

»Was bildest du dir eigentlich ein?« Er brüllt wie in seinen besten Zeiten. »Du großkotziger Rotzlöffel! Nichts als Zahlen und Geometrie hast du im Schädel, müßige Glasperlenspiele, aber keine blasse Ahnung von Handel und Wandel und gutem Benehmen. Du weißt nicht einmal, wie man einen Vorgesetzten um den Finger wickelt. Hast du ihm je gesagt, wie sehr du ihn bewunderst? Nein, im Gegenteil! Auf einen Schlaumeier wie dich haben wir hier gerade noch gewartet! Weißt du überhaupt, was hier in den letzten zwanzig Jahren los war, während du es dir in Deutschland gemütlich gemacht hast? Warum gehst du nicht und versuchst die Deutschen zu belehren? Du wirst schon sehen, ob sie sich von dir etwas sagen lassen! Komm wieder, wenn du ein bisschen Anstand und Respekt gelernt hast. Und jetzt raus mit dir!«

Diese Nacht wird ein einziger langer Albtraum. Mein Herz rast, und mit immer höherer Geschwindigkeit drehen sich die Gedanken in meinem Kopf im Kreis: Ich will nach Hause, so schnell wie möglich. Ich gehe gleich morgen ins Reisebüro und buche mir einen

Flug. Im Kleiderschrank suche ich Noors hellroten Schal, den ich als Erinnerungsstück mitgenommen habe. Damit niemand – auch Abdul nicht – ihn findet, habe ich ihn ganz unten in einer Plastiktüte versteckt. Den Schal an mein Gesicht gedrückt, vergrabe ich mich unter der Decke, bis ich nichts mehr denke oder fühle.

٣

Der Himmel ist ein Taschenspieler

فلک افسونگر است

Wenn du eine hilfreiche Hand brauchst,
so suche sie am Ende deines eigenen Arms.

Afghanisch-persisches Sprichwort

I.
In den Strassen von Kabul

1

Das erste Haus, das der Makler mir zeigt, gefällt mir, doch es liegt direkt an in der Kotche Qasabi, der berühmten Butcher Street mit ihren Metzgereien. Überall hängen geschlachtete Tiere – Kühe, Kälber und Schafe – an dicken Eisenhaken, und es stinkt nach getrocknetem Blut. Ich schüttle den Kopf. Das zweite Haus ist ein paar Ecken weiter, in der Sarak-e-Najara, der Schreinergasse, in der es fast nur die einfachen Lehmhäuser gibt, sie liegt ganz in der Nähe des Park-e-Kart-e-Se, einer kleinen Grünanlage. Die Gasse ist mit Beton gepflastert, es gibt eine hübsche grüne Moschee, eine Tandoori-Bäckerei, einen Milchladen, vor dem große Messingbehältnisse für die Milch stehen, und ein paar Kebabhäuser. Das Haus ist einstöckig, vollständig renoviert, die Küche ist sogar mit weißen Kacheln gefliest und – es hat einen Innenhof mit Terrasse.

»Wieviel?«

»Tausend Dollar.«

»Bitte?« Wofür hält er mich? Für einen Regierungsbeamten? »Mehr als vierhundert kann ich nicht ausgeben« Das Haus ist eigentlich genau das, was ich suche.

Der Makler versucht sofort, mir eine Zwei-Zimmer-Wohnung aufzuschwatzen. »Da Sie allein sind, ist das genau richtig für Sie: Sie müssen sich nicht um den Hof kümmern. Es gibt keine Nachbarn, die stören. Vor Diebstahl ist man sicherer als in einem Haus, und es ist viel billiger, nur zweihundert Dollar!«

Aber ich möchte mich nun einmal gern nachmittags, wenn ich von der Schule komme, in meinen eigenen Hof setzen können. Dan-

kend verabschiede ich mich: »Ich werde mich anderswo umsehen.« Das meine ich wörtlich, aber es wirkt, als wollte ich den Preis drücken.
»Ich werde noch einmal mit dem Eigentümer des Hauses reden«, verspricht der Makler auf der Stelle. »Ich glaube, er würde bis auf siebenhundert heruntergehen.«
Bedauernd schüttle ich den Kopf. »Tut mir leid. Auch siebenhundert sind zu viel«, lehne ich das erneute Angebot ab.
Einen Tag später schickt der Makler einen Boten: Der Eigentümer sei mit vierhundert Dollar einverstanden.
Nun muss ich meinem Vater klarmachen, dass ich nicht länger bei ihm wohnen werde. Seine Reaktion ist ganz gekränkte Würde. In den Tagen vor meinem Umzug wechseln wir kaum ein Wort miteinander, und auch Abdul schleicht geknickt um mich herum.

2

In der ersten Zeit nach seinem Umzug saß Mahboob am Abend oft allein im Hof auf seiner Terrasse und tat nichts. Er versuchte zu begreifen, was geschehen war, wo er war, wer er war. Jahrelang hatte er sich nach seinem Vater gesehnt, und dann war er auf einen zerrütteten alten Mann getroffen, der vom Leben nichts mehr wollte. Was hatte er eigentlich erwartet? Wie hätte denn dieser Vater sein sollen, den er als Kind selten gesehen und dann für sich abgeschrieben hatte? Ein Held? Ein erfolgreicher Unternehmer? Ein kluger, weiser Mann?
»Der Himmel ist ein Taschenspieler«, sagte Sher Ahmad stattdessen oft und versank in tiefes Schweigen. »Der Himmel täuscht uns so oft wie das Schicksal.«
Hätte Mahboob fragen sollen, was ihm, dem Vater, dieser Satz bedeutete? Hatte er sich nicht um ihn gekümmert? Ihm das Haus schön gemacht, ihn zum Arzt geschleppt und ihm Gesellschaft geleistet?
»Was ist das für ein Leben?«, hatte Mahboob ihm vorgeworfen.

»Was soll das für ein Leben sein? Was meinst du damit, Mahboob?«, hatte der Vater geantwortet.
»Tag um Tag sitzt du hier herum! Du hast keine Aufgabe, du gehst nicht aus dem Haus, du siehst keine Menschen, mit denen du sprichst! Du sitzt hier herum, als würdest du die ganze Zeit nur auf eines warten: den Gevatter Tod!«
Der Vater hatte ihn ungläubig, dann zornig, und schließlich unendlich traurig angesehen.
»Ich bin alt, Mahboob. Ich versuche mich zu erinnern. Erinnerung ist alles, was bleibt. Was bleibt, ist der Versuch zu verstehen.«

Manchmal hatte der Vater im Schlaf geschrien, und Mahboob war davon hochgeschreckt. Wenn er nach ihm sehen wollte, hatte der alte Mann ihn fortgejagt, lass mich, geh weg, es war ihm peinlich. An manchen Tagen war der Vater rast- und ruhelos durch das Haus gegeistert, dann hatte er seinen Stock gegriffen und war verschwunden. Mahboob hatte keine Ahnung, wohin er ging; Abdul behauptete, zu einem Freund, und hob die Brauen. Niemals war Mahboob hinterhergegangen, obwohl er gern gewusst hätte, was der Vater tat.
Der Himmel ist ein Taschenspieler, dachte Mahboob, während er in den Hof sah, den er nun sein eigen nannte, den er angemietet hatte, der ihm völlig fremd war. Ein paar alte, verwachsene Büsche trugen gelbe Blätter, der Rasen war vertrocknet, ein Maulbeerbaum war das einzige, was unverdrossen wuchs und blühte.

Mahboob war zweiunddreißig Jahre alt. Er hatte keine Kinder. Er war in eine junge Frau verliebt, die 6000 Kilometer von ihm entfernt fremde Männer in den Arm nahm und sich eng an sie schmiegte, um mit ihnen Tango zu tanzen. Früher, wenn er allein war, hatte er oft mathematische Probleme vor sich hingemurmelt; hier gelang es ihm nicht mehr. Das, was er sah, war zu stark, um an etwas anderes denken zu können.
Der Himmel ist ein Taschenspieler, ein Gauner, ein Trickbetrüger – aber was sollte das heißen? Mahboob sah hinauf zu den Ster-

nen, die so arglos glänzend zwischen leichten Schwaden zu sehen waren, zumindest, wenn die Winde günstig standen und der Smog die Stadt verließ.

Er dachte an die Nächte, die er als Junge unter freiem Himmel verbracht hatte. Wie sie Matratzen und Kissen und Decken auf die Terrasse getragen hatten, wenn es zu heiß und stickig war, um im Haus zu schlafen. Wie er sich eng an Aziza gedrängt hatte, weil ihm die vielen Geräusche im Freien unheimlich waren. Wie Aziza ihm Geschichten aus Tausendundeiner Nacht erzählt hatte, oder irgendwelche anderen Märchen, die sie sich ausgedacht hatte.

Ihm fielen die kleinen Affen ein, die von irgendwelchen Landbewohnern in die Stadt gebracht und an langen Leinen durch die Straßen geführt wurden, um die Leute mit ihren Tricks und Späßen zu unterhalten, wofür man ihnen ein paar Afghani in die Schüssel warf oder ihnen Essen und Trinken anbot. Waren die Äffchen nicht auch eine Art Taschenspieler?

Mahboob dachte an die Wochen, wenn die Kinder nicht in die Schule gingen, sondern sich die Zeit bei Tanten und Onkeln, Cousins und Cousinen vertrieben. Er erinnerte sich an hohe, schlanke Zedern, unter denen er im Gras gesessen hatte, ohne genau zu wissen, wo es gewesen sein könnte. An eine Wiese und Rosen, zwischen denen ein großes Tuch für ein Picknick ausgebreitet war; an die endlos langen Sommer, in der Hitze, an die er sich allmählich wieder gewöhnte. Wo gab es jetzt Gärten mit Rosen? Vielleicht in den Höfen der kleinen Moscheen, die überall in der Stadt zu finden waren? Wer kümmerte sich darum? Wer reparierte alles?

Und so zogen Mahboobs Erinnerungen ihn wieder hinaus in die Stadt, und er nahm die Spaziergänge wieder auf, die er vor einigen Monaten schon einmal aus Verzweiflung unternommen hatte. Inzwischen war es Juni, und die Tage wurden immer heißer.

Mahboob lief kreuz und quer, er ließ sich treiben, so gut er es konnte, denn sein systematischer Charakter führte insgeheim Tagebuch über die Ecken und Viertel, die er »absolvierte«, und legte einen inneren Stadtplan an. Alles ließ sich mathematisch beschreiben, Vehikel waren Vektoren im dreidimensionalen Raum, Straßen waren Kanten, die Knotenpunkte in einem Graphen verbanden, und die Anhäufung von Geschäften Cluster, die städteplanerische Hinweise gaben. Für den Verkehr stellte er ohne Absicht Hochrechnungen an, er zählte Leute auf Fahrrädern, Männer mit Bärten und Turbanen, die vom Land kamen und große, zusammengeschnürte Ballen transportierten, Männer, die auf dem Sattel in die Pedale traten, während ihre Frauen in der Burka seitlich auf dem Gepäckträger saßen, Kinder, die zu zweit auf dem Drahtesel balancierten und lachten. Er beobachtete die Vielzahl von Händlern, die schwere Handkarren schoben, die sogar hübsch bemalt waren, mit leuchtend roten, blauen oder grünen Stoffdächern, deren Schatten ihre Waren schützten, Lebensmittel in großen Säcken aus grobem Leinen oder blauem und weißem Plastik, und er begriff, wie gut und ansprechend das scheinbare Chaos organisiert war. Ganze Garküchen hatten manche auf so einem Karren eingerichtet, mit zwei Töpfen auf einem Bunsenbrenner, im einen siedendes Öl zum Ausbacken der Teigtaschen, im anderen frisches, dünstendes Gemüse, Eimer mit Tomaten, Gurken, Kräutern und was sie sonst noch brauchten, was wiederum von anderen auf weiteren Karren geliefert wurde, darüber hinaus rote Äpfel, kleine gelbe Pfirsiche und riesige Melonen, oft aus dem unzugänglichen, aber besonders fruchtbaren Panjshirtal, abgewogen auf einer alten Waage aus Metall.

Doch immer wieder vergaß Mahboob alle Abstraktion. Er sah so unglaublich schöne Gesichter, mit smaragdfarbenen Augen, mit leuchtend hellblauen Augen oder glänzend dunkelbraunen, Gesichter, deren Formen so ungewöhnlich waren, dass er es nicht fassen konnte, egal wie struppig die Haare oder wie abgetragen die Kleidung war. Er sah runzlige alte Männer, die so breit lachten, dass es ihn verwirrte, und kleine Kinder, die ihn so unbefangen ansahen, dass es ihm ans Herz griff. Die Schönheit der Stadt waren keine großartigen Gebäude, keine phantastischen Moscheen wie es sie in Herat oder Mazar-i-Sharif gab, es waren ihre Menschen, ihre Lebendigkeit, ihre Lebensfreude: Knallbunte Luftballons vor Ruinen, das war Kabul.

Am 7. Juni flog ein Bus der deutschen Bundeswehr in die Luft, mehrere Soldaten wurden getötet, und Taliban bekannten sich zu diesem Anschlag. Es war der erste seit langem, und für einen Augenblick stand Kabul unter Schock. Würden die Taliban zurückkehren? Waren sie denn nicht besiegt? Müsste man wieder um sein Leben fürchten? Erhitzte Diskussionen wurden geführt, für ein paar Tage lähmte alle die Angst. Doch dann griff der Alltag wieder zu, alles war in einer so heftigen Bewegung, die Menschen waren ganz andere Dinge gewohnt, das Leben ging weiter, das Leben –

»Wenn du hier geblieben wärst«, fragte Faruq ihn, als sie darüber sprachen »wenn du noch am Leben wärst, wenn du Kommunismus und Taliban überstanden hättest, weißt du denn, wer du dann wärst? Wem du dich zugehörig gefühlt hättest und an welchem Ort? Was weißt du davon? Meinst du, mit diesen Zuschreibungen kommen wir weiter, deutsch, afghanisch, tadschikisch, paschtunisch? Die der Religion? Du siehst doch, was wir davon haben!«

Mahboob wusste es nicht.

Vormittags unterrichtete er in der Schule und kümmerte sich um die weiteren Bauarbeiten, er besuchte Schoaibs Zeltlager und machte sich Notizen über die Verteilung der Zelte, wo welche wie besser ausgestattet waren und warum, um wen sich besonders viele Zelte anhäuften und weshalb, wo es Wasser gab und Generatoren für Strom, und er überlegte, wie man die Situation mit Hilfe eines graphentheoretischen Ansatzes verbessern könnte. Er besuchte Schoaibs Mutter bei ihrem Nähkurs und brachte ihr auch etwas Geld, und nachmittags tauchte er in den Lärm ein, das Knattern der alten Motoren, das Hupen, das Schreien der Leute, die sich unterhielten und lachten, er verschwand in der wuselnden und wimmelnden Bewegung der übervollen Stadt, und immer wieder hatte er das Gefühl, zwischen Ruinen und halbzerstörten Häusern auf eine Hoffnung zu treffen, die er unerklärlich fand und anziehend.

Er blieb stehen und sah einem Jungen zu, der aufgeschnittene Reifen von Rädern flickte, sie mit einer altertümlichen Pumpe mit Luft füllte und sich freute, wenn die Luft darin blieb, mitten zwischen

Schutt, buntem Müll und fortgeworfenem Papier. Er wanderte weiter und verfolgte mit seinen Blicken Männer mit weißen Käppchen, grünen weiten Hosen und grauen Jacken oder langen Westen über ihren locker fallenden weißen Hemden, die mit Aktentaschen unter dem Arm irgendwohin eilten; jeden Tag schossen neue Läden aus dem Boden, mit Baumaterial, Reifen, Schrauben, Werkzeugen, Geschirren, Töpfen und anderen Utensilien, hineingeklemmt in halb verfallene oder flache, neu zusammengeschusterte Gebäude, oder in alte, erhaltene Türme, an denen Einschusslöcher sonderbare Ornamente bildeten oder deren Ornamente aus Einschusslöchern gebildet wurden, je nachdem, wie man darauf sah, ein Vexierspiel, das der Krieg hinterlassen hatte, unterbrochen von handgemalten Schrifttafeln, die Mahboob inzwischen ohne nachzudenken lesen konnte.

Er vermisste Abdul, er hatte niemanden, der für ihn kochte. Also fing er an, sich selbst zu versorgen; er kaufte Tee und Marmelade für das Frühstück und holte sich am Morgen frisches Naan ein paar Häuser weiter. Am Abend probierte er verschiedene fahrbare Garküchen und feste Imbisse in seiner Nähe aus, bei denen er Mantoo holte oder Reis mit verschiedenen Gemüsesorten oder Bolanis, die er dann an seinem Gartentisch verspeiste, den er sich gekauft hatte, mit einem Klappstuhl dazu. Bei seinem Vater hatte er gern am Boden sitzend gegessen, hier, in seinem eigenen Reich, kam ihm das plötzlich sonderbar vor. Er überlegte, ob er sich einen Diener suchen sollte, denn der Staub bedeckte in kürzester Zeit alles, er hätte jeden Tag drei Mal fegen und wischen müssen, um sein Haus einigermaßen reinlich zu halten.

Nach einiger Zeit, als die Welt um ihn herum ihm immer vertrauter wurde, fingen die Gedanken wieder an, sich in seine Beobachtungen einzumischen. Er dachte oft an Frankfurt. Während er gelb-weiße Taxis zählte, von denen es unendlich viele zu geben schien, oder wenn er überlegte, ob die alten Männer, die mit vie-

len Falten im Gesicht, wenig Zähnen im Mund und großen Säcken links und rechts auf einem Esel an ihm vorbei ritten, wohl aus den Dörfern um Kabul herum oder von viel weiter her kamen, befielen ihn seine eigenen Sehnsüchte und Ängste. Wie es mit dem Vater weitergehen würde, was aus seiner Mutter würde, ob sie jemals hierherkommen würde, ob die Eltern sich in ihrem Leben noch einmal versöhnen würden, ob der Vater ihn, den Sohn, noch bevor Gevatter Tod ihn holte, anerkennen und so lieben würde, wie er war, und umgekehrt.
Wenn Mahboob Männer mit sorgfältig gestutztem Bart von den Wangen bis hoch zu den Ohren sah oder glatt rasierte Männer, die froh waren, dass niemand es ihnen mehr verbot, ihr Gesicht so zu zeigen, fragte er sich, wie er selbst weiterleben wollte, ob er, wie er es bis vor einem halben Jahr noch gedacht hatte, in die mathematische Forschung und Lehre gehen würde oder ob es dringender war, sich um die Kinder in der Schule zu kümmern oder die Kinder, die noch nicht einmal zur Schule gehen konnten, die in zerrissenen Hosen und mit nackten Füßen am Straßenrand spielten oder mit ernstem Gesicht geheime kleine Hilfen des Lebens verkauften. Wenn ihm dann wiederum eine unverheiratete Frau in einer weißen Burka begegnete, die viel seltener vorkam als die blauen oder braunen, fragte er sich, wie sie es schaffte, so weiß zu sein, bei all dem ewigen leidigen Staub, und er zweifelte daran, ob Noor diesen Staub aushalten würde, und überhaupt, was nun aus ihm und Noor werden sollte.

Faruq, der ihn nach wie vor zu sich einlud, fand die Trennung, die Mahboob von seinem Vater vollzogen hatte, betrüblich; doch er sagte nichts. Er schenkte Mahboob ein Büchlein über seinen Lieblingsdichter Chajjam, dem die Anerkennung als einer der großen persischen Dichter lange nicht zuteil geworden war, wohl aber die als Mathematiker.
»Du siehst, man kann zwei ganz verschiedene Dinge im Leben tun«, sagte Faruq, der ahnte, was seinen Freund quälte, auch wenn er es

nie so direkt aussprach. Afghanen sind Meister darin, zwischen den Zeilen zu lesen, hatte auch Mahboobs Vater ihm einmal gesagt.
Chajjam hatte sich mit Parallelen und den irrationalen Zahlen beschäftigt und einen Beweis für das Parallelaxiom des Euklid gesucht. Er hatte sich außerdem mit kubischen Gleichungen und ihren Wurzeln befasst, etwas, das einige Jahrhunderte später Descartes weiterentwickelt hatte, interessanterweise zwei Männer, die den Versprechungen des Himmels misstrauten. Faruq bat Mahboob, ihm die theoretischen Zusammenhänge zu erklären, während er ihm etwas über Chajjams Leben und seine Gedichte erzählte. Der Seldschukenschah Malik, – »dein berühmter Namensvetter«, witzelte Faruq – hatte Chajjam beauftragt, ein Observatorium zu errichten. Der Dichter hatte einen Sonnenkalender erfunden, der in Iran noch heute benutzt wird. Seine Verse drehten sich um die Täuschungen des Schicksals, aber auch die Freiheiten des Menschen, die genau darin lagen, sich nicht allzu sehr auf das Schicksal zu berufen, sondern das eigene Denkvermögen zu benutzen.
Mahboob las und hörte alles mit Interesse, doch es vermochte ihn nicht zu fesseln. Seine Gedanken wanderten zu den Parallelen in seinem eigenen Leben, genauer gesagt, zu denen im Leben seines Vaters. So fragte er sich, ob seine Mutter sich die Zweitfamilie seines Vaters, seine Leute in Kunduz, womöglich nur eingebildet hatte, um irgendeine Erklärung für sein Verschwinden zu finden, irgendeine, die ihr einen Grund für ihre Wut gegeben hätte, die Wut, sich von ihm im Stich gelassen zu fühlen. Zugleich hätte ihr diese Erklärung die Hoffnung gelassen, dass er nicht tot wäre. Ein heimlicher Trost also? Damals, als sie es ihm in Frankfurt erzählt hatte, war es ihm plausibel erschienen. Doch wo steckten diese Frau und ihre Kinder eigentlich? Warum kümmerten sie sich nicht um seinen alten, schwachen Vater? Warum war er nicht bei ihnen? Waren sie vielleicht im Krieg ums Leben gekommen? Mahboob hatte im Haus seines Vaters keine einzige Spur von ihnen gefunden, kein Foto, keinen Brief, nichts. Als er einmal versucht hatte, den Vater danach zu fragen, hatte der nur wütend den Raum verlassen.

Andererseits erkundigte sich sein Vater nie nach seiner Mutter, Resagol, und seine Mutter nicht nach ihm. Zwei Personen, dachte Mahboob, ein und derselbe Starrsinn. Die beiden würden immer noch gut zusammenpassen.
Die Frage, ob seine Eltern nun zusammenpassten oder nicht, führten ihn erneut zu der Frage, ob er und Noor zusammenpassten oder ob er nicht einer weiteren Täuschung des Himmels aufsaß, es überhaupt zu glauben. Er war nie ein Glückskind gewesen, was die Liebe anging, im Grunde genommen war er ein absolutes Greenhorn. Einige Male hatte er geglaubt, verliebt zu sein, doch die jungen Frauen, zunächst angezogen von seinen dunklen Locken, seinen sehnsüchtigen Augen und seinem schüchternen Wesen, hatten jedes Mal schnell das Interesse verloren, ohne dass Mahboob verstanden hätte, weshalb. War er zu zurückhaltend? War er – zu afghanisch? Irgendein Mädchen hatte ihm mal an den Kopf geworfen, dass Afghanen wohl nichts vom Flirten verstünden, und er hatte sich tödlich verletzt zurückgezogen. Doch es ging vorbei, die Liebesdinge hatten ihn nie so fasziniert wie die Fragen der reinen Mathematik, eine Geliebte, die ihm Abenteuer zur Genüge und Sicherheit zugleich bot, und die immer für ihn da war.
Mahboob sah hinauf in den Sternenhimmel und las seufzend einen Vierzeiler von Chajjam:

Das Rätsel dieser Welt löst weder du noch ich,
jene geheime Schrift liest weder du noch ich –
Hinter jedem Vorhang ist die Rede zwar von mir und dir,
doch wenn der Vorhang fällt, bist weder du noch ich.

Dann dachte er an die Zeit am Ende seines Studiums, vor ein paar Jahren, als es ihn doch einmal erwischt hatte und er gründlich auf die Schnauze gefallen war.
Das Leben an der Universität hatte ihm zunächst zu schaffen gemacht; sich alles selbst zu organisieren, war ihm schwergefallen. Erst als er in das Fahrwasser mathematischer Seminare geraten war,

hatte er angefangen, sich gut zurechtzufinden. Er lernte oft bis in die Nacht hinein, sogar während seines Abendjobs in einer Videothek, in der er vier Tage in der Woche bis Mitternacht Filme ausgab und wieder einsammelte. Erst als er Ewa Wolski kennenlernte, eine polnische Mathematikstudentin, hatte er mit einemmal Mühe, sich auf die Mathematik zu konzentrieren.

Ewa Wolski war blond, hatte blaue Augen wie eine Porzellanpuppe und dichte, zarte Wimpern, die sie schwarz schminkte. Darüber saß ein dicker Lidstrich und silbergrauer Lidschatten. Sie war schlank, aber rund, und sie hatte etwas, das ihn extrem nervös machte. Er musste aufpassen, sie nicht immerzu begeistert anzustarren, denn das, soviel wusste er, mochten die Frauen überhaupt nicht. Ewa Wolski kam aus Warschau, ihre Familie lebte dort in einer Plattensiedlung.

»Dort habe ich keine Chance«, sagte sie und rührte den Zucker im Pappbecher um. »Ich wollte nur eins: weg.« Ewa war ehrgeizig, und sie würde es garantiert schaffen. Sie sprach ausgezeichnet Deutsch, wenn auch mit einem harten Akzent. Sie diskutierte ausdauernd die Verteilung von Zufallsereignissen mit ihm in der Cafeteria, trank dabei literweise Kaffee mit sehr viel Zucker, und Mahboob war wie berauscht von ihr. Dass sie keine richtige Deutsche war, störte ihn weniger als er gedacht hätte.

Sie trafen sich fast täglich, und während sie die Frage vertieften, ob es besser war, für Wahrscheinlichkeitsrechnungen die hypergeometrische Verteilung oder die Binomialverteilung anzuwenden, entwickelten sich aus den berühmten Schmetterlingen im Bauch in Mahboobs Phantasie schillernde Wesen, deren Geflatter nahtlos in komplette und farbintensive Martin-plant-sein-Leben-Visionen übergingen, bevor er sich mit Ewa überhaupt das erste Mal außerhalb der Universität verabredet hatte. Ewa Wolski war genau das, was Martin Malik fehlte, um seinem Leben Form und sogar etwas Glamour zu verleihen. Martin Malik sah sich mit Ewa Wolski in einer großzügigen Wohnung sitzen, beide über ihre mathematischen Forschungen gebeugt, und wenn sie sich beim Abendessen darüber zur

Genüge unterhalten hätten, würden sie in ihr Schlafzimmer gehen und Martin Mahboob würde Ewas tulpengleiche Wangen loben und etwas von schlanken Zedern murmeln, über die der Wind genüsslich strich.
Die Wirklichkeit aber sah anders aus. Mahboob war eine Jungfrau, nicht nur astrologisch. Dies schien ihm ein schwerwiegendes Problem, obwohl sie zunächst über unverbindliches Geplauder kaum hinauskamen. Er beobachtete seine Kommilitonen, wie die es machten, doch er fand es nicht heraus. Eines Tages sah er an der Litfaßsäule neben seiner Straßenbahnhaltestelle den Opernspielplan.
»Na, ich weiß nicht«, sagte Ewa verdutzt. »In die Oper? So. Mh. Was kostet das denn?«
«Am Samstag, da gibt es *Nabucco*, von Verdi«, sagte Mahboob und hoffte, dass sie nicht nach dem Inhalt der Oper fragen würde. »Eine sehr schöne Oper! Ich lade dich selbstverständlich dazu ein!«
Zum ersten Mal ließ er Vorlesungen Vorlesungen sein. Er fuhr zur Oper und kaufte die Karten. Er entschied sich für Plätze ganz vorn in der vierten Reihe, die so teuer waren, dass ihm die Spucke wegblieb, aber mit billigen Plätzen wollte er seine künftige Verlobte nicht abspeisen. Anschließend lief er sich die Hacken ab, um einen schönen, aber bezahlbaren Anzug zu finden. Obwohl er gehört hatte, dass viele Studenten in Jeans und Pulli in die Oper gingen, hatte er das Gefühl, dass Ewa das nicht gefallen würde. Leider fand er keinen billigen Anzug, der nicht auch billig ausgesehen hätte. Was soll's, dachte er, nachdem er mehrere Geschäfte abgeklappert hatte, wie ein Hungerleider wollte er bei seinem ersten Opernbesuch nicht aussehen!

Also marschiere ich zu einem Herrenausstatter und lasse mich dort beraten. Der Verkäufer stellt mir Hose, Sakko, Oberhemd, Schuhe und eine Fliege zusammen: alles in Schwarz, bis auf das Hemd. Perfekt, denke ich, bis ich vor dem Spiegel stehe und meine dunklen Locken und meine olivefarbene Haut und meine hohe Stirn und meine schmale Nase sehe und denke: Jetzt sehe ich aus wie ein verkleideter Afghane. Der Verkäufer bemerkt wohl meine Unsicherheit. »Sie sehen toll aus«, sagt er, »der Kontrast zu ihren wilden Locken könnte nicht gelungener sein! So etwas kommt bei den Frauen an, glauben Sie mir!« Und er zwinkert mir kennerhaft zu.

Wie auch immer. Ich lasse alles einpacken. Als es ans Bezahlen geht, zucke ich zusammen, aber, sage ich mir, von dieser Anschaffung werde ich ja noch viele Jahre etwas haben.

Die Oper gefällt mir gut, besser sogar, als ich erwartet hatte. Die Musik ist zum Heulen schön, so etwas habe ich noch nie gehört. Aber noch viel besser gefällt mir meine Begleiterin, Ewa Wolski, die strenge Mathematikerin. Immer wieder schiele ich zu ihr hinüber und kann mir den Blick auf ihre tief ausgeschnittene, seidig an der Haut liegende lachsfarbene Bluse nicht verkneifen, die sie zu einem schmalen Rock anhat, der ihr jetzt weit über die Knie hochgerutscht ist. Sie trägt durchsichtige Strümpfe. Ich muss mich ganz schön zusammenreißen, um zur Bühne sehen. Die Sänger sind so nah, dass ich ihre Spucke durch die Luft fliegen sehe. Das Orchester schmettert laut, der Vorhang fällt, bis zum nächsten Akt bleibt es etwas dunkel, und ich drehe mich zu ihr um. Leider liest sie hochkonzentriert im Programmheft. Ich studiere ihr Profil. Ihr Profil mit der leicht nach oben gebogenen kleinen Nase und ihren weichen Lippen zieht mich unwiderstehlich an. Die treibende Kraft des Universums zerrt an mir, peinlicher Weise auch in meiner Hose. Die Schwerkraft hat sich in die Waagerechte verlagert; meine Hand tendiert zu ihrem Knie. Könnte ich wenigstens ihre Hand nehmen! Aber ach, ich traue mich nicht!

Die Oper ist aus, wir stehen vor der Oper, was nun? Ich würde Ewa gern noch auf ein Glas Wein einladen und ihr viele Dinge sagen, doch mein Portemonnaie fühlt sich leider ziemlich leicht an. In der Pause habe ich ihr zwei Gläser Sekt und vier Canapées mit Kaviar spendiert, was sie alles freudig verschlungen hat, und selber getrunken habe ich natürlich auch etwas von dem sündhaft teuren Sprudelzeug.

»Ewig hier herumstehen können wir aber nicht«, sagt Ewa.
Und weil mir nichts Besseres einfällt, ziehe ich sie an mich und küsse sie. Ich bin nicht sehr erfahren im Küssen, aber als ich ihre Lippen an meinen spüre, durchfährt mich etwas Wunderbares. Ewa lässt sich das ohne Widerstand gefallen, aber als sich unsere Lippen voneinander lösen, wirkt sie nicht sonderlich beeindruckt.
»Hey, was machst du denn für Sachen, Martin«, sagt sie mit halbem Lachen. »Komm, bring mich jetzt nach Hause.«
»Nach Hause, gut«, stammle ich verdattert. Das ist wohl kaum als Einladung zu einer Fortsetzung des Abends zu verstehen. Sie wohnt nämlich bei einer älteren Dame zur Untermiete, die keinen Herrenbesuch duldet, das hat sie mir längst erzählt.
Die verführerischen Worte bei Kerzenlicht fallen aus. Die zärtliche Annäherung findet nicht statt. Ich bewahre mühsam Haltung. Die Frage, ob wir noch etwas trinken gehen, hat sich erledigt.

In dieser Nacht tue ich kein Auge zu. Ich bin enttäuscht, entsetzlich enttäuscht. Doch die treibende Kraft des Universums und der Gedanke an Ewas blaue Augen und ihr entzückendes Profil lassen meine gedämpften Gefühle während des nächsten Tages wieder dem rosaroten, euphorischen Schwebezustand von vorher weichen.
Allerdings hält er nicht lange an – denn hier kommt schon das Ende der Liebesgeschichte von Martin Malik und Ewa Wolski, dem großartigen Mathematikerpaar.
Am Montag treffe ich sie in der Universität nicht an. Erst denke ich, sie ist vielleicht krank geworden, aber als sie auch am übernächsten Tag nicht wieder auftaucht, erkundige ich mich im Sekretariat. Was ich dort erfahre, kann ich erst gar nicht glauben: Ewa Wolski, heißt es, habe ihr Studium aus familiären Gründen abgebrochen und sei nach Polen zurückgegangen. Keine Adresse, keine Nachricht, kein gar nichts. Schon am Freitag, behauptet die Sekretärin, habe Ewa sich abgemeldet, also am Tag, bevor wir zusammen in der Oper waren. Kein Wort hat sie darüber verloren. Ich bin ein gefoppter Esel. Ich stehe da wie der tragische Held in einem der kitschigen

Liebesfilme aus unserer Videothek: verraten, mit gebrochenem Herzen und ohne einen Pfennig Geld.
Der große Mathematiker hat nämlich vor lauter Eifer, seiner Angebeteten einen schönen Abend zu schenken, nicht an seine fällige Miete gedacht. Das Konto ist leer, aber sowas von leer, wir bewegen uns im Minusbereich. Und das nächste Geld vom Videoladen kommt erst am Ende des Monats, der Chef ist darin unerbittlich. Martin Malik kann nicht rechnen, welcher richtige Mathematiker kann schon rechnen? Das ist eben der Unterschied zwischen der klaren, eindeutigen Welt der Theorie und der wirren Welt des richtigen Lebens. Im richtigen Leben hat man es andauernd mit mächtigen Unbekannten zu tun, die einem wie mir leicht einen Strich durch die Rechnung machen!

Der Scherbenhaufen, den Mahboob vor sich sah, wuchs und wuchs. Er wartete auf Ewa, doch von Ewa kam nichts und würde auch nie mehr etwas kommen. Kein Anruf, kein Brief, keine Postkarte. Plötzlich war es gar nicht nur die Miete, die er nicht bezahlen konnte, und der Liebeskummer, plötzlich fragte Mahboob sich, ob das Leben überhaupt einen Sinn hatte. Ob er überhaupt in sie verliebt gewesen war oder in eine Idee. Ob er nicht in allen anderen Bereichen Wunschvorstellungen aufsaß, ständig und immerzu? Verfolgte er nicht Ziele, die für ihn in Wirklichkeit unerreichbar waren? Ein richtiger Deutscher zu sein etwa? Denn was half es, einen deutschen Pass bekommen zu haben: Wenn er in den Spiegel schaute, sah er immer noch genauso afghanisch aus wie vorher. Was war er denn überhaupt für einer? Plötzlich stellte er alles, was ihm bislang wichtig gewesen war, in Frage, sogar sein mathematisches Talent. Das Schlimmste war nach einer Weile, dass er nichts darüber erfuhr, was mit Ewa geschehen war; hätte sie ihm nicht wenigstens ein Zeichen senden können, dass es ihr gut ging, selbst wenn sie nichts von ihm wollte? Eine vollkommen irrationale Angst um sie erfasste ihn. Dass der Geheimdienst sie eingesperrt hätte, weil jemand in der Familie vor der Wende etwas ausgefressen hatte. Dass sie mit dem Zug verunglückt sei. Dann beruhigte er sich darüber wieder, was es nicht besser machte, denn es hieß: Er war es nicht wert, dass sie ihm ein Kärtchen schrieb. Noch lauter drehten sich die Gedanken, sie drehten sich in seinem Kopf im Kreis, sie fielen aus allen Richtungen über ihn her, ein lautes, vielstimmiges: Du bist nichts, du kannst nichts, du taugst nichts!

Ich habe dröhnende Kopfschmerzen. Es ist aussichtslos, sich dem entziehen zu wollen. In mir gibt es für andere Gedanken auf einmal keinen Platz mehr. Das Gefühl der Sinnlosigkeit füllt mich vollständig aus. Ich verkrieche mich in meinem Bett, ich schlafe den ganzen Tag und laufe in der Nacht in meinem Zimmer auf und ab wie ein Tiger im Käfig und rede mit mir selbst. Weil ich glaube, das helle Tageslicht nicht mehr ertragen zu können, verdunkle ich den Raum, und das Zimmer verlasse ich nur noch, wenn es unbedingt sein muss. Aus der Wohnung gehe ich gar nicht mehr, auch nicht, als ich die letzten Reste verzehrt habe, die sich noch in meinem Kühlschrank befinden. Appetit habe ich ohnehin nicht. Eine halbe Packung Haferflocken, eingeweicht in Leitungswasser, ernährt mich noch drei oder vier Tage lang, bevor der Küchenschrank bis auf den letzten Krümel leergefegt ist. Danach höre ich einfach auf zu essen. Irgendwann kommt meine Mutter auf die Idee, meinen Vermieter aufzuscheuchen, nachdem sie vierzehn Tage lang nichts von mir gehört hat. Jedenfalls lässt er es klingeln und klingeln und schließlich bricht er die Tür auf. Bei meinem Anblick – ein im Bett zusammengekauertes Häufchen Elend und kaum mehr ansprechbar – ruft er sofort einen Krankenwagen.

Mahboob stöhnte, als er an diese schreckliche Episode dachte. Wie absurd und lächerlich kam sie ihm vor. Wie peinlich war es ihm gewesen, dass seine Mutter ihn so hatte aufsammeln müssen, die nackte Angst in ihren Augen. »Ein Mathematiker stirbt nicht«, hatte er mühsam einen Witz versucht, »nur einige seiner Funktionen.« Nachdem sie ihn halbwegs aufgepäppelt hatte, nahm er die Arbeit

an seinem Diplom wieder auf. Doch etwas in ihm war nicht beteiligt. Er fühlte sich wie ein alter Mann. Überall sah er alte Männer, am Stock, gebeugt, müde. Er sah sich fahl, mit hängenden Schultern, am Ende seines Lebens, ohne das Leben gelebt zu haben.
Martin Mahboob hatte eine Depression.
Die Depression führte ihn zu Dr. Pappelbaum. Dr. Pappelbaum erkannte bald, dass der Schock, den das plötzliche Verschwinden von Ewa Wolski in Mahboob ausgelöst hatte, auf eine frühere Trennung zurückzuführen war: die von seiner Schwester Aziza, die von seinem Vater, die bei der Flucht aus Kabul. Eine Sache, über die zu sprechen Mahboob so schwer fiel, dass der Arzt es ihm nur in Maßen zumutete.
Und Mahboob begriff erst jetzt, hier in Kabul, in seinem eigenen kleinen Hof sitzend, unter dem Sternenhimmel hinter ein paar Schwaden, welches Ausmaß diese Katastrophe für ihn gehabt hatte, und er beschloss, am nächsten Tag eine Ansichtskarte an Dr. Pappelbaum zu senden, mit den Worten: Ich bin jetzt hier, Ihr Mahboob Martin Malik.

Seine Spaziergänge führten ihn immer häufiger an die Ränder der Stadt. Manchmal nahm er einen Bus, um den Weg abzukürzen, denn es zog ihn in Viertel, die er noch nicht gesehen hatte, die weiter weg lagen. Überall an den Ausläufern der Stadt entdeckte er Hügel mit Lehmhütten, dazwischen spärliches Grün und ein paar Bäume, und darüber, weil es hier keinen Smog mehr gab: Blau, Blau, Blau. Überall lebten Menschen, und immer wieder traf ihn ein zerstörter Blick, fielen seine Augen in verwirrte Augen, in ein erblindetes neben einem offenen, ein zugedecktes neben einem dämmrigen, und er sah Gesichter, in die die Monate und Jahre des Kriegs ihre Spuren eingeritzt und eingebrannt hatten. Jedes Mal, wenn Mahboob in ein solches Gesicht sah oder ihn ein solcher Blick traf, zweifelte er an allem, stürzte er in ein Loch, sofort, unweigerlich, und das Gesicht des anderen Menschen verfolgte ihn, verfolgte ihn in den Schlaf hinein, in seine Träume. Bis er aufwachte und es immer noch

sah, und sich wieder und wieder fragte: Was ist wichtig im Leben? Tagsüber die Grenzen der Berechenbarkeit stochastischer Systeme zu erforschen, abends dann mit Noor unbeholfen Tango zu tanzen, gute Sachen zu essen und über ihre Geschichten zu reden? Auf dem Sofa mit ihr zu liegen, Arm in Arm, und miteinander zu flüstern wie in Tausendundeiner Nacht? Oder dafür zu sorgen, dass Mädchen in Kabul in die Schule gehen konnten? Dass Jungen im Winter nicht auf dem blanken eisigen Boden hocken mussten, wenn sie lernten, was ein gleichschenkliges Dreieck ist? Damit sie später die Chance auf eine gute Arbeit hatten, ein etwas besseres Leben? Das Unterrichten jedenfalls liebte er inzwischen, und seine Klasse kam immer besser voran, nicht nur sein besonderer Zögling Schoaib würde den Sprung in die weiterführende Schule schaffen.
Wer war er? Was wollte er? Warf ihn die Trennung von Noor in diese Verfassung oder die von seinem Vater?

Manchmal blieb er am Abend irgendwo, wo er gelandet war, und sah auf die Hügel von Kabul, sah die Stadt in ihrem hellblau-grauen Dunst, der wie ein gnädiger Schleier wirkte, obwohl er so ätzend war. Er sah, wie alles in dieses zarte Graublau tauchte, und wie sich der Rand des Himmels, dort wo er an die Hügel stieß, rötlich färbte, und wie die Sonne langsam unterging, und wie fast überall auf der Welt hatte dieser Augenblick etwas Beruhigendes, Versöhnliches, Magisches. Und Mahboob saß im Schneidersitz, den er eingenommen hatte, als hätte er nie anders gesessen, und verharrte, bis der Himmel schwarz wurde und die Sterne aufgingen, mit ihrem kalten, verwirrenden Glanz, und die Lichter der Stadt aufflammten.
Und für einen Augenblick lang durfte er sich ausruhen von allen Gedanken, allen Gefühlen, und nur hier sitzen und sein.

3

»Du hast was?«
Noors Stimme, durch das Rauschen der Leitung leicht verzerrt, überschlägt sich.
»Es ist doch nicht für lange!«
»Du hast dir ein eigenes Haus gemietet und behauptest, es wäre nicht für lange? Bist du übergeschnappt?«
»Bitte, Noor, ich flehe dich an, ich schwöre dir, es ist nur für zwei, drei Monate, bis ich in der Schule alles geregelt habe. Es sieht doch sehr gut aus!«
Noor legt auf. Ich stehe im Telefon-Shop, in dem früher Malems Laden war. Das Licht fällt von der Straße grell herein, ein sonniger Tag. Dass sie so heftig reagiert, hätte ich nicht gedacht. Ich wähle ihre Nummer noch einmal. Sie geht nicht ran. Noch einmal und noch einmal. Immer ihr Anrufbeantworter. Schließlich hebt sie doch ab.
»Ich kann so lange nicht warten«, sagt sie. Dann nichts.
»Noor, ich … ich … es tut mir leid!«
Schweigen. Das teuerste Schweigen weit und breit.
»Was soll ich denn tun?«, frage ich.
»Ich weiß es nicht, Mahboob. Offensichtlich hast du beschlossen, in deiner alten Heimat zu bleiben.«
»Aber nein!«
»Aber doch! Ich bin doch nicht bescheuert! Erst ist es der alte gebrechliche Vater, jetzt bist du mit dem verkracht und musst warten, bis ihr euch versöhnt. Dann ist es die Schule, die nicht fertig renoviert ist, als nächstes kommt Tante Farida, die du immer noch nicht gefunden hast. Wer weiß, was danach dran ist! Ich sage dir, was kommt: du kannst dich einfach nicht entscheiden! Du musst dir immer ein Hintertürchen auflassen! Ich frage mich langsam, was du da die ganze Zeit treibst! Wahrscheinlich hast du schon längst eine zweite Freundin am Wickel. Ich glaub es nicht!«
Noor schreit. Ich habe sie noch nie schreien hören.

»Was soll ich denn tun, Noor? Es ist doch nicht so, wie du sagst!«
»Lass es, Mahboob oder Martin oder wer du sonst sein magst, ich habe Besseres zu tun als wartend alt zu werden.«
Sie legt wieder auf.
Ich rufe noch einmal an, meine Hände zittern.
»Ruf mich nicht an«, sagt sie nur.

Ich gehe hinaus. Ich starre in den Verkehr. Dabei war heute ein so guter Tag. Der Mogul wurde fristlos entlassen, Siyaar, sein Getreuer, ebenfalls. Faruq ist ab sofort Schulleiter. Heute Abend wollten wir uns treffen, um über die Veränderungen in der Schule zu sprechen, ich bin voller Hoffnung, dass auch das afghanische Ministerium uns jetzt Geld für weitere Maßnahmen gibt, vielleicht sogar für eine Mädchenklasse!
Ich gehe zurück in den Laden. Ich habe noch zwanzig Dollar in der Tasche. Ohne nachzudenken wähle ich eine Nummer. Ich rufe meine Mutter an.
»Wie geht's, Mahboob djan?«
Sie klingt freundlich.
»Schlecht, Madar djan.«
»Was ist los?«
»Ich bin ausgezogen.«
Sie lacht. »Hat der Jähzorn deines Vaters dich getroffen?«
»Nein, Madar, meiner hat ihn getroffen.«
»Oh«, sagt sie. »Warst du respektlos?«
Jetzt schreie ich. »Ich höre immer nur Respekt! Weißt du, wie respektlos er mich behandelt hat? Mit keiner Wimper hat er gezuckt, als Dr. Jalal gestorben ist.«
»Dr. Jalal ist gestorben? Aber, Mahboob, das hast du mir ja gar nicht gesagt!« Meine Mutter klingt entsetzt.
Ich Idiot! Das Gespräch dauert so lange, bis die zwanzig Dollar aufgebraucht sind.
Am Ende sagt sie mit erschöpfter Stimme: »Komm nach Hause, Mahboob, es hat keinen Sinn.«

Ich habe nicht bemerkt, dass ich bereits seit vier Wochen in meinem eigenen Haus wohne. Die Zeit ist vergangen wie nichts.

4

Mahboob rief täglich bei Noor an. Jedesmal, wenn der Anrufbeantworter ansprang, verließ ihn der Mut, etwas zu sagen. Er hatte kein Geld, um nach Berlin zu fliegen. Er hatte all sein Geld in die Schule gesteckt, und in sein Haus. Seinen Rückflug hatte er gebucht, für September. Er hatte gar nicht darüber nachgedacht, wie lange das für Noor sein könnte. Vielleicht hatte er sich insgeheim sowieso nicht vorstellen können, dass sie so lange auf ihn warten würde; vielleicht war er es einfach nicht gewohnt, über solche Fragen nachzudenken, er wusste es nicht. Im September würde er ein Jahr hier sein. Im Oktober würde er an der Universität wieder anfangen müssen, länger hatte Professor Odenbacher ihn nicht beurlauben können.
Ich bin ein mittelloser Mann, dachte er. Ich bin der Liebe nicht wert.
»Sei nicht so selbstmitleidig«, sagte Faruq. »Löse lieber deine Probleme.«

5

Überraschend erhielt Mahboob einen Brief seiner Mutter. Er enthielt die alte Adresse von Tante Farida und einen flüchtig hingeworfenen Gruß, die Straße sei ihr plötzlich wieder eingefallen, sie wisse selbst nicht, warum sie solange aus ihrem Gedächtnis verschwunden gewesen sei.

Von Noor hingegen kam nichts. Mahboob setzte sich hin und schrieb ihr an mehreren Abenden einen sehr langen Brief, in dem er sie um Verzeihung bat und ihr alles zu erklären versuchte. Am Ende schrieb er:

Liebste Noor, du selbst hast gesagt, man kann einen anderen Menschen nur lieben, wenn man sich selber liebt. Ich muss dir sagen, ich bin weit davon entfernt, und vielleicht bin ich deiner Liebe nicht würdig. Selbst wenn du sagen würdest: Man kann einen anderen Menschen nicht lieben, wenn man sich selber nicht kennt, dann wäre ich auch davon weit entfernt. Ich glaube, man kann das eigentlich auch gar nicht allein. Niemand hat solche Fragen in mir ausgelöst wie du, Noor, und ich bin sicher der Unglücklichste hier, das alles nicht jeden Abend mit dir in meinem kleinen Hof teilen zu können. Um die Wahrheit zu sagen, habe ich dieses Haus auch gemietet, weil ich hoffte, du würdest mich besuchen kommen, bevor ich wieder nach Deutschland zurückkehre. Ich könnte dich nicht in das Haus meines Vaters einladen, solange wir nicht verheiratet sind. Das ist hier leider so, und leider ist er nicht mehr so modern wie früher, aber selbst früher hätte er das nie erlaubt. Ich traue mich jetzt kaum noch, diese Einladung an dich zu richten.
Liebste Noor, du bist das Licht meines Lebens, mein Salz, mein Alles! Aber für was für einen Schwächling musst du mich halten, wenn ich nicht imstande bin, hier die Probleme zu lösen, die zu lösen ich mir vorgenommen habe? Wenn ich nicht einmal herausfinde, was mit meiner Familie geschehen ist? Für wie gleichgültig würdest du mich halten? Ich kann nicht von hier fort, ohne Tante Farida gefunden zu haben, ich muss wenigstens die Schule in einen passablen Zustand gebracht haben, versteh das doch. Ich schwöre dir, dass danach keine weiteren Probleme mehr kommen! Dass ich sie ignorieren werde!
Ich liebe dich über alles, bitte glaube mir!
Dein Mahboob

Ich muss wissen, was ich in meinem Leben will, fügte Mahboob für sich hinzu. Aber das schrieb er nicht. Sein Rechts-Links-Gefühl drohte wieder die Übermacht in ihm zu gewinnen; er bekämpfte es; wollte sich jetzt auf keinen Fall von seinen Gedanken an Noor abbringen lassen. Er klebte den Brief zu und überlegte. Dann nahm er kurz entschlossen Azizas Ring, wickelte ihn gut ein, steckte ihn mit dem Brief zusammen in ein Päckchen und brachte es zur Post.

6

Mahboob suchte die Straße, die die Mutter ihm aufgeschrieben hatte; sie war ganz in seiner Nähe, doch es gab keine Hausnummern, und die Hälfte aller Häuser war wie überall zerstört. Er lief die Straße mehrmals auf und ab, verzweifelt, wie er Tante Faridas Haus finden sollte, bis er sich plötzlich daran erinnerte, dass sie früher immer auf dem Weg zu ihr an einem Hamam vorbeigekommen waren. Er suchte das Bad, und tatsächlich: es war beschädigt, aber in Betrieb. Die Überreste der Häuser daneben ließen seine Hoffnung wieder sinken; dennoch kehrte er in den folgenden Tagen nach der Schule gleich wieder dorthin zurück und trieb sich in der Umgebung des Hamams herum. Nach den alten Bewohnern zu fragen, traute er sich nicht.

Am Ende der zweiten Woche sah er, dass sich bei einem der Häuser etwas verändert hatte: Die Trümmer waren teilweise abgetragen, die Überreste der Hausmauer zur Straße hin waren beseitigt, und eine breite freigeräumte Schneise führte zu den Überresten des Wohngebäudes. Neugierig folgte er ihr. Im Hof standen zwei Schubkarren, Schaufeln lehnten daneben.

»He, du da!«, ertönt hinter mir eine energische weibliche Stimme. »Du hast hier gar nichts zu suchen. Runter von meinem Grundstück!«

Ich zucke zusammen und drehe mich um. Eine ältere Frau mit kurz geschnittenen grauen Haaren steht breitbeinig an der Eingangstür. Sie trägt Blue Jeans und eine schwere grünbraune Armeejacke, aber ihr Akzent verrät einwandfrei eine Afghanin. Verdattert starre ich sie an. Sie trägt auch keinen Tschador, sie wird sich wohl einiges anhören müssen deswegen.

»Nun, junger Mann, was starren Sie?«
Es dauert ein paar Schrecksekunden, bis ich reagieren kann.
»Tante Farida?«, frage ich ungläubig.
Nun starrt sie mich an.
»Ich bin es, Mahboob. Der Sohn von deiner Schwester Resa–«
Ich bekomme den Namen nicht zu Ende, sie stößt einen gellenden Schrei aus und schlägt die Hand vor den Mund. »Resagol! Mahboob! Nein, das kann nicht sein!«
Ich bewege mich vorsichtig auf sie zu, man kann ja nicht wissen, da stürzt sie auf mich zu, packt mich an den Schultern, und ja, denke ich, das ist sie, das sind Tante Faridas dunkle Augen, umgeben von Runzeln, aber sprühend wie früher.
»Junge, Junge«, ruft sie und umarmt mich. Sie erdrückt mich fast. Dann schiebt sie mich von sich fort und sieht mich an; sie weint; die Tränen laufen ihr einfach aus den Augen, »Und deine Mutter? Ist sie hier? Lebt sie?«
Ich nicke und schüttle den Kopf zugleich, und wieder zerrt sie mich an sich.
»Nach all den Jahren, ich kann es nicht fassen! Wo kommst du her? Wie hast du das Haus gefunden? Was ist mit deinem Vater?«
Ich versuche, ihr alles so schnell und so genau zu beantworten wie möglich, doch es ist mehr ein Stammeln, was herauskommt. Plötzlich nimmt sie meinen Arm und zieht an mir. »Komm, entschuldige mich, komm doch bitte herein! Es ist nicht gerade ein Palast, aber wir müssen nicht hier auf der Straße stehen!«
Wir steigen über Trümmer und hochgewuchertes Gras hinweg ins Haus. Das einzige Zimmer, das sie offensichtlich vom Schutt befreit und leergefegt hat, ist eine Mischung aus Schlafstätte, improvisierter Küche und Lager für Werkzeuge. An der Wand hängt überlebensgroß ein Plakat des jungen Massoud. Dann hatte mein Vater also Recht; sie ist ihm mit seiner Nordallianz gefolgt. Sie sieht meinen Blick.
»Eine lange Geschichte«, sagt sie, »das lässt sich nicht in einer Stunde erzählen.«

Plötzlich fange ich an zu weinen. Ich versuche es zu verstecken, aber die Tatsache, nach über zwanzig Jahren Tante Farida in einer Art Soldatenzimmer wiederzusehen, überwältigt mich. Sie dreht sich freundlicherweise um, setzt auf einem Bunsenbrenner einen Topf mit Wasser auf. Ich beobachte ihre Bewegungen, sie hat sich darin kaum verändert. Sie öffnet eine Dose, aus der sie Teeblätter holt, und streut sie in eine Kanne aus Emaille. Nur ihr schönes dunkles Haar fehlt! Voll ist ihr Haar immer noch, aber grau, fast weiß, und es ist kurz über dem Kinn abgeschnitten. Keine Ohrringe, die sie zieren, keine klirrenden Armbänder. Und doch, es ist meine Tante Farida.

»Meine Mutter wird überschnappen vor Freude«, schaffe ich es schließlich zu sagen, »wenn sie hört, dass Sie noch am Leben sind. So viele Jahre hat sie Sie für tot gehalten.«

Sie dreht sich um. »Was denkst du, was ich gedacht habe? Ich kann es noch gar nicht fassen, dass meine liebe kleine Schwester lebt! Wenn du wüsstest, wie oft ich ihr geschrieben habe! Aber es kam nie eine Antwort. Irgendwann habe ich es aufgegeben, und aus dem Panjshirtal zu schreiben – kein Gedanke. Wie geht es ihr denn? Du musst mir alles erzählen. Können wir sie nicht anrufen?«

Ich schaue unwillkürlich auf meine Uhr. »Sie arbeitet um diese Zeit«, sage ich.

Sie gießt den Tee auf, stellt zwei angeschlagene Tassen, eine Tüte Zucker mit einem Löffel auf eine Holzkiste, die sie dafür in den Raum zerrt. Sie stellt einen Teller dazu, »probier mal, es sind getrocknete Maulbeeren aus dem Panjshirtal, eine Köstlichkeit«.

Wir setzen uns auf die Matratze.

»Entschuldige bitte«, sagt sie, »aber ich bin gerade erst angekommen.« Dann lacht sie. »Wie ich mich freue, dich zu sehen! Groß bist du geworden, mein Kleiner!« Sie schüttelt sich geradezu vor Lachen. »Nun sag schon, wie geht es Resagol? Ist sie gesund? Hat sie einen neuen Mann? Was arbeitet sie? Ist sie glücklich in Alman? Wird sie zurückkommen? Was machst du beruflich? Bist du tüchtig? Hast du Kinder? Bleibst du jetzt hier?«

»Im Großen und Ganzen geht es ihr gut«, sage ich, ich weiß gar nicht, wo ich anfangen soll. »Sie spürt das Alter ein wenig, aber sonst ist alles mit ihr in Ordnung. Nein, sie ist nicht hier.«

»Ach«, sagt sie, »wie schade!«

Ich muss ausführlich von meiner Mutter erzählen und ebenso von mir selbst, vor allem von meiner Arbeit als selbsternannter Lehrer und Aufbauhelfer. Warum ich wieder hierhergekommen bin und von meinem alten, klapprigen Vater. Unseren Krach lasse ich erstmal aus.

»Bravo, mein Junge, bravo!«, ruft sie immer wieder.

»Aber wo waren Sie eigentlich die ganze Zeit? Und Zaki? Mein Vater hält Sie für tot. Umgekommen bei den Gefechten im Panjshirtal. Warum haben Sie sich nicht bei ihm gemeldet?«

»Ich bin ja noch nicht lange wieder hier, Mahboob«, sagt sie leise. »Ich wusste doch noch gar nicht –«

Sie macht ein schuldbewusstes Gesicht. Was für ein Zufall, denke ich, dass sie ausrechnet jetzt hierhergekommen ist!

»Möchtest du eine ehrliche oder eine taktvolle Antwort?«, fragt sie zurück. Ich bitte um die ehrliche Version. »Dass ich mich um deinen Vater gekümmert habe, als er aus dem Gefängnis kam, weißt du schon, oder?«

Ich bestätige das mit leichtem Nicken.

»Das ging monatelang so«, fährt sie fort. »Er hat sich hängenlassen, musst du wissen. Viel zu sehr, nach meinem Geschmack. Zum Schluss ging er mir ziemlich auf die Nerven mit seiner ewigen Leidensmiene und seinen Klagen, wie schlecht es ihm doch gehe.« Sie schaut zu Boden. »Weißt du, Mahboob djan«, gesteht sie, »ich verstehe ja, dass dein Vater Furchtbares im Gefängnis erlebt hat, aber irgendwann muss man doch auch wieder damit aufhören, sich selbst zu bemitleiden. Jeder hat Angehörige verloren, nicht nur er. Und neben den Toten gab es Unmengen von Verletzten, viele davon sind ihr Leben lang Krüppel geblieben. In meinem Beruf habe ich mehr davon gesehen als andere Leute. Sie haben mir auch das Haus über dem Kopf zusammengeschossen«, fährt sie fort. »Das war schlimm

für mich, Mahboob djan, sehr schlimm. Aber man kann sich nach einem solchen Schicksalsschlag doch nicht einfach für den Rest seines Lebens in eine Ecke verkriechen und nur noch Trübsal blasen, wie dein Vater das getan hat. Deshalb war mir einfach nicht danach, zuallererst ihn zu besuchen, nachdem ich wieder nach Kabul gekommen war. Ich wollte mich hier erst mal ein bisschen orientieren. Ob ich das Haus wieder aufbauen kann oder nicht. Wie gesagt, ich bin erst seit wenigen Tagen wieder hier. Es ist ein grenzenloser Zufall, dass du mich hier angetroffen hast. Ich war schon einmal hier, vor ein paar Wochen, aber ich habe es«, sie unterbricht sich, »ich habe es nicht ausgehalten. Ich bin wieder zurück ins Panjshirtal – ich musste es erst einmal verkraften und überlegen, wo ich leben will. Aber weißt du, die Vorstellung, das Haus hier verrotten oder es Wildfremden zu überlassen, hat mir den Schlaf geraubt. Vielleicht will Zaki ja auch eines Tages wieder nach Kabul kommen, dachte ich. Weißt du, er hat schon zwei Kinder, und eine sehr nette, kluge Frau!«
»Zwei Kinder! Er ist Arzt geworden?«
»Ja, und ich bin froh darüber. Er liebt seinen Beruf. Aber wir haben uns auch lange nicht gesehen.«
Sie kramt in ihrer Jackentasche und zeigt mir ein Foto, Zaki mit seiner Familie. Zaki. Wie stark er sich verändert hat, nur die Kringellocken hat er noch.
Ich bemerke erst gar nicht, dass sie nicht mehr spricht. Ich hänge allem nach, wir sitzen eine Weile da und schweigen.
»Warum sind Sie nicht früher zurückgekehrt? Was hat Sie seit dem Sturz der Taliban an einer Rückkehr nach Hause gehindert?«
Sie zuckt mit den Achseln. »Es ist ja noch nicht so lange her, mein Junge. Mich zog einfach nichts hierher. Ich habe meine Arbeit als Krankenschwester im Panjshirtal, und ich will dort auch noch ein Weilchen weitermachen. Wie gesagt, das Haus hat mir keine Ruhe gelassen. Und natürlich wollte ich nach deinem Vater sehen. Deshalb bin ich auch wieder hergekommen.« Sie zieht eine Grimasse. »Ehrlich gesagt war ich darauf gefasst, einen Gauner verjagen zu müssen, der sich mein Grundstück angeeignet hat. Eine Bekannte

rief mich an und meinte, auf meinem Grundstück wohne jemand anderes. Aber als ich kam, war mein Haus, oder was davon noch übrig ist, leer und sah noch genauso aus, wie ich es verlassen habe. Aber jetzt sag mir bitte, wie geht es deinem Vater?« Sie nimmt einen Schluck Tee.

»Gleich«, sage ich, »nur noch eins: Sie haben doch, nachdem Ihr Haus zerstört wurde, noch einige Zeit in Kabul gelebt, und erst dann sind Sie fortgegangen. Das weiß ich von meinem Vater. Warum haben Sie das Haus nicht schon damals wieder aufbauen lassen?«

Tante Farida lacht unfroh mit ihrem breiten Mund. »Damit es mir sofort wieder über dem Kopf zusammengeschossen wird?«, fragt sie mit grimmigem Gesicht. »Wir wurden ja fast jeden Tag bombardiert. Am liebsten hätte ich nicht einmal irgendwelche Besitztümer eingebuddelt. Mit Mühe und Not konnten Nachbarn mich davon überzeugen, dass ich wenigstens mein Geld und den Schmuck nicht irgendwelchen Plünderern überlassen dürfe. Jetzt tut es mir leid, dass ich damals nur das Allernötigste vergraben habe, denn ein paar Erinnerungsstücke wären doch ganz schön. Aber was solls. Es wird nicht mehr viel zu finden sein, so lange, wie nun alles Wind und Wetter ausgesetzt war. Also lasse ich einfach den ganzen Trümmerberg abtragen und das Haus komplett neu bauen.« Sie nippt an der Tasse. »Ich hätte nicht geglaubt, dich jemals wiederzusehen«, fährt sie lächelnd fort. »Und dass ich die Stimme deiner Mutter wieder hören werde, kann ich noch gar nicht fassen. Gib mir doch bitte ihre Nummer, ich will sie unbedingt anrufen.«

Ich diktiere ihr die Nummer, die sie sich in einem abgenutzten schwarzen Notizbuch aufschreibt, und sage ihr nach einem Blick auf die Uhr, dass sie frühestens in zwei Stunden von der Arbeit heimkommen wird.

»Ich muss los, Tante Farida«, sage ich. »Es ist spät geworden. Wo werden Sie übernachten? Sie können gern zu mir –«

»Ich übernachte selbstverständlich hier, Mahboob, aber danke für dein Angebot. Ich besuche dich vielleicht einmal in den nächsten Tagen.«

»Aber –«, ich werfe einen Blick in den Raum. Sie lacht.
»Wenn du wüsstest, wo ich schon geschlafen habe, da ist das hier first class!«
Ich schüttle den Kopf. Neben ihr komme ich mir vor wie ein Weichei.
»Wann kommst du wieder?«, fragt sie. »Jetzt, wo ich dich endlich wieder habe, soll kein Tag vergehen!«
»Wann werden Sie meinen Vater besuchen?«
Sie knurrt etwas.
»Gib mir noch ein paar Tage, ja? Wir sollten ihn vielleicht ein bisschen vorbereiten, oder was denkst du?«
Ich überlege. Wenn sie einfach auftaucht, bleibt sein Herz wahrscheinlich stehen. Mir fällt auch nichts ein, wie ich ihm erklären sollte, warum und dass ich sie gefunden habe.
»Ich überlege mal«, sage ich.
»Gut, gut«, sagt sie. »Aber sag mal, könntest du mir ein bisschen helfen?«
»Natürlich! Liebend gern!«
»Könntest du mir vielleicht ein paar Männer organisieren, um den Schutt abzutragen? Ich bräuchte auch Leute, die mir sagen, was es alles kosten würde, elektrische Leitungen, Wasser, das Mauerwerk, du weißt schon. Die Kerle, die ich engagiert hatte, um den Schutt abzutragen, waren langsam wie die Schnecken, und als ich ihnen gestern Beine machen wollte, wurden sie auch noch unverschämt. Sie denken, bloß weil ich eine Frau bin, sind sie der Chef. Also habe ich sie gefeuert. Ich lasse mir nichts vormachen, ich sage dir, im Panjshirtal leben die besten Handwerker der Welt! Die machen aus allem etwas, sogar aus den abgestürzten Bombern der Russen. Ich habe schon überlegt, ob ich welche von dort hierherholen soll.«
»Ich weiß jemanden für dich«, sage ich lachend und denke an Nawid. Ich sollte langsam eine Vermittlungsgebühr von ihm verlangen.
»Darf ich beim nächsten Mal ein paar Fotos von Ihnen machen? Für meine Mutter?«
Wir verabschieden uns und ich verspreche, gleich morgen nach der Schule wiederzukommen.

Mit einem Mal ist alles ganz einfach. Ich werde morgen wieder kommen, ich werde meiner Tante helfen, ich habe eine Verwandte in dieser Stadt. Glücklich und dankbar laufe ich durch die Straßen zu mir nach Hause. Meine Mutter rufe ich gleich morgen an, um diese Zeit ist es immer schwer, eine Verbindung herzustellen. Und mein Vater? Morgen, denke ich, morgen. Ich will nur noch etwas Gutes zu essen holen und in meinem Hof sitzen und mich freuen.

7

Nach und nach erfuhr Mahboob, was Tante Farida in den vergangenen zwanzig Jahren erlebt hatte, während ihr Haus allmählich wieder Gestalt annahm.

Die Ausreise der Familie war für sie ein Schock gewesen. Dass Sher Ahmad so plötzlich und so radikal auf die politische Situation reagierte und das Land verlassen wollte, hatte sie überrascht. Dabei war sie es gewesen, die aus dem Krankenhaus berichtet hatte, dass immer wieder Männer verhaftet wurden oder auf mysteriöse Weise verschwanden; sie selbst hatte es Resagol erzählt.

»Für mich war die Arbeit so wichtig wie nie«, erklärte sie Mahboob. »Es kamen so viele Menschen, die Hilfe brauchten, und auch wenn wir es in der Stadt nicht so bemerkten, dass Krieg war, kamen aus der Umgebung viele Verwundete. Lange Zeit hatte ich von den Kommunisten in unserem Land profitiert; ohne sie hätte ich weder meine Ausbildung machen noch meiner Arbeit nachgehen können. Doch seit die Partei die Sowjetunion um Hilfe gebeten hatte, veränderte sich allmählich das Klima. Wir hörten von Schriftstellern und Journalisten, die zuerst Berufsverbot erhielten und dann verhaftet wurden. Es gab nie offizielle Zahlen, Mahboob, das kannst du dir denken, aber im Nachhinein gab es Schätzungen. Bereits im Jahr 1979 waren es schon Tausende, stell dir das einmal vor! Deshalb wurde dein Vater immer besorgter, während ich …

Nach dem Einmarsch der Roten Armee, Ende 1979, veränderte sich das Leben in Kabul zunächst nur langsam. Die Leute arbeiteten, studierten, gingen ins Kino; alles hatte eine gewisse Normalität, wenn man von der Anwesenheit von Soldaten im Stadtbild einmal absieht. Doch zugleich wurden zahlreiche Veränderungen durchgeführt; Repressalien begannen. Wir hörten, dass junge Leute, die an der Universität studierten, angesprochen und zur Mitarbeit in der Partei aufgefordert wurden. Wollten sie es nicht, erhielten sie kurz darauf die Mitteilung über ihren Ausschluss von der Universität. Aziza hatte sich für die Kommunisten entschieden, sie studierte weiter, sie wollte unbedingt Kinderärztin werden.«

»War sie etwa ein Mitglied der Partei?«

»Mahboob, ich habe es deinem Vater nicht gesagt. Er war ohnehin so wütend auf deine Schwester, dass sie die Kommunisten nicht ablehnte wie er; wenn er erfahren hätte, dass sie sogar in die Partei eingetreten war, wäre der Teufel losgewesen.«

»Du hast es also gewusst?«

»Ich habe es durch Zufall herausgefunden, lange, bevor ihr geflohen seid. Sie hat vor einem Kino Flugblätter verteilt, und ich wollte mir an diesem Abend einen Film ansehen. Ich stellte sie zur Rede.«

»Meine Güte.«

»Es war nichts zu machen.«

»Aber ich verstehe nicht, ich dachte, sie wäre von Kommunisten ermordet worden?«

»Kommunisten, Kommunisten! Weißt du, wie viele Richtungen es gab? Die Khalq Partei, die Parcham Partei, die Maoisten, die Besatzer! Sie waren sich ja untereinander nicht einig!«

Farida schlug auf den Boden, neben der Matratze, auf der sie saß. Sie wühlte in ihrer Jackentasche und zog ein Päckchen Zigaretten hervor.

»Ich hab schon gedacht, du rauchst gar nicht mehr!«, musste Mahboob lachen.

»Ich rauche viel weniger!«, gab sie lachend zurück und stieß genussvoll den Qualm aus. »Im Panjshirtal habe ich es mir so gut wie abgewöhnt. Die Luft ist dort so klar, so würzig, aber auch so anstrengend wegen der Höhenunterschiede, dass ich es ganz von selbst aufgegeben habe.«

»Davon musst du mir auch erzählen. Aber zuerst …«

»Aziza, ich weiß. Ach, das schöne Mädchen.«

Sie verstummte. Sie saßen eine Weile still beieinander. Mahboob konnte das Knistern des Tabaks hören, wenn sie an der Zigarette zog.

»Ich glaube, es war ein Versehen.«

»Ein Versehen?«

»Ich wollte unbedingt herausfinden, was geschehen war. Also fragte ich herum, bei allen, von denen ich dachte, dass sie sie vielleicht gekannt haben, an der Uni, bei den politischen Grüppchen, überall. Nach allem, was ich in Erfahrung bringen konnte, hatte sie vor einem Gebäude gestanden, in dem eine Kundgebung einer maoistischen Gruppe stattfinden sollte. Offenbar war es das Ende der Veranstaltung, jedenfalls kamen sehr viele junge Leute aus dem Gebäude auf die Straße, und plötzlich tauchten von allen Seiten sowjetische Soldaten auf. Sie wollten die Gruppe einkesseln, um einige von ihnen zu verhaften. Aziza war mitten unter ihnen. Irgendjemand widersetzte sich, dann noch jemand, es gab ein Riesengeschrei, dann Handgreiflichkeiten, und schließlich fielen Schüsse.«

»Wie schrecklich. Vater meinte, es sei eine Versammlung gewesen.«

»Kann schon sein, aber verstehst du, sie war noch nicht einmal bei den Maoisten, sie gehörte gar nicht zu dieser Gruppe, es war der blanke Zufall. Was nicht heißt, das ich es so oder so abscheulich fand, wie die Sowjets auf wehrlose, engagierte Leute losgingen. Aber es kam immer häufiger zu dieser Art Auseinandersetzung – obwohl doch alle Kommunisten waren oder sein wollten! Was für eine Absurdität!«

Tante Farida wandte ihren Kopf ab. Ich schwieg. Ja, was für eine monströse Absurdität! Wie dumm war diese ganze Politik? Nichts als Elend und Unterdrückung. Meine liebe Aziza!

»Verstehst du, Mahboob«, sagte Tante Farida noch einmal. »Aziza gehörte doch zu den jungen Menschen, die diesem Land helfen wollten! Sie war gar nicht antisowjetisch eingestellt, sie war noch so blauäugig und glaubte an den Fortschritt, den sie bringen sollten, die sich Kommunisten nannten, so wie ich auch einmal. Schließlich hatte sie es ihnen zu verdanken, dass sie studieren konnte, sie war eine der ersten im Land überhaupt, sie gehörte zum ersten Semester an der ganz neu gebauten medizinischen Fakultät. Sie fand es einfach toll, sie mochte die Labore und die weißen Kittel, die sie trugen, wenn sie Experimente machten. Sie liebte es, am Abend in die neuen Jazz-Kneipen zu gehen und ins Kino. Sie fand eben, dass das alles wunderbare Dinge seien und wollte dafür kämpfen, dass diese Freiheiten für alle erhalten und durchgesetzt würden.«

Tante Farida schlug die Hände vors Gesicht, dann sah sie mich an und schüttelte traurig den Kopf. »Was für ein junges Leben, einfach so, abgerissen. Ich darf gar nicht daran denken, Mahboob.«

Ich auch nicht, dachte Mahboob, ich auch nicht.

Sie zündete sich eine neue Zigarette an und zog heftig daran. Dann setzte sie ihre Erzählung fort: »Nach Azizas Beerdigung schlich ich wochenlang wie ein Schatten meiner selbst durch das Leben. Ich konnte nicht weinen, nicht essen, nicht denken. Alles war Lähmung. Sher Ahmad blieb verschwunden, ich versuchte herauszufinden, was mit ihm geschehen war. Eine Zeitlang redete ich mir ein, er wäre Hals über Kopf geflohen; aber mein Verstand sagte mir, dass es Unsinn war. Ich konnte auch nicht einfach ins Büro der Partei gehen und nach ihm fragen; niemanden konnte ich fragen. Es hätte Aufsehen erregt und eine ungünstige Aufmerksamkeit auf mich gezogen. Zu Anfang ging ich fast jeden Tag bei eurem Haus vorbei; doch alles blieb ruhig und verlassen. Irgendwann zog eine Gruppe russischer Soldaten in das Haus.«

»Was? Das wusste ich gar nicht!«

»Ich habe es deinem Vater nie gesagt, bitte, verschone ihn, es ändert ja nichts mehr.«

Mahboob nickte. Deshalb war das Haus so heruntergekommen! Die Vorstellung fremder Menschen in ihrem Haus machte ihn zornig.

»Auch Zaki war wie am Boden zerstört.«

»Er war ja in Aziza verliebt«, sagte Mahboob nachdenklich.
»Ja, sicher, wie ein Cousin in seine Cousine eben verliebt sein kann. Aber lass mich weiter reden. Eines Tages, ich weiß nicht, wie viele Wochen vergangen waren, nein, Monate, es war nach dem Sommer, kam eine junge Frau ins Krankenhaus. Eine Französin. Alle wunderten sich. Sie war nicht verletzt. Sie sprach ein paar Brocken Dari und ein ziemlich merkwürdiges Englisch. Wir wunderten uns, dass eine Ausländerin bei uns auftauchte, denn die Grenzen des Landes waren geschlossen. Man konnte nur heimlich über die Grenze, und es war gefährlich, nach Kabul hereinzukommen. Die Sowjets kontrollierten alle Städte, Wege, die gesamte Kommunikation. Nach einer Weile holten wir einen unserer Ärzte, der in Frankreich studiert hatte, und er übersetzte uns, was sie wollte. Sie arbeitete für eine Organisation, von der wir noch nie gehört hatten, *Médecins sans Frontières*, und sie wollte mit ein paar Leuten ins Panjshirtal. Sie suchten eine Krankenschwester, die mit ihnen ging, damit sie eine fachkundige Übersetzerin bei sich hätten. Wir schüttelten die Köpfe. Keine von uns sprach gut Französisch. Sie fragte jede von uns, ob wir vielleicht *ein wenig* Französisch verstünden, ob wir die Buchstaben lesen könnten. Ich sagte, ich verstünde ein paar Worte, ich hätte es in der Schule ein wenig gelernt, und sofort holte sie ein Buch aus ihrer Tasche und zeigte es mir. Es war ein anatomisches Lehrbuch. Sie zeigte auf den Magen und sah mich an. Wie heißt es? Ich sagte es auf Dari. Sie zeigte auf das Herz, die Nieren und so fort und ich nannte ihr die Begriffe in unserer Sprache. Ihre grünen Augen leuchteten. *S'il vous plaît,* sagte sie, *come with us!* Ich schüttelte erschrocken den Kopf. Nein, nein, sagte ich, ich habe einen Sohn, und ich habe meine Arbeit. Sie kümmerte sich gar nicht darum. Sie drückte mir das Buch in die Hand und sagte, sie käme am nächsten Tag wieder, ich sollte es mir überlegen.«
Farida zündete sich eine neue Zigarette an und trank einen Schluck Tee.
»Ich redete mit Zaki. Zaki sagte, er sei erwachsen, er wolle unbedingt zu Ende studieren, ich solle tun, was ich für richtig hielte. Am

übernächsten Tag hatte ich ein paar Dinge zusammengepackt und brach auf.«

»Du hast dich so schnell entschieden?«

»Etwas an dieser jungen Europäerin beeindruckte mich tief. Ich meine, sie kam aus einem wahrscheinlich recht komfortablen Leben in Paris hierher, um in die wildeste, abgelegenste und gefährlichste Gegend unseres Landes zu gehen. Sie wirkte nicht gerade wie jemand, der auf Abenteuer aus ist oder leichtfertig aus Langeweile in die Welt zieht. Nein. Sie wusste genau, was sie vorhatte. Sie war Ende zwanzig, verstehst du, sie hätte Kinder haben können. Die ganze Nacht blieb ich auf, damals. Ich blätterte das medizinische Lehrbuch durch. Ich dachte an Aziza, die auf so unglückselige Weise ihr Leben verloren hatte. Ich dachte an deinen Vater, der entweder im Gefängnis war oder nicht mehr am Leben, an deine Mutter und an dich. Zaki war beschäftigt, ich musste mir keine Sorgen um ihn machen. Ich starrte in den Sternenhimmel und fragte mich, was meine Aussicht hier in Kabul wäre. Und dann bemerkte ich etwas, fast nebenbei. Nach all den schrecklichen Monaten, in denen ich wie ein Apparat meine Arbeit verrichtet hatte, in denen ich mechanisch gegessen und getrunken hatte, hatte jemand es geschafft, mein Interesse zu wecken! Ich meine, ein echtes, tiefes Interesse. Sie zwang mich nachzudenken. Ich dachte an sie. Ihre lebhaften Augen. Ihren lustigen Mund, der gar nichts Lustiges sagte, aber dann unvermittelt lächelte, so dass es mich mitten ins Herz traf.

Am Morgen stieg ich auf mein Dach und sah auf die erwachende Stadt. Ich liebe Kabul am Morgen. Der Himmel oben wird schon hell, doch unten herrscht noch Dunkelheit, ein sanftes Blaugrau legt sich über alle Dinge, und nach oben wird es immer leichter, löst sich immer weiter auf, und während du noch danach schaust, ist die Helligkeit immer weiter hinabgesunken. Jedenfalls dachte ich: Was hält dich hier? Und ich wusste, dass ich die Frage bereits beantwortet hatte.«

Im Unterschied zu Mahboobs Vater, der sich alle Antworten aus der Nase ziehen ließ, war Tante Farida ganz offensichtlich glücklich, Mahboob alles einmal in Ruhe erzählen zu können. Mahboob lauschte ihr fasziniert. Was für ein Glück er hatte, dachte er immer wieder, dass er Tante Farida wiedergefunden hatte, dass er eine so bemerkenswerte Tante hatte. Er kam fast jeden Nachmittag vorbei und half ihr, und am Abend hockten sie zusammen, aßen eine Kleinigkeit, die er aus einer Garküche holte, und sie erzählte ihm.

Wie klar und würzig die Luft im Panjshirtal gewesen sei. Wie beschwerlich die Fußwege, rauf und runter, über Geröll und durch reißende Gewässer. Wie wenig es zu essen gegeben habe. Wie sie jeden Abend mit Florence, der jungen Ärztin, sich über das Lehrbuch gebeugt und wie sie sich gegenseitig ihre Sprachen erklärt hatten. Nichts Wichtiges geschieht, habe Florence gesagt, ohne Leidenschaft.

»Die anderen Ärzte waren Männer. Sie kamen wie Florence aus Frankreich. Sobald wir im Panjshirtal angekommen waren, um einige Kilo leichter, aber auch kräftiger, durch das viele Laufen, fing die Arbeit auch schon an.

Die Bedingungen, unter denen wir in den folgenden Jahren arbeiteten, kannst du dir nicht vorstellen. Eine minimale Ausstattung, wenig Medikamente. Die Hände wuschen wir im Fluss, die Instrumente desinfizierten wir über Kohlenfeuer – ah, die große Chirurgie des Krieges, sagte François dann manchmal, einer der Ärzte. Unsere Bahren waren aus einfachem Stoff und Holz zusammengebaut. Wir operierten ohne Betäubung, oft im Freien. Kinder, die auf Landminen getreten waren, Männer, die gegen die sowjetischen Besatzungstruppen gekämpft hatten und deren Verletzungen schon Geschwüre gebildet hatten. Manchmal konnte ich nicht glauben, wie zäh sie waren, wie lange sie mit diesen Verletzungen schon gelebt hatten. Einmal zogen wir Splitter aus der Hand eines Kindes, dem eine verdeckte Mine alle fünf Finger abgehackt hatte. Der Stumpf der Hand war schon fast abgestorben, grau. Der Vater hielt den Jungen, ich habe selten ein so tapferes Kind erlebt. Andere Jungen und Männer standen um uns herum, fassungslos, dass es den Kleinen getroffen hatte.

Wenn es keine Verwundeten gab, klärte ich junge Frauen auf und brachte ihnen bei, ihre Kinder bei leichteren Krankheiten selbst zu versorgen. Florence und die Ärzte unterrichteten junge Männer in Medizin, sie erhielten eine Grundausbildung, mit der sie in der Lage waren, anderen zu helfen, vor allem, wenn sie an der Front oder auf sich gestellt waren.
Manchmal sah ich Florence und die anderen staunend an. Die Männer, Pierre, Philippe, François, veränderten sich. Sie wurden schmaler und gelenkiger und kleideten sich wie die Männer im Tal, weite Hosen, lange Hemden, Fellwesten darüber, und trugen die Mützen, an denen man die Freiheitskämpfer erkannte, flache, runde Filzmützen. Sie ließen sich Bärte wachsen und ritten auf Eseln; sie freuten sich, wenn die Einwohner der abgelegenen Dörfer sie ansprachen, als wären sie von hier. Florence trug auch diese Hosen, mit dicken Wollpullovern im Winter. Abends saßen wir oft zusammen und unterhielten uns; manchmal, vor allem im Sommer, wenn es sehr heiß war, sagte einer der Männer: Was gäbe ich jetzt für ein Bier! Ich spüre den Schaum an den Lippen, das kalte Getränk auf meiner Zunge, aah! Und alle riefen, hör auf, hör auf! Und dann lachten sie.
Florence reiste einige Male nach Frankreich. Sie rief dann jedes Mal etliche Zeitungen an und gab Interviews. Sie versuchte, den Journalisten die Lage in Afghanistan klar zu machen. Sie erzählte von der großen Armut, von den Wunden, die der fremde Krieg zwischen den Amerikanern und den Russen bei den Zivilisten schlug. Sie berichtete, wie Massoud und die Widerstandskämpfer die schwer zugängliche Gegend organisierten, den Handel mit Obst und Gemüse, im Tausch gegen Waren, die sie aus der Stadt holten, Mehl, Zucker und Geräte. Dass sie Schulen einrichteten, für Jungen und Mädchen. Ein Krankenhaus. Dass sich diese Menschen nichts anderes wünschten, als dass man sie in Ruhe ließe, dass es ihr Land sei, in dem sie auf ihre Weise frei leben wollten.
Florence versuchte, die Leute aufzurütteln, die sie so erschreckend gleichgültig fand, aber auch unwissend, was in diesem fernen Land geschah, in das sie Waffen schickten. Sie hoffte, dass ihre Augen-

zeugenberichte über ein Land, in das kaum Journalisten kommen konnten, politische Entscheidungen im Westen beeinflussen würden. Sie war oft traurig, wenn sie wieder zurückkam. Sie kam immer wieder. Ich glaube, sie blieb vier oder fünf Jahre, bevor sie wieder nach Frankreich zurückkehrte. Sie ging, als wir erfuhren, das zwei der europäischen Ärzte, die in anderen Orten Verwundete heilten, von den Sowjets gefangen genommen und zu zehn und zwanzig Jahren Haft verurteilt worden waren. Sie floh, zusammen mit zwei Kollegen, nach Pakistan. Es war ein trauriger Abschied. Aber ich konnte sie verstehen. Sie war vierunddreißig, und sie wünschte sich so sehr, eigene Kinder zu haben. Sieh mal«, sie unterbrach sich, »hier!« Sie nestelte an ihrem Hals und zeigte Mahboob eine einfache Silberkette mit einem tropfenförmigen Anhänger aus Türkis. »Die hat sie mir zum Abschied geschenkt!«
Manche der Erzählungen Faridas kamen Mahboob unwirklich vor. Der Mut aller schien ihm undenkbar. So hatte er sich das Leben in dieser verrückten, unwegsamen Gegend nicht vorgestellt.
»Wir zogen viel herum«, sagte Farida, »aber immer wieder blieben wir auch für eine gewisse Zeit in einem Dorf, und die Leute kamen zu uns. Ich lernte so viel von ihnen. Sie sind viel freundlicher als die Leute hier in der Stadt, das kannst du mir glauben. Und hundertmal zufriedener. Sie freuen sich, wenn sie schöne Kartoffeln ernten, und sie singen begeisterte Lieder, wenn sie Aprikosen essen. Sie teilen alles mit dir, und wenn es eine halbe Handvoll Mandeln ist. Ich traf einen Bauern, der hatte alles verloren, sein Haus, seine Kinder, seine Frau. Er zog mit ein paar Tieren, die ihm geblieben waren, umher. Ich fragte ihn, ob es ihn bitter mache. Er sah mich erstaunt an: Wofür ist man auf der Welt? Wir wissen es nicht. Wofür lässt Allah uns leben? Wir wissen es nicht.
Ich erlebte die wechselnden Jahreszeiten. Ich begann, die Natur zu lieben. Ich liebte die Früchte an den Bäumen, die blühenden Wiesen, das einfache Leben, die Farben. Der Schnee in den Bergen. Das Licht dort ist so unfassbar, es ist, wie soll ich sagen, sphärisch. Ein überirdisches Blau. Es ist das Paradies. Ich will kein anderes, ich

brauche kein anderes. Das ganze Leben hat dort eine solche Klarheit und Intensität, ich bin süchtig danach, Mahboob. Deshalb habe ich auch gezögert, hier das Haus in Ordnung zu bringen. Ich spüre, dass es mich dorthin zurückzieht.«

Manchmal redete Farida so, als habe sie Mahboob vergessen, er zuckte dann zusammen, wenn sie ihn überraschend so direkt ansprach.

»Sie lernten das Handwerk des Krieges. Massoud brachte es ihnen bei, er und seine Männer. Er machte Widerstandskämpfer aus ihnen. Sie trugen ihre Gewehre, wie sie ihre Mützen trugen. Sehr alte Gewehre! Sie bildeten auch Jungen aus. Das war das Schrecklichste für mich, neben den Verletzungen.

Die Sowjets hatten ganz Afghanistan eingenommen, nur das Panjshirtal nicht. Und später, als die Sowjets weg waren, kämpften dieselben Männer gegen die radikalen Taliban, die dem Land eine Karikatur des Islam aufzwingen wollten, und wieder kämpften sie unter der Führung von Massoud. Wieder wehrten sie sich gegen Männer, die ihnen diktieren wollten, wie sie zu leben hatten. Millionen Verwundete, Mahboob, Millionen Tote, Millionen Exilierte.«

Mahboob gingen die Bilder aus dem Fernsehen durch den Kopf, die er als Junge in Frankfurt gesehen hatte. Die Berichte über den Krieg, wegen denen er sich mit seiner Mutter gezankt hatte. Er erinnerte sich an die riesigen Militärparaden in Moskau, die Bilder von Bomben, die einschlugen und hohe Staubwolken aufwirbelten, von Panzern, die durch Sand rollten. Man sah keine Frauen, keine Kinder, keine Bäume, keine Wiesen, von denen Farida erzählte, sondern ein fremdes, sonderbares Land voller Männer mit schmutzigen Gesichtern und Gewehren in der Hand.

»Wir hatten ein Krankenhaus gebaut, Männer aus mehreren Dörfern und wir, und Florence wollte unbedingt, dass wir die Flagge des Roten Kreuzes auf dem Dach anbrachten. Damit es nicht zerstört wird, sagte sie. Florence kletterte selbst auf das Dach und breitete die riesige Fahne darauf aus. Wenige Wochen später wurde es bombardiert, von amerikanischen Kampffliegern. Es war das einzige

Mal, dass ich sie verzweifelt erlebt habe. Was für eine Schande, sagte Florence immer wieder, was für eine Schande.«
Was für ein Zufall, dachte Mahboob, hier geboren zu sein. Und was für ein Zufall, von hier fortgegangen zu sein! Sein armer Vater, der sie nach Alman geschickt hatte und dafür Jahre im Gefängnis verbracht hatte, wie dankbar musste er ihm sein.
Mahboob war nach all diesen Erzählungen klar, dass der Vater sich vor Tante Farida schämen musste.
»Ein echter Afghane nimmt seinen Schmerz nach innen«, sagte Tante Farida. »Jedenfalls entspricht das dem Bild, das sie von sich selber haben. Du kannst davon halten, was du magst. Ich habe ihn schwach gesehen, das wird ihm unangenehm in Erinnerung sein.«
Sie war nicht oft in der Stadt gewesen, aber jedes Mal hatte sie versucht, etwas über den Verbleib Sher Ahmads herauszufinden. Sie hatte ihre Arbeit im Panjshirtal nur unterbrochen, um ihn nach seiner Rückkehr aus dem Gefängnis zu pflegen. Danach nicht mehr.
»Was für ein Zufall«, sagte Mahboob, »dass Sie gerade hier waren, als er entlassen worden ist. Was für ein Zufall.«

8

Mahboobs Mutter war vor Freude so außer sich, als sie hörte, dass ihre Schwester lebte, dass sie am Telefon ausrief: »Wie gut, dass du dort hingefahren bist, mein lieber Mahboob!«

Mahboob bereitete seinen Vater schonend auf Tante Faridas Besuch vor, doch ihr erstes Zusammentreffen verlief völlig anders, als die beiden gedacht hatten. Sher Ahmad war so glücklich, Tante Farida wiederzusehen, dass er umstandslos in Tränen ausbrach, ihre Hände küsste und ihr dankte. »Verzeih, dass ich damals so wenig Mut gezeigt habe«, murmelte er immer wieder.
Er war wie ausgetauscht, und Mahboob und Farida warfen sich fragende Blicke zu.

»Jetzt wird auch Resagol zurückkehren!«, rief er schließlich aus, und bei den beiden fiel der Groschen.

Gleich bei ihrem zweiten oder dritten Treffen aber – Abdul hatte ein Festmahl zubereiten müssen, mit eingelegten Auberginen, frittiertem Fisch, Reis mit Hähnchen, frischen Salaten und dreierlei Nachtisch – zankten sie sich über Massoud.

»Er hat Bomben auf seine eigenen Leute geworfen, er hat Kabul mitzerstört!«, sagte Mahboobs Vater.

»Es stimmt nicht«, gab Tante Farida zurück. »Es war ein Hinterhalt, in den ihn seine Feinde gelockt haben. Er hatte mit ihnen ausgehandelt, nach Kabul einzudringen, um zu helfen, die Stadt von ihren Besatzern zu befreien; im Gegenzug würde er sie unterstützen und an einer künftigen Regierung beteiligen. Die anderen waren es, die die Gefängnisse öffneten und an alle Männer, die es wollten, Waffen verteilten. Diese Männer waren zum Teil sehr roh, sie plünderten und vergewaltigten. Ich werde den Namen dessen nicht nennen, der die Anordnung gab, Bomben auf die eigene Stadt zu werfen, ich nicht.«

So ging es hin und her, und Mahboob wurde klar, wie verworren die Geschichte war, und wie schwierig es sein würde, sie genau zu erkennen. Eines wurde jedenfalls deutlich: Die Taliban hatten nicht nur etliche Schulen zerstört, ohne Rücksicht auf Lehrer und Kinder, weil sie in ihnen Machwerke der Kommunisten sahen. Sie hatten noch im letzten Jahr ihrer Herrschaft zahlreiche Frauen in einem Fußballstadion öffentlich hinrichten lassen. Sie hatten in manchen Dörfern von zehn Kindern acht zu Waisen gemacht.

Mahboob hätte gern mehr erfahren, doch sein Vater und Tante Farida wollten nicht immerzu über den Krieg sprechen. Es gab ja auch genügend Fragen der Gegenwart, und so ging vor allem sein Vater nach der ersten Aufregung bei den Treffen mit Tante Farida wieder zur Tagesordnung über. Bei Tee und Tut, den schwarzen Maulbeeren, die Tante Farida aus dem Panjshirtal mitgebracht hatte, saßen sie im Hof draußen, in dem es dank Abdul grünte und blühte, redeten über die Bauarbeiten an Tante Faridas Haus, die dank Nawid gut vorankamen, und Mahboobs Fortschritte als »richtiger Afghane«, wie sein Vater es nannte. Die Blauhelme der ISAF-Truppen bevölkerten die Stadt; der Wahlkampf für die ersten freien Wahlen begann; die Hoffnung richtete sich auf die Hilfe des Auslands für den Aufbau von Schulen, Straßen, Krankenhäusern. Die größte Sorge aber galt der Frage, ob die Taliban wiederkehren würden und was dann.

Über Aziza sprachen Vater und Tante nicht; es war, als klammerten sie dieses Thema aus unterschiedlichen Gründen aus. Mahboob war traurig darüber; es ließ ihm keine Ruhe, die Umstände ihres Todes beschäftigten ihn, ihr politisches Engagement, und ganz einfach die Erinnerung an sie.

9

Mitten in das neue Familienglück hinein erreichte ihn ein Telegramm. Ein Telegramm von Noor.

Ich liebe Buenos Aires. Es ist die schönste Stadt der Welt. Ich liebe Mahboob Martin. Er ist der dümmste Mann der Welt. Auf Wiedersehen im September, sagt dir: deine Noor.

Er rief sofort bei ihr an.

»Leider können Sie mich zur Zeit nicht erreichen. Ich befinde mich in Buenos Aires. Ich höre Ihre Nachricht erst nach meiner Rückkehr ab.«

Das Ganze kam noch einmal auf Englisch und auf Spanisch.

Er rief dreimal hintereinander an, nur um Noors Stimme zu hören. Beim vierten Mal fasste er sich ein Herz und sagte: »Auf Wiedersehen im September, mi amor.«

In der Schule kehrte allmählich eine neue Ordnung ein.

Faruq berief einmal die Woche alle Lehrer zusammen, die Mahboob inzwischen schätzten. Sie diskutierten die Lehrpläne und die Frage, ob sie eine Küche für die Kinder und eine Mädchenklasse einrichten sollten. Die meisten Mädchen wurden, wenn überhaupt, in heimlichen, privaten Schulen unterrichtet oder von den Müttern, die selbst lesen und schreiben konnten.

Die Diskussionen verliefen heftig, und manchmal lehnte Mahboob sich zurück und dachte an die Ruhe seines Schreibtischs in Frankfurt.

II.
Das Geheimnis von Sher Ahmad

Jedes Staubkorn, das auf der Erde lag,
war ein Sonnenantlitz oder die Stirne des Morgensterns;
wische das Staubkorn sanft von deinem Ärmel –
auch dieses war ein schönes, zartes Angesicht.

Chajjam, *Wie Wasser strömen wir*

10

»Wir fahren am Sonntag sehr früh, mach dich bereit«, befiehlt mein Vater ohne Erklärung.

»Wohin?«

»Nach Kunduz.«

Kunduz?! Es ist Mitte Juli, in zwei Wochen beginnen die Sommerferien, über der Stadt brütet eine Affenhitze, kein guter Zeitpunkt zu verreisen.

»Ich kann frühestens übernächste Woche fort, Padar djan, ich muss mit den Kindern das Schuljahr ordentlich abschließen.«

»Mh«, brummt er. »Könntest du nicht wenigstens die letzte Woche ausfallen lassen?«

»Ich werde es mit Faruq besprechen«, sage ich.

»Seit wann hörst du denn auf den Direktor?«

Er dreht es sich, wie er es braucht, denke ich, aber er grinst. Sogleich gehe ich zu Faruq nach Hause.

»Fahr ruhig, in der letzten Woche geschieht ohnehin nicht mehr so viel. Komm aber wieder, mein Freund«, sagt er lachend, »wir brauchen dich.«

In der Nacht mache ich kein Auge zu. Ich weiß nicht, was mich dort erwartet. Das letzte Mal, als ich meinen Vater auf Kunduz angesprochen habe, ist er aufgestanden und hat wütend humpelnd den Hof verlassen. Gibt es dort nur seine Ländereien? Oder gibt es am Ende doch die zweite Familie, auf die meine Mutter immer so eifersüchtig war? Und wenn ja: Habe ich Brüder oder Schwestern? Haben sie Kinder oder nicht? Und was ist mit der zweiten Frau, die sich offenbar überhaupt nicht um meinen Vater kümmert und umgekehrt?

Am Sonntagmorgen um vier steigen mein Vater und ich am Busbahnhof in Pul-e-Baghumumi in den Bus nach Kunduz. Es ist stockdunkel, Kabul schläft. Ich habe mir für den Ausflug einen neuen weißen Shalwar Kamiz angezogen, die Pluderhose und das lange Baumwollhemd werden die Hitze erträglicher machen. Der Bus ist von knallbunten Tigern, Vögeln und Pflanzen übersät, auf dem Dach ist Platz für Gepäck, die Sitze sind schmal und durchgesessen.
»Die mittleren Plätze sind die sichersten, wenn es einen Unfall gibt oder sonst etwas«, erklärt mein Vater.
»Gut zu wissen. Ist auf dieser Strecke denn mit Überfällen zu rechnen?«
»Nur wenn man großes Pech hat.«
Wir setzen uns, mein Vater überlässt mir den Platz am Fenster. Nun heißt es warten, dass der Bus losfährt. Laut Auskunft des Fahrers wäre das noch vor Sonnenaufgang, es ist wohl kaum wörtlich zu verstehen. Wahrscheinlich wartet er einfach so lange, bis der Bus überladen ist. Langsam wird es hell, ein schöner Moment, bevor das übliche Chaos wieder ausbricht. Mein Vater ist eingenickt. Ich beobachte, wie sich der Bus langsam füllt, überwiegend sind es Händler, die einsteigen, mit Unmengen an Plastiksäcken, Bündeln und Paketen, Männer, die in ihre Dörfer zurückfahren. Nicht alles passt aufs Dach, ein paar Hühner in einem engen Käfig und eine kleine freche Ziege werden uns Gesellschaft leisten. Ein einziges Grüppchen von Frauen klettert die hohen Stufen in den Bus, sie müssen ihre langen Burkas hochraffen, um nicht zu stolpern, zwei blaue, fünf weiße, ich

vermute, es sind zwei ältere Frauen mit ihren Töchtern und Nichten. Ich würde mir gern die Beine vertreten, aber ich will meinen Vater nicht allein lassen. Wenn er die Augen so geschlossen hält, und seine Züge sich entspannen, wirkt er fast sanft. Ich mache unauffällig ein Foto, für meine Mutter.

Plötzlich gibt es ein riesiges Geschrei, die Türen werden geschlossen, es geht los, wir fahren durch die Straßen der erwachenden Stadt. Eine ungewohnte Perspektive ist es, so von oben darauf zu schauen, auf die Unmengen offener Ladeflächen voller Pfirsiche, Paprika und Melonen, mit festgezurrten Kühlschränken, Waschmaschinen und undefinierbaren Gebilden unter buntem Plastik. Mitten auf der Straße sitzen Frauen und betteln, Kinder bauen Verkaufsflächen auf einer abgenutzten Plane auf, Marktstände füllen sich. Ich mag dieses Gewusel, diese freudige Erwartung, jeden Tag aufs Neue.

Die Temperatur steigt schnell; mir graut es schon vor dem Geruch, der sich in unserem übervollen Bus entwickeln wird. Ein paar Männer vor uns spucken auf den Boden und lachen immer wieder; sie sprechen Paschtu, ich verstehe nicht, worüber sie sich amüsieren. Die weiße Ziege meckert begeistert und stupst alle mit ihrem spitzen Maul an. Ich hoffe, es ist nicht ihre letzte Reise.

Unsere Route führt uns über die riesige westliche Himalaya-Kette, den Hindukusch. Der Weg über Khairkhana ist wegen Straßenbauarbeiten gesperrt, wir müssen einen Umweg machen, über Qargha, einen Erholungsort nahe Kabul. Hier liegt der einzige See in der Umgebung, alles ist grün, Zedern säumen den langgestreckten, schimmernden See. Ein Zwischenstopp hier wäre schön, aber der Busfahrer drückt heftiger aufs Gaspedal, die Serpentinen werden steiler, die Ränder der Straße sind nicht mehr befestigt. Bald nehmen die Felsen schärfere Konturen an, und als ich das Fenster hochschiebe, atme ich klare, saubere Bergluft. In den Tälern vor uns rieseln Bäche, die Höfe sind wie Kastelle gemauert, oft direkt in die Felsen hinein. Die Familien im Inneren der Lehmhäuser bleiben am liebsten unter sich, ihre Töchter werden in eine der Nachbarfamilien

verheiratet, um ihre Braut nicht »fremd« zu machen, wie die Afghanen zu sagen pflegen. *Die Afghanen,* wiederhole ich und schüttle den Kopf; ich komme mir selbst schon vor wie eines dieser Mädchen, von denen es heißt: Wenn es in einen fremden Stamm verheiratet wird, ist es für den alten auf immer verloren.
Die Landschaft wird weiter, immer seltener sehen wir Dörfer. Der Himmel ist von einem unendlichen Blau, ein kaltes Blau, Saphir. Wir sind jetzt etwa auf zweitausend Meter Höhe über dem Meeresspiegel; mir wird schwindelig. Ich krame nach dem kleinen Beutel mit Maulbeeren, den Tante Farida mir mitgegeben hat. »Gut gegen den Höhenkoller«, hat sie gesagt. »Hier, nimm, und schön langsam kauen.« Ich schiebe mir eine nach der anderen in den Mund.
Die Siedlungen verändern sich, immer mehr Häuser stehen verlassen und ohne Dächer da, ihre Fassaden sind von Einschusslöchern durchsetzt, um sie herum ausgedörrte, schwarze Felder, die offenbar verbrannt hinterlassen wurden. Wir nähern uns dem Salang-Tunnel, der als wichtiger strategischer Punkt immer wieder hart umkämpft war. Der letzte Krieg hat überdeutliche Spuren hinterlassen, immer bizarrer sehen uns die Erinnerungsstücke an, ausgeschlachtete sowjetische Panzerwracks, riesige Reifen von LKWs, die zerfetzt am Wegrand liegen, undefinierbare, rostige Metallgegenstände. Ich muss an Tante Faridas Erzählungen denken, wie ungleich die Waffen verteilt waren, die Russen mit ihren Kampfjets und Panzern auf der einen Seite, und die Freiheitskämpfer auf der anderen, mit einer alten Kalaschnikow oder ein paar Handgranaten. Ich habe Tante Faridas Stimme noch im Ohr: *Sie haben ganze Panzer erledigt, mit weniger als nichts.*
»Wir sind jetzt über 3000 Meter hoch«, sagt mein Vater, der genauso plötzlich aufwacht wie er einschläft, »gib mir bitte auch ein paar Maulbeeren.«
Ich halte sie ihm hin, er sieht aus dem Fenster, registriert, wo wir uns befinden.
»Erinnerst du dich? Du warst schon einmal hier. Wir waren auf dem Weg nach Mazar-i-Sharif.«

»Ja«, sage ich, »so ungefähr.« Ich habe gerade keine Lust zu sprechen. Die Felsen sind gigantisch. Schnee liegt auf den Spitzen vor uns. Beißende Kälte zieht in den Bus hinein, nach der Hitze ein heftiger Wechsel.

Natürlich erinnere ich mich. Ich war acht Jahre alt, es war mein letzter Frühling in Afghanistan, mein letztes Neujahrsfest, Nauroz, am 21. März, und nicht, wie bei uns, am 1. Januar. Bei uns, in Alman.

Über eine Woche ist es noch bis Nauroz, als mein Vater meine Mutter anweist, die Sachen zu packen, »morgen fahren wir!«, wie es so seine Art ist, diese überfallartigen Ankündigungen, denen alle sich beugen müssen und es tun.

»Ist das nicht zu früh, Sher Ahmad? Was ist mit deiner Arbeit?«

»Ich habe Urlaub«, sagt er und zwinkert ihr zu. »Und wir wollen doch alle in Mazar besuchen, oder nicht?«

Ich weiß, was er sagen will, er hat sich krank schreiben lassen, auf diese Weise braucht er sich keinen Urlaub genehmigen zu lassen.

»Mir ist immer unwohl bei deinen Betrügereien«, sagt meine Mutter.

»Aber Resagol, das machen alle so!«

Es gefällt meiner Mutter auch nicht, gerade jetzt zu fahren, wo es noch einmal heftig geschneit hat, doch natürlich fügt sie sich in seine Pläne. Aziza dagegen sträubt sich. Als sie nach dem Abendessen dabei hilft, den Tisch abzuräumen, legt sie mit einem Mal die Hand auf den Bauch und verzieht das Gesicht. »Madar djan, ich fühle mich, als hätte ich etwas Schlechtes gegessen. Ich glaube, die Bolanis waren es. Mir tut der Bauch so weh. Kann ich nicht zu Hause bleiben?«

Meine Mutter sieht sie mit hochgezogenen Augenbrauen an. »Haben wir nicht das Gleiche gegessen, Aziza? Ich fühle mich wie immer.«

Meine Schwester lässt die Hand, die sie auf den Bauch gepresst hat, fallen. »Na gut, ich bin nicht krank. Aber in Mazar kann ich mich nicht auf das Semester vorbereiten. Ich hatte die nächste Woche fest dafür eingeplant. Ich muss unbedingt hier bleiben und lernen. Bitte, Madar djan, bitte!«

Seit Aziza Medizin studiert, benutzt sie immer häufiger solche Ausreden. Einmal ist sie sogar am späten Abend aus dem Fenster geklettert, um heimlich auszugehen.
»In diesem Haus wird nicht gelogen, Aziza. Außerdem kommt das gar nicht in Frage. Wie könnten wir dich allein zuhause lassen? Was würden die Nachbarn von dir denken?«
»Bitte, Madar djan!«, fleht Aziza. »Dass wir so früh nach Mazar fahren, konnte ich wirklich nicht ahnen. Du bist doch selbst davon überrascht!« Sie überlegt kurz. Das heißt, ich vermute, sie tut so, als ob. Sie hat sich schon alles schön zurechtgelegt, ich kenne doch meine raffinierte große Schwester.
»Ich kann doch solange bei Tante Farida bleiben. Tagsüber lerne ich in der Bibliothek, und abends soll Zaki mich abholen. Auf diese Weise bin ich nicht unbeaufsichtigt.«
Die Mutter unterdrückt ein Schmunzeln, um Zaki geht es also! Trotzdem schüttelt sie den Kopf. »Nein, Aziza, es geht nicht.«
Aziza presst die Lippen zusammen. Mit finsterem Gesicht hilft sie, alles für die Fahrt vorzubereiten, Wolldecken zusammenzurollen, Kleider zusammenzusuchen und Essen zu kochen. Während der ganzen Zeit spricht sie kein Wort, bis meine Mutter endlich mit einem Seufzer sagt: »Also gut. Frag deinen Vater. Wenn er dir die Erlaubnis gibt, dann soll es meinetwegen so sein. Aber wenn er nicht damit einverstanden ist, will ich keine Widerrede mehr hören.«
Sie hat die Überredungskünste ihres Mädchens und die Gutmütigkeit ihres Mannes unterschätzt. Nach einer ebenso wort- wie tränenreichen Schilderung der Schrecknisse, die drohen würden, sollte seine Tochter nicht jeden Tag viele Stunden in der Universitätsbibliothek oder im Übungslabor verbringen, erklärt er sich damit einverstanden. Ich lungere im Zimmer herum und höre interessiert zu. Ich kann nicht glauben, dass er Aziza tatsächlich ganz allein hier lassen will.
»Aber nur unter einer Bedingung!«, sagt er. »Du bist zu keinem Zeitpunkt allein zu Hause, hast du mich verstanden? Nach der Uni gehst du sofort zu Tante Farida. Keinerlei Besuche bei uns im Haus, Aziza! Wenn mir nach unserer Rückkehr auch nur das Geringste zu Ohren

kommt, kannst du etwas erleben. Wage es also nicht, mein Vertrauen zu missbrauchen.«
Meiner Schwester ist es egal, was sie den Eltern versprechen muss, Hauptsache, sie darf bleiben.

In der Nacht schneit es wieder, und am nächsten Morgen, als meine Mutter mich weckt, sind alle Straßen und alle Berge um Kabul von einer dicken weißen Decke überzogen. Ich stehe im Hof und kann mich nicht sattsehen. Die grauen Schneewolken sind verschwunden, die Sonne knallt vom tiefblauen Himmel, alles glitzert. Während des Frühstücks bin ich ganz zappelig, es ist das erste Mal, dass ich bei einer so langen Reise mitfahren darf.
»Bis Mazar-i-Sharif ist es weit, wir werden vermutlich erst kurz vor Einbruch der Dunkelheit dort ankommen!«, sagt mein Vater.
Mazar-i-Sharif. Immer wieder flüstere ich diesen Namen. Bevor meine Mutter mich in meine warme Winterjacke packt und wir zusammen das Haus verlassen, habe ich sie ein Dutzend Mal gefragt, wann wir endlich losfahren. Endlich steigen wir ein. Sie setzt sich nach hinten auf den Rücksitz, ich nach vorn, neben meinen Vater.
»Resagol«, sagt mein Vater, »komm doch nach vorn zu mir!«
»Aber Sher Ahmad, die Nachbarn werden sich über uns die Mäuler zerreißen!«
»Na und!«, ruft mein Vater vergnügt. »Sollen sie doch.«
»Nein, ich bleibe hier.«
»Ach, komm schon.«
»Nein. Mahboob ist sehr gut aufgehoben neben dir.«
»Genau!«, sage ich.
»In Alman ist es genau umgekehrt: Dort dürfen Kinder nicht vorne sitzen, und man kann sogar von der Polizei bestraft werden, wenn man es ihnen erlaubt.«
»Warum?«, will meine Mutter wissen, und ich ziehe schon den Kopf ein: Ich will auf keinen Fall nach hinten. Ich liebe diesen Platz hier vorn, hier kann ich meinem Vater beim Steuern und Kuppeln und Blinken zusehen.

»Weil es für Kinder vorne gefährlicher ist, wenn ein Unfall geschieht«, sagt er.
»Dann kommst du bitte auch nach hinten, Mahboob«, befiehlt sie.
»Ich will aber nicht!«
»Du kommst jetzt hierher. Du hast doch gehört, was dein Vater gesagt hat!«
Ein schönes Geschrei bricht aus, aber kein böses, ich kenne das, manchmal streiten wir und ich höre genau, dass es ein Spiel ist, trotzdem fange ich an zu weinen und mein Vater schwört die heiligsten Eide, vorsichtig zu fahren, und so gibt meine Mutter unter großem Gelächter nach. Ich darf auf dem Beifahrersitz bleiben, und mein Vater lässt den Motor an, während meine Mutter auf Arabisch das Fahrtgebet spricht, das uns vor allen Gefahren schützen soll, die uns unterwegs begegnen könnten, was bei ihr aber eher so klingt, als würde sie Allah drohen, was alles geschieht, wenn er uns nur ein einziges Härchen krümmt.
Die Straßen sind so früh am Morgen wie ausgestorben. Im Benz ist es eisig kalt, ich kann meinen Atem vor dem Mund sehen, doch allmählich sorgt die Heizung für Wärme. Unsere Autoheizung ist für mich der Inbegriff des Luxus. Von meinem Aussichtsplatz aus schaue ich hinaus auf die Straßen, die uns aus Kabul hinausführen. Bald rücken die schneebedeckten Paghman-Berge näher. Ab und zu überholt mein Vater Lastfahrzeuge, er fängt an, über die Zollbestimmungen zu fluchen: »Anstelle von sicheren Autos ist nur noch dieser minderwertige russische Schrott unterwegs! Gut, dass wir unseren Benz haben!«
Er nutzt wirklich jede Gelegenheit, um über die Russen zu schimpfen. Mama ist hinten ganz still, ihr wird leicht schlecht in den Kurven. Mir macht es überhaupt nichts aus.
Nach drei Stunden Fahrt erreichen wir den Salang-Tunnel. Meine Mutter kauert zusammengekrümmt auf der Rückbank, mein Vater wirft ihr besorgte Blicke im Rückspiegel zu, und dann erklärt er mir ganz genau, wie der Tunnel gebaut worden ist, hoch oben im Hindukusch, und dass er die Reisen in den Norden so viel leichter gemacht

hat, obwohl er nicht einmal drei Kilometer lang ist, was aber angesichts der hohen schroffen Felswände schon eine Riesenleistung gewesen ist und die harte Arbeit von vielen starken Männern.

»Mir ist nicht wohl«, jammert meine Mutter von hinten.

Im Tunnel ist es düster und unheimlich. Unsere Heizung schafft es nicht, und die Kälte, die in den Benz hineinkommt, ängstigt mich so, dass ich alle Gebete vor mich hinsage, die ich kenne, damit Allah uns heil wieder heraus bringt.

»Ohne die Hilfe der Russen hätten wir es nicht geschafft, den Tunnel zu bauen«, sagt mein Vater jetzt im Reisebus, alt und gebrechlich, neben mir. »Kennst du überhaupt die Geschichte des Tunnels?«

Ich nicke verwirrt, ich war gerade völlig abgetaucht in meine Kinderreise. Draußen herrscht das gelblich-finstere Licht des Tunnels, wir sind jetzt mitten drin. Er hat etwas von einem langgestreckten Bunker. Mein Vater ist ganz munter und setzt zu einem seiner Vorträge an.

»Bevor es ihn gab, lieber Mahboob, dauerte eine Reise von Kabul nach Mazar-i-Sharif drei ganze Tage und länger. Die Wege waren nur für Karawanen und Pferdekutschen angelegt, und die Verbindung in den Norden war im Winter oft monatelang unterbrochen. Der Tunnel war eines der großen Entwicklungsprojekte der Sowjets, genauso wie der Flughafen in Kabul. Aber was für einen Preis mussten wir dafür bezahlen.« Er schüttelt den Kopf. »All diese Investitionen waren Bestandteil ihres Invasionsplans; ohne diese Unterführung hier hätten sie ihre Panzer nicht über die Berge bis nach Kabul bringen können. Sehr teuer, zu teuer mussten wir die Hilfe der sowjetischen Ingenieure bezahlen.«

»Wäre es besser gewesen, der Salang-Tunnel wäre nie gebaut worden?«, frage ich. Das Licht draußen ist noch genauso gespenstisch wie damals.

»Nein, nein, das kannst du vergessen. Ich weiß noch genau, was es davor bedeutet hat, diesen Pass zu überqueren. Ich bin ja selber als Junge mit meinem Vater auf der alten Strecke unterwegs gewesen, du machst dir keine Vorstellung. Mein Vater musste oft nach Kunduz, wegen seinen Geschäften und seinen Ländereien. In den Vierziger Jahren gab es kaum Autos, die meisten waren Nutzfahrzeuge, kleine, einfache Transporter. Mit so einem Transporter sind wir gefahren, und das auf Pfaden, die für Pferdefuhrwerke gebaut worden waren. Erinnerst du dich, ich habe dir früher oft davon erzählt!«

»Ja«, sage ich, »jetzt, wo Sie es sagen.«

Sicher ein dutzend Mal hat er mir von den halsbrecherischen Überquerungen des Gebirges erzählt, die er als Kind erlebt hat. Ich sehe an seinem vergnügten Gesicht, wie viel Spaß es ihm macht, diese Zeit noch einmal heraufzubeschwören. Ich freue mich, dass er mir etwas von sich erzählt, nein: ich bin gierig danach. Ich betrachte die Furchen in seinem Gesicht, von Wintern und Sommern geprägt wie die des Hindukusch, ich sehe in das unglaubliche Türkis seiner Augen, das immer heller wird, je höher wir kommen. Ich hole Jahrzehnte ein, die ich vermisst habe, ohne es zu wissen.

»Meistens saß mein Vater in der Fahrerkabine auf dem Beifahrersitz, und ich wurde irgendwie auf der vollgestopften Ladefläche untergebracht. Einmal hockte ich auf einer Ladung Reifen, die so hoch aufgetürmt war, dass ich den herrlichsten Aussichtsplatz hatte, aber ich musste mich festkrallen, wenn neben den engen Gebirgspfaden tiefe Schluchten kamen. Immer wenn der Transporter sich gefährlich auf die Seite neigte oder durchgerüttelt wurde, rief ich wie ein Besinnungsloser: ›Allah beschütze uns! Allah beschütze uns!‹ Niemals im Leben hat man einen stärkeren Glauben als in der Kindheit. Das Leben lässt ihn verblassen, ob man will oder nicht.« Er hält kurz inne, dann lacht er auf. »Aber damals hat das Beten geholfen, uns ist nichts passiert!«

Reisen erinnern immer an andere Reisen, eine sonderbare Sache. Ich bin erleichtert, als wir aus dem Tunnel wieder heraus sind und das Tageslicht erblicken. Unvermittelt geht es in steilen Serpentinen bergab, der Fahrer donnert über den unregelmäßigen Belag. Eine Biegung, und am Straßenrand wuchern Sträucher mit Beeren, riesige Rosenbüsche und wilde Blumen. Der Ausblick öffnet sich, in

der Ebene schlängeln sich Flüsse. Schön ist es hier, großartig sogar. Aber wie lebt es sich, weit voneinander entfernt, ohne Strom und ohne fließendes Wasser?
Der Bus hält an einer Bretterbude, alle verschwinden dahinter. Der Gehilfe des Busfahrers serviert mit Hilfe einiger Männer, die aus einem verrotteten Haus auftauchen, Tee und Blätterteigtaschen. Sie sind noch warm, und sie schmecken köstlich, obwohl mein Vater sie natürlich misstrauisch beäugt.
Als wir weiterfahren, nickt er für zehn Minuten ein, dann fängt er wieder an zu reden. Mir sind die Augen zugefallen, nach dem Essen, ich muss mich zwingen, ihm zuzuhören. Die Landschaft verändert sich noch einmal, es gibt viele Nadelgehölze, und je weiter wir hinab kommen, desto lieblicher wird sie. Ich sehe weite Wiesen, Ziegen, Kühe, Kirsch- und andere Obstbäume, Pappeln und Platanen. Sogar Mandel- und Pistazienbäume blühen hier, wie auf Fotos aus Italien.
»Dein Großvater war Paschtune, er wuchs in der Gegend von Kandahar auf, dem Sitz früher afghanischer Könige. Seine Familie war weder besonders arm noch besonders reich. Schon als ganz junger Mann bewies er sein großes Talent für den Handel, er war gewitzt und unternehmungslustig, und in seiner Heimat wurde es ihm bald zu eng. Als er anfing, Land in der Gegend von Kunduz zu kaufen, machten sich seine Freunde über ihn lustig. Was war in dieser malariaverseuchten Gegend mit Grundbesitz denn anzufangen, auf dem ja doch kein Mensch leben konnte? Es gab damals eine Redensart, die lautete: *Willst du den Tod, dann geh nach Kunduz.* Viele starben an der Malaria und anderen Seuchen. Dann wurden Medikamente gegen die Malaria erfunden und die Leute lachten nicht mehr, denn die Preise für dieses Land stiegen und stiegen, und viele rissen sich darum, das fruchtbare Ackerland dort zu besiedeln. Mücken gab es natürlich weiterhin. Doch die Plage hatte ihren tödlichen Schrecken verloren.
Sich als angesehener Großgrundbesitzer in Kunduz auf seinen Lorbeeren auszuruhen, wurde deinem Großvater bald zu langweilig, und es zog ihn in die Hauptstadt. Einen Teil seines Landbesitzes

verkaufte er mit großem Gewinn, den er in anderen profitablen Geschäften anlegte. Er war ein Zulieferer für die deutschen Ingenieure in Kabul, mit ihnen hat er viele Geschäfte gemacht. Auf diese Weise erwarb er sich noch größeren Wohlstand und einiges Ansehen. So kam es, dass die Familie deiner Mutter, die keine Paschtunen, sondern Tadschiken waren, einwilligte, mir ihre Tochter Nafisa zu geben. Ich war der Älteste, Mahboob, und ich bin der einzige, der noch lebt.« Mein Vater zieht geräuschvoll die Nase hoch, dann dreht er sich um und tut so, als sähe er nach der Ziege, die gerade versucht, einem ihrer Sitznachbarn auf den Schoß zu klettern. Der Versuch löst allgemeine Heiterkeit aus, alle reden und lachen.
Seltsam, dass er sagt, er sei der einzige: Hat er denn seinen eigenen Bruder, Onkel Omar, vergessen? Ich habe ihn noch gar nicht nach all den Verwandten gefragt, die wir hatten, auch nicht nach den Schwestern meiner Mutter.
»Für deinen Großvater«, setzt er wieder ein, »war das wie ein Ritterschlag. Von ähnlichen Geschichten träumen viele, die jetzt zu uns nach Kabul kommen, nur, ihre Träume werden in den meisten Fällen platzen wie Luftballons. Denn mein Großvater hatte ihnen eines voraus: Er war nicht als armer Mann nach Kabul gekommen.«
Ich denke an Zahira und Schoaib.
»Den anderen Teil seines Landes hat dein Großvater bis an sein Lebensende behalten, und nach seinem Tod habe ich seine Grundstücke mit allem, was darauf war, geerbt.«
Und wer, frage ich mich, wird es nach ihm bekommen? Seine anderen Kinder, von denen ich nichts weiß? Oder am Ende ich? Ist das der Sinn dieses Ausflugs? Ich Idiot! Natürlich! Er will, dass ich bleibe. Er will mich hier binden. Garantiert hat er in Kunduz schon eine hübsche junge Frau im Auge, mit der er mich verheiraten will!
Mein Vater ist eingeschlafen. Mitten in seiner Erzählung.
Ich schaue aus dem Fenster und versuche, meine Gedanken zu beruhigen. Üppige Felder fliegen vorbei.
Ich denke an Mazar-i-Sharif.

Endlich sind wir angekommen, es wird schon dunkel, wir fahren durch lauter enge Gassen, bis wir vor einem schmalen Haus stehen bleiben und aus dem Benz aussteigen. Unsere Verwandten wissen nicht genau, wann wir ankommen, nur irgendwann zu Nauroz. Die ersten schaulustigen Kinder rennen schon herbei, als mein Vater an das Holztor klopft.

»Wer ist da?«, ertönt die Stimme eines kleinen Jungen.

»Dein Onkel aus Kabul«, ruft mein Vater.

Wir hören Rufe, dann Schritte, das Tor wird geöffnet.

Mein Vater und der andere Mann, mein Onkel, fallen sich um den Hals und küssen sich auf die Wangen. Onkel Asef begrüßt uns überschwänglich, auch meine Mutter, und bittet uns in sein Haus. Er trägt einen Turban, er wirkt ganz anders als mein Vater in seinem grauen Anzug. Wir sind froh, ins Warme zu kommen. Er zeigt uns das Haus, das viel kleiner ist als unseres in Kabul, und ich lerne meine Tante Mariam und alle meine Cousins und Cousinen kennen. Zu neunt wohnen sie hier.

Das Gästezimmer ist eindeutig kein Deutschlandzimmer. Die Wände sind weiß getüncht, in der Mitte steht ein niedriger Holztisch, der mit einer dicken Decke bedeckt ist, darunter brennt in einem Ofen das Feuer, ein Sandali, ich kenne ihn von unseren ärmeren Verwandten in Kabul. Um den Sandali herum, an den Wänden entlang, sind schöne gemusterte Toshaks und dicke Kissen ausgelegt. Ich finde alles sehr bequem und gemütlich.

Mein Vater muss auf den Ehrenplatz, ich darf neben ihm sitzen, mein Onkel nimmt auf der anderen Seite Platz. Er ruft nach Ibrahim, seinem ältesten Sohn, der uns den Tee bringt. Tante Mariam und meine Cousinen sind dabei, sich um unser Abendessen zu kümmern. Es dauert nicht lange, und viele kleine Schalen stehen auf dem Tisch, die köstlich duften, und frisches Naan, und alle essen und reden und lachen noch lange, doch ich bekomme nicht mehr so viel mit, ich bin nach der langen Fahrt so müde, dass ich nach dem Essen sofort einschlafe.

Gleich am nächsten Tag geht Onkel Asef mit meinem Vater und mir in die Raus-e-Sharif, wie die Blaue Moschee hier auch genannt wird. Meine Mutter bleibt bei Tante Mariam zuhause, die beiden haben viel zu besprechen und wollen schon anfangen, für das Nauroz-Fest zu kochen.
»Zur Moschee muss man als erstes gehen«, sagt Onkel Asef, »wenn man nach Mazar kommt!«

Der Augenblick, in dem ich damals vor der Blauen Moschee stand, hatte sich meinem Gedächtnis für immer eingebrannt. Wenn ich jemals heimlich Heimweh nach Afghanistan hatte, dachte ich – von Aziza und meinem Vater abgesehen – immer zuerst an Malems Laden und dann an diesen Tag in Mazar-i-Sharif. Vielleicht, weil er einer der letzten sorglosen für unsere Familie war.
Aus der Ferne sah man nur das intensive Türkisblau der großen Kuppeln, aber erst als wir näher kamen, konnte ich die ganze Schönheit der riesigen Moschee erkennen, das Hauptgebäude, das aus mehreren langgestreckten Teilen bestand, die vielen schmalen Türme, die Unzahl von großen und kleinen gewölbten Kuppeln, die leuchtenden Farben auf dem azurblauen Grund, Orange, Gelb, Weiß, Gold, Türkis, Abertausende von prachtvollen Fliesen, die zusammen geometrische Muster bildeten, Ornamente, in denen ich als Kind vor allem phantastische Blumen und Ranken sah. Sie schmückten alle Flächen des gewaltigen Bauwerks, das so hoch war, dass ich den Kopf in den Nacken legen musste, um bis ganz hinauf zu schauen. Als ich wieder nach unten sah, entdeckte ich, dass der Boden, auf dem wir standen, aus glänzendem Marmor war, in dem sich die Moschee und die Menschen und der Himmel spiegelten und alles noch größer und weiter aussah. Es war die Welt von Tausendundeiner Nacht. Es gab sie also wirklich.

»Ich kann mir nicht vorstellen, dass es ganz normale Menschen gewesen sein sollen, die ein solches Wunder gebaut haben. Nur Engel können etwas so Schönes erschaffen!«, flüstere ich.

»Es sind alles Worte, die du dort geschrieben siehst, Mahboob«, erklärt Onkel Asef und zeigt auf die Ornamente, »es sind die Worte des Propheten, Sprüche aus dem Koran und Gedanken von weisen Männern.«
»So bedeutend sind die Worte«, frage ich, »dass man sie mühsam aus Hunderten von Steinchen zusammenfügt?«
In diesem Augenblick erfasst mich tiefe Ehrfurcht vor dem geschriebenen Wort, und ich bitte meinen Vater, dass wir Malem eine Ansichtskarte von dieser Moschee kaufen. Mein Vater sieht mich verwundert an, dann nickt er.
Wir betreten durch ein riesiges Tor die Moschee und gelangen in ihren weitläufigen Innenhof.
»Sogar der gottloseste Kommunist müsste im Angesicht dieser Moschee zum Glauben zurückfinden«, sagt mein Vater, und ich wundere mich darüber, dass er, der nie betet, so etwas sagt, und dass es überhaupt Menschen geben soll, die gottlos sind. Allein die Existenz dieser Moschee scheint mir ein unwiderleglicher Beweis für Allahs Größe zu sein.
Der große Vorhof der Moschee ist übervoll mit schneeweißen Tauben.
»Es heißt, dass alle Tauben weiß werden, wenn sie hierherkommen«, erfahre ich von meinem Onkel. »Das ist, weil dieser Ort so heilig ist. Es bringt Glück, die Tauben zu füttern, sieh mal, was deine Tante uns mitgegeben hat!«
Er drückt mir ein Stück altes Brot in die Hand, und sofort bin ich von Tauben umringt.

Später erinnerte ich mich immer genau an dieses Bild, wie ich zwischen den riesigen blauen Mauern die weißen Tauben fütterte, wie sie immer wieder aufflatterten, am Himmel Bögen zogen und sich genauso überraschend wieder niederließen. Ich habe keine Ahnung, worüber mein Vater und mein Onkel sprachen, vielleicht über die vielen Touristen, die Jahr für Jahr kamen, nicht nur die Pilger aus dem ganzen Land, die zum Grab von Imam Ali wollten, sondern Menschen aus der ganzen Welt. Für die Gläubigen war in dieser

Moschee das Grab von Hazrat Ali, dem vierten Kalifen und Schwiegersohn des Propheten Mohammed, für andere war es das Grab des Priesters Zarathustra. Vielleicht berichtete mein Vater seinem Bruder von den politischen Entwicklungen in Kabul, von Aziza, Tante Farida und Zaki. Vielleicht fragten sie sich, ob ich schon alt genug wäre, um an einem der Buskashi-Spiele zuzusehen, bei dem zwei Reitermannschaften um den Körper einer enthaupteten Ziege kämpfen. Da ich mich nicht daran erinnern kann, vermute ich, dass meine Mutter sie für einen achtjährigen Jungen zu grausam fand.

Jeden Tag waren wir bei einem anderen Verwandten oder Nachbarn zum Essen eingeladen, aber wir wohnten weiterhin bei Onkel Asef.
»Wenn wir ablehnen würden«, sagte mein Vater, »würden wir ihn kränken.«
Waren wir eine Woche dort oder zwei? In jedem Fall wurde die Sonne jeden Tag wärmer, die letzten Schneereste, die noch in den engen Gassen lagen, schmolzen, milde Frühlingsluft und ein strahlend blauer Himmel versprachen ein wunderbares Fest.

An Nauroz ganz früh, gleich nach dem Morgengebet, gehen wir wieder zur Blauen Moschee, dieses Mal kommen alle mit.
»Nauroz ist ein sehr altes Fest«, erzählt mir mein Vater unterwegs. »Schon lange vor Lebzeiten des Propheten Mohammed haben die Menschen in Mazar diesen Tag gefeiert, um nach der frostigen Kälte und der Dunkelheit des Winters die Wiederkehr von Sonne, Licht und Wärme zu feiern.«
»Immer musst du unsere Feste mit irgendwelchen Bräuchen der Ungläubigen gleichsetzen!«, sagt meine Mutter.
Mein Vater lächelt nachsichtig. »Und wenn sich den Ungläubigen Allahs Weisheit und Güte eben an genau diesem Festtag offenbart hat, obwohl sie von ihm noch gar nichts wussten? War dann das Fest damals etwa weniger heilig als heute?«
»Du hast aber auch immer eine Erklärung!«, sagt meine Mutter und lacht.

Die ganze Stadt und besonders der große Platz vor der Moschee wimmeln nur so von Menschen. Tausende sind aus allen Teilen des Landes gekommen. Zum riesigen Innenhof des Heiligtums führen vier Eingänge, zum Heiligen Grab gibt es nur einen Zugang, alle quetschen sich davor und wollen hinein. Meine Mutter hält meine Hand so fest, dass sie schon wehtut. Männer mit langen grauen Bärten und schwarzen Turbanen rezitieren den Koran in einem lauten Singsang. Als wir es endlich schaffen, die innere Kammer zu betreten, und wir uns auf den Schrein zubewegen, bin ich der Überzeugung, dass es ein magischer Ort ist. Doch das große Gitter um den Schrein herum ist von so vielen Menschen umlagert, die schubsen und drängen, dass mir das Ganze doch nicht so richtig heilig vorkommt. An den Gitterstäben hängen noch dazu lauter hässliche grüne Stofffetzen, und viele recken und strecken die Arme, um neue Fetzen daran zu befestigen.

»Was ist das?«, frage ich.

»Das machen alle«, sagt meine Mutter, »die einen tiefen Wunsch haben, um dessen Erfüllung sie damit bitten.« Auch sie knotet ein Stückchen Stoff an der Umzäunung fest und bewegt dabei die Lippen, doch ich kann nicht hören, was sie sich wünscht.

Das neue Jahr – es ist das Jahr 1357 nach dem islamischen Kalender – beginnt offiziell, als auf dem Innenhof eine rosa Flagge gehisst wird. Das Fest ist eröffnet, es dauert mehrere Tage lang, in der ganzen Stadt gibt es Musik und Tanz, Spiele und Wettkämpfe, und überall riecht es nach gebratenem Fleisch und Süßigkeiten. Wir wandern umher und müssen aufpassen, Onkel Asef, Tante Mariam und ihre Kinder nicht zu verlieren. An einem der vielen Stände mit Spielzeug erlaubt mir mein Vater, mir etwas auszusuchen.

»Du musst dein Geschenk aber selbst tragen«, sagt meine Mutter. Ich kann mich kaum entscheiden, zwischen Spielzeugautos und Brettspielen und allem möglichem buntem Kram, doch dann entdecke ich einen Löwen aus Plüsch mit großer Mähne, der mich mit seinen lebhaften braunen Augen direkt anzusehen scheint. Obwohl

ich mich eigentlich schon zu alt fühle, schreie ich: »Den will ich!«, und meine Eltern lachen. Mein Vater bezahlt ihn und überreicht ihn mir. »Wie soll er denn heißen?«
»Rafiq«, sage ich ohne nachzudenken.
Der Löwe Rafiq, den ich ein halbes Jahr später mit auf die Reise nehmen würde, auf die Reise nach Alman.

Unser Nauroz endete nicht so schön. Vielleicht war das Bier schuld, das mein Vater und Onkel Asef mit Freunden getrunken hatten. Alkohol war verboten, und meine Mutter sagte, es sei nicht in Ordnung, aber mein Onkel und mein Vater lachten sie aus: »An einem Festtag drückt Allah auch mal ein Auge zu!«
Wie der Streit meiner Eltern angefangen hat, weiß ich nicht. Ich schlief bereits, als mein Vater spät am Abend nach Hause kam. Ungefähr kann ich es mir zusammenreimen. »Ich muss morgen auf meine Ländereien nach Kunduz fahren.«
Was für eine Ausrede war ihm in seinem angeheiterten Zustand wohl eingefallen, um diese Fahrt zu begründen? Vielleicht schob er eine Viehseuche vor, oder er behauptete, er müsse Streitigkeiten seiner Pächter schlichten. Aber egal, was er sich ausgedacht hatte, meine Mutter tobte. Ihr war klar, dass sie ihn nicht daran hindern konnte, dieses Mal genauso wenig wie sonst. Doch vielleicht machte es ihr dieses Mal mehr aus. Vielleicht, weil es gerade ein so schöner Tag für uns alle gewesen war, vielleicht, weil sie ohnehin wütend war, weil er mit Onkel Asef noch einmal ausgegangen war, vielleicht, weil sie sich vor unseren Verwandten schämte, dass mein Vater sie einfach mit mir allein bei ihnen zurücklassen wollte.
Was auch immer es gewesen sein mag, meine Mutter schimpfte ohne Rücksicht auf die anderen, sie schrie, und was sie ihm an den Kopf warf, versetzte meinen Vater in kalte Wut.

Ich träume, dass ich schreie, dann erkenne ich die Stimmen meines Vaters und meiner Mutter, ich wache auf, unter meiner Decke am warmen Sandali.

»Bitte hör auf, Sher Ahmad, ich flehe dich an um Khodas Willen!«, schreit meine Mutter. Ein klatschendes Geräusch ist zu hören, die wütende Stimme meines Vaters lässt mich zusammenfahren.
»Wirst du dich jetzt endlich wie eine anständige Ehefrau benehmen?«, brüllt er. Meine Mutter schluchzt leise auf, mein Vater brüllt weiter, es ist entsetzlich, meine Mutter weinen zu hören, ich komme unter der Decke hervor.
»Padar djan, nicht! Bitte hören Sie auf!«, flehe ich ihn an, so laut ich kann.
Plötzlich ist es totenstill im Zimmer. Nur ein schwacher Schein geht vom Ofen aus, doch als sich meine Augen an die Dunkelheit gewöhnen, erkenne ich die Gestalt meines Vaters. Er kommt mir viel größer vor als sonst, er wirft einen unheimlichen Schatten an die Wand. Meine Mutter hockt vor ihm auf dem Boden, die Hände vor dem Gesicht. Nach ein paar endlosen Sekunden verlässt mein Vater ohne ein weiteres Wort den Raum.

Als ich am nächsten Morgen aufwache, scheint alles wie sonst zu sein, nur, dass mein Vater nicht da ist, und meine Mutter still und bedrückt umhergeht. Fast bin ich erleichtert, dass er fort ist, ja, ich wünsche mir sogar, er bliebe für immer weg; zugleich habe ich davor eine riesige Angst. Meine Mutter verliert kein Wort darüber, was in der Nacht geschehen ist, und wenn ich nicht ihre rotgeweinten Augen sähe, würde ich wohl glauben, dass ich alles nur geträumt habe.
Nach ein paar Tagen werde ich so unruhig, dass ich abends zu Allah bete, er solle ihn doch bitte wieder herschicken, mein erster Wunsch sei ja gar nicht ernst gemeint. Müssten wir nicht längst zurück in Kabul sein? Die Schule hat doch wieder angefangen. Und was ist mit Aziza?
Die Woche vergeht in einer bedrückten Atmosphäre. Dann höre ich, wie das Hoftor geöffnet wird, und dann sind da die vertrauten Geräusche des Benz, der in den Hof einfährt.

Was mein Vater damals zu meiner Mutter sagte, ob er sich vielleicht sogar bei ihr entschuldigte, weiß ich nicht. Am nächsten Tag packte sie unsere Sachen zusammen, und wir fuhren nach Hause. Diesmal setzte ich mich freiwillig zu ihr auf den Rücksitz und verbrachte die ganze Fahrt eng an sie geschmiegt. Wenn ich mich richtig erinnere, habe ich während der ganzen Fahrt kein Wort gesprochen, außer wenn ich eine Pinkelpause brauchte. Niemand im Auto hat geredet. Zu Hause angekommen, räumte meine Mutter nur das Allernötigste aus, und dann ging sie mit mir zu Tante Farida, um Aziza abzuholen. An diesem Abend blieben wir viel länger bei Tante Farida als sonst.

Am nächsten Tag kam mein Vater am frühen Nachmittag von der Arbeit und wies meine Mutter an, seine Sachen zu packen. Er habe den Auftrag bekommen, den Bau eines modernen Bewässerungssystems zu überwachen und müsse gleich morgen früh los.

»In Kunduz?«, fragte meine Mutter, bleich geworden.

Er ging darüber hinweg. »Es wird einige Wochen dauern«, sagte er, »vielleicht auch zwei Monate.«

Meine Mutter nickte nicht, sie wandte sich ab, ihr Gesicht vom Kummer verzerrt. Es war ein halbes Jahr vor unserer Flucht.

Es gibt einen Ruck, der Bus hat scharf gebremst, ich wache auf aus meinem Halbschlaf, mein Vater zeigt mir ein Straßenschild, Baghlan steht darauf.

»Hier gabelt sich der Weg«, sagt er, »nach links geht es Richtung Mazar-i-Sharif, und nach rechts Richtung Kunduz. Jetzt dauert es nicht mehr lange, höchstens noch zwei Stunden.«

»Padar djan«, fange ich vorsichtig an, »was ist eigentlich aus Onkel Asef geworden?«

Er zuckt die Achseln und macht eine abwehrende Handbewegung. Ich verstehe. Auch in Mazar-i-Sharif, das nicht weit von der Grenze zum ehemaligen riesigen sowjetischen Reich liegt, wurden viele Menschen getötet.

»Wohin genau fahren wir eigentlich?«, frage ich, um ihn abzulenken.

»In das Dorf Amir Djan im Distrikt Khan Abad. Wir werden in Kunduz übernachten. Morgen früh lassen wir uns mit dem Taxi nach Amir Djan bringen.«

11

Am Himmel leuchten die letzten Sterne, als wir im Morgengrauen in ein Taxi steigen, das älter ist als ich und klappriger als mein Vater. Die Nacht war kurz, von Kunduz haben wir nicht viel gesehen, außer Ruinen, ein paar ISAF-Soldaten und kaputten Straßen. Nach einer guten Stunde erreichen wir Amir Djan, wo mein Vater den Fahrer die holprige Hauptstraße entlang dirigiert. Vor einem kleinen Kiosk lässt er ihn anhalten. Davor steht ein Mann mit langem Vollbart, in einem hellblauen Shalwar Kamiz und grauem Turban. Während ich meinem Vater beim Aussteigen helfe, nähert er sich uns mit einer Verbeugung. Sein Gesicht kommt mir irgendwie bekannt vor. Als er meinem Vater die Hand küsst, fällt bei mir der Groschen.

Es ist mein Vater, dem er ähnlich sieht.

Und wie. Ich lasse fast die Tasche fallen. Die gleichen türkis leuchtenden Augen unter den buschigen Brauen, die gleiche Proportion zwischen Nase und hoher Stirn, es ist, als stünde mein Vater vor mir, in seiner jüngeren Form, wie ich ihn versäumt habe, vor zehn oder fünfzehn Jahren.

»Allah sei Dank! Plar, willkommen, willkommen«, ruft er und umarmt meinen Vater. Ich zahle den Taxifahrer. Plar ist Paschtu und heißt Vater. Der fremde Mann nennt meinen Vater *Vater*. Es ist die seltsamste Empfindung, die ich jemals hatte.

Der andere Sohn meines Vaters. Nicht: Mein Bruder. Der andere Sohn meines Vaters. Er ist einen Kopf kleiner als ich, aber kräftiger gebaut. Er hat Silberfäden im Bart. Meine Mutter hat nicht phantasiert. Es gibt sie, *die Leute in Kunduz.*

»Kommen Sie bitte herein, Plar«, fordert der andere meinen Vater auf. Dann sieht er mich an, macht eine Bewegung, als wollte er

mich umarmen, zögert und reicht mir die Hand. »Willkommen, Mahboob, willkommen.«
»Das ist Del Agha«, sagt mein Vater, »dein ältester Bruder.«
Das Taxi fährt los, wir stehen in einer Staubwolke. Ob Del Agha sich auch gerade so fühlt, als wäre die Liebe seines Vaters plötzlich halbiert worden? Ob er gewusst hat, dass mein Vater mich mitbringen würde?
Del Agha bittet uns in den Laden, es ist dunkel darin und eng. Er führt uns in den hinteren Teil, holt aus einer Kammer eine Baumwollmatratze und legt sie aus. Wir setzen uns, und Del Agha – ich wiederhole tonlos seinen Namen und muss mich zusammenreißen, ihn nicht anzustarren – stellt uns einen Teller mit aufgeschnittener Honigmelone hin, bevor er sich zu uns setzt.
Einige Momente lang herrscht unbehagliches Schweigen. Del Agha scheint genauso wie ich darauf zu warten, dass mein Vater etwas sagt. Es dauert etwas.
»Ich bin lange nicht mehr hier gewesen«, sagt er schließlich. »Fast ein Jahr. Die Reise hierher wird einfach zu anstrengend für mich.«
Mehr sagt er nicht, und Del Agha sagt auch nichts. Wir essen Melone. Die Augen gewöhnen sich an das schummrige Licht. Die Melone ist kühl und süß. Ich frage mich, wie alt Del Agha ist.
»Gestern Abend, als wir in Kunduz angekommen sind, war es schon spät«, fährt mein Vater fort. »Darum haben wir dort übernachtet.« Er legt seine Hand sanft auf meine Schulter. »Das ist also Mahboob, endlich lernt ihr euch kennen. Er hat, wie du weißt, im Ausland, in Alman, Mathematik studiert. Er hat ein Diplom.«
In seiner Stimme klingt Stolz. Bis zu diesem Moment war mir gar nicht klar, dass mein Vater stolz auf mich ist. Was mag Del Agha jetzt empfinden? Ich werfe ihm einen verstohlenen Seitenblick zu, seine Miene ist unbewegt.
»Du hast am Telefon erzählt, dass du wieder Vater geworden bist?«, fragt mein Vater, wohl um ihn zum Sprechen zu ermuntern.
»Ja, das stimmt!«, strahlt Del Agha, das gleiche breite Lächeln mit den gleichen türkisen Augen, wie bei meinem Vater, »Najiba hat mir einen Sohn geschenkt.«

Seine Stimme hat sich leicht verändert, sie klingt jetzt weniger nach respektvoller Ehrerbietung, sondern selbstbewusst.
»Najiba ist die frühere Frau von Sultan?«, erkundigt sich mein Vater. Offenbar hat er keinen Überblick, es muss noch mehr Frauen geben.
»Genau«, sagt Del Agha und tupft sich mit dem Ärmel den Mund ab. »Hamidullah ist heute genau zwei Monate alt.«
Ich spüre einen Stich des Neides.

Wir gehen zu Fuß zu Del Aghas Haus.
»Es ist nicht weit«, sagt er und nimmt mir die Tasche unseres Vaters ab. Das Dorf ist nicht groß, Lehmhäuser säumen die ungepflasterten Straßen, Kamele und ein paar Händler sind unterwegs, langsam und bedächtig, nicht so wie in Kabul, wo alle immer rennen. Auch die Luft ist hier tausendmal besser als in der Stadt.
Wir laufen über einen schmalen, staubigen, holprigen Fußweg, der zwischen den Feldern hindurchführt, die Sonne knallt vom Himmel, dabei ist es erst zehn Uhr am Morgen. Nach wenigen Minuten bin ich durchgeschwitzt, und erstmals kommt das Tuch zum Einsatz, das ich als Kopfbedeckung mitgebracht habe, um mich vor der sengenden Sonne zu schützen.
Wie weit sich das Dorf wohl ausdehnt, in dem Del Agha lebt? Einzelne Lehmhäuser liegen über die Felder verstreut, ich erkenne hohen gelben Weizen und die leuchtend grünen Reispflanzen, die zur Hälfte in sumpfigem Wasser stehen, riesige Flächen, die sanfte Muster bilden. Ich sehe Gemüseanbauten, die ich nicht kenne, und die riesigen Honigmelonen, die hier besonders gut sein sollen. Dazwischen glitzern schmale Bäche und lange Bewässerungsgräben. Hier und da sind Männer bei der Arbeit.
Wir bewegen uns langsam, Del Agha hat den Stock meines Vaters gesehen und sich entschuldigt, dass wir den Weg zu Fuß machen müssen, mein Vater hat nur unwirsch abgewunken. Er beklagt sich mit keinem Wort, doch Del Agha bleibt unter jedem Baum kurz im Schatten stehen, damit er verschnaufen kann. Viele Bäume gibt es nicht.
»Da ist es«, sagt Del Agha nach einer halben Stunde und zeigt auf

einen Hof. Eine gelb-bräunliche Mauer verleiht dem Gehöft ein abweisendes Aussehen. Del Agha geht plötzlich schneller.
»Wieso läuft er denn davon?«, frage ich.
Wir bleiben stehen, damit mein Vater Atem holen kann. »Wir sind hier in einem paschtunischen Dorf, mein Lieber, hier gelten noch die alten Sitten!«
»Aha«, sage ich.
»Wir können hier nicht einfach so ins Haus gehen.« Er wischt sich mit dem Handrücken den tropfenden Schweiß von der Stirn. »Die Mädchen und Frauen müssen genug Zeit haben, sich zurückziehen, damit wir sie nicht sehen. Del Agha ist vorausgegangen, damit wir unbesorgt eintreten können.«
Dass Frauen und Mädchen in einer Gegend wie dieser vor fremden Männern verborgen werden, ist mir klar. Die wenigen Frauen, die ich während der Taxifahrt und nach unserem Eintreffen gesehen habe, waren alle dicht verschleiert oder trugen eine Burka. Aber vor Familienangehörigen?
»Du wirst in der ganzen Gemeinde kein einziges Gesicht einer Frau sehen«, bereitet mein Vater mich vor, »nicht einmal das deiner Schwägerinnen.«
Es gibt also mehrere. Sind es alles Del Aghas Frauen? Wie viele Brüder gibt es? Eine jedenfalls war zuvor Sultans Frau, und ich nehme an, dass Sultan ein Halbbruder von mir war. Mein Vater hat mir wirklich nichts erzählt.
»Auf deutschen Bauernhöfen arbeiten viele Frauen«, denke ich laut.
»Wo denkst du hin!«, sagt mein Vater und schlägt sich mit der Hand gegen die Stirn. »Es würde jeden Mann entehren, wenn er seine Frau auf die Felder schicken würde, und wenn fremde Männer sie vielleicht bewundern könnten.«
Beim Schwitzen und Ackern bewundern, na klar.
»Manch einer könnte dies auch so interpretieren, dass er seine Frau feilbietet. Du weißt, was ich meine.«
Nein. Oder doch. Theoretisch. In Kabul durfte ich ja auch Faruqs Frau eigentlich nicht sehen. Obwohl Faruq ein aufgeklärter, moder-

ner Mann ist, in dieser Hinsicht hielt er sich an die alten Sitten. Es ist eben eine Zeit des Übergangs, hat er mir einmal erklärt, man kann nicht alles auf einmal ändern. Nur weil Faruq mir vertraut und weiß, dass ich es nirgends erzählen würde, durfte ich sie kennenlernen. Trotzdem. Durch den Umgang mit Tante Farida habe ich es fast wieder vergessen. In der Stadt sind viele Frauen unterwegs, und manche tragen sogar nur einen Tschador, aber das ist eben der Unterschied zum Land. Ich habe auch bisher nicht groß darüber nachgedacht, es klingt für mich ohnehin nach einer Art von Verfolgungswahn, unter dem die Männer in diesem Land leiden. Und ist er nicht eher eine Folge der Tatsache, dass man Frauen nicht zu Gesicht bekommen darf, als die Ursache dafür?

»Ich versuche, irgendeinen praktischen Sinn darin zu entdecken, dass die Männer ihre Frauen einsperren«, sage ich. »Aber es gibt wohl keinen. Im Grunde benachteiligen sie sich sogar selbst, indem sie sich alle Arbeit aufladen.«

»Was für einen Unsinn du redest, Mahboob, dir ist wohl die Hitze zu Kopf gestiegen!« Mein Vater lacht. »Du Deutscher!«, neckt er mich. »Hier in Afghanistan steht die Ehre nun einmal höher als der praktische Nutzen. Ich dachte, das wüsstest du längst. Und die Ehre verlangt es nun einmal, dass alle Arbeiten außerhalb des Hauses von den Ehemännern erledigt werden.«

»Auch das Einkaufen?« Auch in deiner Familie?, möchte ich am liebsten fragen.

»Mahboob, wirklich, das müsstest du doch wissen. Frauen dürfen das Haus nur zu besonderen Gelegenheiten verlassen, und auch dann nur mit Zustimmung ihres Gatten. Hochzeiten, Geburten, Besuche bei Kranken. Und nach draußen gehen sie immer in der Burka, sie ist sozusagen ihr mobiles Haus. Wir sollten jetzt aber langsam weiter! Es wäre unhöflich, Del Agha und seine Familie länger als nötig warten zu lassen.«

Ich würde ihm gern noch mehr Fragen stellen: Hat seine zweite Frau tatsächlich auch so gelebt? Und er? Was für eine Art Doppelleben war das? In Kabul ein aufgeklärter Städter, und hier – ein Mann,

der seine Frau in der Burka ausführt? Und was hat sie eigentlich gemacht, wenn mein Vater in Kabul war? Wie kommt es überhaupt, dass mein Vater, der sich doch bei uns in Kabul so modern gab, seine zweite Frau hier unter solch mittelalterlichen Verhältnissen leben ließ? Das passt alles überhaupt nicht zu ihm. Und jetzt tut er so, als hätte er diese Lebensweise höchstpersönlich erfunden. Ich kämpfe mit Theorie und Praxis.
»Sagen Sie mir wenigstens, wie viele Kinder Sie haben!«, sage ich wütend.
»Ich hatte vier«, sagt er, »Del Agha, Sultan, Zemarai und Majid, alles Söhne. Sultan ist von einer Bombe getroffen worden, 1985, im Kampf gegen die Sowjets. Zemarai und Majid sind damals abgehauen, sie ziehen es vor, in Saudiarabien die Straßen zu fegen, in Riad. Sie haben Del Agha mit allem hier allein gelassen.« Er spuckt aus. »Nur Del Agha ist hier geblieben. Und seine Mutter Qandigul ist auch nicht mehr am Leben, damit du es auch gleich weißt.« Er bellt es, hackt mit seinem Stock in die Erde und humpelt auf das Haus zu. *Qandigul,* denke ich, so also hieß Mutters lebendiger Alptraum, *ein Balg nach dem anderen wirft sie ihm.*
Vier Söhne.

Wir stehen vor dem großen Tor aus Holz, mit Metallbeschlägen. Ein Junge von vielleicht sieben oder acht Jahren öffnet es, ohne dass wir klopfen. Der Junge strahlt über das ganze Gesicht und schreit laut in den Hof: »Baba djan ist da!« Dann schaut er mich interessiert an.
»Das ist dein Neffe Kabir«, sagt mein Vater knapp, »und das ist dein Onkel, Mahboob.«
Dann springt der Kleine an ihm hoch und um den Hals.
Ich bin der Onkel, das ist mein Neffe. Ich bin der Onkel dieses aufgeweckten kleinen Kerls und seiner vermutlich zahlreichen Geschwister ebenfalls. Ich habe nicht die leiseste Ahnung, wie sich ein Onkel gegenüber seinen Neffen benimmt. Ich habe von nichts eine Ahnung. Das bisschen Sicherheit, das ich mir in den letzten Monaten hart erarbeitet habe, löst sich auf und fällt in den Staub zu

meinen Füßen. Wir gehen in den Hof hinein, und Baba strahlt mit seinem Enkelsohn um die Wette.
»Haben Sie mir etwas mitgebracht, Baba djan?«, fragt er, und tatsächlich zaubert mein Vater ein Bonbon hervor. Ich traue meinen Augen kaum, mein Vater hat die Taschen voller Süßigkeiten! In diesem Augenblick stürmt eine ganze Horde Kinder laut brüllend in den Hof, um uns zu begrüßen. Lachend verteilt er Bonbons. Ich stehe daneben und lächle verlegen, ab und zu trifft mich ein fragender Blick der Kinder, und ich atme insgeheim auf, als uns mein Halbbruder entgegenkommt und uns noch einmal herzlich begrüßt.
»Kosh amaded, deer kosh amaded – Herzlich willkommen, sehr herzlich willkommen!«
Während wir ihm in das Gästehaus folgen, bleiben die Kinder aufgeregt tuschelnd im Hof zurück, und aus dem Augenwinkel sehe ich gerade noch, wie eine weibliche Gestalt in das Gebäude an der hinteren Seite huscht. Nicht den Kopf drehen, denke ich, nicht in ihre Richtung, nur nicht unangenehm auffallen.

Das Anwesen meines Bruders ist ein Gehöft von eindrucksvoller Größe. Der Hof innerhalb der Mauern ist etwa halb so groß wie ein Fußballfeld, es gibt zwei Gebäude auf dem Gelände.
»Das ist das Gästehaus«, sagt mein Vater. »Und weiter hinten befindet sich das Haus der Familie.«
Wenn jemand an eine Tür klopft, weil er Hilfe oder eine Bleibe braucht, wäre es unehrenhaft, ihn abzuweisen, mein Vater hat es mir oft genug erklärt. Die Wahrung der Ehre steht über allem, auch über dem Vermögen und dem eigenen Leben. Sie gilt als die besondere Tugend eines jeden Mannes. Und wenn die Fremden im Haus der Familie untergebracht werden müssten, wäre es für alle zu kompliziert, weil sie ja, sofern sie Männer sind, was fast immer der Fall ist, die Frauen nicht beäugen dürfen. Mein Bruder kann es sich leisten, ein eigenes Haus für Gäste zu haben. Eins und eins ist zwei, und meine Lieblingszahl ist eine vollkommene. Doch hier fange ich wieder von vorne an, bei Null.

Wir ziehen die Schuhe aus und Del Agha führt uns in einen großen Raum. Der Boden besteht aus festgetretenem Lehm, an der hellblau gestrichenen Wand hängt eine gerahmte Kalligraphie des Satzes *Innalaha Noor u Samatu wal Arth, Gott ist das Licht der Himmel und der Erde*. Daneben ein gewebter Gebetsteppich, das Motiv der Moschee von Mekka. Del Agha schenkt aus einer metallenen Kanne kühles Wasser in Becher und will Tee bringen lassen, doch mein Vater winkt ab.

»Lass mich erst etwas ausruhen, nur ein paar Minuten. Ich würde gern mit dir hinaus auf die Felder gehen, aber ich bin nicht mehr der Jüngste!«

Er lächelt schwach, die Reise und der Fußmarsch haben ihn überanstrengt.

»Del Agha, zeig Mahboob erst einmal die Felder«, sagt er, bevor irgendeine Verlegenheit aufkommen kann. Ein Rundgang in der Hitze? Mir fällt allerdings beim besten Willen nichts ein, was wir sonst tun könnten, und die ganze Willkommenszeremonie des Teetrinkens ohne meinen Vater zu vollziehen, wäre extrem unhöflich.

»Vorher kannst du dir das Gesicht waschen, wenn du willst«, sagt Del Agha und grinst mich überraschend an.

Wir schlendern an einem breiten, mit Wasser gefüllten Graben entlang, der den Landbesitz in zwei Hälften teilt. Schmalere Rinnen zweigen in das Ackerland ab. Inzwischen flirrt die Hitze darüber, man kann es in der Luft sehen, es ist ein Wahnsinn, bei über vierzig Grad spazieren zu gehen, aber bitte. Besonders gesprächig ist mein Halbbruder nicht. Er sagt ab und zu einen knappen Satz, meist irgendeine Erklärung zu dem Feld, an dem wir gerade vorbeilaufen. Ich bin nicht gerade ein Agrarexperte und kann mit dem, was er sagt, nicht viel anfangen. Außerdem stehe ich noch immer unter Schock. War der Vater, den Del Agha als Kind erlebt hat, anders als der, als den ich ihn erlebte? Durfte er als Kind auch mit dem Benz kutschieren? Und wie kommt es, dass er so religiös ist, anders als mein Vater? War es seine Mutter, die ihn das gelehrt hat, oder wird man so, wenn man auf dem Land lebt? Wie war seine Mutter, Qandigul? War sie schön? Wie ist sie ums Leben gekommen? Fragen über Fragen. Die Sonne macht es nicht besser, ich fühle mich wie ein ausgedörrtes Kamel mit eingeschrumpeltem Höcker. Del Agha ist der Ältere von uns beiden, ich muss also ihm im Gespräch den Vortritt lassen.

Wir laufen still nebeneinander her. Die Felder sind weit, die Farben wirken jetzt gedämpft, weil das Sonnenlicht so grell ist. Es gibt auch Mohnblumen, vereinzelt, sie leuchten rot. Wenigstens baut meine liebe Familie kein Opium an, das hätte jetzt noch gefehlt. Mein Kopf dröhnt, ich bräuchte ein Aspirin oder wenigstens zwei Liter kaltes Wasser.

»Del Agha djan«, fange ich nach einer Weile an, »wie lange läuft man, wenn man einmal ganz um deine Ländereien herumgehen will?«

Ich atme nur noch Heißluft, mein Kreislauf macht schlapp. Die trockene Hitze treibt mir den Schweiß aus allen Poren. Meine Haut brennt. Meine Füße brennen. Der Boden scheint zu einem Herd geworden zu sein. Mein Shalwar Kamiz ist so nass, als käme er gerade aus der Waschmaschine.

»Wenn man einmal ganz außen herumläuft, ist man etwa einen halben Tag unterwegs«, antwortet Del Agha ungerührt.

Will er mich umbringen?

»Ungefähr hundert Hektar«, fügt er hinzu.

Ich weiß nicht, wie viel das, zu Fuß gelaufen, ist. Alle Strecken fühlen sich hier hundertmal so lang an wie in Kabul. Ich kann ihn nicht bitten, umzukehren, dann weiß er, dass ich genau der Schwächling bin, den er in mir vermutet. Ich sehe mich um. Grüne Felder, gelbe Felder, grüne Felder.

»Gibt es eine Abkürzung?«, frage ich schließlich.

Er deutet mit der Hand in die Richtung, die wir nun einschlagen. Er zeigt weder Überraschung noch Ärger. Stoisch trabt er vor oder neben mir her.

»Das hier sind künstlich angelegte Bewässerungsgräben, nicht wahr?«, frage ich. Die Frage ist nicht besonders intelligent, aber meine Zunge liegt im Gaumen wie ein Fremdkörper, und wenn ich nicht mit ihm rede, kriege ich einen Hitzekoller.

»Natürlich«, erwidert er erstaunt, »ohne künstliche Bewässerung würde hier überhaupt nichts wachsen.«

»Ich dachte, hier gäbe es keine Probleme mit dem Wasser. Das hat Vater jedenfalls gesagt.«

Unser Vater kriege ich nicht über die Lippen.

»Der Fluss verschafft uns so viel Wasser, wie wir brauchen. Aber in den letzten Jahren ist nicht besonders viel Regen gefallen, deshalb sind wir in jedem Fall auf künstliche Bewässerung angewiesen.« Er fängt an, mir das System zu beschreiben. »Jedes Dorf hat ein solches Bewässerungssystem, einen in Gemeinschaftsarbeit angelegten breiten Kanal, von dem kleinere Gräben in die einzelnen Felder abzweigen. Allahs Güte sei Dank, dass das Wasser trotz des ausgebliebenen Regens nicht zu knapp ist. In anderen Gegenden ist der Wassermangel inzwischen zur Katastrophe geworden.«

Ich habe den Kabul-Fluss vor Augen, der nur zur Zeit der Schneeschmelze einem Fluss ähnelt und sich anschließend in eine stinkende Kloake verwandelt, die im Sommer restlos austrocknet.

»Im Bett des Kabul-Flusses weiden um diese Jahreszeit Ziegen«, erzähle ich ihm. »Was ist mit eurem Fluss? Führt er noch so viel Wasser wie früher?«

Er schüttelt bedauernd den Kopf. »Der Wasserspiegel war früher höher als heute.«

Er bleibt stehen; irgendwie wirkt er verärgert, obwohl er kaum die Miene verzieht.

»Was ist los?«, frage ich.

»Wir sind jetzt genau in der Mitte der Felder«, sagt er und macht eine Handbewegung, der ich mit dem Blick folgen soll. »Sieh mal«, sagt er, »kannst du die Aufteilung der Felder erkennen?«

Ich halte die Hand über die Augen, gegen die Sonne, und sehe hin. Die Anbaufläche ist in vier gleiche Teile aufgeteilt, auf denen jeweils unterschiedliche Pflanzen gedeihen.

»Hier auf der linken Seite baue ich Reis an«, erklärt er und deutet mit der Hand in die Richtung. »Auf der rechten Seite habe ich zur Hälfte Weizen und zur Hälfte Honigmelonen.«
Die hohen grünen Pflanzen stehen tief im Wasser. Reis bringt mehr Geld als anderes. »Warum baust du nicht nur Reis an, anstatt die Felder aufzuteilen?«
»Das ist zum Schutz der Ernte. Reis bringt mehr Geld als Honigmelonen und Weizen, aber Schädlinge, die den Reis vernichten, machen sich nichts aus Weizen und Honigmelonen. Auf diese Weise geht mir auch im schlimmsten Fall nur ein Teil meiner Ernte verloren.«
»Verstehe. Tritt denn der schlimmste Fall häufig ein?«
»Fast jedes Jahr gibt es in irgendeinem Teil der Felder Schädlinge. Aber Allah, sein Name sei gepriesen, hält seine Hand über mich. Noch nie war es auf unseren Feldern so schlimm, dass die Erträge nicht für uns alle ausgereicht hätten, und oft habe ich sogar die beste Ernte des Dorfes.«
Ich bin mir nicht sicher, wie wörtlich ich das nehmen soll. Aber ich nicke anerkennend. »Dann will Allah dich damit für deinen Fleiß und für deine kluge Bewirtschaftung belohnen.«
Mein Blick schweift über die Felder. Alles wird von Hand gemacht, es gibt keine Traktoren. Es ist eine knallharte Arbeit. Ohne Land, das wie hier bewirtschaftet wird, wird es Afghanistan niemals besser gehen. Aber seit dem langen Krieg liegen überall die Weiden und Flächen brach, die Dörfer sind leer, die Bauern sind nach Kabul geflüchtet oder sie wurden vertrieben, der Boden verödet bei der Hitze in kürzester Zeit, und sollten einige von ihnen zurückkehren, finden sie ihre alten Felder ausgedörrt wieder vor, und die Bewässerungskanäle sind durch die zahlreichen Kämpfe zerstört. Del Agha hätte allen Grund, hier fortzugehen, und ob er nun der erfolgreichste oder der erfolgloseste Bauer im Dorf ist: er sorgt mit seiner Arbeit für das Überleben vieler Menschen.
»Wir sollten schnell zurückgehen«, unterbricht er meine Gedanken. »Du bist die Sonne hier nicht gewöhnt. Deine Haut rötet sich schon!«

»Gern«, sage ich.
»Sicher arbeitest du in einem Büro?«
»Nicht in einem Büro, in einer Schule. Aber trotzdem: Wenn ich deine Arbeit tun müsste, würde ich vermutlich am ersten Tag tot umfallen.«
Er lächelt erstaunt. »Du bist ein Lehrer?«
»Ich bin Lehrer in der Schule, in die ich als Kind gegangen bin.«
Wortlos gehen wir nebeneinander her. Als ich endlich das Haus sehe, klebt mir die Kleidung am Leib. Del Agha beschleunigt den Schritt, ich weiß schon, er muss im Haus Bescheid sagen. Für ein Glas kühles Wasser könnte ich glatt einen Mord begehen.

»Wie war es denn?«, erkundigt sich mein Vater. Ich zucke die Achseln.
»Heiß und anstrengend«, stöhnt es aus mir heraus, während ich mit dem Handrücken die restlichen Schweißperlen von der Stirn abwische. Falls er gedacht hat, seine beiden Söhne könnten auf diesem Spaziergang ihre brüderliche Liebe zueinander entdeckt haben, muss ich ihn enttäuschen. Ein dunkelhaarig gelockter Junge mit leichtem Flaum auf der Oberlippe kommt mit Del Agha in den Raum, heißt uns mit einem Salam willkommen und küsst meinem Vater den Handrücken.
»Schön dich zu sehen, Hafiz«, sagt mein Vater und lächelt. »Sag deinem Onkel Mahboob guten Tag!«
Hafiz verbeugt sich vor mir, dann rollt er eine Decke auf dem Boden aus und verteilt darauf frisch gebackenes Uzbeki, rundes Fladenbrot. Er bringt Salat und Shorwa, eine leicht angedickte Suppe mit Fleisch, Karotten und Kartoffeln, die ich liebend gern esse. Sie duftet verführerisch, und mein leerer Magen meldet sich. Meine Mutter hat mir diesen Eintopf früher häufig gekocht, in einem Schnellkochtopf, hier dauert es bestimmt Stunden, bis er so weit ist. Die Shorwa schmeckt überraschend köstlich. Es ist viel Koriander darin, Tomaten, Zwiebeln, weißer Rettich und vor allem scharfe grüne Peperoni, bei der Hitze eine Wohltat, diese Mischung aus

Schärfe und Milde. Wir wischen mit dem Brot die letzten Reste aus den Schüsseln.

»Diese Shorwa hier schmeckt noch besser als die meiner Mutter!«, platze ich heraus.

»Welche der beiden Frauen Del Aghas ist denn eine solche Künstlerin am Herd?«

Mein Vater lacht, Del Agha grinst. Das war ein Faux Pas, ich weiß es, aber einer mit guter Absicht. Wenigstens zeigt Del Agha Humor! Überhaupt erweist sich mein Halbbruder als formvollendeter Gastgeber. Während wir Maast zum Nachtisch essen, kühlen, säuerlich schmeckenden Naturjoghurt, beantwortet Del Agha zahlreiche Fragen meines Vaters. Über die letzte Ernte, die Qualität des Saatguts, die Bewässerung und ähnliche Dinge. Dafür, dass mein Vater in Kabul oft so verwirrt zu sein scheint, finde ich ihn jetzt bemerkenswert gut informiert. Vielleicht hört er sich für mich auch nur deshalb so sachkundig an, weil ich von landwirtschaftlichen Belangen nichts verstehe.

Ich würde mich am liebsten auf den Kissen ausstrecken, die beiden dagegen werden immer munterer. Ich lehne mich mit dem Rücken an die Wand und rutsche immer weiter herunter. Meine Augen fallen immer wieder zu, ich kann nichts dagegen machen, aber die beiden merken es gar nicht; sie sind beschäftigt. Ich versuche, wenigstens halbwegs die Unterhaltung zu verfolgen.

»Du kennst doch Yusof«, sagt Del Agha, »du weißt schon, unser dickköpfiger Nachbar auf der südlichen Seite.«

»Sicher«, sagt mein Vater, »ein richtig sturer Hund.«

»Er hat im letzten Winter den Graben, der seine Felder von unseren trennt, um eine Armeslänge verschoben«, Del Aghas Stimme klingt zornig. »Ich selbst war gerade in Peschawar, um dort Saatgut zu kaufen.«

»Was wolltest du denn ausgerechnet mit pakistanischem Zeug?«

»Es gibt dort Reissaaten, die gegen alle möglichen Arten von Schädlingen resistent sind. Man nennt sie korrigierte Samen. Ich habe das Saatgut gekauft und dieses Jahr ausgesät. Bislang bin ich zufrieden, aber ob das wirklich an der Saat liegt oder ein Zufall ist, kann ich im Moment noch nicht sagen.«

Mein Vater murmelt etwas Unverständliches und Del Agha fährt mit seinem Bericht über den Streit mit dem Nachbarn fort. »Als ich zurückkam, hat Hafiz mich über die verschobene Grenze informiert, und ich bin sofort zu Yusof gegangen, um ihn zur Rede zu stellen. Doch er hat alles abgestritten.« Sein Blick wird finster. »Auch wenn er viel älter ist als ich: Wäre er nicht gerade mit der Trauerfeier für seinen Vater beschäftigt, für diese dreiste Lüge hätte ich ihn liebend gern verprügelt. Nun, nachdem Sie, Plar, gekommen sind, will ich diesem Dieb aber zeigen, wo es langgeht.«

Deswegen hatte er vorhin auf dem Feld also schlechte Laune! Grenzstreitigkeiten dieser Art können in den Dörfern leicht mit Mord und Totschlag enden, die Vorstellung gefällt mir gar nicht, in so etwas mit hineingezogen zu werden.

»Als Erstes will ich mit Yusof sprechen«, bestimmt mein Vater. »Ich habe seinen Vater, Allah hab ihn selig, gut gekannt. Er war ein Ehrenmann.«

Gut, vorerst brauche ich also nicht zu befürchten, dass die Fehde eskaliert und vielleicht sogar auf das ganze Dorf übergreift.

Hafiz kommt mit einer Aftaula Lagan, einer länglichen Wasserkanne aus Messing, und einer Schüssel, damit wir uns die Hände waschen können. Wie angenehm ist dieser Brauch! So müssen wir nicht in den Hof hinaus, das würde ich auch gar nicht mehr schaffen.

»Wie viele Kinder hat Del Agha djan?«, erkundige ich mich leise bei meinem Vater, als mein Bruder die Plastikdecke mit den Essensresten wegbringt. Langsam werde ich wieder munter. Mein Vater denkt nach. Ich warte. An seinen Fingern zählt er ab.

»Sieben«, sagt er.

»Wow«, entfährt es mir.

»Und dazu natürlich noch die fünf von seinem Bruder«, ergänzt er. »Eine komplette Fußballmannschaft, wenn man die Mädchen mitrechnet, samt einem Ersatzspieler.«

Er lacht über seinen eigenen Witz. Der Stolz auf seine zahlreichen

Enkelkinder ist ihm anzumerken. Wenigstens braucht er dann nicht unbedingt auch noch von mir ein Enkelkind. Meine Familienverhältnisse in Deutschland sind ihm ein Dorn im Auge, und wenn ich ihm von Noor erzählen würde, wäre er entsetzt. Warum in Allahs Namen hast du dir nicht längst eine richtige Deutsche ausgesucht? Du bist doch schon über dreißig! Schon zwei, drei Mal hat er es mir zum Vorwurf gemacht. Ich bin schließlich *erst* zweiunddreißig, hätte ich am liebsten gesagt, und Noor erst siebenundzwanzig, und ich habe keine Ahnung, ob aus mir und Noor überhaupt etwas wird. Aber ganz sicher werden wir nicht gleich Babys wickeln wollen. Wieso muss man überhaupt heiraten? Beim Gedanken an Noor kriege ich Herzstiche und ein flaues Gefühl im Magen. Inzwischen hat Del Agha seine Kinder hereingerufen, die sich wie die Orgelpfeifen vor uns aufreihen, tatsächlich, eine halbe Schulklasse. Hafiz ist offensichtlich der älteste. Auch die Mädchen sind dabei, ich schätze die beiden älteren auf dreizehn und vierzehn Jahre, die kleineren auf fünf und sechs: Malalai und Palwasha, Mina und Breshna. Eine ist hübscher als die andere, mit sehr großen, dunklen Augen, nur die der kleinen Mina haben die türkise Farbe ihres Vaters und Großvaters. Alle Mädchen haben dichte lange Wimpern und einfach entzückende Gesichter, wie ihre Brüder auch. Außer Hafiz und Kabir, der uns das Tor geöffnet hat, kommen noch Atal, Maiwand, Hewad und Shamshad. Ich bin mir sicher, dass ich sie das nächste Mal genauso verwechseln werde, wie die Namen meiner Schüler an der Rumi-Schule. Falls es jemals ein nächstes Mal geben sollte. Ich weiß noch nicht einmal, aus welchen Verbindungen jeweils die Kinder hervorgegangen sind. So viele! Alle kichern.
»Wo sind die beiden anderen?«, frage ich meinen Vater, denn als ich meine Neffen und Nichten durchzähle, komme ich auf zehn, nicht auf zwölf. Die Antwort kommt prompt von Del Agha. »Die beiden Jüngsten sind bei ihren Müttern, Waranga und Hematullah. Sie können noch nicht laufen.«
»Wohin geht ihr in die Schule?«, wende ich mich an den unruhigen Haufen.

»Die Schule ist im nächsten Dorf«, antwortet Del Agha, »sie müssen jeden Morgen eine dreiviertel Stunde laufen.«
»Die Mädchen auch?«
»Nein. Die Mädchen gehen hier im Dorf zu einer Lehrerin. Sie hat in der Zeit der Taliban heimlich Mädchen unterrichtet; wir wollen ihr die Schülerinnen nicht wegnehmen. Zamira ist eine sehr gute Lehrerin.«
»Sie ist nicht verheiratet«, fügt mein Vater hinzu und sieht mich vielsagend an. »Und sie ist sehr hübsch!«
Dieser Gauner! Ich kann ihm in diesem Augenblick nicht einmal böse sein.

Die Hitze des Tages weicht angenehmer Kühle. Del Agha bittet mich, noch einmal vor das Tor zu treten. Er zeigt über die Felder. »Sieh mal«, sagt er, »wie schön die Farben jetzt sind!«
Ich nicke.
»Und dort haben wir eine kleine Plantage mit Pistazienbäumen!«
»Habt ihr eigentlich auch Tiere?«, frage ich. »Ich habe keine gesehen.«
»Nein, Tiere halten wir nicht. Hier auf dem Land sind es immer die Kinder, die die Tiere hüten, es ist viel Arbeit; ich wollte nicht, dass meine Kinder es tun müssen, ich möchte lieber, dass sie etwas lernen. Nur im Hof der Frauen gibt es eine kleine Ziege, die uns Milch und Käse gibt, und ein paar Hühner. Die Ziege werden wir aber nicht schlachten, sie gehört Maiwand und Palwasha. Sie haben sie als Baby aufgezogen.« Er lacht. Er findet es offenbar ganz selbstverständlich, mich in alles einzubeziehen. Ich bin derjenige, der völlig aus dem Konzept gebracht ist. Warum aber musste mein Vater auch so lange alles verschweigen? Hat er sich wegen meiner Mutter so sehr geschämt? In diesem Augenblick kommt es mir fast normal vor, dass hier eine afghanische Großfamilie existiert, und das verwirrt mich noch mehr.
Ein leichter Wind kommt auf, es ist eine Wohltat. Die Sonne bewegt sich Richtung Berge, als mein Vater ebenfalls herauskommt. Wir wollen dem Bauern Yusof zu dritt einen Besuch abstatten.

Yusof, der uns das Tor öffnet, ist ein gedrungener, grauhaariger Mann und trägt einen Vollbart. Ich frage mich sofort, ob er ein Taliban war oder vielleicht sogar noch ist, hier auf dem Land kann man nie wissen; manche verstecken es, sie sind sich nicht sicher, ob die Taliban nicht bald wieder die Macht an sich reißen. Nichts ist sicher in diesem Land, außer einem: dass nichts sicher ist.
Yusuf bittet uns in den Hof und möchte uns Erfrischungen anbieten, mein Vater winkt ab. Trotzdem bringt kurz darauf ein Junge eine Kanne Wasser und Gläser auf einem Tablett und schenkt uns ein. Mein Vater stellt mich kurz vor. Interessiert verfolge ich den Gesprächsverlauf. Die Männer reden von allem möglichen, nur nicht vom Streit um die Grenze. Mein Vater spricht Yusof sein Beileid zum Tod seines Vaters aus und lobt den Verstorbenen als einen gerecht denkenden Mann mit voraussehendem Blick und Urteilsvermögen. Ich beobachte Yusof, dem natürlich klar ist, was mein Vater von ihm will.
»Und was jetzt?«, erkundige ich mich verblüfft, als wir auf dem Weg zurück zu Del Aghas Anwesen sind.
»Nur Geduld«, entgegnet mein Vater seelenruhig. »Jetzt lassen wir ihm zwei Tage Zeit, um über die Sache nachzudenken, dann besuchen wir ihn noch einmal. Und dann soll er mir Rede und Antwort stehen.«
»Und wenn er dann immer noch alles abstreitet?«
Del Agha, der neben mir läuft, wirft mit kaum unterdrücktem Zorn in der Stimme ein: »Ganz bestimmt wird er das tun. Er wird die Dreistigkeit besitzen, sogar Ihnen, Plar, einfach ins Gesicht zu lügen. Das können wir uns dann nicht länger bieten lassen.«
Mein Vater bleibt stehen und sieht ihn an. »Ich werde uns unser Recht schon verschaffen, mein Sohn.«
Das ist alles, was er dazu sagt. Dennoch wende ich den Blick ab, es ist mir peinlich, Augenzeuge dieser Zurechtweisung zu sein.

Del Agha behält Recht und mein Vater ebenso. Als wir den Nachbarn zwei Tage später erneut besuchen, behauptet er, an den Markierungen nichts verändert zu haben.

Del Agha glüht, mein Vater bleibt völlig gelassen. »Dann lass es uns auf traditionelle Weise regeln«, schlägt er vor, ohne mit der Wimper zu zucken. »Morgen in der Moschee nach dem Morgengebet?«

Yusof zögert kaum merklich, bevor er mit einem Nicken sein Einverständnis signalisiert.

Ich stelle mir die tollsten Dinge vor, die nun geschehen sollen – einen Showdown auf der staubigen Dorfstraße wie in einem Western zum Beispiel. Auf dem Heimweg kann ich nicht an mich halten, obwohl ich mich damit vor meinem Bruder blamiere. Mein Vater hat sich an meine, wie er findet, dummen Fragen längst gewöhnt.

»Was passiert jetzt?«, frage ich. »Wie läuft so etwas ab?«

»Es wird eine Djirga einberufen, Mahboob djan«, erklärt mein Vater nachsichtig, »eine Versammlung der Männer im Dorf, sie werden darüber beraten. Ihrem Urteil müssen sich alle beugen. Die Zeit nach dem Gebet, das noch vor Sonnenaufgang stattfindet, ist die günstigste Stunde, um über Streitigkeiten oder andere wichtige Angelegenheiten Entscheidungen zu fällen. Niemand braucht eigens von seiner Arbeit weggeholt zu werden.«

»Aha«, sage ich. »So früh? Kann ich mitkommen?«

Plötzlich fangen mein Vater und Del Agha an zu lachen. Sie amüsieren sich großartig über mich, ich habe keine Ahnung, warum.

»Wenn du denkst, dass du schon alt genug dafür bist, mein Sohn«, brüllt mein Vater vor Vergnügen. Humor ist offenbar doch eine stark regionale Sache.

Die Sonne geht hinter den Feldern unter, ein leuchtend roter Ball, als wir wieder bei Del Aghas Haus ankommen. Doch mein Vater bleibt plötzlich stehen. »Lass mich kurz den Imam Dadullah besuchen. Er ist doch immer noch der Mullah hier, oder?«

»Ja, das ist er, Plar. Wollen Sie jetzt zu ihm?«, fragt mein Bruder zurück.

»Ich denke, schon. Kannst Du mir zeigen, wo sein Haus ist?«

»Es ist nicht weit von hier. Sehen Sie, wo der Pfad endet? Da hinten.« Mein Bruder zeigt mit dem Arm in Richtung Berge. »Dort biegen Sie nach rechts ein. Es ist das dritte Haus, das mit der braunen

Holztür. Wenn Sie wollen, komme ich mit«, bietet Del Agha an. Ich wundere mich, dass er überhaupt auf die Idee kommt, meinen alten Herrn allein zu schicken.
»Nein, mein Sohn. Das ist nicht nötig. Geh du nach Hause, du hast noch genug andere Dinge zu erledigen. Mahboob begleitet mich«, bestimmt mein Vater und legt die Hand auf meine Schulter.
»Gut,« sagt Del Agha überrascht. »Wenn Sie das Haus nicht finden, fragen Sie einfach. Jeder im Dorf kennt das Haus des Mullahs.«

Mein Vater lässt mich mehrmals an der braunen Holztür klopfen. Ein schmaler, kleiner Mann mit schneeweißem Vollbart und schwarzem Turban öffnet die Tür. Er mustert meinen Vater einige Sekunden und fragt ungläubig: »Sher Ahmad?«
»Ja, ich bin es, Mullah Dadullah.«
Die Männer umarmen sich mehrmals und tauschen einige feste Küsse auf die Wangen. Die Umarmung ist so herzlich, als wären die beiden Brüder. Mit einem überschwänglichen »Kommt herein!« führt uns der Mullah in seinen Innenhof.
»Wollen wir ins Gästezimmer oder bleiben wir im Garten?«
Mein Vater wirft einen Blick auf mein verschwitztes Gesicht. »Unterhalten wir uns doch ein wenig dort unter dem Rebstock.« Er deutet in den Garten. Kühl und friedlich lädt die Terrasse ein, mit Kissen und Toshaks. Kaum setzen wir uns, bringt uns ein Diener, auch er mit Vollbart, auf einem Messingtablett süße grüne Trauben.
»Du warst lange nicht da. Was führt Dich hierher?«, fragt Mullah Dadullah.
»Ich bin vor kurzem wieder einmal Großvater geworden und kam, um meinem Sohn zu gratulieren.«
»Ja, das stimmt! Ich habe dem kleinen Hematullah seinen Namen ins Ohr heilig gesprochen.«
»Gut so. Außerdem wollte ich meinem Sohn Mahboob die Ländereien zeigen. Er war lange Zeit in Alman, und jetzt hilft er hier beim Wiederaufbau mit.« Mein Vater deutet auf mich und nickt zufrieden. Sein Gegenüber sieht mich verwundert an. Ohne ein Wort lächle

ich und neige meinen Oberkörper. Ich komme mir vor wie eine Prinzessin, die vorgeführt wird. Ich bin allerdings auf der Hut, schon wieder stellt mein Vater mich so vor, als würde ich nun für immer bleiben. Aber egal, ich bin gespannt, wie er nun auf das eigentliche Thema überwechseln wird.

»Dadullah, du bist ein Segen für die Gemeinde. Menschen werden geboren und andere sterben. Der Vater des Bauern Yusof, habe ich erfahren, ist kürzlich verstorben. Sag mal, hat dir Del Agha von der Grenzverletzung des Bauern Yusof erzählt?«

Das ging aber schnell, jetzt ist die Katze aus dem Sack. Ich stopfe mir die süßen Trauben in den Mund, als wäre es Popcorn im Kino, und sehe den Mullah erwartungsvoll an. Der Mullah nickt.

»Dein Sohn kam eines Tages wütend und aufgebracht mit einem Spaten in der Hand hierher. Es hat lange gedauert, bis ich ihn beruhigen konnte. Mit Yusof ist nicht zu spaßen. Er hat sein Auge bei einer anderen Streitigkeit verloren. Dafür war sein Gegner tot.«

Mit dem Wilden Westen hatte ich also gar nicht so Unrecht.

»Was hast du meinem Sohn geraten?«, hakt mein Vater nach.

»Nichts weiter als sich zu gedulden. Denn Land kann man ja nicht stehlen und verstecken. Ich habe gedacht, dass du vielleicht kommst und wir die Sache einvernehmlich regeln.«

Mein Vater ist sichtlich erfreut über diese Bemerkung. Wenn die beiden Dickköpfe aufeinander losgegangen wären, hätte es Mord und Totschlag gegeben.

»Das ist gut so. Sehr gut. Bevor wir herkamen, war ich bei Yusof und habe ihm genau diesen Vorschlag gemacht. Er war nicht gerade begeistert, aber am Ende hat er zugestimmt.« Mein Vater sieht auf seine Uhr. »Mahboob und ich müssen jetzt los, bald ist Gebetszeit.«

Keiner von uns betet, aber mein Vater hindert so seinen Freund geschickt daran, uns womöglich zum Abendessen einzuladen. Ich rappele mich auf und helfe meinem Vater, sich vom Kissen wieder auf die Beine zu bringen.

»Aber ihr habt ja gar nicht von den Trauben gegessen«, beschwert sich Mullah Dadullah. »Nehmt sie doch bitte einfach mit.«

Ich will widersprechen, doch er drückt mir das Nickeltablett mit dem Berg von Trauben in die Hand und lächelt mich an, mit knittrigen Augen und nahezu zahnlosem Mund.

Es ist noch dunkel, als wir uns am nächsten Morgen auf den Weg machen; Del Agha hat meinen Vater und mich leise geweckt, der Rest des Hauses schläft tief und fest. Der Mond hängt noch am Himmel, wir haben beinahe Vollmond, und sein Licht ist so hell, dass er alles erleuchtet. Im Hof vollziehen wir die rituelle Reinigung und treten dann ins Innere der einfachen Moschee. Drei Dutzend bärtiger Männer haben sich zum Gemeinschaftsgebet versammelt und sitzen nahe der Gebetsnische, in der Mullah Dadullah seinen Platz eingenommen hat. Erst jetzt, als ich so viele Männer aus dem Dorf zugleich sehe, wird mir bewusst, dass ich hier noch keinen erwachsenen Mann gesehen habe, der *keinen* Bart trägt; beim einen ist er ein bisschen kürzer, beim anderen länger, aber einen Vollbart tragen sie alle. Mein Vater und ich sind als einzige glattrasiert.
Wir warten, bis der Muezzin zum Morgengebet aufruft, dem kürzesten der fünf Tagesgebete. Es umfasst vier Rekat. Das bedeutet viermal Stehen und viermal Niederwerfen auf den Boden als Zeichen der vollkommenen Unterwerfung. Wir sitzen mit den anderen Männern Schulter an Schulter, die Reihen reichen bis zur Mitte des kargen Raums. Einige wenige arabische Sprüche an der Wand zieren den Ort. Als der Mullah Dadullah zum Gebet aufruft, erheben sich alle. Ich erinnere mich nur lückenhaft an die Gebetssprüche auf Arabisch. Als Kind habe ich sie gelernt, aber die meisten habe ich vergessen. Gut, dass immer nur der Mullah laut betet, alle anderen beten leise mit, und solange ich im richtigen Moment die Lippen bewege und ihn im Auge behalte, um nachzumachen, was er gerade tut, falle ich nicht auf. Es wäre mir peinlich, von dem finster blickenden Yusof als Nichtbeter erkannt zu werden. Mein Vater hält es ebenso.
Nach dem Gebet begibt sich der Dorfvorsteher zum Minbar und setzt sich auf die unterste Treppenstufe der Kanzel. Er bittet die

Gläubigen, noch zu bleiben, weil ein Landstreit zu schlichten ist. Alle Männer lassen sich im Kreis nieder, und Mullah Dadullah trägt als Leiter der Versammlung unseren Fall vor. Die anschließende Beratung ist kürzer, als ich erwartet hätte. Ohne lange Diskussionen wird vereinbart, das Land umgehend zu vermessen, und sollten dabei Abweichungen zu früheren Markierungen festgestellt werden, müssen die Übertretungen zurückgenommen werden.

Ich bin einigermaßen platt, wie leicht die Sache vor sich geht. Ich sehe meinen Vater fragend an, er nickt nur andeutungsweise.

Drei Tage erhält später Del Agha das Stück Land zurück, das sich der Nachbar widerrechtlich angeeignet hatte. Das Ganze läuft so undramatisch ab, dass ich es kaum fassen kann. Noch nach unserem zweiten Besuch bei Yusof befürchtete ich, dass die Sache mit Blutvergießen enden würde, mit solchem Nachdruck stritt der Bauer jede Grenzverletzung ab. Und nun ist er sanft wie ein Lämmchen und gibt das gestohlene Gut ohne Murren oder Widerstand zurück. Del Agha wiederum scheint sich damit zufriedenzugeben, und es besteht wohl keine Gefahr, dass der Streit zwischen den beiden neu aufflammt.

»Keiner von beiden hat sein Gesicht verloren«, sagt mein Vater.

12

Zum ersten Mal, seit Mahboob in Afghanistan war, kam etwas in ihm zur Ruhe.

Es war August, die Temperaturen stiegen täglich auf 40 Grad, wenn nicht höher, und alle lebten den langsamen Rhythmus der Sommertage. Die Erde bekam Risse von der Trockenheit, die notwendigen Arbeiten auf den Feldern wurden am frühen Morgen erledigt und in den Stunden kurz vor dem Sonnenuntergang; alles andere geschah im Schatten der Höfe und ohne Hast. Mahboobs Vater erholte sich zusehends. Er schien das Leben auf dem Land zu mögen, Mahboob war erstaunt, diese Seite seines Vaters kennenzulernen. Oft saß er am Vormittag unter den Obstbäumen, die Del Agha hinter seinem Haus gepflanzt hatte. Am Nachmittag, nach einer langen Siesta, las er seinen Enkelkindern Gedichte und Geschichten vor, und Mahboob spürte, dass er ein wenig neidisch war. Sie bekamen die Milde des Alters ab, während er sich immer wieder mit den unfreundlichen Belehrungen seines Vaters auseinandersetzen musste. Allerdings veränderte sich das Gefüge zwischen Vater und Sohn, es verschob sich durch die Anwesenheit Del Aghas, und hin und wieder grinsten sich die beiden Brüder heimlich an, wenn Sher Ahmad anfing, über irgendetwas zu poltern.

Anfang der sechziger Jahre hatte Mahboobs und Del Aghas Vater mit seinen westlich geprägten Ansichten für Kabuler Verhältnisse im Trend der Zeit gelegen. In der Hauptstadt hatte sich eine Mittelschicht aus weltoffenen Akademikern gebildet, deren Leben sich nur noch oberflächlich an Traditionen orientierte. Kabul unterschied sich darin sehr vom Rest Afghanistans. Deshalb konnte Sher Ahmad seine Haltung nicht zeigen, wenn er nach Amir Djan kam. Er kam oft, denn irgendwann waren die Reisen von Kabul nach Kunduz, um die Ländereien und Geschäfte dort regelmäßig zu kontrollieren, Mahboobs Großvater, Zia Malik, zu beschwerlich geworden. Er schickte nun immer häufiger Sher Ahmad nach Amir Djan, der die Ländereien von ihren gemeinsamen Fahrten gut kannte.

Mahboob versuchte, sich seinen Vater als jungen Mann vorzustellen, der tat, was sein Vater von ihm verlangte. Es fiel ihm nicht ganz leicht. *Die Leute in Kunduz …* wanderte es ihm oft durch den Kopf. Er verstand nicht, wie es zu dieser Situation hatte kommen können. Einerseits. Andererseits verstand er auch nicht, weshalb es für Sher Ahmad und seine Mutter so kompliziert hatte werden müssen; auch wenn Sher Ahmad seine Resagol sehr liebte, entsprach es doch durchaus noch der Tradition, dass ein Mann eine zweite Frau hatte. Schließlich fasste sich Mahboob ein Herz und fragte Del Agha, wie es zur Heirat von Qandigul und Sher Ahmad gekommen war.

Del Agha zog die Brauen hoch. »Ein einziges Mal hat er mit mir darüber gesprochen«, sagte er, »und zwar nach dem Tod meiner Mutter. Die Taliban hatten das Dorf angegriffen, in dem sie zu viele Gegner hatten. Auch wenn sich zu Anfang viele Paschtunen den Taliban angeschlossen hatten, um sich gegen die Sowjets zu wehren, veränderte sich die Situation, als sie merkten, dass und wie die Taliban sie beherrschen wollten, brutaler noch als zuvor die Russen. Die meisten Paschtunen hassen nichts mehr, als wenn ein anderer versucht, sie zu reglementieren. Also schlossen sich die meisten Männer hier dem Widerstand an, was wir bitter büßen mussten. Eines Tages waren fast alle Männer unterwegs zu Kämpfen. Meine Mutter, Qandigul, verließ das Haus, um im Dorf nach einer Freundin zu sehen, die ein Kind erwartete und ganz allein zu Hause war. Meine Mutter half, das Kind zur Welt zu bringen, doch sie kam nicht mehr nach Hause zurück. Sie haben sie auf offener Straße erschossen. Einfach so. Weil Frauen sich auf der Straße nicht zeigen sollten.«
Es ist entsetzlich, dachte Mahboob, jeder Weg in die Vergangenheit ist mit dem Tod gepflastert. »Wann war das?«, fragte er.
»1998.«
»Vater war also schon aus dem Gefängnis entlassen.«
»Natürlich«, sagte Del Agha, »schon längst. Er hatte sich danach eine ganze Zeit nicht hier blicken lassen, es muss ihm sehr schlecht gegangen sein. Irgendwann tauchte er wieder auf. Er blieb dann viel länger, fuhr aber immer wieder nach Kabul zurück. Ich glaube, er hatte insgeheim die Hoffnung, dass deine Mutter und du zurückkämt, und er dachte sicher, dass ihr ihn, wenn überhaupt, nur dort finden würdet.«
»Ihr wusstet also die ganze Zeit von uns?«
»Ja.«
Sie schwiegen. Sie saßen auf dem Dach des Hauses. Del Agha hatte Mahboob nach dem Abendessen gefragt, ob er nicht noch ein wenig unter dem freien Himmel mit ihm die Nacht genießen wollte. Auf dem Dach hatte er einen großen Teppich ausgerollt und dicke Kissen daraufgelegt. Erst saßen sie, dann lagen sie nebeneinan-

der und sahen in den Sternenhimmel. Der Himmel war tiefblau, fast schwarz, so wie Mahboob ihn noch nie gesehen hatte, und die Sterne schienen so nah, dass er das Gefühl hatte, er müsste nur den Arm ausstrecken, und er könnte sie berühren. Die Nacht war klar, man hörte leise Geräusche von Tieren, Insekten, und vereinzelt rief ein Vogel.

»Unser Vater«, erzählte Del Agha, »hatte keine Ahnung, dass sein Vater vorhatte, ihn hier zu verheiraten, als er ihm eines Tages sagte, er würde ihn nach Amir Djan begleiten, was er lange Zeit nicht getan hatte. Unser Vater ging davon aus, dass es irgendwelche Dinge mit seinen Ländereien zu regeln gab. Tatsächlich ging es um den Zukauf einiger Felder, die an unsere angrenzten. Wie bei solchen Gelegenheiten üblich, wurden viele Besuche gemacht, man trank Tschai, und alles war so wie sonst. Sher Ahmad, unser Plar djan, fiel aus allen Wolken, als er erfuhr, dass es Bestandteil dieses Handels war, Qandigul zu verheiraten – und zwar mit ihm! Er schüttelte damals, als er es mir erzählte, den Kopf, als staune er noch rückblickend darüber. Sein eigener Vater hatte ihn weder gefragt noch in diesen Plan eingeweiht; er hat ihn einfach überrumpelt. Er sagte nur: Du wirst sie heiraten. Anfangs lachte Sher Ahmad darüber, dann argumentierte er, und am Ende wurde er zornig. Aber es endete jedes Mal auf dieselbe Weise, nämlich mit der Frage: Willst du mich meiner Enkelkinder berauben? Wer keine männlichen Nachkommen hat, der ist so wertlos wie ein fruchtloser Baum. Und darauf wusste Sher Ahmad nichts mehr zu sagen.«

Mahboob, der seinen Bruder neben sich sprechen hörte, konnte kaum glauben, was dieser ihm erzählte. Er dachte an den Kummer seiner Mutter, aber auch sein Vater tat ihm leid.

»Unser Großvater Zia hatte die ganze Sache gründlich und praktisch durchdacht. Für ihn stand sie fest, noch bevor unser Vater überhaupt informiert darüber war. Vor der Hochzeit sollte sogar ein schönes Atrium mit einem großen Rosengarten gebaut werden. Dort sollte das Paar wohnen.«

»Was für ein Spinner!«, entfuhr es Mahboob auf Deutsch.

»Was aus seiner Arbeit in Kabul werden sollte, hatte Sher Ahmad seinen Vater gefragt. Kein Problem, war die Antwort. Er werde ja nicht das ganze Jahr hier benötigt, nur zu bestimmten Gelegenheiten wie der Erntezeit. Um alles weitere konnte und wollte sich mein Großvater mit seinem Verwalter weiterhin selbst kümmern. Die nächste Frage ›Und was ist mit Resagol?‹ verstand unser Großvater nicht einmal. Eine Ehefrau, zumal wenn sie keine Kinder mehr bekam, hatte sich nun einmal damit abzufinden, wenn ihr Mann eine zweite nahm. Hätte er es für nützlicher gehalten, dass beide Frauen unter einem Dach miteinander leben, dann hätte er wohl auch das verlangt. In diesem Fall fand er es vernünftiger, dass mein Vater in Kabul mit meiner Mutter zusammenlebte und in Amir Djan mit Qandigul. Auf diese Weise, da dachte er ganz praktisch, war auch dafür gesorgt, dass mein Vater seine Pflichten auf den Ländereien nicht vernachlässigte. Sehr richtig sah er voraus, dass sich früher oder später seine Enkelsöhne um das Land kümmern würden. Eine mit tadschikischem Blut passe ohnehin nicht ins Dorf, hat er wohl gesagt.«

»Nie im Leben hätte Vater Resagol so etwas zumuten wollen«, ergänzte Mahboob.

»Richtig«, antwortete Del Agha. »Niemals.«

»Und dann?«

»Unser Vater wollte sich mit seinem Vater nicht entzweien, und am Ende wusste er nicht mehr, was richtig und was falsch ist, und erklärte sich einverstanden.«

Nach und nach machte sich Mahboob ein Bild. Sher Ahmad hatte, als er die junge Qandigul kennenlernte, Pflicht hin, Pflicht her, nicht anders gekonnt, als ihrer Schönheit, ihrem Charme und vor allem ihrer Sanftmut zu erliegen. Qandigul verehrte ihren älteren Ehemann und weckte dadurch eine völlig andere Seite in ihm als die lebhafte Resagol, die sich auch gern einmal mit ihm zankte, um sich hinterher umso leidenschaftlicher wieder mit ihm zu versöhnen. Und so war Sher Ahmad bald zwischen seinen beiden Frauen und zwischen Stadt und Land so hin und hergerissen, dass er hin und wieder Reißaus nehmen musste und seinen Vorgesetzten, den Landwirtschaftsminister, bat, ihn für ein paar Wochen nach Alman zu schicken.

Als die politische Situation sich allerdings zuspitzte und er selbst immer mehr unter Druck geriet, musste er eine Entscheidung treffen. Blieb er mit Resagol, Aziza und Mahboob in Kabul, würden sie unter Umständen alles verlieren. Zu viele Schwierigkeiten hatte er bereits mit den Russentreuen bekommen; er setzte die Zukunft von Aziza und Mahboob aufs Spiel. Auch wenn er es selten zeigte, war er stolz auf seine intelligente Tochter und wünschte sich, dass sie eines Tages eine gute Ärztin werden könnte. In Alman bekäme sie diese Chance, genau wie Mahboob. Sher Ahmad wusste auch, dass Resagol mit ihrem lebensfrohen Naturell bei allem Heimweh in Deutschland besser zurechtkäme als in einem Kabul, in dem sie immer mehr unter den Repressalien der Kommunisten zu leiden haben würden, ja, wo ihrer aller Leben gefährdet sein würde.

Seine andere Familie in Amir Djan, so glaubte er, würde davor bewahrt; dort gab es keine militärischen Auseinandersetzungen mit den Sowjets. Sie waren es gewohnt, ohne ihn zurechtzukommen, und seine Söhne würden sich um das Land kümmern. Natürlich zerriss es ihn innerlich, wenn er sich vorstellte, dass er sich für lange Zeit von Qandigul und seinen Söhnen verabschieden müsste. Wenn er darüber nachdachte, sagte er sich selbst immer wieder, dass die Sowjets eines Tages von den Amerikanern ja doch besiegt würden, dass sie es sicher nicht dulden würden, Afghanistan auf die Dauer den Kommunisten zu überlassen. Dann könnte und würde er zurückkehren.

Sher Ahmad konnte nicht ahnen, welch fatale Volte die Weltpolitik schlagen würde, und in welch schrecklicher Weise sich auch für Qandigul und seine Söhne das Blatt wenden würde.

13

Mahboob war weit davon entfernt, Afghanistan romantisch zu verklären, auch wenn ihn manche Dinge zutiefst berührten. Die Bedeutung der Gastfreundschaft etwa. Hier bei seinem Bruder bekam er eine Idee davon, was sie bedeuten konnte. Dem gegenüber standen die rigiden hierarchischen Familienstrukturen, die er aus einer Grundempfindung heraus ablehnte, so wie die Benachteiligung, wenn nicht gar Entrechtung der Frauen. Die erstaunlichste Erfahrung für ihn aber war, dass ihn hier noch nie jemand gefragt hatte, woher er kam oder woher er *eigentlich* kam, wie manche Menschen es formulierten. Diese Nicht-Frage verschaffte ihm auf eine Weise das Gefühl, »daheim« zu sein, wie er es in Deutschland nie gehabt hatte.

Doch vieles an Afghanistan war ihm ein Rätsel, und je länger er hier war, desto mehr sehnte er sich nach seinem Alltag in Frankfurt, nach seiner eigenen Wohnung, nach der Sorglosigkeit, mit der er dort durch die Straßen laufen konnte, ohne ständig mit Zerstörung konfrontiert zu sein, nach der Anwesenheit von Frauen, einfach so und überall, nach einer kalten Dusche und einem kalten Bier, nach einem *Tatort* am Sonntag oder nach den spontanen Einfällen, denen er nachgeben konnte, wie an einem schönen Sommerabend nach der Arbeit am Schreibtisch ins Schwimmbad zu gehen oder mit dem Fahrrad nach Sachsenhausen zu fahren und mit einem Bekannten Äppelwoi zu trinken und »Handkäs mit Musik« zu essen. Vor allem die köstlichen Getränke! Bei der Affenhitze wurden sie fast zu einer Fata Morgana.

Die Verletzungen, die die meisten Menschen hier durch die Kriege erlitten hatten, wurden nicht immer vordergründig sichtbar. So wie sein Vater, mit dem er das Zimmer teilte, nachts stöhnte, hörte Mahboob auch seinen Bruder manchmal im Schlaf aufschreien. Del Agha nahm ununterbrochen Naswar, eine gummiartige Masse aus Tabakpulver, Limone, Asche und Öl, gewürzt mit Menthol oder Kardamom. Wie ein Kettenraucher schob er sich an die zwanzig Mal am Tag eine Prise des grünen Zeugs in den Mund, um es für einige Minuten irgendwo zwischen Backe und Zähnen zu halten, danach spuckte er es aus. Die Wirkung des freigesetzten Nikotins hatte etwas Beruhigendes und Anregendes zugleich, so dass er das Gefühl hatte, alle täglichen Verrichtungen leichter vollziehen zu können. Del Agha hatte jeden Morgen Angst, wenn seine Kinder das Haus verließen, um zur Schule zu laufen, und er wartete jeden Nachmittag ungeduldig auf ihre Rückkehr, vor allem bei den Mädchen. Er schob es beiseite, doch in ihm murmelte immerzu jemand, dass sie nicht wiederkämen, so wie ein paar Jahre zuvor seine Mutter nicht zurückgekommen war.

»Und deshalb werde ich sie nicht in Kunduz auf die Mittelschule lassen«, erklärte er Mahboob, als dieser in seinem ungebrochenen pädagogischen Elan danach fragte. »Jeder, der mir Böses wollte, hätte zu viele Gelegenheiten, ihnen etwas anzutun.«

Mahboob schüttelte den Kopf. Zugleich malte er sich aus, welches Ausmaß die Verstörungen über Generationen haben würden, in einem Land, in dem jede, wirklich jede einzelne Familie Angehörige verloren und Gräueltaten erlebt hatte. Der Familie seines Bruders ging es verhältnismäßig gut, auch wenn sie sehr einfach lebten; doch viele im Dorf waren weitaus ärmer als sie und verstörter. Die Kinder hüteten nicht nur die Tiere, sie hatten auch die Aufgabe, Wasser zu holen und mussten dafür weite Wege zurücklegen.

Mahboob besuchte das kleine Waisenhaus von Amir Djan, in dem knapp zwanzig Kinder lebten, notdürftig versorgt.

»Kannst du dich an deine Eltern erinnern?«, fragte er einen kleinen dünnen Jungen, der sich so über den Fußball freute, den Mahboob den Kindern mitgebracht hatte, dass er in Tränen ausbrach.

»Manchmal«, sagte der Junge, »wenn ich von ihnen träume. Aber ich habe Angst, dass ich sie vergesse.« Er sah Mahboob eine Sekunde an, wandte sich ab und rannte mit dem Ball los.

Mahboob fing sofort an, im Kopf zu kalkulieren, was es kosten würde, für diese Kinder bessere Lebensbedingungen zu schaffen.

»Gehen sie denn in eine Schule?«, fragte er den Heimleiter, der vage nickte. Mahboob begriff: Eine Koranschule gab es, nicht aber eine normale Grundschule.

Eines Abends sitzen mein Vater, Del Agha und ich nach dem Essen noch eine Weile zusammen. Wir lehnen uns in die bequemen Kissen, trinken grünen Tschai und reden über Gott und die Welt.
»Oft denke ich, ich habe verstanden, wie ein Afghane in einer bestimmten Situation reagieren wird«, sage ich, »aber dann macht er genau das Gegenteil. Steckt da irgendeine Logik dahinter?«
Die beiden sehen mich amüsiert an.
»Was meinst du?«, fragt Del Agha.
»Warum werden zum Beispiel Fremde geehrt und bekommen eine Gastfreundschaft geboten, die ihresgleichen sucht, aber niemand findet wiederum etwas dabei, wenn sie ausgeplündert und entführt werden? Wie passt denn das zusammen?«
Mein Vater nickt vergnügt. Solche Diskussionen liebt er.
»Beides gehört zur afghanischen Tradition«, sagt er ohne zu überlegen. »Wenn du zum Beispiel als Fremder in Amir Djan an irgendein Haus klopfst und dort um Schutz bittest, wird man dich ohne Zögern hereinbitten und dir während deines Aufenthalts alles bieten, was man hat, als wärst du ein Familienmitglied. Dein Gastgeber würde, wenn nötig, sogar so weit gehen, sein Leben zu opfern, um dich zu schützen. Damit schützt er auch seine eigene Ehre als dein Gastgeber. Das ist das Herz des Paschtunwali. Aber es gilt nur, wenn du als Gast kommst und dir damit Anspruch auf das Gastrecht erworben hast. Als Eindringling wirst du mit der gleichen Leidenschaft bekämpft, mit der ein Gast verteidigt wird. Und dahinter steht in beiden Fällen genau dasselbe: die Verantwortung für diejenigen, die Anspruch auf Schutz haben.«
»Aber was ist mit Leuten, die kein Gastrecht in Anspruch nehmen, gleichzeitig aber auch nicht die Absicht haben, irgendwo einzudringen? Neutrale gewissermaßen? Ist denn hier jeder ein Eindringling, der nicht auf der Stelle die richtige Zauberformel ausspricht, nämlich die Bitte um Gastrecht? Was ist mit denen, die ohne Zweifel

Gastrecht in diesem Land haben, etwa Aufbauhelfer, die ja hierher eingeladen wurden? Ich denke auch an den Bus mit Bundeswehrsoldaten, der Anfang Juni in Kabul in die Luft gejagt wurde.«

Mein Vater macht ein bekümmertes Gesicht. Del Agha verfolgt interessiert das Gespräch.

»Es hat sich vieles verändert«, sagt er. »Bevor die Kommunisten kamen, galt überall im Land, was Padar djan dir beschrieben hat. Nicht nur waren jedem Afghanen Loyalität, seine Ehre und die des anderen heilig, sondern Freundlichkeit und Hilfsbereitschaft waren ihm selbstverständlich. Es ging ja gar nicht anders. Sobald ein Mann gegen diese Pflicht verstieß, hat jeder im Dorf es mitbekommen. Er war unten durch. Manchmal konnte er sich nicht mehr auf der Strasse sehen lassen, oder wollte es nicht, aus Scham.« Er nimmt einen Schluck Tschai. »Aber woher, frage ich dich«, fährt er fort, während mein Vater zustimmend nickt, »sollen Entwurzelte, Flüchtlinge, junge Leute, die nie ein anderes Leben kennengelernt haben als eines voller Krieg und Gewalt, denn dasselbe Gefühl für Ehre haben? Ihnen fehlt die Umgebung, in der die Achtung der Schlüssel zu einem guten Leben ist – in der Gemeinschaft der Familie, der Großfamilie und des Dorfes.«

»Und nicht mehr lange«, mischt sich mein Vater ein, »wird Geld viele der alten Werte ersetzt haben und fast alles käuflich werden, du musst ja nur an deinen alten Schuldirektor denken, wie hieß er gleich noch?«

»Qiam hieß er, Padar djan, erinnern Sie mich bloß nicht an ihn! Aber etwas anderes. Von Afghanen hat es doch schon immer geheißen, dass sie gern kämpfen. Warum, wenn sie doch so freundlich sind?«

»Das ist kein Widerspruch«, behauptet mein Vater. »Das ist doch auch an anderen Orten dieser Welt so! Unser Volk ist freundlich, wenn man seine Freiheit nicht beschneidet und seine Tradition und Religion respektiert. Und wer das nicht tut, der ist was?«

»Ein Eindringling«, sage ich gehorsam.

»Du sagst es. Und ein Eindringling erlebt in Afghanistan immer dasselbe: dass die Menschen auch nach langer Zeit und bei schwerster Unterdrückung nicht aufhören, ihn als einen Invasoren und Feind zu bekämpfen. Egal, was es kostet, egal, wie viele Menschen ihr Leben lassen müssen. Weder das britische Imperium noch das sowjetische Reich haben durchschaut, dass das Volk nicht durch Einschüchterung dazu gebracht werden kann, sich einem Regime zu fügen, das ihnen die eigenen Regeln aufzwingt. Als Einziger hat Alexander der Große es richtig gemacht.«

»Alexander der Große?«, frage ich ungläubig, und Del Agha lacht.

»Er kam, siegte und zog weiter«, sagt er.

»Der Westen«, setzt mein Vater wieder ein und redet sich in Rage, »ist gerade jetzt in Gefahr, den gleichen Fehler zu begehen, den schon andere vor ihm zu bereuen hatten. Anfangs galt er hier in der Bevölkerung als Befreier, doch je länger die westlichen Soldaten im Land bleiben werden, desto mehr Leute werden sie als Eindringlinge und Besatzer sehen.«

»Gilt das auch für die Bundeswehr?«

»Ja, auch die darf nicht zu lange bleiben.«

Die lange Rede hat meinen Vater richtig belebt, seine Gesten sind schwungvoll geworden. Trotzdem spüre ich leisen Ärger.

»Bin ich denn in Ihren Augen auch ein Eindringling?«, frage ich. »Ich bin hergekommen, um zu helfen. Aber wenn ich nicht selbst bestimmen kann, nach welchen Regeln geholfen wird, dann bekommen diejenigen, die am dringendsten Hilfe benötigen, überhaupt nichts, während andere, die eigentlich genug haben, alles an sich raffen. Siehe unseren lieben Herrn Direktor Qiam. Wenn das Volk hungert, während ein paar Wenige steinreich werden, was haben sie dann von ihrer Freiheit? Nichts! Und überhaupt: Hier geht es doch wieder einmal nur um die Freiheit der Männer. Die Freiheit der Frauen war dabei nie ein Thema. Über die Briten weiß ich nichts, aber die Sowjets, das haben wir ja von Tante Farida gehört, haben nicht nur den Frauen Freiheiten verschafft, sondern auch Fortschritt, Bildung und Modernisierung ins Land gebracht. Alles Dinge, die auch König Amanullah in den zwanziger Jahren wollte. Er wurde dafür aus dem

Land gejagt, obwohl er doch Afghane war. Ist es nicht in Wahrheit pure Fortschrittsfeindlichkeit, was Sie mir hier als Freiheitsdrang zu verkaufen versuchen?«

Mit einer knappen Handbewegung schneidet mein Vater mir das Wort ab. »Fortschritt!«, schreit er fast, »das ist doch auch nur so ein westliches Schlagwort. Warum sollen wir alles nachahmen, nur weil es im Westen gerade für gut gehalten wird? Eine Entwicklung, mein Sohn, ist es außerdem nicht, anderen Menschen in ihrem eigenen Land eine bestimmte Lebensweise aufzuzwingen, die sie gar nicht haben wollen.«

»Ich erkenne euch nicht wieder«, sage ich, »ihr wart doch auch einmal ein ganz moderner Mann!« Ich sehe ein, dass ich mich jetzt ein wenig bremsen muss, sonst geraten wir womöglich doch wieder in Streit. »Ist die Freiheit, von der Sie sprechen, denn mehr als nur ein Schlagwort?«, frage ich in ruhigerem Ton. »Das ist eine ernst gemeinte Frage. Was bedeutet Freiheit für einen Afghanen denn genau?«

Ohne lange nachzudenken, proklamiert er: »Die Freiheitsliebe der Afghanen, das ist ihr unbändiger Wunsch, über sich selbst zu bestimmen. Sicher, auch die Religion spielt dabei eine Rolle. Die Afghanen würden bis zum letzten Tropfen Blut kämpfen, wenn der Islam in Gefahr wäre.«

»Denken Sie das denn auch? Die Religion? Freiheit, Religion, Tradition, Schutz der Ehre, Widerstand gegen Eindringlinge«, fasse ich zusammen. »Ist das wirklich das Einzige, was uns Afghanen ausmacht? Ich hoffe, es gibt da noch mehr.«

Mein Vater bleibt gelassen. Ja, er kriegt fast schon wieder dieses nachsichtige, überlegene Lächeln, das er mir gegenüber so oft zeigt. »Bedingungslose Freundschaft und Gastfreundschaft hast du vergessen. Wie gesagt, diese Werte haben durch die Kriege Schaden genommen. Aber sie sind es, die uns eigentlich ausmachen. Denk daran, wann immer du hier bist«, schließt er mit verschmitztem Lächeln. »Biete deinem Bruder deine bedingungslose Zuneigung, und du wirst immer einen Freund in ihm finden.«

Was soll ich dazu sagen? Del Agha sieht mich an und lächelt. Und in diesem Moment bin ich wieder: ein Fremder. Ein Auslandsafghane. Ein Deutscher. Ein Idiot.

14

Die Tage vergehen langsam, die Hitze ist unfassbar, doch mein Gehirn arbeitet auf Hochtouren. Mittags liege ich unter den Bäumen der kleinen Obstplantage und grüble über das Waisenhaus in Amir Djan und nachmittags über das Leben meines Vaters und das meines Halbbruders. Del Aghas Lebensweise, so archaisch sie mir vorkommt, scheint ja nicht einfach eine Imitation dessen, was alle Leute um ihn herum tun und seine Vorfahren früher getan haben. Del Agha musste sich damit auseinandersetzen. Seine Mutter Qandigul kam aus einer religiösen, dörflichen Familie. Sie hatte zwar die Grundschule besucht, wurde dann aber weiter dazu erzogen, einen Haushalt zu führen und Kinder großzuziehen. Sie lernte kochen, backen, nähen, putzen, und als sie sechzehn Jahre alt war, wurde sie mit Sher Ahmad verheiratet. Mein Vater hingegen war trotz aller Anpassung an die hiesigen Gegebenheiten eher unkonventionell. Allein, dass er sich weigerte, sich einen Bart wachsen zu lassen, machte ihn hier zu einem Anderen, Fremden.

»Hat das deine Mutter denn nicht gestört?«, erkundige ich mich.

Del Agha denkt nach.

»Ich kann mich nicht erinnern, dass sie je ein Wort darüber verloren hätte«, sagt er zögernd. »Aber ich glaube schon, dass es ihr unangenehm war, denn als bei mir der Bartwuchs einsetzte, hätte ich mich auch gern rasiert. Aber sie hat es mir nicht erlaubt. Sie meinte, ein gottesfürchtiger Muslim müsse einen Bart tragen, je länger, desto besser. Aber die Zeiten waren auch andere, und ich lebte nun einmal hier. Unser Vater kam immer nur für eine gewisse Zeit hierher, und dann, die lange Zeit, in der er gar nicht mehr kam … und dann –«

In seiner Stimme liegen Trauer und Wut.

»Aber weißt du«, sagt Del Agha nach einem Augenblick des Schweigens, »trotz seiner merkwürdigen Gewohnheiten und Ansichten genoss unser Vater bei den Bewohnern von Amir Djan ein hohes Ansehen, und zwar nicht nur, weil er zu den größten Grundbesitzern im Dorf gehörte.«
»Hat Vater dir eigentlich manchmal von mir erzählt?«
»Selbstverständlich«, erwidert Del Agha. »Jedes Mal, wenn er hier war, hat er von dir geschwärmt. Bevor er ins Gefängnis kam, hat er oft davon gesprochen, wie klug du bist und dass du alle nationalen Mathematikwettbewerbe gewonnen hast.« Er unterbricht sich, ein Schatten flieht über sein Gesicht. »Ich selbst bin nur bis zur sechsten Klasse gekommen. Dann verschwand Vater, und nach einer Weile merkte ich, dass der Verwalter uns betrügt. Also musste ich als ältester Sohn mich um die Felder kümmern.«
Ich rechne nach. Zwölf Jahre alt war Del Agha damals, und wenn er die sechste Klasse nicht bis zum Schluss besuchen konnte, dann hat er also nicht einmal die erweiterte Grundschule beendet. »Wärst du gerne weiter zur Schule gegangen?«, erkundige ich mich teilnahmsvoll, und er nickt.
»Ich dachte, vielleicht könnte ich später meinen Abschluss noch nachholen.« Die Winkel seiner Lippen wölben sich abwärts. »Aber dann kam der Krieg, und alles war zu spät.«

Ich bin der Glückspilz der Familie.
Mein Vater – jahrelang im Gefängnis. Meine Schwester – tot. Mein Bruder – zu einem Leben mit unzureichender Bildung verurteilt, obwohl er alles andere als dumm ist. Ich als Einziger von allen lebte in Freiheit, besuchte gute Schulen, konnte sogar studieren, bin aber trotzdem nicht glücklich gewesen. Del Agha wiederum macht mir überhaupt nicht den Eindruck, als wäre er mit seinem Leben unzufrieden, obwohl er schon so viel Unglück ertragen musste. »So war es Allahs Wille«, sagt er, und keine Spur von Auflehnung klingt in diesen Worten mit.

15

Del Agha stellt mir seine beiden Frauen vor, Bibigul, seine erste, und Najiba, die Witwe Sultans. Es ist ein großer Vertrauensbeweis. Mein Vater hat etwas nachgeholfen, die »Sitten ein bisschen zu modernisieren.« Sie sind nicht mehr ganz jung, haben aber beide einen eigenen Liebreiz. Nach anfänglicher Schüchternheit verlieren sie bald die Scheu. Es gefällt ihnen, dass wir als komplette Familie mit allen Kindern zusammen sitzen. Inzwischen bin ich auch in der Lage zuzuordnen, welches Kind zu welcher Mutter gehört. Mein Vater blüht in dieser Runde auf. Ich weiß, was er denkt: Jetzt fehlt nur noch Resagol.

»Wir bleiben bis zum Ende des Monats«, sagt er gut gelaunt, und Del Agha grinst mich an.

Im Grunde war das Verhältnis zwischen Vater und der Mutter meines Bruders gar nicht so verschieden von dem unseren in Kabul, nur die gesellschaftlichen Regeln waren andere. Sher Ahmad kam und ging. Sher Ahmad befahl, die Koffer zu packen, und es geschah. Sher Ahmad kam wieder, und alle freuten sich.

Irgendwann auf dem Dach, bei einem unserer nächtlichen Gespräche, spreche ich mit Del Agha über Najiba. Wir rauchen eine Wasserpfeife; ich habe mich zuerst dagegen gesträubt, doch Del Agha hat mich überredet, komm, das gehört hier einfach dazu, ein bisschen Tschars oder eine Shisha, und nun gehört es wirklich zu unseren Nächten auf dem Dach, so wie es bei uns dazu gehört, ein Gläschen Wein zu trinken. Es vereinfacht auch einiges, unsere Gespräche wären sicher nicht so offen, wie sie es sind.

»Was hat denn Bibigul dazu gemeint?«

»Man hat sie gar nicht gefragt«, entgegnet er. »Es wäre eine Schande für mich und die ganze Familie gewesen, eine Witwe mit drei kleinen Kindern einfach ihrem Schicksal zu überlassen. Ich musste sie also heiraten. Das entspricht dem Paschtunwali, und Bibigul hatte keine Einwände.«

Das klingt nicht so, als hätte Del Agha es sich gewünscht, eine zweite Frau zu nehmen. Aber vielleicht ist es nur meine Projektion. Jetzt jedenfalls scheint die Familie in dieser Konstellation zufrieden zusammenzuleben. Ob die beiden Frauen das genauso sehen, kann ich nicht wissen, aber würden die Kinder alle so freundlich und friedlich miteinander umgehen, wenn ihre Mütter zerstritten wären? Meine Vorstellungen geraten wieder ins Wanken. Ich muss zugeben, mir fällt auch nichts ein, was Najiba, vor allem zu Zeiten der Taliban, anderes hätte tun können. Sie hätten eine verwitwete Frau als eine Art Freiwild erachtet. Aber auch jetzt wäre es unmöglich, dass sie für sich und ihre Kinder sorgt; auf dem Land gibt es keine bezahlte Arbeit für Frauen. Mir fällt Zahira ein, Schoaibs Mutter. Hier erscheint es mir wie ein Wunder, dass sie ihre Kinder allein großzieht. Aber musste Del Agha mit Najiba auch noch Kinder bekommen?

»Ich hätte das Gefühl, meiner Frau großes Unrecht zu tun, wenn ich mich ein weiteres Mal verheiraten würde«, taste ich mich vorsichtig heran. »Aber in deinem Fall ist es wohl wirklich so, dass du deine Schwägerin ungerecht behandelt hättest, wenn du dich geweigert hättest, sie zu heiraten.«

»Mahboob«, sagt Del Agha und grinst, »ich weiß schon, was du denkst. Aber das ist hier eben so. Ich hätte sie verletzt, hätte ich mich ihr nicht wie ein Mann zugewandt.«

Er fängt an zu kichern, ich sehe ihn erstaunt an.

»Sie war doch noch jung, mein Lieber, was wäre das für ein trauriges Leben!«

Er amüsiert sich großartig. Als er sich wieder beruhigt hat, setzt er sich auf und sieht mich direkt an: »Und du? Warum hast du keine Frau? Ist etwas bei dir nicht in Ordnung?

»Doch«, sage ich etwas verärgert, soweit man das unter dem Einfluss einer Shisha-Pfeife sein kann, »bei mir ist alles in Ordnung.«

»Ich weiß von unserem Vater, dass bei euch Männer und Frauen oft zusammenleben, ohne verheiratet zu sein und ohne Kinder haben zu wollen. Aber wenn du hier anderen Leuten erzählst, dass du keine

Nachkommen hast, halten sie dich für impotent. Und wenn du ihnen erzählst, dass du nicht einmal verheiratet bist, denken sie von dir noch weitaus Schlimmeres.«

Unter dem unendlichen schwarzblauen Himmel von Amir Djan liegen wir auf dem Dach und bewundern die Sterne, und ich weiß nicht, was ich sagen soll.

»Rede nicht so viel, sondern zieh. Der Tag war anstrengend«, fordert er mich auf. Ich beuge mich diesem halben Befehl, ziehe am Mundstück der Shisha und reiche sie wieder an meinen Bruder zurück. Bald bin ich in der entspannten, zufriedenen Stimmung, in die es einen versetzt, wenn man sie raucht. So könnte ich bis zum jüngsten Tag daliegen und mich eins mit meiner Umgebung fühlen, dieser phantastischen Landschaft, ihrer Weite, ihrem Atem. Ohne darum viele Worte zu machen, spüre ich, dass es Del Agha ebenso geht, dass auch er seine Gedanken treiben lassen will, wohin der Zufall sie trägt, er würde sicher sagen: wohin Allahs Wille sie führt. Allahs Wille lässt vor meinem inneren Auge Noor lebendig werden, als schwebte sie über mir, ganz nah, genüsslich ausgestreckt, so wie ich selbst hier liege, unter dem unglaublich glitzernden, unglaublich weiten Firmament. Sie zieht ihre Nase kraus, wie sie es immer macht, wenn sie lächelt. Sie sieht mich verführerisch an und nach dem nächsten Zug aus der Shisha fängt sie an zu tanzen, aber keinen Tango, sondern so wie die Mädchen hier tanzen, sie biegt ihre Hände und wiegt ihre Hüften, mit nackten Füßen, in Pluderhosen und einem paillettengeschmückten Oberteil, das ihren entzückenden Bauch frei lässt …

16

Der August geht seinem Ende entgegen, unsere Abreise steht unmittelbar bevor. Wie schnell ist doch die Zeit verflogen! Die Herzlichkeit, die mir die ganze Zeit unverändert entgegengebracht wurde, hat meinen Blick verändert. Ich bin zwar ein Auslandsafghane und noch dazu ein Stadtmensch, aber manchmal habe ich das Gefühl, mit den Augen meines Bruders zu sehen. Das Gefühl der Fremdheit ist weg, ich kann es kaum begreifen. Ich empfinde sogar so etwas wie Zugehörigkeit, zu dieser ganzen Gruppe von Menschen, die sich meine Familie nennt. Sicher, ich liebe meinen Vater, ebenso auch meine Mutter und Tante Farida und Noor neuerdings wohl auch. Aber ich liebte sie bisher gewissermaßen einzeln, jeden für sich allein. Das hier ist anders, ich begreife sie alle und mich selbst als Teil eines Ganzen, in dem jeder mit allen anderen verbunden ist, *wie Wasser strömen wir …* obwohl sich mein deutscher Kopf heftig dagegen wehrt. Obwohl ich weiß, dass es unmöglich für mich wäre, hier und so zu leben.

War es das, was mir all die Jahre gefehlt und in mir das Gefühl hervorgebracht hat, nirgends dazuzugehören? Oder war es nur mein Unwissen? Die vielen blinden Flecken? Das Abgeschnittensein? Ist es, weil ich hier in Amir Djan ohne jeden Vorbehalt dazu gehöre, selbstverständlich und bedingungslos? In den Augen meines Bruders, seiner Frauen und Kinder, auch, weil es hier einfach so hingenommen wird, als ein Teil dessen, was man so obenhin als »Tradition« bezeichnet. Was mein Vater meinem Intellekt vergeblich zu vermitteln suchte, habe ich durch unser Zusammenleben begriffen, hier, in der irrsinnigen Hitze des Sommers. Diese Erkenntnis bringt vieles in mir ins Wanken.

»Was soll ich machen?«, frage ich Del Agha in unserer vorletzten Nacht auf dem Dach. »Die einen finden es normal, dass man zurückkehrt, die anderen, dass man es nicht tut. Ich finde weder das eine noch das andere normal, um ehrlich zu sein, ich weiß nicht, was das sein soll. Bin ich ein Prozessingenieur, der das große Ganze im Auge hat oder ein Tüftler, der ein Spezialproblem löst? Sag du es mir: Soll ich in Kabul bleiben und mich um den Wiederaufbau kümmern, oder soll ich zurück nach Deutschland und promovieren und …«, ich zögere kurz, aber er weiß es längst »und mit Noor zusammenleben?«

Ich habe ihm erzählt, dass für Noors Mutter Afghanistan das gelobte Land war, so wie es für unseren Vater Alman immer gewesen ist. Am besten ist es, du holst deine Braut mal hierher, dann wirst du ja sehen, ob sie auch den Afghanen in dir liebt, hat Del Agha daraufhin vorgeschlagen, als er im Rausch war, am nächsten Tag war es vergessen.
»Mach es wie unser Vater«, kommt es jetzt so prompt, als wäre das Problem hier in Amir Djan das gewöhnlichste von der Welt. Es dauert einige Sekunden, bis diese Antwort tief genug in mein Tschars vernebeltes Gehirn eingesickert ist, dann schnelle ich hoch, als hätte mich ein Skorpion gestochen: »Was willst du damit sagen?«
»Du musst dich nicht entscheiden. Du weißt ja, was Sher Ahmad davon hatte, als er sich gezwungen hat, sich zu entscheiden.«
»Ja, aber –«
»Du bist ein Afghane, und du bist ein Deutscher, egal, wo du bist. Du liebst zwei Länder? Dann lebe in beiden. Vielleicht könnten wir dich sogar«, er fängt wieder an zu kichern, wie nur er kichern kann, »wir könnten dich vielleicht auch noch mit Zamira zusammenbringen. Sie hat mich schon nach dir gefragt, wie lange du hier bleiben wirst und so weiter. Dann hättest du auch zwei Frauen, zwei sehr schöne noch dazu!«
»Die Lehrerin?« Zamira, Zahira, ich komme noch durcheinander.
»Die Lehrerin! Ihr könntet sogar eine Schule zusammen aufmachen, für Mädchen«, kichert Del Agha wieder. Der Tschars steigt ihm offenbar noch stärker zu Kopf als sonst.
»Das ist ja wohl nicht dein Ernst!«, sage ich.
»Doch«, sagt er, »zwei Frauen, zwei Länder, zwei Leben, es gibt Männer, für die ist das wie gemacht!«
Und dann schläft er ein. Auch das hat er von unserem Vater. Mitten im Satz einfach einzuschlafen.

17

»Und erkundige dich bitte über das Saatgut!«, bittet mich Del Agha bei unserem Abschied.
»Die korrigierten Samen?«, frage ich.
»Ja, du hast doch gesagt, dass du einiges über die Firma und dieses Saatgut im Internet finden und mir schicken kannst«, sagt Del Agha.
»Gut«, sage ich. »Die Beschreibungen sind auf Englisch, aber ich kann dir übersetzen, was drinsteht.«
»Kannst du auch über andere Hersteller etwas herausfinden? Die Händler versprechen einem immer das Blaue vom Himmel herunter, und es wäre nützlich, sich nicht darauf verlassen zu müssen.«
Ich nicke, erfreut über seine Wertschätzung, und dass er etwas von mir brauchen kann.
Del Agha umarmt mich heftig, dann meinen Vater, und alle Kinder tun es ebenso. Del Agha lässt mir keine Zeit zu langen Grübeleien.
»Auf Wiedersehen, mein Bruder« sagt er, »Komm bald wieder. Du bist uns immer willkommen. Mein Zuhause ist dein Zuhause.«

18

Zurück in Kabul, berichte ich meiner Mutter am Telefon von Amir Djan, Del Agha und den Eindrücken unseres Aufenthalts. Ich schaffe es sogar leicht, die Namen meiner Neffen und Nichten vollzählig zusammenzubringen. Im Laufe meines Aufenthalts haben sich Del Aghas Kinder immer wieder einen Spaß daraus gemacht, mich ihre Namen raten zu lassen, und es gab viel Gekicher, wenn ich sie durcheinanderbrachte. »Sie sind alle ganz verrückt nach ihrem Großvater«, erzähle ich. »Vater war immer von einem Rudel Kinder umgeben, sobald er in den Hof hinausging. Ich freue mich darauf, dir die Fotos zu zeigen. Hoffentlich sind sie etwas geworden.«
Meine Mutter sagt nicht viel bei diesem Gespräch, am Ende fragt sie nur: »Und wie geht es Farida?«

Tante Farida ist zurück ins Panjshirtal gegangen. Sie hat uns eine Adresse hinterlassen und einen kurzen Brief, in dem sie uns bittet, sie zu benachrichtigen, falls Resagol nach Kabul kommen sollte. Die beiden Schwestern haben einige Male miteinander telefoniert; sie möchten einander gern wiedersehen, doch zunächst müssen sie das Geld für die Reise zusammensparen. Die Flüge sind teuer, und keine der beiden möchte nur für eine kurze Woche die andere besuchen. Ich kann mir nicht vorstellen, dass meine Mutter wirklich hierher kommt. Sie hat ihre Erinnerungen, ihr Schock wäre viel größer als meiner, sie würde die Stadt nicht wiedererkennen. Auch wenn Tante Farida gesagt hat: Kabul bleibt immer Kabul. Aber wer weiß.
Ich bin traurig, Tante Farida nicht mehr zu sehen, und auch, dass ich Zaki nicht getroffen habe. Dass ich Malem nicht gefunden habe. Dass ich nicht die ganze Stadt reparieren kann. Doch mein Abflug rückt näher. Ich denke an Noor, und Freude ist gar kein Ausdruck für das, was ich empfinde.

Ich habe kein Thema für meine Doktorarbeit vorbereitet. Ich werde mit Professor Odenbacher darüber sprechen müssen. Ich denke, ich würde mich doch gern mit einem Thema aus dem Gebiet der Graphentheorie befassen, ausgehend von meinen Notizen und Überlegungen zu Schoaibs Zeltlager, und im Hinblick auf eine solche Anwendung. Kabul wird in zehn Jahren schätzungsweise doppelt so groß sein wie jetzt, mit anderen Worten eine Stadt mit fünf Millionen Einwohnern. Es werden Fragen aufkommen, die man vielleicht theoretisch begleiten könnte.

In der Schule läuft alles viel besser, seit Faruq sie leitet. Ich habe ihm gesagt, dass ich zurück nach Frankfurt gehe, und er hat mich gebeten, vorher noch einen Antrag für das Ministerium auszuarbeiten, den ich persönlich dort vortragen soll. Sein Wunsch ist es, an der Rumi-Schule eine Lehrerin einzustellen und eine Mädchenklasse einzurichten.
Zum Glück ist der alte Mathematiklehrer wieder gesund. Faruq hat

mich außerdem gebeten, vor meiner Abreise noch einen Intensivkurs für alle Lehrer abzuhalten, in dem ich ihnen meine Mathematikkenntnisse und unorthodoxen Lehrmethoden, von denen sie ja einige inzwischen kennen, noch einmal systematisch erläutere. Ich bin zögerlich, ich habe Angst, dass sie sich bevormundet fühlen; aber sie sind vollkommen entspannt.

»Wir verdanken Ihnen, dass es bei uns in der Schule nicht mehr zieht, und dass es ein WC für alle gibt, und dass wir von einem Tyrannen befreit wurden!«, sagen sie und schlagen mir freundlich auf die Schulter.

Zum ersten Mal in meinem Leben habe ich das Gefühl, etwas Sinnvolles getan zu haben.

»Wie soll ich das nur ohne dich schaffen?«, fragt Faruq.

»Ich hätte nichts geschafft ohne dich«, gebe ich zur Antwort.

19

Der 9. September ist gekommen, genauso wie der 11. Zwei Jahre ist es jetzt her, dass Massoud getötet wurde, von zwei als belgische Journalisten getarnten Selbstmordattentätern. Wer dahinter steckte, ist noch immer umstritten. Es geschah ein halbes Jahr, nachdem Massoud in New York vor den Vereinten Nationen über Afghanistan gesprochen hatte, es geschah zwei Tage vor dem Anschlag auf die Twin Towers in New York.

Ich sitze in meinem Internet-Café bei Naim, trinke eine Coke und lese die Meldungen aus Deutschland und der Welt. Die Erinnerung an 9/11 beherrscht im Westen eine ganze Woche lang alles; kein Wort von Massoud. Massoud, der erklärt hatte, dass Afghanistan keinen weiteren Krieg bräuchte, und auch keine militärische, sondern eine zivile Unterstützung. Der Europa und Amerika gewarnt hatte: Wenn sie Afghanistan mit den Taliban allein ließen, würden diese auch bald zu einem Problem für sie.

20

Ich nehme langsam Abschied.
Ich kündige mein Haus und ziehe für die letzten beiden Wochen zurück zu meinem Vater. Abdul freut sich und bekocht uns, als wäre ich ein Fürst. Dann sitzen wir im Hof, der immer schöner grünt und blüht, und trinken Tee. Abdul erläutert mir seine Pläne für den Garten, dass er ein Gemüse- und Kräuterbeet anlegen möchte.
Das Verhältnis zu meinem Vater hat sich entspannt, ich fühle mich ihm näher, als ich es noch im Frühjahr für möglich gehalten hätte. Unsere Gespräche entwickeln sich von allein in diese oder jene Richtung, ohne dass ich krampfhaft versuche, bestimmte Themen zu vermeiden oder zu erzwingen. Das heimliche zweite Leben meines Vaters in Kunduz, das so gar nicht zu dem Menschen zu passen schien, an den ich mich aus meiner Kindheit erinnerte, gehört jetzt auf eine verrückte Weise zu mir. Ich weiß noch nicht, wie meine Mutter darauf reagieren wird. Meinen Vater scheint dieser Gedanke ebenso zu bedrücken, auch wenn er ihn nicht ausspricht. »Zwei Seelen wohnen, ach, in meiner Brust«, zitiert er nur einmal Goethe auf Deutsch.

Eine Sache muss ich ihn noch fragen.
»Sie waren vor der Hochzeit mit Qandigul ja noch einmal in Kabul. Warum sind Sie dort nicht zur Besinnung gekommen und haben alles wieder rückgängig gemacht?«
Mein Vater lacht auf. »Völlig undenkbar!«, sagt er kopfschüttelnd.
»Wie kann Ihnen die Ehre Ihres Vaters wichtiger gewesen sein als der Kummer Ihrer Frau? Ich dachte, Sie haben sie geliebt?«
»Sag mir lieber: Wie ist das mit dir?«, fährt er mich plötzlich an. »Ich habe dich bislang nie gefragt, warum du als erwachsener Mann immer noch keine Kinder hast. Aber heute frage ich dich: Gibt es dafür irgendeinen Grund? Bist du etwa krank?«
»Mir fehlt nichts«, wehre ich ab. »Für eigene Kinder und für die Ehe bin ich einfach noch nicht reif.«

Mein Vater braust auf. »Wer mit dreißig Jahren noch nicht reif für die Ehe ist, der wird niemals dafür reif sein, mein Sohn!«

21

Als ich den Minister treffe, zeigt er sich erfreut, seine Assistentin, Fräulein Hamida djan, ebenfalls. Sie trägt jetzt auch Lippenstift, zartrosa.

Ich erläutere dem Minister unseren Antrag für die Mädchenklasse.

»Ich werde es überdenken«, sagt er und nimmt die Papiere an sich.

»Ich habe noch etwas für Sie«, sage ich. »Nehmen Sie es als meinen Beitrag für eine informelle Mitarbeit.«

Ich trage ihm das Modell für eine Begabtenförderung von Grundschülern vor, für das ich Schoaibs Lebensumstände als Grundlage genommen habe.

»Schön, dass Sie bei uns bleiben, Dr. Malik Sahib«, sagt er beim Abschied und schüttelt mir die Hand. »Lassen Sie uns bald über Ihren Vertrag sprechen.«

»Ich werde nicht bleiben«, sage ich. »Aber ich komme wieder.«

Ich besuche Schoaib und seine Familie ein letztes Mal. Ich gehe durch das Flüchtlingslager, dieses Mal in Begleitung von Faruq, und wir fotografieren die Zelte, die Gassen, den Müll, die wenigen Wasserstellen und die Menschen. Ich dokumentiere alles; ich denke an Florence, die Ärztin, wegen der Tante Farida ins Panjshirtal ging. Vielleicht habe ich mehr Glück als sie und kann irgendetwas in Deutschland in Bewegung bringen, um den Leuten hier zu helfen.

Schoaib brennt darauf, an der Amani-Schule Deutsch zu lernen. Dass Schoaib nächstes Jahr dorthin überwechselt, ist beschlossene Sache. Er wird erfreulicherweise nicht der einzige sein, aber er ist in seiner Klasse der Keftan und der beste Schüler an der Rumi-Schule. Je öfter ich von Deutschland erzähle, desto mehr begeistert er sich dafür, ebenfalls dort zu studieren. Sein Enthusiasmus steckt

mich an, gleichzeitig beängstigt er mich. Ich bin so eine Art Ersatzvater geworden, genauso wie ich jetzt der Onkel von einem ganzen Dutzend Kindern bin. Wenn dieser Junge wirklich einmal in Alman studieren sollte, muss ich mich um ihn kümmern. Alle seine Geschwister gehen jetzt in die Schule.
Schoaibs Mutter, Zahira, dankt mir noch einmal und überreicht mir ein Geschenk. Wenigstens weiß ich jetzt, wie ihre Augen aussehen. Sie haben die Farben eines Reisfeldes, und ihre Wimpern sind dicht und gebogen.
»Ich habe ihn selbst genäht«, sagt sie. Es ist ein handgewebter grüner Schal. »Kommen Sie wieder, Mahboob Sahib«, sagt sie, »vergessen Sie uns nicht.«

22

»Ich habe eine Bitte an dich«, sagt mein Vater, als wir in seinem Garten sitzen und Tee trinken.
»Früher bin ich immer Anfang Oktober nach Amir Djan gefahren, um einige Säcke Reis zu holen und anderes. Ich würde ja selbst hinfahren, aber die letzte Reise hat mich doch sehr angestrengt. Deshalb möchte ich dich hinschicken.«
»Zu Del Agha? Ich? Das geht nicht!«
»Aber warum denn nicht? Willst du deinem Vater den Gefallen verweigern?«
Ich schüttle den Kopf. »Padar djan«, fange ich an, »ich habe meinen Rückflug gebucht; ich fliege in drei Tagen nach Frankfurt am Main. Mein Professor hat mir viel länger frei gegeben als es üblich ist; das Semester beginnt Mitte Oktober. Das wissen Sie doch. Wenn ich jetzt nicht zurückkehre, verliere ich meine Stelle!«
»Deine Stelle ist hier, Mahboob!«
Er sieht mich mit seinen schönen türkisfarbenen Augen an. Er versucht, streng auszusehen, doch ich erkenne in diesem Moment, dass er es nicht schafft. Sein Blick ist ein einziges Flehen.

»Padar djan, bitte verstehen Sie doch!«
»Du lässt uns hier hängen.«
»Das tue ich nicht.«
»Das tust du wohl. Du weißt, wie es hier aussieht, du weißt, wie viel du bewältigen kannst, und du gehst zurück an deinen sauberen Schreibtisch in Alman, um irgendwelche theoretischen Fragen zu lösen, die kein Mensch braucht.«
Ich springe auf. Ich verlasse den Hof, das Haus, ich renne durch unser Viertel. Was soll ich nur machen? Ich will nicht im Streit mit meinem Vater nach Deutschland zurückkehren. Ich bin ja auch fest entschlossen, etwas zu tun. Wie kann er mir so eine Hartherzigkeit unterstellen? Es fällt mir doch schwer genug, ihn hier allein zu lassen. Ich renne durch die Stadt, ich laufe inzwischen ohne nachzudenken, ich kenne sie gut. Ich sehe jede kleine Veränderung, jedes Haus, das weiter aufgebaut wird, jeden neuen Händler, der sich einen Laden einrichtet. Ich sehe Handy-Shops, Geschäfte mit elektronischen Geräten und neue Autos. Dieses Land ist im Aufbruch, und gegen die Einsicht mathematischer Kriegstheorien, dass eine Guerilla wie die Taliban auf herkömmliche Art nicht zu besiegen sind, steht die große Hoffnung der Menschen. Ich muss mich jetzt um mein eigenes Leben kümmern. Noor wartet.

Als ich nach Hause komme, wartet Abdul schon aufgeregt.
»Ihr Vater, Ihr Vater, kommen Sie, er hatte einen schlimmen Anfall!«
Ich eile die Treppe hinauf zu seinem Schlafzimmer. Mein Vater liegt, auf Kissen gestützt, zittrig und bleich auf seiner Matratze. Ich stürze zu ihm und nehme seine Hand. Ich kriege keinen Ton heraus. Wir sitzen einen Moment so, keiner von uns beiden sagt etwas, was sollen wir auch sagen?
Schließlich spüre ich, dass mein Vater meine Hand drückt. »Verzeih mir, Mahboob«, sagt er. »Verzeih meine dummen Worte. Ich möchte dich nicht verlieren, ich hätte mir so sehr gewünscht, dich hier an meiner Seite zu haben. Aber ich werde dich nicht zwingen, wie mein Vater es mit mir getan hat.«

Ich umarme ihn stürmisch, ich muss wieder Willen weinen.
»Es ist ja gut«, sagt er, »es ist ja gut.«
Nach einer Weile klopft Abdul. »Das Essen ist fertig, Sahib. Denken Sie, Ihr Vater kann unten –«
»Ich komme, natürlich komme ich, ich bin doch nicht halbtot! Geh jetzt hinunter, Mahboob, ich komme gleich nach.«

An diesem Abend zeige ich meinem Vater ein Foto von Noor. Es hat keinen Sinn, sie ihm zu verheimlichen. Auch wenn ich nicht weiß, ob es gut geht mit uns beiden, auch wenn ich es lieber für mich behalten hätte.
»Aber warum hast du denn nichts gesagt?«, fragt er.
Wir trinken unseren Tschai mit Kardamom, der Abend ist mild, Abduls erste Rosen duften.
»Warum, warum«, sage ich, »frag Allah, warum.«

Als ich meine Koffer packe, überreicht er mir ein Päckchen und einen Brief für meine Mutter. »Grüße deine Mutter von mir. Bitte sie, mir zu verzeihen.« Dann wendet er sich ab und schließt sich in seinem Schlafzimmer ein.
»Schreib mir«, sagt Faruq, »und komm wieder!«
Komm wieder, höre ich an meinem letzten Tag zig Male, komm wieder.
»Volver«, flüstert auch Noor ins Telefon. *Volver* heißt unser Lied.
Auf dem Flughafen umarmt mein Vater mich, und ich umarme Abdul. »Pass gut auf ihn auf!«, sage ich.
Dann steckt mir mein Vater eine kleine Schachtel zu. »Für deine Noor.«
Ich gehe durch die Passkontrolle. Ich schwitze.
Ich drehe mich um. Ich sehe meinen Vater, mit seinem Stock, seinen türkisen Augen, und Abdul, mit Pluderhose und Turban. Sie winken.
Ich winke.

Ich gehe den Gang entlang, ich drehe mich ein letztes Mal um, meine Knie sind weich, mein Puls rast.
Dann lasse ich mich in den schmalen Sitz fallen, dann schnalle ich mich an, dann starten wir, und dann sehe ich hinab auf die Stadt, über der jetzt am Abend ein Schleier aus Dunst und Abgasen liegt, ich sehe den Kohe Asmaie und ich denke:
Salam, Kabul.

Anmerkungn

Der Abdruck der Gedichte erfolgt mit freundlicher Genehmigung des C. H. Beck Verlags, München.

Dschalaluddin Rumi, *Gedichte aus dem Diwan*, übertragen und hg. von Johann Christoph Bürgel, C. H.Beck, München 2010:
S. 128 *Es ist die Zeit ein Wahnbild …*

Hafis, Rumi, Omar Chajjam*: Die schönsten Gedichte aus dem klassischen Persien*, hg. und übersetzt von Cyrus Atabay, C. H.Beck, München 2009:
Verse von Rumi, *Aus dem Diwan*: S. 117 *Was soll ich weiter sagen …*, S. 183 *Ich sagte dir: ich bin dein Meer …* , S. 224 *Die Lehre und der Weg …*
Verse von Omar Chajjam: S. 218 ff. *Wie lange sprichst du …*, *Das Gute und das Böse …*, *Das Himmelsrad gewann …*, *Als wir Kinder waren …*, S. 277 *Das Rätsel dieser Welt …*, S. 311 *Jedes Staubkorn …*
Sowie sämtliche kürzere Zitate der drei Dichter.

Die afghanische Volksweise zu Anfang hat Tanja Langer aus dem Französischen übertragen; die Verse auf S. 176 sind von ihr.

Anmerkung zur Aussprache: Kh spricht sich wie ch in Bach, dj wie dsch in Dschinn.

Anmerkung zur Schreibweise: Da es keine festgelegte Umschrift des Dari gibt, wird in diesem Buch der üblichen gefolgt.

Danken möchten wir

für Unterstützung, Gespräche, Inspiration und fachkundige Beratung:
Meike Herrmann, Sascha-Kai Böhme, Gisela Faller, Naomi Majed; Ruth und Alfred Siano; Nuschin Mameghaian-Prenzlow (Iranistin, Berlin), Prof. Dr. Jürgen Wasim Frembgen (Institut für den Nahen und Mittleren Osten, LMU München); Nurdan Klinge; Susanne Dehnad, Prof. Dr. Frank Brand (Hochschule für Wirtschaft und Recht, Berlin); Christophe de Ponfilly (†), Matthias Tiefenbacher; Wiebke Eden; Nicki Pawlow; Rahima Majed, Shekiba Behme, Mina Mohajed und Fariba Nasim für ihre Erinnerungen und Gastfreundschaft.

Einige Daten afghanischer Geschichte

1916	Beginn der deutsch-afghanischen diplomatischen Beziehungen
1919	Amanullah wird König, Ausrufung der Unabhängigkeit Afghanistans vom Britischen Reich
1924	Einrichtung der deutschen Amanischule; unter Leitung des deutschen Architekten Walter Horten entstehen der Königspalast, das Kabul-Museum, Straßenprojekte und andere Bauten
1933	Nominelle Regierung Zahir Shahs, enge wirtschaftliche Verbindung zu Deutschland
1958	Vertrag mit der Bundesrepublik Deutschland über technische Zusammenarbeit, weitere Verträge in den folgenden Jahren
1959	Aufhebung des Schleierzwangs für Frauen
1964	Konstitutionelle Verfassung in Anlehnung an westlichen Parlamentarismus unter König Zahir Shah
1973	Putsch, Mohammad Da'ud Khan wird Staatspräsident
1978	Prokommunistischer Militärputsch, Mohammad Taraki (Khalq-Partei) wird neuer Staatschef, Afghanistan wird »Demokratische Republik«; Versuch der Modernisierung nach sowjetischem Vorbild
Sept. 1979	Welle der Repressionen und Verhaftungen unter Hafizullah Amin (Khalq-Partei)

24. Dez. 1979	Invasion sowjetischer Truppen und Beginn des Afghanistan-Kriegs; Babrak Karmal (Parcham-Partei) wird neuer Staatschef. Widerstand der Nordallianz unter Shah Ahmad Massoud
14. April 1989	Unterzeichnung des Friedensabkommens zwischen Afghanistan, Pakistan, den USA und der Sowjetunion
1989	Abzug der sowjetischen Truppen aus Afghanistan
1992–1996	Erbitterte Kämpfe um Kabul
Sept. 1996	Die Taliban nehmen Kabul ein; Errichtung eines rigiden Herrschaftssystems; Rückzug des Widerstandskommandanten Shah Ahmad Massoud ins Panjshir-Tal; Zerfall Afghanistans
12. März 2001	Zerstörung der Buddha-Statuen von Bamyan durch die Taliban
9. Sept. 2001	Selbstmordattentat auf Shah Ahmad Massoud
11. Sept. 2001	Terroranschläge auf die Twin Towers in New York / USA
7. Okt. 2001	Beginn der US-geführten Intervention in Afghanistan; Sieg über die Taliban
Dez. 2001	Petersburger Konferenz bei Bonn, Hamed Karzai wird Chef der Übergangsregierung
Juni 2002	Loya Djirga bestätigt Hamed Karzai als Präsidenten der afghanischen Übergangsregierung